Stammbaum der Familie des Gunther von Burgund

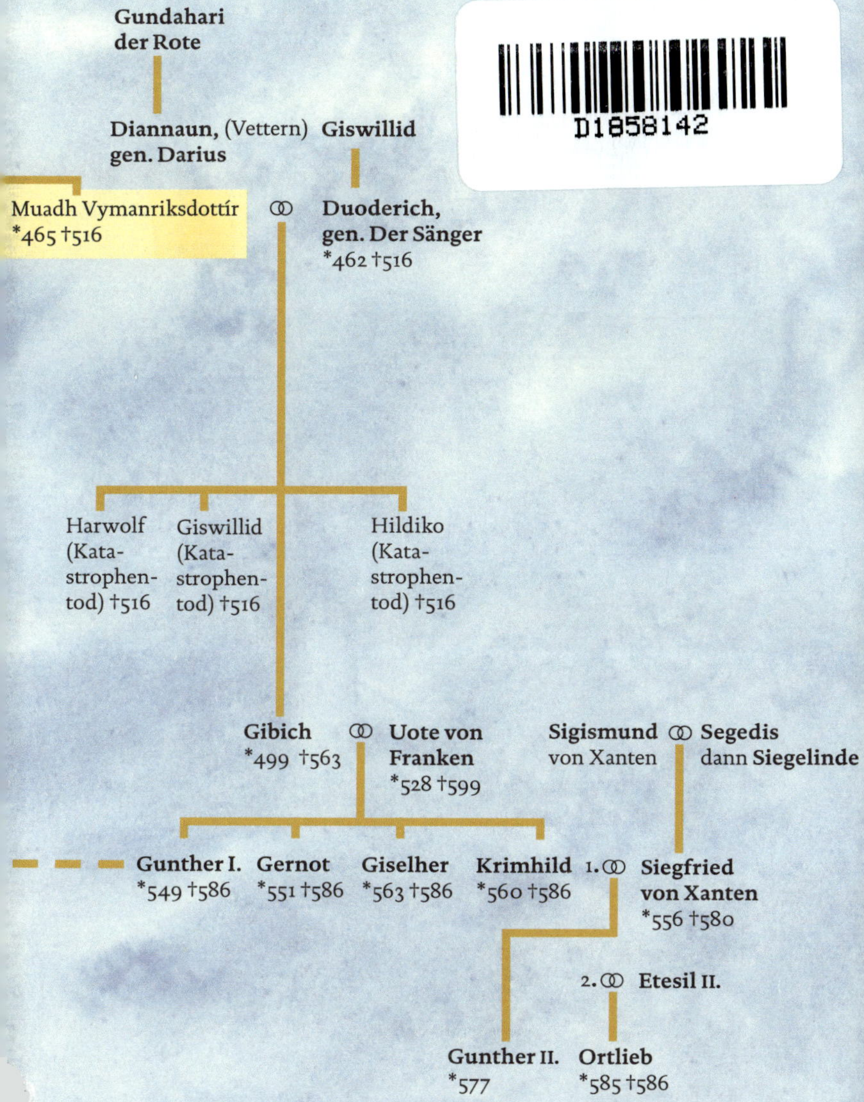

Stammbaum der Nibelungen

Alvarez   Die Nebel des Morgens

Viola Alvarez

Die Nebel des Morgens

Verbotene Erinnerungen des letzten Nibelungensohns

Roman

editionLübbe

editionLübbe
in der Verlagsgruppe Lübbe

Lektorat: Daniela Bentele-Hendricks
Satz: Kremerdruck GmbH, Lindlar
Gesetzt aus der DTL Documenta
Druck und Einband: Friedrich Pustet, Regensburg

Printed in Germany
ISBN-10: 3-7857-1580-3
ISBN-13: 978-3-7857-1580-2

Sie finden die Verlagsgruppe Lübbe
im Internet unter: www.luebbe.de

5 4 3 2 1

Für meine Mutter

Vegur
Der Weg
Aufgesang

Das Land der Untergegangenen
Die erste Erinnerung

Das wahre Nebelland liegt zwischen gestern und heute. Aber was ist schon wahr? Wer kann schon behaupten, dass die Bilder in seinem Kopf wirklich das zeigen, was gewesen ist?
Schaut dieses Bild, Ihr Fremden.
Glaubt Ihr mir, was ich jenseits der Nebel sehe?

Ein Boot mit zwei Männern darin. Es ist Nacht, der Wind weht träge, aber kalt. Beider Umhänge, einer rot, einer schwarz, sind feucht und klamm. Der von ihnen rudert, der Rote, lehnt sich so in die Strömung, dass ihm schließlich ein Ruder bricht, das Boot trudelt, treibt ab. Der andere Mann beginnt zu schreien.
Er fürchtet sich und fängt zu seinem Schutz mit der Anrufung seines Gottes an.
»Was soll das?«, grollt der Rudernde mit der Stimme eines wilden Tieres. »Was glaubst du, dass so was jetzt hilft!«
Das Boot schlingert weiter, Ufer ist nirgendwo mehr zu sehen. Der Mann in Schwarz will ohnehin nicht in das fremde Land. Die Wasser gurgeln, als würden die Geister lachen, den Feigen verlachen, wie sein Fährmann ihn gewiss verlacht.
Der Betende wird still, weil es ihm übel ist von den schnellen unvorhersagbaren Wendungen des Bootes, der Nässe, der Angst.

Er ist zum Heldentum nicht bestellt gewesen, nie.
Hilflos erbricht er sich in die schwarzen Wasser des schwarzen Flusses. Dann sagt er ganz leise: »Ich hab nun mal nicht Euren Mut, Herr. Ich möchte nur nach Hause.«
Es ist so dunkel und schwadig, dass keiner von beiden des anderen Gesicht mehr sehen kann. Aber es scheint dem Betenden, dass der Fährmann seine ewige Augenbinde abnimmt. Nie hat jemand den Finsteren ohne dieses Tuch über seinem fehlenden Auge gesehen. Dann blitzt dumpf eine Klinge in der Finsternis.
»Nein! O Herr Jesus, nein!«, flüstert der Betende. Dann zerreißt ihm ein Schrei die Seele, den er nicht mehr vergessen wird, ein Schrei, der die Nacht und die Wasser und die Fremde aufhören lässt.
Der Schrei eines Tieres, denkt er – und weiß doch, es ist sein wilder Fährmann, der so geschrien hat. Der Schrei eines Menschen, den er nie als Menschen gesehen hat. Eine Wolke lässt den Mond frei, nur einen Augenblick, und er sieht den großen Mann, den Unbesiegten, wie er mit gefletschten Zähnen keuchend etwas in seinem Schoß birgt. Das Boot dreht sich weiter, die Finsternis kehrt wieder. »Herr?«, fragt der Schwarzrock bestürzt. »Was ist Euch?«
Er versucht zu verstehen: alles zu verstehen. Wie er auf diese Höllenfahrt kam, weit weg der Welt, wie er sie kennt, allein mit dem Unheimlichen, der ihm das Blut gefrieren ließ, jenseits der Kälte mit seinem Schrei.
»Du willst nach Hause, ja?«, knurrt da der Held noch immer in seinem verborgenen, unbegreiflichen Schmerz. Der Schwarzrock nickt. Er will leben, er will es warm haben, er will seine Tage ohne Überraschungen aneinander reihen, Perlen der Bescheidenheit an einer einfachen Schnur, bis zu seinem Ende. Dies soll nicht sein Ende sein, denkt er immer

wieder. Da greift sein fürchterlicher Begleiter nach seiner Hand und zwingt ihm etwas hinein, etwas, das in diese Binde gewickelt ist. Er fühlt den Stoff und etwas darin, das ist warm und feucht, aber auch metallen. »Halt mir das«, raunt der Fährmann.

»Lass es nicht los, bis du wieder in der Heimat bist. Lass es nicht los –« Er bricht ab, aus Schmerz? Der Schwarzrock kann keinen Finger rühren, er traut sich nicht, zu fühlen oder zu schauen, was er da in der Hand trägt.

Da erhebt sich der Fährmann im kreiselnden Boot und packt den Wimmernden. Er flüstert ihm etwas ins Ohr, das nicht einmal die Wassergeister hören können, das selbst den Winden entwischt.

»Ohh«, stöhnt vor Schreck und Erkennen der Schwarze, der so klein und schutzlos in den Armen des Herrn hängt.

Eine Winzigkeit lang sehen sich die beiden ins Gesicht.

»Ich verspreche«, haucht der Schwarzrock.

»Ich weiß«, antwortet sein Henker mit fast einem Lächeln.

Dann wirft er ihn aus dem Boot in die Kälte des schwarzen Flusses. »Ich verspreche«, gurgelt der Schwarzrock, er hält die Hand mit dem ihm Anvertrauten hoch aus den Fluten, die gierig an seinem Mantel ziehen.

»Ich verspreche«, schreit er und schluckt Wasser, er weiß gar nicht, wo das Ufer wäre, nach dem er sich sehnen könnte.

»Ich verspreche«, spuckt er hustend, er sieht das Boot schon gar nicht mehr. Er ist kalt, er strampelt und verliert einen Schuh.

Tausend unsichtbare nasse Hände drücken ihn unter die kleinen und großen Wellen. Wenn er beide Arme zum Schwimmen nehmen könnte, dann wäre es leichter. Aber in der rechten Hand hält er, was er nie wieder loslassen darf, bis zur Heimat.

Er taucht wieder unter, Wasser in der Nase und dem Mund, Dunkelheit überall. Er will schreien, wie der andere eben noch schrie. Ein Schrei, das wird dem Schwarzrock jetzt klar, der etwas mit einem Ende zu tun hatte. Er strampelt matter mit den Beinen. Ihm ist kein solcher Schrei vergönnt. Nur den Großen gebührt es, ihre Seele so herauszuschreien. Er ist kein Großer. Aber er will nicht loslassen. Wenigstens will er sein Wort halten. Auf seine kleine Art hat er immer versucht, wacker und aufrecht zu sein. Gerade jetzt musste er nun noch so ein großes Versprechen geben. »Nicht loslassen«, hämmert es noch in seinem Kopf, als die Wasser von allen Seiten gegen seinen Schädel drücken.

Als er am Morgen erwacht, halb erfroren, aber lebend, liegt er am Ufer, das zu seiner Heimat führt. Er hustet und schämt sich. Denn es ist ihm, als wären in der höchsten Not dieser furchtbaren Nacht nackte Weiber mit schilfgrünem Haar ihm zu Hilfe geschwommen und hätten ihm mit tiefen Küssen die schönste Luft seines Lebens geschenkt. Ihn ans Ufer gezogen und ihn gerettet. Ihn in seinem vierzigsten Jahr eines kleinen, bescheidenen Lebens abermals geboren aus den Fluten des Schreckens und der Angst.
Der müde Schwarzrock schüttelt den Kopf.
All seine Erinnerungen an die letzte Nacht, die allmählich in sein verängstigtes Bewusstsein dringen, müssen Trugbilder sein, Narrheiten seiner Pein.
Da öffnet er die rechte Hand, die er um etwas gekrampft hält. Und trotz des tiefen Grauens, das sich sogleich auf ihm niederlässt wie ein sirrender Schwarm Stechmücken, wirft er nicht von sich, was er sieht.
Dann ist es doch wahr? Alles? Er rappelt sich auf und versucht, zum anderen Ufer zu sehen. Aber da ist niemand mehr.

Oder war nie jemand. Wie weit mögen sie wohl abgetrieben sein?
Er hat geschworen, er wird nicht loslassen. Er wird diesen Schwur halten. Sein kleines Leben, schlichte Perlen an einer schlichten Schnur. Nun ist für immer ein Knoten in dieser Schnur, den kann er nur lösen, wenn er sein Versprechen hält. Er schließt seine blau gefrorenen Finger wieder um das Grausige, das er nach Hause tragen muss.
»Im Namen Gottes«, flüstert er und geht mit dem rechten Fuß, an dem ihm der Schuh fehlt, voran den ersten Schritt eines unendlich langen Weges zurück. Er trägt ein Pfand und ein Geheimnis.
Seht Ihr ihn, Ihr Fremden?
Da geht er.
Und die Nebel des Morgens, wie auch die Nebel des Vergessens schließen sich schon hinter ihm.

Vor dem Anfang

Eine Geschichte mit ihrem Anfang zu beginnen, hieße zu glauben, dass es ein Ende geben könnte. Beides ist eine Lüge. Diese Geschichte hat keinen Anfang, und sie hat kein Ende.

Es gibt nur Erinnerungen und Vergessen. Das Vergessen gewinnt schließlich immer. Der Kampf zwischen Lügen und Wahrheit endet auf einem verlassenen Schlachtfeld, und nichts bleibt außer stummen Trümmern, die beiden gedient haben.

Dies ist die Geschichte meiner Familie. Alle haben sie mittlerweile so oft gehört, dass es jedem so vorkommt, als ginge es dabei um Leute, die man wirklich kennt. Für mich trifft das zu.

Ich erzähle von wirklichen Menschen, nicht jenen Sagengestalten, die überlebensgroß durch hehre und doch simple Lieder sirren. Ich weiß, wie sie aussahen, wie sie klangen, wie sie rochen.

Ich wünschte, ich könnte sagen, dass dies wirklich nur meine Geschichte ist, eine Familiengeschichte. Etwas, das wir alle haben, vor dem wir alle fortlaufen, was uns trotzdem sagt, wer wir sind.

Heimlich, verborgen hinter meiner Stille, der Gleichmut gegen die Dummheit und Brutalität, die mich umgibt, wünsche ich mir, dass es allein meine Erinnerung an

Untergegangene, Vergessene und Verzerrte wäre, die mir erklären würde, was unerklärlich ist. Eine Geschichte, die mich in dieser Welt verankert, in der es mir immer so schwer gefallen ist zu sein. Ich wünsche mir, dass mein Leben einen Sinn hätte durch meine Geschichte, das Leid, die Tränen, das viele ungewollte Sehen, die Worte, die mir so leicht kommen. Aber es ist nicht nur meine Geschichte. Es ist die Geschichte so vieler Menschen, fast alle tot zu dieser Zeit, eine Geschichte der Untergegangenen. Es gibt Menschen, die habe ich gesehen, in Nord, Ost, Süd und West, denen ist nie etwas Besonderes geschehen. Sie leben, sie arbeiten, sie sterben. Ich habe diese Menschen lange beneidet.
Was macht meine Geschichte anders?
Es ist etwas daran, das mit Recht zu tun hat.
Vielleicht ist das der Sinn meines Lebens, vielleicht der einzige, diese Geschichte zu erzählen, um das Unrecht zu Recht zu machen, die Lügen zu Wahrheit. Mag sein, dass ich nicht das Ende dieses Liedes bin, sondern nur eine Wendung.
Ich überlasse es, Ihr Fremden, Eurem Urteil.

Wenn meine Mutter diese Geschichte erzählte, später in ihrer Krankheit, dann fing sie immer so an:
»Als die Götter sich langweilten, begannen sie ein Spiel.
Sie warfen uns alle in einen Beutel wie Runen und schüttelten uns im Dunkeln hin und her. Dann leerte Odin selbst den Beutel aus und lachte. ›Jetzt wollen wir sehen!‹, sagte er, ›jetzt wollen wir sehen, wo sie hingehen werden, wenn ihnen nicht mehr schwindlig ist!‹ Und seine Raben lachten auch.
Dann sahen die Götter uns zu, wie wir versuchten, uns

zurechtzufinden. Aber es unterhielt sie nicht lange. Als die Götter sich langweilten und spielten, gaben sie nicht Acht. Es geschahen Fehler«, sagte sie. Dann sah sie mich an.
War ich das in ihren Augen? Ein Fehler? Oder bat sie im Gegenteil mich um Verzeihung für die Fehler, die sie selbst gemacht hatte. Fehler, die mein Leben lange formen sollten, zu lange. Ich brauchte so viele Jahre, bis ich aufhörte, nur der Sohn meiner Eltern zu sein. Alte Fehler, junge Fehler, es ist egal.
Ich bin lange kein Kind mehr. Ich glaube nicht an die Götter und ihre Spiele. Ich glaube nur an den Wind und seine Worte. Ich bin nicht verrückt, auch wenn alle das denken.

Meine beiden Wächter unterhalten sich oft darüber, wie seltsam ich ihnen vorkomme. »Der hat sie doch nicht alle«, sagt der, der wie ein Hahn aussieht. Das sagt er jeden Morgen, seit sieben Tagen. »Der ist so verrückt wie eine Fledermaus«, sagt dann der andere jedes Mal in seiner nervtötenden Einfallslosigkeit. Jeden Morgen, seit sieben Tagen. Der Hahn und der Einfallslose – das ist nun meine Gesellschaft. Sie finden alles, was ich tue oder meistens eher nicht tue, bemerkenswert, als Beweis meiner Verrücktheit. Mein Geisteszustand scheint sie sehr zu beschäftigen, ich vermute, ihr Auftraggeber hat sie entsprechend vorbereitet. Ich finde es viel eher bemerkenswert, dass jemand so beschränkt sein kann und doch die weite Reise gemeistert hat, um mich zu finden. Zumal ich mich selbst schon fast vergessen hatte. Es macht mir nichts aus, dass sie mich umbringen wollen.
Ich warte.
Sie wollen, dass, was ich weiß, mit mir verloren geht. Was für eine dumme Vorstellung. Was ich weiß, kann jeder an-

dere auch wissen, wenn er nur zu hören wüsste. Es ist das Zuhören, das die anderen nicht können. Ich kann.

Wenn ich mein Ohr in den Wind lege, auf schrägem Hals, sodass mir kein Flüstern verloren geht, dann weiß ich genau, wie es war. Ich erinnere mich an alles. Ich kenne sie genau, die Lebenden und die Toten, jeden ihrer Gedanken. Und wenn auch das Vergessen schließlich gewinnen muss, dann habe ich aber noch nicht aufgegeben. Mit meinem Atem will ich noch einmal an ihm vorbeireiten, ihm meine Wortkrieger zeigen, meine ganze Macht des Erinnerns. Dann kann es kommen und mich vernichten. Ich habe nicht gelernt, wie man aufgibt.
Woher hätte ich es lernen sollen? Von ihr? Von ihm? Der Wind lacht. Ich lache auch. Ich weiß genau, was geschah. Ich habe keine Angst. Wenn mein Tod kommen wird, werden zwei herrliche Frauen in goldenem Glanz mich in die Halle meiner Ahnen führen, wo meine Lieben schon jetzt auf mich warten, alle.
So wird es sein, oder?

Als die Götter sich langweilten, da flüsterten sie den irdischen Herrschern ins Ohr, dass sie sich erheben, dass sie herumziehen und sich an Erfahrungen bereichern sollten. Aber die Könige und Fürsten des Südens, des Ostens und des Westens hörten den Göttern nur schlecht zu. Sie verstanden nur »Reichtum«. Sie sprangen auf und schrien nach ihren Pferden. Und alle ritten nach Rom, wo sie reich werden wollten, diese Toren.
Allein die Herrscher des Nordens hörten besser zu. Sie erzählten zuerst ihren Frauen und dann ihren Räten von den Worten der Götter. Sie saßen zusammen und dachten nach.

Dann beschlossen sie zu warten. Die Götter hatten nicht gesagt, dass sie sofort aufbrechen sollten. Deswegen zogen sie nicht nach Rom, noch nicht. Wenn alle nach Rom zögen, dachten sie, dann gäbe es wohl nur einen, der dort auch ankäme. Mit dem könnte man sich ja dann später treffen. Wenn Odins Raben schon fett wären.

»Das ist gut, wir warten, wer ankommt«, sagten die Räte.

»Warten ist immer gut«, sagten die Frauen, »es wird auch Winter. Da muss man nicht unbedingt nach Rom fahren.«

Und die Herrscher und Könige des Nordens warteten.

Meine Mutter war Königin auf den Inseln.

Nur die ganz Alten wissen noch von ihr. Niemand lernt die Namen ihrer Ahnen, denn sie wollte vergessen werden. Selbst die ganz Alten, die sie noch kennen, haben Angst, sich zu erinnern. Mittlerweile reden alle so, als wäre meine Mutter eine Göttin, aus Feuer und Eis geboren, kein Mensch. Was für ein Unsinn.

Ich kenne meine Ahnen.

Meine Mutter war Brynhild Svenkesdottir, Tochter der Ylva, Tochter des Svenke, beide aus dem Geschlecht der gefürchteten Königin Yenka mit den blauen Zähnen.

Die Namen meiner Ahnen strahlen heller als jeder polierte Schild in der Morgensonne. Es waren tapfere Krieger und starke Bauern, große Lügner und herrliche Denker, große Könige und Königinnen zu ihrer Zeit. Ich vergesse keinen.

Es begann zu einer Zeit, da die Sonnenbarke einen Tag lang verankert geblieben war und viele sich um den Fortgang des Lebens sorgten. Das war vor mehr als einhundert Jahren.

König Vymanrik, der Tapfere, erschreckt durch die Dunkelheit dieses Tages, ließ verkünden, dass er zur Fortset-

zung des Lebens eine Frau nehmen wolle. Und von überallher brachten ehrgeizige Leute sogleich ihre Töchter, eine schöner als die andere. Starke, gesunde Mädchen, an denen nichts auszusetzen war. Mein Ahnvater jedoch hatte keinen Sinn für schöne Frauen, er war ein alter Kampfstier, dem man außer Schnauben und Scharren nichts Neues mehr beibringen konnte. Er sah die vielen Mädchen nur an und zuckte die Schultern: »Die sehen alle gleich aus«, klagte König Vymanrik seinen Räten. »Woher soll ich wissen, welche sich zur Königin eignen würde, die mein Reich verteidigt, wenn ich tot bin?«
Die Räte berieten eingehend und verkündeten: »Versprecht allen eine Kleinigkeit, schenkt sie ihnen und nehmt sie ihnen dann wieder weg. Eine wahre Königin wird sich daran beweisen.«
Und König Vymanrik schenkte jeder von ihnen einen Ring aus rotem Gold, in den war Wolfshaar eingeflochten. Und jeder sagte er, nur sie erhalte diesen Gunstbeweis. Dann, als alle sich freuten, die Auserwählte zu sein, ging er hin und forderte den Ring zurück. Einige Mädchen weinten, einige schmollten, einige riefen nach ihren Vätern. Aber alle gaben den Ring zurück.
Nur eine weigerte sich: »Das ist mein Ring, König«, sagte sie und sträubte sich.
»Gib ihn mir, ich will ihn wiederhaben«, forderte Vymanrik und streckte die Hand aus, ihn der Störrischen vom Finger zu ziehen. Da biss sie ihm, so fest sie konnte, in den Daumen, dass schon Blut kam. Hätte er nicht aufgegeben, sie hätte ihm den Daumen abgebissen, das ist sicher.
»Donnerwetter!«, sagte König Vymanrik und war auf einmal ganz verliebt. Er sah dann auch, dass das Mädchen vorn zwei blaue Zähne hatte, und fand sie unvergleichlich schön.

Keine der anderen hatte blaue Zähne. Keine der anderen hatte überhaupt ihre Zähne benutzt, um Vymanriks Herz zu gewinnen.

Die es getan hatte, hieß Yenka Fyrlissdottir und kam von den östlichen Bergen, wo zwischen Steinen und Regen die größten und stärksten unserer Leute siedeln.

»Die will ich heiraten«, verkündete Vymanrik seinen Räten, »und wenn ich nicht mehr bin, wird sie das Reich mit Klauen und Zähnen verteidigen.«

So ließ er alle anderen Ringe einschmelzen, und nur Yenka mit den blauen Zähnen behielt den ihren zum Zeichen, dass sie Königin auf den Inseln war, Verwalterin von Vymanriks Reich.

König Vymanrik und Yenka Fyrlissdottir hatten acht Töchter. Jeder hatte sie auf Vymanriks Geheiß mit ihren blauen Zähnen in den Hintern gebissen, als sie sie gebar, damit sie niemand stehlen würde.

In seinem achtzigsten Jahr, neunzehn Jahre, nachdem er Yenka geheiratet hatte, starb König Vymanrik.

»Was ich meinen alten Kerl doch vermisse, das hätte ich nicht kommen sehen«, sagte Yenka oft und starrte schwermütig ins Feuer. Sie trauerte sehr um ihn und nahm trotz einer reichen Auswahl keine Liebhaber, nachdem er tot war. Aber sie verteidigte, wie vorausgesagt, sein Reich mit Klauen und Zähnen, und niemand nahm ihr auch nur ein Hammelbein weg. Sie starb schließlich zu Mittwinter. Das war in einem Jahr, als es so kalt war, dass die Felsen barsten und das Wasser der Küsten gefroren war, sodass man sie nicht zur See verbrennen konnte, sondern ihr Feuer auf dem Eis entzünden musste.

»Yenka mit den blauen Zähnen wird sich schon bis zum Wasser durchbeißen, bis nach Walhalla, wenn es sein muss«, sagte einer ihrer Räte, und alle lachten und fanden, das wären die besten Worte, die man zu Königin Yenkas Tod hätte finden können.

Vymanriks und Yenkas zweite Tochter, Ylva die Ältere, blieb als Einzige an Königin Yenkas Hof und hatte zehn Kinder mit einem Mann, den ihr das Meer vor die Füße gewaschen hatte. *Hver* nannten sie ihn – *wer*? Denn er sagte nie, woher er kam oder wie er hieß. Und weil er aus dem Meer kam, nannte man ihn schließlich Hver Sjórson, Sohn des Meeres. Hver und Ylva waren dreißig Jahre verheiratet. Vier ihrer zehn Kinder überlebten. Und Ylva schärfte ihren Kindern sämtlich ein, nie Angst vor der Fremde zu haben, denn Hver war schließlich aus der Fremde gekommen, somit wären sie alle Kinder des Unbekannten.

Ylvas und Hvers dritte Tochter, Laila Hversdottir, wurde meine Urgroßmutter. Sie wollte erst nicht heiraten, sondern fuhr zur See. »Das ist Hvers Blut«, sagten alle, »der kam ja direkt aus dem Meer.«

Vier Jahre war Laila mit den Seefahrern fort, und wann immer sie wiederkam, brachte sie genauso reiche Beute mit wie jeder andere ihrer Gefährten. Als sie nach den vier Jahren heimkehrte, beschloss sie, sich einen Mann zu suchen.

Sie heiratete Auslís Ansson, der nur einen Hof entfernt lebte.

Auslís Ansson war ein wackerer Mann, ein guter Krieger, aber vor allem ein Künstler: Er konnte auf einer Flöte blasen, dass die Felsen schluchzen mussten, so schön war es. Noch heute gibt es auf den Inseln Wasserfälle, die tragen seinen Namen, *Auslís Vatn* werden sie genannt, denn als Auslís vor diesen Felsen spielte, da brachen die Tränen nur

so aus ihnen heraus und versiegten nie mehr, auch nicht als Auslís schon lange weitergezogen war.
Vermutlich war es sein Flötenspiel, was Laila Hversdottir ans Herz gegangen war. Sie war ihm eine gute und zugewandte Ehefrau, da weiß niemand anderes zu berichten.
»Bevor ich euren Vater heiratete«, sagte Laila ihren Söhnen oft, »wusste ich mit Männern nicht mehr anzufangen, als ihnen bisweilen eins aufs Maul zu geben!« Zwischen Laila und Auslís war es eindeutig er, der der Empfindsamere war.
Laila und Auslís hatten sechs Söhne, einer größer und stärker als der andere, sodass Laila immer mal wieder zur See fahren musste, um diese Kinder überhaupt zu ernähren.
Ihr zweiter Sohn, Svenke Auslíson, war mein Großvater.
Als Ylva die Ältere starb, war sie schon sehr alt. Aber sie war eine gute Frau und Königin gewesen, deswegen tat es allen leid.
»Manche könnten gut ein bisschen kürzer leben, und es würde einem nichts abgehen«, sagte Auslís zu Laila, die untröstlich war, »aber deine Mutter hätte noch was bleiben können. Ich wäre nicht dagegen gewesen.«
Daran kann man sehen, was für ein angenehmer Mensch Ylva die Ältere war, denn selten vermisst ein Mann die Mutter seiner Frau, zumal wenn sie im gleichen Haus lebt.
Es kamen viele Trauernde an den Hof, um Lailas Mutter auf die letzte Fahrt zu schicken. Auch Orm Bengtson, ein Fürst von der anderen Seite des Meeres, und seine Frau Asgard, die von Stammmutter Yenkas ältester Tochter abstammte.
Asgard war schwanger. Sie hatte schon lange geträumt, dass es eine Tochter werden würde.
Orm und Asgard beschlossen, dass sie das Kind, das Asgard trug, nach der Verstorbenen benennen wollten.

Svenke Auslíson, mein Großvater, war damals sieben Jahre alt, und er hat genau gesehen, wie seine spätere Frau geboren wurde.
Kaum war das Kind ganz an der Luft, drängte er sich zu Asgards Lager vor und sagte: »Ich nehm sie dir schon ab, Tante. Das macht mir nichts aus.«

Als Asgard und Orm nach drei Jahren wieder abreisten, um nach ihrem Hause jenseits des Meeres zu fahren, blieb Ylva die Jüngere bei Königin Laila und König Auslís.
Das heißt, sie blieb bei Svenke, denn die Eltern konnten das Kind nicht von ihm fortlocken, so sehr sie sich auch mühten. Immer wieder, wenn die Eltern aufbrechen wollten, versteckte sich meine Großmutter Ylva bei den Kühen oder in der Waffenkammer, und einmal lief sie sogar ins Moor. Solcher Eigensinn ist ein Erbgut von Yenka mit den blauen Zähnen, das wissen alle. »Hier bleiben!«, heulte die kleine Ylva jedes Mal, wenn man sie fand. Da sahen Orm und Asgard schweren Herzens ein, dass sie ihre Tochter nicht mitnehmen konnten, wenn sie sie nicht ganz und gar unglücklich machen wollten.
Sie besprachen sich mit Auslís und Laila, die ihre Nichte gerne als Kind im Hause aufnehmen wollten.
»Ich pass schon auf sie auf«, sagte außerdem mein Großvater Svenke, »das macht mir nichts aus.« Als ihre Eltern fortritten, strahlte Ylva und sagte sehr zufrieden: »Hier bleiben!«

Man sagt also zu Recht, dass meine Großeltern, Ylva und Svenke, nie Augen für andere hatten, und es ist bekannt, dass sie schon, als Ylva vierzehn war, vor dem Stor Ting erschienen und eine Heiratserlaubnis haben wollten. Alle im

Rat fanden, dass Svenke ein besonnener und kluger junger Mann wäre, der von seinen Eltern nur das Beste ererbt hatte, und sie erlaubten ihm deswegen, Ylva schon im nächsten Jahr zu heiraten. Es wurde eine Hochzeit, die sieben Tage lang dauerte, wenn auch die Brautleute nur für die erste Stunde anwesend waren.
Dann zog Ylva Svenke eilig in die Kammer.
»Das macht ihm sicher nichts aus«, johlten seine Brüder, die alle noch unverheiratet waren. Es heißt, dass Urgroßmutter Laila daraufhin jedem einen Schlag verpasst hätte.
Am achten Tag nach Svenkes und Ylvas Hochzeit dankten Auslís und Laila als Könige ab.
»Der Junge soll ruhig machen«, sagte Auslís, »der kann das.«
Nun hatte er noch mehr Zeit, seine Flöte zu spielen, als vorher, wo er doch herrschen musste.

Obwohl, wie ein anzügliches Wort ging, an Ylvas und Svenkes Hof in den nächsten Jahren eifrig an einer Verlängerung der Ahnenkette gearbeitet wurde, bekamen beide vierzehn Jahre lang keine Kinder. Vielleicht wurde Svenke deswegen ein so mächtiger und reicher König, weil er sich nicht um die Erziehung seiner Kinder kümmern musste, sondern mehr Zeit hatte als andere Könige, die Beutezüge und Kriege zu besorgen. Nach nur fünf Jahren Ehe war ihr Hof zwölf Mal so groß wie zu Zeiten Hvers und Ylvas der Älteren, und alles war aus Stein gebaut. Die endlosen Schnitzereien der Verkleidungen an den Türen und Erkern erzählten die Geschichten aller Götter, bezeugten den Hergang der Erschaffung der Welt, der Himmelslichter und der großen Helden. Wir hatten im Norden keine Städte wie die Römer oder die Aquitanier, aber wir haben unsere Burgen. Svenkes und Ylvas war die schönste von allen.

Járnsteinn nannten sie ihre Feste, weil die Mauern im Winter schimmerten, als wären sie aus Eisen. Vom Turm ihrer Burg aus konnte man weiter schauen, als man an einem Tag reiten oder an einem Morgen bei gutem Wind segeln konnte.

Händler aus allen Ländern kamen zu ihnen, und man tauschte gute Waren. Innen wie außen war es in Járnsteinn bestens bestellt.

Sie hatten viele starke Krieger, die Svenke alle treu ergeben waren, Pferde und Schiffe und mehr Vieh als jeder andere König im Land. Nur Kinder hatten sie nicht.

Svenke verstand das nicht. Die Geburtsweiber und Heilfrauen hatten Ylva zigmal untersucht und immer wieder verkündet, sie wäre ganz gesund. Obwohl er sich nicht krank fühlte, hatte er zunehmend Angst, dass es an ihm liegen könnte. Er ging häufig zu den Priestern und fragte sie um Rat, aber es kam nichts dabei heraus. Sie sahen nur Wohlwollen der Götter für ihn und Ylva. Und keine Anzeichen für den Fluch der Kinderlosigkeit.

»Mir macht es nichts aus. Aber bist du nicht unglücklich, dass wir keine Kinder haben?«, fragte Svenke Ylva mit den Jahren immer häufiger. »Die werden schon noch kommen«, antwortete Ylva mit Zuversicht, »wenn es so weit ist, werden wir Kinder haben.«

Als Ylva schließlich achtundzwanzig war und Svenke bereits fünfunddreißig Jahre zählte, wurde sie eines Sommers plötzlich schwanger. Svenke erschrak fürchterlich, aber Ylva lachte ihn aus. Sie überstand trotz ihres hohen Alters die Schwangerschaft und die Geburt, als hätte sie jedes Jahr ihrer Ehe ein Kind geboren.

Meine Mutter, Brynhild Svenkesdottir, Königin auf den Inseln, wurde siebzehn Tage nach der Tagundnachtgleiche im Morgengrauen eines besonders wilden Frühlingssturms geboren.
»Das ist das Temperament deiner Mutter«, sagte Ylva zu ihrem Mann, wenn Brynhild mal wieder die Beherrschung verlor. »Genau das gleiche Wesen!«
»Es liegt am Frühlingssturm, in den du sie geboren hast«, behauptete Svenke dann immer ein wenig trotzig, denn auf Laila ließ er nie etwas kommen.
Sie hatten wohl beide Recht. Brynhild war wild und streitsüchtig wie die Seefahrerin Laila Hversdottir und wechselhaft wie ein Frühlingssturm. Sie dachte immer erst nach, wenn es zu spät war. Manchmal ging es gut, aber einmal sollte es ihr zum Verhängnis werden.

Weil Svenke nach der Aufregung der Geburt viel zu erschöpft und an Ylvas Seite eingeschlafen war, ging mein Urgroßvater Auslís mit seiner ebenfalls schlafenden Enkelin herunter ans Meeresufer und zeigte sie den Göttern. Er schwor, dass sich die Wolken des Sturms aufgetan und einen goldenen Sonnenstrahl auf die Neugeborene hätten fallen lassen. Götterlicht hieß es, das Kind sah aus wie mit Bronze überzogen.
Deswegen nannten sie sie Brynhild, die Gepanzerte.
»Odin selbst hat gelächelt, als er sie zum ersten Mal sah«, sollte er später sagen, als es schon vielen anderen Männern ebenso ergangen war.
Es waren überall ums Haus und am Himmel nur die besten Vorzeichen zu sehen. Als Svenke sich einigermaßen erholt hatte, ging er mit einem Ochsen und zwei Ziegen zu den Priestern und dankte ihnen. Der jüngere der beiden Pries-

ter war sehr eifrig und bot an, die Götter zum Schicksal des Neugeborenen zu befragen. »Der Vater hat es nicht gewünscht«, tadelte der Ältere, »also schickt es sich nicht!« König Svenke jedoch war so glücklich, dass er nicht wollte, dass der junge Priester seinetwegen ausgezankt wurde.
»Es sind zwar nur die besten Vorzeichen am Himmel und am Haus gewesen«, sagte er, »aber sicher kann es nicht schaden, nach dem Willen der Götter zu fragen. Mir macht das nichts aus.«
Der ältere der beiden Priester schüttelte besorgt den Kopf, aber der jüngere warf gleich beflissen die Runen.
»Ah«, rief er beglückt, »Schönheit, Kraft und Scharfsinn.«
König Svenke lächelte, er hätte von der Tochter seiner Frau und der Enkelin seiner Mutter nichts anderes erwartet.
Der Priester warf erneut. »Wieder Kraft, doppelt und dreifach«, freute er sich, »ein starkes Kind, eine zukünftige Königin. Sie wird Waffen tragen und viele Siege erringen.«
Er warf zum dritten Mal: »Eigensinn, aber ein gutes Herz, etwas wild vielleicht, aber viel Liebe, ich sehe Frigga lächeln!«
Der junge Priester lachte selbstsicher.
»Drei Mal ist genug«, schaltete sich der Ältere nun doch ein.
Aber da hatte der junge Priester schon zum vierten Mal geworfen, vielleicht wollte er sich selbst mit guten Wahrsagungen übertreffen. Er lachte schon siegessicher und wollte weitermachen in seinem Lobpreis. Aber es kam anders. Erschrocken starrte er auf die Runen und blieb stumm.
Svenke wurde es ganz kalt im Nacken: »Was?«, flüsterte er.
Der ältere Priester blickte ebenfalls auf die Zeichen.
»Eine Reise«, murmelte er schließlich. »Eine große Reise, weit fort.«

König Svenke schluckte: »Vielleicht geht sie zur See. Meine Mutter ist auch zur See gegangen. Und mein Großvater kam direkt aus dem Meer.«
Der junge Priester war ganz blass: »Ja. Vielleicht«, sagte er mit heiserer Stimme.
Der Ältere stieß ihn beiseite, er war sehr aufgebracht.
»Die Götter zeigen uns eine Reise. Aber es ist keine gute Reise, König. Lasst sie nicht auf diese Reise gehen. Verhindert es. Möglicherweise vergessen es die Götter dann.«
»Was?«, wollte Svenke wissen. »Was sollen die Götter vergessen?«
»Den Schmerz, König, die Reise führt in den Schmerz. Schmerz und namenloses Leid.«
Svenke wankte.
»Vergessen die Götter denn je etwas?«, fragte er.
Die beiden Priester schwiegen. »Sie hat dennoch all diese Gaben«, sagte der Ältere schließlich, »Kraft, Eigensinn, Stolz und Scharfsinn. Und die Liebe. Mit solchen Gaben kann man es mit dem Schmerz wohl aufnehmen.«
»Mit namenlosem Leid? Damit auch? Namenloses Leid?«, sagte Svenke erschüttert. Er hasste diese zwei Worte, er fühlte sie im Herzen wie eine Wunde.
»Macht sie stark, König Svenke«, sagte der Priester da, »die Zeiten werden für uns alle nicht leichter. Die Welt ist in Unruhe.«

Verstört kehrte Svenke auf seine Burg zurück. Ylva war schon auf, obwohl sie das Stehen noch sehr schmerzte, und wusch das Kind. »Schau sie dir an, Liebster«, rief sie, »ich hab ja gesagt, wenn sie so weit ist, dann kommt sie.«
Der König trat still neben seine Frau und legte den Arm um sie.

Namenloses Leid, hörte er den Widerhall in seinen Gedanken.
»Ich habe Angst um sie, Ylva«, flüsterte er seiner Frau ins Ohr, »dass ihr etwas passiert.«
»Halt sie mal«, sagte Ylva und ging mit zusammengebissenen Zähnen nach etwas suchen.
»Haben dir die Priester einen Floh ins Ohr gesetzt?«, fragte sie über die Schulter. Sie klang gereizt, ihrer Ansicht nach lief Svenke zu oft zu den beiden Sehern.
Svenke zuckte ertappt und knurrte etwas Unbestimmtes.
»Wusst ich's doch«, fauchte Ylva und stöhnte, als sie sich bückte, um in einer Kiste unter ihrem Bett nach etwas zu suchen. »So ein Unsinn! Immer rennst du zu diesen Priestern. Kannst du was dran ändern, wenn sie dir heute schon sagen, dass es morgen regnet? Das Morgen gehört niemandem!«
Svenke brummte wieder, und Ylva fuhr gereizt fort, in ihrer Kiste zu kramen. Das Kind quäkte in seinen Armen, und er schuckelte es, wie er Ylva nach ihrer Geburt beruhigt hatte, damals vor neunundzwanzig Jahren.
Die kleine Brynhild verzog wie ungehalten das Gesicht, war aber gleich still. Svenke lächelte. Er fühlte sich schon etwas besser. Ylva hatte Recht. Er wusste das, weil Ylva eigentlich immer Recht hatte. Natürlich hatte sie sich auch schon geirrt, aber Svenke war zu höflich, sich daran zu erinnern.
Mit einem Schmerzenslaut richtete Ylva sich auf.
»Ich muss mich wieder hinlegen«, sagte sie, ging aber auf Svenke und Brynhild zu. »Hier, du Angsthase!« Mit diesen Worten ließ sie ein Beutelchen auf das Kind in seinen Armen fallen.
»Was ist das?«, fragte Svenke.
»Gib mir das Kind und mach's auf«, befahl Ylva. Brynhild

wurde an ihre Mutter überreicht. Svenke fingerte an dem Beutel herum und schüttelte überrascht einen Ring heraus, der in seiner Handfläche zu liegen kam. Der Ring war breit und golden, mit eingeflochtenem Wolfshaar, das stumpf und schwarz den rotgoldenen Glanz teilte.
»Was ist das für ein Ring?«, fragte er entgeistert.
Ylva mied seinen Blick. Sie ging mit dem Kind zum Bett und legte sich umständlich hin: »Das ist der Ring von Yenka mit den blauen Zähnen«, teilte sie erschöpft, aber auch etwas schuldbewusst mit. »Sie gab ihn meiner Großmutter Tjonte, die gab ihn meiner Mutter Asgard. Und die gab ihn deiner Mutter zum Aufbewahren für mich, als sie damals abreisten. Jetzt gehört er der Kleinen. Er schützt die älteste Tochter aus unserem Geschlecht vor allem Schaden und zeigt jedem unserer Verwandten überall auf der Welt, dass die Trägerin die Nachfahrin von König Vymanrik und Königin Yenka mit den blauen Zähnen ist. Wo immer deine Tochter hingeht, wird sie Königin sein. Beruhigt dich das, Angsthase?«
Svenke sah auf den Ring, dann auf Ylva und das Kind, und dann wieder auf den Ring. Die Angst, die er seit dem Besuch bei den Priestern empfunden hatte, war ganz und gar verflogen und von einem anderen unbekannten Gefühl ersetzt worden.
Er atmete tief durch:
»Also wirklich, Ylva«, stieß er schließlich hervor, »dass du und Mutter Geheimnisse vor mir habt, das macht mir nun wirklich was aus!«

So kam es, dass an dem Tag, als meine Mutter geboren wurde, König Svenke erst müde, dann glücklich, dann stolz, dann furchtsam, dann beruhigt und dann ärgerlich wurde.

Niemand konnte sich erinnern, dass er je so viele Stimmungen hintereinander gezeigt hätte, und schon gar nicht, dass ihm je eine Sache »etwas ausgemacht« hatte.
Jedenfalls sagten die alten Frauen schon gleich damals, dass Brynhild eine war, die Dinge in Unordnung bringen würde.
Es war an diesem Tag dann auch das erste Mal, dass Königin Ylva sich bei König Svenke entschuldigen musste.
»Das ist mal ein ganz neues Gefühl«, sagte er zu ihr, »es gefällt mir.«

Brynhild lernte noch im Winter ihres ersten Jahres laufen, an der Hand von meinem Urgroßvater Auslís, dem großen Flötenspieler.
Und erst zur zweiten Hälfte des darauf folgenden Jahres, weit nach Mittsommer, sprach sie ihr erstes Wort, klar und deutlich und mit einem Lächeln: »Nein!«

Am anderen Ende der Welt

Der Wind lacht heute den ganzen Morgen über. Er redet vom Frühling. Mir gefällt der Frühling auch, es ist dann so neu. Wer kann im Frühling ans Sterben denken. Es ist, als erlebte die Welt alles zum ersten Mal. Im Frühling waschen die Götter die Erde und bleichen den Himmel. Dann dichten, schnitzen und hämmern sie uns ein neues Jahr. Ich kann das alles hören, sehen und riechen. Meine Sinne sind ganz wach. Ich lache meine dummen Wärter aus. Sie hören den Wind natürlich nicht.

Der Wind kommt von Süden her, vom anderen Ende der Welt. Vielleicht sollte ich Heimweh haben nach dem Süden. »Wo bin ich denn zu Hause?«, habe ich meine Mutter früher immer gefragt vor Ewigkeit und Ewigkeit, als es noch wichtig war, zu sprechen. Als ich dachte, es gäbe Antworten für mich. Heute weiß ich, dass alle Antworten nur Krücken sind, für die, die die Wahrheit des Lebens nicht ertragen. Ich bin stark geworden.

Als mein Kind starb, da dachte ich, sterben zu müssen.

Und als dann auch meine Frau starb, da dachte ich, erst jetzt zu wissen, was wirklicher Schmerz ist. Ich jammerte und zürnte den Göttern jahrelang. Dann verstand ich. Es gibt keinen Trost. Ein Zuhause brauche ich nicht mehr. Ich komme von hier und da. Ich bin wie der Wind. Und mein Name ist überall verboten.

Ich mache die Geschichten zu meinem Namen. Zum Namen der Verbotenen, der Erschlagenen, der Vergessenen, der Untergegangenen.
Und die Geschichten hören nie auf.

Als die Götter die Herrscher der Welt aufriefen, sich in Bewegung zu setzen, da zogen die Könige aus dem Osten, dem Süden und dem Westen nach Rom. Vielleicht waren sie neugierig, was mit Rom geschehen würde, jetzt, da es zerfiel.
Rom war wie ein alter Hund, der zu lange gelebt hat. Erst böse und gierig, dann fett, dann blind und nun wehrlos. Und wenn man erst einmal weiß, dass ein alter Hund blind und wehrlos ist, dann fürchtet man ihn nicht mehr, egal wie gefährlich er einmal war. Roms Knurren war nur noch ein Husten; die, die seinen Untergang ersehnten, witterten seine Schwäche. So kamen sie:
Aus dem Westen kam ein Fürst, der Angst hatte. Aus dem Osten kam ein Herrscher, der siegen wollte. Aus dem Süden kamen Fürsten, die essen wollten. Und bevor sie sich auf den blinden, alten, fetten Hund Rom stürzen konnten, trafen sie einander.
Sie trafen einander in Burgund.
Ich werde Burgund bald wiedersehen. Mir wird der Atem faul, wenn ich nur an ihn denke, dieser schwache Schlächter, wie viel wird er für meinen Tod bezahlt haben, frage ich mich? Was ist es den Herren am Rhein wert, dass sich wirklich niemand mehr erinnert?

Von Osten zog ein Fürst nach Burgund, der viele Namen hatte. Er war wie ein Feuer, fraß alles, was ihm im Weg lag, und zog rastlos weiter, wenn er nichts als Tod und Asche übrig gelassen hatte. Noch heute erschrecken sie die Kinder am Rhein mit seinem Namen. Den »schwarzen Mann«, nennen sie ihn.

Er war der fürchterlichste aller Könige. Egal wie oft er siegte, er wurde doch nicht satt davon. Wenn er Gold gewann, warf er es in eine Truhe, Land wollte er nicht, dann hätte er bleiben müssen.

Étešil war sein Name, der große Herrscher, der große Vater.

Étešil, den wir im Norden Attlá nannten und die im Süden Attila und von dessen Ruhm wir hörten. Étešil kam nach Burgund, um zu siegen, zu töten und weiterzuziehen, er kam nicht, um zu bleiben.

Der Fürst des Westens war jung und unbeherrscht, er kam nach Burgund, weil er Angst hatte. Er fürchtete sich vor Stimmen in der Luft und Schatten in seinem Zelt. Sein Bruder musste stets mit ihm ziehen und mit ihm auf seinem Fell schlafen. Luideger, der Furchtsame, und Luidegast, der Wächter des Furchtsamen – zwei, die vor allem Angst hatten. Luideger kam nach Burgund, weil es ein Gesellenstück wäre, die Probe für Rom.

Der Fürst des Südens hieß Theothmarich. Er führte eine ewig wandernde, heimatlose Armee des Hungers, der Kranken und Lahmen. Nur wenige Soldaten marschierten mit ihm, er zog an der Spitze von wimmernden Bauern und müden Frauen, Sklaven ihrer verlorenen Länder.

Die Männer kämpften voll Furcht, die Frauen fraßen vor lauter Hunger ihre eigenen Kinder. Theothmarich zog im Kreis. Er brauchte Land für seine elende Brut. Theotmarich kam nach Burgund, um Nahrung zu stehlen, falls er siegte. Wenn er verloren hätte, dann hätte er gebettelt.

Das kommt davon, dass sie den Göttern nicht zuhörten,

diese Fürsten des Todes, der Angst und des Hungers. Sie hatten nicht aufgepasst, jetzt bezahlten sie.
Und die Raben Odins wurden fetter an jedem Tag, der verging.
Étešil, Luideger, Theothmarich, taube Narren voll Ehrgeiz, Not und Furcht.
»Jetzt wollen wir sehen«, hatte Odin gesagt, als er seinen Beutel ausgeschüttelt hatte, »jetzt wollen wir sehen, wo sie hingehen!«
Ein Vielfraß, ein Feigling und ein Hungerleider, alle auf dem Weg. Es muss sie gefreut haben, auf Burgund zu stoßen. Gemästet, prall, sinnlos stolz, wie Gunther, Burgunds König, Herrscher zu Worms am Rhein.
Nun ist es so weit.
Wie kann ich von Gunther erzählen, diesem Herrn, der kleiner war als der Letzte seiner Untertanen. Nur mein Hass macht ihn groß. Er verdient meinen Hass nicht. Er verdient es nicht, dass man sich überhaupt an ihn erinnert, auch nicht im Zorn. Gunther sollte der Erste sein, den das Vergessen frisst, ein fettes Schwein, das in Todesangst quiekt.
Immer wieder belüge ich mich, so zu tun, als wäre er mir gleichgültig. Aber ich kann nicht aufhören, ihn zu hassen. Auch heute, so viele Jahre nach seinem Tode, kann ich nicht aufhören, mir seinen Tod vorzustellen. Ich fühle, wie mein Hals im Zorn anschwillt, wenn ich nur an ihn denke. Mein Mund wird trocken, und meine Finger zittern. Was für ein Schnurrer ich doch bin. Ich täusche mir selber vor, meine menschlichen Regungen der Weisheit untergeordnet zu haben. Dabei steht das Menschsein hinter mir und lächelt, während ich mir Augen und Ohren zuhalte. Ich höre nicht einmal mehr die Worte des Windes, nur das Tosen meines

eigenen Blutes. Nicht einmal meine Mutter hasste ihn so, wie ich ihn hasse.
Sie sprach nie von ihm. Ich habe sie an all die anderen mit Wut oder auch mit Trauer denken sehen, an ihn nie. Nicht, weil die anderen unschuldiger gewesen wären, sondern vielleicht nur, weil sie klarer waren als er.
Gunther ist wie ein Strauch im Moor gewesen, geduckt und ängstlich. Man sieht hin, kneift die Augen zusammen und denkt, ich sehe einen Strauch im Nebel. Dann streicht ein Wind, und es könnte doch eher ein Baumstumpf sein, aber auch ein Stein, oder ein verirrtes Schaf. Und wenn der Nebel stärker wird, ist er bald ganz verschwunden.
Gunther von Burgund, der schwache König.
Sohn des Gibich, Sohn der Uote. Ich kenne auch seine Ahnen.

An seinem Anfang war Gundahari der Rote, vor über hundert Jahren zu Zeiten, als an unseren Küsten der Steinkönig Hroder herrschte.
Gundahari schloss einen Pakt mit Rom. Er verkaufte seine Herkunft und sein Volk, nahm Roms Götter, Roms Bräuche, Roms Lügen an. Dafür bekam er dieses Land am Rhein und dachte, er wäre ein König. Gundaharis Sohn Diannaun herrschte nach ihm, sie nannten ihn Darius, nach Römerart.
»Niemand ist ein römischerer Römer als ein entlauster Burgunde«, lachten alle über Diannaun. Er rasierte sich den Bart und schabte sich die Haut nach dem Baden mit der Ölsichel, bis sie vernarbt war wie altes Leder. Es war Diannaun, der Worms zum Sitz seiner Macht erwählte, er baute einen römischen Palast und umgab ihn mit hohen Mauern aus Stein. Er ließ Gärten anlegen und Wasserspiele. Von jedem

Kriegszug brachte er Gold nach Worms und wurde sehr reich.
Ihm folgte sein Vetter Giswillid. Dessen Sohn, Gosvild, war König für nur sechs Jahre, und er verlor jede Schlacht, in die er zog. Die Wasserspiele waren sehr bald hin, und die Gärten verkamen. Sein Nachkomme war Duoderich der Sänger. Der wollte lieber dichten als regieren. Duoderich der Sänger heiratete eine Frau aus dem Norden, die sich mit ein paar Gefolgsleuten auf einer Reise durch die Welt befand. Diese Frau aus dem Norden war Muadh, die jüngste Tochter meiner Ahnmutter Yenka mit den blauen Zähnen.
Als eine Kammerfrau bei Muadhs Bad die Abdrücke von Stammmutter Yenkas blauen Zähnen auf ihrem Hintern erblickte, schrie sie laut auf und erzählte überall, was sie gesehen hatte.
Deswegen nannten sie die neue Königin *»die Gebissene«*.

Muadh und Duoderich der Sänger hatten vier Kinder, ihr dritter Sohn war Gibich, Gunthers Vater.
Gibich wurde König mit gerade sechzehn Jahren.
Es stand in den ersten Jahren eine bange Frage hinter seinem Thron, die niemand laut stellte. An einem römischen Festtag im Frühjahr gab es ein Feuer, und die halbe Burg brannte ab. Muadh und Duoderich starben in den Flammen, und auch Gibichs Geschwister und viele andere mehr. Gibich blieb verschont, weil er am Morgen allein zur Jagd geritten war.
Manche Zufälle sind zu zufällig, um kein Misstrauen zu erregen. Eine kurze Weile nach dem Unglück starb auch Gibichs bester Freund und Diener, der das Feuer einzig überlebt hatte. Er fiel beim Waffenputzen in sein eigenes Schwert. Man sagt zu Recht, dass die Südländer verglichen

mit unseren Helden schlechte Krieger sind. Aber nicht mal ein Burgunde kann so dumm sein, in sein eigenes Schwert zu fallen, das schwöre ich. Wie konnte das geschehen, argwöhnten viele. Aber nach einer Weile wurde auch diese bange Frage vergessen, wie viele andere Fragen, wie immer, wenn ein neuer König bleibt und seinen Thron festigt.

Es hat wohl nur selten einen Mann gegeben, der dringender König sein wollte als Gibich. Man muss wissen, Gibich hatte zwei ältere Brüder, die würden ihn nicht gelassen haben. Er hatte auch eine jüngere Schwester, Hildiko, die ebenfalls bei dem Feuer starb. An der soll er wirklich gehangen haben.

Die Eltern, drei Geschwister, ein treuer Freund und Unzählige des Gesindes – alle tot. Daran kann man sehen, wie dringend es ihm war mit der Königswürde.

Fünfzig Jahre herrschte Gibich am Rhein. Er diente weiter den Göttern der Römer, oder dem neuen Gott mit seinem armen Sohn, sollte ich sagen, der zu Gibichs Zeiten große Mode wurde.

Wenn man sich auf diesen neuen Gott umschwor und für ihn einmal ins kalte Wasser stieg, bekam man ein Hemd von den Priestern, die für ihn warben. Deswegen gingen viele hin, obwohl man sich leicht einen Schnupfen holen konnte. Das Hemd bekam man auch erst, wenn man sich die Familiengeschichte des Gottes angehört hatte, die sehr unwahrscheinlich klang. Seine Mutter war nicht mit dem Gottvater zusammen gewesen und hatte ihn in ihrem Ohr empfangen. Später musste der Sohn dann sterben, weil andere Menschen böse waren. Der Gemordete grollte aber nicht, und seine Verwandtschaft verübte auch keine Blutrache, sondern wollte im Gegenteil, dass niemand sonst mehr Blutrache verüben sollte. Es war eine sehr lange, sehr

verwirrende Ansprache, und wenige verstanden, worum es ging. Das Publikum nahm ein ungutes Gefühl mit, denn die Priester redeten lange von der Schlechtigkeit der Menschen und wollten ihnen so ein böses Gewissen für die einfachsten Dinge einreden. Sie forderten Keuschheit und Furcht und andere Unsinnigkeiten.
Offenbar halten manche Leute viel aus, nur um ein Hemd zu bekommen. Als die Priester dann aber keine Hemden mehr hatten, wurden die lange Beschimpften wütend, und ein paar Männer, die einen weiten Weg extra für die Hemden zurückgelegt hatten, erschlugen sie.
»Was nützt einem das kalte Wasser und die Meckerei, wenn es nachher kein Hemd dafür gibt. Das ist doch ein ganz schlechter Handel«, sagte einer von denen, die die Priester umgebracht hatten.
Das fanden die anderen Leute auch, und es gab einen kleinen Aufstand, als Gibich die Totschläger dann auch noch hinrichten ließ. Die Männer warfen Steine und Knüppel. Deswegen musste König Gibich notgedrungen bald das ganze Dorf niederbrennen und morden lassen, wo die Bekehrung stattgefunden hatte. Anschließend baute er auf dem verbrannten Grund einen Tempel für den Gott mit den Hemden. Weil aber fast alle aus dem Dorf starben, als Gibich die Aufständischen strafte, war es für die neuen Priester hinterher umso schwerer, den restlichen Leuten zu erklären, dass der Gott mit den Hemden sie im Grunde alle liebte und ihnen wohl wollte.
Am Anfang kamen nur die ganz Neugierigen in den Tempel und natürlich die Händler, die mit Gibich gute Geschäfte machen wollten und sich weder um Hemden noch Götter sorgten.
Gibich jedoch lernte aus der Geschichte und schickte von

da an immer ein paar Soldaten mit den herumziehenden neuen Priestern, die ersatzweise aus Rom geschickt wurden. Er gab den Priestern Unterschlupf und Geld für Hemden oder etwas anderes, wenn sie es unbedingt wollten, und auch er opferte mit seinem ganzen Gefolge ihrem milden Gott mit den traurigen Augen. Dafür wiesen die Priester in ihren Ansprachen darauf hin, dass der neue Hauptgott Gibich selbst durch ein geheimes Öl erwählt und gezeichnet hätte, um König zu sein. Das wunderte die Leute sehr, denn Gibich selbst war weder milde noch traurig: Er stahl und kämpfte, und er gewann fast immer. Sein Reich war groß und mächtig, seine Schatzkammern und auch seine Waffenkammern sollten zum Bersten voll sein.

Sicher war Gibich ruchlos, stark und entschlossen, aber er konnte sich kaum anderer Gaben rühmen, die einen König groß machen. Er wäre bald vergessen worden, ausgehöhlt von seiner eigenen verzehrenden Kraft, wenn er nicht zwei Mal Glück gehabt hätte.

Zwei Mal in seinem Leben nämlich traf Gibich eine wirklich kluge Wahl. Diese beiden Entscheidungen zusammen reichten aus, Burgund über Jahre hinaus zu sichern, auch als er längst gestorben und Gunther nach ihm König war.

Das erste Mal wählte Gibich so weise, als er heiratete. Da war er schon dreiunddreißig Jahre König und stand in seinem fünfzigsten Lebensjahr, ein starker alter Mann, der sich vor nichts auf der Erde fürchtete und den Tod verlachte.

Er heiratete die wunderbare Uote von Franken, eine Prinzessin aus dem Nordwesten. Sie war gerade zwanzig Jahre alt und wunderschön. Ich habe Frau Uote noch gekannt, müsst Ihr wissen, natürlich als Witwe und alte Frau. Es ist wirklich kein Verdienst, in der Jugend schön zu sein. Aber Frau Uote war noch schön wie ein Sonnenstrahl, als sie schon alt war. Sie leuchtete von innen heraus, und ich habe sie nie ein böses Wort sagen hören, zu niemandem, über niemanden.

Ich halte Frau Uote am höchsten im leidigen Lied von Gunthers Ahnen, die ich nicht ehren will. Für sie mache ich eine Ausnahme. Frau Uote ehre ich für immer; ich spreche ihren Namen mit Achtung und Dankbarkeit.

Denn es war Frau Uote, die uns in jener einzigen, fürchterlichen Nacht die Tür öffnete, damit wir fliehen konnten.

Ich sehe sie vor mir, ihre freundliche Stimme zwitschert im hallenden Gewölbe des geheimen Ganges, so traurig, so gebrochen, sie wusste, dass alles verloren war. Alles. Ihr Leben, unseres, das ihrer Kinder. Alle ihre vier Kinder waren tot, miteinander, voneinander erschlagen. Es waren nicht nur die Menschen. Burgund war tot. Die lange Linie Gundaharis fast ganz verloschen. Worms nur noch ein Traum, aus dem alle allzu bald erwachen würden. Sie hätte Grund gehabt, uns zu hassen, meine Mutter zu hassen. Ihr hätte ich es vergeben, wenn sie die Lügen und Bösartigkeiten geglaubt hätte, die man über meine Mutter schon anfing zu erzählen.

Vielleicht hat sie die Wahrheit immer gewusst.

Und dennoch war sie es, die uns gehen ließ, die uns einen Weg wies, wo uns niemand finden würde.

Es war Nacht, und mir war kalt. Diese Nacht war anders als alle anderen Nächte zuvor. Wir standen in einem feuchten Gang, die Fackeln rußten, und überall rannten Menschen, schrien die Trauernden. So viele Witwen in einer Nacht, so viele Waisen.

So viele tote Menschen. Keiner von ihnen würde wiederkehren, keine Leiche könnte je beweint, je bestattet werden. Ihr Tod blieb ein Wort, ein unfassbares Wort. Die Nachricht vom Untergang, die doch so leise gekommen war, hatte sich in einen Brand des Schmerzes verwandelt. Nur Frau Uote weinte nicht. Sie war die Einzige in dieser Nacht, deren Augen trocken blieben. Vier Kinder, alle tot, niemand hätte es ihr angemerkt.

Sie ging gemessen und langsam, wie jeden Tag ihrer vielen Jahre als Königin. Wir hielten vor einer Tür an.

Frau Uote umarmte meine Mutter ganz vorsichtig, als könnte sie sie aus Versehen zerbrechen. Meine Mutter, die Stärkste, die Gepanzerte, Frau Uote hielt sie wie römisches Glas: »Geh irgendwohin, wo du vergessen kannst, meine liebe Tochter. Wenigstens vergessen. Glücklich werden wir alle nicht mehr.«

Frau Uote dachte wohl, dass es möglich wäre, das Vergessen! Dass es gut wäre. Es war eine barmherzige Lüge, mehr nicht.

»Mutter Uote«, flüsterte meine Mutter unter dem Torbogen, sie war heiser von ihren Schmerzensschreien, die Augen vom endlosen Weinen verquollen, die Wangen fleckig und bleich. Sie sprach die verhasste Sprache der Burgunden: »Es tut mir so leid, Mutter Uote.«

Und gleich fing sie wieder an zu weinen. Ich fürchtete mich, hatte Angst, dass sie nie mehr aufhören würde, dass sie sich zu Tode weinen könnte, wie ein zerbrochener Krug, aus dem Wasser rinnt und dann versickert. Ich zerrte an ihrer Hand, damit sie aufhörte, aber sie beachtete mich nicht.

»Mein armes Kind«, sagte Frau Uote und streichelte meiner Mutter die Wange: »Ich bin schwach gewesen, als sie dich herbrachten. Ich bin schwach gewesen, als sie dich hier hielten. Als sie dir unrecht taten und dich verleumdeten. Ich

bin jeden Tag, an dem du mich gebraucht hättest, schwach gewesen.« Meine Mutter schluchzte heftiger, es klang, als müsste sie ersticken. Nur Frau Uote blieb ganz ruhig.
»Heute bin ich nicht schwach«, sagte die alte Königin sanft. »Ich werde dafür sorgen, dass du gehen kannst. Bei meinem Leben. Geht und versucht zu vergessen. Du und – dein Sohn«, sagte sie.
Dann küsste sie mich auf den Scheitel, legte zwei ihrer kühlen weichen Finger unter mein Kinn: »Ich wünsche dir ein wunderbares Leben, mein Kind.« Wenn ich ihre Augen in diesem Augenblick vor mir sehe, dann denke ich, dass sie es gewusst hat.
Und – hätte es nicht jeder wissen müssen, der mich sah?
»Ein wunderbares Leben«, wiederholte die alte Königin und richtete sich mühsam auf. Sie küsste auch meine Mutter und lächelte, als wäre dieser Abschied das Traurigste, was ihr in dieser schrecklichen Nacht widerfahren war. Sie machte das Schutzzeichen ihres Gottes über unseren Köpfen.
Dann gingen wir, rannten wir, die ganze Nacht, in dieser furchtbarsten aller Nächte.

Frau Uote war Gibichs Trumpf über den Tod hinaus. Seit sie in Worms war, konnte man den alten König nicht mehr nur verachten. Frau Uote machte Recht, was Unrecht war – im Rahmen ihrer Möglichkeiten. Sie rettete Gibichs Ruf. Ob sie ihn auch nur gemocht hat, diesen Gatten ohne Seele? Wer kann das wissen? Sie hatten vier Kinder zusammen, alle lebten.
Gunther, genannt nach seinem Stammvater Gundahari war der Älteste, dann kam Gernoth, dann Krimhild, Gibichs Tochter, die er allen anderen vorzog. Er hatte bei ihrer Geburt gefordert, dass sie nach Hildiko benannt werden soll-

te, seiner Lieblingsschwester, die verbrannt war. »Sie sieht auch genau aus wie sie!«, behauptete er stolz.
Aber das wusste niemand zu bestätigen, alle, die Hildiko noch gekannt hatten, waren längst tot oder hatten es vorgezogen, die ehemalige Königsfamilie zu Worms gründlich zu vergessen.
Gibich liebte Krimhild so viel mehr als seine Söhne. Es war auch nicht viel dran an den beiden, das einem Mann wie Gibich hätte gefallen können. Wenn Frau Uote sie liebte, dann nur weil sie so ein guter Mensch war. Gunther war dicklich und ungeschickt. Er ritt nicht gerne, fand die Waffen anstrengend und saß ständig bei seiner Mutter in der Kammer. Er aß gerne, sonst zeigte er keinerlei erkennbare Vorlieben.
Gernoth war dumm. Körperlich stark und zu allem entschlossen wie Gibich selbst, aber mit noch weniger Geist. Dauernd machte er etwas kaputt. Er konnte die Titel der Würdenträger am Hof nicht behalten, egal, wie oft man sie ihm vorsagte, und lauerte den Mägden auf, da war er noch keine zehn Jahre alt.
Gunther und Gernoth hatten Gibichs schlechteste Eigenschaften, aufgeteilt auf ein ungleiches Brüderpaar. Wenn sie eins einte, dann die Wut auf diesen Vater, der sich über sie lustig machte und sie sonst nicht beachtete. Denn Krimhild war sein Ein und Alles.
»Hildiko, mein Häselchen«, sang er ihr vor, und wann immer er nur einen Augenblick Zeit hatte, sah er nach ihr.
Kaum war sie ein halbes Jahr alt, hatte er sie den ganzen Tag bei sich, Uote traf ihre Tochter gar nicht mehr an. Wo immer Gibich saß, nahm er die Kleine auf den Schoß, auch in den Ratssitzungen oder bei Festen hatte er sie ständig dabei, ließ sie nur zum Füttern aus den Augen. Einmal

hatte sie ihm sogar bei einer Ratssitzung mit ausländischen Würdenträgern auf den guten Mantel gepinkelt. König Gibich hatte begeistert gelacht.

»Da macht meine kleine Hildiko einen Bach«, hatte er laut gerufen und das noch pinkelnde Kind in die Höhe gehalten, als führte er den ausländischen Würdenträgern eine bemerkenswerte technische Errungenschaft vor. Er fing jede Sitzung erst an, wenn Krimhild ruhig war und auf seinen Knien saß oder zu seinen Füßen spielte.

Das ging so, bis Krimhild ihr zweites Jahr vollendet hatte. Sie war das glücklichste kleine Mädchen, das man sich vorstellen konnte.

Aber dann riet einer der römischen Priester König Gibich strikt davon ab, seine Tochter so zu verwöhnen. Der Priester fürchtete einen Rückfall in die alten Sitten, als Frauen noch im Rat saßen und manchmal Königinnen waren.

Die römischen Priester hatten im Allgemeinen etwas gegen Frauen. Man sagt, es rührt daher, dass vor langer Zeit eine Frau in einem weit entfernten Land ihrem Mann ein Obst weggegessen hatte. Daraus entwickelten sich dann alle möglichen Schwierigkeiten, die noch schwerer zu verstehen waren als die übrigen Geschichten. Jedenfalls sollten wegen der Obstdiebin nun keine anderen Frauen mehr Königinnen sein, und auch sonst sollten sie sich besser ruhig verhalten.

Von Gunther und Gernoth war nicht viel zu erwarten, das sah jeder, der Augen hatte. Der Priester fürchtete deswegen wohl, dass auf Burgunds Thron irgendwann eine Königin Krimhild sitzen würde, wenn er nicht einschritt.

König Gibichs Mutter, sagte man, war noch nicht einmal getauft gewesen. Man fing damals an, von den »Heiden« zu reden, damit meinten sie alle, die sich kein Hemd abholten. Das waren allerdings noch einige.

Muadh aus dem Geschlecht König Vymanriks und Königin Yenkas war eindeutig eine Heidin gewesen.
Der Priester ahnte einen späten, unheilvollen Einfluss der »Gebissenen« aus dem unheimlichen Norden, wo man die Priester der Einfachheit halber ja schon *vor* der Hemdenvergabe erschlug. Deswegen musste er hart durchgreifen und schnell eine Wende der Gepflogenheiten herbeiführen.
Prinzessin Krimhild dürfe den Ratssitzungen keinesfalls mehr beiwohnen, bedrängte er also den König zu dessen Überraschung.
Seine Uote hätte er ja auch nicht mitgenommen, aber die Kleine? Was für ein Harm war darin, wenn er die Kleine auf dem Schoß hielt und sie mit ihren Klötzchen spielte?
»Es ist überhaupt nie gut, wenn eine Frau mit den Räten im Raum ist«, erklärte der Priester. »Jede Frau ist von Übel, egal wie jung sie ist. In ihr lauert Evas Sünde.« Eva hieß die Frau, die das Obst gegessen hatte. »Sie könnte uns alle fälschlich beeinflussen, durch ihre bloße Anwesenheit! Denkt an Eure Todesstunde, Herr König!«
Diese letzten Worte sagte der Priester häufig, heißt es. Der Priester redete nämlich viel vom Tod und von einer sonderbaren Gerichtsverhandlung, die die Verstorbenen zu erwarten hätten.
Für alles, was sie im Leben getan hatten, würde dann Gericht gehalten, und jeder Verstoß gegen die Regeln des Gottes wurde mit furchtbarer Gewalt geahndet. Der beflissene Priester zählte mögliche strafbare Vergehen auf, von denen Gibich keines fremd war, wie er erschrocken feststellen musste. König Gibich, der sich im Leben vor nichts gefürchtet hatte, wurde nun mit einem Mal unsicher, fragte nach, was er bei dieser Gerichtsverhandlung nach seinem Tod für ein Urteil zu erwarten hätte. Die vielen stummen Fragen seiner lan-

gen Regentschaft suchten plötzlich nach einer Stimme. Es ist nicht bekannt, ob der Priester von Gibichs Feuersbrunst, dem Tod seiner Familie oder so vielen anderen Geschehnissen wusste, aber er machte seine Sache auch so sehr gut.
»Ich sag es Euch nur ungern, König, aber vermutlich wird man Euch bei lebendigem Leibe verbrennen, wieder und wieder!«
Der Priester sprach mit Bestimmtheit und Befriedigung von diesem Strafgericht, er schien einer der wenigen Menschen zu sein, die Gibich in seinem Leben getroffen hatte, die nicht vor ihm kuschten.
»Verbrennen?«, hauchte Gibich entsetzt.
Nur er wusste, was er bei diesem Wort dachte.
»Denkt an Eure Todesstunde!«, wiederholte der Priester unheilvoll. Dann schwenkte er plötzlich um: »Aber Gott wird auch jeden noch so kleinen Umstand mildernd anerkennen. Er ist ein Gott der Liebe, wie Ihr wisst. Ich sage bloß, das Kind sollte nicht mehr im Rat erscheinen. Nur ein Beispiel.«
Daraufhin ließ Gibich für seine Tochter, seine Frau und alle anderen Weiber, die nicht zu wesentlicher Arbeit gebraucht wurden, binnen weniger Wochen einen Frauentrakt bauen, abgelegen vom übrigen Hof, aus dem Krimhild, bis sie erwachsen war, kaum je mehr herauskam.
Er besuchte sie nicht und gab Anweisung, sie vom höfischen Leben grundsätzlich fern zu halten. Sie durfte nicht einmal in den Garten geführt werden, der zwischen den beiden Gebäuden lag. Die ersten Tage in der fremden Einsamkeit soll Krimhild nur geheult und geschrien haben. Sie warf mit allem, was ihre kleinen Hände greifen konnten, und trat nach jedem, der sich ihr tröstend nähern wollte. An einem Morgen schließlich wollte sie nicht aufstehen und nicht essen. Ihre Amme stellte ein furchtbares Fieber fest,

an dem das Mädchen beinahe gestorben wäre. Ich weiß, dass Krimhild nicht leiblich krank war. Sie verstand nicht, weshalb ihr Vater sie so plötzlich verstieß, nachdem sie zuvor sein Augenstern gewesen war. Welches Kind hätte es schon verstanden? Es ist nicht Krimhilds Schuld, auch nicht, was so viel später passierte, als die Menschen vom Teufel sprachen, der in sie gefahren wäre. Ich hasse sie nicht, obwohl ich sie verabscheuen sollte, für das, was sie tat. Aber Krimhild tötete ihn nicht um seinetwillen.
Sie sah ihn nicht einmal. Als sie ihm den Kopf abschlug, da meinte sie Gibich, den Vater, der sie verstoßen hatte, Siegfried, den Gatten, der sie betrogen hatte, und Gunther, den Bruder, der sie verschachert hatte. Sie rächte sich für alles, was man ihr im Leben erst gegeben und dann genommen hatte.
Die Menschen in Worms haben immer viel darüber geredet, wie verschieden meine Mutter und Krimhild gewesen wären.
Ich weiß es besser. Was meine Mutter tat, verbot Krimhild sich nur. Und was Krimhild tat, das tat sie – ohne es zu wissen – auch für Brynhild. Ich weiß, wie es war. Je weniger man weiß, umso leichter urteilt es sich. Ich weiß zu viel.

Als Krimhild sich damals vom Fieber erholte, schien sie ein gänzlich anderes Kind als vorher, ruhig, duldsam und still, als wäre sie gar nicht mehr wirklich da. Gibich erkundigte sich nur einmal kurz, ob sie noch lebte, sonst fragte er nie, wie es ihr ginge. Von nun an zwang er Gunther und Gernoth, beim Rat jedes Mal dabeizusitzen.
Giselher, den dritten Sohn, den sanften Träumer, hat er nicht mehr erlebt. König Gibich starb von den Füßen aufwärts. Seine Beine wurden dick und blau. Er konnte kein

Wasser mehr lassen und blähte sich auf. Das Wasser, das seinen Körper nicht mehr verlassen konnte, stieg ihm in die Lunge, dass es bei jedem Atemzug brodelte. Er verbrannte nicht, er ertrank in sich selbst. In den letzten Wochen seines Siechtums, qualvoll ohne Beispiel, war der Priester ständig um ihn. Er redete immer noch von dem Gericht nach dem Sterben und dem Verbrennen, das Gibich drohte.

Auf dem Totenbett hatte der Alte deshalb gefordert, seinen letzten Sohn der Kirche zuzuführen, um für seine Seele zu beten.

»Wenn es nur ein Mädchen ist, sperr sie zu der anderen«, sagte er, er erwähnte nicht mal mehr Krimhilds Namen.

»Aber wenn es ein Junge wird, soll er ein Kirchenmann sein und für mich beten, sein Leben lang.«

Frau Uote schien diese Weisung später wohl vergessen zu haben.

König Gibich starb mit sechsundsechzig Jahren, sein ältester Sohn, Gunther, war erst dreizehn, Gernoth zwölf und die vergessene Krimhild dreijährig.

Giselher wurde im Winter nach Gibichs Tod geboren.

Das waren dann die Herren zu Worms, das Dreigestirn der Brüder: der Unentschlossene, der Dumme, der Sanfte.

Wie konnte Burgund mit solchen Königen bestehen?

Wieso war die stolze Burg in Worms nicht bald nach Gibichs Ableben überrannt und geschleift worden? Ich habe es ja schon gesagt, Ihr Fremden.

Weil König Gibich in seinem Leben noch eine zweite Wahl getroffen hatte, die ebenso klug war wie die Wahl seiner Gattin.

Er wählte einen Berater. Nicht irgendeinen. Er wählte den besten.

Das Land der Untergegangenen
Die zweite Erinnerung

Der Mann im roten Mantel erreicht das Lager. Das Boot ist völlig hin, das eine Ruder geborsten, das andere kurz davor. Die Müden schlafen noch. Der König, der Disziplin halten soll unter seinen Kriegern, friert und hungert.
Die Diener haben ein Feuer versucht, aber es qualmte so sehr, dass man nicht wusste, wen man damit anlocken würde. Alles ist nass geworden in den Regengüssen der letzten Tage und der letzten Nacht. Die Pferde husten, mit stumpfen Mähnen stehen sie an ein paar Pappeln gebunden und zittern. Was für ein Haufen! Binnen weniger Wochen ist aus einer Prachtarmee ein Bettelvolk geworden. Als er nicht zurückkam, in der vergangenen Nacht, da hat den König die letzte Hoffnung verlassen. Jetzt liegt der entschlusslose Herrscher in dem zugigen Zelt, das man ihm errichtet hat, und hat Heimweh.
Da kommt sein Bruder herein: »Gunther, steh auf!«, ruft er mit neuem Leben in der Stimme.
Der König hebt den Kopf: »Was?«, sagt er leise und wehleidig.
Da stürzt auch der Jüngste in sein Zelt: »Gunther«, jubelt der Jüngling mit dieser sich überschlagenden Stimme. »Er ist wieder da!«
Mit einem Ruck setzt der König sich auf: »Stimmt das?«, fragt er. Die feuchten Haare hängen ihm wirr ins Gesicht. Sie sehen alle aus wie die Barbaren.

Die beiden Brüder nicken, Gernoth zieht ihn vom Lager hoch: »Los, komm!«
Er folgt den beiden und ihren für ihn so unverständlichen Reserven an Lebenskraft in die fahle Morgensonne. Diese Nebel! Sollte nicht längst Frühling sein? »Wo denn, Gernoth?«, fragt er missmutig.
»Drüben beim ollen Knochenrenker«, antwortet der Bruder. Da kommt Leben in den König: »Ist er verletzt?« Er läuft sogar ein paar Schritte, besorgt. Die Herren seiner Truppen nicken ihm unterwegs zu, alle sehen sie furchtbar aus. Die Gesichter zugewachsen, die Haare ungewaschen und filzig. Die tausend kostbaren Gewänder gerade noch gut für Putzlumpen und Pferdedecken. Wenigstens Ruomold hat ein Feuer zustande bekommen und kocht Suppe. Gunther knurrt der Magen. Dann beim Zelt des Heilkundigen, windschief, nass und beulig, sitzt Hagen, tatsächlich. Der kleine, hutzlige Arzt verbindet ihm gerade die linke Hand. »Hagen, was ist passiert!?«, ruft der König. Er würde ihm gerne um den Hals fallen, so erleichtert ist er, dass sein ewiger Beschützer noch lebt.
Hagen sieht auf, seine Haare fallen ihm ebenso ungekämmt ins Gesicht wie allen anderen. Seltsamerweise beunruhigt Gunther das mehr als alle Beobachtungen, die er heute Morgen machen musste. Mehr als alle Erkenntnisse, gegen die er sich in der vergangenen Nacht nicht wehren konnte.
»Die Ruder sind gebrochen«, sagt Hagen leise und erhebt sich, als wäre das hier der Hof. Er senkt höflich den Kopf. »Deswegen bin ich abgetrieben.«
»Na, Gott sei Dank, seid Ihr jetzt da«, ruft der König und kann der Versuchung nicht widerstehen, ihn anzufassen.
»Was ist mit der Hand?«, will Giselher wissen, der munter dabeisteht. Er ist der Einzige, dem dies alles nichts ausmacht.

Sein erstes Abenteuer, er ist achtzehn vorbei, was kann man da sagen?
»Das Ruder«, antwortet Hagen ruhig, »eine Ungeschicklichkeit.«
»Aber, Hagen«, ruft Giselher, der sich den Verband genau betrachtet hat. »Da fehlt ja ein Finger!«
»Eine Ungeschicklichkeit«, wiederholt Hagen. Er wünscht sich, der Kleine wäre nicht mitgekommen.
»Wo ist denn Magister Conradus?«, fragt Gunther schnell.
Hagen sieht ihn ruhig an. »Er ist in einem Strudel aus dem Boot gefallen, Herr. Er wollte nicht stillsitzen.«
Die drei Brüder machen entsetzte Gesichter. »Habt Ihr ihn nicht retten können, Hagen?«, sagt Gernoth.
Der Arzt drückt Hagen ein paar Kräuter in die Hand, die soll er kauen. Der Verletzte nickt abwesend.
»Ich glaube, dass er sich selbst ans andere Ufer hat retten können.«
»Dann müssen wir ihn holen«, ruft Giselher. »Soll ich?«
»Das Boot ist zerstört, junger Herr«, antwortet ihm Hagen. Er erinnert den Prinzen nicht daran, dass auf der anderen Seite auch ein erschlagener Fährmann liegt, der ihnen sehr viele Schwierigkeiten bei Elsos Leuten machen wird. Dass es deswegen allein schon keine gute Idee wäre, zurückzugehen.
»Der arme Conradus!« Giselher kennt ihn sein ganzes Leben lang. »Was wird der jetzt bloß machen?«
Hagen bleibt geduldig mit dem Jungen. »Er wird sich gewiss seinen Weg zurück nach Burgund suchen.«
»Na, Hauptsache, dass Ihr wieder da seid«, seufzt Gunther. »Ist das schlimm mit der Hand?«
»Das Allerschlimmste, was mir im Leben passiert ist«, antwortet Hagen todernst, und alle starren sie ihn ungläubig an. Dann fängt Gernoth an zu lachen, dann Giselher und

schließlich auch Gunther. Der Arzt lacht nicht mit. Hagen verzieht ein bisschen den Mund.
»Da habt Ihr uns aber reingelegt!«, benennt Gernoth mal wieder das Offensichtliche. Gunther schöpft Hoffnung.
»Sollen wir gleich aufbrechen?«, fragt der König seinen ewigen Helden.
Hagen nickt. »Volker soll die Leute führen«, sagt er. Dann versucht er, seine Haare zu ordnen, und streicht sie aus der Stirn.
Erst da fällt ihnen auf, dass er seine Augenbinde nicht mehr trägt.
Gunther macht den Mund auf und will etwas dazu sagen. Aber dann hält er sich selbst zurück. Er kann das Zeichen nicht wirklich deuten. Aber er weiß, dass es kein gutes Zeichen sein kann.

Odins Sohn

Als König Gibich damals heiratete, im gleichen Sommer, fochten weit, weit südlich der Franken, in einem fernen Land bei Lusitanien, wo die Sonne die Erde verdorren soll, zwei Armeen. Noch heute fragen sich die Weisen bei uns, warum zwei Heere um ein Land stritten, in dem es heiß und schon am Morgen zu trocken für eine Ziege war? Aber diese Krieger kämpften nicht um Land oder Gut oder Sklaven. Sie waren im Gegenteil verstiegene Männer, die darum kämpften, welcher ihrer beiden Götter Recht hätte.
Beide Götter hatten kein Gesicht, einen Körper schon überhaupt nicht, beide hassten es, wenn man Fehler machte, und beide mochten es nicht, wenn man ihnen Fragen stellte. Sie stellten viele Anforderungen an ihre irdischen Verteidiger und waren sofort beleidigt, wenn etwas nicht nach ihren Befehlen geschah.
Hier bei uns im Norden kann man sich so einen Gott kaum vorstellen. Die Götter freuen sich doch, wenn die Menschen Fehler machen, es unterhält sie. Und wenn man sie fragt, dann geben sie entweder Antwort, oder sie spielen mit uns, dass wir die Antwort alleine finden sollen.
Die eine Armee kam vom Ende der Welt, aus einem Land jenseits der südlichen Meere. Man nannte ihr Volk die Mauren. Ihr Gott war unsichtbar und ständig unzufrieden.
Die andere Armee war eine Armee aus dem Westen, in ihr

kämpften Tapfere vieler Stämme, *miletes christiani* nannten sie sich in der Sprache der Römer, Ritter ihres *Kristur*, des weißen Christus. Sie fochten für den Gott, dessen Priester in Gibichs Land Hemden verteilen ließen, den milden Gott, der diesen Sohn mit den traurigen Augen hatte, der für seine Milde dennoch harsche Opfer forderte. Er ging in vielen Namen und hatte viele Gestalten. Eine Flamme, ein Vogel, ein Mensch, ein kleines Kind und ein Mann an einem Kreuz.

Sie nannten ihn *Kristur*, römisch Christus oder Chrestos, oder Herr oder Allmächtiger Gott, dennoch war er alle zugleich. Viel Sinn machte dieser Feldzug also auf der ganzen Linie nicht. Es hat auch bis heute meines Wissens keiner gewonnen, sodass man immer noch nicht weiß, welcher dieser beiden Götter nun im Recht gewesen wäre.

Weswegen ich Euch mit dieser absurden Geschichte aufhalte, fragt Ihr? Weil es wichtig ist.

Denn einer von denen, die dort für den weißen Christus kämpften, war stärker und mutiger als alle anderen, ein gefürchteter Krieger, noch in jedem Kampf unverletzt geblieben, ohne auch nur einen Kratzer. Aber er soll einmal mit nur einem einzigen Schwerthieb vier Feinde zugleich enthauptet haben. Ich finde, es ist schon schwer, mit einem Schwerthieb vier Äpfel zu treffen, die doch leichter stillhalten als kampfwillige, tapfere Männer vom Ende der Welt, die am Erhalt ihrer Köpfe ein gewisses Interesse haben.

Deswegen sagten sogar die Krieger in der feindlichen Armee, dass der Unverwundete einer der Größten in diesem Kampf sei.

Es war Hagen, der, der aus dem Wald kam.

Hagen von Troneck, den sie am Rhein den Tronjer nannten.

Der Unverwundete redete nicht viel. Er mochte keine Fra-

gen und stellte auch keine. Er war beherrscht wie ein Stein, niemand konnte je an seiner Miene lesen, was in seinem Inneren vorging. Er schien auf seine Weise dem Menschlichen entrückt, so viel stärker – auch im Geiste –, so ohne menschliche Schwächen.
Sein Haar war seine größte Eitelkeit, es war schwarz und glänzte wie ein Rabenflügel. Hagen war groß und voller Geheimnis.
Er trug niemandes Farben, noch ein bekanntes Wappen.
Auch später an Gibichs und dann Gunthers Hof, ihr wichtigster Rat, ging er doch nie in den Farben der Burgunden.

Es gab eine Besonderheit an Hagen, die widerfuhr ihm, da war er schon dreißig, und sein Ruhm zitterte wie heiße Luft über der trockenen Erde Lusitaniens.
In einer Schlacht an einem Felspass in diesem seltsamen Land rief ihn ein Mitstreiter um Hilfe an. »Tronjer, hilf mir«, schrie der andere. Und als Hagen sich umwandte, da streifte ihn ein Krummschwert an der Stirn, und er verlor sein rechtes Auge.
Was kann ich noch sagen?
Ist es nicht klar für jeden, der hören kann. Welche Vorzeichen muss man noch sehen? Hagen war der Tapferste. Er war Odins eigener Sohn. Den auf dem Schlachtfeld der Vater kennzeichnete. Die Völker im Südwesten und im Inneren der Inseln nennen ihn auch *Gwydion* oder *Woden*, aber es bleibt doch immer der Gleiche, Odin, der Sucher der Wahrheit.
Warum kämpfte Odins Sohn ausgerechnet unter den *Kristinn maðurnar*, fragt Ihr?
Vielleicht ging Hagen nach Lusitanien, weil dort der größte Kampf seiner Lebenszeit stattfinden würde.

Und nirgendwo anders wollte er sein, egal um was dieser große Kampf ging. Ich bin der Letzte, der sein wahres Lied singt, das Lied Hagens, *Högni Odinsson*, nenne ich ihn zu seiner höchsten Ehre.
Er war ein Krieger, wie es keine mehr gibt. Der größte seiner Zeit, begabt mit der Kraft von sechs Männern.
Aber nach dem Kampf, in dem er sein Auge verlor, fingen seine Gefährten an, ihn mit Unwohlsein anzusehen, denn sie kannten das Antlitz dieses anderen Gottes noch, der keine Hemden verteilen ließ und niemanden ins kalte Wasser schickte.
Sie sahen Odin in seinem Gesicht und rückten von ihm ab. Auf einmal stellten sie ihm Fragen: »Wer ist denn Euer Vater, Hagen von Troneck?«, wollten sie wissen. »Ich habe von Troneck nie gehört. Wo sagtet Ihr doch, dass Ihr her wäret?«
Er käme von Trier her, behauptete Hagen, der alten Römerstadt. Da brachten sie ihm zwei Knappen aus Trier, die sollten sagen, ob sie schon je von Tronecks gehört hätten. Die Knappen sahen Hagens von so vielen Hälsen schartiges Schwert an und zitterten. Aber sie sagten, sie hätten von diesem Hause nie vernommen.
Dann kamen Priester, die im Heerzug gingen, und befragten Hagen nach seinem Glauben. War er getauft? »Wer hat Euch denn getauft?«, wollten sie hören. Die furchtlosen Soldaten zeterten wie die Stare im Kirschbaum.
Odin muss seinen Spaß gehabt haben an diesem Spiel.
Hagen aber wurde leise wütend und sagte, dass sich alle wohl am besten um ihre eigenen Angelegenheiten kümmern sollten.
Das sagte er oft, auch später: »Ich glaube, alle hier sollten sich am besten um ihre eigenen Angelegenheiten kümmern!« Und hatte er nicht Recht? Und obwohl dies eine so

große Wahrheit ist, hält sich doch kaum jemand daran. Ich frage Euch, wann wäre ein Unglück nicht erst dadurch entstanden, dass einer nach einer Sache fragte, die ihn nichts anginge! Ihr werdet noch sehen, was ich meine.

»Ja, kam er denn nun vom Rhein«, fragt Ihr? Niemand kann sagen, wo sein Zuhause lag. Er erzählte nur ein einziges Mal in seinem Leben, woher er kam und wer er war. Er wollte nicht, dass man es wusste, so kann ich es noch nicht sagen. Später werde ich es tun müssen. Ich weiß, wenn ich seiner Erinnerung lausche, dass er mir dafür vergeben wird.

Einstweilen hört dies:

Högni Odinsson, Hagen von Tronje, war vierunddreißig Jahre alt, als er nach Worms kam. Hagen, der nach Burgund ritt, war ein Suchender, der überall gewesen war. Seine Suche blieb unbeendet, weil die Zeit sich noch nicht erfüllt hatte. So suchte er einen Platz zum Warten.

Er kam in einem roten Mantel, mit einem bronzenen Schild, Speer und Schwert und ritt auf einem braunen Wallach. Als er später fortritt, zweiunddreißig Jahre später, da ging er so, wie er gekommen war.

In einem roten Mantel, mit einem bronzenen Schild, Speer und Schwert auf einem Wallach. Außer ihm wussten nur an jenem Tag noch Frau Uote und Herr Huonold, der Kämmerer, dass er ebenso ging, wie er gekommen war. Und beiden gab es einen Stich des endgültigen Verlassenseins. Nur eins war anders, an dem Tag, als er ging: Er ließ etwas zurück, von dem niemand wusste, und nahm etwas mit, von dem niemand wusste.

Als Hagen also das erste Mal zu Gibichs Burg ritt, suchte er einstweilen nur ein Dach für den Winter, wie er sagte, und bot seine Dienste als Soldat in Gibichs Heer an. Gibich hatte längst von Hagen gehört und griff gierig zu. Als der Fremde, gerade angekommen, unter den Reitern Quartier nahm, sah er sich gründlich in der Feste zu Worms um. Dann ließ er sich gleich wieder bei König Gibich melden. »König Gibich«, sprach er, »es ist mir doch aufgefallen, dass Eure Burg verschiedene Schwachstellen hat. Zu jeder Zeit, egal wie viele Wachen Ihr auf den Zinnen habt, könnten leicht feindliche Krieger hier eindringen. Und von innen befehdet, ist jede Burg zu Tode verwundet. Das ist wie ein Speer in den Rücken. Das geht dann schnell. Und man kann nichts mehr machen.«

König Gibich lachte nur: »Du kommst also hierher, lieber Gevatter, bist noch keinen Nachmittag da und redest schon schlecht über meine Anlagen. Also hör zu: Meine Burg ist lange Jahre unbelagert, meine Heere sind noch länger unbesiegt. Was bildest du dir ein! Du landloser ... Söldner, du!«

Hagen stand unerschütterlich. Er schlug König Gibich mit ruhiger Stimme einen Handel vor. Der König möge im Burghof zusehen, wie man hinter Hagen die Tore nach draußen schließen würde. »Wenn ich nicht wieder hereinkomme, so behaltet Ihr mein Pferd und meine Waffen. Wenn ich aber in kurzer Zeit wieder vor Euch stehen werde, als wäre ich glattwegs durch den Stein gekommen, dann nehmt zurück, was Ihr gesagt habt, und entschuldigt Euch bei mir.« König Gibich war es gewohnt, dass alle vor ihm Angst hatten. Wenn einer mit ihm redete, als fürchtete er ihn nicht, passte er immer gut auf. Und Hagens Handel schien ihm leicht zu gewinnen.

So begab sich König Gibich, umgeben von seinen Räten, in den Hof und sah, wie man hinter Hagen die Türen schloss. Der König drehte sich zu den Herren um und versuchte einen Scherz. Da Gibich wenig Witz besaß, war der Scherz

so dünn wie ein Buchenblatt: »Da werden wir wohl um ein Pferd und ein Schwert reicher sein! Lasst gleich die Waffenkammer öffnen, Ruodolf!« Ruodolf von Alezeye war Gibichs Waffenmeister.
Die Herren des Rates kamen schon nicht mehr dazu, ihr übliches lahmes Lachen abzuliefern, mit dem sie des Königs schlechte Witze sonst vergalten. Denn Hagen stand hinter Gibich, als er die letzte Silbe sprach, so als wäre er aus dem Boden gewachsen.
König Gibich runzelte missbilligend die Stirn, weil keiner der Räte lachte, da deutete der junge Herr Huonold, der des Königs Kämmerer war, bleich über Gibichs Schulter. Der König drehte sich um und machte ein kleines Geräusch vor lauter Schreck.
Hagen lächelte nicht, obwohl es sehr komisch gewesen sein muss.
»Wie kommt Ihr –?«, stieß Gibich hervor und kam gleich außer Atem.
Alle hatten Hagen durch das große Tor gehen sehen. Alle hatten den Riegel gehört, der sich hinter ihm schloss. Niemand hatte gesehen, wie er wieder hereingekommen war. Er stand da, als wäre er glattwegs durch die Mauern getreten.
König Gibich schnappte weiter nach Luft wie ein Fisch, den man aus dem Wasser gezogen hat. Da redete Hagen:
»Ihr braucht Euch doch nicht zu entschuldigen, König. Ich habe gesagt, Ihr müsstet es tun, wenn ich vor Euch stehe. Ich bin aber *hinter* Euch angekommen.« Die Räte schwiegen betreten. Was für eine Größe!
Manche Könige brauchen weder einen Titel noch ein Land, um zu sein, wer sie sind.
Selbst Gibich fiel auf, dass Hagen mehr Geist, mehr Scharf-

sinn und bestimmt sowieso mehr Kraft hatte als er selbst. Es gibt nur zwei Erklärungen, wieso es ihm auffiel, denn König Gibich fiel wenig auf. Hagen war entweder so außerordentlich tapfer, so klug und so geistreich, dass es auch einem stumpfsinnigen König am Rhein klar werden musste. Oder die Götter schenken auch den Dumpfen bisweilen einen Moment der Helligkeit, damit geschehen kann, was geschehen muss. Ihr werdet selbst urteilen, welches von beiden es war, wenn Ihr die Geschichte weiter hört.

»Herr von Tronje«, sagte da also der Burgunde mit einem schwachen Anflug von Würde: »Euch möchte ich nie als meinen Feind haben, wirklich nicht. Ich bitte Euch daher, als der höchste meiner Berater an meinem Tisch zu sitzen und mit mir mein Reich zu regieren.«

Die Räte japsten nach Luft, das hätten sie nicht erwartet. Ein jeder überlegte schnell, ob diese Geisteswandlung des Königs und ihre Folgen ihm schaden oder nützen würde, aber keiner wusste genug über Hagen, um es einschätzen zu können.

Hagen selber blieb stumm ob dieses Angebots.

»Ich gebe Euch Gold und alles, was Ihr Euch wünschen könntet«, pries Gibich eifrig an, denn so gierig wie er war, dachte er, alle Menschen müssten so sein.

Aber der Tronjer schüttelte den Kopf. Mit dem Auge, das ihm geblieben war, hatte er eine Art, die Menschen anzusehen, dass es ihnen schwindlig wurde.

»Ich brauche kein Gold. Gebt mir einen besseren Grund zu bleiben«, forderte Hagen den verwirrten König auf.

Der sah zu seinen Räten und machte flehende Augen, dass sie ihm mit einer Antwort aushelfen sollten. Aber die Räte konnten sich auch nichts Besseres vorstellen als Gold. Sie

zuckten verstört die Schultern, und einige begannen zu schwitzen, obwohl es kühl war in den Mauern von Worms. Der Fremde nickte bedächtig.
»Das ist dann wohl der Grund«, sagte Hagen. »Ich werde hierbleiben, König Gibich, weil weder Ihr noch einer Eurer Gefolgsleute außer Gold einen Grund weiß, warum man überhaupt ein Land regiert.«
Hagen entfernte sich. »Ein eigenes Zimmer hätte ich allerdings gerne!«, rief er noch über seine Schulter.
Von diesem ersten Tage an fürchteten und hassten die Räte Hagen von Tronje. Sie versuchten, Erkundigungen über ihn einzuziehen, und standen nur mit Luft in den Händen da. Deswegen brüteten sie viele Gerüchte aus, arger Unsinn, den nicht einmal so manches Waschweib erzählen würde: Sein Vater sei ein Waldgeist, der seine Mutter, ein entführtes Edelfräulein, geschändet hatte. Hagen reite des Weiteren bei Vollmond in den tiefsten Wald, wo noch die Bilder der alten Götter standen, und bespräche sich dort mit den Hexen und Zwergen. Der Waldgeistvater hätte ihm dazu überirdische Kräfte verliehen. Weil er an diesem ersten Tag so plötzlich im Hof erschienen war, behaupteten einige Neider sogar, Hagen könnte sich unsichtbar machen und durch Wände gehen.

Als Hagen schon einen Monat bei Hofe lebte, in seiner eigenen Kammer, in die er nur einen einzigen Diener hineinließ, nahm König Gibich nach einer Ratssitzung all seinen Mut zusammen und trug sein Anliegen vor. Es war einigen aufgefallen, dass der einäugige Hagen Odins Sohn hätte sein können. Für einen zivilisierten Hof, der leider noch um jeden Getauften unter seinen Würdenträgern ringen musste, war so etwas untragbar, setzte ein falsches Zeichen. Gibich brauchte die Verbündeten in Rom. In Rom regierten dieser Tage weder die Kaiser noch die Soldaten, das wurde immer klarer. In Rom regierten die Priester, die erst glücklich waren, wenn alle einmal im kalten Wasser untergetaucht wären. König Gibich ahnte mit einigem Unwohlsein, dass Hagen und die Priester wahrscheinlich sehr unterschiedliche Meinungen zu vielen Dingen in Bezug auf die Götter hatten.

»Herr Hagen«, begann er entsprechend unsicher, »einige der Frauensleute bei Hofe nehmen Anstoß an Eurer Verletzung da«, er deutete auf die Narbe über Hagens fehlendem rechtem Auge.

»Ich persönlich glaube, es ist egal, was Frauen denken, aber auch einige der Würdenträger aus Rom, namentlich die Kapläne …«

Seine Stimme verebbte. Kapläne waren besonders geschulte Priester, die dauerhaft an Gibichs Hof lebten. Wozu, war niemandem ganz klar, aber man konnte sie schlecht bitten, zu gehen. Sie waren Gesandte der fernen Männer, die Gibich als Freunde brauchte, um garantiert ein von seinem Gott auserwählter König zu bleiben.

Da lächelte Hagen das erste Mal, seit er nach Worms gekommen war. »So, die Kapläne«, wiederholte er.

»Es wäre ja nur eine Augenbinde nötig«, schnaufte Gibich.

Seit diesem Tag sah man Hagen bei Hofe nie mehr ohne ein schwarzes Band, das er sich schräg über den Kopf zog. Erst kurz vor seinem Tod sollte er die Binde wieder ablegen, und da war es schon egal, was alle dachten, die im Süden, die im Osten.

Man hat in den letzten Jahren so viel Unsinn über die Burgunden verbreitet, über den Xantener, über Hagen und natürlich über meine Mutter. Ich weiß, wer sich diese Lieder schreiben lässt. Ich sage seinen Namen nicht, nie. Ich gönne ihm keinen meiner Atemzüge. Er wird mein Henker sein, ohne dass ein Tropfen Blut seine Hand beschmutzt. Er wird mein Henker sein, feige und fern der Richtstätte. Deswegen nehme ich seine unwürdige Person zur Kenntnis. Jedoch vergesse ich seinen Namen schon vor meinem Tod. Ist das nicht komisch, dass der, der mir das Erinnern verbieten will, von mir vergessen wird? Von mir, der sich an alles erinnert.

Meine Wärter schauen nach mir, weil ich lache. Der Wagen schwankt. Sie denken, dass ich verrückt bin. Gefangen, auf dem Weg zum Tode und lachend. Was ist verrückt daran? Aber ich bin daran gewöhnt. Die meisten Menschen denken, dass ich verrückt bin. Aber er, mein ferner Henker, mein feiger, namenloser Mörder mit den sauberen Händen, der denkt es nicht. Er ist der Einzige, der weiß, dass es die Wahrheit ist, deren letztes Lied ich singe.

Wir sind wie die zwei Schalen einer Waage der Verdammnis.

Nur mein Niedergang wird ihn ungestört aufsteigen lassen. Und wenn ich bliebe, wo ich war, ginge er zugrunde. Söhne der Untergegangenen sind wir beide, doch ich bin – umgeben von Unglück – ein Kind des Glücks, mein Lebtag lang. Und er?

So sehr er sich auch mit dem Wahn von Sieg und Rache umgeben mag, er ist ein Unglückswurm. Der Sohn eines Lügners, der – vom eigenen Vater vergessen, von der eigenen Mutter ohne eine Träne verlassen – verschwunden wäre, wenn er nicht denen nützen würde, die ihn nun ihrerseits belügen. Ist das nicht komisch, Ihr Fremden?

Mein armer zukünftiger Mörder, mein belogener Verleumder, mein unerwünschter Bruder. Weißt du noch, wie wir spielten als Kinder?

Ich singe deinen Untergang, denn ich kenne die Wahrheit, die du erschlagen willst. Ich kenne meine Eltern, und ich kenne dich.

Dein Vater log sich seinen Weg stets gerade einen Schritt voraus.

Er betrog die, die ihm vertrauten, er betrog sich selbst.

Deine Mutter ließ dich zurück, wo du heute noch sitzt und in deiner Verdammnis brütest: Sie ging leicht und ledig, ohne dich mitzunehmen, weil zu gehen ihren Zielen dienlich war.

Und diese Ziele hatten nichts zu tun mit Liebe oder Gerechtigkeit.

Wie wirst du sie gesund lügen mit deinem Geld, deinen Abkommen und Verträgen?

Sohn einer Verrückten und eines Frauenschänders!

Das sind deine Ahnen. Und mag ich auch hier in deinem Käfig sitzen, auf dem Karren schwanken, der mich zu meiner Todesstätte bringen soll, wenn ich an dich denke, weiß ich, dass ich der Glückliche von uns beiden bin. Mir macht der Tod keine Angst. Zu oft schon hat er mein erstaunlich zähes Herz zwischen den Zähnen gehalten und es dann doch wieder ausgespien.

Ich bin ein Glückskind aus der Linie der Untergegangenen: Mein Vater gedachte im Sterben nur meiner Mutter Wohl und Überleben, ihrem und meinem. Und meine Mutter, krank an namenlosem Leid, das sie erst ereilte, als sie es doch lang abgegolten wähnte, kämpfte für mich, jeden Tag, den ihr das Leben als Qual aufgab. Kämpfte so lange, bis sie mich alt genug erachtete, im Lebensstreit selbst fechten zu können.

Diese beiden sind die wahren Helden. Sie dachten, vom grausamen Spiel der Götter gebrochen, dennoch nur aneinander, nicht an sich selbst – bis zuletzt. Das macht sie unsterblich.

Meine Mutter, Brynhild Svenkesdottir, war Königin auf den Inseln.
Mein Vater, der Tapfere, der Krieger ohnegleichen, war Hagen von Tronje, Högni Odinsson, unbesiegt in seinem Herzen.
Ich bin beider Sohn, das Vermächtnis der Verschwundenen.
Sie warten auf mich in den Hallen des Lebens hinter dem Tod.
Ich bin Bryndt Högnisson.
Ihr Fremden, nennt mich bei meines Vaters Namen.
Sein Name allein wäre mir Grund, wieder zu sprechen.
Aber ich warte. Ich warte darauf, dich, von mir Vergessener, wiederzusehen. Ich warte, dass sie mich in diesem Käfig auf deinen stinkenden Burghof karren.
Du willst es doch sehen, oder? Natürlich. Du willst sicher sein, dass ich es wirklich bin, den du erschlagen lässt. Es soll kein Versehen geben. Du willst meines Vaters Augen sehen, meiner Mutter Züge, um sicher zu sein. Vielleicht wirst du nur hinter einem Fensterschacht stehen, verborgen in deiner Feigheit, und heruntersehen, wenn sie mich abladen wie ein Stück Vieh. Aber du wirst es sehen wollen. Du wirst da sein wollen.
Das weiß ich. Und dann werde ich ein letztes Mal sprechen, dann werde ich ein letztes Mal singen. Dann schick mir den, der dich als Henker vertritt. Er soll das Lied enden, wenn er kann.

Wie Worms wuchs

Als Hagen von Tronje, wie er nun allgemein hieß, schließlich dem Rat zu Worms vorsaß, da gab es keine Krieger, die die Grenzen des Reiches angriffen. Die Starken und Tapferen, die hörten, Hagen wäre Gibichs wichtigster Rat, schwärmten zum Rhein wie Bienen zu einem Feld voll Klee. Sie kamen, an Hagens Seite zu kämpfen, sich im Glanze seines Ruhms den eigenen zu erwerben.

Jedem der Waffenhungrigen sagte Hagen: »Hier soll es keinen Kampf geben, sondern Frieden. Hier werdet Ihr keinen Ruhm ernten, sondern das Leben anderer ruhig erhalten. Wenn Ihr bleibt, dann so, als könnte jeden Morgen eine Fehde anbrechen, doch wissend, dass es nicht geschehen wird. Burgund ist keine Heimat für Faulpelze, aber auch keine für ehrgeizige Jugend, die besungen werden will.«

Fast alle, die eigentlich nach Worms gekommen waren, um zu kämpfen, blieben dank Hagen, um den Frieden zu sichern. Er selbst trainierte sie, und die Narben, die sie sich zum Zeichen ihrer Tapferkeit gewünscht hatten, bekamen sie dennoch. Nicht auf den Feldern für Odins Raben. Sie bekamen sie in den Übungsgängen mit Odins Sohn. »Ich habe ja gesagt«, rief er den Armen nach, die auf einer Bahre vom Waffenplatz getragen wurden: »Keine Heimat für Faulpelze.«

Und den bangen Umstehenden erklärte er: »Wer sich im

Frieden nicht bereithält, überlebt den ersten Tag des Krieges nicht!«

Die Krieger liebten Hagen weit mehr als Gibich.

Wenn sie Gibich den Eid schworen, sahen sie doch Hagen an.

Das fiel den anderen Räten auf, und sie träufelten dem König spitzmündig Gift ins Ohr: »Hagen befehligt alle Männer unter Waffen mit weniger als einem Flüstern. Sie folgen ihm blind! Blind! Wenn der wollte, König, könnte er Euch schlicht absetzen lassen. Ihr könntet eines Morgens gefesselt nach der Wache rufen und rufen und müsstet entdecken, es ist die Wache, die Euch festhält. Tja.«

Gibich betrachtete die Räte eingehend und antwortete: »Wenn Männer zu lange von der Heimat fern sind, dann kommen ihnen ganz seltsame Gedanken. Ihr solltet nach Hause zurückkehren, Ihr Herren. Euer König dankt Euch, ihm so lange gute Dienste geleistet zu haben. Nun seid Ihr entlassen.«

Damit hatten die Drohnen von Worms nicht gerechnet. Sie schwirrten in Angst durcheinander und versuchten ihren Posten zu retten, aber es war zu spät. Gibich, der Misstrauische, hatte in Hagen einen Berater gefunden, dem vertraute er mehr als sich selbst. Nur Herrn Huonold, den Kämmerer, behielt er. Herr Huonold war jung und geschickt, und er hatte Hagen nie verleumdet. Er übersah das Gesinde und hatte damit genug zu tun.

Als Hagen von der Entlassung der Räte erfuhr, war er verwundert, doch, was den Grund anging, nicht wirklich überrascht.

»Sie könnten sich rächen wollen, Herr«, sagte er zu Gibich. »Zehn kleine Feinde können manchmal mehr Schaden anrichten als ein großer.« Gibich winkte ab. Seine Räte konn-

ten nicht einmal ihren Weg aus einem Mehlsack herausfinden, den man ihnen übergestülpt hatte, dachte er nun, da er sich nicht mehr auf sie verlassen musste.
»Ihr wählt den neuen Rat aus Euren Getreuen aus, Herr Hagen. Und wenn Euch zehn zu viel sind, dann kommen wir auch gut mit fünf Räten und Euch selbst aus, und Herrn Huonold.«
Hagen brachte dem König am nächsten Tag eine Hand voll junger Männer als Räte, von denen die meisten noch nicht einmal einen Bart hatten. »So jung?«, fragte Gibich erstaunt.
»Ihr seid schon älter, Herr. Die hier werden lange leben«, antwortete Hagen ruhig. »Wenn Ihr lang tot seid und Euer Nachfolger regiert, dann werden diese Männer noch wissen, wie es unter Euch war, und werden es dem neuen König beibringen können.« Da war Gunther schon geboren und Gernoth auf seinem Wege dazu.
»Dann sollen sie gleich auf meinen Sohn mitschwören, auf beide«, entschied Gibich und bewunderte Hagens Treue und Klugheit. Er selbst, das wusste Gibich, wäre weder zum einen noch zum anderen fähig gewesen.
Wie selten ist es doch, einen Ratgeber zu finden, der in seiner Weisheit glänzt wie Morgentau und dennoch nicht danach dürstet, sie mit Macht zu verbrämen. Man kann eher einen Rosengarten auf steinigen Felsen anlegen, als auf bestem Boden einen solchen Mann zu züchten. So jemand ist selten und wertvoll. Jeder König, der ihn auf seiner Seite wüsste, könnte einen ruhigen Schlaf schlafen. So ein Mann war Hagen von Tronje, das schwöre ich, und wenn es das Letzte ist, was ich tue.
Die neuen Räte am Hof zu Worms waren die, deren Namen man noch heute kennt: Ortwin von Metz, der Truchsess,

der die Vorräte übersah, ein kluger Mensch, baumlang und dünn, mit Händen, die immer wirkten wie Schaufeln, kurzer, auffahrender Nase und Augen, die ihm trübe wurden, weswegen er sie zusammenkniff. Dann wählte Hagen Ruomold, den Küchenmeister, der Tapferste und Stärkste aller jungen Helden. »Ich! Der Küchenmeister? Och, nee! Lasst mich der Waffenmeister sein, der Quartiermeister, meinetwegen der Kellermeister, aber nicht der Koch!« Herr Ruomold saß da wie ein trauriger Ochse, die wulstige Stirn, die das Denken nicht gewohnt war, gekraust, dass sie weiß wurde. »Bitte, nicht der Küchenmeister«, flehte er.

»Du bist der Küchenmeister!«, wiederholte Hagen mit fester Stimme, und er sollte sich auch hier nicht geirrt haben. Wann immer die Burgunden ausrückten, ob zur Jagd oder zur Fehde, so speisten auch ihre Fußsoldaten wie die Fürsten, und dank Herrn Ruomolds Umsicht kostete es den König nur wenig Geld.

Es gab unter den Tapferen zu Worms zwei junge Markgrafen: Gere, der eine, Eckewart, der andere. Graf Gere wurde Gernoths Lehrer, Graf Eckewart erst Gunthers Aufwartung, später der treue Wächter der kleinen Krimhild.

Warum Hagen diese zwei zu Bewachern der Königskinder wählte? Nun lasst mich voll Takt sagen, dass die Möglichkeit, dass die Grafen Gere und Eckewart jemals selbst Kinder zeugen würden, sehr gering war: Eher, so hieß es in Worms, habe man mit einem heißen Januar zu rechnen. Aber umso fürsorglicher kümmerten sie sich um die ihnen Anvertrauten. Und als Gernoth sich nichts mehr sagen ließ, kümmerte sich Gere dann um Giselher, der übrigens wesentlich fügsamer war.

Dann kam auch eines Tages Volker von Alezeye in den Rat, ein Neffe des jäh entlassenen Ruodolfs, der seinem Oheim aus vielen Gründen bitter war. Er nahm seinen Platz als Waffenmeister ein. Zuerst hatte Volker natürlich daran gedacht, den Onkel zu erschlagen. Aber er entschied, dass sein Onkel sich über den neuen Posten seines Neffen länger ärgern würde als über einen gespaltenen Schädel. Jedem das Seine!

Zehn Jahre war Hagen nun schon bei den Burgunden, da erschien ein junger Mann vor den Toren der Burg, der war in Rot gewandet und hatte schwarzes Haar. Er nannte sich Herr Dankwart und behauptete mit angenehmer Stimme, Hagens jüngerer Bruder zu sein.

Wenn Yggdrasil, der Weltenbaum, Füße bekommen hätte und vor dem Tor von Worms aufgetaucht wäre, es hätte nicht mehr Geschrei und Fragerei auslösen können, das könnt Ihr mir glauben. Dieser Dankwart sah Hagen auch der Art nach ein wenig ähnlich, das gleiche schwarze Haar, der rote Mantel, wappenlos, tat sein Übriges. Aber er war ihm doch so ungleich wie ein Karrengaul dem Streitross. Dankwart begrüßte den Herausgerufenen, den er Bruder genannt hatte, mit aller Vorsicht, ähnlich, wie man an einen schnaubenden Stier herangeht. Gaffer säumten den Hof, ich schwöre, in diesem Moment ging nicht ein einziger Burgsasse seiner Arbeit nach. Selbst Frau Uote soll von ihrer Stickerei aufgestanden sein, um am Fenster zu stehen.

Dankwart war so jung, gerade neunzehn, Hagen schon vierundvierzig in jenem Herbst, als es sich zutrug. Ein Bruder? Halbbruder? War der Fremde vielleicht eher ein heimlicher Sohn, der nur als Bruder ging, um Hagen nicht zu entblößen?

Schon schwirrten die Gerüchte wie Fliegen im Kuhstall.

War er es, den Hagen in seinen einsamen Ritten besucht hatte? Hatte Hagen eine heimliche Gefährtin draußen in den Wäldern versteckt?
Kam dieser Dankwart da aus Tronje, wo immer es sein mochte.
»Hagen«, sagte Herr Dankwart lächelnd, als er ihm gegenüberstand. »Dankwart«, antwortete der leise und undurchdringlich. »Ich würde gerne hier zu Hof Arbeit tun!«, erklärte Dankwart darauf hölzern.
»Das muss der König entscheiden«, antwortete Hagen und ging gleich wieder hinein.
Auch König Gibich hatte natürlich gegafft und gelauscht.
»Ist das wirklich Euer Bruder, Herr Hagen?«, fragte Gibich mit der Neugier eines tratschenden Küchenmädchens, als sich dieser bei ihm melden ließ.
Hagen gab nie eine direkte Antwort: »Er möchte hier Wohnung nehmen, Herr«, war alles, was er sagte.
»Was für ein Amt schlagt Ihr denn für ihn vor?«, wollte Gibich wissen. »Ihr kennt ihn doch, welches sind seine Fähigkeiten?«
Hagen verzog keine Miene angesichts dieser plumpen List. »Ein Neuankömmling sollte zunächst wohl am besten bei den Soldaten sein«, sagte Hagen nur. Man bekam zum Leidwesen aller nichts über ihn aus Dankwart heraus, wobei gesagt sein sollte, dass sich überhaupt nur wenige trauten, zu fragen. Nach einiger Zeit war dann auch Herr Dankwart den Waffenkammern verantwortlich, aber man sagt, dass er sich mehr darauf verstand, wie eine Waffe auszusehen hatte, als darauf, wie sie sich am besten im Kampfe fügte.
Dies waren nun die Räte zu Worms, kaum dass Hagen zehn Jahre am Rhein weilte. Sie blieben bis zum furchtbaren Untergang, junge Männer, die im gesicherten Frieden alt und

weise wurden, aber dann in einem Gemetzel starben, das ich noch nicht beschreiben kann, weil selbst der Wind erstirbt, wenn er an das denkt, was geschah. Ihr werdet noch davon hören, Ihr Fremden, und dann Euch vielleicht wünschen, es wäre Euch erspart geblieben.

Mit den Jahren ließ Gibich Hagen immer freiere Hand. Auch den ungewöhnlichen Ratschlägen des Tronjers beugte er sich bald ohne Fragen, weil Worms an ihnen wuchs wie ein Fluss nach der Schneeschmelze. Die Grenzen Burgunds wurden nicht nur verteidigt, sie dehnten sich aus, so wie man Wein in einen Schlauch füllt, fassten mehr und mehr. Und während die Welt in Unruhe geriet, lag Worms im Frieden. Und wenn mal ein Kläffer an diesen Wällen anschlug, zog Hagen mit den Tapferen aus und brachte die Schädel der Unverfrorenen mit in die Burg zurück. Für Gibich und das Land tat er mehr Gutes als Gundaharis Erben bisher alle zusammengenommen.

So war es auch Hagen, der veranlasste, einige der versklavten Landsassen wieder zu befreien und ihnen kleine Höfe zu schenken, denn er sagte:

»Ein starker Bauer, der sein eigenes Land verteidigt, ist ein Krieger, mit dem man rechnen muss. Ein ängstlicher Landsasse, hungrig und arm, den sein König in Waffen steckt, ist bald tot.«

Die neuen Bauern, befreit nach Jahrzehnten der Sklaverei, aber wussten nicht, dass Hagen ihr Wohltäter war.

Im Gegenteil, sie mochten ihn nicht.

Bauern sind noch abergläubischer als Hofvolk. Wenn sie ihn auch nur von Weitem sahen, kniffen sie die Daumen ein und spuckten heimlich nach ihm aus. Und einige ganz Neumodische machten das Zeichen des milden Gottes, des weißen Christus, wozu man sich mit der rechten Hand erst an der Stirn, dann in der Herzgrube, dann an der linken und schließlich an der rechten Schulter berühren muss, das kann ich Euch verlässlich sagen.

So viele Gerüchte es auch über ihn gab, niemand konnte etwas tatsächlich Schlimmes berichten, wobei er Hagen beobachtet hätte. Er versah seine vielfältigen Aufgaben mit äußerster Disziplin und war von einer so vollkommenen Regelmäßigkeit in allen Pflichten, dass wieder von Zauberei geredet wurde. Nur hin und wieder, alle Vierteljahre vielleicht, immer wenn der Mond voll war und die Hunde mit den Wölfen um die Wette heulten, ritt Hagen aus und blieb zwischen einem und drei Tagen fort.

Auch Gibich wusste nicht, wo er hinging in diesen Zeiten. Hagen bat nie um Urlaub und entschuldigte sich auch nicht für sein Ausbleiben, wenn er wiederkam, geschweige denn, dass er eine Erklärung abgegeben hätte.

Als es das erste Mal vorgekommen war, da hatte sich Gibich noch ein wenig beunruhigt. Er fürchtete, Hagen verloren zu haben, dass er womöglich Verrat betrieb und sich mit fremden Unterhändlern traf, um die Gans, die er mästete, ans Messer zu liefern.

Nachdem er aber seinen ganzen Rat entlassen hatte, als die Herren Hagen misstrauten, konnte er nicht gut selbst damit anfangen, argwöhnische Fragen zu stellen. Und tatsächlich war Hagen auch nach zwei Tagen am frühen Abend wiedergekehrt, unverändert still, unverändert um das Wohl Worms' bemüht.

Einer der Priester flüsterte Gibich schließlich ein, dass es auch noch andere Gründe als Hochverrat geben könnte, die Hagen geheim halten wollte: Ihr könnt Euch das nicht vorstellen, Ihr, die Ihr mir zuhört, aber die Priester des Gibich konnten immer nur an ihren Gott denken. Und daran, dass es gar keine anderen Götter geben dürfte. Es ist in der Tat eine seltsame Grille, aber wie heißt doch das Sprichwort: »In jedem Kopf befindet sich eine andere Welt.«

So müsst Ihr mir glauben, dass es wirklich der Priester wichtigster Gedanke war, dass niemand zu anderen Göttern betete, so lustig das auch klingt. Ihnen war es ernst.

So klagte einer von ihnen Hagen an: »Immer bei Vollmond! Herr König, Ihr wisst selbst, dass an Vollmond die alten Bräuche unglücklicherweise weiter gehalten werden. Und die unanständigen Lieder, Drachentöter und sprechende Bäume, unappetitliches Zeug! Wisst Ihr sicher, dass Euer oberster Ratgeber nicht an solchen Riten teilnimmt? Das wäre schändlich, ungut.«

Gernoth war damals gerade geboren worden, und der Priester war eigentlich gekommen, um Einzelheiten der bevorstehenden Tauffeier zu bereden. Deswegen war ausnahmsweise auch Frau Uote anwesend. Sie stickte ein Heiligenbild und hörte still zu.

»Im Umkreis von drei Tagesritten sind doch nun alle Menschen getauft, Pater, wie soll er da an Riten teilnehmen?«, fragte Gibich.

Der Priester schloss eindrucksvoll die Augen und schnaubte durch die Nase. »Es ist mir arg, vor der Königin über derlei Dinge sprechen zu müssen«, schnaufte er.

Frau Uote nickte ihm freundlich zu. Gibich schüttelte den Kopf: »Meine Frau hält schon was aus«, befand er. »Also raus damit!« Noch immer eindrucksvoll im Leid seiner Skrupel, zischte der Priester einen Befehl an einen seiner jüngeren Gehilfen. Der schleppte einen Sack an, etwa so groß wie ein Weinschlauch.

Der Priester nahm den Sack kummervoll entgegen und griff hinein mit einem Gesicht, als hätte er das Zahnreißen.

»Dies, Herr König, haben wir vor drei Tagen bei einem Viehhändler, der von Alezeye herkam, finden müssen.«

Er zog zwei kleine Figuren heraus, so lang wie der Unterarm eines Halbwüchsigen. Grobe Bildnisse eines Mannes und einer Frau. Beide hatten den Mund weit geöffnet und starrten den unwissenden Betrachter in stumm schreiender Anmaßung an. Geheime Zeichen waren auf ihren Rücken eingeritzt. »Verzeiht, Königin«, hauchte der Priester, als hätte er Frau Uote beleidigt. Ihr wisst es natürlich alle, wer es war, den der Priester da in der Hand hielt. Aber die Südländer wussten es nicht. So hat es sich zugetragen, auch wenn es schwer zu glauben ist.

»Was ist das?«, wollte Gibich wissen. »Spielzeug?«

»Heidnische Götter, Herr König«, trug der Priester noch bekümmerter vor. »Wir finden sie leider immer wieder. Wir haben die Wälder um Worms schon mehrfach von diesen obszönen Schnitzereien reinigen lassen. Aber sie tauchen auf, als wüchsen sie aus den Bäumen. Immer an den gleichen Stellen. Manche«, endete er mit niedergeschlagenen Augen und brechender Stimme, »manche sind mannshoch! Höher.« Es gab außerdem blutbemalte Pferdehäute, Wolfszähne und Schädel mit Habichtsfedern, aber davon wollte er lieber gar nicht anfangen.

König Gibich betrachtete interessiert die Geschlechtsteile der beiden Schnitzereien, der milde Gott der römischen Priester hatte solche Kennzeichen nicht aufzuweisen. Gibich hatte bis zu diesem Moment nie darüber nachgedacht, ob Götter Geschlechtsteile hatten, und blieb dem Priester daher eine Antwort schuldig. Denn nun fesselte ihn diese Überlegung ungemein. »Lasst die Figuren doch einfach stehen!«, sagte da munter Frau Uote, die gerade den Heiligenschein des *Sanctus Florianus* stickte, eines Mannes, der verehrt wurde, weil er in einen Fluss fiel.

»Hm?«, machte Gibich, der nicht daran gewöhnt war, dass seine Gemahlin einfach so Meinungen äußerte, schon gar nicht öffentlich.

Frau Uote fuhr fort: »Die Figuren tauchen immer wieder auf, weil Ihr sie den Leuten aus den Wäldern fortholt. Wenn Ihr sie stehen ließet, wären sie bald nicht mehr so wichtig.« Der Priester blinzelte erschreckt. »Wisst Ihr«, fuhr Frau Uote fort, »so haben wir es daheim gehalten. Die großen Figuren stehen nur an wichtigen Orten. Die Leute können es nicht ertragen, diese Ort leer zu sehen. Wenn Ihr die Figuren aber stehen lasst, dann beruhigen sie sich. Und kommen umso eher in den Gottesdienst.« Sie fädelte ein helles Rot für den Mantel des *Sanctus Georgios* ein, der unter anderem ein berühmter Drachentöter gewesen sein sollte. Drachentöter ist dabei nicht gleich Drachentöter, müsst Ihr wissen. Aber das wird sich noch zeigen.

»Das ist doch gar nicht so dumm!«, urteilte Gibich. Dann wurde er für seine Verhältnisse geradewegs gelehrt: »Wenn unser Herr Jesus doch der mächtigste der Götter ist, dann wird er die anderen schon besiegen. Was stören ihn dann ein paar Figuren?«

Der Priester fühlte sich erschöpft: »Nicht der mächtigste der Götter, Herr König, der *einzige Gott*!«, denn darum ging es ja damals immer bei den Priestern des milden Gottes.

»Ja, ja«, machte Gibich ungeduldig, »umso weniger wird er sich dran stören«, befand er und befühlte weiter die Figuren.

Der Priester sammelte noch einmal alle Kräfte, er fürchtete, dieses Gespräch mit nicht voraussehbaren Verlusten zu verlassen:

»Aber Herr Hagen darf nicht mit dem Volk gemeinsame Sache machen. Wir müssen wissen, ob er an solchen Riten teilnimmt.«

Gibich rutschte auf seinem Stuhl herum.

»Man kann so schlecht über solche Sachen mit ihm reden«, bemängelte er. »Uote«, fiel ihm dann ein, »du kannst das doch machen, wenn du ihn zur Taufe einlädst!«

»Herr Hagen und ich sind einander in den zwei Jahren seiner Anwesenheit hier nur noch nicht vorgestellt worden«, sagte Frau Uote sanft.

»Alle haben an mir was auszusetzen«, brüllte König Gibich da übergangslos. »Dieses dauernde Gezeter, das kann einen ja ganz krank machen. So kann ich nicht arbeiten.«

Wutentbrannt verließ er den Raum, die beiden Figuren zu des Priesters Verdruss zornig fest umklammert. Er wagte aber nicht, den König in dieser Verfassung zurückzurufen. Jedoch die Priester sind im Geist nie müde. Fürwahr denken sie doch Tag und Nacht nur daran, wie ihr Gott die Welt gewinnen kann.

»Herr Huonold könnte Euch vorstellen, Königin«, versuchte der arme Mann zu retten, was zu retten war. »Dann könnt Ihr ihn fragen.«

»Gern.« Frau Uote lächelte und stickte weiter.

Herr Huonold aber, das sagen alle, soll nicht gelächelt haben, als er erfuhr, welch noblen Auftrag man ihm gab.

Geheimnisse der frühen Jahre

Die Zeit kehrt wieder in jedem Kind. Als Gernoth getauft wurde, zählte sein Bruder Gunther bereits zwei Jahre. Er war Gibichs Thronfolger, und dennoch, wie ich schon gesagt habe, hatte der alternde Herrscher ein gerade mal mittelmäßiges Interesse für diesen Sohn. Hätte sich Hagen nicht seiner angenommen, Gunther wäre wohl vergessen worden. Denn Gibich kümmerte sich nicht, eine sträfliche Nachlässigkeit. Aber wie alles, was Gibich vergaß, übersah oder nicht verstand, die Götter hatten es so eingerichtet, dass eben ein anderer sich kümmerte – Hagen. Und das geschah so:

Als Herr Huonold Frau Uote und Herrn Hagen miteinander bekannt machte, da ereignete sich, neben allem anderen, was diesen Moment außergewöhnlich machte, eine Besonderheit, die ich nicht verschweigen darf.

Es war schon zwei Tage vor Gernoths Taufe, als Herr Huonold endlich den Mut aufbrachte, den an ihn gestellten Auftrag auszuführen, und Herrn Hagen auf dem Innenhof so lange in ein Gespräch zu verwickeln wagte, bis Frau Uote hinzugerufen werden konnte. Klein-Gunther watschelte neben ihr her, seine Hand in ihren Rock gekrallt. Gernoth trug sie auf dem Arm, der Säugling schlief fest. So beladen kam sie nur langsam vorwärts – zum Leid des armen Huonold, denn ein großer Redner ist Hagen nie gewesen, und einfach so einen Schwatz mit ihm zu halten, das war nun ganz undenkbar.

»Und die Wälle im Süden, Herr Hagen«, fragte Huonold mit Schweiß auf der Stirn, als er Uotes Schritte endlich hörte, »alle zu Eurer Zufriedenheit?« Nach den Wällen im Osten und Norden hatte er schon gefragt. Es gingen ihm die Themen aus.

»Wenn ich was über die Wälle im Süden zu sagen habe«, erklärte Hagen ungehalten, »dann tue ich das. Ich glaube, alle hier sollten sich am besten um ihre eigenen Angelegenheiten kümmern.«

Herr Huonold schwitzte stärker, wie verabredet drehte er sich um und täuschte sehr schlecht sehr große Überraschung vor.

»O welche Ehre«, sagte er überschnell, »da kommt ja die Königin.« Hagen kniff das Auge zusammen, als wollte er etwas auf eine lange Entfernung hin gut sehen können. Er neigte kurz den Kopf und machte Anstalten, sich zurückzuziehen. Herrn Huonold blieb keine Wahl, auch wenn er mit seiner guten Gesundheit spielte. Er griff nach Hagens Ärmel und hielt ihn zitternd fest, bis Frau Uote ein paar Schritte näher war. Und Hagens Blick ersetzte die Klinge, die Huonold an seiner Hand schon zu spüren fürchtete. Ich versichere Euch, wenn dieser Blick aus seinem einen Auge, den Hagen denen, die ihn ergrimmten, wenn auch nur leise ergrimmten, zu schicken pflegte, wenn dieser Blick eine Klinge gewesen wäre, dann hätten sich viele Helden in der Schlacht gewünscht, eine solche zu führen. Herr Huonold wachte noch manche Nacht aus einem schlechten Traum auf mit der Erinnerung an diesen Blick. Dann, hochgeschreckt von seinen Kissen, tastete er nach seiner Hand und konnte fast nie glauben, dass sie noch da war. So war es, als er Hagen festhielt, damit dieser Frau Uote vorgestellt werden konnte.

»Frau Uote«, presste der arme Huonold hervor, »welch glücklicher Zufall, Euch hier zu sehen.« Die Königin lächelte.

»Und noch welch größerer Zufall, dass Ihr hier auf unseren größten Krieger treffen solltet«, die Zunge klebte dem armen Mann am Gaumen, als hätte er ein Salzfass sauber lecken müssen.

»Frau Uote, ich stelle Euch Herrn Hagen von Tronje vor, den wichtigsten Mann im Rat des Königs.« Herr Huonold wankte, blinzelte heftig und schnappte nach Luft – doch er stand.

Es sind große Krieger gewesen damals in Burgund.

»Herr Hagen«, antwortete da Frau Uote, »ich freue mich, dass wir uns kennen lernen.« Und ihre Stimme klang wie der Flug einer Schwalbe. »Doch fühle ich, dass wir einander auf eine Art längst begegnet sind, denn es vergeht kein Tag, da man nicht Euren Lobpreis singt.«

Hagen senkte bescheiden den Kopf und schwieg.

»Ich freue mich«, fuhr die Königin fort, »dass ich diese glückliche Gelegenheit nutzen kann, Euch zur Taufe unseres Jüngsten einzuladen. In der Messe übermorgen wird unser Gernoth in die Taufe gehoben. Es würde uns alle stolz machen, wenn Ihr kommen würdet.«

»Ich gehe nicht viel zur Kirche, Frau Uote«, antwortete Herr Hagen leise, aber man hörte bereits, dass die Mauer seines Willens schwankte. Dabei schoss kein Katapult des priesterlichen Eifers dagegen, sondern nur die sanfte Stimme einer Frau, die klang wie Schwalbenflug. Hätten die Priester verstanden, dass solche Macht die wahre ist, wir wären längst alle mehrfach ins Wasser getaucht – auch ohne Hemden.

»Das macht doch nichts«, antwortete Frau Uote dem Wankenden und lächelte. »Für den Jungen ist es ja auch das erste Mal!«

Und nun hört von der Besonderheit, die geschah an diesem Tag: Als Frau Uote so lächelte, da wurde Herr Hagen rot wie sein Mantel, den er am Tag seiner Anreise getragen hatte. Er stand neben dem ängstlich blassen Herrn Huonold wie Klatschmohn neben einem Weißkohl – wie Frau Uote nicht hat lachen müssen, weiß ich nicht. Es ist wohl ein weiterer Beweis dessen, was für ein guter Mensch sie gewesen ist.

»Bitte, Herr Hagen«, fügte sie nur an, »es würde mir viel bedeuten, wenn meine Söhne einen Krieger wie Euch zum Schutz und Vorbild haben könnten.« Die beiden sahen sich an.

Da war es dann, das Unbenennbare.

Wer weiß, was sie in diesem Moment dachten? Nicht einmal der Wind kann sicher sein, denn manches Mal sind die Wünsche eines Menschen ihm selbst verborgen, so versteckt in den tiefen und heimlichen Tälern seines Wesens, dass nicht einmal er selbst erraten kann, was er vor sich verbergen muss. Beide teilten ein Geheimnis in dieser Stille, über das sie nie sprachen, das Geheimnis derer, die einen dringenden Wunsch verspüren und ihm nicht nachgeben. Für Uote war es das Geheimnis einer Frau, der das Schicksal einen unwürdigen Ehemann zuteilt, die aber ehrenvoll genug ist, diese Bürde leicht zu tragen. Das Geheimnis des Schweigens, das über den vielen Klagen lag wie eine feine Decke. Klagen, die nie jemand von Frau Uote hören würde. Es gab an Frau Uote nichts, was niedrig gewesen wäre, niemals, aber in diesem Moment, da sie Hagen ansah in jener Stille, da war sie fast überirdisch, wundervoll. Sie reichte ihm ihr Geheimnis mit leichter Hand hin. Und er nahm es

auf und gab ihr das seine dafür, es ebenso sorgsam zu bewahren.
Für Hagen war es das Geheimnis eines Mannes, dem das Leben nichts mitgab als einen üblen Ruf, den er nicht verdiente, und zu viel Begabung, die ihm auch nicht half; der einsam war in all seiner Beherrschung. Das Geheimnis des Schweigens, das wie ein Mantel über den vielen Schreien seiner Einsamkeit gebreitet war, da er sich wünschte, dazuzugehören. Dazuzugehören – zu einer Frau wie ihr. Für die es sich lohnte, zu leben, zu planen, zu sterben. Man sagt, dass Hagen denen, deren Leben er nahm auf dem Schlachtfeld, stets näher gewesen ist, als denen, mit denen er Seite an Seite stritt und kämpfte. Die Sterbenden waren die Gefährten, die er unter den Lebenden nicht zu finden vermochte. Ich glaube das.
Es ist eine Nähe im Töten, stärker als in der Liebe, aber die versteht nur der ewig Einsame, der, der fremd bleibt.
Da standen sie, die Königin und der Fremde, der König hätte sein sollen. Ich glaube, dass sie sich erkannten, dass sie ihrer beider Einsamkeit fühlten und den Wunsch, aus dieser Einsamkeit wie aus einem tiefen Brunnen heraufzusteigen.
Als Frau Uote mich in jener Nacht zum Abschied küsste, da habe ich es gesehen, dass sie ihn erkannt hatte. Und wie sie in meinen Augen nach ihm gesucht hat, um sich verabschieden zu können, von dem, was nie sein durfte.
Bevor der von mir Vergessene, der mir nun diesen Käfig beschert hat, seine Lügen zu erzählen begann, hat man Hagens Treue schon gerühmt. *»Nie«,* so heißt es im großen Lied des Sturlus Thigbarsson, *»nie hat ein Krieger Treue mehr gezeigt als Hagen den südlichen Hallen. Nie hat ein Rat dem Unwissenden besser geraten, ohne sich an dessen Torheit zu*

bereichern. Nie hat ein Starker den Schwachen besser Schutz geboten – hat seine Kraft ihren Fehlern als Schild gehalten.«
Das ist wahr, all das hat Hagen getan – aber nicht für Gibich oder Gunther. Ich weiß, dass er es damals allein für Uote getan hat. Für die Worte, die sie ihm nie sagte und die sich mit den Seufzern mischten, die er in sich erstickte. Er tat es, um einen Grund zu haben, um weiterzuleben – so lange, bis es Zeit war und alles sich änderte.

Als Frau Uote ihm im Hof zu Worms die Hand reichte und sagte: »Bis übermorgen dann, Herr Hagen«, da versprach er es ihr mit einem Nicken. Versprach ihr, ihre Söhne zu schützen und das Reich, welches sie erben würden.

»Bis übermorgen, Herrin«, antwortete er.

Später, viel später, als Jahre und Jahrzehnte vergangen waren, da sagte Hagen: »Zwei Mal in meinem Leben hat mein Herz zu mir gesprochen. Das erste Mal habe ich nicht hingehört.«

Da hat er Frau Uote gemeint, als er vom ersten Mal sprach, das weiß ich sicher. Vielleicht ist es auch Frigga, Odins Gattin, gewesen, die verhinderte, dass er sein Herz hörte, denn es sollte etwas anderes mit ihm geschehen.

Die Götter haben es nicht gern, wenn man sich in ihre Pläne mischt. Gerade Frigga war stets eigen mit ihren Plänen der Liebe.

Und Frau Uote? Mir hat sie den einen Kuss gegeben, den er nie empfangen durfte, der sonst die Ereignisse der Jahre verändert hätte. Das ist alles. Dieses Geheimnis der Stille, das beide teilten. Ein Moment, der verging, als die Königin den Hof verließ. Hagen und Huonold blieben zurück und sahen Frau Uote nach.

»Ihr könnt meinen Ärmel jetzt loslassen, Huonold«, sagte Hagen schließlich leise; und Huonold, der arme Mann, konnte seine von Angst verkrampften Finger kaum öffnen. Er musste die andere Hand zu Hilfe nehmen, seinen eigenen Griff aufzubrechen.

»Verzeihung«, flüsterte er. Dann ging Hagen.

Seine Gewohnheit, alle paar Monate in die Wälder zu verschwinden, gab er nicht auf. Die Priester mussten sich letztlich bescheiden, dass sie nie erfahren würden, was er in den Tagen tat, in denen man ihn nicht sah.

Aber er stand am übernächsten Tag mit den anderen in der Kirche. König Gibich strahlte selbstgefällig, als hätte er eine wahre Heldentat vollbracht, und der Priester, als er Gernoth taufte, predigte inbrünstig, dass früher oder später ja doch alle in seine Kirche kommen müssten. Dabei schaute er auch rechthaberisch in Hagens Richtung, aber nur ein einziges Mal und sehr kurz. Frau Uote und Hagen sahen einander nicht an. Sie begegneten sich selten, auch in den darauf folgenden Jahren, und wenn, dann immer in Gesellschaft und für wenig mehr Zeit als ausreichend für eine flüchtige Begrüßung. Aber ich weiß, dass Frau Uote oft am Fenster stand und zusah, wie Hagen mit den jungen Streitern übte. Und er brauchte nie hochzusehen, um zu wissen, dass sie da war. Wir singen für die, die Heldentaten begehen. Doch sind nicht manchmal, wenn auch selten, diejenigen Helden, die etwas nicht tun, obwohl sie es sich wünschen. Die etwas lassen, weil es vielen anderen Unglück bringen würde?

Und Hagen? Er hielt ihr die Treue, indem er sie ihren Söhnen hielt. Er nahm sich Gunthers an, als dieser noch nicht reiten konnte, und übte mit ihm die Waffen. Das bisschen Ruhm, das Gunther später auf den Schlachtfeldern, gerade auch seinem letzten erringen sollte, verdankt er, da bin ich sicher, diesen frühen Tagen in Hagens Obhut. Denn auch

wenn er wenig Begabung hatte, ihn die Waffen ermüdeten und er so wenig Richtung für sich selber fand, konnte er doch eher Schwert und Schild halten, als die meisten eine Kuh melken können.
Und er hielt Schild und Schwert so, wie er es seinen Lehrer tun sah, den besten von allen.
Wollt Ihr wissen, wer Gunther war, bevor er der wurde, den ich hasse? Ich will mich zwingen, der Gerechtigkeit wegen, von ihm zu sprechen, wie er war, nicht wie mein Zorn ihn mir vor Augen führt. Wenn ich lange genug auf dieses Bild hinter dem Zeitennebel starre, das Bild dieses fetten, unentschlossenen Weichlings, dann verschwimmt es von den Tränen, die immer in meinem Herzen sind. Und während es sich in Wellen auflöst, sehe ich in ihnen den Knaben, der mit Hagen auf dem Kampfplatz steht, sein kleines Schwert gegen ihn zieht und mit seinen schmalen Äuglein in die Sonne blinzelt. Ein plumpes und seltsam willenloses Kind, das tut, was man ihm aufträgt – und nicht mehr. Es ist kein Entdeckerdrang in ihm oder Abenteuerlust, auch nichts von der Zerstörungswut seines jüngeren Bruders. Der kleine Gunther übt die Waffen mechanisch, ohne offenen Widerwillen, aber auch ohne Talent. Er macht, was man ihm sagt, blickt manchmal hoch, sich zu vergewissern, dass er nicht getadelt wird. Wenn die Zeit mit seinem Lehrer vorbei ist, wird er zu seiner Mutter zurücklaufen und bei ihr sitzen. Er wird ihr beim Sticken oder Weben zusehen und sonst nichts. Aber noch ist es nicht so weit.
»Eins, zwei drei, vier«, zählt Hagen ihm die Bewegungen vor. Eins – den Schild hoch, zwei – mit dem Schwert ausholen, drei – Drehung, eine Richtung vortäuschen, vier – ausfallen nach vorne, dahin, wo es der Gegner nicht erwartet, und zustechen. »Eins, zwei, drei, vier«, immer und immer

wieder. Gunther gehorcht. Kleine Arme, die müde werden, kleine Beine, die unter der Spannung zu wackeln anfangen.
»Eins, zwei, drei, vier – noch mal.«
Das Licht der grellen Morgensonne, das in die Augen sticht, die Füße und Knöchel nass und kalt vom Tau, der Rücken juckt vom Schweiß. Nicht aufhören: »Eins, zwei, drei, vier – weiter oben.« Ihm gefallen wollen, ein Lob hören wollen. Er lobt so selten. »Eins, zwei, nein, zu weit, zu viel Angriffsfläche, zurück!«
Die Hände tun weh, der Schwertgriff macht Blasen. Hagen kennt keine Blasen, seine Hände sind nur Horn und Schwielen von seinem Leben mit dem Schwert.
»Eins, zwei, drei – das war keine Täuschung, das würde ein Blinder sehen, wo der Schlag wirklich hingehen soll. Noch mal.«
Ich sehe Gunther jetzt nicht mehr. Der Nebel hat mich einmal mehr genarrt.
Der sich da so abmüht, das bin ich. Vier- oder fünfjährig, von meinem Vater unterwiesen, aber ich darf nicht wirklich wissen, dass er mein Vater ist. Ich darf es niemandem sagen, keine Fragen stellen. Er ist schon alt, aber die Übung durch die langen Kriege und was auch immer sonst sein Geheimnis war, strafen die Jahre Lügen. Bis heute hat noch keiner einen Kampf gegen ihn gewonnen. Ich bin sehr stolz auf ihn, ich bewundere ihn, aber ich hasse ihn auch. Er schont mich nicht, im Gegenteil. Mich lobt er seltener als alle anderen. »Königssöhne sind sowieso nur verzogene Bälger«, sagt er manchmal über die Schulter. Ich bin doch angeblich der Königssohn. Warum sagt er so etwas über mich. Nie ein freundliches Wort vor anderen. Vor allem ihn, der von mir vergessen wurde, lobt er mehr, lässt ihn einfachere Manöver bestehen, lässt ihn gewinnen.

»Eins, zwei, drei, vier – sehr gut, mein Junge.«
Das sagt er zu mir nie: »Sehr gut, mein Junge!«
Ich strenge mich noch viel mehr an, ich werde wütend, er schlägt mir mühelos das Schwert aus der Hand. Dabei kämpft er gegen uns Kinder nur mit links, mit einer Attrappe, die nicht größer ist als unsere Übungswaffen. Außerdem benutzt er kaum Kraft, das weiß ich. Und immer verliere ich, wieder und wieder. Ich bin kurz davor loszuheulen. Ich zittere, beiße mir innen auf die Wangen, um die Tränen zurückzudrängen.
»Du versuchst es nicht genug«, sagt er ruhig zu mir, »nur gewinnen zu wollen genügt nicht.«
Er drückt mir das Schwert wieder in die Hand, zählt wieder. Plötzlich habe ich seine Schwertspitze am Hals, ich habe nichts kommen sehen. Nicht mal einen Schatten.
»Der verwundbarste Punkt jedes Kämpfers ist da, wo die Rüstung aufhört. Arbeite mit dem Schild. Eins – höher –, zwei, drei, vier.« Ich verliere wieder. Jetzt kann ich nicht mehr, vor Wut brüllend werfe ich den Schild und das Holzschwert weg und renne heulend vom Übungsplatz. Hagen dreht sich nur zu dem, der von mir vergessen wurde.
Im Weglaufen höre ich, wie er einfach weiter sein ungerührtes »Eins, zwei, drei, vier« zählt, und ich hasse ihn. »Alter Mann«, denke ich und schäme mich, aber ich kann es nicht lassen, »böser alter Mann«! Ich verstecke mich ganz hinten im Stall, wo sein Pferd steht, und stelle mir vor, wie er weiter mit dem, den ich vergessen habe, übt, ihn lobt. Mein Zorn vergiftet mich, ich muss auf Stroh beißen, damit ich nicht laut schreie. Lautlos heule ich vor mich hin, ich weiß nicht, wie lange. Dann steht er einfach neben mir und sieht auf mich herunter. Er ist so groß, ich fürchte mich vor seiner Augenbinde. Wenn er im Bett meiner Mutter ist,

trägt er sie nie, aber er weiß nicht, dass ich sie beobachte, wenn sie schlafen. Auch dafür hasse ich ihn, dafür, dass sie in seinen Armen schläft und dabei lächelt und mich vorher fortschickt. Wenn er kommt, verstecke ich mich unter meinen Decken. Ich hasse sie beide dafür, dass sie etwas haben, was mich ausschließt. Ich hasse ihn.

»Bryndt?«, sagt er da. Wenn wir allein sind, nennt er mich immer bei meinem richtigen Namen. Ich spucke das Stroh aus und stehe auf, um vor ihm nicht ganz so klein zu sein. Bevor ich es verhindern kann, packt er mich unter den Armen und setzt mich auf einen Balken, sodass ich ihm ins Auge sehen muss, auf gleicher Höhe. »Was war das?«, fragt er ganz ruhig.

Mein Gesicht brennt, meine Hände tun weh, meine Zunge ist ganz zerbissen.

»Du lässt ihn gewinnen«, sage ich ihm dann jämmerlich, obwohl das Sprechen sehr schwierig ist, »du machst dich über mich lustig und lässt ihn gewinnen. Immer.« Und bevor ich es verhindern kann, stoße ich mit meiner Hand schon gegen seine Rüstung, will ihn wegschubsen. Meine Wut ist so unendlich groß. Ich wünsche mir, dass er mich ohrfeigt, damit ich ihn weiter hassen kann.

»Ich lasse ihn gewinnen?«, fragt er aber nur.

»Immer«, schreie ich und heule schon wieder. Da nimmt er mein Gesicht in seine riesigen Hände und wischt mir mit den Daumen die Tränen von den Wangen. Seine harten Hände mit den Schwielen tun mir weh, aber es ist trotzdem das schönste Gefühl auf der Welt.

»Bryndt«, sagte er dann mit einem ganz seltenen Lächeln, »wenn ich dich nicht schon sowieso lieben würde, ich müsste dich einfach lieben, weil du genau bist wie deine Mutter. Unbeherrscht, eifersüchtig und ungeduldig.« Er

nimmt mich von dem Balken herunter und hält mich so fest in seinen Armen, dass ich mich nicht bewegen kann. Ich weine, dass es mich schüttelt: »Unbeherrscht, eifersüchtig und ungeduldig«, wiederholt er leise, und es klingt so unvergleichlich schön, wie er es sagt. »Was für eine Mischung!«
Er wiegt mich ganz leise hin und her, bis ich aufhören kann zu schluchzen, und stellt mich danach ins Stroh. »Setzen wir uns«, sagt er. Ich weiß, dass ihm das Sitzen so tief auf der Erde schwer fällt. Er versucht, das Stöhnen zu unterdrücken, als er sich neben mich setzt, aber ich höre dennoch ein leises Ächzen.
»Glaubst du wirklich, ich lasse ihn gewinnen?«, fragt er leise. Nach Luft schnappend, versuche ich nachzudenken. »Nein«, sage ich schließlich trotzig, »aber *mich* lässt du nie gewinnen.«
»Ein Gegner in der Schlacht würde dich auch nicht gewinnen lassen«, antwortet er. Dann schweigen wir.
»Du lobst mich auch nie«, versuche ich es dann.
»Du bist ja auch nicht besonders gut«, erwidert er schlicht. Das kann er nicht ernst meinen. Tödlich verletzt sehe ich ihn an.
»Na ja«, er zuckt die Schultern, »deine Mutter ist eine Kämpferin, wie ich in meinen Tagen von keiner anderen gehört habe. Und ich selbst bin in all den Jahren nie besiegt worden. Meinst du nicht, dass ich von dir etwas mehr erwarten kann als von ... anderen?«
Ich sage, dass der, der von mir vergessen wurde, auch der Sohn eines Kampfhelden sei. »Ach«, macht Hagen und wischt meinen Einwand aus der Luft. »Gerede.«
»Vielleicht bin ich einfach nicht so gut wie ihr beide«, sage ich dann schmollend und will, dass er mir widerspricht.

»Ja, vielleicht«, antwortet er nur.
Jetzt bekomme ich Angst: »Meinst du, dass ich nicht so gut bin?«
Er überlegt: »Ich meine, dass du ein großer Kämpfer werden kannst, einer der größten vielleicht. Aber im Moment bist du nur ein wütender kleiner Bengel, der unbedingt gewinnen will. Beim Kämpfen kommt es nicht aufs Gewinnen an, sondern aufs Überleben.«
»Du gewinnst immer«, sage ich mürrisch.
»Bryndt«, antwortet er und legt mir seine schwielige Pranke in den Nacken. Das macht er oft, er greift mir in den Nacken oder ins Haar, eigentlich tut es immer ein bisschen weh, weil er nicht weiß, wie stark er ist, aber es ist immer so schön, dass ich ganz still halte. Jetzt lächelt er: »In meinem ganzen Leben habe ich nur zwei Sachen gewonnen, das Herz deiner Mutter – und dich. Für keins von beiden haben mir Schild und Schwert etwas genützt.«
Ich verstehe nicht wirklich, was er meint, aber ich bin mit einem Mal so froh, dass ich glaube, fliegen zu können.
»Kein Eins, zwei, drei, vier?«, mache ich ihn nach und kichere. Ich kann ihn haargenau nachmachen; alle, die ich sehe, kann ich so gut nachmachen. Das weiß nur keiner. Das ist mein Geheimnis. Ich klinge wirklich genau wie er, auch wenn ich meine Stimme nicht so tief machen kann. Aber der Tonfall und die Pausen, das stimmt haargenau. Er sieht mich überrascht an. Ich springe auf und mache es ihm noch einmal vor, mit Bewegungen jetzt, übertrieben, komisch: »Eins, zwei, drei, vier.«
Dann lacht er endlich, leise, ungeübt, er lacht ja nicht oft.
»Eins, zwei, drei, vier«, zählt er mit mir, und wir lachen beide.
»Hilf mir hoch, mein Kind«, sagt er dann und hält mir seine

Hand hin. Ich mache es so, wie er es mir gezeigt hat, den Arm ganz fest und still halten und ihn sich daran hochziehen lassen, das geht am einfachsten, sagt er. Abermals ächzend steht er auf und streckt den Rücken. »Ich glaube in der Tat«, sagt er nachdenklich im Rausgehen, »dass du ein großer Kämpfer werden kannst.«

Seine Hand liegt schwer auf meiner Schulter: »Aber wahrscheinlich wird man sich vor deinem Verstand viel mehr in Acht nehmen müssen. Sehr viel mehr.«

Wir gehen zusammen zum Übungsplatz zurück.

»Jetzt guck ihn dir an!«, sagt einer meiner Wärter, der Hahn. »Erst lacht er den ganzen Tag so blöde, und jetzt flennt er plötzlich.«

»Das ja 'n Ding«, sagt der Einfallslose.

Armer, unwissender Hahn. Armer Einfallsloser.

Ich bin dankbar.

Ich danke Euch, Ihr Götter, dass Ihr mir einen solchen Vater geschenkt habt, um den ich nach all diesen Jahren immer noch weinen kann.

Das Land der Untergegangenen
Die dritte Erinnerung

Das Lager verschwindet in einem geordneten Aufbruch.
Mit Hagens Rückkehr versuchen sie erleichtert, wieder die Form zu wahren. Die Pferde wurden getrocknet, einige Männer haben sich die Haare gekämmt.
Hagen besteht darauf, dass alle Spuren verwischt werden, als befände man sich im Krieg.
Volker reitet mit Gunther ganz vorne. Aber er ist nicht mehr stolz. Gunther will heiter sein, das dumpfe Gefühl verscheuchen, das ihm in der Brust nistet.
»Habt Ihr kürzlich mal ein Lied gedichtet, Volker?«, fragt er leutselig.
Von Alezeye schüttelt den Kopf. »Nicht seit wir unterwegs sind«, antwortet er. Der König will wissen, warum nicht, es habe doch so viele freudige Anlässe gegeben, die netten Gastfeste, die vielen Eindrücke. Seit letzter Nacht scheint das alles jedoch unendlich weit entfernt.
Volker schweigt. Er hat sich sehr verändert, fällt Gunther auf. Früher hat er immer ein bisschen das Gefühl gehabt, dass Volker ihn – bei all seiner untadeligen Pflichterfüllung – heimlich verachten würde. Er sieht ihn von der Seite her an. Er sieht immer noch gut aus. Das Alter hat sowohl den Hochmut als auch den offenen Ehrgeiz seiner Züge gemildert. Ob er wohl glücklich ist, mit dem, was er erreicht hat, fragt sich Gunther. Zu anderer Zeit, an einem anderen Hof, wäre Volker

ein hervorragender Stratege, Heerführer und Rat gewesen. In Burgund hat er immer in Hagens Schatten gestanden.
»Hagen hat sich verletzt«, platzt Gunther heraus, weil er das Gespräch darauf bringen will, um sich aus seiner Furcht und seinen Grübeleien herauszureden.
»Das hab ich auch gehört«, antwortet Volker ausdruckslos.
Da wird Gunther direkt: »Mögt Ihr ihn eigentlich, Volker?«
Von Alezeye blinzelt ihn überrascht von der Seite an: »Herr?«
»Ja, ich meine, weil Ihr doch gerne gewesen wäret, was er ist«, stottert der König. Sie reiten einen Augenblick lang schweigend.
»Hagen ist groß«, sagt Volker dann, »ich habe seine Größe nicht.«
»Ach«, sagt Gunther und fürchtet, sich sehr und unleugbar zum Narren gemacht zu haben.
»Was die wohl gerade zu Hause machen?«, plappert er dann übergangslos weiter.
Volker lächelt: »Vermisst Ihr die Familie, Herr? Den Jungen?«
Darüber muss Gunther nachdenken. Er vermisst seine Gewohnheiten. Er vermisst, dass er genau weiß, wo alles ist. Er vermisst die Regeln. Aber seine Frau? Oder seinen Sohn? Die beiden sind ihm schrecklich fern. Sie verachten ihn beide, das weiß er. Er ist eine Drohne in Brynhilds Bienenhaus. Sie haben von Anfang an alles falsch gemacht miteinander. Zum Abschied hat sie ihn nicht einmal geküsst. »Das Reisen ist gefährlich«, hat sie ihm nur gesagt, »manchmal kehrt man nicht davon zurück.«
Ihr Akzent, den sie nie verloren hat, erschreckt ihn noch immer, erregt ihn noch immer. Diese Fremdheit, die sie ausstrahlt.
Er hat auch nicht verstanden, was sie damit gemeint hat. Dass sie sich wünscht, dass er wiederkommt oder dass er

nicht wiederkommt. Und seinen Sohn hat er zum Abschied in den Arm genommen, der hat sich ganz steif gemacht. Auch er hat diese Fremdheit. Seinen Neffen, den hat er viel, viel lieber. Verstehen soll das einer.

»Ja, natürlich vermisse ich sie«, lügt der König seinen Getreuen an und wird davon noch trauriger. Volker lächelt.

»Der Kleine wird mal ein großer König«, behauptet er dann, und Gunther nickt abwesend. »Ich seh ihn manchmal mit Hagen und dem kleinen Gunther üben. Sehr schön, sehr ordentlich«, sagt Volker. »Denkt mal«, lacht er dann, »wie viele Generationen von Kämpfern inzwischen durch Hagens Schule gegangen sind. Die beiden da, Euer Junge und Klein-Gunther, das werden wahrscheinlich die Letzten sein. Dann wird in dreißig Jahren noch nach Hagens Eins, zwei, drei, vier gefochten. Wenn das keine Unsterblichkeit ist!«

Gunther tut ihm den Gefallen und lacht mit.

»Glaubt Ihr, dass es so ist, wie die Kirche lehrt, Volker?«, fragt er dann. »Dass wir gerichtet werden und in ewiges Glück oder ewige Verdammnis gehen?«

»So hab ich es gelernt, Herr. In unserer Familie sind alle schon lang getauft. Da fragt man nicht viel.« Sie reiten.

»Aber«, sagt Volker dann noch, »ich denk mir immer, wichtiger ist doch, wie man sein Leben lebt.«

Das hat Gunther auch schon gedacht, heute. Er besieht sich sein eigenes Leben, als hätte man vor ihm einen Sack mit Spreu ausgeleert und gesagt: »Das war es, König.« Er seufzt wieder. Seine Kehrseite tut ihm weh vom vielen Reiten, der Rücken von den Nächten auf hartem Boden.

Er schlägt Gott in Gedanken einen Handel vor.

Es ist so, denkt er, ich bin kein besonders guter König gewesen, kein besonders guter Kämpfer. Er muss auch zugeben, dass er kein guter Ehemann oder Vater war. Er muss den Gedanken

ertragen, dass er in allem, was er tat und nicht tat, gar nichts Besonderes war. Er hat sein Leben so dahingehen lassen, und wäre es anders gewesen, es hätte ihn auch nicht gestört.
Aber jetzt, auf dieser unheimlichen Reise, deren Notwendigkeit ihm schon seit Wochen keinen Sinn mehr macht, will er etwas Besonderes.
»Herr Jesus«, schlägt er seinen Handel vor, »wenn du mir jetzt eine Aufgabe stellst, dann will ich diesmal etwas Besonderes tun. Schick mir ein Zeichen!«
Er beißt sich von innen auf die Lippe, so fest denkt er daran.
Eine schwarze Krähe fällt direkt auf Volker herab, tot. Einfach so. Das Pferd scheut und wiehert, es gibt Aufregung und dann Gelächter. Jemand hebt den Vogel auf und schlägt ihn scherzhaft. Volker fasst sich an die Brust: »Ich werde zu alt für so etwas, oder?«, lacht er. »Was ein Schreck!«
Gunther antwortet nicht. Gut, denkt er. Es gilt.
Als schließlich doch noch jemand den kurzen Pfeil entdeckt, den ein gelangweilter Armbrustschütze von weit hinten in den Krähenschwarm geschickt hat, ist Gunther schon wieder zurückgefallen.
Wer ein Zeichen braucht, wird immer eines finden.

Wie Gibich starb

Als Gibich starb und in sich selbst ertrank, waren die Burgunden so groß und mächtig wie nie zuvor. Es beruhigte Gibich nicht im Mindesten, in seinen letzten Tagen zu wissen, dass er ein größeres Reich hinterließ, als er sich erschlichen hatte. Er war im Gegenteil besessen von seiner Gier und seiner Angst, alles zu verlieren, die er auch im Angesicht des Todes nicht hinter sich zu lassen vermochte. Solange er noch einigermaßen sprechen konnte, pfeifend, gurgelnd, das Wasser in seinem Inneren steigend, rief er Hagen fast mehrmals am Tag zu sich. »Werdet Ihr mein Reich schützen, Hagen von Tronje?«, flüsterte er dann unter äußerster Anstrengung, immer wieder. »Werdet Ihr es schützen, bis meine Söhne alt genug sind, König zu sein?«

Und jedes Mal antwortete Hagen fest: »Das werde ich.«

Aber Gibich war nicht beruhigt. Er fürchtete, was alle anderen hofften. Dass Hagen, sobald der alte König tot war, nicht nur Regent werden, sondern sich selbst zum König wählen lassen würde. Der ganze Rat wäre auf Hagens Seite gewesen, eine Abstimmung unter den Herren von Worms hätte die Erben Gundaharis fortgewischt wie ein Windstoß den Sand. Ein neues Königshaus des Hagen von Tronje wäre in Tagen errichtet gewesen. Und tief verborgen rührte vielleicht auch jene stumme Angst, dass, wie es in den alten Tagen Brauch war, die Königin selbst den neuen König sich

zum Gefährten erwählt hätte, um ihn rechtmäßig zu machen, ohne darum gram zu sein.
Hoffte vielleicht auch Uote, dass Hagen nach der Macht greifen würde? Gibich jedenfalls wusste, dass man ihn nicht vermissen würde, weder im Rat noch im Heer, und auch nicht in den Gemächern der Königin. Er entließ Hagen ein ums andere Mal beunruhigter und rief den Priester, der ihm wieder von den Feuern erzählte, die auf ihn warten könnten. Der Priester war neben Gibich der einzig andere, der nicht wollte, dass Hagen König wurde. Er redete von heiligem Blut und Rechtmäßigkeit. Worms durfte nicht an die alte Zeit verloren gehen.
»Lasst ihn schwören, Herr«, schlug der Priester vor. »Lasst ihn auf unser heiliges Kreuz schwören, dass er Euer Reich zu Gunsten Eurer Söhne schützen wird. Dann hättet Ihr Sicherheit bei seiner Seele.« Gibich rang nach Luft, das Atmen fiel ihm schwerer und schwerer.
»Ich bin der rechtmäßige König«, röchelte er schwach und hustete. »Der rechtmäßige König.« Ob es stimmte oder nicht, gegen das Sterben half es auch nicht.

König Gibich, der Erbe Gundaharis im sechsten Glied, der sich den Thron erschlichen hatte, indem er seine Eltern und Geschwister ermordete, der reichste König am Rhein in diesen Tagen, starb im Morgengrauen vier Wochenläufe vor Mittsommer. Er erstickte an der unhaltbaren Flut in seinem Inneren, voll Angst, Sorge und Misstrauen. Frau Uote, schwanger mit dem Kind, das Giselher werden sollte, die Jungen Gunther, dreizehnjährig, und Gernoth, elf, standen müde und unbeholfen zuseiten des Lagers. Es flossen keine Tränen für Gibich.
Der Priester betete und malte mit Öl dem Toten Zeichen auf

die Haut. Hagen von Tronje wurde mit drei anderen Herren des Rates hereingerufen, den Tod des Königs zu bezeugen. »Kniet nieder«, verlangte der Priester von den Eintretenden. »Kniet und betet für die Seele Eures Königs.« Hagen stand. Der Priester erschauerte ob dieses Ungehorsams: »Kniet und betet, von Tronje«, forderte er abermals, die Stimme erhoben und bebend.

Die Herren des Rates, die sogleich auf die Knie gesunken waren, hoben die Köpfe. Dies war der Moment. Wenn Hagen nun Gibich die Zeichen aus den toten Händen gewunden und sich den Kronreif aufgesetzt hätte, wer hätte gegen ihn gestanden? Der Priester? Wenn auch die Burgunden in jenen Tagen eifrig auf die Knie fielen und zu ihrem neuen Gott beteten, wer wusste, was wirklich in ihren Herzen vorging. Hätten sie nicht schneller Odins Sohn beigestanden, als eine Fackel einen Heustoß entfacht?

Hagen aber trat auf den Leichnam zu und sah ohne erkennbare Regung das von der Schwellung ganz und gar entstellte Gesicht seines ehemaligen Herrn an. Gibichs Haut war wie ein Hefeteig, der an einigen Stellen schon einfiel. Der Tod hatte ihm das Gesicht gegeben, welches er im Leben hätte haben sollen.

»Kniet! Kniet, sage ich«, zischte der Priester und trat mit ausgestrecktem Kreuz, das er stets bei sich trug, auf Hagen zu.

Der wandte sich um. Das Kreuz, müsst Ihr wissen, ist eines der heiligen Zeichen dieses Gottes, den Gibich anbetete.

»Frau Uote, vor zehn Jahren gab ich Euch ein Versprechen auf meine Ehre, dass ich Eure Söhne schützen und sie lehren will, so lange, bis sie selbst Herren über Burgund sein werden. An der Bahre des toten Königs gebe ich Euch heute die Erneuerung dieses Versprechens, dass ich dieses Land und Eure Familie beschützen werde, bis die Zeit kommt, dass Gunther Herrscher sein wird in Worms.«

»Immer Gunther«, nuschelte Gernoth durch die Zähne, und die Ratsherren unterdrückten ein Lachen. Aber mehr noch unterdrückten sie eine Hoffnung, die man nicht einmal hatte flüstern dürfen. Nun war sie ganz verschwunden. Es würde zu Worms keinen König Hagen geben. Gundaharis Linie zu ihrem Gewinn oder Verderb blieb ungebrochen.

»Ich danke Euch«, sagte die Wittib Uote ruhig, »im Namen meiner Söhne.« Hagen neigte leicht den Kopf und wandte sich zum Gehen, wobei er fast über den knienden Herrn Sinold gestolpert wäre.

Noch im Schwung der Bewegung seines Ausweichens legte er dem Priester mit seinem vorgereckten Kreuz schwer die rechte Hand auf die Schulter: »Wenn es Eure seltsame Feuerhalle, von der ihr so eifrig redet, wirklich gibt, dann hab ich mir den Weg dahin zehnfach verdient, bevor ich sechzehn Jahre zählte. Glaubt nicht, dass Ihr mir mit zwei Zweigen Angst machen könnt. Und befehlt mir nie wieder zu knien!« Dabei sah er den Priester mit seinem einen Auge durchdringend an. Der Priester klappte den Mund auf und wieder zu und nickte dann. Hagen ging.

»Gunther«, rief er grimmig von der Tür aus, »komm mit, es ist Zeit für den Kampfplatz!«

»Kann ich auch?«, fragte Gernoth sofort seine Mutter. Uote nickte, und Gernoth schob Gunther aus dem Weg, um schneller zu sein.

»Gernoth von Burgund«, herrschte Hagen da von der Tür aus, dass es klang wie ein Donnerschlag. Hagen war der Einzige, auf den Gernoth hörte, er verehrte ihn wie einen Gott.

»Was?«, blökte er erschrocken. »Niemand«, sagte Hagen ernst und drohend, »niemand geht vor dem König! Zu keiner Zeit. Ab heute lässt du deinem Bruder den Vortritt, wo er auch hingeht.«

»Och, er kann ruhig vor«, warf Gunther gutmütig ein, »er ist doch sowieso immer schneller als ich.« Gernoth wechselte einen kurzen Blick mit seinem Bruder und zuckte ungeduldig die Achseln, als wollte er seinem Erstaunen Ausdruck geben, wie jemand – gerade Hagen – diese Selbstverständlichkeit übersehen könnte.

»Gunther von Burgund«, sprach Hagen da. »Ihr seid nun König. Niemand geht vor Euch! Ihr werdet es nicht dulden, nie, dass Euch jemand so in Eurem königlichen Recht und Eurer königlichen Ehre beleidigt, nicht einmal Euer eigener Bruder.«

Und er selbst trat einen Schritt zurück, dem dicklichen Gunther den Weg in den Gang freizugeben.

»Ist ja gut«, murmelte der halbwüchsige König erschreckt und trat unsicher aus dem Zimmer, geradeso, als habe er dahinter eine schwankende Hängebrücke zu erwarten.

»Es lebe der König, Platz für den König«, rief Hagen und sah sich nach den Räten um, die immer noch knieten. Unbeholfen und mit wackligen Knien, die vom Steinboden schmerzten, rappelten sich die Würdenträger hoch: »Es lebe der König«, echoten sie uneinheitlich und dünn. »Es lebe der König!«

So ging Gibichs Reich an seinen Sohn. Hagen wurde sein Regent, bis der Jüngling großjährig wäre. Gibich hinterließ einen Hof, wie man ihn zu gleicher Zeit kaum anderswo fand, ein gefürchtetes Heer, ein reiches unbezwungenes Land, eine Königin, vier Kinder und neunundzwanzig Bastarde.

Die Letzteren waren siebzehn Söhne und zwölf Töchter, der Älteste schon lang über vierzig, die Jüngste vier. Neunundzwanzig Hinterbliebene, die Hagen noch am nächsten Tag mit ihren Familien und einem Beutel Gold für jeden in die Verbannung schickte, damit das Leben des neuen Königs ebenso lange dauern mochte wie das seines Vaters.
Es war geplant, dass Hagen nur vier weitere Jahre Regent zu Worms sein sollte. Mit siebzehn, etwa im gleichen Alter wie sein Vater weiland, hielt man Gunther für alt genug, die Bürde seines Amtes selbst zu tragen. Doch der Junge wollte nicht. Er hatte keinen Ehrgeiz zu den vielfältigen Aufgaben, die er Hagen so selbstverständlich und klug bewältigen sah. Und mehr noch als einen Mangel an Neigung spürte er ein grenzenloses Vertrauen zu Hagen, der ihm eher ein Vater gewesen war als Gibich, der ihn doch gezeugt hatte. Wenn Hagen versuchte, den jungen König in Geschäfte einzubeziehen, Strategien zu planen, Feldzüge zu besprechen, saß dieser so still und unbeteiligt dabei, als wäre er noch ein Knabe.
»Wieso fragt Ihr mich das, Herr Hagen«, sagte er dann oft leise, in komischer Verzweiflung, »Ihr wisst das doch viel besser als ich! Macht Ihr das doch, bevor ich Euch was Dummes da hereinrede.« So blieb Hagen Jahr um Jahr weiter Regent, auch als man Gunther längst gekrönt hatte. Dies geschah nicht, wie es doch seit jeher üblich ist, an den Steinen, die die Zeugen der Könige sein sollen, sondern in der neuen Kirche, die Gibich hatte bauen lassen, dort, wo man einst die Priester erschlagen hatte. Gibichs gar so eifriger Priester war jedoch nach Rom zurückberufen worden, damit er dort von den Veränderungen in Worms berichten konnte. Wer auch immer solche Sachen entschied, hatte ihn durch einen milden, kleinen Mann ersetzt, *Magister Conradus* genannt.

Es stand darum nicht schlechter um die Sache des römischen Gottes, möchte ich sagen. Conradus verteilte keine Hemden und redete auch nicht von Feuerhallen. Es war ganz so, obwohl er doch demselben weißen Christus diente wie sein Vorgänger, als hätte er eine andere Seite dieses Gottes kennen gelernt als jener. Conradus war ein einfacher Mann mit einem guten Herzen. Er hatte weder Ehrgeiz noch Hass in sich. Er wünschte sich ein ruhiges Leben in Frieden und Beschaulichkeit.

»Ich bin ja nur ein Kaplan«, sagte er oft, wenn es einen Streit gab, »ich weiß nicht, was zu tun ist. Aber ich weiß, was der Herr Jesus gesagt hätte.« Und dann folgte meist eine sanfte Unterweisung darüber, dass man Feinde lieben und sich gegen ihre Angriffe nicht wehren solle. Ihr könnt Euch vorstellen, wie verwirrend es für die Burgunden gewesen ist, nach Gibichs geiferndem, wütendem Priester nun diesem sanften Mann zuzuhören.

Die Frauen gingen aber gerne zu ihm in die Kirche, und auch einige der Bauern kamen nun, da man nicht fürchten musste, aufs Ärgste beleidigt zu werden, freiwillig. Die Herren am Hofe gingen ebenfalls, weil Gunther darauf hielt. Ob er es seiner Mutter zuliebe tat, oder ob er wirklich etwas dabei fand, kann ich nicht sagen. Gernoth hielt nicht viel davon. »Hagen geht auch nicht!«, maulte er, wenn Gunther ihn bitten ließ, und ließ es dabei bewenden.

Gernoth war seinem Bruder durchaus nicht übel gesonnen. Bei all ihrer Unterschiedlichkeit hatten beide doch eine Gemeinschaft miteinander gefunden, die sie eher zu Freunden als zu Brüdern machte, allerdings ungleiche Freunde, wie sie auch ungleiche Brüder waren. Gernoth blieb so wild wie Gunther fügsam.

»Gunther«, schrie Gernoth oft vom Hof herauf, er saß schon

auf seinem nervös tänzelnden Pferd und führte Gunthers brave Zwergstute an einem Strick hinter sich. »Los, komm runter, wir gehen jagen!«

Und Gunther stahl sich aus seinen Sitzungen und Besprechungen und Ratsversammlungen mit einem erleichterten Achselzucken und einem schiefen Grinsen. Dabei mochte er die Jagd so ungern wie den Kampf. Er ritt auch nicht gerne auf hohen Tieren, wie er es musste, wenn es einen öffentlichen Anlass gab. Er liebte das kleine Pferdchen mit den kurzen Beinen, auf dem er als Kind schon geritten war. Niemand sagte etwas darüber, nicht einmal Gernoth. Wenn er Gunther vom Hof weglockte, brachte er die Zwergstute so selbstverständlich wie ein Schlachtross.

Er beneidete seinen Bruder nicht, weil er nichts von Macht verstand, ebenso wenig wie Gunther und ihm darin einzig ähnlich. Auch Giselher, der Träumer, damals noch ein Kind, verstand nichts von der Gnade oder der Möglichkeit seiner hohen Geburt. Hatten denn alle von Gibichs Kindern vergessen, wer sie waren, begriffen sie nicht, dass ihnen ein Reich zu Füßen lag, das seinesgleichen suchen musste? Gunther, Gernoth und Giselher verstanden es nicht. Aber eine gab es, die hätte es verstanden.

Allein, die, die es verstanden hätte, hatten die Söhne kaum je gesehen. Krimhild, von Gibich erst geliebt und dann verraten und vom restlichen Hof nur bedacht, wenn man überlegte, wen man sich durch ihre Hand als Bündnispartner sichern wollte, saß all die Jahre in Gesellschaft ihrer Mutter und deren Frauen in jenem abgeschlossenen Trakt für Gibichs Sühne.

Was kann ich über Krimhild sagen? Krimhild, die unglückliche Mutter dessen, der von mir vergessen wurde? Es gibt zwei Krimhilds, heißt es, das fügsame Mädchen ihrer Jugend und die Bestie, die gen Osten zog, um Burgund aus weitester Ferne den Untergang zu bringen. Ich weiß, es gab immer nur eine Krimhild.

Es ist ein Sprichwort der Alten, das sagt: »Wo die Gier und die heiße Kraft eines Mannes an den Klippen des Lebens zerschellen, vermag der kalte Zorn einer Frau eine Felswand einzureißen.«

Hätten nur alle beizeiten an dieses kluge Wort gedacht. Jetzt will keiner mehr hören, dass es zu vermeiden gewesen wäre, was geschah. Aber wäre es das? Die Götter langweilten sich, sagte meine Mutter. Sie suchten neue Spiele und machten Fehler. Ich kann nicht der einzige Fehler jener Zeiten gewesen sein.

Die Zeit der Götter ist anders bemessen als unsere. Wer weiß, wie lange sie schon unaufmerksam waren? Ich glaube, Krimhild hat auch dazugehört, zu den Verratenen jener Zeiten.

Frau Krimhild, das sind zwei Seiten eines Apfels, eine süß und glänzend, die andere bitter und faul. Es fällt schwer, die erste Seite noch ehrlich zu beschreiben, nachdem ich wie kaum ein Zweiter von der zweiten kosten musste. Aber es gab diese erste Seite: Ich kann sagen, was alle sagen.

Krimhild war Gibichs schönste Hinterlassenschaft.

Sie war fromm, sanft, nachgiebig und schön. Schöner noch als Frau Uote, schon als Mädchen. Ihr Haar glänzte selbst in einem dunklen Zimmer, und ihre Stimme klingelte wie ein Schellenbaum. Sie saß still und sang, sie betete viel, sie stickte, webte und nähte. Es ist seltsam, wie unterschiedlich Geschwister sein können. Wer Gunther und Gernoth sah, hätte neben zwei solch unerquicklichen Brüdern keine Schönheit wie ihre Schwester erwartet. Giselher, der Spätgeborene, hatte vielleicht eher noch Ähnlichkeit mit ihr, die weichen Haare, die sanften Züge, die großen Augen unter langen Wimpern. Es ist bei allem Lobpreis dennoch nicht die Art von Schönheit gewesen, nach der ich mich als junger Mann umgedreht hätte. Mir war sie zu weich, zu nachgiebig, zu wenig greifbar in dieser ewig erwartungsvollen Zartheit. Krimhild und Giselher hatten etwas an sich, das danach schrie, dass man auf sie Rücksicht nehmen müsse, sie vorsichtiger als andere behandeln solle. Alles war ihnen zu viel, jeder konnte sie verletzen, und beide konnten Tränen vergießen, nur weil ein Windhauch sie streifte. Den südländischen Männern gefällt solch eine Feinheit bei den Frauen wohl, jedenfalls, solange es nicht ihre eigenen sind, die sich um Haus und Hof zu kümmern haben. Als Bild gefällt es ihnen, als Gedanke der Zartheit. Mir ist etwas anderes lieber, vielleicht erzähle ich später davon, wenn noch Zeit ist, mir scheint nämlich, wir nähern uns der Küste.

Diese beiden jedenfalls, Krimhild und Giselher, waren eher Frau Uotes als Gibichs Kinder. Aber was kann das Äußere eines Menschen schon sagen? Kennen wir nicht viele Lieder, in denen die Götter eine falsche Gestalt annehmen, um uns zu täuschen? Ging Odin selbst nicht als einfacher Wanderer und wurde so von den scheinbar Sehenden blind verkannt? Ich frage Euch, Ihr Fremden, die Ihr mir zuhört: Warum suchen wir stets so sehr nach einer Gleichheit von innen und außen?

Krimhild war schön, atemberaubend schön. So, wie Blumenwiesen schön sind, silbrige Bäche oder rauschende Birken. Sie war auch schön wie der Rheinfluss in den Herbststürmen, wenn man von den Anhöhen der nördlichen Berge auf ihn hinuntersieht. Sie war so schön und einnehmend, dass man, wenn man sie betrachtete, von ihr nie mehr erwartete, als dass sie dem Erhalt dieser Schönheit ihr Tagewerk widmen möge. Das war vielleicht der größte Fehler.

Denn wenn sich auch alle anderen wundern, ich habe es nicht vergessen, wie Gibich sie verriet. Und sie hat es auch nie vergessen. Ich höre noch heute ihre Schreie im Wind. Die Schreie eines Kindes, das die Welt nicht mehr versteht. Warum taten sie so, als wäre sie nie weggesperrt und vergessen worden?

Selbst Frau Uote. Dabei hätte sie es wirklich besser wissen müssen, denn sie hat die andere Krimhild schon vor dem Ende gesehen, wenn auch nur einmal.

Als sie gerade elf Jahre zählte, da ging sie mit einem Traum zu ihrer Mutter, der sie damals noch alles erzählte. Sie saßen in der Halle des Frauentraktes, umgeben von feinen Kissen, Feuerbecken und hellen Fackeln. Es war Winter, aber in der Halle war es warm wie im Hochsommer. Krimhild hatte sich den ganzen Morgen mit ihrem Traum getragen und fasste sich schließlich ein Herz, zu ihrer Mutter zu gehen: »Ich muss Euch etwas erzählen, Mutter. Ich hab von einem Falken geträumt, der mir allein gehört hat«, flüsterte sie Frau Uote zu, als hätte sie ein Verbrechen begangen. »Und dann sind von irgendwoher zwei wilde Adler gekommen und haben ihn mir kaputt gemacht. Er war ganz tot am Ende.«

Dabei zitterte ihre Unterlippe, und sie blinzelte heftig. Es zeigt sich nun, wenn ich fortfahre, wie erschreckend viel die Südvölker von den wichtigsten Dingen vergessen haben. Denn keiner, der Krimhilds Traum hörte, wusste, wie er wirklich zu deuten war. Dabei könnte man ihn an unseren Küsten und auch beim Bergvolk jedem Kind erzählen, und auch das langsamste unter ihnen wüsste es. Aber hört selbst, was dort geschah.

Frau Uote meinte es gewiss gut mit ihrer Tochter, als sie antwortete: »Das ist wohl ein Traum, der etwas mit deinem späteren Ehemann zu tun hat. Wir müssen gut auf ihn Acht geben, damit ihm nichts passieren wird.« Lacht nicht, Ihr Fremden, ich sage Euch, sie hat es wirklich gut gemeint! Aber wichtiger ist, was Krimhild tat, als sie ihrer Mutter Worte hörte. Die sanfte und fügsame Krimhild, die nie auch nur ein Widerwort gegen ihre Gefangenschaft in Worms gehaucht hatte, sprang vom Stuhl ihrer Mutter weg wie eine Katze, die sich den Pelz versengt hatte: »Ich will aber keinen Mann! Ich will nie heiraten! Nie! Nie, nie! Lieber bringe ich mich um.« Frau Uote war zuerst eher überrascht als ärgerlich: »Krimhild!«, sagte sie streng, »Was ist das für ein unpassender Ton? Jetzt nimm dich aber zusammen.«

Krimhild griff nach allem, was in ihrer Nähe lag, und fing an, damit zu werfen: »Ich will keinen Mann!«, kreischte sie, das sanfte Gesicht feuerrot, entstellt in ungeübter Wut. Sie warf mit einem Becher, ihrem Nähzeug, einer Spindel. Sie warf nicht nur blind, sie zielte nach ihrer Mutter.

Frau Uote war fassungslos. So hatte sie ihre Tochter seit jenen Tagen, da Gibich sie verstieß, nicht mehr gesehen. Und was man einem zweijährigen Kind nachsehen kann, das darf man doch einem jungen Mädchen nicht vergeben, wenn man ihm nicht schaden soll. Sie wusste sich keinen Rat, als die Rasende zu ohrfeigen, um sie zur Besinnung zu bringen.

»Schluss damit!«, herrschte sie ihre Tochter an. Einen Moment lang war es ganz still. Die anwesenden Frauen hielten den Atem an und bewegten sich nicht. Was für ein Schauspiel! Dann sackte Krimhild in sich zusammen, als hätte der Schlag sie gefällt, das Kleid wie eine Wolke um ihre Knie gebauscht.

»Ich will keinen Mann, ich will keinen Mann, ich will keinen blöden, blöden Mann. Ich hasse alle Männer, die sind alle blöd«, schluchzte sie, nun leiser.

Eine der Kammerfrauen fing an zu kichern.

»Ruhe«, sagte Frau Uote, zwar mit ihrer gewohnten Stimme, aber doch strikt.

»Verzeihung, meine Königin«, flüsterte die Kammerfrau und kniff die Lippen ein, um nicht weiter zu lachen. »Steh auf, Krimhild«, befahl die Mutter beherrscht. »Ich möchte, dass du jetzt sofort zu Meister Conradus in die Kirche gehst und mit ihm zum Herrn Jesus betest, bis du dich beruhigt hast. Dann kannst du kommen und dich entschuldigen. Und ich wünsche nicht, dass du dich jemals wieder so aufführst.«

Es schüttelte Krimhild noch immer, als sie sich aufrappelte. Sie sah ihre Mutter nicht an. Frau Uote war aber noch nicht fertig: »Wer dir als Ehemann bestimmt wird, das ist die Entscheidung deines Bruders und des Rates. Und wenn es so weit ist, dann wirst du diese Entscheidung ohne ein Wort des Widerspruchs annehmen, hast du mich verstanden?«

Krimhild blieb stumm.

Es lag Gefahr in diesem Schweigen, Trotz, Schmerz, Wut und eine Ahnung von Rachsucht. Frau Uote konnte all das hören, sie kannte sich aus mit dem, was die Stille sagen kann.

»Hast du mich verstanden?«, fragte Frau Uote abermals, sehr dringlich. Das Haar war Krimhild wie ein Vorhang vor das Gesicht geglitten, und sie versteckte sich dahinter vor den Augen ihrer Mutter, die wussten, was für schwarze Ge-

danken sie hatte. Schließlich, als die Stille schon sehr lange dauerte, nickte sie.
Frau Uote wiederholte ihrer Tochter noch einmal: »Ohne ein Wort des Widerspruchs. Und jetzt geh.«
Sie sah dem zitternden Mädchen nach, wie es die Kammer verließ, um den sanften Kaplan zum reuigen Gebet aufzusuchen.

Frau Uote wusste, wovon sie sprach. Es war besser, das Kind zu Zeiten auf die Aufgabe vorzubereiten, die bald auf es zukommen würde. Das war vielleicht ihre höchste Pflicht als Mutter, wiewohl eine Pflicht, die sie schmerzte. Für Krimhild gab es im Leben nur eins zu erfüllen:
die Aufgabe, einem fremden, ihr aus Notwendigkeit erwählten Ehemann zuzugehören.
Ihm eine willige Gefährtin gleich im Augenblick ihrer Hochzeit zu sein, ohne so viel von ihm zu wissen, als was seine Lieblingsfarbe wäre oder wovon er in der Jugend träumte, die ihm wohl schon lange entfleucht sein mochte. Junge Könige waren selten so mächtig, dass man sie mit einer geschenkten Gattin bezähmen musste. Macht kam mit den Jahren, viel zu langen Jahren in der Gesellschaft anderer machthungriger Männer. Jahre, die wenig Gefühl übrig ließen, wenig Vertrauen und kaum Rücksicht auf eine junge Frau.
All das würde Krimhild wissen müssen. Denn das würde ihr Leben sein. In einer der Heimat weit entfernten Halle mit ihrem Mann in der höhnischen Gesellschaft seiner vorherigen Bastarde, seiner Nebenfrauen oder womöglich seiner Liebhaber zu speisen. Ihm dann Kinder zu gebären, in deren Augen stets der kalte Widerhall seiner Fremdheit und ihrer eigenen Pflicht liegen würde.

Es war sicher nicht das Erbe, das Frau Uote ihrer Tochter hatte geben wollen. Sie hätte Krimhild Glück gewünscht, wie jedem ihrer Kinder. Jedoch wenn sie es gekonnt hatte, würde ihre Tochter es auch können. Und vielleicht könnte ihr ihre Schönheit außerdem zu einem Hauch von Achtung verhelfen, auf den eine hässliche Königstochter nicht zu hoffen hätte. Ein Hauch von Achtung oder völlige Verlassenheit.
Mehr Auswahl würde es für Krimhild nicht geben.
Denn Gibichs Tochter wurde in ihrer völligen Abgeschiedenheit als Worms' heimlicher Trumpf gezüchtet. Die vollkommene Ehefrau, Burgunds Pfand für den einen Feind, der eines Tages kommen würde und sich nicht besiegen ließe.
Aber – dieser *eine* Feind kam nicht.

Es kamen statt seiner drei Feinde, Étešil, Theotmarich und Luideger – die Könige des Ostens, des Westens und des Südens, die den Göttern nicht zugehört hatten.
Sie kamen voll Tod, Angst und Hunger.
Und sie trafen einander in Burgund!

WAFFENBRÜDER

Zuerst kamen die Sachsen.
Sie lagerten in einer großen Schleife, von Norden her herangezogen, schon eine Weile an den Grenzen Burgunds. Noch waren sie so fern wie das erste Grollen eines Gewitters, von dem man noch hoffen kann, der Wind möge es in eine andere Richtung lenken. Aber der Himmel wurde dunkler und dunkler, und der Wind wehte weiter auf Worms zu. Zuerst waren es nur dreihundert Mann im Norden, dann kamen langsam, aber stetig, wie Tropfen aus einem undichten Fass, sächsisch-dänische Bündnisheere hinzu. Burgundische Späher zählten schließlich über tausend Krieger, gut zweihundert von ihnen beritten. Sie hatten den Rhein im burgundischen Herrschaftsbereich noch nicht überschritten, aber es war nur eine Frage der Zeit, bis sie es tun würden. Zuerst, wie um sich die Wartezeit zu vertreiben, hielten sie ihre verheerenden Raub- und Feldzüge weiter im Westen unter den Franken und Merowingern ab. Aber Burgund lockte wie eine gemästete Gans. Wer würde sich diese Gans entgehen lassen, auch wenn sie gut bewacht war? Hagen wartete geduldig auf den ersten Überfall. Und damals fürchtete er ihn noch nicht. Als die Sachsen jedoch aufhörten, unter den Merowingern zu wüten, sondern stattdessen lange Zeit auffallend still in ihren Lagern saßen, witterte Hagen erstmals Gefahr. Die

Sachsen hatten sich jetzt am östlichen Ufer des Rheins niedergelassen. Hagen wollte herausfinden, was sie planten, und schickte zwei Unterhändler. Kurze Zeit darauf kehrten diese zurück – um Haupteslänge verkürzt, ihrer Waffen beraubt, ihre Pferde mit geheimen Zeichen bemalt. Die Wache rief ängstlich nach dem König, der König rief ängstlich nach Hagen, der in voller Rüstung im Hof erschien. Hagen sah sich die zitternden Tiere genau an. Die kopflosen Leichen hingen noch schräg auf den Sätteln, auf die sie gebunden worden waren. Die Knechte, denen die Wache Befehl gegeben hatte, die Ermordeten zu entfernen, wagten sich nicht näher an diesen grausigen Anblick heran. Hagen zeigte keine Regung. Er fuhr die Male auf ihrem schweißnassen, zuckenden Fell mit vorsichtigen Fingern ab. Ob er sie lesen konnte oder nicht, wagte keiner zu fragen.

Die Sprache der Sachsen war einfach genug für jeden.

»Es wird Krieg geben.« Hagen drehte sich zu den übrigen Räten und dem König um. »Und es sind viele.« Etwas zutiefst Unbehagliches klang in seiner Stimme mit, das auch Gunther auffiel.

Es beunruhigte ihn, dass Hagen so leise redete, als könnten ihm die Feinde schon hier zuhören.

»Ja, dann machen wir eben Krieg! Ist ja nicht das erste Mal«, tönte der König leichthin und klatschte aufmunternd in die Hände. Das Pferd des einen Enthaupteten schnaubte ängstlich und versuchte sich loszureißen. Die Hufe klapperten auf dem staubigen Burghof. »Hui«, machte Gunther beschwichtigend und wich einen Schritt zurück, »der ist aber verstört, was?«

So große Pferde waren ihm sowieso unheimlich.

»Herr«, sagte Hagen immer noch leise, um nicht von den

Dienern und Knechten gehört zu werden, »die Sachsen sind ein wildes Volk, und es sind viele. Sie werden ebenso viele Männer unter Waffen haben wie wir, wenn nicht mehr.« Gunther wollte nicht verstehen. Auch das war eine seiner Eigenarten, wenn ihm etwas unangenehm war, stellte er sich oft dumm – aus meiner Sicht kann ich nur sagen, dass dazu sowieso nicht allzu viel fehlte.
»Ja, aber die Sachsen haben doch nicht Euch, Hagen. Wir können doch gar nicht verlieren mit Euch als Unserem Heerführer!«
Der König lachte stolz.
»Wer seinen Feind unterschätzt, Herr, der ist schon so gut wie besiegt«, entgegnete der gerühmte Heerführer drohend, »und von den Sachsen besiegt zu werden, das wünsch ich niemandem. Ich habe gesehen, wie ein Land aussieht, wenn die Sachsen dort gewesen sind.« Er schüttelte den Kopf. Die Herren des Rates erbleichten. Hagen neigte nicht zur Übertreibung. Erstmals in den mehr als zwanzig Jahren, seit er im Rat zu Worms saß, wirkte er ernsthaft besorgt. Und wo Hagen ernsthaft besorgt war, da wurden andere besser gleich krank vor Angst.
»Was, was sollen wir denn da machen, Hagen, was meint Ihr denn?«, stotterte Gunther, der die Angst nun ebenso fühlte.
»Ich schlage vor, Herr, dass Ihr jeden fähigen Mann im Land zu den Waffen ruft, aber so leise, dass die sächsischen Späher es nicht hören. Versammelt eine Armee in Worms, die jederzeit ausrücken kann. Legt an allen Wällen ein römisches Lager an. Und befestigt die Anlagen dann dreifach.«
»Die Anlagen«, wiederholte Gunther tonlos. Hagen nickte energisch.
Ruomold, Huonold, die Markgrafen und die anderen Räte

des Königs rückten in einer schützenden Wabe um ihren Herrscher.

»Wir können von Norden binnen zwei Wochen hundertfünfzig Mann ausheben«, sagte Volker von Alezeye.

»Von Süden können siebzig ausrücken, in zehn Tagen«, redete Dankwart dazwischen.

»Wir haben ein Bündnisabkommen mit denen von Elten und Xanten«, erinnerte Gere. »Das würde allerdings länger dauern. Vier oder sechs Wochen.«

Hagen sah von einem seiner treuen Krieger zum anderen. Er sagte immer die Wahrheit: »Ich glaube kaum, dass wir sechs Tage haben. Tut, was ihr könnt.«

Gunther war es schwummerig geworden: »Sechs Tage, aber Hagen, die Sachsen sind doch mindestens fünf Tagesritte entfernt! Und dann mit Fußvolk, da können die doch nicht – das ist doch auch gegen jede Kampfordnung! Man gibt Nachricht vorher. Die können doch nicht –«

»Die Sachsen können, Herr!«

Und nach diesen Worten zog eine Stille in die Burg ein, wie Frost in den ersten kalten Tagen des Hornung in die Wohnstätten dringt und sie bis zu den späteren Tagen der Frühjahrsfests nicht mehr verlässt.

Hätten sie damals geahnt, wie lange es dauern würde, hätten sie sich entweder viel mehr oder viel weniger gesorgt. Wie gut ist es doch, dass der Mensch zur Zukunft hin keine Augen hat.

Ihr, Ihr Fremden, die Ihr glückliche und lange Tage in einem dickbäuchigen Frieden leben möget, Ihr habt die Sachsen wohl nie gesehen? Es ist schon viele Jahre her, da sie ihre Heimat verließen und in todbringenden Kreisen begannen, durch die Welt zu ziehen, nach Norden, dann

Westen, dann Süden, dann wieder Osten, immer so weiter. Sie wussten wohl selbst nicht, wo sie hinwollten. Es sind grobe Menschen, durch und durch, ihre Kampfkunst gleicht einem Scheunenbrand. Sie kämpfen nicht, um etwas zu gewinnen, es schert sie nicht, ob jedes Geißlein dahingemacht worden ist, wenn sie ein Dorf überfallen. Männer und Frauen schänden sie gleichermaßen, bevor sie sie umbringen, die Alten und die Kinder, selbst vor den Schafen sagt man, machen sie nicht halt. Manche sagen sogar, die Schafe sind ihnen am liebsten! Aber das sind sicher böse Gerüchte.

Sicher ist, sie überrennen die Menschen und Tiere wie ein Strom, der brüllend über die Ufer tritt. Und sie kommen zu Hunderten, mit riesenhaften Äxten, runden Schilden, die sie oft in der Schlacht fortwerfen, um ihre Gegner zu beschämen. Sie flechten sich die Haare und Bärte, beide lang bis zu den Hüften – und viele tragen die Knochen ihrer Besiegten als Schmuck in den Frisuren sowie deren Ohren oder Nasen aufgefädelt als Ketten.

Euch mag es, bis auf ein paar Einzelheiten in der Mode, nicht so unterschiedlich von Euren Nachbarn erscheinen, was ich hier sage, doch folgt spaßeshalber dem Auge meiner Erinnerung und seht daneben die Herren zu Worms. Viele rasiert, die Haare kaum je länger als bis zu den Schultern reichend, auch die Bärte gestutzt. Die Gewänder trugen sie noch immer nach römischer Sitte. Allerdings mit Ärmeln und über den Hosen gerafft, einen feinen Mantel über die Schultern, voller Spangen und feinen Stickereien, von denen Krimhild übrigens nicht wenige meisterlich ausgeführt hatte.

Auf wen würdet Ihr wetten, Ihr Fremden, wenn Ihr sie nebeneinander sähet? Ich lüge nicht, wenn ich Euch sage, dass,

als Hagen an diesem Tag jene Worte gesprochen hatte, selbst unter den Burgunden kaum einer sein Gold auf die eigenen Reihen gesetzt hätte. So und nicht anders ist es gewesen.
Die Sachsen erreichten das westliche Rheinufer im zehnten Jahr nach Gibichs Tod, Gunther war dreiundzwanzig und doch noch ein Kind. Er hatte aber noch zwei unerwartete Jahre, erwachsen zu werden. Denn erst im zwölften Jahr nach Gibich stand der Angriff unmittelbar bevor.

König Luideger, der Sachsenfürst, das habe ich Euch schon erzählt, war lange ein Mann und Streiter, der viele tote Täler auf seiner Wanderschaft hinter sich gelassen hatte, die noch lebten, als er das erste Mal auf sie hinuntersah.
Aber seine Angst wuchs, egal wie oft er sich als Held beweisen wollte. Es ist wahr, dass er sich immerzu fürchtete, auch wenn niemand sonst sehen konnte, was ihm so nahe ging.
Luideger der Sachse, fürchtete sich vor Stimmen in der Luft und Schatten in seinem Zelt, ich habe es Euch erzählt. Luidegast, sein Bruder, Führer der Sachsen aus Dänemark, musste stets mit ihm ziehen und mit ihm auf seinem Lager schlafen. Nur ich weiß, wie sie da beieinander lagen, diese beiden sächsischen Schrecken. Am Tage der Todeshauch für all die, die in ihrem Wege zu leben das Unglück hatten. Aber in der Nacht allein in ihrem Zelt, da war es anders. Da lag Luideger, zitternd und schwitzend zugleich, unter seinen erbeuteten Fellen, an denen hier und da noch das Blut der Erschlagenen klebte.
Da lag er und schluchzte wie ein müder Säugling.
»Mir ist kalt«, weinte er. »Ich hab solche Angst. Hilf mir doch.«
Und Luidegast, sein Bruder, jünger, doch größer und kräf-

tiger als er, lag hinter ihm und hielt den am Geiste Fiebernden unter den Fellen ganz fest. »Scht-sch«, machte er wie der Wind, der es mir erzählt hat, wie sie da lagen und der eine den anderen zu halten versuchte.

»Geri«, flüsterte Luidegast den Kosenamen ihrer Kindheit im Nordosten, »ist doch alles gut, ich bin doch bei dir.«

Seine Arme, die die meisten Männer mit zwei Händen nicht umfassen konnten, waren hart wie Eisen, aber Luideger fühlte sie kaum: »Ich falle, hilf mir doch, Gasto«, wimmerte er, »ich falle.«

»Scht-sch«, machte Luidegast wieder und zog seinen Bruder näher an sich heran. Wenn Luideger auf dem Schlachtfeld sein Schwert oder seine Axt schwang, sein Bruder stets einen Schritt hinter ihm, ihm die Seiten und den Rücken freizuhalten, hätte niemand geglaubt, welche Furcht den armen Mann befiel, sobald es dunkel wurde. Ich glaube, sein Leben lang hat Luidegast nie einen Schritt zu weit von seinem Bruder forttun können, denn er hörte es immer, dieses »Hilf mir doch, Gasto«.

Luidegast machte sich Sorgen um den König. Er merkte, dass die Ängste, die ihn befielen, immer schlimmer wurden, dass er noch weniger schlief. »Lass uns einfach weiterziehen, Geri«, schlug er vor, »wir ziehen direkt nach Rom und lassen die Wormser bleiben, wo sie sind!«

Luideger zitterte. »Nein«, presste er zwischen den Zähnen hervor. »Wir greifen an.«

»Aber nicht sofort!«, warnte Luidegast. »Die Männer im unteren Lager sind krank vom schlechten Wasser. Schick den Burgunden eine Ankündigung.«

»Ankündigung?«, fauchte Luideger. »Das ist was für Schwächlinge!«

»Wir haben doch Zeit, Geri«, begütigte der Bruder. So hat

die Krankheit der Sachsen vom schlechten Wasser Worms vielleicht gerettet. Es ist eben alles ein Teil der Pläne der Götter, sie wussten, was geschehen musste.

Es war schon nach Mittsommer im zehnten Jahr nach Gibichs Tod, eine Woche, nachdem die massakrierten Unterhändler angekommen waren, als zwei sächsische Boten vor der Festung zu Worms aufritten. Ein arger Tropf stand auf der Zinne, der sie sah, und er ließ den Ruf los. »Die Sachsen kommen!«

So geschah es, dass fast alle Krieger zu Pferd schon im Burghof standen, als der Irrtum aufgeklärt werden konnte.

»Das schadet nichts«, sagte Hagen grimmig zu Dankwart, der neben ihm hinunterging. »Sollen die denken, wir haben jeden Morgen achtzig Mann nur zum Vergnügen unter Waffen im Hof stehen.«

»Hoffentlich«, knurrte Dankwart zurück.

Gernoth und Gunther gingen umrahmt von einer Leibwache.

»Die machen wir jetzt einen Kopf kürzer«, schäumte Gernoth noch auf der Treppe, »und schicken die dann auch zurück auf ihren Pferden! Bemalt! Auf jeden Fall bemalt.«

»Wart doch erst mal ab, was die wollen, Gernoth«, flüsterte Gunther. »Hagen macht das schon.«

»Was die wollen? Was soll ich denn da abwarten! Das ist doch wohl klar, was die wollen!«

»Hagen macht das schon«, wiederholte Gunther leise und dringlich, denn sein Glaube an Hagen war stärker als der an den milden Gott. Er hatte Hagen schließlich auch seit jeher mehr Wunderdinge tun sehen.

Gernoth schmollte. »Jetzt guck dir bloß an, wie die aussehen«, zischte er noch.

In der Tat nahmen sich die Botschafter der beiden Sachsen auf dem burgundischen Hof, der so ganz nach römischem Stil gebaut war, etwas seltsam aus. Etwa so, als würde man einen Bären in ein Vogelhaus führen. Luideger und Luidegast hatten zwei ihrer tapfersten Kämpfer geschickt. Riesige Kerle, den blonden Hurlo und den glatzköpfigen Batu, dessen Haare von einem Flechtwerk aus Narben ersetzt wurden. Beide kamen in Felle gekleidet über ihren Wollkleidern. Sie schwitzten sehr in der feuchten Hitze des frühen Tages.

Beide hatten sich die Bärte geflochten und die Stirn mit Blut bemalt.

»Wie die aussehen!«, wiederholte Gernoth fassungslos. Gunther gab ihm ein Zeichen zu schweigen. Er stand, umgeben von seiner Leibwache, Hagen mit Dankwart ein paar Schritte zu seiner Rechten, Gernoth und Herr Volker nahe zu seiner Linken, die burgundischen Reiter im Spalier. Falls die Sachsen fürchteten, die Überbringung ihrer Botschaft nicht zu überleben, so zeigten sie es jedenfalls nicht.

Batu sprach als Erster, ohne sich von seinem Pferd herunterzubemühen. »Wer ist Gunther von Burgund?«, fragte er in einer fast unverständlichen, nölenden Sprache. Gernoth schnaubte.

»Wer will das wissen?«, rief Hagen, seine Stimme war klar und ohne erkennbare Erregung.

Batu und Hurlo wechselten einen Blick und bequemten sich dann abzusteigen. »Wir sind Botschafter der Könige Luideger und Luidegast, die am nordöstlichen Rheinufer Lager genommen haben«, erklärte Hurlo.

»Und welchen Gefallen wünschen die Herren Luideger und Luidegast von König Gunther?«, fragte Hagen.

Jetzt war Batu an der Reihe: » Unsere Könige wünschen keine Gefallen, sie gewähren Euch die Gunst zu erfahren, dass wir in zwölf Wochenläufen angreifen werden. Dann steht hier kein Stein mehr auf dem anderen. Ihr könnt Euch natürlich gleich jetzt ergeben, das ginge auch.« Gunther blinzelte kurzsichtig und schüttelte leicht den Kopf.

»Festnehmen«, befahl er der Wache. Batu und Hurlo tasteten nach ihren Schwertern. Eine Überzahl ist für einen Sachsen keine Bedrohung sondern eine spaßige Herausforderung, müsst Ihr wissen.

»Lasst sie«, sagte Hagen ruhig. »Aber ... Hagen«, stammelte Gunther. »Warum?«

Darauf kam unerwartet Leben in Hurlo und seinen Gefährten. Batu eilte mit ausgestreckter Hand vor. »Hagen von Tronje? Alle Wetter! Na, das ist aber mal schön, Euch kennen zu lernen. Hurlo, du, komm doch mal. Das ist Herr Hagen von Tronje.«

Hurlo kam nach, auch er war ganz aufgeregt. »Herr Hagen, das glaubt uns ja keiner! Wisst Ihr –«

»Ihr Herren, bitte.« Hagen war sehr verlegen. »Eure Ehrerbietung gebührt dem König.«

»Ja, sicher«, nickte Batu und lächelte flüchtig zu dem verblüfften Gunther herüber: »Aber jetzt sagt doch mal, Hagen, –«

»Dankwart«, unterbrach Hagen das peinliche Schauspiel, »führ die beiden Herren Boten zu ihrer Kammer. Der König wird Ihnen später seine Nachricht für ihre Häuptlinge mitteilen.« Die Sachsen gingen widerspruchslos mit den von Dankwart angeführten Wachen mit. »Wiedersehen, Hagen«, rief Batu eifrig und winkte.

Dann waren sie fort. Die Räte und Königsbrüder Burgunds starrten ihren schweigsamen Helden und Heerführer mauloffen an. »Ja, dann«, brach Gunther schließlich das Schweigen, »dann gehen wir mal Rat halten, oder?«

Am nächsten Morgen wurden die beiden Sachsen lebend und unversehrt zu ihrem Heer zurückgeschickt. Ruomold, der Küchenmeister, war angewiesen worden, ihnen auch noch reichhaltige Wegzehrung einzupacken. Dann kam Herr Volker, der königliche Waffenmeister, um die im Rat beschlossene Nachricht an Luideger und Luidegast aufzutragen. »Sagt dies Euren Häuptlingen«, intonierte Volker, der bisweilen auch dichtete und auf Feiern gerne sang: »Besser wäre es, wenn die Sachsen keinen Fuß je nach Burgund setzten, wenn sie nur heimführen in ihr landloses Land. Wenn sie aber kommen wollen, dann wird Burgund ihre Frauen zu Witwen machen und ihre Kinder zu Waisen. Dessen seien sie gewiss.«

»Muss der so übertreiben?«, flüsterte Dankwart, der oben neben Hagen verborgen am Fensterschacht stand und auf den Hof hinuntersah.

Hagen antwortete nicht. Er sah den beiden Boten nach, die auf ihre Pferde stiegen.

»Wir haben zwölf Wochen«, murmelte er mehr zu sich selber als zu seinem vermeintlichen Bruder. »Das könnte gerade so gut gehen.«

»Ach, sicher«, antwortete Dankwart ungefragt. »In zwölf Wochen können wir jede Menge zusätzliche Truppen ausheben. Wenn das alles ist!«

Aber das war nicht alles. Es wurde schlimmer. So viel schlimmer, dass es sich auch der Missmutigste unter den Burgunden nicht hätte vorstellen können. Die sächsischen Boten waren gerade drei Wochen fort, die Vorbereitungen für den nahenden Kriegszug in vollem Gange, als ein Späher der südöstlichen Grenzwälle mit völlig ausgebranntem Pferd auf dem Burghof zusammenbrach. Man dachte zuerst, der Mann wäre verwundet, so erschöpft war er von seinem Ritt. »Hunnen«, keuchte er, Schaum vor dem Mund, hustend, dass man ihn zunächst kaum verstand. »Hunnen. Im Osten. Tausende. Étešils Heer.«

Das Land der Untergegangenen
Die vierte Erinnerung

Hagen reitet mit Dankwart bei der Nachhut. Sie sind noch immer im Stammesgebiet von Fürst Elso, einem Bajuwarenherrscher. Dankwart dreht sich um, obwohl nichts zu hören ist. Er denkt an den toten Fährmann, dessen Fund leicht eine Fehde nach sich ziehen kann.

»Ich weiß«, sagt Hagen leise, damit die anderen es nicht hören. »Wahrscheinlich Elsos Leute.«

Dankwart fragt nicht, woher Hagen es weiß. Er zieht den Helm fester. »So schnell?«, flüstert er besorgt. Sie können sich hier wirklich keine Schlacht leisten, ohne Lager, ohne Befestigung. Hagen nickt.

»Lass uns zurückfallen«, ordnet er an. Dankwart hat plötzlich das Gefühl, das er immer hat, wenn Gefahr droht. Er will nicht sterben. In seinen Eingeweiden wird es heiß, in seinem Nacken eiskalt. Er kann nicht zählen, in wie vielen Schlachten er geritten ist, das Gefühl ist er trotzdem nie los geworden. Angst, schreckliche Angst. Er kann gar nicht sagen, wovor. Es ist nicht der Schmerz, nicht die Niederlage. Und was er am Tod fürchtet, weiß er auch nicht. Vorbei ist vorbei, entweder mit den Engeln ins Paradies oder mit den Walkyren in die Halle … Das ist es vielleicht. Den Vater wiedersehen, ihrer beider Vater. Wie hat Hagen es geschafft, zu vergessen, was ihr Vater war. Das ist es, was Dankwart fürchtet, dass ein Teil dieses Biests auf ihn wartet, wenn er stirbt. Sobald er konn-

te, hat er sich an Hagen angeschlossen wie ein Hütehund an den Schäfer. Wie oft hat er sich gewünscht, Hagen wäre sein Vater.

»Dankwart«, zischt Hagen da, »träum nicht. Sie kommen.«

Da kommen sie auch schon wirklich: Elso und sein Bruder Gelpfrat an der Spitze einer sehr finsteren Truppe, wenige, wohl nur eine Vorhut.

»Was willst du, Gelpfrat«, ruft Hagen den Ankommenden entgegen.

»Du hast meinen Fährmann erschlagen!«, röhrt Gelpfrat, sein Bart weht im Wind, sein Pferd ist schaumbekleckert.

»Ja, und?«, ruft Hagen zurück und wendet sich seinen Begleitern zu. »Elso? Ich dachte, das wäre dein Fährmann? Er hat so gequiekt, wie ich es nur von deinen Männern erwarten würde. Aber wahrscheinlich liegt die Feigheit in der Familie!«

Dankwart hält die Luft an. Hagen will einen Zweikampf. Mit solcher Beleidigung muss ein Fürst persönlich reinen Tisch machen. Da kann er nicht seine Leute vorschieben. Elso, noch bärtiger, klein und puterrot, zischt Gelpfrat etwas zu. Die Aufteilung, wer gegen wen, Dankwart kann es auch so raten. Er hat kaum noch Zeit, sich um Hagens Hand Sorgen zu machen, da ist Elso auch schon bei ihm mit Keule, Axt und Speer. Er grölt einen Schlachtruf, den Dankwart nicht versteht. Er weicht aus und erwischt Elso mit der Lanze am Arm. Der lässt die Keule fallen und greift zur Axt, wirft und verfehlt, die Axt gräbt sich dumpf in die Erde. Dankwart wendet im Halbkreis und wechselt den Speer nach links. Er zieht das Schwert und erwischt Elso so am Bein, dass es blutet wie beim Schweineschlachten. Elso fällt vom Pferd, jammernd, fluchend.

»Dankwart«, ruft Hagen da. Es klingt schwach. Er dreht sich um und sieht, dass Gelpfrat Hagen an der linken Hand, der

verletzten, vom Pferd gezogen hat. Er ist unglücklich gestürzt und kommt so schnell nicht wieder auf die Beine.
»Rache für den Fährmann!«, brüllt Gelpfrat noch siegessicher, dann hat er keinen Kopf mehr. Zuckend und sprudelnd sackt er Hagen vor die Füße. Dankwart keucht. Er packt Gelpfrats Bart und wirft seinen hässlichen Schädel dem mit seinen Männern fliehenden Elso nach. Er merkt kaum, wie er dabei schreit. Dann fühlt er das Blut des Erschlagenen in seinem Gesicht und auf seinen Händen und beginnt zu zittern.
Hagen umarmt ihn. Das hat er noch nie getan. Dankwart sackt auf die Knie, sein großer, alter Heldenbruder mit ihm. Er hält seinen Retter ganz fest, während dieser heult.
»Ist gut«, flüstert Hagen. »Ist gut.«
Die Beine sind ihnen beiden nass von Gelpfrats Blut.
»Hagen«, heult Dankwart immer wieder, als wäre das ein Schlüssel zu den Toren hinter seiner ewigen Angst.
»Hagen«, japst Dankwart schließlich, »geh nicht weg.« Er weiß selber nicht, wo diese beschämende Bitte herkommt, aber er kann sie nicht zurückhalten.
»Ich geh nicht weg«, sagt Hagen ganz ruhig.
Da kommt ein Kundschafter der Nachhut zurück. Er sieht den Kopflosen und fragt begeistert: »Ihr habt Gelpfrat erschlagen, Herr?«
»Nein«, antwortet Hagen, »mein Bruder Dankwart hat mich gerettet. Gelpfrat hätte fast gewonnen.« Dankwart hat sich schnell umgedreht und wischt sich Schweiß, Tränen und Blut von den Wangen. »Wir kommen gleich«, entlässt Hagen den Kundschafter. »Los, schnell jetzt«, sagt er zu Dankwart, und zusammen binden sie den Toten mit den Füßen nach oben zwischen zwei Bäumen fest, sodass sein Geist sie nicht verfolgen kann. Dankwart muss noch Gelpfrats Waffen

zerbrechen. Das Schwert ist sehr stabil. Hagens verletzte Hand blutet wieder stark. Aber er lacht, als er ihr Werk betrachtet.

»Wir beide, Dankwart«, sagt er dann kopfschüttelnd.

»Wir beide«, wiederholt er. Nur diesmal klingt es ganz ernst. Da weiß Dankwart, dass es ein Versprechen ist, das sie beide halten müssen. Ein wunderbares Versprechen, das auch noch furchtbar werden wird.

Das Erwartete und das Unvorhersehbare

»Hunnen und Sachsen«, bedachte Gunther in seiner Thronhalle, den Rat um sich versammelt. »Das klingt nicht gut! Das sind ja dann praktisch zwei Fronten. Das klingt nicht gut. Ihr habt doch immer gesagt, Hagen, wer an zwei Fronten kämpft, hat verloren, bevor das erste Schwert gezogen wurde.«

Hagen sah den jungen König ausdruckslos an.

»Wieso?«, beschwerte sich Gernoth. »Was soll denn das Gejammer? Wir können doch erst die Sachsen besiegen, und dann ziehen wir nach Osten und schicken die Hunnen nach Hause, wo auch immer das ist«

»Habt Ihr eigentlich überhaupt zugehört, Herr?«, fragte Dankwart etwas schnarrend über den Tisch. Da er als Hagens Bruder galt, ließ man ihm einiges durchgehen.

»Ja natürlich hab ich zugehört«, rief Gernoth. »Mal Vorsicht, was Ihr so zu wem sagt!«

»Verzeihung«, nickte Dankwart, als er Hagens Blick auffing. Aber es klang nicht sehr demütig.

»Hunnen und Sachsen sind eine Bedrohung, die schon jede für sich gefährlich werden könnte«, sagte Hagen. »Aber zusammen und an zwei Fronten ...«

Er schüttelte den Kopf.

»Wir haben das beste Heer am Rhein«, widersprach Gernoth aufgebracht.

»Wieso sind die Hunnen eigentlich so weit weg von Pannonien?«, wollte Herr Huonold wissen, weil er sich nicht ganz im Bilde fühlte.
»Étešil«, antwortete Herr Volker kurz, als erklärte das alles.
»Ja, also, das ist doch nichts weiter als ein Gerücht«, warf Markgraf Gere erbost ein.
»Was für ein Gerücht?«, wollte Gunther da plötzlich wissen, Gerüchte interessierten ihn immer.
»Angeblich«, antwortete der Markgraf Eckewart lang gezogen, »angeblich hat Étešil den Verstand verloren.«
»Ach«, machte Gunther, »und woher wissen wir das?«
»Ja, das wissen wir eben nicht, Herr. Das ist ein Gerücht.«
Gernoth lehnte sich vor: »Wie soll denn das passiert sein? Ist der Verstand ihm vom Pferd runtergefallen?« Er lachte über seinen eigenen Scherz und gab es dann auf, weil keiner mittat.
»König Étešils Söhne sind vor drei Jahren in einer Schlacht mit den Wenden gefallen«, erklärte Eckewart, um den peinlichen Moment zu überbrücken. »In der Rabenschlacht. Beide am gleichen Tag. Und als er dann zurückkam nach Eschtergedings, oder wie das auch immer genau heißt, da ist seine Frau auch tot gewesen.«
»Königin Helche«, warf Gere fachkundig ein, und Eckewart nickte ihm freundlich zu.
»Die Söhne und die Frau, das hat Étešil nicht verkraftet, heisst es«, beschloss Eckewart seinen Bericht.
Herr Huonold nickte hilflos. Es war ihm unbehaglich, diesen Klatsch verursacht zu haben.
»Ich sehe jedenfalls nur eine Möglichkeit«, ergriff Hagen wieder das Wort, »wir müssen verhandeln. Und da wir den Sachsen jetzt schon den Krieg erklärt haben, müssen wir eben mit den Hunnen verhandeln.«

»Mit den Hunnen!« Herr Sinold, der Stallmeister, lachte zynisch auf. »Da verhandelt mal gleich mit einem brünftigen Eber, Herr Hagen, nichts für ungut, aber das ist doch lachhaft!«
»Lachhaft?«, fragte Dankwart so scharf nach, dass man ihn im Geiste schon sein Schwert ziehen hören konnte.
»Ja, also, Entschuldigung, Dankwart, aber habt Ihr je von Verhandlungen mit *Hunnen* gehört?«, schnappte Sinold ebenso gereizt zurück.
»Hunnen sind nicht nur Hunnen«, bemerkte Gere wieder gelehrt, »da hätten wir Reußen, Petschenegen, Wallachen, Scythen, Wenden, übergelaufene Dänen und Sachsen, Illyrer –«
»Das kann sich ja kein Mensch merken«, schnitt ihm Gernoth das Wort ab.
»Wir müssen Étešil zumindest einige Zeit hinhalten«, erklärte Hagen fest. »Wir müssen ihm ein Angebot machen.«
»Was haben wir denn, was er wollen kann«, fragte Gunther. »Land will der doch keins, der reitet doch seit Jahren immer weiter.« Stille trat ein.
Die, die die Antwort schon kannten, scheuten sich, sie zu geben. Die, die sie noch suchten, dachten in zu weite Ferne.
Gunther selbst sagte es schließlich. »Wir haben ja Krimhild!«

Als die Burgunden bei Ablauf der Frist schließlich gegen die Sachsen zogen, schickten sie Boten zu Verhandlungen nach Südosten zu den Hunnen. Die Boten kehrten nicht zurück. Allerdings griffen die Hunnen auch nicht an.
Sie lagerten am südlichen Rhein, einen halben Tagesritt von Burgunds oberen Grenzen entfernt und taten nichts.

»Es ist, als ob die auf etwas warten«, argwöhnte Dankwart, der mit den Kriegern des Hofes ins Frontlager geritten war. Nur wenige waren in Worms zurückgeblieben. »Aber auf was?«

Hagen nickte nur und gab keine Antwort. Es war Nacht. Die beiden saßen alleine am Feuer. Dankwart seufzte: »Ich meine, die Sachsen treffen uns nur hier und da mit ein paar Mann; und die Hunnen machen überhaupt nichts. Da stimmt doch was nicht.« Mit einem Zweig stocherte er in der Glut.

»Die warten auf irgendwas, das ist mir unheimlich.«

Hagen nickte abermals. Es wirkte nicht sehr ermutigend.

»Warum redest du nicht mit ihnen, Hagen. Mit den Hunnen wenigstens kannst du reden, du bist doch der Einzige, der –«

»Still«, raunte Hagen mit heiserer Stimme.

Dankwart kaute ärgerlich auf seiner Lippe.

»Auf was warten die, Hagen, sag's mir? Du weißt was!«

Statt einer Antwort zog Hagen seinen Mantel enger um sich. Er fröstelte. »Dann eben nicht. Aber da kommt noch was«, orakelte Dankwart, »da kommt noch was nach.«

Am nächsten Morgen war Hagen nicht bei der Truppe zu finden.

Er erschien auch nicht wie sonst gleich nach Sonnenaufgang vor dem Zelt des Königs, dem morgendlichen Treffpunkt. Sein Pferd stand bei den anderen wie am Abend zuvor, und niemand hatte ihn gesehen.

»Das wird er doch nicht machen!«, jammerte Gunther. »Er wird doch nicht mitten im Krieg für die drei Tage da verschwinden, die er manchmal geht!« Der König sah sich hilfesuchend um.

»Das glaube ich kaum, Herr«, brummte Ruomold. »So was würde Hagen nie machen!«
»Ja, und wo ist der dann?«, schnappte Volker von Alezeye, der sich heimlich wünschte, als Hagens Stellvertreter ernannt zu werden, aber nicht wusste, wie er es vortragen sollte.
»Das kann er doch nicht machen«, fing Gunther wieder an.
»Vielleicht ist er ja entführt worden!«, mutmaßte Gernoth mit großen Augen. »Vielleicht sind ja in der Nacht sächsische Spione ins Lager eingedrungen ...«
»Das ist doch lächerlich«, schnitt ihm Dankwart das Wort ab. Gernoth starrte ihn finster an. Die Herren zeterten noch eine Weile hin und her.
Ein Knappe war es schließlich, der auf die Idee kam, einmal in Hagens Zelt nachzusehen. »Verzeihung, Ihr Herren«, dienerte er sich an die streitenden Burgunden heran, »Verzeihung vielmals.«
»Das ist einer von meinen Leuten«, entschuldigte sich Herr Volker für die Unterbrechung. »Was gibt es denn, Junge? Was störst du uns?«
Vom König und den anderen edlen Herren angestarrt zu werden brachte den Burschen ein wenig aus dem Tritt, auch wenn es keine komplizierte Nachricht war, die er zu überbringen hatte.
»Herr Hagen ist in seinem Zelt, Ihr Herren«, stammelte der Knappe.
»Was soll das denn bedeuten?«, dröhnte Herr Volker, der sich in seinen heimlichen Hoffnungen getäuscht sah. »Macht er sich lustig?«
»Wieso ist Herr Hagen in seinem Zelt geblieben, Junge«, fragte König Gunther leutselig nach.
»Ich glaube«, antwortete der Knappe mit zitternder Stimme, »ich glaube, der Herr Hagen ist krank.«

Hagen war in der Tat krank, sehr krank. Als Dankwart schließlich zu ihm hereingeeilt kam, hatte der Held der Burgunden bereits ein so hohes Fieber erreicht, dass er seinen angeblichen Bruder nicht mehr erkannte. Zitternd und schwitzend zugleich lag er über seinen Schild gekrümmt, vom Lager gerutscht und stammelte wirres Zeug in einer Sprache, die Dankwart nicht verstand.
»Hagen, was ist dir denn?«, fragte Dankwart in höchster Besorgnis und versuchte den Fiebernden auf sein Lager zu ziehen. Er erhielt keine verständliche Antwort.
Ruomold kam ebenfalls herein, und damit war das Zelt dann auch schon sehr voll. »Soll ich Euch eine heiße Suppe bringen, Herr Hagen«, fragte der Küchenmeister.
Unter den vom Fieberschweiß nassen Haaren, die ihm wild in die Stirne hingen, riss Hagen sein Auge auf: »Du bist ein guter Kerl, Ruomold«, brüllte er so laut, als müsste er eine ganze Schlachtordnung von Sachsen übertönen.
»Bist du mal in Franken gewesen?« Dann hustete er wie ein krankes Pferd.
»Haben wir irgendeinen Heilkundigen vor Ort?«, flüsterte Dankwart dem errötenden Ruomold zu.
»Ich frage nach«, antwortete der hünenhafte Küchenmeister und verließ das Zelt.
Im selben Augenblick schrie eine Wache vom östlichen Lagerrand her Alarm.
Siebenhundert Sachsen marschierten auf dem Feld zwischen den beiden Armeen auf. Siebenhundert Sachsen, die diesmal nicht zum Vergnügen gekommen waren. Ausgerechnet jetzt war das Warten vorbei.

»Wir müssen aufs Feld, Herr«, hielt Volker von Alezeye seinen König zurück, der zu Hagen wollte.

»Wir können doch heute nicht aufs Feld«, entgegnete Gunther fassungslos, »Hagen ist krank!«
»Das sag mal den Sachsen. Vielleicht geben die ihm ja ein paar Tage Aufschub! Oder machen ihm einen Wickel!«, schnaufte Gernoth, der seinen Brustpanzer nicht richtig geschnürt bekam und seinen Schwertgürtel noch zwischen den Zähnen trug.
»Aber wer soll denn das Heer führen?«, wollte Gunther wissen.
»Ihr müsst eben jemanden ernennen, Herr«, sagte Volker so langsam und ehrerbietig wie möglich und versuchte dabei außerdem so unauffällig wie möglich auf sich selbst hinzuweisen.
»Ja, soll Dankwart das dann machen?«, wandte sich Gunther hilfesuchend an Gernoth. Gernoth, der Dankwart eigentlich nicht leiden konnte, antwortete diesmal jedoch als Bruder, nicht als reizbarer Mitkönig: »Der will bestimmt bei Hagen bleiben, heute!«
Gunther drehte sich um die eigene Achse, bis er wieder vor Volker von Alezeye stand: »Ja, Volker, dann macht Ihr das eben.«
Herr Volker verbeugte sich: »Mein König!«

Während die Burgunden aufs Feld zogen, um die siebenhundert Sachsen zu treffen, saß Dankwart bei Hagen und versuchte den Kranken zu wärmen. Hagen war fünfundfünfzig Jahre alt. Ein Alter, in dem man leicht an geringeren Sachen sterben konnte, es brauchte nicht so eine unheimliche Krankheit zu sein wie diese, die ihn befallen hatte. Der Heilkundige, wenn sie denn überhaupt einen auftreiben konnten, war bis jetzt noch nicht aufgetaucht.

»Dankwart«, ächzte Hagen schließlich unter seinem Deckengebirge. »Dankwart, da bist du ja«, flüsterte er dann. »Kennst du noch das Lied von dem verwunschenen Brunnen?«

»Ja.«

»Singst du es mir? Ich würde es so gern mal wieder hören.«

Dankwart konnte sich nicht erinnern, dass Hagen in den letzten Jahren je über etwas anderes mit ihm gesprochen hatte als über die militärischen Notwendigkeiten des Tages. Hagen blieb ihm gegenüber so fremd wie den anderen Herren. Niemals erwähnte er, dass sie ein Stück Vergangenheit miteinander teilten, auch wenn es nicht das Stück war, das alle zu kennen glaubten. Dass er sich nun auf einmal ein Lied wünschte, von dem Dankwart wusste, dass es ihn an seine Mutter erinnerte, machte ihm Angst. Vielleicht musste Hagen ja tatsächlich sterben. »Sing es für mich«, flüsterte Hagen noch einmal. »Bitte, Danko.«

Ihr, Ihr Fremden, die Ihr mich hört, Ihr mögt Euch an dieser Stelle meiner Erzählung nicht sonderlich beunruhigen. Ihr wisst, Herr Hagen lebte weit über diesen Tag hinaus. Aber Dankwart, der bei ihm saß, der tapfer genug war, nicht in die Schlacht zu ziehen, sondern für einen Kranken ein Lied zu singen – der wusste es nicht. Er sah an diesem bedrohlichen Morgen nur einen todkranken Mann. Und dieser Kranke, sonst so verschlossen und in sich selbst zurückgezogen, wollte auf einmal von seiner Heimat sprechen und wünschte sich ein Lied voller Erinnerungen. Und wenn Ihr Acht gegeben habt, dann wisst Ihr noch, dass Herr Hagen keiner war, der leichtfertig Rede von seiner Vergangenheit führte. Im Gegenteil.

Was anders sollte Dankwart also denken, als dass Hagen

sich bereitmachte, heimzukehren in die Halle seiner Väter, wenn das vielleicht auch in diesem Falle ein unglücklich gewähltes Wort ist, wie noch zu erzählen sein wird, später.

Dankwart dachte, es wäre Hagens Zeit heimzukehren nach Walhalla. Und zwar nicht wie alle seit jeher gedacht hatten, mit dem Schwert in der Hand, gefällt von einem schier übermächtigen Feind; sondern dahingerafft von einer Krankheit, die ihn befallen hatte wie ein Gewitter aus heiterem Himmel.

Wanderer, der du vorübergehst, begann Dankwart mit etwas unsicherer und rostiger Stimme zu singen. *Der du dort an meinen Mauern stehst*, er räusperte sich. *Sieh zu mir in die Tiefe hinab, ich zeige dir dein zukünftiges Grab.*

Hagen summte hustend und frierend mit. Dankwart wollte aufhören, vielleicht lieber etwas Heiteres singen, nicht so ein trauriges Lied, bei dem man ans Sterben denken musste. Aber als er nur eine kurze Pause machte, hob Hagen seine zittrige Hand: »Weiter«, hustete er, »weiter.«

Wanderer, eile nicht von mir fort, für dich gibt es nur noch einen Ort, an dem erwartet dich der sichere Tod, an dem findest du nichts als die höchste Not.

Und während Dankwart sang gegen seinen Willen, besorgt, auf einen Heilkundigen wartend, begann draußen auf dem Feld die erste Schlacht mit den Sachsen. Hätten die Burgunden gewusst, wie viele noch folgen würden, hätten sie anders gehandelt? Müßig, so zu fragen, aber kann man je anders im Schatten großen Leides, als sich zu fragen, ob es durch Vorsicht zu vermeiden gewesen wäre?

Volker von Alezeye hielt sich mit den anderen Kämpfern dicht bei Gunther, um keinen der Sachsen nahe an ihn herankommen zu lassen. Luideger und Luidegast waren ebenfalls erschienen, sie schlugen mit Streitäxten nur so um sich, brüllten ihren Männern hin und wieder etwas zu und versuchten, zu Gunther zu gelangen.

Der Gestank, der Lärm und das Grauen waren in der Tat kaum mit einem anderen Kampf zu vergleichen, an den die Burgunden sich erinnern konnten. Als nach verhältnismäßig kurzer Zeit eine sächsische Lure zur Unterbrechung geblasen wurde, kam es allen vor, als hätten sie tagelang gekämpft. Die Sachsen drehten mitten in der Schlacht um und trotteten auf ihr Lager zu. Zwei große Kerle lungerten noch in der Nähe der Wormser herum, es waren Hurlo und Batu, die beiden ehemaligen Botschafter.

Sie winkten den Burgunden gar nicht mal unfreundlich zu. Ein Kampf ist, wie ich schon sagte, bei den Sachsen eben mehr eine Zerstreuung.

»Wo ist denn der Herr Hagen?«, röhrte Batu schließlich.

Alle sahen Volker an, der ja das Kommando unbedingt hatte haben wollen.

»Herr Hagen kommt erst, wenn es eine richtige Schlacht gibt, nicht so einen Übungsgang wie diesen hier!«

»Volker!«, zischte Gunther zu Tode erschrocken. Aber die beiden Sachsen nickten anerkennend, ihnen war es auch zu kurz gewesen.

»Ich weiß nicht, was das für ein Kampf sein soll«, grollte Markgraf Gere ihnen hinterher, »erst kommt wochenlang kaum einer, dann die ganze Armee, dann hören sie nach ein paar Stunden schon wieder auf. Ohne dass was entschieden worden wäre.«

»Vielleicht ist das die neue sächsische Taktik«, mutmaßte

Sinold mürrisch. Er hatte sich den linken Arm gezerrt, als er einem Sachsen mit seinem Schild den Schädel eingeschlagen hatte.
»Ich fürchte, die Taktik ist hier etwas ganz anderes«, knurrte Volker von Alezeye. »Wir sehen bloß nicht was! Gibt es eigentlich Wort von den Hunnen, Gere? Habt Ihr Nachricht von Eckewart?«
Aber bevor der Markgraf antworten konnte, rannte ein Melder vom Schlachtfeld heran und warf sich keuchend vor Gunther auf die Knie: »Herr, die Sachsen kommen wieder!«
Fassungslos starrten alle den armen Soldaten an.
»Das kann nicht sein!«, rief Gunther. »Die haben doch gerade selber zum Rückzug geblasen!«
»Sie kommen auch nicht zum Kämpfen, Herr!«, berichtete der Melder mit größter Unruhe in der Stimme.
»Wozu denn dann wohl, du Blödmann?«, fuhr Gernoth den Unschuldigen an.
Der Melder schluckte: »Sie sammeln all unsere Waffen auf!«

Als Hagen sehr krank war

Hagen war zehn Tage lang so krank, dass man jeden einzelnen dieser zehn Tage mit seinem Tod rechnete, zu jeder Stunde, zu jedem Augenblick. Dankwart wich nicht von seiner Seite. Für die Burgunden bedeuteten diese zehn Tage allerdings fast ohnehin den Untergang, auch wenn Volker von Alezeye seine Sache nicht schlecht machte. Aber jeder, der nach Hagen das Wormser Heer geführt hätte, hätte es schwer gehabt. Die Schlachten, in denen die Sachsen am Morgen mit ganzer Macht antraten, sodass jeder einzelne Mann unter Waffen aufs Feld geschickt werden musste, setzten sich fort. Ebenso der absonderliche Abbruch der Schlachten nach ein paar Stunden und dann das Aufsammeln der burgundischen Waffen ganz gegen die Regeln. Die Sachsen töteten auch nicht wie sonst. Es kam natürlich vor. Aber in erster Linie versuchten sie, die Waffenträger so an den Armen zu verletzen, dass sie ihre Äxte und Schwerter fallen ließen. Dann klaubten sie sie neuerdings schon mitten in der Schlacht auf und rannten davon.
»Wir müssen neue Waffen nachkommen lassen«, sagte Ortwin von Metz in der Ratsversammlung am Nachmittag des dritten Tages von Hagens Krankheit. »Ich meine, wie sollen wir kämpfen, wenn wir bald kaum noch Schwerter haben? Männer haben wir noch genug.«
Volker von Alezeye schüttelte den Kopf: »Wir brauchen die

Waffen an der Südgrenze. Wenn die Hunnen angreifen, dann wird das da unten weit schlimmer als hier.«

»Wenn sie angreifen«, warf Gernoth ein. »Bis jetzt ist doch alles ganz ruhig. Vielleicht machen die bloß Zwischenlager.«

»Schickt Eckewart Nachricht?«, fragte Ortwin den Markgrafen Gere.

»Alles verdächtig ruhig«, Gere zuckte die Schultern, »er hat noch mal Boten zu Étešil geschickt, die sind aber auch nicht zurückgekommen.«

»Nichts für ungut«, sagte Herr Sinold mit Blick auf Volker, »aber vielleicht war das ein bisschen voreilig mit der Werbung für Krimhild.«

»Ja? Was meint Ihr denn, Sinold, hätten wir warten sollen, bis Étešil in Worms ist, damit er Krimhild gleich direkt kennen lernen kann?«

»Also bitte, meine Herren«, versuchte Gunther zu schlichten. »Erklärt Euch nur, Herr Sinold.« Der König hasste Streit.

Herr Sinold räusperte sich: »Wenn wir Étešil Krimhild zur Frau anbieten, dann sollten wir vielleicht besser vorher darauf aufmerksam machen, dass das eine große Ehre ist, oder? Ich meine, König Étešil ist kein junger Mann mehr, wie ich es verstehe. Und er soll doch sehr, äh, gramgebeugt sein, wegen des Verlustes seiner Familie.« Die Runde nickte. »Man muss ihm zu verstehen geben, dass Krimhild ihm ein Trost sein könnte, in seinem Leid. Dass sie etwas ganz Besonderes ist.«

»Hat sie eigentlich irgendjemand innerhalb des letzten Jahres mal gesehen?«, fragte Gunther interessiert.

»Natürlich, mein König«, antwortete Markgraf Gere leicht gereizt. Seit Gernoth zwanzig war, versah er sein Amt als dessen Wächter nurmehr in der Schlacht, er hatte sich zusammen mit Eckewart um Krimhild und Giselher gekümmert, zumal das, wie ihm oft sauer aufstieß, ja sonst keiner tat. Wenn Frau Uote nicht aus sich selbst heraus eine so vornehme Dame gewesen wäre, dann hätte die Kleine in ihrem Trakt völlig verwildern können, und niemand hätte es gemerkt. Dass sich niemand um den kleinen Giselher kümmerte, bereitete ihm auch Sorgen.

»Und?« Gunther machte ein erwartungsvolles Gesicht: »Wie ist sie so? Die ist doch jetzt sicher bald zehn, äh, elf, äh, neun? Wie alt ist Krimhild eigentlich?«

»Prinzessin Krimhild wird im nächsten Winter vierzehn Jahre sein, Herr«, entgegnete Gere mit unterdrücktem Ärger.

»Ja ... und? Wie ist sie so?«, fragte der König. »Und sagt uns die Wahrheit!«

Gere lächelte: »Es ist in der Tat eine Freude, von Eurer Schwester die Wahrheit zu sprechen, Herr. Sie ist ein Muster christlicher Weiblichkeit. Sanft, bescheiden, freundlich, hervorragend unterwiesen durch Eure Frau Mutter in allen Dingen der Haushaltsführung. Sie stickt ganz und gar meistervoll und webt so gut, dass sie schon jetzt unter den Mägden Eurer Frau Mutter keine Lehrmeisterin mehr hat. Des Weiteren ist die junge Krimhild so schön, wie ich in meinem ganzen Leben noch keine Frau gesehen habe. Das schließt, ohne jede Form von Missachtung, sogar auch Eure werte Frau Mutter mit ein.«

»Ehrlich?«, fragte Gunther, wirklich überrascht.

Gere nickte und hob eine Hand wie zum Schwur.

»Aber wie ... äh ... ich meine, wie sieht sie denn aus?«

Das ist die Frage, die mir vermutlich in meinem Leben am häufigsten gestellt wurde. Es scheint dann nicht einmal mehr wichtig zu sein, was wirklich passiert war, wer wem etwas antat, zu Recht oder zu Unrecht. Wenn ich in meinen jüngeren Jahren nach den Ereignissen am Hof zu Worms gefragt wurde, dann wollten die Leute vor allem wissen, wie Krimhild ausgesehen hatte, ob es nun Könige waren oder Knechte. Und jede Antwort, die ich gab, die nachlässige oder die ausgefeilte, für die ich versuchte mir Zeit und Erinnerung zu nehmen, enttäuschte die Menschen. Denn sie alle hatten ein Bild von Krimhild, das sie nicht gegen die Wirklichkeit austauschen wollten, ein Bild, das ihre eigenen Sehnsüchte spiegelte. Deswegen ging ich mit den Jahren dazu über, nur das Nötigste zu sagen, goldenes Haar, blaue Augen, ebenmäßige Züge, eine Haut wie Milch – ganz und gar wundervoll. Das, was man letzten Endes über jede Frau sagen kann, der man sowieso nicht persönlich begegnen wird.

Ist das die Wahrheit? Ja, zumindest ein Teil der Wahrheit. Wahr ist auch, dass Krimhild von ihrer Schönheit ganz und gar besessen war. Schon als Zehnjährige schmierte sie sich kalten Aschenbrei auf die Haut, um sie noch blasser zu machen.

Sie ölte sich das Haar, um es zum Glänzen zu bringen, und vergriff sich dabei einmal versehentlich an Uotes Lampenöl, sodass sie ihr das Haar ganz kurz schneiden mussten, weil man weder den Geruch noch das Fett wieder herauswaschen konnte. Es betrübte sie, dass ihre Wimpern, sehr lang und dicht, genau so hell wie ihre Haare waren und man sie nicht sah. Deswegen färbte sie sie mit Ruß, und sie klebten dabei zusammen. Es entzündete ihr oft die Augen, aber Frau Uote konnte sie weder durch gute Worte noch durch Strafen von ihren eitlen Versuchen abbringen. Krimhild besaß einen römischen Spiegel, den verehrte sie in der Tat mehr als ihren Gott. Sie gewöhnte sich an, ihn in einem Tuch verborgen bei sich zu tragen und ihn, wann immer möglich, schnell herauszuziehen und sich darin zu überprüfen. Frau Uote hatte ihr zwei Zofen bestellt, die sollten sie des Morgens anziehen und frisieren. Aber nachdem sie unter den Händen der beiden Frauen stillgehalten hatte, schlich Krimhild sich in einen ruhigen Winkel und begann ihre eigene Arbeit an ihrem Gesicht und ihren Haaren, keineswegs immer zu ihrem Vorteil übrigens. Sie verbarg sich auch oft hinter ihren halb gewebten Teppichen und Behängen und sah in den Spiegel, wobei sie verschiedene Gesichtsausdrücke probierte, darunter Überraschung, Freude und auch Bescheidenheit. Was sie sich dabei dachte, auf was sie übte, wusste natürlich kein Mensch.

Als Krimhild dreizehn war, fand Frau Uote durch einen Zufall heraus, dass ihre Tochter sich mit einer Nadel in die Lippen stach und dann Essig in die kleinen Wunden rieb, dass er ihr die Lippen röten sollte, denn sie fand sie zu blass. Sie betrachtete oft auch ihre Hände, drehte sie vor sich her und versuchte sie in verschiedene graziöse oder fromme Posen zu legen, bis die Mägde sie beobachteten und kicherten.

Wollt Ihr das hören, Ihr Fremden, diese hässliche und gewöhnliche Wahrheit über eine ungewöhnlich schöne Frau? Wollt Ihr ein ehrliches Bild dieser Königstochter, die Sklavin ihrer eigenen Eitelkeit war, oder lieber das heimliche behalten, das Eure eigenen Träume malen?

Im Laufe der Jahre bin ich zu dem Entschluss gekommen, dass das Letztere wohl das Bessere ist. Und genau so antwortete an diesem dritten Tag von Hagens Krankheit auch Markgraf Gere.

»Sie sieht wundervoll aus, König Gunther, weizenhelles Haar, die weißeste Haut, Augen wie der Himmel im Mai, einen Mund wie taubeglänzte Mohnblüten. Zarte Hände, hoher Wuchs – eine Augenweide!«

»Donnerwetter«, kommentierte Gernoth, »wenn wir zurück sind, da besuchen wir sie mal.«

Gunther nickte: »Wieso weiß keiner von ihrer Schönheit?«, fragte er.

»Wie Ihr wisst, leben die Damen seit dem Tode Eures ehrwürdigen Herrn Vaters sehr zurückgezogen«, antwortete Gere so vorsichtig wie möglich.

»Da müssen wir was draus machen«, warf Volker von Alezeye ein, »das muss bekannt gemacht werden. Es sind doch noch keine Heiratskandidaten in die engere Wahl gezogen worden, oder?«

Gunther zuckte entschuldigend die Achseln: »Es hat sich bis jetzt nie ergeben. Ich wusste ja auch nicht, dass sie schon vierzehn wird.«

»Wir müssen dieses Versäumnis unbedingt nachholen, wir müssen sofort Spielleute bezahlen, die zu den Hunnen reisen und von Krimhild singen! Und auch zu anderen Höfen!« Volker wurde ganz aufgeregt. »Ich könnte ja selbst …«

»Aber wird das denn Étešil für sie einnehmen, die Schönheit und die Sanftmut«, fragte Herr Ortwin nach, »ich meine, nach allem was wir von Frau Helche, seiner verstorbenen Gattin, wissen, war sie doch nicht gerade für ihre Lieblichkeit bekannt.« Was Herr Ortwin meinte, war, dass Frau Helche dafür bekannt gewesen war, schöne Sklavinnen auszubluten, um ihren Lebenssaft dann zu trinken, auf dass die Schönheit der Verflossenen auf sie selbst überginge. Herr Ortwin war sich sicher, dass das nicht funktioniert hatte. Allein der Gedanke machte ihn schaudern.

»Wieso? Was heißt das denn?«, rief Gernoth neugierig geworden.
»Sie ist früher sogar mit Étešil in die Schlacht gezogen, wie die Weiber im Norden«, erklärte Herr Sinold, der sich ernsthaft kundig gemacht hatte, »halbnackt mit dem Bogen und der Axt.«
»Jetzt ist der Hunnenkönig ja schon älter«, sagte Volker, »da wird ihm so etwas nicht mehr so wichtig sein.«
Gunther gab also den Befehl, die Schönheit seiner Schwester durch Spielleute verbreiten zu lassen. Dann wollte er lieber wieder über die Sachsen sprechen.
Sie schickten nach Dankwart, um sich nach Hagen zu erkundigen, aber es gab leider keine wesentliche Verbesserung zu verzeichnen, auch wenn das Fieber etwas gesunken war.
»Habt Ihr mit ihm vielleicht trotzdem über die Kriegslage sprechen können, Dankwart?«, fragte Gunther und spürte geradezu am eigenen Leib, wie Volker verletzt zusammenzuckte.
Dankwart schüttelte den Kopf: »Es geht ihm wirklich nicht gut.«

Dankwart hätte mit Hagen auch nicht über die Kriegslage sprechen wollen, wenn es diesem besser gegangen wäre. Es war ihm egal, ob die Sachsen Waffen einheimsten wie besessene Hamster oder sich sonst wie irrsinnig aufführten da draußen. Zum ersten Mal in seinem Leben hatte Dankwart das Gefühl, Hagen ein bisschen nahe sein zu dürfen. Ihm helfen zu können gab ihm das Gefühl, endlich einen Teil jener lang zurückliegenden Schuld zurückzuzahlen, von der sie nie sprachen. Dankwart fütterte Hagen, er wusch ihn, er wusch auch seine Kleider heimlich am Bachlauf aus, als Hagen sich im Fieberwahn beschmutzt hatte. Er wärmte ihm Wein mit Honig und ließ sich vom gleichfalls hochbesorgten Ruomold fette Brühe bringen, die er Hagen einlöffelte. Und wenn auch Hunderte von Sachsen gleichzeitig dort draußen tobten, Dankwart erfuhr in diesen Tagen von Hagens Krankheit einen tiefen Frieden.

Am vierten Tag seiner Krankheit fing Hagen selber an, von den Sachsen zu sprechen: »Wie geht der Krieg voran, Dankwart?«

Der überlegte nur kurz: »Nicht gut.«

Hagen zeigte keine erkennbare Regung: »Was ist denn los?«

Dankwart berichtete von den seltsamen Beuteschlachten, die sich weiter fortsetzten. »Ach«, sagte Hagen bloß. »Und im Süden, die Hunnen?«

»Alles ruhig«, antwortete Dankwart.

»Solange es im Süden bloß ruhig bleibt«, murmelte Hagen und schlief ein. Als er wieder aufwachte, summte Dankwart wie zufällig ein Lied aus ihrer Heimat, und der Kranke fragte nicht mehr nach Sachsen oder Hunnen.

Am achten Tag, als Hagen krank war, kam ein Eilbote aus dem Süden, den Markgraf Eckewart geschickt hatte. Die Hunnen hatten schließlich auf die Botschafter reagiert. König Étešil hatte König Gunther von Burgund Folgendes mitzuteilen: Er danke ihm für die freundlichen Verweise auf die Schönheit und Milde seiner jungen Schwester und deren gefällige Verwendbarkeit als seine zukünftige Ehefrau. Leider sehe er nicht, weswegen ihn ein solches Angebot interessieren sollte. Der Bote zitterte, als er den Rest der Botschaft im Wortlaut wiedergeben musste.

»Ich kann nämlich genauso gut auf Eurer ach so schönen

Schwester, Eurer vornehmen Frau Mutter und Eurem weichlichen kleinen Bruder schlafen, wenn ich erst in Eure waffenlose Feste eingezogen bin und Euren Kopf über das Burgtor genagelt habe.«
Der Bote hoffte sehr, man werde ihn nicht hinrichten für seine unehrenvolle Aufgabe oder am Ende noch von ihm verlangen, seinem eigenen Leben ein Ende zu setzen, weil er so zu seinem König gesprochen hatte.
»Das ist ja eine Unverschämtheit von diesem pannonischen Reiterkönig«, fauchte Herr Sinold, der als Erster die Sprache wiederfand.
»Das ist gefährlich«, sagte Volker sehr langsam.
»Gefährlich?«, äffte Gernoth. »Der soll nur kommen, der Hunne, dieser … dieser –«
»*Waffenlose* Feste«, wiederholte da König Gunther selbst und wirkte mit einem Mal fast würdevoll.
Der Bote schluckte laut und hoffte, man würde ihm nun wenigstens bald sagen, ob er weiterleben dürfe oder nicht. Aber die Herren hatten ihn schon fast vergessen.
Ortwin, Volker und Gere sahen sich betroffen um.
»Das kann nicht sein«, flüsterte Gunther. »So was ist doch noch nie vorgekommen, oder? Volker, habt Ihr das schon mal gehört? Ein Pakt zwischen Hunnen und Sachsen?«
Volker räusperte sich: »Es gibt bei den Hunnen sächsische Bündnisheere. Natürlich kann es da auch Absprachen geben. Es würde einiges erklären.«
»Was würde das denn wohl erklären?«, wollte Gernoth wissen, der es als Einziger noch nicht verstanden hatte. Gunther antwortete ihm selbst, geduldig und mit kaltem Schreck zugleich: »Es würde erklären, weswegen die Sachsen so lange ruhig waren und warum sie uns so viel Zeit gegeben haben. Weil sie nämlich selbst noch in Verhandlungen mit

den Hunnen standen, die erst auf dem Vormarsch waren. Es würde diese komische Kriegsführung erklären, bei der sie es nur auf die Waffen abgesehen haben, aber nicht die Schlacht gewinnen wollen.« Er schwieg eine Weile: »Sie wollen uns nach und nach entwaffnen und uns dann in die Zange nehmen; die Hunnen von Südosten, die Sachsen von Westen. Und wir könnten uns nicht verteidigen, weder gegen die einen noch gegen die anderen! Weil wir keine Waffen mehr haben.«

»Und dann?«, fragte Gernoth, der blass geworden war.

»Dann werden sie uns aufteilen«, sagte Volker von Alezeye sehr leise, »die Hälfte an die Sachsen, die Hälfte an die Hunnen. Und Burgund gibt es nicht mehr. Nur noch burgundische Sklaven in sächsischen und hunnischen Heeren. Vermutlich für den großen Sturm auf Rom.«

»Die Männer werden lieber durch ihre eigene Hand sterben, als sich von diesen Wilden versklaven zu lassen«, behauptete Gernoth wütend.

»Die Männer«, korrigierte Herr Huonold sanft, »werden sich lieber versklaven lassen, als ihre Familien schutzlos den Wilden zu überlassen, Herr.« Einige der anderen Herren nickten.

»Ja, was soll ich denn bloß machen?«, fragte Gunther hilflos. Er sah einen seiner Berater nach dem anderen an. »Volker, was meint Ihr?«

Der Waffenmeister zuckte die Schultern und schluckte schwer. Dann sagte er, was alle dachten: »Hagen von Tronje muss schnellstens gesund werden, Herr.«

»Und wenn nicht?«, sagte der König leise.

Die Räte senkten den Blick. Markgraf Gere fand als Erster die Sprache wieder: »Dann gnade uns Gott«, sagte er.

War ein Gott den Burgunden gnädig? Wollte Odin seinem Sohn die Schmach ersparen, auf einem Krankenlager statt auf dem Schlachtfeld zu sterben? Wollte der sanfte Gott Gunthers verhindern, dass die wilden, ungetauften Heere der Sachsen oder Hunnen siegten? Oder waren ganz andere Götter mit ganz anderen Plänen am Werke? Wie hatte der Priester gesagt, am Tag als meine Mutter geboren wurde: »Die Welt ist in Unruhe.« Das war eine Untertreibung gewesen. Die Welt war aus den Fugen. Hunnen paktierten mit Sachsen, ganze Völkerstämme verließen ihr Heimatland, zogen wahllos durch die Welt, folgten den verwirrten Ideen ihrer Fürsten und Könige, die den Göttern schlecht zugehört hatten. Es gab keine Verlässlichkeiten mehr. Wir Skalden wissen, wenn die Geschichten sterben, stirbt bald auch das Volk.

»Wie viel Leid kann die Erde tragen?«, fragten die Unglücklichen seit jeher klagend in ihren Liedern. Und die Antwort lautete immer schon: »Heute noch etwas mehr als gestern, heute noch etwas weniger als morgen«. Gab es jemals bessere Zeiten, Ihr Fremden? Oder gibt es nur verborgene Taschen des Glücks, in denen Unwissende sitzen und sich über das regnerische Wetter beschweren, das ihre Ernte schmälert? Fast glaube ich das. Dass es kaum je eine glückliche Zeit gegeben hat, sondern nur kurze Verstecke vor dem Leid der Welt, die verschont oder vergessen wurden. Heimliche Horte des Friedens, in denen die Verschonten und Vergessenen sich ihrer Unzufriedenheit überlassen dürfen, ohne zu wissen, welches Leid an ihnen vorübergegangen ist. Burgund war die längste Zeit ein solcher Hort gewesen, ein Hosensack des Friedens, den fremde Völker in reiner Willkür nun von innen nach außen zu stülpen vorhatten, um zu sehen, was ihnen Brauchbares vor die Füße fiele.

Am zehnten Tag, nachdem Hagen krank geworden war, schickte er schließlich, obwohl noch sehr schwach, Dankwart nach seinem König. Gunther ließ sich nicht lange bitten. Er lud Volker, Gernoth und Gere gleich ein mitzukommen. Alle erschraken, als sie ihren Helden wiedersahen. Völlig eingefallen, die Haare wirr, bleich und knochig, saß Hagen angestrengt auf einem Haufen Felle. Es roch sehr schlecht im Zelt, nach Krankheit und Tod, auch wenn noch immer niemand genau sagen konnte, was ihn eigentlich befallen hatte.

Der Genesende ließ sich berichten, was in den letzten Tagen geschehen war. Volker übernahm den Ablauf der Ereignisse bis zum Eintreffen von Eckewarts Boten. Die Nachricht Étešils sagte Gunther dann selber auf. Keiner beleidigte Hagen durch eine Erklärung der Zusammenhänge.

»Was wurde unternommen?«, fragte Hagen am Ende der Zusammenfassung mit heiserer Stimme, die so gar nicht nach ihm klang.

Volker zuckte die Schultern. »Nichts«, brummte er unwohl. Volker fühlte sich wie ein Küchenjunge, der die Katze an der Sahneschüssel gesehen, aber nicht verjagt hatte und nun dem Meister Rechenschaft ablegen musste.

»Gut«, sagte Hagen überraschenderweise. Die Herren blinzelten irritiert. Für den Bruchteil eines Augenblicks hatten alle den gleichen Gedanken: Hagen musste in der Krankheit den Verstand verloren haben.

»Wieso gut, Herr Hagen«, wagte es Gernoth schließlich ganz leise zu fragen.

»Weil wir uns von diesem Spiel nicht aus der Ruhe bringen lassen dürfen«, antwortete Hagen und wurde von einem heftigen Husten geschüttelt. »Wir werden im Gegenteil jeden Tag weiter aufs Feld ziehen und uns Waffen abneh-

men lassen«, fuhr er fort. »Die Sachsen werden keine rechte Freude daran haben.«
Die Herren sahen ihren wiedererweckten Anführer verständnislos an. Fast schien es, als hätte Hagen gelächelt: »Die Sachsen können so viele Schwerter und Speere nie im Leben transportieren, es macht sie angreifbar. Könnt Ihr Euch vorstellen, was mit den Sachsen ist, wenn sie mit mehr wandern, als sie am Leibe tragen? Sie warten nur, dass uns die Schwerter ausgehen. Aber wir werden einen Ausfall machen und sie überraschen.«
»Und«, wagte Gunther einzuwenden, »mit welchen Waffen machen wir diesen Ausfall?«
Hagen hustete wieder.
»Ihr werdet Eure Schatzkammern ein wenig erleichtern müssen, Gunther. Wir werden Waffen aus dem Süden oder aus Aquitanien bringen lassen. Die Römer haben riesige Waffenlager hinter sich gelassen, die in sehr geschäftstüchtige Hände gefallen sind. Wir werden ausreichend Waffen haben, für die Sachsen und für die Hunnen.«

Das Spiel der Götter

Wir sind nun am anderen Ufer angekommen, und mein Käfig wird weiter verladen auf einen neuen Karren. Ich bin jetzt schon achtzehn Tage in Gefangenschaft. Und die Dummheit meiner Wächter ist täglich zermürbender. Man kann sich wohl stumm stellen, aber wirklich taub zu sein wäre in meinem Fall erstrebenswerter. Kinder und Weiber stehen an der Anlegestelle, zeigen mit dem Finger auf mich und fragen, was ich denn verbrochen hätte. Sie erkennen die Zeichen des Skalden und wundern sich. Die Häscher dessen, der von mir vergessen wurde, wissen dann immer noch nichts wirklich Überzeugendes zu antworten, obwohl sie die Frage nun oft genug gehört haben. Sie behaupten manchmal, ich wäre ein Dieb, mal, ich hätte jemanden umgebracht.
Der Wagen rumpelt weiter. Es wird langsam wärmer.
Wie lange ist es her, dass ich so weit im Süden gewesen bin? Zehn, zwölf Jahre? Wie schnell die Zeit vergeht. Ich versuche mich zwischen den Stäben meines Käfigs einzurichten und denke über mein Leben nach – zur Abwechslung mal meins. Mein seltsames Leben, das darin besteht, die Geschichten anderer Menschen zu hören, zu lernen und weiterzuerzählen. Aber immerhin hatte ich zwischendrin Zeit, auch noch ein paar eigene Fehler zu machen. Nur Zeit zum Nachdenken über mich hatte ich selten. Doch jetzt

weiß ich: Was mich ausmacht, sitzt nicht in diesem Käfig. Was mich ausmacht, ist ewig frei und wundervoll, auch die Traurigkeiten. Ich hole meine Erinnerungen hervor wie Schätze aus einer Kiste. Habe ich jetzt etwas gelernt, was ich damals nicht verstehen konnte?

Welches sind meine kostbarsten Erinnerungen?

Ruhig, sagt der Wind. Ich zeig sie dir, sagt er. Und ich lasse mir die Bilder von ihm durch die Nebel hindurchwehen, eins nach dem anderen.

Wie mich das Haar meiner Mutter auf der Wange kitzelte, wenn sie mich morgens aufweckte. Die Stimme meines Vaters, als er sich damals von uns verabschiedete. Die Flucht, auf der ich zum ersten Mal herausfand, dass ein jeder Weg einen Herzschlag hat, dass es sich einfacher geht, wenn man diesen Herzschlag findet. Meine Freude, als meine Lehrmeister mich zum Schüler erwählten, damals nach dem Tode meiner Mutter. Ihre Worte: »Du warst schon immer ein Skalde. Jetzt bringen wir dir nur bei, wie es geht.« Ich war doch nie ein Teil von etwas gewesen. Doch das, so lernte ich, ist das Wappenzeichen der Skalden, der vielfach Heimatlosen und Unpassenden.

Das erste Lied, das ich dichtete, das sie mir zur Ehre in ein Kantholz ritzten und es mir am Morgen heimlich vor die Tür legten. »So dichtete Bryndt Högnisson«, stand darauf. Was für ein Moment! Und dann: das erste Mal, dass ich eine Frau küsste.

Wie ich in Rom war. Als ich einmal im tiefen Wald einem Bären begegnete und der Bär mich ansah und an mir vorbeiging, ohne mich zu töten, obwohl es so leicht gewesen wäre. Die Namen meiner Ahnen im Wind, als ich sie das erste Mal klar hörte. Und vor allem, ohne Vergleich: die Liebe zu meiner Gemahlin, verzehrend vom ersten Augenblick an. Das Leben und das Sterben unseres Kindes am Fieber in seinem zweiten Jahr. Dann ihr eigener Tod im Winter darauf. Der Wahnsinn meiner Trauer in den Jahren danach. Das stumpfe Überleben jener nächsten Zeit, nachdem ich verstanden hatte, dass sie fort war. Und dann der erste Moment eines Frühlings, der mir wieder ins Herz ging. Als ich begriff, dass ich noch lebte. Dass es möglich war, sie zu lieben, sie zu verlieren, sie noch immer zu lieben – und dennoch weiterzuleben. Meine Reise nach Norden im Winter. Und dann die Feste, die Hochzeiten, die Totenfeiern, die Ehrungen. Grüße von fremden Dörflern und Höfen, alle auf meine Worte wartend.

Ich bin gesichtslos, eigenschaftslos, der Skalde, der ewige Erzähler. Ich bin das Gedächtnis so vieler Menschen, ganzer Volksstämme an Lebenden und Toten, die sich auf meine Erinnerung verlassen. Ich habe dem Vergessen getrotzt, lange bevor ich wusste, dass es wichtig sein könnte. Die Nebel schließen sich. Aber: Ich bin ein geübter Krieger des Behaltens.

Meine Schatztruhe ist gefüllt bis zum Rand. Ich sage es wieder. Ich vergesse nichts. Nur andersrum ist es nicht so sicher: Wer wird sich an mich erinnern? Wer wird sich an den Erzähler erinnern, wenn er zu erzählen aufhört? Wird sich jemand an mein Lachen erinnern, meine Stimme?

Hinter wessen Augen lebt mein Bild fort, in wessen Ohren klingt das Lied meines flüchtigen Lebens weiter? Ich bin jemandes Sohn gewesen, ich bin jemandes Mann gewesen, ich bin sogar jemandes Vater gewesen.

Aber all diese Menschen sind schon nach Hause zurückgekehrt, in die Halle meiner Väter. Wer bleibt übrig? Nur er. Der Feind. Der, den ich vergessen habe.

Wäre es nicht furchtbar komisch, wenn der einzig Verblie-

bene, der sich am meisten meiner erinnert, in der Tat der ist, der von mir vergessen wurde?
Verzeiht mir, Ihr Fremden, den Ausflug in meine eigene Schwermut. Manches Mal sind die Erinnerungen wie ein Weg durch unbekanntes Moor. Man kann überall stecken bleiben und versinken.

Krimhild wurde also nicht an Étešil verheiratet und auch nicht an Luideger, auch wenn ich nicht sicher bin, ob das jemals zur Debatte stand. Und der seltsame Krieg am Rheinfluss setzte sich fort, auch wenn Gunther und die Herren des Hofes bald nach Worms zurückkehrten und die Heeresführung dieses Unternehmens bei Hagen schließlich in besten Händen wussten. Morgens gab es fast immer eine Schlacht, es sei denn das Wetter erlaubte es nicht, dann bliesen die Sachsen ihre Lure zum Rückzug und rafften die Waffen der Verwundeten an sich. Es gab nicht viele Verwundete, verblüffend wenige Tote, schon gar keine von Namen. Aber die Burgunden verloren ihre Waffen, nach Hagens Plan sogar vorsätzlich. Die Sachsen müssen an ihrem wachsenden Waffenvorrat und dem schier unerschöpflichen Nachschub langsam verzweifelt sein.
Elten und Xanten hörten von dieser unendlichen Kampfesfarce. Sie boten an, ihre Bündnisheere zu einer Entscheidungsschlacht zu schicken, aber Hagen sagte ihnen einstweilen einen schönen Dank und vertröstete sie. Er unterbrach auch sehr geschickt das weitläufige Botennetz zwischen den Hunnen und den Sachsen und schickte dann neue Boten mit falschen Meldungen zwischen den Königen hin und her, sodass die sächsisch-hunnischen Beziehungen sich erst verwirrten und dann merklich abkühlten.
Es ging auf diese Art, auch wenn das niemand für möglich

gehalten hätte, weit über ein Jahr gut, mit jenem seltsamen Krieg. Die Waffenlager im Süden, von denen Hagen damals gesprochen hatte, erwiesen sich in der Tat als unerschöpflich, was für die Sachsen nach den ersten Wochen ihres Triumphes dann ein wachsendes Problem darstellte. Der ungewöhnliche Plan Hagens schien aufzugehen. Er hatte sogar schon mit Dankwart an der Spitze Pläne für den abschließenden Ausfall gegen die Sachsen gemacht, als sich eine unerwartete Schwierigkeit einstellte.

Der dritte König kam an.

Theothmarich, der armselige Bettelfürst, war an der Spitze seines Zuges der Hungrigen und Verzweifelten offenbar lange genug in weitem Kreis gezogen und ritt nun mit seiner Bettelschar ebenfalls gen Worms. Theothmarich war natürlich keine wirkliche Bedrohung, nicht zu vergleichen mit Hunnen oder Sachsen.

Er hatte kein Heer, er hatte nur Heimatlose, die sich um Nahrung und einen Schlafplatz stritten – mehr nicht.

Er war ein unfreiwilliger Dieb, den nur seine unbestrittene Herkunft über einen bloßen Raubritter erhob. Das Problem war allerdings, Theothmarich ritt mit einem Mal auf der Route der südlichen Waffentransporte. Und er tat mit den Karren voller Waffen, die für Gunthers Hof bestimmt waren, das, was er mit allen Karren tat, die den Weg seiner Hungerleider kreuzten.

Er hielt sie an, raubte sie leer und hoffte, da er ihren Inhalt nicht essen konnte, die Schwerter, Schilde und Speere zumindest zu verkaufen. All das wäre nicht weiter schlimm gewesen, wenn Gunther ein ausreichend bewegliches Heer zur Verfügung gehabt hätte, um dem Bettelkönig Bescheid zu sagen, wer der Herr am mittleren Rhein war. Aber Gunther brauchte jeden Mann, um den Hunnen und den Sachsen gleichermaßen nach fast eineinhalb Jahren dieses Spottkrieges noch immer bedrohlich zu erscheinen. Und so wurde der ärmste und armseligste dieser Fürsten, die nach dem Willen der Götter umherzogen, schließlich derjenige, der den Ausschlag gab, dass das Spiel, dass sie so unverdrossen spielten, endlich interessant wurde.

Die Schwerter blieben aus. In Worms wartete man den ein und den anderen Tag besorgt auf die Karren mit ihrer Eskorte. Um den Hunnen den Plan mit dem langen Atem nicht zu verraten, waren die Transporte immer im Geheimen, getarnt als Getreide- oder Seifenhändler ausgeführt worden, deswegen auch nur mit geringer Bewachung.

Und nun? Herr Volker stand auf dem Burghof und kratzte sich am Kopf. »Die hätten eigentlich schon vor drei Tagen hier sein sollen«, sagte er besorgt zu König Gunther, der den Krieg nur noch wie ein dumpfes Gewittergrollen in der Ferne ansah, das ihn zwar ärgerte, aber nicht mehr bedrohte.

»Habt Ihr Wort an Hagen geschickt?«, fragte Gunther.

Volker nickte: »Gestern morgen, drei Reiter. Sie sollten heute bei ihm sein.«

»Wie lange halten die Waffenvorräte, die wir jetzt haben?«, wollte Gernoth wissen, der mit seinem kleinen Bruder bei den Ställen gewesen war. Giselher wurde, seit die Herren sich seiner gemeinschaftlich erinnert hatten, nun häufiger in die große Halle geladen. Für Krimhild galt das natürlich nicht. Gunther und Gernoth hatten sie zwar im letzten Jahr ganze drei Mal besucht – deutlich mehr als in den vergangenen zehn Jahren zuvor –, aber es schien schwierig, mit ihr zu reden.

Wie lange konnte man schon einen Teppich anstarren und ein darauf versteckt eingewebtes Einhorn suchen?

Volker von Alezeye wackelte unentschieden mit dem Kopf: »Sechs Wochen, schätze ich, vielleicht sieben, je nachdem, wie Hagen gegen die Sachsen vorgehen will. Das ist nicht lange.«
»Vielleicht müssen wir den Ausfall vorziehen«, schlug Markgraf Gere vor, der sich, seit Eckewart die Beobachtung der Hunnen oblag, viel um Giselher kümmerte.
»Hagen wollte aber den Herbst abwarten«, bemerkte Gernoth.
»Wir werden ja sehen, was Hagen dem Boten sagt«, beruhigte Gunther seine eigene Unruhe. »Das wird sich schon finden.«
Statt eines Boten kam Hagen selber am nächsten Abend.
Er war hart durchgeritten und musste erst einmal eine Verschnaufpause einlegen, bevor er in die Halle kommen konnte. Dankwart war beim Heer geblieben, aber er hatte nicht vor, ihn lange dort allein zu lassen.

»Es ist zu früh für den Ausfall, Herr«, teilte er seinem König ernst mit. »Ich will bis zum Herbst warten. Dann können wir gleich mit dem Winter nach Süden ziehen und die Hunnen nach Hause schicken.« Hagen, wie alle guten Feldherren, rechnete mit dem Wetter immer wie mit einem sehr launischen Verbündeten.
»Wir haben aber nur noch sechs Wochen Waffenvorräte«, sagte Gunther besorgt. Hagen nickte. »Wir können keine Männer entbehren, um die Sache mit Theothmarich zu bereinigen«, stellte er fest. Volker schluckte laut und entschuldigte sich leise dafür.
Alle zerrten an ihren Haaren oder Umhängen, rückten ihre Schwerter und wirkten sehr ratlos.
»Es gibt natürlich eine Möglichkeit«, fing Hagen dann an.

Alle Köpfe schossen hoch. Hagen blickte von einem zum anderen:
»Wir können Waffen aus dem Norden holen, rheinabwärts.«
Die Burgunden sahen einander an, als hätte Hagen plötzlich in einer fremden Sprache geredet.
»Verzeiht, Herr Hagen«, warf Gere höflich ein, »aber soweit ich informiert bin, werden die Straßen nach Norden ganz und gar von den Sachsen kontrolliert, und die Minen und Schwertschmieden im nördlichen Osten sind ebenfalls ganz und gar in ihrer Hand.«
»Das ist richtig«, sagte Hagen. »Ich spreche auch nicht von dem Norden, den wir gewöhnlich meinen. Ich spreche von den nördlichen Inseln. Jenseits des Meeres.«
»Nordmänner!«, rief Gunther entsetzt. »Aber wir haben doch überhaupt keine Abkommen mit Nordmännern! Niemand hat Abkommen mit den Nordmännern. Ist das nicht sehr gefährlich?«
»Das Beste, was ein Nordmann tun kann, ist, hurtig an einem vorbeizusegeln«, versuchte Herr Huonold einen lahmen Witz.
»Wieso sollten die Nordmänner Handel mit uns treiben? Soweit ich weiß, haben die nur ein Interesse daran, so viele fremde Schädel wie möglich vor ihre Häuser zu nageln, aber nicht sich mit der zivilisierten Welt einzulassen«, sagte Volker pikiert. Herr Volker hielt sich selbst für das Muster eines zivilisierten Mannes.
»Die Dänen sind sogar vor denen geflohen«, behauptete Sinold und machte das Zeichen seines Gottes. »Und die Dänen haben nicht mal Angst vor den Sachsen.«
»Ihr Herren«, bat Hagen um Ruhe, »ich sage doch nicht, dass wir gegen die Nordleute einen Krieg anfangen sollten.

Wir müssen lediglich eine Abordnung hinschicken, die eine geeignete Siedlung findet, um dort schnell Handelsbeziehungen anzuknüpfen. Gold ist dort oben nicht viel wert, wir werden uns ein geeignetes Tauschgeschäft überlegen müssen. Ich sehe es als die einzige Möglichkeit, ohne ein zu großes Risiko einzugehen. Wenigstens zu diesem Zeitpunkt – und ich weiß nicht, ob wir Gelegenheit haben, länger zu warten. Eine Reise zu den nördlichen Inseln dauert bei bestem Wind mindestens zwölf Tage. Das Gleiche zurück. Na, das könnt Ihr ja dann selber rechnen.«

Danach war es erst einmal ruhig. Gernoth kratzte mit dem Fingernagel an der Tischplatte vor ihm einen Wachsfleck ab. »Lass das«, zischte ihm Gunther gereizt zu und stieß ihn mit dem Ellenbogen. Dann fragte er: »Was wäre denn ein geeignetes Tauschgeschäft, Hagen, wenn Gold dort oben nichts bedeutet?«

»Krimhild«, blökte Gernoth dazwischen, wie ein Schüler, der mit einer Antwort, die schon einmal richtig war, seinen Lehrer beeindrucken möchte.

»Das kann doch nicht Euer Ernst sein, Herr«, entrüstete sich Markgraf Gere. »Habt Ihr nicht gehört? Das sind Wilde, die nageln sich Schädel an ihre Häuser! Das sind keine Christenmenschen!«

»Die Hunnen sind wohl auch keine Christenmenschen, und an die Hunnen hätten wir sie doch auch rausgegeben«, blaffte Gernoth zurück.

»Trotzdem, gegen die Nordleute habe ich auch etwas«, wandte Gunther ein. »Das ist zu wild da oben und zu kalt.«

Alle hatten sie Geschichten gehört. Keine davon begann oder endete gut.

Wieder herrschte Stille.

»Vielleicht geht es ja umgekehrt?«, bemerkte schließlich der

feine Volker von Alezeye ganz heiser. Die Herren wandten sich ihm mit fragenden Blicken zu.
»Nur ein Vorschlag«, sagte er, räusperte sich und hob schützend die Hände. »Aber, König Gunther ist doch selbst immer noch unvermählt. Wie wäre es denn, wenn wir auf diese Art ein Bündnis zustande bringen würden. Wie gesagt, nur ein Vorschlag!«
Gernoth lachte ein schnaufendes Lachen: »Das wär's ja noch!«
»Also, ich weiß ja nicht«, äußerte sich Gunther. »Ich kann doch nicht so ein wildes Weib von da oben heiraten. Die trägt am Ende noch Felle am Leib und Knochen im Haar! Und isst rohes Fleisch!«
Er sah hilfesuchend zu Hagen, der sein Auge aber gesenkt hielt.
»Ihr müsst es ja nicht tun, Herr«, bemerkte Volker weiter, »wir machen nur einen Vorschlag. Bei diesen Wilden da wäre es kein wirklicher Wortbruch. Das sind doch alles Heiden. Heiden gegenüber muss man sein Wort nicht halten. Dann wollen die auch kein Land. In Bezug auf Erbschaftsregelungen ist das sehr günstig. Und die haben auch keine Armeen, die sie uns schicken können! Mit einem wütenden Bruder, Onkel oder Vater werden wir schon fertig. Wir brauchen doch nur noch diese eine Lieferung. Im Herbst, sagt Hagen, können wir dann die Sachsen schlagen, und das Problem ist gelöst. Dann schicken wir das betreffende Weib zurück, und keiner ist dem anderen gram!«
»Wie kommt es eigentlich, dass das hier plötzlich die einzige Möglichkeit zu sein scheint«, erwiderte der König eingeschnappt. »Wir haben immer gesagt, Krimhild wird verheiratet, wenn es schwierig wird. Und jetzt soll auf einmal ich verheiratet werden? Wir haben überhaupt noch nie

darüber gesprochen, dass ich verheiratet werden soll. Und jetzt auf einmal, so hopplahopp mit einer Schädeltrinkerin aus Mitternacht. Vielen Dank!«

Er schüttelte den Kopf und schob seinen Stuhl laut von der Tafel zurück. Nun allerdings auch noch aufzustehen und die Halle zu verlassen, dazu reichte seine Entschlusskraft mal wieder nicht aus. Deswegen ging es weiter.

»Ich kann sie ja heiraten«, bot Gernoth an, »mir macht das gar nichts, wenn das so eine Wilde ist. Das könnte doch ganz nett sein.«

»Gernoth, jetzt sei nicht geschmacklos«, zischte Gunther.

Es war, wie jetzt allen auffiel, natürlich eine Möglichkeit, die in der Tat noch niemand bedacht hatte, dass auch Burgunds Söhne, drei an der Zahl nämlich, als mögliche Partien zur Verhandlung standen. Da sich Gibich erst so spät vermählt hatte, dachte niemand, dass Gunther es so viel früher tun müsste, zumal sich die Brüder gut miteinander standen, sodass unter ihnen keine Fehde um ihr Erbreich zu erwarten gewesen wäre, wie man solche Fälle anderswo kannte. Es war wirklich immer nur von Krimhild die Rede gewesen. Gunther hatte natürlich eine Geliebte, anders als sein Vater jedoch war er in dieser Hinsicht sehr genügsam und beschlief seit seinem sechzehnten Lebensjahr recht zufrieden eine leidlich hübsche Dienerin seiner Mutter, Kudrun, die etwa zehn Jahre älter war als er. Er hatte keine Bastarde gezeugt, anders als Gernoth, der zwischen wenigstens vier Frauen jährlich hin und her wechselte und bereits sieben Kinder hatte, die mit ihren Müttern, Stiefvätern, Onkeln oder Großvätern von Hagen alle mit einem Beutel Gold fortgeschickt wurden. Gernoth vermisste weder seine Töchter und Söhne noch deren Mütter, er fand immer neue Zerstreuungen. Hinter vorgehaltener Hand hatte man sich natürlich schon Gedanken über Gunthers Kinderlosigkeit gemacht, schrieb diese aber auch dem fortgeschrittenen Alter seiner Gefährtin zu. Schon zu Gibichs Zeiten hatte man versucht, die Sitte zu unterbinden, nach der Dörfler und Bauern am Tag der Fruchtbarkeitsfeste ihre schönste Jungfrau und ihren stärksten Mann vor den König führten. Die Priester störten sich an diesem Brauch. Gibich gab ihrem Drängen nach, obwohl er gern die schönen Mädchen beschlafen hätte, sich aber nicht in der Verfassung sah, dauernd die stärksten Männer, einen um den anderen, niederzuringen. Die Schönsten waren übrigens oft nur sehr jung, nicht wirklich schön, wohingegen die Stärksten tatsächlich stiernackige Kerle von riesigem Wuchs waren, die sich gegen den König nie hätten anstrengen müssen. Die Priester versuchten also, die Abergläubischen durch ein paar öffentliche Hinrichtungen von Stärksten und Schönsten zu entmutigen. Aber es gab trotzdem Hartnäckige, die jedes Frühjahr wieder auftauchten. Gunther hatte sich von jeher vor diesen heidnischen Kampfes- und Beischlafsansinnen versteckt. Er hatte es schon gern warm und weich, aber wie alle anderen Eigenschaften war auch seine Fleischeslust nicht sehr ausgeprägt. Er wusste nicht einmal, dass Gernoth ihn bei den ganz Unbelehrbaren bisher jedes Jahr heimlich vertreten hatte.

Und von Heirat war nie die Rede gewesen.

Man hatte natürlich schon einmal theoretisch eine Vergrößerung des Reiches durch Heirat angedacht und auch entsprechende Summen für die Brautwerbung beiseite gelegt. Aber es gab in den umliegenden Fürstentümern keine wirklich geeigneten Frauen zur Auswahl. Das heißt, es gab keine ohne eine unglaublich gierige Familie, die man sich besser nicht in den eigenen Pelz setzte. Es musste natürlich irgendwann sowieso geschehen. Wieso also nicht jetzt? Wieso nicht jetzt in der Stunde der Not? Eine Frau ohne Familie, ohne Verpflichtungen – ohne Rechte? Das wäre doch wunderbar.

Gunther fühlte die Blicke des Rats auf sich gerichtet.

»Ich finde Euren Vorschlag bei weitem nicht einen Eurer besten, Hagen«, schmollte Gunther. »Das hat etwas Leichtsinniges.«

»Ich finde es auch nicht ideal, Herr«, antwortete Hagen. »Aber im Moment erscheint es mir zumindest als eine Möglichkeit.«

»Gunther heiratet eine Nordfrau, Gunther heiratet eine Nordfrau«, sang Gernoth und lachte, als wäre es das Komischste, was er je gehört hatte. Aber nicht mal Klein-Giselher lachte mit.

»Das ist doch überhaupt noch nicht entschieden, das ist doch bloß so im Gespräch«, fauchte der König. »Und überhaupt, wer soll denn bitte diese Fahrt nach Norden antreten? Das ist ja nun wirklich kein Spaziergang! Wen können wir denn in unserer gegenwärtigen Situation überhaupt entbehren?«

Das Land der Untergegangenen
Die fünfte Erinnerung

Sie lagern am Abend kurz vor Baechelarin.
Markgraf Ruideger hat sie durch Boten wissen lassen, dass die Burgunden ihm immer mehr als willkommen wären. Er lebt hier unten im Exil und erhofft sich Verbündete oder Fürsprecher. Hagen kennt ihn von früher. Ruideger ist halsstarrig und trotzdem unbeständig. Er verrennt sich in Dinge und glaubt sich stets im Recht. Aber hier ist er ihnen hilfreich, und deshalb hat er schon morgens Boten nach Baechelarin schicken lassen. Elso und seine Leute werden ihnen vermutlich heute Nacht nicht nachkommen, und morgen dann, wenn sie sich gesammelt haben, wird Ruideger sie bereits schützen können. Darauf wird Elso es nicht anlegen.
Einen Schritt nach dem anderen, ein Tag nach dem anderen.
Ein Tag Leben ist auch Leben.
Hagens wehe Hand klopft. Er kann nicht schlafen und sitzt allein am Feuer. Wie viele Tage seines Lebens hat er so verbracht? Irgendwo in der Wildnis, mit einem Ohr auf nahende Feinde lauschend, schweigend, allein. Er trinkt Wein. Denn mehr als die Hand und das Alter schmerzt ihn sein Herz. Er will das alles nicht mehr. Es ist närrisch, sein Leben nachträglich ändern zu wollen. Es war, wie es war. Aber heute Abend nagt es an ihm.
Die Leere, die er sich vorher nie erlaubt hat zu fühlen, die Ab-

geschiedenheit von sich selbst. Er gießt etwas von dem Wein auf die pochende Hand und trinkt dann weiter.
Ob sie wohl schlafen kann? Und der Kleine? Er schließt das Auge und ruft sich ihr Gesicht herbei. Wie sie lacht, wie sie ihn auf sein vernarbtes Auge küsst. Wie sie die Haare öffnet und auf seine nackte Haut herunterregnen lässt. Wie sie »Högni« sagt. Und das Kind. Sein Sohn, sein Wunder. So kleine Hände, sein weicher Hals, diese schrecklich klugen, traurigen Augen. Er vermisst sie beide. Er hat vorher nie etwas gehabt, was er hätte vermissen können, deswegen weiß er nicht, dass es so schlimm sein kann. Er vermisst nicht nur sie. Er vermisst auch sich, den Menschen, der er mit ihr sein kann. Die Herren können gar nicht so viel Wein dabeihaben, wie er brauchen würde, um diesen unerwarteten Schmerz zu betäuben. Zum ersten Mal in seinem Leben hat er etwas für sich haben wollen. Es wird ihm ganz bitter. Er hätte es wissen sollen. Diese letzten Jahre waren wie aus dem Leben von jemand anderem. Er hätte wissen müssen, dass er sie aufgeben muss, früher oder später. Nur hat er es nicht wissen wollen.
Er hat auch dann immer nur gedacht: Ein Tag nach dem anderen. Aber all diese Tage sind viel zu wenige gewesen – und es gibt kein Leben, das ihm mit ihr ausgereicht hätte. Und das Kind? Kann es etwas Grausameres geben, als sein Kind zurückzulassen?
»Könnt Ihr nicht schlafen, Herr Hagen?«, fragt eine leise Stimme hinter ihm. Hagen schreckt hoch, er hat sich so in seinem Kummer gesuhlt, dass er den Jungen gar nicht hat kommen hören.
»Giselher«, sagt er rau. Es ist nicht wirklich eine Einladung, aber der setzt sich trotzdem zu ihm.
»Ich auch nicht«, sagt der kleine Bruder des Königs, obwohl er keine Antwort bekommen hat.

Er wirkt als Einziger dieses Zuges noch frisch und aufgeregt. Hagen hält ihm den Weinschlauch hin, und Giselher trinkt. Er kleckert, denn er hat gar keine Erfahrung mit so etwas. Er ist in Frau Uotes Obhut groß geworden, mit Kelchen und Tellern und Wandbehängen. Er ist zwei Mal am Tag mit Uote und Krimhild zur Kirche gegangen und betet nun für sich alleine, auch wenn er nicht muss. Giselher ist wirklich fromm, Uotes feiner Sohn. Seinen schrecklichen, groben Vater hat er nie gekannt.
Hagen versucht ein Lächeln: »Und, wie ist es Euch, Giselher?«
Einem jungen Mann darf man so eine Frage nicht stellen, Giselher plappert los wie ein Baum voller Stare. Erzählt von sich, seinen Ideen, den vielen Eindrücken der Fremde, der Freude auf Krimhild, dass er hofft, Magister Conradus komme mit Gottes Segen heil nach Burgund. Die ganze Welt schwatzt der Junge zusammen und rettet Hagen dennoch mehr, als der Wein es in dieser Nacht gekonnt hätte.
»Wenn wir zurück sind, dann möchte ich auch bald heiraten. Man muss natürlich dynastische Überlegungen anstellen, dass wir eine gute Kandidatin finden«, redet Giselher.
»Dynastische Überlegungen«, rollt Hagen die Worte durch seine Gedanken, den Wein über seine Zunge. Wie fein sie doch alle geworden sind in Worms. Kein Gedanke mehr daran, dass ihr Vater seine eigene Familie verbrannt hat, um auf den Thron zu kommen. Das waren auch »dynastische Überlegungen«.
»Ich finde auch, Ihr solltet bald heiraten, Giselher«, sagt Hagen leichthin. Auf einen Feldzug gehört der Kleine jedenfalls nicht.
»Wirklich!?«, stößt der Königsbruder hervor. »Das findet Ihr? Herr Hagen, dass Ihr das sagt!« Er ist ganz mitgenommen.

»Wisst Ihr, alle denken, Ihr haltet nichts von der Ehe, weil Ihr doch immer allein seid und keine Frau habt, nicht mal beim Gesinde. Und Gernoth heiratet bloß wegen Euch nicht, weil er sagt, dass er keine Frau braucht, wenn Ihr nie eine gebraucht habt. Er sagt, Ihr sagt, Frauen sind Schwachheiten!«

Mit glänzenden Augen starrt der jüngste von Gibichs Söhnen seinen Helden an. Der räuspert sich bloß.

»Frauen sind keine Schwachheiten«, sagt Hagen schließlich nach langer Pause. »Wenn du die Richtige findest, bist du ein Glückskind. Dynastische Überlegungen wären mir dabei aber nicht so wichtig.«

Giselher merkt gar nicht, dass Hagen ihn zum ersten Mal geduzt hat. Selig strahlt er über das ganze Gesicht. Er sieht so entsetzlich jung und unverdorben aus.

»Ich werde beten, dass Gott mir die richtige Frau schickt!«, sagt der junge Herr bebend und verabschiedet sich dann, völlig überwältigt von Hagens unerwarteter Menschlichkeit.

Es ist wieder still. Stiller als vorher.

Hagen bleibt zurück, trinkt weiter und wünscht sich, er wüsste irgendeinen Gott, zu dem er beten könnte, dass er ihn zu der richtigen Frau zurückkehren ließe.

Dabei weiß er, dass alles zu spät ist.

Ein Besucher von ausserhalb

Was wusste Burgund von der Welt außerhalb seiner Grenzen? Und was wusste die Welt dort draußen von Burgund?

Ihr werdet merken, Ihr Fremden, so wie von den Sachsen, den Hunnen und Nordleuten geredet wurde, dass es in Burgund mit der weltläufigen Bildung nicht zum Besten stand. Was habe ich nicht alles gehört, was sich die Leute von Rom vorstellten?! Die schönste Stadt der Welt, Wege aus Gold, Brunnen aus Glas, Wohlgerüche und die schönsten Frauen der Welt an jeder Straßenecke. Es tut mir sehr leid, wenn ich Euch da einen Traum verderbe, Ihr Fremden, aber eine dreckigere und gefährlichere Stadt als Rom zu finden, stelle ich mir schwierig vor. Die Wege sind wohl aus Stein, aber es liegt so viel Unrat und Abfall auf ihnen, dass es kaum noch einen Unterschied macht, ob eine Straße darunter noch gepflastert ist oder nicht.

In den Brunnen hat das Wasser oft eine Farbe, als wäre es längst gebraucht und wieder ausgeschieden worden, und vom Geschmack her ist es nicht viel anders. Überhaupt stinkt die ganze Stadt im Sommer so, dass man denken möchte, in jedem Haus ist *wenigstens* eine Kloake oder eine Leiche oder beides. Und was die Frauen angeht, ist es sicherlich verwunderlich, so viele dunkelhaarige Menschen, und so kleine, zierliche dazu, auf einem Haufen zu sehen, aber schön? Manche waren sehr hübsch, wie überall, manche waren unauffällig, wie überall, – und manche so hässlich, dass man fortlaufen wollte – wie überall. Und im Ganzen sind die Frauen dort recht haarig, was einem schnell die Bewunderung nehmen kann, wenn Ihr mich fragt.

Von der Sprache will ich schweigen, ein Haufen aufgeregter Gänse ist nichts dagegen. Und alle Römer sind zu jeder Tageszeit in einer Eile, als könnte jeden Moment die Welt einstürzen.

Gut, wir tragen bisweilen Knochen im Haar, und manche nageln sich auch immer noch Schädel an die Häuser – aber was ist dagegen zu sagen? Eine alte Sitte, nicht schlechter als andere!

Und Felle zu tragen? Gunther selbst trug einen Bärenpelz, wenn es winters feucht und kalt wurde, der roch nicht gerade nach Veilchen, je feuchter und kälter, desto schlimmer! Der Unterschied zwischen Burgund und dem Rest der Welt war wahrhaftig nicht so groß, wie die Burgunden in ihrer Eitelkeit gerne glauben mochten. Ich glaube, es kam durch ihre engen Beziehungen zu Rom, dass sie so dünkelhaft wurden zu glauben, sie wären etwas Besseres. Ihre eigenen Verbündeten waren ihnen ja nicht einmal fein genug! Ich glaube, das war der wahre Grund, warum sie den Bündnistruppen aus Elten und Xanten trotz ihrer Bedrängnis abgesagt hatten. Sie wollten sich nicht nachsagen lassen, dass sie die Hilfe von Fürsten gebraucht hatten, die sie sonst nicht éinmal zu ihren minderen Festen eingeladen hätten.

Wirklich, die Götter müssen einen ungeheuren Spaß mit dieser Geschichte gehabt haben, denn wen haben sie nach Burgund geschickt, wen unversehrt die Reihen der Sachsen passieren lassen, damit es weitergehen konnte, wie es weitergehen musste?

Einen Niederländer, einen Xantener – und was für einen! Bevor man solche Sachen nicht mehr über ihn sagen durfte, gab es ein sehr treffendes Wort über diesen Xantener: »Wie kann jemand nur nach so viel Mann aussehen und so wenig Mensch sein!«
Und dieses Wort in all seiner Wahrheit ist nicht in Worms erfunden worden, sondern der Niederländer brachte es schon mit! Ich will seinen Namen nicht sagen, Ihr wisst längst, wer es ist: Siegfried von Xanten! Der Vater dessen, der von mir vergessen wurde. Siegfried, der Frauenschänder, der Lügner, Titel, die ihm so viel eher zukommen als die, die sein armseliger Sohn ihm andichten lässt: der Drachentöter, der Held, der Recke, der Unverwundbare.
Ich habe mich gescheut, an diese Stelle meiner Erzählung kommen zu müssen. Ich war erst ein paar Wochen alt, als er starb, aber ich weiß doch alles von ihm, wie von den anderen auch. Es ist ein Fluch, ihn zu kennen.
Er ist nun schon vierzig Jahre tot, Ihr Fremden, wie genau kann meine Erinnerung überhaupt sein? Zu genau für ein schmeichelhaftes Bild, zu zornig für ein genaues Bild? Ich werde den Wind fragen.
Sprich uns von Siegfried, dem Niederländer, dem Xantener Sohn, dem, der meine Mutter auf diese Reise führte, die Schmerz und namenloses Leid brachte. Ich wüsste Worte nicht für einen solchen Mann, die ich nicht in Wut an ihn verschwendete.
Gib mir deine Worte, Wind. Lass mich den Vater dessen, der von mir vergessen wurde, ins Leben zurückrufen.
Ich möchte meine Galle in die Welt speien, egal, ob man mich hört oder nicht. Aber ich weiß, was der Wind sagen wird. Er wird mich tadeln, dass ich mich zum Narren mache. Er wird mit seinen tausend Zungen schnalzen und

mich fragen, ob ich es immer noch nicht besser weiß. Wir alle sind nur Werkzeuge der Götter, wir laufen, wie kleine Kinder wackelnd, auf lang ausgetretenen Pfaden und behaupten, sie selbst entdeckt zu haben. Siegfried musste sein, wie alles sein musste.

»Benimm dich«, flüstert der Wind.

»Es gibt nur eine Aufgabe für einen Skalden«, sagten mir meine Lehrer stets, »sich zu erinnern und zu erzählen. Eine eigene Meinung braucht er nicht zu haben. Nur eigene Worte.«

Zu Euren Ehren denn, meine lang gegangenen Meister, will ich es tun: mich erinnern und erzählen – in meinen eigenen Worten. So ist jede Geschichte, oder? Unsere eigenen Worte für Dinge, an denen längst nichts mehr zu ändern ist.

Und so war es: Ein Besucher kam nach Burgund, ritt nach Worms, in den Farben des Bündnisheeres der Xantener, ein einzelner Krieger, ohne Begleitung. Unglaublich, doch ungeschoren durchquerte er die Reihen der Sachsen, überstand er die Gefahren der Wälder, stand er eines Tages, der ihm wohl nur ein weiterer Tag sein mochte, vor den Toren der Feste zu Worms.

Es war der Tag, an dem alles beginnen sollte, was mein Leben ausmacht.

Er war groß, der Fremde, sein Haar so hell, dass es fast weiß wirkte, obwohl er noch so jung war. Seine Haut war auch hell, die Sonne verbrannte ihn schnell. Sein Haar trug er bis auf die Schultern fallend, gut gekämmt, in weichen Locken, das Gesicht versprach, das Gesicht eines tapferen Mannes zu sein, solange man ihm nicht zu sehr in die Augen sah. Er hatte volle Lippen, klar gezeichnet. Starke, gesunde Zähne

wie so viele Niederländer. Ein betörendes Lächeln, das Frauen verwirrte und Männer gegen ihn freundlich machte. Sein Kinn kam mutig hervor, durchzogen von einer Kerbe, sein Bart schimmerte golden. Nur seine Augen unter den dichten und langen Brauen, die gaben ihn preis. Unstete Augen, von blassem Blau. Zu hell und flackernd, Augen, die versuchten, das Gegenüber zu lesen und sich ihm dann anzupassen, bevor noch ein einziges Wort gesagt worden war. Im Weißen des linken Auges hatte er einen kleinen braunen Fleck, auf den man starren musste, denn er lenkte von der makellosen Helligkeit seiner restlichen Erscheinung ab. Sifrit nannten sie ihn bei sich zu Hause. Segeður nannten sie ihn im Reich meiner Mutter. Siegfried hieß er in Worms, Siegfried, der Recke – diesen Titel liebte er stets mehr als den eines Königs.
Er sah wie ein richtiger Mann aus, das ist bestimmt wahr, wie ein tapferer, ein freundlicher, ein liebenswerter Mann. Er sah wundersam und geheimnisvoll aus, weit gereist, erfahren, mutig. Es ist so schwer, seine ganze Wirkung zu beschreiben. Vielleicht so: Er sah aus wie einer, über den man geradezu Lieder singen müsste.
Nur die ganz Weisen, die ganz Alten oder die ganz und gar Uneitlen konnten sehen, dass diese hübsche Hülle leer war, eine Larve, in der nie ein Schmetterling gesteckt hatte.
Ich kann ihn geradewegs vor mir sehen, wie er da steht vor dem Tor zu Worms, seinen blauen Mantel unter einem Arm und über die andere Schulter geknotet, dieses riesige Schwert an der Hüfte, den Schild auf dem breiten Rücken. Ich habe Euch von Batu und Hurlo erzählt, den beiden Sachsen, bärenhafte Kerle, stark und die Muskeln hart wie Stein, aber doch irgendwie schwach. Denn Batu und Hurlo waren Knechte, lebendige Kampfmaschinen, auf ihre Art so

gefährlich wie römische Katapulte, aber unendlich dumm, gehorsam, einfallslos.
Siegfried war niemandes Knecht. Er war auch kein Anführer wie mein Vater. Er ging so ganz für sich, er lebte in einer Welt, die er bei jedem Schritt neu für sich zu erschaffen schien, die nur um ihn herum bestand und zerfiel, wenn er aus ihr heraus in die nächste ging.
»Schau hin, du Unwissender«, befiehlt mir der Wind, und ich sehe ihn, sehe ihn auf seinem glänzend gestriegelten Fuchs vor dem Tor, der Wind weht in seinem Haar, er trägt nie einen Helm. Ich weiß, dass er es nicht tut, weil er zu stolz auf sein Haar ist, doch es nährt den Glauben an seine Unverwundbarkeit, von der er so gern erzählt. Vielleicht ist das nicht einmal falsch. Manchen schützt die Dummheit vor den Dingen, die den Klugen umbringen.
Siegfried der Recke, ein Bild für tausend Worte.
»Holla! He da, Wachmann«, ruft er laut und strahlend, als ob man ihn nicht schon seit einer Weile hätte kommen sehen. »Wachmann, lass mich ein, ich begehre, den König zu sprechen!«
Er hat eine wunderbare Stimme, weich und voll.
»Wer seid Ihr, Herr?«, ruft der Wachmann ihm zu und würde ihm so gern entgegenkommen. »Wir haben Krieg und öffnen unsere Tore nicht für Fremde.«
Da kam es zum ersten Mal, sein großartiges breites Lachen, wie eine polierte Silberschale voll Wasser in der Sonne, blitzend, blendend: »Ich bin doch kein Fremder, guter Mann, ich bin nur noch nicht vorher hier gewesen!« Er lacht und zeigt seine Zähne, wirft seine Locken über die rechte Schulter. Und der Wachmann lacht mit, lacht und hat ihm innerlich längst das Tor aufgetan. Nur die Gewohnheit seiner Pflichten und seines Gehorsams hält ihn davon ab,

aber alles in ihm will für diesen Fremden eine Ausnahme machen.
Das ist vielleicht die beste Beschreibung Siegfrieds des Recken! Er hatte etwas an sich, das die Menschen dazu brachte, ihm Ausnahmen zu gewähren, in ihrem Leben etwas umzustellen, damit das seine ohne Schwierigkeiten weitergehen konnte. Die Frauen wollten Ausnahmen machen in ihrer Treue, ihrer Langeweile oder ihrer Moral. Die Männer ließen ihre Arbeit, ihren Alltag liegen, um ihm ein Freund zu sein. Teilhaber an seiner abenteuerlichen Besonderheit. Wegbegleiter auf den Wegen, die sie ihm anzusehen glaubten.
Und bevor sie entdecken konnten, Männer wie Frauen, welches Nichts hinter dieser aufregenden Front klaffte, war er schon lange weitergezogen, hatte sie mit dem freudigen Prickeln ihrer eigenen Ausnahmen erfüllt, ohne selbst etwas hergegeben zu haben. Er zog immer weiter, schnell, bevor man ihn durchschaute, auch wenn er vielleicht selber den Grund seiner Hast nicht kannte.
Nur in Worms eilte es ihm nicht. In Worms wollte er bleiben.
Er kam im Frühling, und der Frühling war sein Verbündeter. Der Tag, an dem Siegfried nach Worms ritt, war so schmerzhaft schön, wie nur kürzeste Vollkommenheit sein kann. Die Luft war lau, Vögel sangen, die Bäume blühten den ersten Tag, und über der Welt lag das sich jährlich erneuernde falsche Versprechen, dass das Leben einfach sein könnte, süß und voller Hoffnung. Und so erschien er den Burgunden, als ein Versprechen der Hoffnung und des Lebens, während er doch in Wirklichkeit der Anfang ihres Untergangs sein sollte. Aber das wusste nicht einmal er. Auch kam er nicht in böser Absicht.

Er kam, um ein Abenteuer zu erleben, wahrscheinlich noch eher, um anschließend eine Geschichte von einem Abenteuer erzählen zu können.

Siegfried war der Sohn Sigismunds von Xanten, der sich einen König nannte, aber damit ziemlich allein stand. Niemand glaubte, dass Xanten, die Stadt der alten Römerverbündeten, Verbündete wie Worms, ein wirkliches Königreich war. Man machte sich über die Xantener Münzen lustig, wenn sie überhaupt so weit rheinaufwärts wanderten in ihrem minderen Wert; König Sigismunds grobes Profil unter einem Lorbeerkranz, der aussah wie ein Geflecht aus Küchenkräutern. Das viel zu leichte Metall war so schlecht geprägt, dass Sigismund oft nicht einmal zu einem Drittel zu erkennen war. »Ein ganzer Sigismund ist manchmal auch nur ein halber Sigismund«, scherzten die Kaufleute und verschenkten die Münzen bisweilen sogar an Kinder, wer nahm ihnen schon einen Sigismund ab.
Sigismund hatte die Römer noch abziehen sehen, als er selbst ein Kind war. Sein Vater, ein Herr Siegbert der Lange, hatte sich in der nachfolgenden Fehde um die Macht in der Stadt politisch durchgesetzt. Dies, indem er zwei seiner Kontrahenten des Nachts mit einer zweischneidigen Axt durch das Abtrennen ihrer Häupter von jeglichen Gedanken an das Erlangen der Krone befreite, sodass seinen Plänen, König von Xanten zu werden, nun wirklich nichts mehr im Wege stand.

Man darf mich keinesfalls missverstehen.
Ich urteile nicht. Das Königreich und Adelsgeschlecht muss doch erst einmal gefunden werden, in dem eine Regentschaft anders begonnen hat als mit ein paar abgetrenn-

ten Häuptern, verschleppten Erbinnen oder ertränkten Kindern. Da ist es egal, ob das Blut heilig geredet oder das Haupt gesalbt wird.

Der alte Siegbert jedenfalls lebte lange ungehindert als König in seinem kleinen Reich, hatte acht Kinder und verlor sein kleingeistiges Leben auf das Passendste – durch ein brünftiges Wildschwein, dem er alleine auf einer kleinen Jagd im Morgengrauen begegnete. Siegbert hatte eigentlich nicht eben Wildschweine jagen wollen, sondern ein paar neckische Mädchen, die sich den königlichen Annäherungsversuchen bei einem Gelage durch panische Flucht in die Wälder entzogen hatten. Siegbert war ihnen unbeeindruckt nachgestolpert, nur mit seinem Speer bewaffnet. Wenn auch seine letzten Worte wiederholt darauf hingewiesen hatten, dass er genau genommen zwei Speere bei sich trüge.

Die fliehenden Mädchen waren von dieser Prahlerei ebenso unbeeindruckt wie der Eber, den der trunkene König aufstörte. Der Eber griff an. Der Kampf dauerte nur kurz.

Siegbert wurde von dem wütenden Wildschwein erstickt, welches seinerseits, auf ihm liegend, von seinem mitgeführten Speer durchbohrt verschied. Da kann man sehen, vieles in der Welt hat ein schönes Ende, wenn man nur lange genug wartet.

Man trug Siegbert singend auf seinem Schild heim, als wäre er in der Schlacht gefallen, aber er war so blau im Gesicht, dass man ihn trotz des Eberblutes nicht gut herzeigen konnte.

Siegbert folgte auf den Thron sein Sohn Sigismund, ein leidlich netter Mann ohne besonders abscheuliche Eigenschaften, der sich alsbald mit seiner Königin Segedis verheiratete. Böse Zungen behaupten ja heute noch, dass

Sigismund praktischerweise seine nächstälteste Schwester geheiratet hätte, um sich nicht lange auf Brautschau zu begeben. Das ist aber nun wirklich nicht wahr. Segedis, ich weiß es sicher, war allerhöchstens seine Base, auch wenn sie in der Tat noch im gleichen Hause lebte. Die Niederländer halten auf enge Sippschaft. Es vergrößert den Hof und vermeidet Ärger mit den Bräuchen und Eigentumsbestrebungen irgendwelcher Eingeheirateter.

Als Siegfried geboren wurde, brachte er die arme Segedis fast um, so groß soll er gewesen sein. »Das ist der Geist meines Vaters, Siegbert des Langen, der in dem Jungen steckt«, behauptete Sigismund glücklich und brachte durch die Bemühung des alten Glaubens, dass Verstorbene in ihrer eigenen Sippe wiedergeboren würden, seinen Priester zu kurzer Verzweiflung.

Segedis war das innere Becken von der Geburt zerstört. Sie konnte deswegen nie weitere Kinder bekommen, warum es dann die höchste Pflicht eines jeden am Xantener Hof wurde, darauf zu achten, dass dem jungen Siegfried nichts zustieß. Vor allem bestand Sigismund in einer abergläubischen Furcht darauf, dass der Junge dem Jagdvergnügen fern gehalten würde. »Auf der Jagd ist er nämlich schon einmal draufgegangen«, behauptete Sigismund, und Segidis widersprach ihm nicht.

Vielleicht hatte sich Sigismund, so jäh von seinem Vater verlassen, als König nicht wohl gefühlt, aber nun da Siegfried auf der Welt war, schien der König wie ausgewechselt. Alles, was Siegfried tat, wurde gepriesen über den grünen Klee. Als er laufen lernte, schenkte Sigismund im ganzen Reich Met aus.

Als der Knabe sprechen konnte, lernte er als Erstes seinen eigenen Namen. »Siffritt«, bellte der Königssohn feucht und strahlend. Und alle Bewohner des Xantener Hofes umstanden das Kind dann stundenlang und wiederholten im Wechsel mit ihm, bald begeistert, bald angestrengt: »Ja, Siegfried!« Ein Spiel, von dem der Knabe nie genug bekommen konnte.

Im gleichen Geist wurde von allen anderen Kindern, seinen ebenbürtigen wie denen des Gesindes, erwartet, Siegfried in jedem Spiel gewinnen zu lassen und diesen abgekarteten Gewinn dennoch zu preisen, als hätte der Thronerbe Unerhörtes geleistet.

Siegfried blieb immer etwas zu groß für sein Alter, und es zeigte sich trotz des vorausbestimmten Ausgangs aller Spiele, dass er in der Tat sehr stark und beweglich war. Das Verlieren lernte er wegen der berichteten Vorsichtsmaßnahmen nicht, sodass er furchtbare Wutanfälle bekam, wenn er es mit Uneingeweihten wie Pferden, seinen Waffen oder Gegenständen zu tun hatte, die ihn nicht gleich gewinnen ließen. Da er die Pferde nicht zerbrechen oder unter Wutgeheul wegwerfen konnte, trat er ihnen, so hoch wie er eben kam, in die Beine, die Flanken oder den Bauch. Als er einer kleinen Schecke dabei ein paar Rippen brach und das arme Vieh hingemacht werden musste, regte sich erstmals unter dem Hofvolk Unmut gegen den Maßlosen. Pferde waren noch immer zu heilig im Volk, als dass man ihnen Derartiges antun durfte. König Sigismund, wenn auch nicht gerade ein Geisteslicht, so doch etwas klüger als sein Vater, sah ein, dass hier ein Problem entstehen könnte, und ließ Lehrer kommen. Die besten der besten, wie er sagte. Die Lehrer sollten Siegfrieds Temperament im Zaum halten, zumindest für die Dauer ihrer Unterweisungen, während der restliche Staat den Jungen wie gewohnt zu lobpreisen und zu bewundern hatte.

Deswegen hasste Siegfried seine Lehrer, schlug sie und versteckte sich dann. Deswegen blieben die besten der besten nicht lange in Xanten und wurden mit den Jahren erst durchschnittlich und dann schlichtweg abgehalftert, aber da war sowieso schon alles zu spät.

Als Siegfried in seinem neunten Jahr stand, starb Segedis an inneren Geschwüren, die ihr so den Bauch aufblähten, dass man erst eine unerklärliche Schwangerschaft vermutete.

Erst als sie immer weiter abmagerte, erkannten die Kräuterweisen, dass es kein neues Leben, sondern eine Tote geben würde, und bereiteten Sigismund darauf vor. Der hatte es nicht gern, wenn er sich von Gewohnheiten trennen musste. Vor allem wollte er nicht, dass er durch seine Frau zusätzliche Scherereien hätte. Beide Faktoren schwächten seine Einfühlsamkeit in der letzten Unterhaltung mit Segedis gewaltig.

»Das wird was geben mit dem Jungen«, seufzte der König am Totenbett seiner ausgezehrten Gattin. »Meinst du nicht, dass es noch etwas warten kann mit dem Sterben. Reiß dich doch zusammen, du. Das gibt sonst was!«

Lautlos bewegte Segedis in bedauernder Ablehnung die Lippen.

»Ach, das ist alles so ärgerlich«, grollte Sigismund, als er ging.

Und er behielt Recht. Das gab etwas! Siegfried, nicht gewohnt, etwas zu verlieren, schon gar nicht seine Mutter, die eifrigste seiner nimmermüden Bewunderer, verlor die Beherrschung, falls er denn je eine gehabt hatte, als man ihm mitteilte, dass die Königin heimgegangen war. Er zerbrach acht Schemel, drei von vier massiven Tischbeinen, demolierte zwei der guten kupfernen Wappenschilde seines Vaters und zerschmiss sechs milchgefüllte Tonkrüge an der Wand des Küchenhauses, bis er dann heulend zusammenbrach. Seine Amme durfte kommen und ihn auf den Schoß nehmen, was wegen des Größenunterschiedes zwischen den beiden ein sehr komisches Bild abgab. Siegfried, sonst von unstillbarem Appetit, wollte auch nicht mehr essen. Er weinte und weinte und schlief schließlich ein; zwei Knechte mussten die halberstickte Amme von dem massigen Kind befreien. König Sigismund war sehr verdrossen. Man befürchtete Schlimmstes, den Wahnsinn nämlich, der in der Familie in früheren Generation schon vorgekommen war.
Aber am Tag nach Segedis' Bestattung war Siegfried lammfromm und tollte munter durch die Gegend.
Zu Mittag führte er im Innenhof der Burg ein Kunststück auf, oder was er dafür hielt. Er zerquetschte Gegenstände mit der bloßen Hand. Er hatte ein Ei besorgt, einen Käse,

ein Stück Rauchfleisch, einen Apfel, und als Höhepunkt brach er ein dickes Stück Holz entzwei.

Wie üblich sammelte sich eine begeisterte Menge um den Königssohn, aber er spielte nur für das leere Fenster seiner Mutter. »Mutter, siehst du?«, rief er hinauf.

»Ach, der Arme«, tuschelten die bestellten Begeisterten und machten betrübte Gesichter. Siegfried aber war gänzlich unbetrübt. Heiter rief er seiner unsichtbaren Mutter zu, was nun als Nächstes kommen würde. Wieso das folgende Kunststück des Zerquetschens noch bemerkenswerter sei als das vorherige und so weiter. »Guck, guck doch«, war sein Kehrreim.

Ein Beobachter dieses Mummenschanzes lief zu König Sigismund, der gerade überlegte, welche seiner verbleibenden Basen er nun ehelichen könnte, und setzte den König vorsichtig in Kenntnis, dass sein Sohn offensichtlich den Tod der armen Segedis zu ignorieren wünschte.

Sigismund war ein wenig verwirrt und ließ sich zum Fenster neben Segedis' Kammer führen, von wo aus er, den Blicken verborgen, den ins Leere redenden Sohn sehen konnte. Erst war er ein wenig gerührt, dann ein wenig verwirrt, dann traf er eine schnelle Entscheidung.

»Wenn er denkt, seine Mutter lebt noch, dann soll es so sein«, teilte Sigismund dem Informanten mit und befahl ihm, die Parole im Hof auszugeben, dass, wenn Siegfried es doch wünsche, Segedis inoffiziell eben nicht verstorben sei.

»Das ist dann besser so«, urteilte der Vater überzeugt.

Und wie Sigismund es für seinen Sohn verordnete, wurde es auch. Wenn der junge Prinz plötzlich seine Mutter irgendwo auf einer Gartenbank zu entdecken glaubte, sie angeblich rufen hörte oder anderes, dann hatten alle, die

Zeugen dieser seltsamen Begegnungen wurden, sich ebenfalls so zu verhalten, als wäre alles klare Wirklichkeit. Diese Regelung blieb nicht ohne Schwierigkeiten. Da Sigismund sich beispielsweise entschlossen hatte, seine nächste ledige Base Sigelind zu heiraten, kam es an der königlichen Tafel zu Ausfällen, wenn Siegfried kreischte, Sigelind hätte sich auf seine Mutter gesetzt. Sigismund konnte seiner neuen Frau nicht gut den Platz an seiner Seite verwehren, aber er konnte auch nicht den Zauber brechen, den er selbst für seinen Sohn befohlen hatte. Zuerst versuchte man es mit einer List. Damit, Siegfried ausrichten zu lassen, dass seine Mutter sich nicht wohl genug fühlte, um zum Essen zu kommen. Sie habe sich verkühlt. »Na, das will ich aber von ihr selber hören«, rief der Prinz ungläubig und kehrte von einer Unterredung mit der Unsichtbaren erbost zurück. »Das stimmt gar nicht, sie hat gesagt, ihr wollt nur alle nicht, dass sie kommt!«, grollte der Knabe. »Wegen der da!«
Daraufhin ließ Sigismund neben den Stuhl für Segedis eben einen neuen für Sigelind stellen, die aber ihrerseits verstimmt war und dem König daher nächtens auseinander setzte, dass sie nicht erpicht wäre, sein Gewicht auf sich zu ertragen, wenn er ihr am Tage keine entsprechende Erleichterung verschaffen würde.

Es stand also eine ernste Staatskrise ins Haus. Einer von Siegfrieds leidgeprüften Lehrern, ein Flame namens Mime, den man erst seit einigen Wochen beschäftigte und der trotz Kenntnis des Königssohnes noch nicht das Weite gesucht hatte, wusste schließlich Rat.

Mime kam »aus den Ebenen«, wie er sagte, die einzige Auskunft, die er je über seine Person zu geben bereit war. Er war hochgewachsen und rothaarig, mit grünen Augen, die nichts von seinen Gedanken verrieten. Mime war auch von breitem Wuchs und beachtlicher Körperkraft. Er sollte Siegfried in der Kampfkunst mit dem Schwert unterrichten. Böse Lästerer, denen Mime nicht fein genug war, behaupteten, er wäre kein Ritter, sondern bloß ein ehemaliger Sklave, ein entlaufener Schmied, der mal in Rom bei den Kampfspielen aufgetreten wäre.

Ich sage, egal wer er war, Sklave, Kämpfer oder Handwerker, Mime hatte mehr Verstand als die gesamte Xantener Dynastie zu diesem Zeitpunkt. Mime hatte sich das ganze Getue um Siegfrieds Launen lange genug betrachtet und beschloss, dass, ebenso wie der Sohn, vor allem der Vater eine feste Hand brauchte.

»Lasst mich eine Fahrt mit dem Jungen machen, König Sigismund«, schlug er vor, nachdem die unlösbare Seelenpein von Vater und Sohn stundenlang ohne Ergebnis beredet worden war. »Nicht weit, bloß ein paar Stunden in den Wald hinein zu der alten Römerschmiede. Wir bleiben ein paar Wochen, und er wird seine Mutter jeden Tag ein bisschen mehr vergessen. In der Römerschmiede ist Segedis nie gewesen. Dort kann er sie auch nicht vermissen.«

Sigismund besprach sich verunsichert mit allen anderen Ratgebern, die es sämtlich für eine hervorragende Idee hielten, Jung-Siegfried weit, weit fortzuschicken.

Eine bewaffnete Vorhut wurde zur alten Römerschmiede geschickt, um dieselbe herzurichten und mit Proviant aufzufüllen. Es gab Gerüchte von versprengten Sachsenzügen, die in den Wäldern hausten, deswegen wurden einzelne Soldaten in einem losen Ring um die Schmiede herum postiert, außer Sichtweite, aber schnell herbeizurufen, wenn nötig.

Siegfried war von der Aussicht auf eine Abenteuerfahrt ganz begeistert und verabschiedete sich nicht einmal von seiner eingebildeten Mutter, obwohl alle sich schon bereit gemacht hatten, ihm in seinen Abschiedstränen beizustehen. Sigismund war erleichtert, Sigelind hatte einstweilen weniger Abneigung gegen sein nächtliches Gewicht, und für Siegfried sollte die Fahrt in die Wälder wohl die schönste Zeit seines Lebens werden.

Wenn er der Knabe jener Wochen hätte bleiben dürfen, wer hätte ihn jemals nicht mögen können. Das sage ich in vollem Ernst.

Mime war nämlich nicht nur ein guter Lehrer, er war vor allem ein kluger und freundlicher Mann. Er verstand, dass der wirkliche Siegfried nie gedeihen könnte, wo ihn jeder nach seinem dauernd wechselnden Willen bediente.

»Ein Herrscher ist der, der sich selbst beherrscht«, hatte Mime seinem verständnislosen Schüler gleich bei ihrer ersten Begegnung mitgeteilt.

»Du bist blöde«, hatte Siegfried dieser Weisheit nur klug entgegenzusetzen gehabt und versucht, Mime zwischen die Beine zu treten. Der kräftige Flame hatte jedoch Siegfrieds Ferse blitzschnell aufgefangen und den königlichen Sproß einmal in der Luft umgedreht. Der Thronerbe landete mit dumpfem Aufprall auf dem harten Boden des Übungsplatzes.

»Man tritt seinen Lehrer nicht«, sagte Mime sehr bestimmt, wenn auch nicht unfreundlich, »Ende der Unterweisung.« Dann drehte er sich um und ging.

Mime wusste von Anfang an, was Siegfried nötiger brauchte als eine imaginäre Mutter, war jemand, der sich endlich gegen ihn und seinen grenzenlosen Willen stellte. Warum der Flame auch immer so weise und freundlich war, konnte niemand sagen, aber es rettete seinen Schüler davor, einfach nur ein lächerlicher Popanz zu werden, der missmutig immer neue Befehle erteilte. Es rettete, was an Siegfried zu retten war.

Mime zeigte dem Knaben also die verlassene Schmiede im Wald und fragte ihn dann: »Was fällt dir auf?«
»Da drüben sind noch Schwerter!«, johlte Siegfried und wollte hinrennen, sie zu ergreifen.
Mime hielt ihn mit eiserner Hand fest. »Was fällt dir noch auf?« Siegfried lief rot an, aber er hatte nach seiner Luftreise bei ihrer ersten Begegnung gemerkt, dass Mime stärker war als er, so schlug er ihn nicht, wie er es sonst mit seinen Lehrern zu tun pflegte, wenn sie ihn zurückhielten oder ihm etwas beibringen wollten.
»Weiß nicht«, presste er wütend hervor.
Mime lächelte: »Hier ist niemand außer dir und mir, keine Bediensteten, keine Sklaven, niemand. Es wird bald dunkel, und wenn es dunkel wird, wird es auch kalt. Hol Feuerholz!«
»Was? Ich?«, blökte der Prinz.
»Ich zeige dir, wo es ist«, sagte Mime sanft.

Die Anhänger des weißen Christus haben, wie ich schon ausführte, viele Menschen, die sie verehren, weil sie zur Unzeit starben oder angeblich Verwandlungen vornahmen, für die es aber meines Wissens keine Zeugen gibt. Ich sage, dieser Flame, der Mime, der hätte ein echter Heiliger für die Xantener werden müssen. Es hätte doch auch einen ganzen Hof von Zeugen für seine Taten der Verwandlung gegeben. Mime blieb über acht Monate mit Siegfried in der alten Römerschmiede. Er brachte ihm bei, wie man Feuer macht, wie man Wasser holt, wie man ein Pferd striegelt, sattelt und füttert und seine Sprache verstehen lernt, statt ihm nur

in den Bauch zu treten. Außerdem lehrte er ihn, Fallen zu stellen, Brot zu backen und Eisen zu schmieden.
»Es ist entscheidend«, sagte Mime, »die wirklich wichtigen Dinge selbst erledigen zu können. Das wird dich vor falschen Freunden schützen, die du nur wegen einer Gefälligkeit mögen würdest.« Siegfried wurde immer stärker, er hatte Hände aus purem Horn, schien es. Dauernd stauchte er sich etwas, schnitt sich, verbrannte sich und konnte oft kaum liegen, weil Mime darauf bestand, dass er zur weiteren Abhärtung auf dem blanken Boden schlief. Aber zum ersten Mal in seinem Leben war er glücklich. Er gehorchte Mime nach wenigen Wochen wie ein großartig abgerichteter Jagdhund, aber nicht aus Furcht, sondern aus Vertrauen. Er wurde kaum noch wütend, wenn ihm etwas nicht gelang, und begann sogar ein paar Grundzüge des Lernens zu begreifen. Dass eins nach dem anderen kommen muss, zum Beispiel. Siegfried vermisste weder den Hof noch seine Eltern. Und da Mime sich den ganzen Tag mit ihm beschäftigte, vermisste er auch nicht die Lobpreisungen, die seinen Weg sonst stets gesäumt hatten. Mime lobte ihn anfangs nie. Als er dann anfing, ein paar kleinere Freundlichkeiten einzustreuen, machten sie Siegfried trotz ihrer Schlichtheit wirklich satt in seiner Seele. Er wusste, dass Mime ihm immer die Wahrheit sagte. Siegfried hatte zwar gelernt, zu arbeiten und zu gehorchen. Aber er hatte noch nicht gelernt, für sich selbst zu denken. Mime dachte, sie hätten auch dafür noch Zeit. Doch er irrte sich leider.

Sie verließen die Schmiede dann, weil der Winter kam und Sigismund es nicht riskieren wollte, seinen Sohn draußen im Wald erfrieren zu lassen. Der Xantener König schickte einen Boten zu Mime, der ausrichtete, man möge den

Prinzen sogleich heimschicken. Mime war darüber nicht glücklich. Er wusste, dass er gerade erst angefangen hatte, aus einem Monster einen Menschen zu machen, und er fürchtete, den ehrlichen Umgang, den sie beide so erfolgreich miteinander in der Schmiede gepflegt hatten, bei Hof nicht beibehalten zu können. Da wären wieder die falschen Lobpreisungen, die schlechten Gewohnheiten, die Ablenkungen. Jedoch, er war nur ein Lehrer – er hatte nichts zu sagen.

»Ich will nicht weg«, brummte sogar Siegfried. Er hätte keine Worte für die Gründe seines Unwillens gehabt, aber auch er spürte, dass er das Beste hinter sich ließ, was er je gehabt hatte.

»Ach, Junge, wir können bei Hof ebenso viel Spaß haben wie hier«, sagte Mime scheinbar leichthin seinem Schützling, als die Eskorte dann kam, ihn abzuholen. Er gürtete ihm das Schwert um, das sie beide den Sommer über aus geschmolzenen Römerklingen geschmiedet hatten. Siegfried liebte dieses Schwert. Es sah genauso aus wie Mimes. Er lächelte.

»Mach schon«, befahl Mime, »ich räum hier noch zusammen, dann komm ich auch.«

»Ganz sicher?«, wollte Siegfried wissen.

»Ganz sicher! Mich wirst du so lange nicht los, bis aus dir ein anständiger Kerl geworden ist. Und das dauert noch«, lachte Mime und schlug dem Jungen auf den Rücken. Er bestand fast nur noch aus Muskeln. Mime sah ihm stolz und bewegt nach, wie er zwischen den Xantenern fortritt, außen fast ein König, innen fast ein Mensch. Wenn er nur genug Zeit hätte …

Fast blieb das Wort, das Siegfrieds Leben und Sterben bestimmen würde.

Später wurde behauptet, dass die Sachsen hinterlistig auf den Abzug der Eskorte gewartet hatten, um die Schmiede anzugreifen, aber das klingt mir zu dünn. Ich bin mir nicht sicher, ob es nicht Sigismunds Männer waren, die die Schmiede niederbrannten und Mime erschlugen. Sigismund wusste von seinen Spähern, was in den Wäldern so wundersam geschehen war. Vielleicht wollte er den einzigen Menschen beseitigen, der ihn immer daran erinnerte, dass Siegfried nicht immer so großartig war, wie er wiederkam. Vielleicht war er eifersüchtig, dass der unbedeutende Flame ein so wundersames Werk an seinem Sohn vollbracht hatte. Vielleicht war es die alte Vorsicht eines kleingeistigen Sippenvaters, der keine zu machtvollen Berater heranwachsen lassen wollte. Für Mime änderte es natürlich nichts, ob es Sachsen oder Niederländer waren oder welche Beweggründe seine Mörder hatten. Er pfiff und räumte ordentlich seine wenigen Habseligkeiten zusammen, als sie ihn überfielen. Drei hielten ihn fest und zogen ihm einen Sack über den Kopf, bevor er sie erkannte. Einer kam dann von hinten mit einem Knüppel. Es dauerte sehr lange, Mime gab sein Leben nicht freiwillig her.

Dann war er tot; seinen abgehackten, eingeschlagenen Schädel fand man in der ausgebrannten Schmiede auf dem Rost. Die restliche Leiche von Siegfrieds Lehrer wurde in die Wälder verschleppt, damit es auch bestimmt nach Sachsen aussähe.

Siegfried belogen sie daheim. »Mime ist wahrscheinlich zurück nach Flamen«, behauptete Sigismund zuerst. »Er wollte sowieso nicht mehr lange hierbleiben. Das Geld war ihm zu wenig.«

»Das kann nicht sein«, rief Siegfried und erschreckte den Vater durch den festen Blick seiner vormals so unsteten

Augen. Augen, in denen Liebe für diesen Hergelaufenen leuchtete.
Siegfried war vom Tor nicht wegzubewegen. Er wartete zwei Tage lang, ohne zu essen oder zu schlafen. Schließlich schickte Sigismund einen scheinheiligen Trupp zur Schmiede, und sie fanden Mimes Schädel. Beklommen brachten ihn die Männer zurück.
»Kann ich ihn haben?«, fragte Siegfried nur, sehr leise, fast heiser. Kein Weinen, kein Vorspielen unsichtbarer Zuschauer, kein Ausbruch haltlosen Zornes. Niemand wusste, was er mit Mimes Schädel tat, niemand wagte zu fragen.
»Das war ein Fehler, den Jungen wegzuschicken«, seufzte Sigismund nächtens auf Sigelinds Lagerstatt. »Da kommt noch was nach. Dass er uns mal nicht durchgeht.«
Sigelind beschwerte sich: »Als er weg war, hast du nur davon geredet, wie es ist, wenn er mal wiederkommt, jetzt ist er da, und du redest davon, dass er weggeht. Es reicht.«
Sigismund war sehr gekränkt und fand, dass Frauen einen Mann wie ihn, mit all seinen Bürden und Sorgen, kaum je befriedigend zu verstehen vermochten.

Siegfried war jedoch in der Tat deutlich verändert. Er war höflich zu Sigelind, höflicher als Sigismund, nannte sie sogar »Frau Mutter« und erfüllte ihr – wenngleich verständnislos – den gelegentlichen Wunsch, mit ihr durch den erbärmlich mickrigen Garten der Xantener Burg zu gehen. »Der Hortus, der ist mal wieder so pulchrum«, seufzte Sigelind dann verfeinert und kam sich glattweg vor wie eine Cäsarengattin. Sie fand Gefallen an der gezähmten Version Siegfrieds, mütterlichen Gefallen, wie sie sich einredete. weiblichen Gefallen, wie jeder, der nicht blind war, sehen konnte.

Aber der Halbwüchsige hatte an den unbestimmten Verführungsversuchen seiner Stiefmutter ebenso geringes Interesse wie an denen der übrigen Frauen des Hofes oder der Dorfschönheiten.
Er wirkte in jener Zeit sich selbst entrückt.
Er stritt auch nicht mehr mit den verbliebenen Lehrern oder Altersgenossen, erledigte kleine Arbeiten, um die er nicht gebeten werden musste, und lernte oder tat, was sein Vater ihm zu lernen oder zu tun vorsetzte, ohne Eifer, aber auch ohne Wutsausbrüche.
»So ordnet sich alles aufs Beste«, seufzte Sigismund glücklich und regierte ahnungslos vor sich hin.

Im Frühjahr nach Mimes Tod war Siegfried dann plötzlich verschwunden. Es fehlte kein Pferd, und niemand hatte ihn gehen sehen. Soldaten zogen durch die Gegend und drohten in jedem Weiler mit Brandschatzung, wenn keiner wüsste, wo Siegfried wäre. Jeder kannte ihn, jeder hätte ihn sehen müssen.
Ein zitternder Fährmann, gedrängt von einer schnaubenden Gattin, bekannte schließlich, ihn *möglicherweise* an Bord eines rheinaufwärts segelnden Schiffes gesehen zu haben. Es wären Nordleute gewesen, ein rotes Boot mit roten Segeln. »Kräftige Männer, wenigstens zehn.«
Der Fährmann bekannte allerdings nicht, dass Siegfried ihm Kupfer geschenkt hatte, damit er ihn zum Boot der Nordleute ruderte. Das Kupfer hatte seine Gattin eingezogen.
Daraufhin beging Sigismund Landfriedensbruch bei seinen Nachbarn. Er schickte berittene Krieger hinter dem Schiff der Nordleute her, die den Auftrag hatten, Siegfried zurückzuholen. Weiterhin hatten sie die Versicherung ihres

Königs, dass ihnen die Nordleute wie milde Ammen vorkommen würden, gemessen an seiner Vergeltung, wenn sie versagen sollten.
Die Krieger kehrten nie nach Xanten zurück.
Siegfried jedoch kam nach sechs Monaten von selbst wieder, noch größer, noch breiter, noch schöner – nur die Augen wieder flackernd und unstet, als wäre Mimes Gegenwart eine Medizin gewesen, die nun nicht mehr ausreichte.

Sigismund wollte weder seinen Spähern noch seinen eigenen Augen trauen, als der verloren geglaubte Sohn schließlich vor ihm stand. »Siegfried, mein Siegfried«, trompetete er begeistert und umarmte den Heimkehrer voller Freude und voller Bewunderung. Er umarmte einen jungen Mann, keinen Knaben mehr.
Siegfried, der Prinz von Xanten, trug eine fremdländische Gewandung, lachte viel, trank viel Wein – direkt aus dem Schlauch – und erzählte ungefragt eine unglaubliche Geschichte nach der anderen.
Er war nicht nur in Rom gewesen, legte er wie eine unwichtige Nebensache dar, sondern nach der kurzen Betrachtung der großen Stadt auch mit den Nordmännern wieder den Rhein abwärts gesegelt. Er sei mit ihnen durch ein endlos weites Nebelmeer gefahren, geleitet nur von den wundersamen Klängen eines verzauberten Hornes.
Der Hof von Xanten stand versammelt wie in den früheren Tagen seiner Kraftmeierei und staunte. Der Weitgereiste legte die Hände vor dem Mund zusammen und blies hinein. Er erzeugte einen seltsam wehmütigen und doch erregenden Ton, der alle nach Luft schnappen ließ. »Schschsch«, machte Siegfried leise, »auf den Meeren ist es totenstill im Nebel – man hört nichts! Nur das Knarren des Schiffes und

das Horn!« Er blies wieder in die Hände, und alle Zuhörer hätten schwören können, dass man ein Schiff knarren hörte. »Wir segelten«, raunte Siegfried weiter, »viele Tage und endlos dunkle Nächte!«

Man sei schließlich in einem von Nebeln ganz verhangenen Land angekommen, das die Nordmänner sich trotz ihrer sprichwörtlichen Furchtlosigkeit nicht zu betreten trauten.

»Aber ich, ich bin gegangen«, erzählte Siegfried, und es klang so bescheiden, wie nur ein echter, gewohnheitsmäßiger Abenteurer klingen kann.

In den Nebeln wäre er dann zuerst auf einen verwunschenen König, hernach auf einen Zwerg und anschließend auf einen Riesen getroffen. »Ist nicht möglich!«, hauchte Sigismund begeistert. Siegfried lächelte ihm schlicht zu wie einer, der sich nicht verteidigen oder beweisen muss.

»Es ist möglich!«, flüsterte der König bekehrt.

Leider habe er das neblige Land schon sehr bald wieder verlassen müssen, da die Nordmänner sich auf ihrem Schiff ohne ihn ganz vereinsamt gefühlt hätten – aber: »Aber ich werde wieder hinfahren, denn der König erzählte mir, dass der Zwerg Herr über einen sagenhaften Schatz ist! Den werde ich mir holen!«

Dann lachte er laut, mitreißend und verbeugte sich ehrerbietig vor seinem Vater. »Bei Thor!«, rief Sigismund, der kurz vergessen hatte, dass er doch ein Christ geworden war. »Bei Thors Hammer, Junge! Was für ein Abenteuer!«

Werkzeug des Schicksals

Sigismund, obwohl er nicht sagen konnte, wieso, rechnete nach dieser sagenhaften Fahrt nicht mehr damit, dass sein Sohn ihm als Erbe und Nachfolger zur Verfügung stehen würde. Es schien so klar, dass Siegfried zu Höherem berufen war, eigentlich doch immer schon. Sigelind wurde leider nicht schwanger, und Sigismund fühlte sich – ebenfalls bedauerlich – Jahr um Jahr weniger angeregt, sie doch noch in diesen Zustand versetzen zu wollen oder zu können.

Er einigte sich schließlich mit einem einfältigen und ehrgeizlosen Vetter, dass dessen Kinder, wenn die Zeit käme, dann Regenten werden könnten.

Deswegen ließ man Siegfried ziehen, wann immer er den Drang dazu verspürte, ungefähr alle sechs oder acht Wochen. Er kam nach den geheimnisvollen Reisen stets wieder nach Xanten zurück, jedes Mal schöner, weltläufiger; jedes Mal mit großartigen Geschichten.

Er fuhr oft in das unbekannte Nebelland hinter dem stillen Meer, traf den Zwerg und den Riesen im Kampf und besiegte beide in sensationellen Gefechten, die er vor seiner atemlosen Zuhörerschaft ausgestaltete. Mit dem Zwerg habe er sogar unterirdisch gerungen, im Stockdunkeln, dass er den Zwerg habe kaum sehen können. »Wo ist er, wo ist er, hab ich gedacht! Der Kerl war verschwunden, als hätt er sich unsichtbar gemacht!«

Bei der zweiten und dritten Wiederholung der Geschichte ließ Siegfried die Dunkelheit dann der Einfachheit halber aus. Den Zwerg von Anfang an der Unsichtbarkeit zu bezichtigen, steigerte den Zuspruch des Publikums. »Der kleine Knilch hatte sich unsichtbar gemacht. Nur sein Bart, der war so lang, dass er auf dem Boden schleifte, so hab ich ihn gehört und dann …« Es folgte eine gestische Ausgestaltung des Zwergenkampfes, an deren Ende der Zwerg feige um sein Leben gewimmert habe. »Gut, dann lebe, du minderer Wicht«, deklamierte Siegfried, »aber nun lebe als mein Knecht!« Das gab sofortigen Beifall.

Den Schatz, dessentwegen er in diesen Kampf gezogen wäre, habe er ebenfalls an sich bringen können, doch sei er in seinen Ausmaßen zu aufwendig zu transportieren und ihm, Siegfried, auch nichts an solch protzigen Reichtümern gelegen.

»Was ist schon Gold«, rief der Held und machte mit der Zunge zwischen den Lippen das Geräusch eines Darmwindes. Es stimmt allerdings, dass Siegfried an Gold nie etwas lag, ihm lag nur etwas an seinem Ruhm. Deswegen wäre die Bergung dieser neuen Reichtümer nur lästig gewesen.

Er hätte diese lieber in einer Höhle verwahrt, deren Eingang nur er kenne. Bei Bedarf könnte er dann durch die Nebel segeln und einen kleinen Teil mitbringen.

»Nur für meine liebe Frau Mutter«, lachte er, »habe ich etwas davon mitgebracht!« Und blitzschnell, gerade war seine Hand doch noch leer gewesen, zauberte er ein beachtliches Geschmeide fremdländischer Machart hervor, das er einer sprachlosen Sigelind überreichte. Der Hof staunte, gaffte und jubelte. Jeder wollte dieses »Staubkorn, hahaha« aus Siegfrieds sagenhaftem Schatz sehen, dessen Existenz nun keiner mehr bezweifelte. Jeder fand, es war das feinste

Werk, das je ein Goldschmied fabriziert hätte. »Es ist Zwergenwerk«, flüsterte Siegfried, und die Begeisterung fand kein Ende. In den Jubel hinein kündigte der Held von Niederland bedauernd an, dass er nicht lange die Freuden der Heimat genießen könne, denn er müsse wieder auf Fahrt gehen. Zwei Dinge brannten ihm auf den Nägeln. Er wolle sich eine Frau nehmen – »Was?!«, kreischte Sigelind –, und er habe betrübliche Kenntnis erlangt, dass in der Höhle seines Schatzes ein Drache Wohnung genommen hätte, den gedächte er von dort mit allem Hausherrenrecht zu vertreiben – notfalls müsste der Drache dann eben sein Leben lassen, wenn er sich uneinsichtig zeige. Das war nun wirklich schwer zu begreifen. Zwerge und Riesen, solches sollte wohl vorkommen. Sehr große und sehr kleine Menschen, wenn auch frei von nachprüfbaren Zauberkräften, sah man ja auch hierzulande. Von einem Drachen aber hatte noch nie jemand etwas gehört. Die sonst übliche atemlose Spannung wich einem ungläubigen Gemurmel.

»Doch, doch«, rief Siegfried etwas gehetzt, »hier gibt es diese Ungeheuer vielleicht nicht, aber im Norden, da weiß das jedes Kind!«

Das Gemurmel verebbte nicht. »Wie sieht der denn aus, der Drache?«, rief ein vorwitziger Höfling.

Siegfried wirbelte herum: »Was meint Ihr, wie er aussieht?«, forderte er den Ungläubigen auf. Aber der Zweifler kam nicht dazu, zu antworten. Einigen anderen war es aufgefallen, dass manchmal wirklich Drachentiere auf den Segeln der Nordmann-Boote gemalt waren. Sie riefen begeisterte Beschreibungen von Klauen, Zähnen und Schuppen, einem flammenden Schwanz und Flügeln. Ehrlich gesagt – Siegfrieds Drache, denn er nickte erleichtert zu allen Beschreibungen, muss ausgesehen haben wie ein dickes, ärgerliches

Pferd, mit Krallen statt Hufen und einem Hornpanzer statt einer Decke. Das dickliche Pferd konnte weiterhin, nach dem Rufen der Zuschauer und dem Nicken des Helden zu urteilen, fliegen und Feuer spucken. »Das kann ich auch!«, rief ein vorwitziger Gaukler, und Siegfried trat ihm großzügig die Mitte der Halle ab, damit der Gaukler spucken konnte.

Schwer atmend setzte sich Siegfried mit etwas angestrengtem Strahlen neben Sigelind, die kein bisschen strahlte: »*Wen* willst du heiraten?«, fragte sie kiebig.

Siegfried hatte vor, Krimhild von Burgund zu heiraten, aber das teilte er weder seiner Stiefmutter mit noch dem Wachposten, der ihn an jenem Morgen nach Worms einlassen sollte.

Siegfried hatte mehrfach, wenn er den Rhein heraufgefahren war, die berühmte Feste zu Worms gesehen und von den Burgunden gehört. Er fuhr übrigens meistens rheinaufwärts. Die wenigsten seiner Reisen führten ihn nach Norden und wenn, dann nie in jenes angebliche Nebelland mit den vielfältig missgestalteten Bewohnern. Ein Zwerg, ein Riese und ein Drache, ich will Euch etwas sagen, Ihr Fremden, je schneller die Leute zu diesen Christen werden, je mehr glauben sie, ohne ihren Verstand zu bemühen.

Siegfried war mit vielen Händlern zusammen und mit sehr vielen Nordleuten, das ist wahr. Er diente sich als besoldeter Krieger an, und sie nahmen ihn mit auf kleinere Raubzüge. Wo er genau war, konnte er wahrscheinlich nicht einmal selber sagen. Wenn es anfing, ihn zu langweilen – es wurde ja meist sehr viel gesoffen auf diesen Ausflügen –, dann ging er vom Schiff, kaufte oder stahl sich ein Pferd und erkundete die Gegend nach eigenem Verlangen.

Was ihn zu Krimhild trieb?
Er war es gewohnt, von seufzenden Frauen als der schönste Mann bezeichnet zu werden, den diese je gesehen oder wenigstens gebettet hätten. Krimhild, so hörte er, sollte die schönste Frau sein, die überhaupt jemand je gesehen hatte. Das machte ihn neugierig. Er hatte von den Hunnen und den Sachsen gehört und manchmal auch ein bisschen was gesehen. Aber was scherte ihn ein fremder Krieg. Es hätte ihn ja nicht mal geschert, wenn die Sachsen um Xanten herumgestanden hätten.
Nur, was man daraus machen könnte: eine schöne Frau, ein bisschen Krieg, dann der unerwartete Sieg! Es wäre ein Abenteuer, eine wunderbare Geschichte.
Seht Ihr ihn nun, wie ich ihn sehe, Ihr Fremden, vor den Toren zu Worms, »Holla, he da«, nach dem Wachmann rufend? Die klare Frühlingssonne in seinem hellen Haar, diese schöne Stimme, dieser ungemein männliche Wuchs, sein bezauberndes Lachen.
Was für ein Werkzeug der Götter.
Er meldete dem schon gewonnenen Wachmann, dass er käme, den König zu sprechen, er wollte ihm beistehen, wenn es denn nun schon einen Krieg gäbe.

König Gunther saß mit dem Rat in der Halle, als Siegfried von einem Läufer gemeldet wurde. »Siegfried von Xanten …«, überlegte Gunther ahnungslos. »Hagen? Wer ist denn das? Ist das der Bruder von Sigismund?« Hagen, leicht entfernt vom Rest der Herren, stand am Fenster und sah in den Hof, in dem Siegfried gerade lachend von seinem Pferd sprang und dem Stallburschen gleich Gold schenkte. Er drehte sich, den Mantel unmerklich zur Seite gehalten, um die eigene Achse, wie ein Gaukler, dann aber doch wieder nicht. Wie ein übermütiges Kind, das König spielt. Der Einäugige, der den Auftritt beobachtete, schüttelte leicht den Kopf. »Das ist der Prinz von Xanten, Herr«, sagte er ausdruckslos. »Es ist Sigismunds einziger Sohn.« Niemand hätte gewusst, was er von den Xantenern hielt, noch weniger, was er dachte. Aber ich weiß es.

So jung bin ich nie gewesen, dachte er in diesem Moment mit Wehmut; er hat es später meiner Mutter erzählt. Und Wehmut um seiner selbst willen ist wohl alles gewesen, was Hagen in diesem Augenblick fühlte. Es ist falsch und dumm, wenn behauptet wird, dass Hagen Siegfried von Anfang an hasste. Er nahm ihn zu Anfang nicht ganz ernst und hatte ihn später sogar ein bisschen gern – jedenfalls so lange, bis er die Wahrheit erfuhr.

Bevor er wusste, was wirklich geschehen war, sagte er stets, dass er ohne Siegfried nie das Glück seines Lebens getroffen hätte. Später, noch am Tage seiner Abreise, als er schon auf dem Pferd saß und mich heranrief, um sich zu verabschieden, sagte er, dass er es nie bereuen würde, diesen Schinder umgebracht zu haben.

»Egal, was passiert, Bryndt«, flüsterte er mir zu, »es ist gut, wie es ist.«

Es war Hagen, der Siegfried empfing, der ihn beauftragte, der ihn erschlug. Natürlich wusste er weder das eine noch das andere, als er ihn in Gunthers Halle begrüßte. Er dachte, dass es ein Zufall wäre, den er mit etwas Geschick zum Vorteil Burgunds nutzen könnte. Siegfried kam nicht durch die Tür wie ein Bittsteller oder ein Abenteurer. Er wirbelte herein, den Mantel wieder heimlich leicht abgespreizt, eine wehende Wolke hinter und um sich. Das Schwert, Mimes Schwert, hatte er widerwillig am Eingang abgegeben. Wenn nicht Krieg gewesen wäre, hatte ihm der Wachmann bedauernd erklärt, er hätte gerne für Siegfried eine Ausnahme gemacht.

Und wie muss sich Gunther gefühlt haben, in diesem Moment?

Dicklich, unentschlossen, unmännlich. Einer, der nicht gerne ritt, nicht gerne kämpfte, der eigentlich auch nicht gerne König war. Und da kam einer durch die Tür, wie sie sich alle als Jungen einen König vorgestellt hatten. Gold in den Haaren, den Wind der weiten Welt um sich, das Lachen eines Siegers. Er hatte auch nichts von Hagens kontrollierter Strenge an sich, nicht den disziplinierten Zug um den Mund, das ständige Bedauern in den Augen, so viele furchtbare Entscheidungen getroffen haben zu müssen. Die Fragen, ob, was geschehen, auch notwendig gewesen war. Wie Siegfried da stand, versprach er, dass das Leben leicht sei, dass es fröhlich sei, dass man jeden Tag ein Abenteuer erleben könnte, dass man Großartiges zu erzählen hätte, wenn man nach all dem Spaß heimkam.

Gunther fühlte sich denn auch nicht schlecht dabei; vielleicht sogar ein bisschen beschenkt. Der König zu Worms gaffte den Eintretenden an, betört, so wenig eifersüchtig wie er auf Gernoth war, in der geübten Faszination dessen, der von Überlegenen umgeben ist. Und es war einzig Gernoth, der Siegfried gleich an diesem Tage hasste. Weil er fand, dass Siegfried »mehr« hatte als er, ich will das »mehr« gar nicht aufzählen, es reichte, um Gernoth gelb vor Neid werden zu lassen.

»König Gunther«, rief Siegfried mit seiner wirkungsvollen Geschichtenerzählerstimme. Er sank, von seinem Mantel umwölkt, auf ein Knie, was für eine bekömmliche und unerwartete Geste, dabei keinesfalls unterwürfig.

»Willkommen, Siegfried von Xanten«, eröffnete Hagen das Gespräch, Gunther lächelte nur betört. Gernoth schlug die Beine übereinander und zog die Mundwinkel nach unten. Siegfried erhob sich und empfing von Gunther, der sich auf dem Wege zum Besucher verstolperte, den Bruderkuss. »Ach, ist das schön hier«, rief der Besucher, als er sich umsah, »und der Frühling! Man könnte fast meinen, dass unsereinem auch Blätter sprießen sollten, was?!«
»Wir befinden uns im Krieg, Herr Siegfried«, mahnte Hagen leise grollend, seit Jahrzehnten gewohnt, Ungestüme, Uninteressierte und Unbegabte auf den richtigen Weg zu bringen. Er musste sich natürlich nicht vorstellen. Einer, der so düster, so beherrscht und so streng aussah, das konnte ja nur der berühmte Hagen sein. Siegfried probierte seinen Charme gleich an ihm aus, vorsichtig allerdings.
»Ach, das weiß ich ja, lieber Herr Hagen, aber bei so einem schönen Wetter, da könnte man das doch glatt vergessen, oder?«
Er lachte die anderen an und breitete dabei einladend die Arme aus.
»Ja«, hauchte Gunther, »so schön.«
»Frag ihn doch lieber endlich, was er will«, kam es unhöflich von Gernoth, der sich auf seinem Sessel herumlümmelte. Siegfrieds Lächeln blitzte in Gernoths Richtung: »Herr Gernoth, man hat mir gleich gesagt, dass ich mich vor Euch in Acht nehmen muss!«
»Verzeiht die Unhöflichkeit«, entschuldigte Hagen schnarrend die beiden Brüder. »Aber wir befinden uns wirklich im Krieg. Daher müssen wir wissen, was Euer Begehr ist, wenn Ihr so unerwartet hier hereinkommt!«
»Mein Begehr«, wiederholte Siegfried, als fände er das Wort zu hochgegriffen, und wackelte dabei in gespieltem Er-

schrecken mit dem Kopf. »Mein Begehr ist schlicht alles, womit ich Euch in irgendeiner Weise helfen kann, Ihr Herren!« Er lachte wieder.

Siegfried von Xanten zählte an diesem Tag exakt zwanzig Jahre.

Er betrat die Halle Burgunds wie das Leben selber. Strahlend, mitreißend – und genauso endlich.

Drei Jahre später sollte er tot sein.

Die überraschende Wirkung eines Wandbehangs

»Was ist das denn für ein wunderbarer Wandbehang! Ist der aus Rom?«, fragte Siegfried begeistert, als ihm wenig später ein kleiner Imbiss gereicht wurde. Es schien ihn überhaupt alles zu begeistern. Die Schilde, die Schnitzereien, die Becher, der Wein, es nahm kein Ende. Zu allem und jedem hatte er etwas wunderbar Erwärmendes zu sagen. Es ermüdete die versammelten Herren, die seinem Jubel nicht angemessen nachkommen konnten und doch das Gefühl hatten, sie müssten, wenn es sie nicht zu Sauertöpfen stempeln sollte. Der Wandbehang faszinierte ihn jedoch am meisten.

»Den hat unsere Schwester Krimhild gemacht!«, krähte Klein-Giselher dazwischen, den man hatte holen lassen und der den Gast mit dem wirbelnden Umhang bewundernd beobachtete.

»Ja-nein!«, rief der niederländische Held. »Solch eine Künstlerin ist Eure edle Schwester!« Alle nickten stumm und erschöpft. Siegfried trat nahe an den Behang hin und begutachtete ihn in allen Einzelheiten.

Die Stickerei zeigte einen Tümpel, an dessen Ufern außer allerlei kleinem Waldgetier auch eine Hirschkuh zu sehen war, die mit zartester Zunge vom satten Gras äste, das den Tümpel umgab. In die Hufe der Hirschkuh, diversen Eichhörnchen und Häslein waren vielfältig Kreuze eingestickt,

was dem Behang natürlich eine fromme Aussage verlieh, die man den Herren trotz mangelnden Interesses bei seiner Anbringung in der Halle auch erklärt hatte.
Siegfried forderte glücklicherweise keine Deutung, obwohl er ewig auf die Häslein und Füchslein starrte.
»Sensationell!«, rief er, nach dieser Inspektion noch erregter, und klatschte in die Hände. »Sagt mal, König Gunther, ob es wohl möglich wäre, dass ich Eure viel liebe Schwester kennen lernte, um ihr persönlich meine Hochachtung für diesen absolut einzigartigen Wandbehang auszudrücken.«
»Ja, sicher«, nickte Gunther benommen, der gar nicht recht wusste, wozu er Ja sagte. Dieser Siegfried war so ein Wirbelwind, da konnte man Kopfschmerzen bekommen. Hauptsache, es war mal wieder Ruhe und man konnte sich dem Wein oder seinetwegen auch dem Kriegsproblem widmen, was Hagen unverkennbar vorhatte. Hagen rührte den Wein nämlich nicht an und machte jedes Mal, wenn Gunther verstohlen in seine Richtung schaute, zwei kurze ruckartige Kopfbewegungen zur Tür hin, was bedeutete, dass er mit Gunther unter drei Augen sprechen wollte.
»Oh, wie wundervoll«, Siegfried streckte die Arme zur Hallendecke. »Sollen wir sie gleich holen, ja? Dieser Wandbehang ist so einmalig, das muss ich ihr sofort sagen! Was für eine Künstlerin Eure Schwester doch ist. Ich habe noch nie so einen Wandbehang gesehen!«
Das rüttelte sogar Gernoth wach. »Was?«, blaffte er. »Krimhild *hierher* holen?« Krimhild hatte seit den lang vergangenen Tagen in der Gunst ihres dahin geschiedenen Vaters die Halle des Hauptgebäudes nie wieder betreten. Die Feste, die man dort feierte, waren für Damengesellschaft, zumindest solche, die sich eben tagein, tagaus mit Spinnen, Sticken und Beten beschäftigte, durchaus ungeeignet.

Gunther sah denn auch unsicher zu Hagen, der wieder zwei Mal mit dem Kopf ruckte, heftiger diesmal allerdings.
»Ja, holt sie«, teilte er, von der eigenen Unaufmerksamkeit besiegt, Markgraf Gere mit, »und entschuldigt mich einen Moment.« Damit fügte er sich Hagens insistierendem Rucken und ging mit ihm erst nach draußen und dann in eine heimliche Kammer.

»Gunther«, sagte Hagen dort sehr leise und sehr dringlich. »Ihr habt in diesen Tagen wahrhaftig keine Zeit für solche Stegreiffeste. Falls Ihr es vergessen habt, sind wir immer noch von zwei Heeren belagert und haben kaum noch Waffen.«
»Ja, ich weiß«, maulte Gunther. »Wir können doch den Siegfried da fragen, ob er für uns nach Norden segelt«, warf er dann einen Geistesblitz ein, »der hat doch die ganze Zeit erzählt, wie gut er sich dort oben auskennt.«
Hagen schnaubte: »Nichts für ungut, Gunther, aber der junge Mann steht nicht in dem Ruf, ein gewiefter Stratege oder erfahrener Unterhändler zu sein.«
»Wieso, die Geschichte mit dem Zwerg da, das war doch sehr geschickt!«
»Gunther, von dieser Reise wird die Zukunft Burgunds abhängen. Das könnt Ihr doch nichts ernsthaft in die Hände eines Mannes legen wollen, der sich an seinem eigenen Hof nicht mal das halbe Jahr aufhält! Und Xanten …« Hagen ließ diesen Satz unvollendet. Er hoffte, dass Gunther mittlerweile selber wissen würde, wie Xanten militärisch zu bewerten sei. »Dieser Siegfried ist doch kein König.«
Warum auch immer, vielleicht wegen seiner Müdigkeit nach diesem zermürbenden Nachmittag, Gunther wurde in diesem Augenblick zum ersten Mal wütend seinem Freund

und Lehrer gegenüber. »Also«, zischte er, »ich fasse mal zusammen, falls Ihr mir – als *Eurem* König – das zutraut, Hagen. Wir können niemanden entbehren. Er bietet seine Dienste an. Er kennt die Nordleute und die nördlichen Meere. Er liebt das Abenteuer. Er ist weder auf Gold noch auf Macht aus! Jetzt sagt Ihr mir doch noch mal, warum er sich nicht eignen würde!«

Hagen verzog keine Miene. »Wir kennen ihn nicht«, antwortete er.

»Ja, aber Sigismund ist unser Verbündeter, der hätte uns sogar längst Hilfstruppen gesendet!«, argumentierte der König.

»Ich finde das unverantwortlich, Herr, und ich rate Euch ab«, erwiderte Hagen. Es klang aber nicht wie ein Rat.

Es klang wie ein Befehl. Gunther dachte an den wirbelnden Siegfried in seinem gebauschten Mantel. Der nahm nicht mal von seinem eigenen Vater Befehle entgegen. Und dabei war Siegfried, Gunther dachte da anders, als Hagen es gesagt hatte, nicht mal König. Er aber war König.

»Ich sage, wir fragen Siegfried. Mein Wort gilt! Ich bin der König«, stemmte Gunther festen Sinnes heraus.

Hagen zuckte kurz und war dann gleich wieder beherrscht. »Ganz wie Ihr wünscht, mein Herr«, sagte er leise. Dann öffnete er Gunther die Tür der heimlichen Kammer, ohne ihn anzusehen. Dem tat es schon längst wieder leid.

»Hagen, so hab ich das doch nicht gemeint«, wollte er einlenken. »Das ist mir bloß so rausgerutscht!«

Hagen hielt sein dunkles Auge auf ein unsichtbares Ziel jenseits der Kammer gerichtet.

»Hagen«, wiederholte Gunther. Es klang recht jämmerlich, als zöge seine Stimme Hagen am Ärmel wie ein kleines Kind.

»Er soll dann besser gleich morgen Früh aufbrechen, das Schiff ist ja schon bereit. Ich würde ihm nur gerne noch die Notwendigkeiten selbst mitteilen, falls Ihr das so entscheiden wollt, mein Herr«, sagte Hagen nur, und der arme König von Burgund schlich geknickt an ihm vorbei und ahnte, dass er bald Bauchweh bekommen würde, wie immer, wenn er etwas ganz, ganz Schlimmes getan hatte.

Hagen ging nicht mit Gunther in die Halle zurück, er verschwand einfach vom Erdboden, wie es schien. In der Halle war die Welt aus den Fugen geraten. Krimhild und Uote waren tatsächlich mit ein paar furchtbar aufgeregten Gefolgsdamen herbeordert worden. Als Gunther durch die große Flügeltür trat, gewahrte er ein unglaubliches Bild.
Uote, eine Hand auf Klein-Giselhers Schulter, saß neben Gernoth steif an der Tafel und starrte wie auch alle anderen Anwesenden auf Siegfried, der vor der rübenroten, schwankenden Krimhild auf den Knien lag, ihren Rocksaum mit Küssen bedeckte und laut schluchzte. Das Gesicht hatte er abwechselnd zur Decke gereckt oder in Krimhilds Saum vergraben.
»Dieser Wandbehang, dieser Wandbehang«, glaubte Gunther zwischen den Schluchzern zu verstehen. Niemand schien in der Lage, der peinlichen Szene ein Ende zu setzen, weil niemand begriff, was vor sich ging. Krimhild, die außer Eckewart, Gere und den Priestern doch nie irgendwelche Männer gesehen hatte, war nun von einer ganzen Halle von Männern umgeben, sogar Küchenmeister Ruomold war da, der ebenso rot im Gesicht war wie Krimhild.
Gunther bereute seinen Ausfall gegen Hagen noch mehr. Hagen sollte hier sein, um dieses seltsame Verhalten da zu unterbinden. Aber da Hagen verschwunden war, blieb es

nun an Gunther hängen. Er hatte auch gleich das erwartete Bauchgrimmen bekommen.
»Herr Siegfried«, wagte er mit unsicherer Stimme, die leider keineswegs so klang, als könnte er etwas unterbinden, »was ist Euch?« Der niederländische Gast hob sein tränenüberströmtes Gesicht wieder aus Krimhilds Rocksaum, ließ ihn jedoch nicht los.
Siegfried rang nach Fassung, nicht eben erfolgreich.
»O König«, rief er, als hätte Gunther ihm das Leben gerettet. »Als ich diesen Wandbehang sah, dachte ich, dass er das Schönste wäre, was mir je im Leben untergekommen ist.« Er schluckte. »Aber als dann Eure Frau Schwester selbst …«, erneut schluchzend brach er ab und fing sich nur mit Mühe wieder. »Als sie selbst die Halle betrat, da wusste ich, wie gering ich war, denn nie hätte ich mir solche Schönheit wie die ihre vorstellen können. Dieser Wandbehang ist verglichen mit Eurer Schwester wie ein Tropfen Regen gegen das weite, weite Meer.«
Endlich ließ er den Rocksaum los. Krimhild rührte sich noch immer nicht, wenn man von einem leichten Schwanken absah.
»Ach«, brachte Gunther endlich heraus, »der Wandbehang.« Er fand, dass der Niederländer ein etwas seltsamer Mann war, aber es war auch sehr eindrucksvoll, wie er da schluchzte und küsste. Nicht nur, dass Gunther sich nie getraut hätte, so ungehemmt zu schluchzen; er glaubte vielmehr, dass er noch nie so intensive Gefühle wie der Niederländer verspürt hatte, und das machte ihn ein bisschen neidisch.
Siegfried richtete seine hellen Augen wieder auf Krimhild: »Wie ein Tropfen Regen gegen das weite Meer«, flüsterte er mit einer Stimme, die nach Glut klang. Sogar Gunther bekam eine Gänsehaut. »Auf ein Wort, Herr Siegfried«, be-

gann er dann und winkte den Gast von den Füßen seiner Schwester weg, »da Ihr gerade vom Meer sprecht ...«

Wenig später standen Gunther, Volker von Alezeye, Herr Sinold und Markgraf Gere mit Siegfried in der heimlichen Kammer, in der Gunther kurz vorher mit Hagen gewesen war.

Der Niederländer war keinesfalls überrascht, dass man ihn mit einem so wichtigen Auftrag betrauen wollte. Unbekümmert warf er ein, dass er derartige geheime Missionen alle Tage erledigte. Er wollte den Herren zu Worms, »meinen lieben Vettern«, wie er sie plötzlich nannte, auch gerne diesen kleinen Dienst erweisen, stellte sogar schon Überlegungen an, dass er binnen dreißig Tagen – »Ach was, drei Wochen!« – mit den ersehnten Waffenlieferungen zurück sein könnte – auch mit einer lieferungsbedingten Braut, wenn es sich denn nicht vermeiden ließe. Die Herren des Rates tauschten Blicke, verwirrte, ungläubige und auch misstrauische Blicke. Dann begann Siegfried, nachdem er gerade die Einfachheit des Unterfangens gepriesen hatte, wortreich von den vielfältigen Gefahren seiner Reise zu sprechen, wobei er die Sachsen, durch deren Gebiet er ja bei Hin- und Rückfahrt segeln musste, mit einem Wisch abtat. Nein, die langschwänzigen Seeungeheuer auf den nördlichen Meeren, die vom Duft des Menschenfleisches angelockt mit riesigen Armen nach den friedlich dümpelnden Schiffen langten, die seien weit gefährlicher. Und dann natürlich die nordischen Geistwesen, die überall an Land, gerade aber auch unter Tage lauerten, die machten seine Fahrt wohl zu einem Wagnis. Herr Volker begriff als Erster.

»Wie, bei solch vielfältigen Gefahren, können wir Euch für

Euer Wagnis denn nur angemessen entlohnen?«, fragte er mit kaum verhohlener Ungezogenheit, die ihm einen rügenden Blick von Gere eintrug. Siegfried lachte und sah aus, als hätte er gerne mit seinem Mantel herumgewirbelt, den er immer noch nicht abgelegt hatte. Aber die Kammer, in der dieses Gespräch stattfand (wegen der Frauen insbesondere und wegen möglicher Spione im Allgemeinen), war so eng, dass alle nur gerade an der Wand stehen konnten, um sich nicht gegenseitig zu bedrängen. Für Wirbeln war absolut kein Platz. So winkte er nur bescheiden ab und erklärte, dass ihm an Gold nichts läge – was übrigens vollkommen der Wahrheit entsprach.
Gunther wollte schlau sein und auch ein bisschen nett: »Wie wäre es mit dem Wandbehang da, den Ihr so schön und bewegend fandet?«, bot er an. »Sicher würde sich dieses Werk auch gut an Xantener Mauern ausnehmen.« Es wäre eine sehr sparsame Lösung gewesen und dennoch keine unangemessene, weil Siegfried immerhin wegen des frommen Teppichs in Tränen ausgebrochen war.
Siegfried legte eine Weile den Kopf auf die Seite, als ob er ernsthaft darüber nachdächte. »Nein«, sagte er dann sehr entschieden. »Ich glaube nicht.« Dass der Gast, der diesen Behang doch eben noch gepriesen hatte wie einen Goldschatz, nun von seinem Besitz nicht mehr begeistert war, deutete eindeutig daraufhin, dass Gunther seine Gaben höher ansetzen musste. Es wäre auch zu einfach gewesen, beschämend einfach, aber doch auch so günstig. Man muss natürlich wissen, dass dieser zermürbende Krieg auch ein so reiches Land wie Burgund geschwächt hatte, deswegen hatte Gunther keinen Stall voll edler Streitpferde und, wie wir wissen, schon gar keine wundervollen Waffen, die er anbieten konnte.

»Ihr könnt ein paar Leibeigene haben«, offerierte er dann, »sagen wir mal ... siebzig.«
Siegfried legte wieder den Kopf auf die Seite und bekannte dann, dass er keinen Mangel an Leibeigenen habe. Er verwies kurz auf jenes sagenhafte Land hinter den Nebeln, wo Tausende von Männern ihm eigen und zinspflichtig wären.
»Die siebzig, die kämen sich da ganz verloren vor«, schloss er und lachte, diesmal alleine. Obwohl die heimliche Kammer ein finsteres und feuchtes Loch war, mit nur zwei Scharten in der Wand statt Fenstern, schien es den Versammelten mittlerweile sehr heiß zu werden. Gunther war froh, dass Gernoth nicht mitgekommen war. Gernoth war in engen Räumen besonders reizbar. Wieder preschte Volker von Alezeye nach vorn:
»Dann schlagt Ihr etwas vor!«
Siegfried nickte ihm dankbar zu: »Das ist eine ganz wunderbare Idee, Volker.« Der Waffenmeister zuckte, er ließ sich nicht so einfach beim Vornamen nennen. Dieser Niederländer redete ihn so unbefangen an, als wäre er schon seit Wochen auf der Burg, mit allen Anwesenden nach durchzechten Nächten und überstandenen Abenteuern bestens vertraut. Wie schnell er sich alle Namen merken konnte, hatte allerdings den armen Gernoth schon früher am Tag ein paar Mal gänzlich aus der Fassung gebracht.
»Ich heirate Krimhild«, erklärte Siegfried sehr bestimmt. »Ich meine, natürlich erst, wenn ich zurück bin«, setzte er dann hinzu.
An dieser Stelle wäre Gunther am liebsten aus der heimlichen Kammer gelaufen und hätte laut nach Hagen gerufen. Das konnte der doch nicht ernst meinen. »Ich heirate Krimhild!« Nicht mal eine Frage war das gewesen.

»Ihr wollt was?«, fragte Gere so erstaunt, dass es schon wie eine Beleidigung klang.
»Ja, aber also, ja aber also das …«, steuerte dann Herr Sinold einen wortarmen Beitrag des Entsetzens bei.
»Herr Siegfried«, Gunther versuchte, wie Hagen zu klingen. Er klang aber bloß, als hätte er einen Frosch im Hals. »Herr Siegfried, unsere Schwester Krimhild wird einmal die Frau eines sehr, sehr mächtigen Fürsten werden.« Er fand, er hatte so diplomatisch wie möglich ausgedrückt, dass Siegfried sich nicht als solcher sehen durfte. Da veränderte sich Siegfrieds Gesicht zu einer Art Maske, einer sehr bedrohlichen Maske. Auf einmal konnte man sich ihn auf einem Schlachtfeld vorstellen. Ein gefährlicher Gegner, einer, der gerne tötete, so sah er aus. »Ja?«, fragte er, und es klang sehr kalt. »Vielleicht die dritte Frau eines sächsischen Fürsten? Oder bevorzugt Ihr einen Hunnen, der ihr Erstgeborenes samt der Nachgeburt fressen würde?«
Gunther blinzelte überrascht, weniger wegen der schockierenden Rede, er fühlte vielmehr seine unselige, lebenslange Neigung, sich dem mit mehr Überzeugung vorgetragenen Willen eines anderen sofortig zu unterwerfen.
»Wenn Ihr uns wohl einen Moment entschuldigen wollt, Herr Siegfried«, sagte er matt und wies mit dem weichlichen Kinn zur Tür, damit Volker, der ihr am nächsten stand, sie öffnen sollte.
»Wir müssen uns beraten«, flüsterte der König, als die Tür sich wieder geschlossen hatte. »Findet Hagen.«

Offensichtlich wollte Hagen mittlerweile wieder gefunden werden, er sprach gerade leise mit den Wachposten auf der Zinne, als Herr Sinold ihn sah. Gunther, alleine mit seinen Bauchschmerzen, hatte Sinold nach Hagen und Gere etwas

voreilig zu Krimhild und Uote geschickt, ihre Meinung zum Niederländer zu erfahren. Die stickige Kammer wäre für das Ratsreffen nun zu klein gewesen. Man kam überein, sich, wenn beide Aufträge erledigt wären, in Gunthers Schlafgemach zu treffen, das zwar nicht heimlich, aber schlecht zu belauschen war, wenn man erst ein paar Pfeile den Kamin hochgeschossen hatte.
Wo Siegfried hingegangen war, ahnte kein Mensch.

Markgraf Gere, viel besonnener als Gunther, sprach zunächst vorsichtig mit Frau Uote. Er fragte die edle Königin, ob sie sich mit dem überraschenden Verlauf des Nachmittags – aus dem Damenflügel ohne Voranmeldung hinüber in die Halle beordert zu werden – einigermaßen habe arrangieren können. Frau Uote legte Gere die linke Hand leicht auf den Unterarm, was sie oft tat, eine halb mütterliche, halb frauliche Geste und dennoch nie anstößig.
»Er ist sehr erregbar«, teilte sie Gere ihre Meinung mit. »Oder ist das an den anderen Höfen jetzt Mode?« Gere brachte zum Ausdruck, dass er sich eine solche Mode nicht vorstellen könne.
Frau Uote lächelte. »Wir leben hier sehr abgeschieden«, sagte sie dann. »Ich kenne noch ein wenig von der Welt von früher. Aber meine Tochter ist doch eher«, sie suchte nach einem Wort, »ahnungslos. Und daher schnell zu beeindrucken.« Gere nickte. »Soll ich offen sprechen?«, fragte sie ihn leise. Gere nickte erneut.
»Ich fürchte, meine Tochter hat sich bereits vernarrt in diesen Saumküsser.« Sanft schüttelte sie den Kopf. Markgraf Gere fand Frau Uote unendlich viel schöner als Krimhild. In ihrem Gesicht, wenn auch die Jugend entflohen war, lag doch so viel Klugheit und so viel Schmerz. In Krimhilds

Gesicht sah er nichts, aber gerade das schien den anderen ja zu gefallen.
Gere riss sich zusammen: »Siegfried von Xanten begehrt Eure Tochter zur Frau«, sagte er so ausdruckslos, wie es eben ging.
Frau Uote reagierte nicht.
Nach einer peinlichen Pause fühlte sich Gere gezwungen, nachzuhaken. »Wie denkt Ihr darüber, Frau Uote?« Die Königin spielte mit ihren Ringen. Sie sah Gere nicht an.
»Gere, Ihr seid uns ein wirklicher Freund gewesen«, begann sie dann. »Deswegen will ich Euch vertrauen, dass Ihr nur weitergebt, was notwendig erscheint. Vor über zwanzig Jahren erschien ein Vertrauter meines Vaters in unserem Innenhof und teilte mir mit, dass mir die Ehre zuteil würde, die Gattin König Gibichs zu werden, beim nächsten Vollmond. Damals achtete man ja noch auf solche Dinge. Ich wusste nicht, wer König Gibich war noch wo sein Reich lag, noch, was es hieß, dass ich nun seine Gattin würde. Vier Tage später saß ich in einem versiegelten Karren aus Holz, den ich nicht einmal für«, die Königin sah kurz zu Gere, wie entschuldigend, »private Momente verlassen durfte, und wurde siebzehn Tage durch eine Landschaft getragen, von der ich allenfalls durch Ritzen im Holz ein paar Farben ahnen konnte. Zwei Mal wurde unser Tross angegriffen, und einmal schlug sogar ein Pfeil durch die Holzwand. Direkt neben meiner Schläfe stak die Spitze.« Frau Uotes Stimme klang heiser. »Dann kam ich in Worms an, der Karren wurde vor Zeugen aufgebrochen, damit meine Unversehrtheit bewiesen war, und ein paar unbekannte Herren begrüßten mich. Anschließend wurde ich in die Kapelle gebracht, damals ja noch die kleine Basilika da im Südflügel, erinnert Ihr Euch? Ohne mich waschen zu können, musste

ich Platz nehmen, König Gibich ließ sich bei der Trauung durch einen seiner Herren vertreten, und dann wurde ich endlich in ein Zimmer geführt, das meines sein sollte. Ich war so müde, und alles war mir so fremd. Die Sprache, die Sitten, sogar das Wasser war anders.« Uote zog einen Goldreif vom Finger und schüttelte ihn in der hohlen Hand.
»Ich bekam ein Bad von meinen neuen Kammerfrauen bereitet, und dann …« Sie brach ab. Gere hatte das Gefühl, er müsse sich stellvertretend für sämtliche Höfe der Welt entschuldigen, an denen solche Sitten herrschten. Markgraf Gere hatte viel menschliche Größe, aber auch die Einsicht, dass die Welt war, wie sie war. Es fanden sich in ihm keine Worte, die beides ausgedrückt hätten. Die einzigen Worte, die er fühlte, waren Worte stiller Scham. Die würden nicht helfen.
»Seit ich eine Tochter habe, Gere«, fuhr Uote schließlich fort, »wusste ich, dass eines Tages der ein oder andere unserer Herren diese Gemächer hier betreten würde, um sie und mich von der Ehre ihrer Vermählung zu unterrichten.« Sie drehte den Ring nun zwischen ihren Fingern. Ihre Stimme klang steinhart, als sie weitersprach: »Und was ihr dann auch immer bevorsteht, wird kein Vergnügen. Wenn sie meint, der Saumküsser sei wenigstens ihre eigene Wahl, so will ich ihr das bisschen Glück nicht nehmen, Gere. Wenn Euch das Meinung genug ist, lasst es meinen Sohn wissen. Und noch eins, Gere: Ich habe ihn, Gernoth und die anderen beiden auf die Welt gebracht. Ohne mich könnten sie ihren stumpfsinnigen Vergnügungen, ihren Kriegen und ihren verstiegenen Ideen nicht einen Augenblick nachgehen. Glaubt mir, ich weiß sehr genau, wer sie alle sind. Und richtet Gunther aus, dass es ein Zufall ist, der ihn zum Erstgeborenen machte, und ein Zufall, der ihn zu

einem Mann machte. Vielleicht denkt er ein bisschen darüber nach.« Damit, leicht echauffiert, stand sie auf und ging, kehrte aber wieder zurück und drückte Gere, der ebenfalls aufgestanden war, den Ring in die Hand, mit dem sie gespielt hatte. »Ich weiß, dass Ihr ihm das natürlich gar nicht sagen könnt«, verabschiedete sie sich und legte kurz ihre Hand auf seinen Unterarm. »Aber manchmal wäre es doch schön, wenn man einfach die Wahrheit sagen könnte.«

Das Land der Untergegangenen
Die sechste Erinnerung

In Baechelarin gibt es einen großen Empfang. Der alte Ruideger, so verstiegen und übertrieben wie immer, brennt darauf, mit Gunther über Politik zu reden. Gunther will bloß baden und schlafen. Er schickt deswegen Volker und Giselher. Der Arzt muss Hagens Handwunde doch noch ausbrennen, weil sie sich entzündet hat. Dankwart, Gernoth und Ruomold müssen ihn dazu auf der Bank festhalten, so schlimm ist es. Hagen übergibt sich anschließend und wird ohnmächtig. Fahl hängt er in Ruomolds Armen.

»Das ist normal«, sagt der Arzt wütend, als Gernoth auf ihn loswill. »Er schläft jetzt, und wenn er aufwacht, geht es ihm besser.« Oder die Hand fault weiter, und der große Held stirbt. Aber das sagt der Arzt lieber nicht.

Hagen, die Königsbrüder und Volker haben Zimmer bekommen, alle anderen bauen nach Hagens alter Schule ein römisches Lager um Ruidegers Hof herum. Dankwart versucht zur Vorsicht, eine abgeschwächte Version der Begegnung mit Elso und Gelpfrat zu erzählen, aber Ruideger wäre ganz und gar nicht gegen ein bisschen Fehde, lässt er sofort durchblicken.

Er ist seit Jahren hier unten Vermittler zwischen den Bajuwaren und den Hunnen, das ist ihm auf die Dauer zu langweilig, setzt er den Herren auseinander. »Ein Mann braucht den Krieg«, röhrt er. Giselher nickt ernsthaft. Er würde Ruideger

gerne nach Hagens Jugend fragen. Die beiden sollen zusammen in Lusitanien gewesen sein. Aber Ruideger erzählt nur wortreich von seinen eigenen Heldentaten. Seine Frau, Gotelind, hat mit der Verköstigung der zahllosen Gäste alle Hände voll zu tun und schickt ihre Tochter, Hroswita, als Gastgeberin zu den Herren in die Halle. Sie hofft, die Anwesenheit einer Frau verfeinere die Sitten. Vor allem, weil sie nicht zu Unrecht fürchtet, dass ihr lieber Ruideger sich bei den fremden Herren mal wieder um Kopf und Kragen reden kann. Man ist hier in Baechelarin überhaupt nicht so reich, wie Ruideger gerne tut. Alle sind tatsächlich erleichtert, als Hroswita auftaucht. Sie ist ein hübsches Mädchen, mit lustigen Grübchen und strahlenden Augen. Allerdings wirkt sie leicht schreckhaft. Wann immer ihr Vater die Stimme erhebt, zuckt sie zusammen und blinzelt. Aber sie vertritt ihre Mutter sehr gut, alle Regeln der Gastfreundschaft sind eingehalten, als befände man sich in der zivilisierten Welt.
Volker will der jungen Frau ein Kompliment machen: »Frau Hroswita«, sagt er, »Ihr solltet nicht hier unten so nah bei den Heiden hausen müssen. Euch sollte irgendein König heiraten und in Glanz und Freude leben lassen.«
Hroswita wird knallrot und beißt sich auf die Lippen. Ruideger rülpst ein paar Mal und wirft seinen Hunden einen Knochen zu.
»Ich sag auch immer, wir sollten mehr vom Leben haben, was, Wita? Ich sag immer, wir sollten wieder nach Westen ziehen und sehen, wie das Leben wirklich ist. Stimmt's, Wita? Hier unten, an wen soll ich das Mädel denn weggeben? Einen Hunnen? Oder so 'n Kerl wie Elso?« Ruidiger greift nach einem neuen Stück Fleisch.
»Niemals«, platzt da Giselher heraus.
Volker verschluckt sich.

»Euch sollte wirklich nur ein König heiraten«, sagt Giselher wieder, »Frau Hroswita, aber wenn Ihr mit mir vorlieb nehmen wollt, so stehe ich noch heute als Euer Bräutigam im Kreis!«
»Was?«, rufen Volker – keuchend – und Ruideger – kauend – gleichzeitig. Da steht Giselher schon auf und wiederholt seinen Antrag an Ruideger.
Der jungen Frau steht der Mund offen.
»Ja, das ist ja was!«, sagt der Markgraf schließlich und hört auf zu essen. »Ja, Wita, willst du denn?«, fragt er dann schnell. »Ich sag's dir nur gleich, was Besseres als den Herrn Giselher kriegst du in zehn Jahren nicht! Dann ist natürlich sowieso alles zu spät.«
Volker verabschiedet sich kurzerhand und überlässt die anderen ihrer Peinlichkeit. Er rennt zu Gunther, weckt den armen Mann auf und erzählt ihm, dass Klein-Giselher eigenmächtig im Begriff sei, sich mit der Tochter Ruidegers zu verloben.
Gernoth hat nebenan geschlafen und kommt halbnackt durch die Tür gestolpert. Man diskutiert die Möglichkeit oder Unmöglichkeit dieses Ansinnens. Gunther sagt, was er immer sagt: »Was meint Hagen denn dazu?«
Gernoth läuft zu Hagens Kammer, streitet sich vor der Tür kurz mit Dankwart und weckt seinen alten Lehrmeister dann bedauernd aus dem hoffentlich heilsamen Schlaf.
Hagen muss erst etwas trinken, bevor er antworten kann.
Gernoth eilt dann atemlos mit dem Urteil der höchsten Autorität zu seinem Bruder zurück.
»Das soll er ruhig machen!«, hat Hagen überraschenderweise gesagt, ohne lange nachzudenken.
Ruideger indessen hat Wita und Giselher allein gelassen, damit die beiden sich besser kennen lernen, erklärt er seiner völlig entsetzten Gotelind.

Sie fürchtet, dass Giselher sich an Wita vergangen haben könnte. Aber als man die beiden kurze Zeit später einträchtig nebeneinander betend in Ruidegers selten benutzter Kapelle findet, sind alle beruhigt.
Am selben Abend stehen sie tatsächlich im Kreis und versprechen einander, treue Eheleute zu sein. Giselher bedauert einmal mehr, dass Magister Conradus nicht mehr da ist, aber es geht natürlich auch so. Volker handelt mit Ruideger aus, was Wita als Morgengabe erhalten soll. Man will ihr kurzerhand ein paar von Krimhilds alten Besitztümern schenken.
Ruideger druckst herum und bekennt, er hätte nichts Gleichwertiges anzubieten, hier im Exil. Nur seine unverbrüchliche Gefolgschaft. Er will mit den Burgunden nach Hunnenland ziehen, komme, was da wolle. Im Augenblick hält Volker das für wertvoller als ein Gut. Er nimmt dankbar an.
»Komme, was da wolle«, röhrt Ruideger noch einmal beseligt.
»Euer Gevatter, bis in den Tod!«
Frau Gotelind, ihre aufgeregte, glückliche, überrumpelte Wita im Arm, steht etwas abseits und schüttelt leise den Kopf. »Wenn das nur gut geht«, zischt sie Wita zu.
»Ach, Mutter«, stöhnt Wita, die sich an diesem Abend nun wirklich nicht sorgen will. »Jetzt sieh doch nicht immer alles so schwarz.«

Die kurze, lange Reise in den Norden

Hagen war deutlich weniger entsetzt von Siegfrieds Ansinnen, als Gunther vermutet hatte, eigentlich gar nicht. Er hatte zu viel Verrat gesehen, als so gläubig auf die durch eine Heirat geschaffene Loyalität zu vertrauen, wie die anderen Herren das zu tun schienen. Im einfachen Volk wie unter den Fürsten zählte doch letztendlich immer nur das uralte Sippenrecht, bei dem angeheiratete Gatten und Gattinnen schnell entsorgt werden konnten. Natürlich nur, wenn die Familie der Angeheirateten nicht ungleich machtvoller war. Es waren diese Priester gewesen, die die Ehe als unauflösliche Verbindung hinstellen wollten. Eine merkwürdige Argumentation, der keiner folgen konnte. In einer Ehe ging es klar um Besitz und Land, diese neue »heilige Unauflöslichkeit« schien doch nichts als Probleme mit sich zu bringen. Die meisten verzichteten deswegen gerne auf kirchliche Meinungen und priesterlichen Segen. Hagen machte sich als lebenslanger Hagestolz natürlich überhaupt keine Sorgen um solche Vertragsbedenken.

»Lasst ihn doch erst mal fahren und wieder zurückkommen«, beschied er dem schmerzgebeugten König, der einen umwickelten heißen Stein gegen den wehen Leib presste.

»Aber er will doch eine Zusage«, jammerte Gunther und blies in seiner Pein die Backen auf, um die Luft dann langsam und zischend entweichen zu lassen.

»Ja, dann gebt ihm die Zusage.« Hagens Worte klangen so, als sei eine Zusage gar nichts. Gunther atmete wieder normal. »Aber das wäre doch dann bindend, dann muss ich doch Krimhild mit ihm verheiraten.«
Hagen hatte längst mit Gere gesprochen und eine ziemlich genaue Fassung seines Gesprächs mit Uote gehört. Deswegen war er nachträglich sehr wütend auf Gibich und ungerechterweise auch auf Gunther, obwohl ihm der Junge auch ein bisschen leidtat mit seinem Bauchweh und der ganzen Überforderung. Krieg, Taktik, Politik, dann auch noch eine Heirat. »Es scheint, Eure Schwester wäre dem nicht unbedingt abgeneigt, Gunther«, erklärte Hagen leichthin.
Der König krümmte sich wieder: »Das interessiert doch keinen!«, japste er. »Wir wollten sie doch eventuell mit Étešil –«
»Wisst Ihr«, unterbrach Hagen, »je mehr ich darüber nachdenke, umso besser ist die Idee mit dem Niederländer vielleicht. Das gäbe eine Längsachse am Rhein. Und kein anderer kann Ansprüche auf Worms anmelden, Sigismund hätte sicher kein Interesse an einer Expansion.« Was Hagen dachte, war, dass Sigismund nicht einmal die Fähigkeit zu einer Expansion hatte, nicht einmal die Fähigkeit, sein eigenes mickriges Reich zu regieren. Das sagte er aber nicht, schon gar nicht in Gegenwart von Gernoth, der das bei nächster Gelegenheit direkt vor Siegfried ausplappern würde.
»Ihr seid also dafür?«, fragte Gunther. »Dafür, dafür«, wiederholte Hagen ungeduldig. »Bringt die beiden heute Abend vor seiner Abfahrt zusammen, sprecht ein paar Worte, die niemanden so richtig verpflichten, und dann warten wir ab. Und, Gunther, tut mir einen Gefallen und schwört keinen Eid. Das gibt nur Ärger. Nie schwören!«

Hagen ging dann erst einmal selbst, um mit Siegfried zu sprechen, den er überraschenderweise im Gesindequartier fand. Dort erzählte er gerade Geschichten von einem sonderbaren Zwergenkampf, dessen lebhafte Schilderung von den Bediensteten begeistert aufgenommen wurde. Hagen ließ Siegfried reden, machte nicht auf sich aufmerksam, sondern beobachtete ihn, verborgen in den Schatten der Gewölbe und in sich selbst.

Hagen handelte nie übereilt. Aber ich glaube, dass er noch aus einem anderen Grund wartete. Er sah, wie alle anderen, in Siegfried eine Möglichkeit. Eine heitere Möglichkeit, die er nicht gehabt hatte. War Neid dabei, als er bei Siegfrieds Ankunft über ihn gedacht hatte, dass er niemals so jung gewesen war? Ein sinnloser Neid und vergeudete Wehmut, ich bin mir ganz sicher, denn ich kenne diese beiden heimlichen Schmerzen der Altgeborenen; es sind auch die meinen. Wie mein Vater habe ich nie eine Kindheit haben dürfen, keine heitere Zeit der bedingungslosen Verwöhnung, so wie Siegfried und wie sein Sohn, der, der von mir vergessen wurde. Ich habe nie einfach etwas kaputtmachen können, ohne zu wissen, dass es falsch war. Ich habe mich nie schlecht benommen, ohne mich zu schämen. Ich habe nie an einem Trauernden vorbeigehen können, ohne den Wunsch oder wenigstens die Verpflichtung zu haben, ihm zu helfen.

Und auch wenn es in jenen frühen Tagen oft schwer für mich war, mein unerklärlich altes Herz in diesem unfertigen Körper, den ich trug, zu begreifen, so weiß ich doch, dass ich es konnte, weil ich an Hagen dachte, der so viel Schlimmeres zu ertragen gewusst hatte.

Hagen wählte das Schweigen, meine Mutter wählte den Wahnsinn, und ich wählte die Worte – und alle drei werden

wir durch unsere Wahl umkommen, weil das der Wille der Götter ist. Dies ist nicht meine Geschichte, noch nicht. Aber ich weiß, dass Hagen bereits in diesem ersten Gespräch mit Siegfried einen Schritt auf den Weg machte, der zu meiner Zeugung führte.
Der erste Schritt zu meiner Existenz lag in diesem stillen Schmerz. Leise hat sich etwas gerührt in Hagen, die Sehnsucht, teilzuhaben an dieser ihm so fremden Heiterkeit. Deswegen klang seine Stimme so hart, als er Siegfrieds Geschichte unterbrach, ihn zu sich rief und sprach: »Siegfried von Xanten, ich möchte wohl einmal mit Euch sprechen.«

Siegfried war nicht dumm. Er begriff sofort, welche Schwerter Hagen wollte, in welchen Mengen und Ausführungen und wie er die Verhandlungen am besten zu führen hatte. Durch seine Reisen den Rhein hinauf kannte er auch die Nordleute. Er hatte sie beim Handeln beobachtet und belauscht und konnte einige ihrer Dialekte sprechen. Er begriff genauso schnell, dass Hagen seine Zwergengeschichten nicht hören wollte. Viel Ungesagtes hing in der Luft. Denn nicht nur Hagen, auch Siegfried spürte, als sie diese Reise in den Norden besprachen, Wehmut und Neid.
Hagen erinnerte ihn in seiner undurchdringlichen Festigkeit an Mime, seinen einzigen Lehrer, seine einzige Chance, seiner Geltungssucht zu entkommen. Er redete mit Hagen, wie er mit Mime geredet hätte. Respektvoll, ruhig, mit dem Willen, sein ehrliches Lob zu erringen. Von Krimhild sprachen sie beide nicht.
Aber von einer anderen Frau.
»Euer König«, begann Siegfried, als die Schwerter ausrei-

chend beschrieben waren, »hat mir gegenüber angedeutet, dass ich auch die Handlungsfreiheit hätte, ein Heiratsbündnis zwischen ihm und einer der Fürstinnen dort oben herbeizuführen.«
»Das hat er mir gegenüber ebenso angedeutet«, antwortete Hagen sehr vorsichtig.
»Herr Hagen«, fuhr Siegfried fort, »da Ihr mich um so vieles genauer bezüglich der Schwerter und der Verhandlungen instruiert habt, glaubt Ihr, dass Ihr auch bezüglich dieser besonderen Sache einen Rat für mich hättet?«
Nun sehe ich nur ihre Augen: Siegfrieds, die hellen, flackernden, ohne Geheimnisse und Hagens: tief, dunkel, voller Schweigen.

Sie sprechen von meiner Mutter. Aber das wissen sie noch nicht. Sie sprechen von einer Frau, die sie beide lieben werden, der eine kurz und oberflächlich, der andere für immer und mit der ganzen Tiefe seines Lebens.
Sie sprechen von der Frau, die der eine fast zerstören und der andere für kurze Zeit heilen wird. Sie sprechen von der Frau, deren Leid, vom einen verursacht, dem anderen Grund sein wird, ihn zu töten, wie er noch nie einen anderen Mann vorher getötet hat. Voller Hass.
Sie sprechen von ihrem Schicksal – und sie wissen es beide nicht. Ist das nicht immer so? Das Schicksal wartet auf uns, unbekannt in Gestalt und Namen, aber es ist schon lange da und wird unseren Weg kreuzen, egal ob wir warten oder ihm entgegengehen. Und es ist immer anders, als wir so sorglos dachten.

»Bringt eine, die gewohnt ist, Königin zu sein. Die gesund und stark ist, falls er sie behalten will«, sagt Hagen schließ-

lich. »Aber auch eine, deren Familie ihr nicht nachreisen wird, falls er sie nicht behalten will.«
Er wird sich diesen Satz nie vergeben. Er wird es später immer wissen, dass er das größte Glück seines Lebens mit ihrem unsagbaren Leid erkaufte. Und er wird es sich nicht vergessen noch verzeihen können.
Und er kann das Geschenk ihrer Liebe kaum je ohne dieses brennende Gefühl von Schuld annehmen, das ihn auch treiben wird, diesen lachenden, freundlichen Siegfried zu töten.
Als die beiden Männer an jenem Tag vom Tisch in der geheimen Kammer aufstanden, hatte es wirklich begonnen.

Der Abend, an dem Siegfried, dem gerade Angekommenen, der am nächsten Tag in geheimer Mission nach Norden segeln würde, Krimhild an die Seite gesetzt wurde, war ein kühler Abend, er unterschied sich darin so ganz vom Versprechen des Vormittags, als Siegfried eingetroffen war. »Holla, he da«, hatte auch der Frühling gerufen und sich dann wieder versteckt, als wollte er Siegfrieds Abreise ebenso vorwegnehmen wie seine Ankunft.
Man hatte Spielleute bemüht, die Lieder vorsangen. Allerdings hatten die Spielleute Schwierigkeiten, ein Lied zu finden, das sowohl der Gegenwart eines Priesters als auch der Gegenwart der Damen genügen würde. Weder die heiteren Gesänge von Odin und Frigga, die sich lüstern im Hain erhaschten, noch die blutrünstigen Kampfeslieder von den gemetzelten, bluttriefenden Feindesgliedern waren geeignet. Die restlichen Herren waren ebenfalls gehemmt, eigentlich geradezu verschüchtert, denn Frau Uote hatte darauf bestanden, fast alle ihre Frauen zu diesem hastig

improvisierten Fest mitzubringen. Das waren immerhin fünfundzwanzig.

Gere war der Einzige, der gewusst hatte, wie viele Damen von einigermaßen edler Geburt sich tatsächlich im angeschlossenen Frauenflügel aufhielten, aber es hatte ihm eine diebische Freude bereitet, nicht zu erklären, was es bedeuten würde, wenn die Königin »mit ihren Frauen« kommen würde.

Gunthers langjährige und Gernoths augenblickliche Geliebte, die sonst bei den Festen natürlich zugegen waren (schon aus gesundheitlichen Gründen, falls die Herren zwischen Saufen und Singen in Stimmung kommen sollten), sowie die anderen »gesundheitsfördernden« Mägde des Gesindes hatte man nun hinter Schloss und Riegel in die leeren Waffenkeller verbannt, was dort zu Wutanfällen, Heulkrämpfen und allerhand anderen unerklärlichen Ausbrüchen führte, die zumindest den armen Gunther mit seinen Bauchschmerzen noch weiter verunsicherten.

Wenn man von den Damen, namentlich von Frau Uote, Tränen oder Verzagtheit erwartet hatte, wurde man enttäuscht.

Frau Uote saß bei Hagen, in ihrem nie angesprochenen Pakt heimlicher Liebe. Auch sie ahnte nicht, dass sich das ändern würde, diese stille, ungelebte Zuneigung zwischen ihnen. Dass er, wenn bald sein Herz zum zweiten Mal zu ihm sprechen würde, hinhören müsste. Er würde Frau Uote nie weniger achten, nie weniger bewundern, aber das leise Seufzen, das er gewohnheitsmäßig seit über zwanzig Jahren unterdrückte, wenn er sie sah, wäre verschwunden; bald so weit fort, dass er sich wohl selber kaum daran erinnern konnte, wie sehr es einst sein Leben verschönt hatte, auf sie verzichten zu müssen.

Ich gönne ihnen beiden diesen Abschied, auch wenn ich weiß, wie verzehrend eifersüchtig meine Mutter war, als Hagen ihr später bekannte, dass Frau Uote einst ganz und gar keusch in seinem Herzen residiert habe.
Meine Mutter warf mit Vasen, Bürsten und Tiegeln, als Hagen – längst ihr Liebhaber – ihr von jener versiegten, gänzlich ungelebten Zärtlichkeit erzählte.
»Diese alte Frau? Du und diese alte Frau?«, sollte meine Mutter fauchen, als sie davon erfuhr. Und Hagen, sogar älter noch als Uote, schüttelte nachsichtig den Kopf, wich den fliegenden Tiegeln nicht aus und besah sich diesen seltsamen Ausbruch von Brynhilds Eifersucht mit einer Mischung aus Unverständnis und Stolz: Beides, weil er, ohne es zu beabsichtigen, eine solche Flut von Gefühl in ihr hervorgerufen hatte.
Aber noch sitzt meine Mutter ahnungslos viele Tage weit weg von Burgund, sie weiß nicht, dass morgen ein Schiff nach Norden ablegen wird, das sie mit zurückführt. Sie weiß nicht, dass auf diesem Schiff ein Mann segelt, der das Leben, das sie kennt, beendet. Sie weiß noch nichts von ihrem Leid, ihrer furchterregenden Liebe und ihrer wilden Fähigkeit zur Eifersucht.
Noch ist alles ganz ruhig, von Sachsen und Hunnen einmal abgesehen. Aber das ist vielleicht das Verwunderlichste, was die Burgunden lernen werden. Dass Sachsen und Hunnen, gleich wie viel tausend, nichts sind gegen den Feuersturm des menschlichen Herzens.

Deswegen gönne ich Hagen und Uote diesen leisen Abschied von dem, was sie beide für Burgund opferten. Was mögen sie denken, so selten nah beieinander, hinter den Mauern ihrer Versagung. Siegfried und Krimhild sitzen auch nebeneinander. Krimhild schweigend und zitternd, die Wimpern mit Kohle geschwärzt, das blonde Haar kunstvoll geflochten, die Hände im Schoß, ein Tüchlein zwischen den Fingern. Sie wagt kaum zu atmen, so glücklich und verwirrt ist sie.

Und Siegfried, in burgundischen Kleidern, ebenso blond, die Hände auch im Schoß, er erzählt keine Wundergeschichten.

Seht Ihr sie auch, Ihr Fremden?

Diese beiden ungleichen Paare inmitten von lauter unsicheren Menschen. Eines, das Abschied nimmt, ohne es zu wissen, und eines, das Abschied nimmt und daraus eine jugendliche Pose macht.

Die Sänger kämpfen sich schließlich durch ein hastig umgedichtetes Lied, eine Liebesgeschichte, unmelodisch, weil sie jeden Hinweis auf die Fruchtbarkeitsriten der Götter, der *alten* Götter, wie sie in Burgund nur noch heißen, mit einem »Kyrie eleison« ersetzt haben, was den netten Kaplan, Magister Conradus, dazu zwingt, in seinen Ärmel zu lachen.

Dann war das Lied vorbei, und alle warteten auf Gunthers Worte der Zustimmung zu diesem heimlichen Plan, über den übrigens jeder bestens informiert war, bis hin zu den eingeschlossenen Frauen in den Waffenkellern.

»Also«, raffte sich Gunther auf, als es sich nicht mehr hinausschieben ließ, »unser lieber Siegfried fährt ja morgen fort, um uns, also um Burgund einen großen Dienst zu erweisen.« Krimhild holte schluchzend Luft.

»Und bevor unser Siegfried nun fährt, wollen wir nicht versäumen zu sagen, dass wir uns alle freuen, ihn wieder hier begrüßen zu können, wenn er denn, äh, wiederkommt. Insbesondere unsere Schwester Krimhild wird sich überaus freuen.«

War das Zustimmung genug? Und unverbindlich genug? Gunther zögerte.

Da sprang Siegfried von der Bank auf und warf sich vor Krimhild auf die Knie: »Wenn ich zurückkomme, dann werden wir uns nie mehr trennen! Dann sollst du die meine sein! Willst du das, meine wunderschöne Krimhild!?«

»Ja, das will ich«, heulte Krimhild und warf sich völlig unschicklich in seine Arme. Das rührende und gleichwohl ungezogene Bild litt etwas unter den schwarzen Kohlenstreifen, die Krimhilds Tränen auf ihren Wangen zurückließen.

Das war der Abschied. Nun war nichts mehr aufzuhalten oder zu ändern.

Es war auch der Anfang, könnte man behaupten.

Brynhild im sechsundzwanzigsten Jahr

Was ist das Letzte, Ihr Fremden, an was Ihr Euch aus der Erzählung meiner Mutter erinnert? Ich sage Euch, an was die meisten Menschen sich bei Brynhild erinnerten: dass sie schwierig war. Ein schwieriges Kind, aus dem eine schwierige Frau wurde. Anstrengend, erschöpfend und dennoch auf beneidenswerte Art immer nur sie selbst.

Das »Nein«, welches ihr erstes Wort war, war der Grund ihres Wesens. »Brynhilds Wille ist ein Stein, an dem kann meinethalben der Göttervater kauen, der hat bessere Zähne als ich«, knurrte ihre Großmutter Laila bisweilen, aber nie ohne die unleugbare Zuneigung einer Seelenverwandten. Denn an Sturköpfen, Eigensinnigen und völlig Unbelehrbaren herrschte unter Brynhilds Ahnen nun wirklich kein Mangel.

Geboren als die späte Tochter des Königs Svenke und seiner Gemahlin Ylva der Jüngeren, blieb sie nach dem Willen der Götter auch deren einziges Kind.

Sie hatte in der Tat von Anfang an den stürmischen Charakter des Frühlingswetters am Tag ihrer Geburt. Der Einzige, auf den sie in ihren ersten Jahren hörte, war Großvater Auslís, der sie am ersten Tage den Göttern gezeigt hatte. Brynhilds Schreien war gefürchtet, das blieb es auch, als sie statt des Schreiens längst die Sprache der Erwachsenen gelernt hatte. Wenn sie etwas nicht wollte, gab es keinen

Weg, sie zu überreden oder zu zwingen. Sie war dann unempfindlich gegen Strafen, gute Worte oder Strenge gleichermaßen.

»Ylva, das Kind ist so hartnäckig wie du«, behauptete Svenke bisweilen erschöpft. Sein Land zu regieren war lange kein so kräftezehrendes Unterfangen, wie sich mit Brynhild um ihre Suppe zu streiten.

»Wie ich?«, rief Ylva entrüstet. »Uneinsichtig ist das Kind doch, genau wie du!«, schnappte sie zurück, und Svenke gab es auf, wie meistens.

Dabei war Brynhild keineswegs ein verwöhntes Kind, sie erfuhr auch nicht die ungute, preisende Beachtung, die Siegfried als Sigismunds einzigem Sohn zugekommen war. Im Gegenteil, wie schon Svenke und Laila vor ihr, wurde auch Brynhild von der Familie erzogen, dass sie vor allem ihren Pflichten nachkommen und sich nicht für etwas »Besseres« halten solle.

»Es ist Arbeit, Königin zu sein«, hatte schon Yenka mit den blauen Zähnen ihre Töchter unterwiesen, »kein Vergnügen! Wenn ihr Vergnügen wollt, müsst ihr Seeräuber werden.« Brynhilds Großmutter Laila, die ja immerhin einige Jahre vor ihrer Ehe mit Auslís zur See gefahren war – natürlich nicht als Räuberin –, fand allerdings, dass man zu Wasser ebenso viele Pflichten wie auf dem Land hatte.

»Lernt, eure Arbeit zu lieben«, hatte Laila ihren eigenen Söhnen beizeiten eingebläut, »es ist nämlich unwahrscheinlich, dass ihr ohne Arbeit durchs Leben kommen werdet.« Und damit hatte sie Recht behalten.

Dass ihr Vater »König« auf den Inseln war, wurde Brynhild erstmals bewusst, als sie fünf Jahre alt war, im Spiel mit anderen Kindern, die sie fragten, ob ihr Vater die Krone denn auch im Bett tragen würde, mit der man ihn anderntags beim Ting, der großen Ratsversammlung, gesehen hatte. Daraufhin stand Brynhild am nächsten Morgen ganz früh auf; sie hasste es, dass sie den Kindern keine verlässliche Auskunft hatte geben können. Zeit ihres Lebens war meine Mutter für Halbheiten nicht zu haben.

Als sie dann lautlos in die Kammer ihrer Eltern schlich, stellte sie fest, dass ihr Vater keineswegs mit der Krone auf dem Kopf schlief, sondern schnarchend, die Augen unter einem Tuch verborgen, denn Svenke war sehr lichtempfindlich.

»Wo ist denn die Krone?«, rief Klein-Brynhild bestimmt und erschreckte ihren Vater zu Tode, der gleich nach seinem Schwert griff, als hätte jemand einen Angriff der Jüten oder Sachsen ausgerufen.

»Was, Häschen, wer ist wo?«, japste Svenke schließlich, die Hand nicht mehr auf dem Schwert, sondern dem Herzen.

»Deine Krone, wo ist die denn?«, beharrte Brynhild, beharrte sie *natürlich*! Ylva war ebenfalls erwacht und lachte nun so sehr, dass Svenke nicht zum Antworten kam. Er konnte ihr auch später keine befriedigende Antwort geben. Die Krone lagerte in der Schatzkammer. Er trug sie nur beim Ting.

Brynhild hatte dazu ihre eigene Meinung: »Wenn ich eine Krone hätte, würde ich sie auch nachts tragen.«

In den folgenden Jahren lernte Brynhild allerdings, was das Reich ihres Vaters jenseits des Kronentragens ausmachte. Sie lernte die Küsten kennen, an denen man sich vor Sachsen, Jüten, Dänen und anderen »Übermütigen« zu hüten hatte. Inlands gab es manchmal »Schwierigkeiten«,

die man entweder beim Ting oder bei einem kleinen Krieg beilegen konnte.
Svenke, seiner versöhnlichen Natur gemäß, sagte weise, dass man sich lieber drei Mal beim Ting treffen sollte als einmal auf dem Schlachtfeld. Nachdem Brynhild ein paar Mal beim Ting gewesen war, erschien ihr das nicht mehr so einleuchtend, denn sie fürchtete, dass man sich bei diesem langen Gerede ebenso zu Tode langweilen könnte, wie auf dem Schlachtfeld dahingemetzelt zu werden. »Ylva«, sagte Svenke dann, durch Brynhilds Fragen erschöpft, »bring deiner Tochter Geduld bei.«
Aber Brynhild sollte ihr Leben lang keine Geduld haben, was nicht heißt, dass Ylva sich nicht bemühte. Sie brachte Brynhild auch die Pflichten der Haushaltsführung bei, die Pflege der Vorräte, die Anleitung der Bediensteten und der Sklaven. Ylva lehnte es erstaunlicherweise ab, ihren Sklaven gleich nach Ersterwerb die Beinsehnen zu durchtrennen, damit sie nicht weglaufen konnten, wie es sonst an anderen Höfen der Brauch war.
»Niemand wird Sklave aus lauter Übermut«, teilte Ylva der jungen Brynhild mit, »man muss es nicht noch schlimmer machen.« Wenn ein Sklave das sechzigste Jahr erlebte, sprach Svenke ihn mitsamt seiner Familie frei, was andere Könige, die davon hörten, einen lächerlichen Brauch fanden und deswegen ihren Sklaven erklärten, die einzige Freiheit, die sie im sechzigsten Jahr zu erwarten hätten, wäre ein immer währendes Bad zur See. Aber so viele Sklaven wurden natürlich gar nicht sechzig. Könige machen gerne einen großen Lärm um ein kleines Nichts.
Großvater Auslís übernahm Brynhilds künstlerische Erziehung. Er sang ihr seine Lieder vor, spielte auf seiner Flöte und brachte ihr bei, dass in jedem Augenblick etwas Besonderes

geschehe, wenn sie nur lernte hinzusehen. Von ihm lernte sie, die Worte zu lieben, den Klang einer Melodie, aber auch das Rauschen des Windes und das Plätschern des Wassers.
»Ohne die Kunst«, würde Großvater Auslís seiner Enkelin wieder und wieder predigen, »ohne das Schöne kann man genauso gut in einem Loch unter der Erde leben.«
Er war es genauso, der mit ihr zu den Priestern ging, den beiden, die zu ihrer Geburt diese schöne und diese furchtbare Weissagung gemacht hatten, um sie über die sichtbaren und die unsichtbaren Welten unterrichten zu lassen. Brynhild liebte die Geschichten von Sonne und Mond, dem Wagen des Lichtes und den Todesbarken. Man musste sie nie überreden, zu den priesterlichen Unterweisungen mitzukommen. Vor allem Sternkunde beeindruckte sie mehr als alles andere. Nicht nur die Sterne der Seefahrer, die für jeden auf den Inseln wichtig waren, sondern auch die Sterne der Bauern war Brynhild äußerst begierig zu lernen.
»Das ist Bauernweisheit. Für Euch nicht so wichtig, liebes Kind«, sagte sogar der Priester abwinkend, wenn Brynhild die Feldsterne im Frühjahr sehen wollte.
»Wohl ist das wichtig«, behauptete Brynhild, und man ließ sie gewähren. Woher sie es wohl wusste? Hätte Brynhild nichts über diese Sterne gelernt, ich weiß nicht, wie sie später den Weg zurückgefunden hätte.
Brynhild zeigte ansonsten nur eine theoretische Einsicht in die Weisheit, sich dem Willen der Götter zu fügen, was Auslís doch bekümmerte.
»Brynhild«, sagte er ihr, wenn sie einen ihrer Wutanfälle bekam, weil etwas anders gegangen war, als von ihr gedacht, »lern es lieber, bevor dich das Leben dazu zwingt! Man kann manche Dinge nicht ändern.«
Aber so sehr Brynhild ihren Großvater Auslís liebte, nicht

einmal ihm zu Gefallen konnte sie auf diese Weisheit hören.

König Svenke hatte keine Zeit, Brynhild selbst in den Waffen zu unterrichten, hatte eigentlich auch nicht vor, ihr mehr als die einfachsten Handgriffe am Bogen und mit dem Schwert beizubringen. Er hoffte, dass Brynhild sich nie selbst verteidigen müsste. In den langen Jahren seiner Herrschaft hatte es keine zu nahen und zu bedrohlichen Angriffe gegeben, aber man konnte nie wissen. Und obwohl manchmal noch die bedrohliche Weissagung der beiden Priester in seinem Kopf spukte, war es sein Plan, dass Brynhild beizeiten mit einem äußerst tüchtigen Krieger von hoher Geburt und mit reichem Erbe verheiratet werden sollte, der sie dann schon zu beschützen wüsste.
Als dann der alte Storri Bjernsson, ein Haudegen ohnegleichen zu seiner Zeit, der Brynhild hatte einweisen sollen, dem König beeindruckt von Brynhilds außerordentlichem Talent mit den Waffen erzählte, änderte Svenke seine Meinung nach reiflicher Überlegung.
»Dann zeig ihr alles, es ist vielleicht besser so«, sagte er zu Storri.
Es mag wohl sein, dass es an Männern wie Großvater Auslís und Storri, dem Waffenmeister, lag, dass Brynhild in Hagen niemals einen *alten* Mann sah, auch wenn er selbst sie häufig auf seine Jahre hingewiesen hat. Im Gegenteil, Brynhild sah in Hagen einen *besonderen* Mann. Und sie war überzeugt, dass nur ein langes, widerstandsreiches Leben zu solcher Besonderheit führte. Hagen wünschte Storri deswegen stets den besten Platz an Odins Tafel, wenn er Brynhild ansah.

Storris erste wirkliche Unterweisung der jungen Brynhild als Kriegerin – jenseits des Hausgebrauchs, wie er sagte –, fand in ihrem elften Jahr statt. Er ließ sie eifrig Schilde und Schwerter, Speere und Steine auf den Übungsplatz schleppen und eröffnete ihr dann, dass sie kein einziges Gerät in dieser Begegnung benutzen würden.

»Ach«, murrte Brynhild verhalten, die aber bei allen Schwächen immerhin schon eine so wohlerzogene junge Frau war, dass sie wusste, dass man niemanden nach dem »Warum« fragt, solange es nicht freiwillig angeboten wird.

Storri registrierte diese Zurückhaltung wohlwollend und erklärte sich: »Wir lernen zuerst etwas Wichtigeres.«

Dann nahm er sie mit zu seiner Behausung und zeigte ihr die beeindruckende Reihe der Schädel, die er an seinem Dachfirst angenagelt hatte. Er deutete auf einen, der haargenau und schnurgerade in der Mitte gespalten war.

»Das ist der Schädel von Matholwch, König von Irland«, bedeutete Storri, »ein großer Krieger.« Er zeigte auf einige andere Exemplare: »Und das sind Aneurin und Hergest, zwei Waliser, die sogar schöner singen konnten als dein Großvater.«

Brynhild nickte höflich. Storri kannte alle seine Schädel mit Namen, und ein gutes Dutzend seiner tapfersten Feinde zählte er Brynhild auf, sämtlich mit Anekdoten verknüpft, als handele es sich um liebe Nachbarn.

»Und?«, wollte Storri wissen. »Was fällt dir auf?«

Brynhild war leider gar nichts aufgefallen. »Die sehen irgendwie alle gleich aus«, sagte sie schließlich und zuckte bedauernd die Schultern. Sie wollte gerne zurück zu den Schwertern.

Storri strahlte: »Sehr gut«, lobte er sie, »so ist das mit dem Totsein. Wenn's mal passiert ist, macht kaum noch was einen Unterschied. Deswegen ist es wichtig, so gut wie nur möglich zu kämpfen, damit man so lange wie möglich lebt!«

Der alte Haudegen lachte, dann zeigte er Brynhild seine gewaltigen Arme mit den Muskelbergen unter den Lederbändern: »Hier war ich ein bisschen dumm«, sagte er und zeigte auf eine wulstige Narbe am Ellenbogen. »Und hier sehr dumm«, mit seinem rechten Zeigefinger, der so dick war wie der Arm eines Säuglings, fuhr er eine andere Narbe ab. Dann zeigte er auf andere Narben, die unter seinem wild wuchernden Bart verborgen waren. »Das hier war schlichtweg dämlich«, bezichtigte sich Storri. »Ich sah aber auch vorher schon aus wie eine alte Rübe. Du bist ein hübsches Mädchen, Brynhild«, schloss er dann diese erste Unterrichtsstunde ab. »Du willst später nicht aussehen wie der alte Storri. Du musst besser üben als ich.«

Brynhild nickte ernsthaft.

Storri war ein guter Lehrer, fand sie, und wollte es ihm nicht schuldig bleiben, eine ebenso gute Schülerin zu sein.

Es dauert, wie Ihr wisst, Ihr Fremden, stets sieben Jahre, einen Schüler von seiner erschreckenden Unkenntnis hin zu einer Meisterschaft zu führen. Als sie achtzehn Jahre wurde, hatte Storri Brynhild dann nichts mehr beizubringen, und nicht nur ihm war schon einige Zeit aufgefallen, dass sie ihn nur noch gewinnen ließ, dass er sie aber selbst dann nicht mehr bei den Übungsgängen hätte besiegen können, wenn er es darauf angelegt hätte.

Er ließ sich bei König Svenke anmelden und teilte mit: »Brynhild ist nun ein wirklicher Krieger, mein König. Mehr kann ich sie nicht lehren.«

»Was meinst du dazu, Ylva?«, fragte Svenke über die Schulter, weil es ihm auf eine unerklärliche Art unangenehm war, was Storri da sagte.
»Ich meine, dass wir dem großen Storri zu höchstem Dank verpflichtet sind«, sagte Ylva beherrscht, »und wir werden Lieder auf ihn dichten lassen. Einen ganzen Abend voller Lieder.«
Storri Bjernsson, der schwer gekränkt gewesen wäre, hätte man ihm Silber, Gold oder auch Sklaven geboten, bekam wegen der weisen Freundlichkeit Königin Ylvas feuchte Augen und verabschiedete sich. Dann, alleine mit ihrem Gemahl, war Ylva nicht mehr so beherrscht. Sie begann auf und ab zu laufen.
»Sie wird erwachsen. Wir müssen sie bald verheiraten, Svenke.«
»Sie ist doch gerade erst achtzehn«, empörte sich der Vater, der vergessen hatte, dass seine Ylva fünfzehn gewesen war, als man ihnen die Heirat erlaubt hatte.
»Wie soll es denn mit ihr weitergehen«, erregte sich Ylva, »wir lassen sie nirgendwohin fahren, sie kann nicht immer nur mit den Schwertern üben, Svenke, sie muss heiraten, sie muss das Reich weiterführen.«
Die Prophezeiung, über die Svenke und Ylva nie sprachen, die aber beiden immer gegenwärtig war, wenn es um Entscheidungen über ihre Tochter ging, hatte dazu geführt, dass man Brynhild von jeher allen Händlern fern hielt und ihr keine weiteren Verwandtenbesuche erlaubte. Von der Seefahrt ganz zu schweigen. Bei aller Freiheit, die sie hatte, sie war auch eine Gefangene, ohne es zu wissen, schon gar ohne zu wissen, warum.

Kennt Ihr sie noch, diese furchtbaren Worte?
»Die Götter zeigen uns eine Reise. Aber es ist keine gute Reise, König«, hatten die Priester gesagt. »Lasst sie nicht auf diese Reise gehen. Verhindert es. Möglicherweise vergessen es die Götter dann.«
»Was?«, hatte Svenke wissen wollen. »Was sollen die Götter vergessen?«
»Den Schmerz, König, die Reise führt in den Schmerz. Schmerz und namenloses Leid.«

Diese Worte, die niemand je wiederholte, nicht wiederholen musste, klangen wie der Ton einer ewigen Glocke der Verdammnis durch die Gedanken der Eltern. Deswegen, entgegen ihrer schlauen Weisungen an die Tochter, sich dem Willen der Götter zu fügen, versuchten Ylva und Svenke beide, die Götter auszutricksen: Jeden Feiertag opferte Ylva für Loki, ihnen eine Vergünstigung zu verschaffen. Außerdem stellten sie eine Reihe irdischer Verbote auf: keine Reisen für Brynhild, auch keine Ausflüge, die länger als ein paar Stunden dauerten, denn da hätte man schon von einer Reise sprechen können.
Brynhild, so lebendig und ungestüm wie eh und je, hatte sich vielleicht nur so lange ruhig auf dem Hof halten lassen, weil sie sich so eifrig in den Waffen übte, jeden Tag, stundenlang. Nun, hatte der alte Storri gesagt, gab es nichts mehr zu üben.
Deswegen forderte Ylva, Brynhild sollte heiraten.
»Wir können ja mal mit ihr reden«, sagte Svenke schließlich. »Aber wir zwingen sie zu nichts!«
Brynhilds Antwort wird niemanden überraschen. Als ihre Mutter am Abend mit ihr über die Auswahl eines Eheman-

nes sprach, in klaren, aber freundlichen Worten, antwortete sie schlicht: »Nein.«

Das »Nein« der Achtzehnjährigen wandelte sich nicht, als die Zeit verging, obwohl sie sich zunehmend langweilte und auch eine Gefahr für heimkehrende Krieger und Seefahrer wurde, die sie dauernd zu immer wilderen Übungskämpfen forderte. Wenn einer der Männer den Fehler machte, sie absichtlich gewinnen lassen zu wollen, wurde sie fuchsteufelswild und hätte dem Unglückseligen beinah den Hals abgetrennt.
»Mir ist langweilig«, fauchte Brynhild immer öfter, gerade winters, wenn die Familie in der Halle am Feuer zusammensaß.
»Geh morgen reiten«, schlug Großvater Auslís vor, der ein neues Gedicht in ein Stückchen Holz schnitzte. Brynhild verdrehte die Augen. Auslís hatte nicht einmal aufgeblickt. Er wollte ihr in ihrer Reizbarkeit eine Entschuldigung ersparen.
»Web doch mal was, früher hast du immer so gerne gewebt, hm?«, ermunterte sie ihr Vater viel zu nachsichtig. Brynhild spannte nur abweisend ihren rechten Oberarmmuskel an, um ihrer Neigung zum Weben den rechten Ausdruck zu geben.
In einem Winkel der Halle saß Brynhilds Base Hilgis, die von einer der unteren Inseln zu Besuch gekommen war. Hilgis hatte ein Kind auf den Knien und eines an der Brust: »Ich wünschte, mir wäre mal wieder langweilig«, bemerkte sie arglos. Brynhild und Hilgis kamen gut miteinander zurecht. Sie waren beide gleich alt, mittlerweile zweiundzwanzig.
Ylva griff diese Bemerkung der armen Hilgis auf: »Du soll-

test endlich auch heiraten, Brynhild«, sagte sie, »wenn du erst Kinder hast, wirst du dich nicht mehr so furchtbar langweilen.«

»Da web ich doch lieber«, entgegnete Brynhild leise, aber doch hörbar. »Red nicht so mit deiner Mutter«, tadelte Svenke seine Tochter da überraschend mit ungewohnter Strenge, »sie hat nämlich ganz Recht! Du musst endlich heiraten.«

Alle starrten Svenke an, bisher hatte er sich nie so deutlich geäußert.

»Ich will aber nicht heiraten«, knurrte Brynhild.

Jedoch ihr Vater war offenbar nicht er selbst: »Es geht hier nicht immer nur danach, was du willst«, brüllte er, ganz gegen seine sanfte Natur. »Du musst heiraten!«

»Wen denn?«, brüllte Brynhild da sofort, ganz im Einklang mit ihrer unbeherrschten Natur, zurück. »Der einzige Mann, der hier genug Mumm in den Knochen hat, ist ja wohl der alte Storri, und den kann ich schlecht heiraten, weil er gerade stirbt!«

»Red nicht so mit deinem Vater«, brüllte nun auch Ylva, der ihre Tochter auf die Nerven ging. »Es wird sich auf all unseren Inseln schon ein Mann finden, den du für würdig erachten wirst, du verwöhntes Ding! Meinetwegen auch im Inland. Ich habe langsam genug von dieser Launenhaftigkeit!«

Brynhild warf sich schmollend in ihren Sessel und murmelte etwas, das so ähnlich klang wie »alles Weichlinge«, aber die Anwesenden zogen es vor, diese weitere Unverschämtheit zu überhören. »Ach ja«, seufzte Großvater Auslís ohne erkennbare Teilnahme an dem kleinen Zwist.

»Ich wüsste ja etwas«, klang da die rostige Stimme von Großmutter Laila in die gereizte Stille. Alle drehten sich zu ihr um. »Na ja«, krächzte Laila, »sie muss heiraten, das steht ganz außer Frage. Aber wir können doch ein Spiel daraus machen, damit sich unsere liebe Brynhild nicht so furchtbar langweilen muss.«

»Also, Mutter«, empörte sich Svenke .»Die Ehe ist doch kein Spiel.«

Laila erhob sich und stocherte im Feuer herum: »Lass mich ausreden.« Sie setzte sich auf Brynhilds Lehne.

»Unsere liebe Brynhild hat es doch so mit den Kämpfern, nicht? Nur die Tapfersten der Tapferen, das sind die richtigen Männer!« Sie sagte es auf eine Art, dass sich niemand sicher war, ob sie spottete oder ernst war. Auslís, der Einzige, der es wahrscheinlich gewusst hätte, zog es vor, weiter auf sein geschnitztes Gedicht zu schauen.

»Ja?«, sagte Brynhild vorsichtig, »Und?«

Laila nahm ihre Enkelin bei der Hand, ihre knorrigen Finger auf Brynhilds schwieliger Schwertfaust. Was für ein Bild der Zeit, wenn jemand nur lange genug angehalten hätte, es zu sehen! Laila, die alte Seefahrerin, mit ihrer jungen, wilden Enkelin, die sie nie irgendwohin ließen. Laila wusste, dass man das, was man suchte, nicht unterwegs fand. Brynhild wusste nicht einmal, wonach sie suchte. Die Großmutter redete weiter:

»Na, solche Helden, die laufen einem ja nicht einfach so vor die Haustür, abgesehen natürlich von meinem Vater.«

»Och, Mutter, bitte«, Svenke wollte nichts von jenem sagenhaften Seewurf hören, der Ylva der Älteren ihren Hver vor die Füße gewaschen hatte.

»Ich weiß auch nicht, wo die Geschichte hinführt, Laila«, erklärte Ylva ungeduldig.

»Ich weiß es«, meldete sich da Auslís, der in aller Ruhe weiter an seinem Holz arbeitete: »Die Auswahl der Göttin Swinrig.«

Laila lächelte.
»Was ist die Auswahl der Göttin Swinrig?«, fragte Hilgis und erleichterte heimlich alle anderen, die es auch nicht gewusst hatten.
Auslís legte Messer und Stöckchen beiseite. »Die Auswahl der Göttin Swinrig, Ihr, meine lieben Ungebildeten«, fing er genüsslich an, »ist eine alte Sage, die von den östlichen Inseln herkommt. Swinrig sollte ihrem Vater, dem Gott Brysleuth, zuliebe heiraten, mochte aber keinen der Bewerber ausreichend gern, ähnlich wie eine gewisse Person mitten unter uns.« Brynhild verzog das Gesicht, wagte aber nicht, Auslís zu unterbrechen. »So sagte also Swinrig zu ihrem Vater, dass sie allein den Bewerber heiraten würde, der in der Lage sei, drei Aufgaben zu bewältigen. Er müsse fliegen können wie ein Vogel, einen Stein zerbeißen und einen Baum drei Mal so weit werfen können, wie der Baum lang wäre.«
Brynhild war offensichtlich beeindruckt.
»Swinrigs Vater willigte ein und ließ die Bewerber kommen, doch er wusste nicht, dass Swinrig sich schon lange heimlich einem anderen versprochen hatte, einem Wolf, der ein verwunschener Krieger war. Sie trotzte ihrem Vater das Versprechen ab, dass, wer nicht bestünde, von ihr in eine Höhle im Wald gebracht werden dürfte, wo der Wolf schon auf den Verurteilten wartete.« Auslís kostete eine Pause aus: »Und natürlich gab es keinen einzigen Krieger, der Swinrigs Auswahl bestehen konnte. Spätestens am Fliegen scheiterten sie alle. So fütterte sie ihren Wolf und belog ihren Vater. Es ist nicht unbedingt eine erbauliche Geschichte für die Jungen in ihrer Respektlosigkeit, deswegen wird sie vielleicht auch nicht mehr so viel erzählt.«
»Also ich würde einen Ehemann lieber danach testen, wie

er an einem Tag mit einem zahnenden Kind, einer kranken Kuh und einem garstigen Nachbarn fertig wird«, bemerkte Hilgis, deren kurze Eheerfahrungen auf den unteren Inseln nicht die besten gewesen waren; dies war auch ein Grund für ihren längeren Besuch bei den Verwandten.
Auslís warf seiner anderen Enkelin einen warmen Blick zu: »Das, meine liebe Hilgis, unterscheidet die hohe Weisheit der Götter von der praktischen Weisheit der Menschen.«
»Ja, was ist denn jetzt damit«, fragte Brynhild dazwischen. »Machen wir das jetzt so? Krieger einladen, damit sie Steine fressen?« Sie schien von dieser Idee ihrer Großmutter nun doch wesentlich eingenommener als von der Idee des Webens.
Laila hustete trocken.
»Lasst die Helden kommen. Lasst sie gegen Brynhild in die Waffen gehen, und wer gewinnt, den heiratet sie dann, denn das muss ja dann der Beste sein, oder?«
Wieder war dieser seltsame Unterton von Spott in ihrer Stimme.
»Das ist doch unverantwortlich! Da locken wir doch Habenichtse und Abenteurer an!« Svenke drehte sich zu seiner Frau: »Ylva, jetzt sag du doch mal, dass das Unsinn ist.«
Ylva aber hatte verstanden, worauf Laila hinauswollte.
»Wenn es das ist, was Brynhild zum Heiraten bewegen würde«, sagte sie nur. »Dass sie nur den heiraten würde, der sie besiegt …« Svenke schnappte nach Luft wie ein Karpfen an Land.
Brynhild strahlte ihren Vater an.
»Ich lasse hier niemanden Steine fressen«, rief Svenke mit einem letzten Rest königlichen Widerstandes.
»Musst du ja nicht, mein Sohn«, Laila setzte sich wieder neben Auslís.

»Ein paar kleine Kämpfe, Speerwerfen, Baumstammwerfen, Steinwerfen, so was.«

»Das ist eine gute Idee«, rief Brynhild. »Baumstammwerfen!«

»Ich denke darüber nach«, schmollte Svenke, raffte seine Würde und seinen Mantel an sich und sagte: »Ich geh ins Bett, Ylva, kommst du?«

»Gleich, Liebling«, erwiderte Ylva sanft, sie hatte ihre Tochter nicht aus den Augen gelassen.

Svenke stampfte grummelnd aus der Halle, Brynhild, nun gar nicht mehr mürrisch, plapperte vor sich hin, was sie nicht alles an Wettkämpfen aufstellen könnte. Sie hatte unbegrenztes Vertrauen in ihre Kraft. Sie erklärte Hilgis, weswegen das Baumstammwerfen jetzt schon ihre Lieblingsprobe wäre.

Ylva zog Laila beiseite: »Und wenn es nicht funktioniert?«, fragte sie.

»Was denn?«, sagte die Alte unschuldig.

»Wenn sie nicht herausfindet, dass diese Stärke nicht alles bedeutet?«, entgegnete Ylva scharf. Laila rieb sich über die linke Wange, wo sie bisweilen einen unsichtbaren, bohrenden Schmerz unter der Haut spürte.

»Deine Tochter ist zu viel Sohn, Ylva«, flüsterte Laila dann. »Und die Söhne lernen es meist erst, wenn es zu spät ist. Unser Svenke natürlich ausgenommen.« Beide dachten an Svenkes ältesten Bruder, der vom Pferd gefallen und sich den Hals gebrochen hatte.

Ylva nickte: »Das macht mir Angst, Laila.«

»Angst«, schnaubte die alte Seefahrerin. »Angst brauchen wir nicht. Sie hat doch Yenkas Ring. Es passt schon jemand auf sie auf!«

»Ja«, sagte Ylva leise, »Yenkas Ring.«

Bevor sich Ylva zur Tür wandte, verharrte sie einen Augenblick im Schatten der Säulen. Ihre Augen ruhten auf ihrer Tochter, die wirklich zu viel Sohn war. Ihre kleine Brynhild. Sie sah ihr Kind, groß, stark, wirklich sehr hübsch, aber ohne jene Tiefe menschlichen Wissens und menschlicher Grenzen in den Zügen, die ihr wahre Schönheit verliehen hätte. Brynhild sah wundervoll aus: weiße, ganz gerade Zähne, die Haut immer etwas gebräunt von der Sonne, selbst jetzt noch. Die dunkelhonigfarbenen Haare glänzend und schwer, viele seit heute Morgen aus dem Zopf gerutscht, dessen Quaste ihr lebhaft wie ein Pferdeschweif um die Hüften schwang. Alles an ihr Muskeln, ein Bild der Kraft, des Lebens. Aber auch der Unwissenheit.
Brynhild war an Jahren längst eine Frau – und doch überhaupt noch keine Frau. Ein starkes Kind, das noch nie auf ein wirkliches Hindernis getroffen war, was sich nicht durch Kraft, Quengelei oder die Nachsicht anderer aus dem Weg räumen ließ. Ein Schauer lief Ylva plötzlich über den Rücken. Sie wusste, dass es eines Tages mit dieser unbekümmerten Siegesfreude vorbei sein würde, vorbei sein müsste!
Yenkas Ring, dachte sie. Seit über zwanzig Jahren war dies oft ihr Gebet gewesen, wenn sie an ihre starke, ahnungslose Tochter dachte. Der alte Ring einer Unbezähmbaren, der ihre kleine Brynhild schützen sollte. Mit aller Macht hoffte Ylva, dass die alte Ahnin auf Brynhild aufpassen würde, wenn es erforderlich sein würde.
»Vielleicht lernt sie es ja auch so«, murmelte Ylva, bevor sie in die Schlafkammer ging. Sie hielt sich an ihrem »vielleicht« fest, bis es sich fast wie eine Wahrscheinlichkeit anfühlte. Aber tief in ihrem Inneren wusste sie, dass es anders kommen würde.

Und Ylva behielt Recht.
In ihrem sechsundzwanzigsten Jahr hatte Brynhild bereits vierundsiebzig eifrige Helden zu deren Schmach im Baumstammwerfen, Steinwerfen und Speerwerfen besiegt, ohne gelernt zu haben, dass Stärke nichts bedeutete. Im Gegenteil, jedes Mal erhoffte sie sich erneut, zuerst ein bisschen ängstlich, später ein bisschen verzweifelt, dass diesmal der Tapferste der Tapfersten käme, um sie endlich zu besiegen.

Das Land der Untergegangenen
Die siebte Erinnerung

Gotelind verlässt schließlich die immer freudigere – und auch immer zügellosere Feier, um nach Hagen zu sehen. Dankwart döst vor seiner Tür. »Warum geht Ihr nicht in die Halle und esst etwas?«, schlägt Gotelind ihm leise vor. Er sieht wirklich nicht gesund aus, dieser Dankwart. Sie sehen alle nicht gesund aus, ihre »Heuschreckengäste«, wie sie sie heimlich nennt.

Gegen Hagen hat sie nichts, im Gegenteil. Er ist früher oft zu Besuch am Hof ihres Vaters gewesen, als sie noch ganz klein war. Er hat sie zwar nie beachtet, wenn sie sich in die Halle geschlichen und neben ihn gesetzt hatte, aber er hat sie auch nie verraten. Deswegen mag sie ihn.

Guter Gott, ist er alt geworden, denkt Gotelind, als sie ihn nun das erste Mal in Ruhe sieht, und kann es nicht wissen, dass es erst diese letzten Wochen sind, in denen die Zeit bei Hagen ihre Schulden mit vielfachem Zins eingetrieben hat. Sie setzt sich auf den Schemel an seinem Bett und sieht vorsichtig nach seiner Hand. Die Schwellung ist zurückgegangen. Sie hätte nie gedacht, dass sie den Helden ihrer Jugend einmal so sehen würde; verletzt, müde und alt. Er wirkt so – erreichbar. »Hagen war doch immer ein Halbgott«, sagt sie leise vor sich hin. Dann erst sieht sie, dass er wach ist.

Er lächelt fast: »Wer ein Halbgott ist«, flüstert er rau, »ist auch nur ein halber Mensch.«

Gotelind nickt: »Ihr seht nun wirklich das erste Mal wie ein Mensch aus, seit ich Euch kenne.«
»O weh«, antwortet Hagen und stützt sich auf. »Wie geht es denn zu, da unten?«
Frau Gotelind zuckt die Schultern und wackelt mit dem Kopf, sie will ja niemanden beleidigen. Aber dann sagt sie doch die Wahrheit: »Saufen, Umarmungen, Singen – und Ruideger macht Geschenke, die er sich nicht leisten kann.«
»Euer Onkel Nauðung«, erinnert sich Hagen mit einem Mal. »Der hatte einen Schild, um den hab ich ihn immer beneidet. Rot, mit Juwelen besetzt und verbrämt. Ich hab immer gehofft, dass er ihn mir eines Tages schenkt. Hat er aber nie.«
Er lacht, aber Gotelind weint plötzlich. Nauðung war ihr Lieblingsonkel, erschlagen von Viðga, irgendwo in den Niederlanden.
»Verzeiht«, murmelt Hagen, das hat er nun wirklich nicht gewollt. Er wollte nur ein bisschen mit einer Frau reden, es fehlt ihm.
»Ach was«, winkt Gotelind ab und wischt sich die Wangen. »Es ist nur so schön, dass sich jemand noch daran erinnert. An früher. An meine Familie. Hier unten …«, sie lässt den Satz unvollendet. Aber Hagen versteht sie besser, als sie es sich denken kann. Die Einsamkeit des Exils, niemanden zu haben, dem bei einem »Weißt du noch« die Augen in freudigem Erkennen aufleuchten.
»Ich habe viel zu viele Erinnerungen, Frau Gotelind«, sagt er zu ihr. »Der Fluch eines langen Lebens. Man kennt mehr Menschen unter den Toten als unter den Lebenden.«
»Mir scheint, das Leben hat Euch Weisheit geschenkt«, antwortet sie und weiß doch noch nicht, was sie davon halten soll.
»Man kriegt es alles, oder? Die Weisheit, die Narrheit, das

Leid und das Gl-«, er bricht ab. Weswegen ist er auf einmal so ein Waschweib, das alles von sich erzählen will? Aber er fühlt es ganz deutlich, er will hier in der Fremde ein Zeugnis lassen, vielleicht das letzte Zeugnis seines Lebens. Vor dieser Frau, mit der er doch eigentlich nicht mehr teilt als die Erinnerung an die Halle ihres Vaters und den Schild ihres Onkels. Wenn er gewusst hätte, wie leicht es ihm fällt, mit Frauen zu reden, hätte er es bestimmt schon früher einmal versucht.
»Wir sind hier ja nun alle getauft«, sagt Gotelind da übergangslos, »da soll man nicht für die Toten weinen. Und das Leid, hören wir immer wieder, ist unsere Strafe für unsere Sünden.« Sie faltet ein Tuch in ihrem Schoß immer wieder neu.
»Aber sie fehlen mir alle doch!«
»Ja«, sagt Hagen nur.
»Was wisst Ihr denn noch von Nauðung?«, fragt sie ihn mit einem Lächeln, das nur einen Schritt von weiteren Tränen entfernt ist.
Hagen denkt nach. Seit Bryndt kann er manchmal wieder fühlen, wie Kinder denken. Also beugt er sich über die Jahre hinweg zu Gotelinds Erinnerungen hinunter: »Er hat manchmal auf die eingelagerten Äpfel Eurer Mutter geschossen, mit der Armbrust.«
Gotelind kichert: »Wirklich?«
»Und er hat zwei Zehen verloren, weil er nicht aufgepasst hat, wo er sein Schwert in den Boden gerammt hat. Dabei hat er natürlich erzählt, es wäre irgendein Gegner gewesen, aber das war gelogen.« Jetzt heult und lacht Frau Gotelind, Gräfin von Baechelarin, gleichzeitig, sie erinnert sich an die fehlenden Zehen und die wilden Geschichten des vielgestaltigen Zehenräubers, die ihr Onkel erfunden hat. Einmal hat er sogar behauptet, ein Dachs hätte sie ihm abgebissen.

»Und im Winter hat er gerne bei einer Kuh geschlafen, die hat er nach Eurer Tante genannt, die fand das gar nicht lustig.«
Da fällt ihm Gotelind um den Hals und schluchzt; Hagen beneidet sie darum. Um die Einfachheit, mit der sie Gefühle teilt.
Verlorenes, Vergessenes, Verlassenes – die ganze Grausamkeit der fliehenden Zeit eines Menschenlebens.
Schließlich rafft sie sich wohl etwas verwirrt auf, aber beleidigt ihn nicht mit einer Entschuldigung.
Sie sitzen dann noch eine Weile still beieinander, hören, wie das Gegröle aus der Halle zu ihnen hinüberdringt, und spüren die ewige Wunde eines lebendigen Herzens.
Irgendwann verabschiedet sich Gotelind leise, und Hagen schläft bald wieder ein.
Als er aufwacht, ist es schon heller Morgen. Er fühlt sich viel besser und schlägt seine Decken zurück, um aufzustehen.
Am Fußende liegt etwas, eingeschlagen in ein Leinentuch.
Er weiß, was es ist, bevor er es anfasst.
Nauðungs Schild. So schön wie eh und je.

Ein leeres Schiff

Die Ankunft des burgundischen Schiffes an Svenkes Küsten erregte hauptsächlich deshalb Aufsehen, weil das Schiff, bis auf einen gewissen Siegfried und ein paar südliche Seefahrer, ganz und gar *leer* war!

Schiffe kamen von weit her, mit fremdländischen Menschen darauf, die nicht mal mehr den kleinen Römern ähnlich sahen, daran war man gewöhnt – aber ein leeres Schiff? Kein Kriegsschiff dabei, sondern ein Handelsschiff, bereit, große Ladung aufzunehmen. Die Meldung erging an Svenke an einem Sommermorgen, an dem er eigentlich mit gänzlich anderen Dingen beschäftigt gewesen war, da ihm ein kleiner Krieg mit ein paar nördlichen Hitzköpfen ins Haus stand.

»Die kommen aus Urgud«, behauptete der Bote, der die Ausländer nicht richtig verstanden hatte.

»Wo soll das denn sein?«, fragte Svenke gereizt nach. Aber niemand am Hof hatte je von einem Land namens Urgud gehört. Man versuchte, die Frage zu klären, der Bote musste zum Schiff zurückgehen und kam mit weiteren Informationen zurück. Das Land *Urgud*, regiert in der Feste »Wormetz« von einem mächtigen König namens *Gundur* und seinen beiden Brüdern *Görn* und *Gisler*, befände sich südlich des Meeres am Ufer eines ungeheuer langen und breiten Flusses, genannt »Rinus oder Rin«. Damit konnte man schon etwas mehr anfangen, zumindest mit dem Fluss, der schließlich eine berühmte Beutestrecke war. Die Könige Gundur, Görn und Gisler allerdings waren gänzlich unbekannt, es bestanden keinerlei Abkommen oder sonstige Verbindungen. Und Ruhmeslieder über die drei Herren kannte man auch nicht. Svenke war also misstrauisch und schickte den keuchenden Boten abermals zurück.

»Was wollen die denn nun?«, beschwerte er sich kopfschüttelnd.

Brynhild, die die Nachricht von diesen merkwürdigen Ereignissen nur mäßig interessierte– es waren schließlich keine Helden gemeldet worden –, drückte sich ebenfalls in der Halle herum und bezeugte das Spektakel des stets stärker keuchend wiederkehrenden Boten. Eigentlich wollte sie ihren Vater überreden, sie auf den kleinen Kampf in den Norden mitziehen zu lassen, auch wenn sie wusste, dass es nicht viel Zweck hatte.

Es dauerte übrigens immer länger, bis der Bote wiederkam, dies nicht wegen der beschwerlichen Wegstrecke, sondern weil auch die angereisten Gesellen aus dem mysteriösen Lande »Urgud« so ihre Fragen stellten.

Bei der dritten Anmeldung des Boten zeigte dieser Besorgnis erregende Zeichen von Erschöpfung.

»Also«, japste er, »auf dem Schiff fährt ein Herr Segeður, der ist ein großer König am Fluss Rinus im Bündnis mit diesem Gundur. Und er ist gekommen, um Schwerter zu erhandeln und um die Hand der holden Brynhild anzuhalten!«

»Weiß er von den Kämpfen?«, rief Brynhild jetzt hellwach, bevor Svenke zu Wort kam. Der japsende Bote nickte und ging ein bisschen in die Knie, weil man ihm keinen Stuhl anbot.

»Brynhild, das schlag dir gleich aus dem Kopf«, sagte Svenke, »so ein hergelaufener König – *angeblich* König! – auf einem leeren Schiff, wer glaubt denn so etwas!«
»Wieso nicht«, entgegnete seine Tochter gereizt, die schon lange keinen Bewerber mehr gehabt hatte und gerade heute den dringenden Wunsch verspürte, dass jemand gegen sie antreten müsste. Die anderen Krieger und Alten in Svenkes Runde, die eigentlich wegen des Kleinkrieges gekommen waren, fingen nun auch an, ihre Meinungen zu äußern, erst leise, dann lauter, sodass es fast zu Tätlichkeiten in der Halle gekommen wäre.
Schließlich kam man überein, dass es doch höchst verwunderlich war, dass ein »König« ohne Gefolge und Waffen reiste, noch dazu eine solche Menge Waffen kaufen wollte, und um Brynhilds Hand anhielt, als wäre sie eine bloße Dreingabe zu diesem erst noch abzuschließenden Handel.
Brynhild hatte sich das Gezeter eine Weile angehört, dann wurde es ihr zu langweilig, und sie beschloss, sich diesen seltsamen König mit seinem Schiff selbst anzusehen.
Sie ließ ihr Pferd satteln und ritt zum Anlegeplatz. Es war früher Nachmittag, und die Sonne stand hoch. Brynhild hielt ihr Pferd auf einer Kuppe an und sah das leere Schiff unten vor Anker liegen. Sie saß ab. Siegfried stand an der Reling, ein Bein auf eine Kiste gestellt, die Hände unglaublich lässig in die Hüften gestützt. Er hatte die Augen geschlossen und den Kopf in den Nacken gelegt. Der Wind wehte seine goldenen Haare wie eine Feuerwolke um seinen Kopf. Und er lächelte, die warmen Strahlen auf dem Gesicht.
Brynhild wusste gleich, dass er der Tapferste der Tapferen sein musste, denn so hatte sie ihn sich immer vorgestellt, groß, stark – sie sah gleich, wie gut ausgebildet all seine

Muskeln waren – und eben so … lässig. Sie hatte den Hügel eigentlich hinabreiten wollen, um wie gewöhnlich mit ein paar forschen Worten die Lage abzuschätzen, den Bewerber zu verunsichern, leider zu verunsichern. Anfangs hatte sie für diese Momente der längst vorweggenommenen Unterwerfung gelebt, das Stottern, das Rotwerden, dieses hilflose Erstaunen, wenn die Männer spürten, dass sie sie nicht brauchte, keinen von ihnen.
Dann war es nur noch eine Übung und nun – in den letzten zwei Jahren war es mehr und mehr Überdruss. Sie brauchte – irgendetwas. Ihre Mutter dachte, es wäre das Heiraten, aber das stimmte nicht. Als unbestrittene Herrin ihrer kleinen Welt, umsorgt von der Liebe ihrer Familie, beschützt von Konventionen und Zufällen, war Brynhild ausgehöhlt von der Vorhersagbarkeit und Leere, die sie spürte, ohne dass sie deswegen endlich verstanden hätte.
Sie wollte, dass jemand in ihre Welt eindrang und sie durcheinander brachte. Manchmal an den Abenden, gerade im Winter, wenn die Sänger ihre schönen ewigen Lieder vortrugen, die von verliebten Göttinnen und mutigen Jägern erzählten, dann musste Brynhild unter einem Vorwand hinausgehen, weil es ihr in der Brust so wehtat, dass sie glaubte, es würde sie zerreißen. Dann ging sie nach draußen, in die kühle Luft der nordischen Nacht, sah zu den Sternen und versuchte, zu den Göttern um Linderung zu beten. Aber sie wusste nicht, worum, was es genau war, das ihr solche Pein verursachte. Und dann stand sie meist nur da und biss die Zähne aufeinander. Und manchmal, wie gegen ihren Willen, formte sich ein Wort: »Bitte«, flüsterte sie dann hinauf und hätte selber nicht gewusst, was sie genau meinte.
Sie hätte vielleicht einen Liebhaber haben können, ohne

dass es jemanden gestört hätte. Aber wen hätte sie wählen sollen, nachdem sie sich so unumstößlich zur Stärksten gemacht hatte? Manchmal, wenn neue Sklaven kamen, Mitbringsel von Kriegsfahrten, dann hoffte sie, dass unter ihnen ein Ungebrochener sein würde, ein heimlich kämpfender Krieger, ein Widerständler, den sie sich dann erwählt hätte. Brynhild glaubte nicht einmal, dass ihr irgendwer ernsthaft widersprochen hätte. Aber es gab keine ungebrochenen Sklaven. Die Männer, die Mitbringsel, die sie von den Schiffen führten, um sie zu verteilen, waren meist entführte Bauern aus anderen Landstrichen, vorher schon Unfreie, die keinen Stolz, sondern nur Heimweh kannten, die ihre Familien beweinten, die unterwegs voreilig verstümmelt oder geblendet worden waren, damit sie keine Flucht versuchten.

Wo war der »Ungebrochene«? So nannte sie ihn, wenn sie mit sich und ihrer elenden Kraft alleine war. Sie verstand noch immer nicht, was Laila ihr gewünscht hatte, sie drehte dem Verstehen den Rücken zu, obwohl es ihr bereits in beide Ohren schrie. Sie hörte das ausgesperrte Flüstern ihrer Erkenntnis und schämte sich und wütete zugleich.

Deswegen ritt sie nun schon seit zwei Jahren vorher zu den Schiffen der Angekommenen und schätzte sie ab, um den »Ungebrochenen« zu finden. Aber sie fand ihn nie. Und jedes Mal, wenn sie den Stein wieder weiter geworfen hatte als ein Bewerber, wenn sie ihn mit ihrem Baumstamm übertroffen hatte, dann fühlte sie sich schal und leer. Es schien auch, als wäre ihre Schönheit längst unsichtbar, ihre Abstammung nicht mehr wichtig. Sie war nur noch Brynhild, die Unbesiegbare – eine unerreichbare Trophäe, keine Frau. Ein Preis, der an sich erstrebenswert, aber von innen unwichtig geworden war. Ein Kampf gegen Brynhild gehörte für junge Männer edler Abkunft nun dazu, so wie eine Fahrt nach Rom oder ein Zug gegen Iren oder Pikten. Brynhild war eine Station geworden. Und sie selbst war an einem Ziel angekommen, das sie nun, da sie es erreicht hatte, nicht mehr wollte.

Als sie Siegfried sah, wollte sie, dass es mit ihm anders wäre.

Sie wollte ihn nicht brechen. Sie wollte, dass er sie besiegen sollte, dass er derjenige wäre, für den sich ihr dummes Spiel all die Jahre gelohnt hätte. Der das Mitleid aus den Augen der Familie fortwischte. Er, der fremde König des leeren Schiffes, der sie zur Frau begehrte, musste der Erwählte sein.

So ritt sie den Hügel nicht hinunter, um ihn zu begutachten und zu schmähen, sondern wendete ihr Pferd und weinte vom scharfen Wind verborgen auf dem Heimweg. »Es muss, es muss.«

Er sollte der »Ungebrochene« sein, er könnte es wirklich sein, wie er da gestanden hatte, das Gesicht mit den geschlossenen Augen so ruhig zum Himmel gewandt.

»Bitte«, knirschte sie ihr Gebet hervor und wünschte sich nichts mehr, als endlich zu verlieren und aus ihrer Stärke erlöst zu werden.

Es sind schlimme Geschichten über die Sitten meiner Mutter erzählt worden, so, dass sie jeden ihrer Bewerber mit Gefolge hätte hinrichten lassen, wenn er nicht gewonnen hätte. Das ist völliger Unsinn. Die Bewerber schliefen im Haus des verstorbenen Storri, und es ist nur ein Gruselmärchen, dass ihre Schädel seinen Reiseandenken hinzugefügt worden wären. Im Gegenteil, Svenke machte es immer gut, wenn ein Mann im Kampf mit seiner Tochter das Gesicht verloren hatte. Er schenkte Pferde oder Vieh, manchmal überschüssige Sklaven oder auch Handelsgüter, je nach Herkunft des Freiers. Dann wurde der gescheiterte Bewerber wohl mit Bestimmtheit außer Landes geleitet – jedoch unversehrt.

Ein einziges Mal ließ Svenke einen gescheiterten Bewerber wirklich hinrichten. Aber völlig zu Recht, da er drei Götterfiguren entweiht hatte, auf eine Weise, die ich Euren Ohren lieber vorenthalten will, Ihr Fremden. Dieser arme Narr, der noch immer pöbelnd in einem von Svenkes Brunnen ersäuft wurde, nachdem er wieder nüchtern war, blieb der Einzige, der starb.

Ich glaube viel eher, dass einige der Herren, die sich von einer Frau hatten besiegen lassen, sich diese Geschichten von zur Schau gestellten Häuptern und Knochentürmen haben einfallen lassen, um nicht allzu blamiert wieder zu Hause anzukommen. Wenn man erzählte, zwar den Kampf verloren zu haben, dafür aber im Nachhinein einer Todesgefahr entronnen zu sein, war die Schmach nicht ganz so groß, und es gab keine Spottlieder.

Wer wird schon gern in seiner Männlichkeit mit einer Qualle verglichen oder in seiner Stärke mit einem Espenzweig. Meine Lehrmeister sagten oft, dass man sich einen Skalden besser zu Zeiten zum Freund machen sollte, damit man sich nachher nicht wundern müsse.

Es war später Abend, als Siegfried schließlich nach mehrfacher Befragung und Untersuchung auf Waffen in Svenkes Halle vorgelassen wurde. Er kam hinein, die Haltung in der Tat wie ein König, die überrumpelten Gastfreunde lediglich erstaunend durch den bestehenden Mangel eines Gefolges. Brynhild, obwohl vor Neugierde völlig zerfressen, hatte

sich hinter ihrer Großmutter Laila versteckt und beobachtete Siegfried mit der sich erhärtenden Entscheidung einer Verzweifelten.
Der!, dachte sie. Der Ungebrochene. Den wollte sie gewinnen lassen. Es traf meine Mutter genauso wie alle anderen, dass sie bei diesem hübschen Mann eine Ausnahme machen wollte, wenn sie auch nicht wusste, um welchen Preis.
Siegfried neigte den Kopf.
Svenke stand von seinem Thron auf, Ylva blieb sitzen, Sorge in den sonst so ruhigen Augen.
»Lieber Gast aus dem Süden«, erhob der König seine Stimme, »bitte, nennt mir Euren Namen, dass wir Euch in dieser Halle angemessen begrüßen können.«
»Ich bin«, sprach Siegfried mit jener Stimme, die bereits den Vorboten eines Wirbelns in sich trug, »Siegfried, Herr am Rhein, Herr von Burgund, Herr von Xanten, Herr von Nibelungenland, ein großer König meines Landes, hier, um Eure Schwerter zu erwerben und die Hand Eurer Tochter, der schönen, der holden Brynhild zu erringen.«
»Ihr kennt unsere Tochter?«, fragte Ylva da, ohne die weitere Vorstellung abzuwarten. Sie mochte diesen Gast nicht. Sie mochte nicht, dass er in einem leeren Schiff ohne Einladung, ohne Voranmeldung und vor allem ohne eine glaubwürdige Geschichte gekommen war. Wer weiß, wann er sich überlegt hatte, um Brynhilds Hand anzuhalten?! In seiner Stimme war etwas Haschendes, Schmeichelei. Das machte sie misstrauisch.
»Ihr müsst Königin Ylva sein«, rief Siegfried, der seine Lektionen dieser unerklärlichen Fremdheit des Nordens schnell gelernt hatte. »Natürlich! Welche andere Frau auf den Inseln könnte schöner sein als Ihr? Eure Tochter vielleicht gerade noch ausgenommen. Aber was sie an Frische

der Jugend in sich tragen mag, ersetzt Ihr durch die Schönheit des Lebens.«
Er hatte ihre Sprache ganz gut gelernt, in einer anderen Mundart zwar, und sprach ohne wesentliche Fehler, vor allem ohne diese Art von hölzerner Spröde, die anderen Südländern immer so etwas Lächerliches gab, wenn sie sprachen. Er trug diese Worte mit so viel Schmeichelei vor, wie sie vielleicht in Rom gerade zu einer Begrüßung gereicht hätte, um eine Hausherrin nicht eben zu verstimmen, aber in den nordischen Ländern auf den Inseln unter dem harten Wind, dem Atem unserer Väter, nahmen sich diese Floskeln so schrecklich künstlich aus, dass alle zurückzuckten.
Er selber, der Wirbler, der Eitle, der ewig Selbstversunkene, er merkte nicht, was er wirklich falsch gemacht hatte, doch er spürte die seelische Erkaltung seiner Gastgeber, wie ein guter Fischer spürt, wenn sich der Wind dreht, noch bevor die Segel ihre Form verändert haben.
»Soso. Schwerter und Brynhild. Wo ist denn unsere Tochter?«, fragte Svenke, allerdings eher aus wirklicher Neugier, weil er Brynhild nach der ermüdenden Konferenz des Vormittages, als sie sich zu den Schiffen geschlichen hatte, nicht mehr gesehen hatte. Mit ihrer gewohnten herrischen Stimme hatte Brynhild »Hier« rufen wollen.
Sie wusste nicht, weswegen, es kam nur ein zartes, leicht nach oben verrutschtes »Hiih« heraus, sodass sie sofort versuchte, sich zu räuspern, um diese Peinlichkeit, dieses erste Erleben ihrer Schwäche, für die sie selbst gebetet hatte, zu übertönen. Aber auch dieses Räuspern klang eher wie das Pfeifen einer Maus als wie das Grollen des Stimmtieres, das normalerweise in Brynhilds Kehle wohnte.
Sie trat verschüchtert wie ein Mädchen, das nichts als Spin-

del und Herd kannte, neben ihren Vater hin und konnte die Augen nicht vom Boden heben, so sehr sie auch wollte.
»Aha«, sagte Svenke dann und wunderte sich. »Brynhild, hast du gehört, der fremde Herr Siegfried will um deine Hand kämpfen. Es ist etwas ungewöhnlich, dass er so plötzlich und ohne Voranmeldung kommt, auch kennen wir ihn ja gar nicht, und das Land, aus dem er kommt, auch nicht. Du musst diese Forderung nicht annehmen, Kind.«
Brynhild riskierte ein Auge und wurde brandrot. Siegfried verneigte sich einen Kopf tiefer, als er es vor ihrem Vater getan hatte. »Ja, was denn?«, fragte Ylva ungeduldig nach. »Willst du lieber nicht?«
»Nein«, piepste Brynhild da zu schnell, »doch, gleich morgen.«
Die Eltern zuckten die Schultern, dem lächelnden Gast wurde beschieden, er solle sich nicht von seinem Schiff rühren, im Morgengrauen werde man ihn eskortiert zum Kampfplatz führen.
Dann standen alle etwas linkisch in der Halle herum. Brynhild setzte sich neben Hilgis in einen Winkel und versuchte mädchenhaft zu wirken, was keiner verstand, der sie kannte – und was Siegfried vielleicht nicht einmal wahrnahm. Er ging die Familie ab und widmete jedem ein paar schön klingende Worte. Die meisten erwiderten nichts. Auslís sah ihn nur an und zuckte die Schultern. Ein klügerer Mann als der Niederländer hätte noch in der Nacht Segel gesetzt. Alle setzten wie üblich auf Brynhild. Aber der Fremde hatte vielleicht nichts zu verlieren.
Als Großmutter Laila sich schließlich bequemte, etwas zu diesem überraschenden Bewerber zu sagen, war es dies:
»Ach, was seid Ihr jung, und ach, was seid Ihr fremd.«
Dann erhob sie sich und verließ die Halle.

Hatte sie gewusst, was ihre Brynhild erwarten würde, hatte sie gewusst, dass dieser Mann, der so sehr nach Mann aussah und so wenig Mensch war, dass dieser Mann das unentdeckte Geschenk, das Brynhild in sich trug, nicht erkennen würde?
Eben, weil er so jung war, und eben, weil er der falsche Mann war.

Das Käuzchen am Hafen

Wie schnell etwas doch vergessen wird, wenn man einen Grund hat, es zu vergessen. Siegfried wurde von Svenkes Wachen zu seinem Schiff zurückgeleitet, seine paar Männer der Besatzung in freundschaftlichen Gewahrsam genommen. Auch stellte die königliche Vorsicht überall am Ufer Wachen auf, für den Fall, dass das leere Schiff nur eine ablenkende Vorhut gewesen wäre. Es war eine fast windstille Nacht, was den Menschen auf den Inseln nicht geheuer war. Man wusste schließlich, dass in windstillen Nächten verschiedene Erdgeister ungestört auf Fang gingen. Wütende Wesen, die gerne unaufmerksame junge Menschen mit sich nahmen, die draußen einer heimlichen Liebeswerbung nachgehen wollten. Deswegen waren Svenkes abgestellte Wachen doppelt unglücklich. Zum einen, weil sie natürlich auch die Stille nutzen und heimlich tändeln wollten, zum anderen, weil sie fürchteten, auf ihrem Posten zu Unrecht mit Tändelnden verwechselt zu werden und auf diese Weise selbst unschuldig einem Erdgeist zum Opfer zu fallen. Dann, als die Nacht gerade ganz finster wurde, schrie ein Käuzchen am Hafen. Das war nun eindeutig ein so schlechtes Vorzeichen, dass es einen Todesmutigen gebraucht hätte, sich nicht zu grausen. In der Stille knarzten die Planken des leeren Schiffes so gespenstisch, als wollte sich die Erde direkt unter den Füßen der armen Wachen auftun.

»Jossli«, zischte Budli, ein Wachmann, seinem Nachbarn zu, »lass uns ein bisschen landein gehen, näher an den Hof von Giuki.«

»Angsthase«, höhnte Jossli zurück, aber mit leicht zitternder Stimme. Das Käuzchen schrie abermals.

Das Problem mit den Erdgeistern war vor allem, dass niemand genau wusste, wie sie aussahen. Waren sie fellige Wesen mit Klauen und Fangzähnen, modrig und faulig wie die Höhlen, in denen sie lebten? Oder waren sie durchsichtig wie die Moorgeister, die mit Händen aus Nebeln nach den Füßen der Unglücklichen griffen, die sie verschlangen? Jedenfalls konnte niemand sicher sein, dass sie nicht klangen wie ein Käuzchen. »Jossli«, zischte Budli abermals, nun flehentlicher. »Komm weg hier!«

Auf dem leeren Schiff begann der fremde König zu singen. Wahrscheinlich bereitete er sich auf den Kampf am Morgen vor. Der machte es sich natürlich einfach. Auf ein Schiff gingen Erdgeister logischerweise nicht, weil sie da erst durch das Wasser gemusst hätten. Da konnte der ruhig singen, dieser ahnungslose Idiot, und die Geister anlocken, damit die sich dann auf den armen Budli stürzen würden, der ja nicht ins Wasser konnte.

Budli gab, von diesen Überlegungen bewegt, seinen Posten auf und rannte leise keuchend zu Jossli.

»Lass uns vorne an Giukis Hof warten, bis es dämmert, wir sehen doch das Meer sowieso, wenn der vom Schiff geht oder andere Schiffe kommen, dann sind wir von Giuki aus schneller am Hof.« Die Angst machte Budli sehr erfinderisch. Jossli tat abgeneigt, er zog verächtlich die Mundwinkel nach unten und spuckte in die linke Faust. Aber ihm waren diese Nächte auch nicht geheuer.

Das Käuzchen schrie zum dritten Mal.

»Das hat jetzt aber ehrlich ›Budli‹ gerufen«, behauptete Budli zitternd. Jossli hätte gerne widersprochen, denn er hatte das Käuzchen eindeutig »Jossli« rufen hören, aber er traute seiner Stimme nicht.
»Angsthase«, wiederholte er also nur gepresst und schritt eilig voran zu Giukis Hof.
Beide drehten auf dem Weg einmal widerstrebend um, weil sie ein Plätschern gehört hatten, als wäre jemand ins Wasser gegangen. Sie starrten gebannt an den Flutsaum, doch niemand kam vom Schiff. »Soll ich zum Hof?«, schlug Jossli mit Fleiß vor.
»Das könnte dir passen«, fauchte Budli, und beide setzten sich hinter den ersten Zaun von Giukis Hof, sicherheitshalber mit gezogenen Waffen, der Erdgeister wegen, aber die Nacht blieb ganz ruhig.

»Nun, du Weiße im Hügel«, sang Siegfried laut und lustig weiter auf seinem leeren Schiff, *»geh hinaus, wenn du sehnend bist, der Hügel ist offen, und dein warmes Fe-heell –* Holla!« Er hörte auf und sah gebannt auf die Reling, an der sich erst eine, dann eine andere Hand zeigte. Dann erschien Brynhild – nass und ein bisschen zähneklappernd des stillen Meeres wegen. »Holla!«, wiederholte Siegfried nun wesentlich leiser. »Wen haben wir denn da?« Diesen Satz sagte er fast allen Frauen, die sich für ihn interessierten. Er legte ihnen dabei meist zwei Finger unter das Kinn und lächelte sie an. Brynhild, die gerade ihr zweites Bein an Bord hievte und in einer Pfütze zu stehen kam, den gleichen Satz zu sagen, war allerdings mehr als eine Gewohnheit. Denn er war wirklich überrascht und auch etwas verlegen. Er wiederholte den Satz in ihrer Sprache, aber er klang lange nicht so lässig.

Ach, Ihr Fremden, es fällt mir nicht leicht, von meiner Mutter zu erzählen, was ich erzählen muss. Ich werde tun, was sie selbst tat. Später einmal, als der Wahnsinn längst in ihren Gedanken lebte, da sagte sie zu mir: »Bevor ich deinen Vater kannte, war ich zwar da, ich tat und sagte Dinge, die die Welt sehen konnte, aber in mir war ich doch noch ungeboren.« So will ich an die Frau denken, die sich über Siegfrieds Reling zog. Eine Ungeborene, die schon lebte und nicht wusste, wie. Nicht meine Mutter. Meine Mutter gebar zuerst sich selbst – und dann erst mich.
Da steht sie nun also vor dem fremden König, dem ominösen Waffenhändler, den keiner kennt, den sie zwingen will, der »Ungebrochene« zu sein. Und wie kann sie das erreichen? Indem sie sich kleiner macht, dass er sie schwach findet, wie noch keiner sonst.

»*Góðan kvöld.* Da bin ich«, sagte Brynhild. Das Gewand klebte ihr am Körper, kleine Bäche flossen aus ihren Haaren, sie fror und merkte es kaum. Siegfried lächelte, wie er am Mittag in der Sonne gelächelt hatte, einer, der nur Gutes erwartet – und auch bekommt.
»Eiei«, sagte er, »und darf ich armer Mann fragen, was Ihr hier wollt?« Das konnte Brynhild ihm nicht gut sagen. Sie war gewiss nicht in völliger Unkenntnis der Welt und der Männer aufgewachsen wie Krimhild zum Beispiel. Sie wusste, worum es immer ging – auch wenn sie nicht aus persönlicher Erfahrung wusste, *wie* es ging. Zugesehen hatte sie – wie alle anderen, seit sie ein kleines Kind war. Bei den Pferden, den Hunden, den Sklaven, den Kriegern und Mägden ihres Vaters. Aber da sie selbst nie einen gefunden hatte, der es ihr wert gewesen wäre, fiel ihr nun auf, dass sie nicht wusste, wie man dahin kam, selbst dabei zu sein.

Pferde und Hunde wurden brünstig, Sklaven und Krieger wurden meist zuerst betrunken.

»Habt Ihr nichts zu trinken da?«, fragte sie daher ziemlich übergangslos und unverständlich für den armen Siegfried, der zwar wusste, dass die Frauen des Nordens wesentlich »gastfreundlicher« waren, der solches aber nicht von Brynhild selbst erwartet hatte. Er ging einfach davon aus, dass sie ihn vor dem Kampf morgen noch einmal in Augenschein nehmen wollte.

»Doch, doch«, sagte er, »*auðvitað*. Natürlich.«

Dann ging er kopfschüttelnd einen Schlauch burgundischen Weins holen. Brynhild setzte sich zähneklappernd auf eine Kiste, die Kiste, auf der er am Mittag seinen Fuß aufgestützt hatte. Siegfried kam wieder: »Ihr solltet nicht in den nassen Sachen da sitzen, das kann eine böse Verkühlung geben.« Das hatte er nicht fehlerfrei gesagt. Brynhild hatte es auch nicht verstanden: *»Hvað?«,* fragte sie nach.

»Besser ausziehen! Ihr *fara úr*«, radebrechte Siegfried und warf beispielhaft den Mantel ab. Brynhilds Gesicht hellte sich auf. Die Sache mit dem Weinschlauch war ein Volltreffer gewesen. Wenn man sich auszog, dauerte der Rest nicht mehr lange.

»Hier«, rief sie und warf nun ihrerseits Umhang und Gewand von sich.

»Äh«, machte Siegfried ein paar Mal, der sich nicht entscheiden konnte, Brynhild eine Decke zu holen oder sie weiter anzugaffen. Er wurde praktisch und bückte sich nach seinem Mantel.

»Bitte.« Brynhild mutmaßte, einen Fehler gemacht zu haben, und nahm den Mantel missmutig entgegen. Dann setzte sie sich an das Kohlebecken, an dem Siegfried noch eben gesungen hatte. Es war angenehm warm. Brynhild

wrang ihre Zöpfe. Der Fremde hielt noch immer den Weinschlauch. Da musste sie wieder ansetzen. »Kann ich etwas trinken?«, fragte sie. Siegfried entkorkte den Spund. Brynhild hatte eigentlich gedacht, dass er zuerst trinken müsste, aber nun war es, wie es war. »Wenn es nicht so geht, wie du es dir denkst«, hatte Großvater Auslís ihr immer gesagt, »dann wart doch erst mal ab, wie es ohne dich geht.«
Brynhild trank ordentlich etwas von dem fremden Wein, in dem ihrer Meinung nach eine ganze Menge Honig fehlte, und sah Siegfried durchdringend an. Nichts passierte, sie reichte ihm den Schlauch, und er trank auch, was sie schon wieder ermutigte.
»Es ist wirklich eine sehr schöne Überraschung, Euch hier zu sehen, edle Frau«, drechselte er einen Satz, von dem Brynhild nur die Hälfte verstand. Ihr wurde langsam warm unter dem Mantel und von dem vielen Wein. Sie lächelte.
»Was für ein Lächeln«, rief ihr überrumpelter Gastgeber und lächelte ehrlich angetan zurück. Das reichte, entschied Brynhild. Sie stieß sich leicht mit den Zehen ab und warf sich auf Siegfried, der diesen Angriff nicht parieren konnte. Sie landeten beide unsanft auf den Planken, Brynhild im Versuch, Siegfried zu küssen, Siegfried im Versuch, sich nicht den Hals zu brechen. Brynhild fand, dass es ungleich schwieriger war, einen Mann gewinnen zu lassen, als sie es sich vorgestellt hatte. Sie versuchte wieder, Siegfried zu küssen, aber was danach kommen sollte, ging nicht mehr ohne seine Mitwirkung.
»Aber, aber Brynhild«, flüsterte er etwas atemlos wegen ihres muskelgestählten Gewichtes auf sich, »wollt Ihr denn – Ihr wollt doch nicht?« Brynhild stemmte sich hoch, sodass sie sein Gesicht besser sehen konnte.
»Was?«, fragte sie gereizt. Sie fand die Lage und was sie unter

den gegebenen Umständen wollen könnte ziemlich eindeutig. Sie schwamm mitten in der Nacht auf sein blödes leeres Schiff, zog sich aus, trank Wein und warf sich ihm an den Hals – wie konnte eine solche Situation auch nur im Entferntesten missverstanden werden? Großmutter Laila hatte zwar immer darauf hingewiesen, dass in anderen Ländern andere Sitten herrschten, aber so anders konnte die Welt doch anderswo gar nicht sein, dass eine nackte Frau am Hals eines Mannes mitten in der Nacht missverstanden wurde?

»Brynhild«, flüsterte Siegfried wieder, aber es klang schon ein bisschen verständiger.

»Ja?«, fragte sie leise zurück und griff nach ihm jenseits seines Gürtels. Da endlich begriff er.

Siegfried schnalzte mit der Zunge: »Ja, wen haben wir denn da?«, raunte er daraufhin und fühlte sich schließlich in der Lage, sie ebenfalls zu küssen. Danach ging es endlich so weiter wie bei allen anderen, auch wenn Brynhild eher enttäuscht war.

Sie musste weder keuchen noch schreien, noch knurren oder die Götter anrufen, wie sie es sonst mehrfach beobachtet und als selbstverständliche Folge dieses Tuns angenommen hatte.

Es war – auch wenn Brynhild Schmerzen einfach zu ignorieren gelernt hatte – eher schmerzhaft, es war holprig, und es war, obwohl sie doch niemandem je so nahe gewesen war, etwas völlig Getrenntes. Siegfried keuchte wohl etwas, aber nur kurz.

Das bummernde Geräusch auf den Planken hörte auf.

»Hu«, machte er anschließend und erklärte, ihm sei »fast etwas schwindlig«.

Brynhild machte aus Höflichkeit auch »Hu«, fühlte sich

allerdings ganz unschwindlig und wollte ihm nun gerne mitteilen, dass *sie* ihn zum Gemahl auserwählt hatte, falls er selber nicht darauf gekommen war. Siegfried, von dieser Nachricht noch unbehelligt, stand auf und reckte sich. Zuerst angelte er nach dem Weinschlauch und trank wie ein durstiges Pferd, dann ging er zur Reling und entließ einen Teil der Flüssigkeit gleich wieder. Brynhild fror auf den harten Planken und musste gähnen. Sie wollte gerne ins Bett und nach Hause, dachte aber, dass ihre Verlobung ja vorher noch geklärt werden müsste. Entschlossen raffte sie Siegfrieds Mantel um sich.

»Segeður«, redete sie ihren Erwählten an, wobei sie versuchte, schmelzend zu klingen.

»Was denn?«, fragte Siegfried, der sich langsam wieder zur Bootsmitte vorarbeitete.

»Wann werden wir denn heiraten?«, fragte sie ihn.

»Ich muss doch morgen erst gegen dich kämpfen«, antwortete der Niederländer und gähnte nun auch.

»Ich lasse dich gewinnen«, kündigte Brynhild an, wahrscheinlich, weil sie es doch nicht sein lassen konnte, zu siegen.

Ihr frisch Erwählter lachte: »Das hab ich nötig!«

»Nein, ehrlich«, versicherte Brynhild abermals, »ich lasse dich gewinnen. Wenn du willst, gleich im ersten Durchgang.« Alle Sprachschwierigkeiten einbezogen, Siegfried verstand schon genug von ihrer Sprache, um das an seiner Mannesehre nagen zu lassen.

Er hob Brynhilds nasses Kleid auf und hielt es ihr hin:

»Zieh dich an«, ordnete er an. Brynhild wollte das nasse Ding nicht am Leibe haben, ihr schlimmes Temperament pochte in ihr.

»Willst du beim Baumstammwerfen gewinnen?«, fragte

sie aufreizend, »oder beim Speer?« Siegfried wurde blass vor Wut. Er war mit einem Satz bei ihr und griff sie mit der Linken an der Kehle, packte sie mit der anderen Hand am rechten Arm und drehte ihr den auf den Rücken: »Ich muss mir nicht von einer Frau zum Sieg verhelfen lassen«, fauchte er. Brynhild hustete, sie war es gewohnt, mit Waffen zu kämpfen, nicht zu raufen wie ein Bauer. Was nicht hieß, dass sie es nicht konnte.

»Hast du mich verstanden«, sagte er ihr leise und wütend ins Ohr.

Brynhild knurrte, was Siegfried als »Ja« auslegte, und er ließ sie los.

»Wir kämpfen morgen«, kündigte er an. »Komm bloß nicht auf Ideen. Ich gewinne sowieso.«

Jetzt wurde Brynhild wütend, sie holte aus und schlug ihn zu Boden: »Das werden wir ja sehen«, fauchte sie, als er benommen am Boden lag und blutspuckend den Kopf schüttelte: »Jetzt ist dir richtig schwindlig, was?«, lachte sie. Das war ein Fehler.

Jossli und Budli, die beiden ängstlichen Wachen hinter dem sicheren Zaun des ersten Gehöftes, saßen zitternd nebeneinander und beobachteten das fürchterlichste Schauspiel, das sie je im Leben hatten sehen müssen. Bislang hatte Jossli gedacht, das Fürchterlichste wäre die Vollstreckung der Blutrache an der Familie des feigen Erik Hjälson gewesen, der an einem Abend mit siebzehn seiner Kinder und Kindeskinder hingemetzelt worden war. Aber nun mussten er und Budli mit ansehen, wie ein Erdgeist nun doch wider alles Erwarten auf das leere Schiff des fremden Königs gekrochen war und versuchte, ihn mit in die Unterwelt zu ziehen.

Das heißt, sehen konnten sie eigentlich nichts, aber was sie hörten, war fürchterlich genug. Dumpfe Schläge, Keuchen, Schnauben, wütendes Knurren und unterdrückte Schreie. Dann ein Sirren in der Luft und ein lautes Platschen von – Blut und Gedärm?

Brynhild hatte Siegfried den Weinschlauch so fest um die Ohren gehauen, dass er an seiner Schläfe geplatzt war.
»Du dumme Heidin«, schrie Siegfried und packte Brynhild sich aufrappelnd am Zopf. Weil dieser nass war, entglitt er ihm wieder. Dann aber hatte er Stand gefunden und gab ihr einen Kinnhaken, der Brynhild zu Boden gehen ließ. »Gibst du endlich auf, du Biest?«, brüllte Siegfried. Brynhild trat zur Antwort mit überraschendem Schwung seitlich gegen seine Knie. Er fiel wie ein Baum. Dann wälzten sie sich wieder auf den Planken.
»Das ist um einiges lustiger als das vorhin«, sagte Brynhild durch die Zähne und fasste Siegfried bei den Ohren, um ihn mit dem Hinterkopf auf die Planken zu schlagen. Es krachte ein bisschen, aber das war nur das Holz. Siegfried hakte seine Finger in Brynhilds Lefzen und zerrte sie von sich hinunter, um ihr dann einen Tritt in die Kehrseite zu geben, der sie an den Mast warf. Ihr Schlüsselbein knackte leise. Er blutete ziemlich über dem linken Auge.
Brynhild, auch recht verschwollen, wollte sich schon wieder auf ihn stürzen, als er überraschend die Hand hob: »Du, Brynhild. Wart mal gerade«, keuchte er.
»Was ist?«, fragte die Kämpferin, die jetzt richtig warm wurde. Siegfried blinzelte.
»Ich glaub, mir ist ein Splitter ins Auge gekommen.«
»O nein«, rief Brynhild ernsthaft besorgt, »das ist ganz gefährlich, da kann man blind von werden.«

Siegfried zog nervös an seinem Lid.
»Kannst du bitte mal gucken?«, bat er sie heran. Brynhild kniete neben ihrem unwilligen Verlobten und spähte in sein Auge.
»Ist zu dunkel«, befand sie. »Halt mal still.«
Dann senkte sie ihre Lippen auf sein Lid und fuhr es vorsichtig mit der Zunge ab. »Arrgh«, machte Siegfried, »das ist ja widerlich.« Als Antwort hielt Brynhild ihm den Mund zu und forschte weiter, bis sie den Splitter tatsächlich fand.
»Ha«, rief sie triumphierend, als sie ihn sich von den Lippen suchte, die nun mit Siegfrieds Blut gefärbt waren.
Der Niederländer lachte: »Du siehst aus! Wie ein wildes Tier.«
Brynhild musste auch lachen. Übermütig warf sie den Kopf zurück und heulte einen erdachten Schreckenslaut.
Die Wut war ihnen so plötzlich verraucht, wie sie gekommen war. Sie waren beide nicht nachtragend.
»Guter Kampf«, lobte Brynhild und nickte Siegfried anerkennend zu.
»Du aber auch. Alle Achtung«, antwortete er.
»Unentschieden?«, fragte Brynhild.
»Unentschieden«, bestätigte Siegfried. Sie fand ihn sehr hübsch. Da fiel ihr auf, dass sie ihn nun viel besser sehen konnte.
»Bei Thor«, rief sie, »die Sonne geht auf!« Mit ungeschickten Fingern, zwei waren auch ein bisschen verstaucht, versuchte sie hastig, ihr Gewand wieder anzulegen. Siegfried, das Auge unter der Platzwunde zusammengekniffen, half ihr, so gut er konnte.
»Lass man«, meinte sie schließlich und warf sich den Rock über den Kopf. »Ich knote das einfach so.« Er brachte sie

zur Reling. Sein Lächeln war freundlich, belustigt und mit einem Male seltsam vertraut:
»Du bist eine wie keine, Brynhild!«, ahnte er wohl mehr, als dass er es wissen konnte.
»Du bist der Ungebrochene«, gab sie rätselhaft zurück. Das sollte keineswegs ihr letzter Irrtum in dieser Sache sein. Sie sahen einander in die Augen. Ein wirkliches Unentschieden. Zwei Starke, die sich erst gepaart und dann gebalgt hatten. Zwei Kinder, die nicht erwachsen geworden waren. Siegfried küsste sie auf die Wange.
»Wir sehen uns auf dem Kampfplatz.« Sie nickte, beinahe wirklich verliebt. Fast wirklich besiegt. Brynhild lächelte, als sie ins Wasser sprang.

»Lass uns zum Hof reiten«, schlug Budli vor, aber Jossli klapperte nur mit den Zähnen. Er gab einen dumpfen Laut von sich, der dann ein »Da-da-da!« wurde. Budli kniff die Augen zusammen.
In der sich hebenden Dämmerung sah er es auch.
Der Erdgeist, der geschlagen und ohne Beute das Schiff verließ, schattenhaft, mit einem riesigen Kopf, geduckt und hastig hinter einem Felsen verschwand. »Das ist doch nicht zu glauben«, schnaufte Budli. Jossli schüttelte wie benommen den Kopf. Es wurde schnell heller. »Los, hin«, befahl Budli, und beide pirschten sich zum Schiff zurück.
»Hallo«, probierte es Jossli vom Ufer aus. »Hallo, Herr!« Schritte auf Deck, dann zeigte sich Siegfrieds verquollenes Gesicht über den beiden Wachmännern.
»Ach, die beiden Wachen!«, rief Siegfried, sein linkes Auge war nun ganz zugeschwollen. Der Wein, der in Brynhilds Zorn auf ihm niedergegangen war, hatte sich in seinen blonden Haaren wie Blut eingelassen.»Ihr hättet mal vor-

hin hier sein sollen. Da hat mich was ganz Tolles angefallen.«
Jossli starrte, Budli stand errötend Rede:
»Das war wohl ein Erdgeist, Herr, in der Windstille, da-«
Das Lachen des Fremden unterbrach ihn: »Ja, das war ein Erdgeist, da wett ich drauf! Und was für einer. Aber ich habe ihn in die Flucht schlagen können!«
Jossli konnte noch immer nichts sagen. »Ihr seid ein großer Krieger, Herr«, flüsterte Budli ergriffen, hatte man doch noch nie einen gesehen, der einen Erdgeist überlebt und noch besiegt hatte.
»Das will ich meinen«, lachte der König des leeren Schiffes. »Und ein hungriger dazu! Sagt, Wachmann, erlaubt es die Kampfregel, dass ich etwas zu essen bekomme, bevor ich die holde Brynhild besiege?«
Budli und Jossli versprachen Hammel, Haferbrei, Ziegenmilch und alles, was Siegfried nur wollen könnte. Sie ritten zum Hof und sogleich mit Proviant beladen wieder zurück zum Schiff. Sie hatten kaum Zeit verloren, doch bevor sie den Hafen wieder erreicht hatten, brummten Svenkes Küche und Gesindehaus bereits mit der erstaunlichen Mär des großen Helden aus Niederland, der in dieser Nacht mit einem Erdgeist gekämpft und diesen in die Flucht geschlagen hatte.
»Der könnte es schaffen«, sagte Jossli auf dem Rückweg. Und bevor die Sonne noch ganz aufgegangen war, hatte dieses ungeheuerliche Urteil fast jeder wenn nicht gesagt, so doch wenigstens gedacht. Der *könnte* es schaffen.

Siege oder Niederlagen

Brynhild, die natürlich nicht wirklich schlief, wurde von ihrer Base Hilgis geweckt, als sie den Tratsch der Diener unwohl in die Kammer trug wie ein glühendes Eisen. »Brynhild, du musst heute besser kämpfen als je zuvor«, forderte Hilgis ungewohnt energisch.
Brynhild öffnete gespielt verschlafen die Augen.
»Warum das denn?«, fragte sie gähnend und setzte sich vorsichtig auf, dies weniger wegen der verstauchten Finger und geprellten Glieder als wegen eines brennenden Schmerzes an der verborgensten Stelle, der sie teils lieblich, teils verwirrend an die letzte Nacht erinnerte. »Alle sagen, dass der gewinnen kann, der Neue«, erklärte Hilgis und war offensichtlich nicht angetan von der Vorstellung. »Das darf doch nicht wahr sein.«
Brynhild wunderte sich. Erst taten alle so, als wäre der ersehnte Kämpfer, der Brynhild zur Frau gewinnen würde, das Wichtigste in der Welt, gleich nach dem Sonnengott, und dann war Hilgis mürrisch. »Warum soll er denn nicht gewinnen?«, sagte Brynhild und versuchte, arglos zu klingen und dabei nicht närrisch zu lächeln, was ihr sehr schwer fiel.
»Brynhild!«, Hilgis klang strenger, als Ylva es je vermocht hatte: »*Du* bist die Unbesiegbare! Man singt Lieder auf dich. Du bist die stärkste aller Frauen. Was wäre, wenn irgendein hergelaufener Fremder dich besiegen würde?«

Man sang Lieder auf sie, manche waren sogar sehr schön, Odins Tochter, angeblich lebte sie in einer Höhle aus Feuer und Eis, und die Raben Huginn und Muninn kreisten um sie und erzählten ihr die Geheimnisse der Welt. Ihre Haut, hieß es, war aus Bronze und ihr Herz aus Eis. Die stärkste aller Frauen! Es wurde Brynhild erst jetzt, da sie die Stärke innerlich bereits verabschiedet hatte, klar, wie einsam sie trotz ihrer Familie all die Jahre gewesen war. Sie dachte an den heiteren Kampf auf den dunklen und glitschigen Planken, den Moment, als sie den Splitter aus Siegfrieds Auge gesogen hatte. Das Spiel mit ihrer beider Kraft, wie zwei Falken, die miteinander kämpften. In Gedanken versunken nahm sie Hilgis die Schale mit der Milch ab und setzte zu trinken an. Es war ein bisschen schwierig, weil der Mundwinkel, in den Siegfried gestern seine Finger gehakt hatte, sehr verschwollen war. »Ja, sag mal, wie siehst du denn aus?«, fragte Hilgis entsetzt. »Ich bin vom Pferd gefallen«, log Brynhild, »gestern Nachmittag, gestern Abend, mein ich. Ganz spät. Ich bin noch mal zu Storris Haus geritten. Da hat das Pferd gebockt.«
Zum Beweis hielt sie Hilgis ihre Finger hin.
Diese entrüstete sich. »Dann kannst du nicht kämpfen, dann musst du sofort absagen, weil du einen Unfall gehabt hast. Sonst hat dieser Kerl doch leichtes Spiel. Da!« Hilgis zeigte anklagend auf Brynhilds aufgeschürfte Handfläche. »Wie willst du denn damit den Baumstamm heben!«
»Das geht schon«, behauptete Brynhild hastig und versteckte ihre Augen in der Milchschüssel.
»Das geht nicht!«, fauchte Hilgis. »Ich rede mit Oheim Svenke!« Sie stob zur Tür.
»Nein!«, rief Brynhild ihr nach und versuchte aufzuspringen. Aber der verborgene Schmerz holte sie ein und hielt

sie zurück. Scharf Luft einziehend sackte sie in einen Stuhl neben ihrem Lager. Dass ihre Niederlage so schwer durchzusetzen sein würde, hatte sie doch nicht gedacht.

König Svenke lauschte Hilgis erregtem Vortrag, obwohl er keifende Frauen eigentlich nicht ertrug, mit offenem Ohr. »Ist es schlimm?«, fragte er zuerst besorgt nach den Verletzungen seiner Tochter.

»Nicht wirklich«, gab Hilgis zu. »Aber es wird ihre Kampfkunst beeinträchtigen. Der fremde König könnte einfach so gewinnen. Ohne ehrlich zu gewinnen.« Svenke nickte bedächtig.

Er selbst hatte noch nichts von dem Gerücht, dass Siegfried »es schaffen« könnte, mitbekommen, aber Ylva. Die Königin hatte ihrem Mann schon früher am Tag leise eingeflüstert, dass er seinen Unmut gegen den Begehrer nicht so offen zeigen sollte, da die Stimmung bei Hofe, hoch wie nieder, zu dessen Gunsten umgeschlagen sei. »Warum das denn?«, hatte er wissen wollen.

Ylva wurde traurig: »Vielleicht, weil es Zeit ist, Liebster.«

Und da erst setzte Svenke ein paar Dinge zusammen, die er nicht hatte bedenken wollen.

Der fremde König würde mit seinem Schiff, angefüllt mit hiesigen Waffen, wieder an den Fluss zurücksegeln, von dem er herstammte. Wenn er wirklich gewinnen würde, nähme er Brynhild mit. Das wäre mehr als eine Heimführung. Das wäre – Svenke erschauerte bei dem Wort – eine Reise. Die Reise, auf die seine Tochter niemals gehen sollte, weil sie sie in unsagbares Leid führen würde. Er konnte geradezu fühlen, wie unbedingt es verhindert werden musste.

»Zeit«, blaffte er Ylva an. »Es war schon lange Zeit – wenn

du es so siehst! Was soll dieser blonde Laffe da! Brynhild wird siegen! Meine Brynhild gewinnt immer.« Ylva sah ihm kopfschüttelnd nach. Es machte ihm viel aus. Ihr auch. Aber sie wusste trotz all ihrer kleinen Bestechungsopfer und Gebete, dass man sich den Göttern nicht in den Weg stellen konnte. Sie hatten Brynhild so lange behalten, wie es ihnen erlaubt war. Nun kam ihre Zeit, ohne Brynhild zu sein.
Nachdem sie einige Dinge, diese Angelegenheit betreffend, sorgsam bedacht hatte und befand, dass sie auf die Unterstützung ihres Mannes nicht würde zählen können, ließ sie ihre Tochter rufen.
Ihrer Mutter nach den Geschehnissen der letzen Nacht gegenüberzutreten, erfüllte Brynhild mit einer Mischung aus Scham und kindlicher Freude. Sie konnte Ylva nicht ins Gesicht sehen, sie konnte aber auch nicht aufhören zu lächeln. Ylva tat erst so, als hätte sie Brynhild aus anderen Gründen rufen lassen, sie behauptete einen Bronzegürtel zu suchen, verziert mit Pferdeköpfen. »Hab ich dir den nicht mal gegeben, Brynhild?«
»Nein, jedenfalls nicht in der letzten Zeit.«
»Ach, dann hilf mir doch mal da drüben suchen, in der großen Kiste.« Brynhild biss die Zähne zusammen und hockte sich zu der Kiste, die forschenden Blicke Ylvas fühlbar in ihrem Rücken. Die alternde Königin dachte an all die Jahre, die vergangen waren, ihre Heirat mit Svenke, die lange Zeit, die sie mit ihm alleine glücklich gewesen war, und dann das Warten auf ihr Kind, geboren an einem Frühlingsmorgen. An Brynhild, als sie noch klein gewesen war, tapsig und weich, und wie sie sich dann immer weiter auswuchs zu dieser großen Kindfrau voller Tatendrang und Unzufriedenheit, ohne im Herzen angerührt worden zu sein. Das war es, was Ylva so traurig machte. Sie selbst hatte nie einen

anderen als Svenke angesehen. Sie hatte es nie gewollt. Aus ganzer Seele wünschte sie ihrer Tochter, dass es doch auch für diese endlich einen geben möge, den sie ansehen wollte, jeden Tag. Einen, an dessen Launen sie nicht ermüdete und der für sie in aller Gewohnheit auch immer neu und wundervoll blieb. Was, wenn es Brynhild nie vergönnt wäre, dieses Glück zu finden? Und was, wenn es wirklich dieser fremde König wäre, bei dem sie es finden könnte. Das wüssten doch nur die Götter allein.

»Ich find ihn wirklich nicht«, maulte Brynhild und streckte sich wieder gerade. »Ich hab ihn ehrlich nicht gehabt, seit dem Winter nicht mehr, bestimmt.«

Ylva setzte sich auf den Bettrand.

»Komm mal her«, rief sie ihre Tochter zu sich. Und in dem Strudel so verwirrender Gefühle, der Brynhild an diesem Morgen gefangen hielt, folgte sie der Stimme ihrer Mutter wie ein besungener Bienenschwarm. Brynhild blickte stur auf ihre Knie. Ylva strich ihr mit zärtlichen Fingern über den hohen Scheitel.

Sie summte ein Lied, das sie ihrer Tochter früher vorgesungen hatte, in jenen fernen Nächten, in denen sich Brynhild vor dem Einschlafen gefürchtet hatte. Das Lied von der weißen Hirschkuh, die sich verwandelt und Mutter eines schönen Prinzen wird.

»Sie sagen, dass der fremde König einen Erdgeist besiegt hat, heute Nacht«, fing Ylva übergangslos an.

Brynhild schnaubte durch die Nase: »Ha. Erdgeist!«

»Ich halte das auch für ein Märchen«, sagte ihre Mutter, »aber er ist auf einmal sehr beliebt bei den Leuten.« Sie wartete, es gab keine Antwort. »Ich glaube«, fuhr sie fort, »er ist der Erste, bei dem sich die Leute vorstellen könnten, dass du ihn nehmen würdest.«

Brynhilds Kopf sackte noch etwas tiefer. »Ja?«, brummte sie.
»Willst du ihn, Brynhild?«, fragte Ylva jetzt mit ernster Stimme. Ihre Tochter schwieg. »Brynhild, wenn das so ist, dann wirst du heute Abend oder morgen Früh mit ihm nach Süden segeln, und vielleicht werden wir uns nie mehr wiedersehen. Ich möchte gerne daran denken können, dass meine Tochter und ich bei unserem letzten Gespräch einander die Wahrheit gesagt haben.« Ungestüm warf Brynhild da ihrer Mutter die Arme um den Hals. Sie sagte nichts, sie heulte nur.
Ylva, schwer zu Atem kommend, ließ sie und hielt sie fest. Fühlte streichelnd diesen muskelbepackten Rücken, von dem sie nicht mehr glauben konnte, dass er mal klein und zart, ganz weich und in ihrem Leib gewesen war.
»Du willst gehen, nicht wahr?«, flüsterte sie in Brynhilds Ohr, als diese nicht mehr ganz so bebend schluchzte.
»Ich weiß nicht«, die Tochter machte sich los und wischte sich die Nase. »Ich glaube.«
»Bist du denn in ihn verliebt?«, fragte Ylva hoffnungsvoll.
Brynhild hustete wie damals als Kind, wenn sie geweint hatte. »Ich will, dass er gewinnt«, antwortete sie ehrlich.
Ylva nickte. »Ich kann dir keinen Vorwurf machen, Liebes«, sagte sie dann, »ich habe mich gegen meine Eltern durchgesetzt, als sie mich von Svenke wegholen wollten. Ich habe mich sogar im Moor versteckt, weil ich wusste, dass sie vor dem Moor die meiste Angst haben.« Die Königin kicherte in Erinnerung zusammen mit ihrer Tochter, die diese Geschichte kannte und liebte. »Wenn man wirklich liebt, dann ist einem alles egal. Dann gelten keine Regeln und keine Sorgen und keine Vorsicht. Wenn man wirklich weiß, der ist es, dann hat die Welt ihr Recht verloren.« Ylva

lächelte. »Niemand wird dir einen Stein in den Weg legen.«
Brynhild lächelte auch, aber unsicher. Was ihre Mutter ihr gesagt hatte, war so, als würde man einer Blinden von den Farben des Sonnenuntergangs sprechen. Sie liebte Siegfried doch nicht. Sie wollte nur, dass er gewinnen sollte, damit etwas anders wäre. Und sie fand ihn sehr hübsch. Anders, mit seinen vielen Worten und seinen fremden Sitten. Seinen braunen Fleck im Auge, den hatte sie schon richtig gern. Vielleicht war so die Liebe am Anfang? Sie sah Ylva in Gedanken verloren zu, die nun ihrerseits in der Kiste kramte, in der der Gürtel nicht zu finden gewesen war, und mit einem kleinen Beutel wiederkam, dessen Inhalt sie sich auf die Handfläche schüttete. Heraus fielen ein sehr alter Zahn, ein Ring und ein kleines Runholz, nicht größer als ein Finger.
In der Innenfläche ihrer rechten Hand trug Ylva ein glückliches Zeichen. Ihre Linien kreuzten sich zur Rune des Sonnenaufgangs. Sie schob die drei kleinen Gegenstände so hin und her, dass alle innerhalb der glücklichen Grenzen dieses Zeichens lagen.
»Das«, erklärte sie, »ist einer der blauen Zähne von Stammmutter Yenka, er soll dich erinnern, dir nie etwas wegnehmen zu lassen, was dein ist.« Sie pickte den Zahn auf und gab ihn der staunenden Brynhild. »Und das ist das Runholz, das Yenkas Tochter Muadh aus dem Süden schickte, als sie sich dort verheiratet hatte. Es kann also Glück bringen, einen Mann in der Fremde zu suchen.«
Dann kam das Wichtigste, Yenkas Ring.
»Dieser Ring muss dir das Kostbarste auf der Welt sein, Brynhild«, sagte Ylva ernst. »Dieser Ring bist du. Die Skalden aller Völker von hier bis Rom kennen diesen Ring als Zeichen unseres Stammes. Wenn du je«, sie räusperte sich,

um ein paar aufsteigende Tränen zu unterdrücken, »Hilfe brauchen solltest, dann schick uns diesen Ring. Und egal, wo du bist, wir werden kommen, dich zu finden. Und wenn du je fortgehen willst, von dort, wo du hingehst, dann musst du nur diesen Ring zeigen, und die Fürsten der unteren Länder werden dir auf deinem Wege helfen.« Jetzt weinte Ylva doch, ein paar Tropfen fielen auf das Glückszeichen in ihrer Hand. »Und wenn du deine Kinder zu uns schicken willst, gleich wann, dann gib ihnen diesen Ring mit, und niemand wird ihnen verwehren, auf deines Vaters Thron zu herrschen.«

Mutter und Tochter schnieften beide, Brynhild sausten die Ohren. Sie wollte sagen, dass sie ja vielleicht doch gewinnen würde, nicht gehen wollte, dass sie bald wiederkäme, aber nichts davon klang wahrscheinlich. Sie probierte den Ring an der linken Hand. »Wolfshaar«, erklärte Ylva und wies auf die dunkel eingeflochtenen Haare.

»Das wird doch keine Wölfe anlocken unterwegs?«, versuchte Brynhild einen Scherz.

Ylva tat ihr den Gefallen und lächelte unter Tränen. »Wer weiß? Vielleicht einen ganz alten grauen Wolf, der seine Haare wiederhaben will.« Die Königin stand auf. »Aber du weißt dann ja, was zu tun ist.«

Brynhild sah auf ihre Hand. Der Ring fühlte sich ungewohnt an, ob er beim beidhändigen Fechten stören würde?

»Brynhild«, sagte Ylva streng, »nun komm, Hände begucken gibt Streit.« Gehorsam starrte Brynhild ausgleichend auf ihre Füße und stand auf. Es war Zeit für den Kampf. Unter dem geschnitzten Türbogen umarmte Ylva sie noch einmal. »Die Götter mögen dich beschützen«, murmelte sie.

Der Kampfplatz war noch nie in der Geschichte von Brynhilds Freierprobe so dicht von Menschen umstanden gewesen. Auslís und Laila waren nicht gekommen, aber sonst jeder, der laufen konnte. Auch ein paar Sklaven hatten sich hergeschlichen, den großen Erdgeistsieger zu sehen.
»Das ist noch gar nichts«, erklärte Siegfried gerade nachlässig ein paar neugierigen Kriegern, »als ich damals den Zwerg besiegt und den Drachen getötet habe, das hättet Ihr sehen sollen! Haha!« Siegfried machte mit seiner schwertlosen Hand – die Waffen hatte man ihm noch nicht wiedergegeben – eine Ausfallgeste, um den Todesstoß am Drachen vorzuführen.
»Guck an«, sagte Hulfiur Tryftsson, »ein Drache! Wir haben hier ja lange keinen gehabt!«
»Wo war das genau?«, wollte Hulfiurs Bruder Baldur wissen: »Da fahren wir dann auch mal hin. Vielleicht ist noch einer übrig. So einen Drachenkopf wollt ich mir wohl auch ans Haus nageln.«
Siegfried lachte zunächst sehr über Baldurs lahmen Witz und vergaß das Antworten. Doch zu seinem Entsetzen waren die Leute hier oben sehr viel drachenkundiger als in den Niederlanden oder in Burgund. Schlagartig hagelten Fragen über genaue Beschaffenheit und Artenzuordnung des Drachen auf Siegfried ein, der erst blass und dann rot wurde. »Er, er sitzt auf einem Hort«, erklärte er schließlich dünn.
»Fafnir!«, brüllte Baldur begeistert. »He, Hulfiur, meinst du, dass das der Fafnir sein könnte? Sag du mal, Segeður, war das der Fafnir?«
»Fafnir?«, antwortete Siegfried unsicher, aber da regte sich zu seiner Rettung etwas am Tor.
Ein paar Krieger bliesen in die Luren. Brynhild kam beglei-

tet von ihrem Vater, einer wütend zischelnden Hilgis und ihrer sehr gefassten Mutter auf den Kampfplatz.
»König Siegfried«, rief Svenke, mit Krone, Bärenmantel und Schwert, als zöge er in den Kampf, »Ihr habt Euch hier eingefunden, um für die Hand unserer Tochter Brynhild zu streiten!« Siegfried lachte, verneigte sich und kniff Brynhild ein Auge. Ylva sah es und wusste nicht, ob sie froh sein sollte oder beleidigt. Sie sah auch, dass Siegfried einige Blessuren trug, die gut zu einer wütenden Brynhild passen würden. Erdgeist!
»Kennt Ihr die Bedingungen?«, tönte Svenke grimmig weiter.
»Wenn Ihr verlieren solltet, so müsst Ihr und alle Eure Begleiter mit Euch sterben!«
»Was?«, quietschte Brynhild, und auch das Volk murrte. Gegen das Ersäufen des Götterschänders hatte niemand etwas gehabt, aber dieser fremde König, der Erdgeistbezwinger, der hatte doch niemandem etwas getan.
Svenke hob die Hand, damit Ruhe sein sollte. Er gab ein Zeichen, und man führte die gefesselte Besatzung des leeren Schiffes vor. Schlotternd standen die vier Burgunden im Kreis dieser furchtbaren Nordleute und flehten zum weißen Christus.
»Ich hab gesagt, Ruhe!«, schnauzte Svenke, den niemand je so erregt gesehen hatte.
Siegfried blinzelte unsicher, suchte Brynhilds Blick und versuchte zu erkennen, ob Ihr Angebot der letzten Nacht noch gelten würde. Aber Brynhild starrte nur wütend ihren Vater an, den sie nicht verstand. »Ich bin bereit. *Með ánoegju!*«
Den Zusatz hätte er besser weggelassen, denn Svenke spuckte nur verächtlich aus: »*Mir* wird es ein Vergnügen

sein, deinen Schädel an Storris Haus zu nageln«, flüsterte er leise.
»Svenke«, zischte Ylva entsetzt, die es als Einzige gehört hatte.
»Man bringe die Waffen«, rief Svenke, ohne seiner Frau auch nur einen Blick zu schenken. Die Krieger bliesen die Luren und schlugen begeistert heulend an ihre Schilde. Zum ersten Mal sah Brynhild das Spektakel, wie es ein Fremder wohl sehen musste, und fand es reichlich einschüchternd.
Da kamen auch schon die Sklaven mit den Baumstämmen angelaufen. Beide waren exakt von gleicher Länge und gleichem Durchmesser und auch gleich schwer. Dennoch durfte der Gast einen auswählen.
»Ach was, die Dame zuerst!«, sagte Siegfried galant.
Brynhild wählte nervös einen der beiden aus. Ihre Finger machten ihr tatsächlich zu schaffen, als sie ihren Wurfgriff suchte. Die Krieger heulten, pochten und johlten lauter. Brynhild setzte an, atmete tief ein, biss die Zähne zusammen, stemmte und warf.
Kläglich kippte der Baum zur Halbseite. Das Gejohle der Krieger verstummte schlagartig, das war noch nie passiert. Brynhild wurde knallrot. Das hatte sie nicht einmal mit Absicht so schlecht gemacht.
»Also dann, der Gast«, rief Svenke schnell, obwohl er sehr nervös war. Die Krieger fingen wieder an zu johlen, wenn auch diesmal nicht so wild. Siegfried tastete den Baum ab, hob ihn an – und ließ ihn fallen. Das war auch keine Meisterleistung gewesen, aber sein Baum lag besser als Brynhilds, genau genommen hatte er schon gewonnen.
»Unentschieden!«, fauchte Svenke und zog den Arm, an dem Ylva sehr dringlich zupfte, ärgerlich unter den Mantel.
»Los, den Stein.« Er gab ein Zeichen.

Brynhild hatte nicht vor, sich noch einmal so zu blamieren, wenigstens den Stein wollte sie richtig werfen, er könnte ja dann beim Speerwerfen gewinnen. Die Luren gellten. Klatschen und Jubeln, als sie zum Stein griff. Es war ein Brocken, so groß wie ein neugeborenes Kalb, nur ungleich schwerer.
Sie biss sich auf die Lippe und warf. Der Stein landete kaum weiter entfernt, als der Baumstamm lang war. *»Skömm!«*, fluchte Brynhild leise. Hilgis stand mit großen Augen bei der Familie und konnte es nicht glauben.
»Wir sollten den Wurf wiederholen«, murmelte Svenke. »Untersteh dich«, zischte Ylva von hinten. »Sei gefälligst gerecht.«
»Der Gast!«, blaffte Svenke statt einer Antwort.
Siegfried hob den zweiten Stein an. Er wackelte ein bisschen mit den Knien und schrie dumpf auf, als er ihn warf. Er kam wenigstens eine Elle weiter als Brynhilds Brocken zu liegen.
»Übergetreten«, behauptete Svenke. »Er ist zu weit vorgegangen. Der Wurf gilt nicht.«
»Und wie der gilt«, schrie Brynhild da.
Svenke wurde angesichts dieses Ungehorsams seiner Tochter ganz weiß.
»Unentschieden.« Er fletschte die Zähne. »Bringt die Speere.« Diesmal johlte niemand.
In völliger Stille schleppten die Sklaven die beiden Speere herbei.
»Du zuerst«, nickte Brynhild Siegfried zu. Er schwitzte. Für einen kurzen Moment lächelte er ihr zu.
Dann warf er. In einer durchaus ordentlichen Distanz stak der Speer im Boden.
»Jetzt ich, Vater«, sagte Brynhild sehr deutlich.

Sie nahm den Speer, wog ihn wie üblich eine Weile federnd in Wurfposition, um ihn dann mit ruhiger Gelassenheit direkt vor ihren eigenen Füßen in den Boden zu rammen. Es klang, als wäre die Klinge in menschliches Fleisch statt in die Erde eingedrungen. Noch immer war kein Laut zu hören. Vater und Tochter sahen einander über die Entfernung des Kampfplatzes hin an. Unentschlossen zitterte die Stille zwischen ihnen.

Ylvas Hand krampfte sich verzweifelt um Svenkes Schulter.

»Na gut«, hörte man dann den König mit seltsam matter Stimme sagen.

»Das ist mein Schiedsspruch: Der Gast ist Sieger.«

Das Land der Untergegangenen
Die achte Erinnerung

Baechelarin ist heute eine Stätte der unterschiedlichsten Empfindungen:

Ruideger ist zunächst völlig außer sich vor Glück und Zufriedenheit. Seine Tochter ist verheiratet, er kommt mal wieder raus, weil er beschlossen hat, die Burgunden nach Pannonien zu begleiten. Er informiert Gotelind beim Frühstück darüber. Begeistert schaufelt er seinen Gerstenbrei, rülpst zwei Mal, wartet kurz und rülpst dann ein drittes Mal.

»Na, wer hätte das gedacht?«, fragt er stolz. »Bis wir zurück sind, hat die Wita vielleicht schon geworfen, wenn der Junge weiß, wie's geht!«

Gotelind runzelt ärgerlich die Stirn: »Nicht nur Wita«, sagt sie dann säuerlich. In der letzen Nacht ist sie wahrscheinlich die einzige Frau in der ganzen Burg gewesen, die alleine geschlafen hat. Man wird sich vor Kegeln gar nicht retten können, die diese Burgunden hier unter den Frauen zurücklassen werden.

»Ja, das ist doch wunderbar!«, meint ihr Gatte heiter. »Alles unser Gesinde.«

Gotelind schnaubt verächtlich und steht vom Tisch auf. »Und wer füttert sie durch?«, zischt sie.

»Was ist denn nun schon wieder?«, jammert Ruideger, der wirklich keine Ahnung hat, was er falsch gemacht hätte.

Wütend tritt er nach einem Eimer, den die Magd vergessen hat.

In einer weit von dieser Eheszene entfernten Kammer liegen sich Wita und Giselher in den Armen und flüstern sich zu, wie selig sie sind. Giselher findet, dass Wita die schönste, die beste Frau auf Erden ist. Und Wita findet, dass Giselher seinerseits der beste, der schönste Mann auf Erden ist. Sie sind sich beide sicher, dass nie zuvor ein Paar so glücklich war wie sie beide, einander gefunden zu haben. Sie kriegen kaum einen Satz zustande ohne »immer« oder »nie«.
»Geh nicht nach Pannonien, ich will immer bei dir sein«, traut sich Wita dann flüsternd zu sagen. Ihre Finger streicheln Giselhers Augenbrauen.
»Ich muss doch«, antwortet Giselher. »Krimhild ist meine Schwester. Wir haben uns ganz lange nicht gesehen. Das würde sie mir nie vergeben.« Da fängt Wita an zu schluchzen, und Giselher fühlt sich so elend wie nie in seinem Leben.

Gunther und Gernoth besuchen derweil Hagen, der aufgestanden ist und trotz seiner Verletzung drängt, schnell weiterzureisen.
»Ich dachte, wir würden noch ein paar Tage rasten«, wendet Gunther kläglich ein.
»Ach, komm, lass uns ruhig weiter«, wischt Gernoth seine Bedenken einfach weg. Er ist immer auf Hagens Seite, auch wenn ihm Hagen nun so fremd erscheint, so anders.
Herr Volker kommt herein, erkundigt sich kurz nach Hagens Befinden und berichtet dann lang von Ruidegers Treueschwur am gestrigen Abend.
»Ich finde, wir sollten ruhig schon Boten vorausschicken. Wir

sind hier doch willkommen«, regt er dann an. Elso und seine Meute sind nicht aufgetaucht.
»Ja«, nickt Hagen, »Boten finde ich gut.«
»Ich auch«, sagt Gunther schnell. Dann weiß keiner mehr etwas zu sagen.

Dankwart ist noch im Stall. Nach dem Fest, auf dem er sich sehr betrunken hat, ist er hier gelandet. Er hat auch mit einer von Gotelinds Frauen geschlafen und schämt sich jetzt vor sich selbst und vor allem vor Hagen, auch wenn er nicht weiß, warum.
Er überlegt, während er seine Kleider ausschüttelt, ob er der Frau etwas geben kann, ohne dass es sie kränken würde. Einen Ring vielleicht oder ein paar Münzen.
Die Frau gähnt und reckt sich. Dabei wollte er gerne gehen, bevor sie wach wird. »Morgen, Süßer«, sagt sie und lächelt ihn an. Glücklicherweise ist sie, wenngleich schon etwas älter, auch bei Tageslicht noch leidlich hübsch. Dankwart hat das schon öfter anders erlebt. Abends scheint er manchmal nicht ganz so gut zu sehen wie zu allen anderen Tageszeiten, insbesondere, wenn er einsam ist. Sie gähnt gleich noch mal.
»Wir ziehen bestimmt heute weiter«, sagt er ungeschickt.
»Huh«, macht sie spöttisch, »dann heiraten wir wohl nicht.«
»Nein«, erwidert er einfallslos. Dann steht er tumb da.
»Na, geh schon, Süßer«, entlässt sie ihn großmütig, »wir sehen uns ja auf eurem Rückweg.«
»Mein Bruder ist krank«, bemerkt er ungefragt, als er sich endlich traut zu gehen. Er kann sich beim besten Willen nicht erinnern, wie sie heißt. Gestern Abend hat sie es ihm aber gesagt.
»He, du, äh, Dietrich«, ruft sie da hinter ihm her.

Dankwart zuckt zusammen, aber er ist auch ein bisschen erleichtert. »Ja?« Er dreht sich um.
»Hast du kein Andenken für mich?«, fragt sie ihn. Erleichtert schenkt er ihr zwei Spangen und macht dann, dass er fortkommt. Draußen muss er natürlich ausgerechnet Volker und Ruideger in die Arme laufen.
»Dankwart«, rufen beide gleichzeitig und hauen ihm auf die Schulter, als hätte er bereits durch sein Auftauchen eine schwierige und wichtige Aufgabe zu aller Zufriedenheit erledigt. Er hofft, dass die Frau noch ein bisschen weiter gähnt und nicht gleich hinter ihm auf den Hof kommt, die Haare voll Stroh und mit Knittern im Kleid.
»Wir schicken schon mal Boten zu Krimhild, wisst Ihr einen besonders guten Reiter?«, fragt Volker.
»Das ist jetzt nicht mehr weit«, setzt Ruideger unnötig hinzu. »Den größten Teil habt Ihr hinter Euch.«
Dankwart findet es anstrengend, dass Ruideger keine Gelegenheit auslässt, sich als Kenner aufzuspielen. Was ist der schon, ein Exilfürst, der sich langweilt.
»Wir können ja zu den Reitern rübergehen und schauen.« Er lockt die beiden vom Stall weg. »Der kleine Hugo ist ein guter Reiter.«
»Das Gelände ist jetzt nicht mehr unwegsam«, tönt Ruideger gleich.
Der kleine Hugo reitet dann auch zuerst.
Aber alle anderen sind aus verschiedenen Gründen ebenfalls froh, aus Baechelarin wegzukommen. Das ist aber nicht Gotelinds Schuld gewesen, obwohl sie die Gäste drei Tage später unverändert mürrisch entlässt.

Eine Reise beginnt

Siegfried drängte auf eine ungebührlich schnelle Abreise aus Gründen, die niemandem ganz klar waren, denn heiraten wollte er Brynhild gar nicht so schnell. Vor allem nicht in der Halle ihrer Väter. Er fing an, langatmig zu erklären, dass er im Namen des milden Gottes getauft wäre, wovon man natürlich bereits gehört hatte, und dass er für eine Eheschließung unbedingt die Anwesenheit eines Christus-Priesters benötigte, wovon allerdings noch niemand gehört hatte. Das Volk fand diese Eheverzögerung sehr bemerkenswert, und die Frauen fanden die Idee, in Gegenwart eines solchen Priesters zu heiraten, sehr einnehmend. Natürlich fanden sie alles, was Siegfried tat, sagte oder ließ, mittlerweile sehr einnehmend. Es war das Übliche, der Drang, ihm eine Ausnahme zu gewähren.

Die königliche Familie jedoch war wie vor den Kopf geschlagen. Sie fanden Siegfrieds Verzögerung mehr als unhöflich. Aber Brynhild sprach schließlich ein Machtwort: »Wenn er es so will, dann soll es so sein. Ich will es auch so.«

Dennoch hatte die Hochzeitsweigerung unangenehme Auswirkungen:

Svenke redete nicht mehr mit Ylva. Mürrisch saß er in irgendwelchen verborgenen Winkeln seiner Hallen und kam auch nicht zu den gemeinsamen Mahlzeiten, zu denen Siegfried nun natürlich stets geladen war. In den Hütten herrschte Unfrieden. Die Untertanen wollten gerne feiern. Es waren auch schon Lieder auf jenen beeindruckenden Kampf zwischen Brynhild und dem Sieger – *söngur sigur segeður* war das Bekannteste – verfasst worden, aber der König weigerte sich, für diese Vorträge oder die Feiern zu bezahlen, was ein furchtbarer Skandal war. Ein geiziger König ist schlimmer als ein schlechter König, heißt es doch schließlich bei uns.

Dabei war Svenke weniger geizig als bockig.

»Svenke, du musst Haltung zeigen!«, ging ihn Ylva an, als sie das Elend nicht mehr mit ansehen konnte. »Du kannst hier nicht sitzen wie ein Bauer, dem die Ernte verhagelt ist. Die Probe ist entschieden, Brynhild hat sich entschieden, es ist besser, du entscheidest dich, es endlich hinzunehmen.«

Der König machte nur einen Laut wie ein schlammschmatzender Eber und drehte sich von Ylva weg. Laila versuchte es natürlich auch: »Junge, wie du dich aufführst!«, schnauzte sie. Mit einem schmollenden Svenke durfte man nicht nachsichtig sein, das machte es noch schlimmer. »Reiß dich zusammen. Brynhild fährt morgen früh ab. Mach endlich eine Feier heute Abend.«

»Ich habe dir durchaus nichts zu sagen, Mutter«, grummelte er bloß und ließ sie stehen. Laila blieb der Mund offen vor Staunen. Ihr Svenke!

Großvater Auslís hörte sich das ganze Gezeter um Unvermeidliches noch eine Weile an und wurde dann durchschlagend tätig.

Er schnappte sich seinen Sohn, als der gerade austreten ging, und haute ihm ohne Vorwarnung eine runter.

»Faðir!«, japste der Sohn entsetzt.

»Du Heuchler!«, knurrte Auslís, wie man ihn nie zuvor gehört hatte. »Du rennst zu den Priestern und lässt dir die

Runen öfter werfen, als ein Huhn ein Ei legt. Du opferst den Göttern und tust so, als könntest du mit dem Leben in aller Demut umgehen.«

»Vater!«, jammerte Svenke ein zweites Mal.

»Sie wird gehen! Du hast es gewusst, Ylva hat es gewusst, wir alle haben es gewusst: Sie wird gehen«, donnerte Auslís fort. »Gib ihr einen Abschied, an den sie gerne denken kann. Mach nicht alles noch schlimmer!«

Da kamen Svenke endlich die Tränen. »Aber die Reise«, flüsterte er, »wenn es ihr dann schlecht geht.«

Auslís küsste seinen Sohn auf die Wange, die er gerade noch geschlagen hatte, und nahm ihn in die Arme: »Wir können unsere Kinder nie beschützen, Svenke«, sagte er leise, »es tut mir ebenso weh, dich weinen zu sehen, wie es dir wehtut, dass Brynhild geht. Es hört nie auf.«

Sechs Ochsen mussten dran glauben, an diesem Abend, kistenweise Salzfisch und endlose Fässer Mets ließ Svenke in seinen Hallen und beim Volk austeilen, das in den Hof kommen und dem Brautpaar endlich zujubeln durfte. Brynhild und Siegfried strahlten vor den kupfernen Schilden und leuchtenden Fackeln. Niemand konnte bestreiten, dass sie ein sehr schönes Paar abgaben.

Beide so groß und kraftvoll, dabei mit feinen Zügen, weißen Zähnen und diesen vollen Haaren. Siegfried lachte ununterbrochen, erzählte Geschichten, trank nur mäßig und war gegenüber seiner Braut von zurückhaltender Bewunderung. Brynhild, befreit aus dem Gefängnis ihrer Unbesiegbarkeit, sah um so vieles fraulicher und weicher aus, dass viele der jungen Männer sich fragten, wo sie vorher ihre Augen gehabt hatten. Man spielte Seilziehen und Axtwerfen, sang laut und wartete, gut unterhalten, ohne zu große Ungeduld auf die Übergabe der elterlichen Geschenke an die Scheidenden, die zur Mitte der Nacht erfolgen sollte.

Doch vieles blieb unbefriedigend. Es gab keine klaren Auskünfte, was die Zukunft betraf. Würde das Paar nun im Land »Urgud« leben? Wenn ja, was war mit der Burg am Rhein, die Siegfried auch häufig erwähnte, die Xanten hieß? Und warum pries er immer diese drei Königsbrüder, als wäre er deren Unterhändler. Man schob die Verwirrung aber auf die Sprachhindernisse.

»Bring mir etwas von eurer Sprache bei!«, forderte Brynhild, als sie nach einer kleinen Partie Seilziehen (sechs gegen Brynhild) erhitzt und siegreich wieder neben Siegfried zu sitzen kam.

Lachend legte er den Arm um sie. »Was willst du denn wissen?«

»Ich weiß nicht, *eitthvað* – irgendwas.«

»Na gut, dann probier mal: Ich bin sehr froh, dass ich hier bin, mein hoher Herr und Meister!«, sagte er ihr vor. Brynhild brach sich fast die Zunge, alle lachten sehr und versuchten es auch.

»Was hab ich denn da gesagt?«, johlte sie.

»Nur einen Gruß«, behauptete Siegfried strahlend.

»So lang?«, fragte Brynhild und lachte schon wieder. Alle tranken dem Paar zu und freuten sich mit ihnen.

Dann, zur Mitternacht, wurde der Kreis ausgerufen, damit Svenke und Ylva ihrer Tochter und dem Schwiegersohn die Hochzeitsgeschenke vor aller Augen überreichen konnten.

Es wurde still, und die Fackeln wurden näher herangetragen.

Brynhild bemerkte, wie sie anfing zu frösteln. Zum ersten

Mal wurde ihr bewusst, was morgen Früh käme. Morgen Früh würde sie nicht nur ihre Eltern und den Hof verlassen, sondern auch zum ersten Mal fortgehen von dem Ort, an dem sie ihr gesamtes Leben verbracht hatte. Ihr wurde ein bisschen schlecht, und ihr Kinn zitterte.

König Svenke machte ein Gesicht, als ob er eine tote Maus verschlucken müsste. Ylva hingegen zeigte überhaupt keine Regung, man hätte nicht einmal raten können, was sie fühlte. Auslís und Laila standen hinter dem Königspaar und sahen auf einmal aus wie alte Leute. Hilgis hielt beide am Ellenbogen und weinte still.

Svenke machte mehrfach einen Ansatz zu sprechen, und als er dann einen Diener anredete, klang seine Stimme wie eingerostet: »Die Kiste«, befahl er.

»Herr Siegfried«, redete er dann seinen Schwiegersohn so förmlich an, als wäre er wirklich nur der Händler, dem er die Schwerter verkauft hätte. »Wir hörten, dass bei Euch am Rheinfluss das Gold des Nordens nicht so sehr geschätzt wird wie das des Südens. Wir bitten Euch, nehmt diese Gabe dennoch an.«

Zwei Diener schleppten keuchend eine Kiste an, etwa so groß wie ein Schweinetrog, und stellten sie hin. Svenke selbst öffnete sie. Im Fackelschein glänzten unzählige Goldstücke römischer Prägung. Vermutlich war das Gold schon zu Zeiten Vymanriks und Yenkas alt gewesen. Es war unschätzbar wertvoll, was er da hergab – und mit solcher Tiefstapelei. Obwohl das Volk natürlich wenig Bezug zu Gold hatte, raunte es dennoch ehrfurchtsvoll wegen des Geglitzers und noch mehr, weil Siegfried vor der Truhe auf die Knie ging und gar nicht mehr aufstand.

»Welch ein Schatz!«, hauchte der Beschenkte schließlich. Nicht, dass Siegfried in Svenkes Augen überhaupt etwas richtig machen konnte, aber diese Reaktion erwärmte den König nun gar nicht.

»Den größten Schatz hast du längst bekommen«, sagte Svenke sehr leise. »Hoffen wir, dass du dich ihm würdig erweist.«

»Koerar Þakkir!«, dankte Siegfried nun schon fast ganz ohne Akzent. Svenke sah aus, als würde er ihm gleich eine runterhauen, und belauerte ihn nur, um einen Vorwand zu finden.

Ylva wandte sich an Brynhild. »Wir haben heute Morgen etwas nicht gefunden, mein Kind. Ich hoffe, dass dieser Gürtel dir nie verloren gehen wird.« Damit zog sie aus ihrem Ärmel einen kunstvoll geschmiedeten Gürtel aus gelbem Gold. Der Sonnenwagen, wieder und wieder aneinander gereiht. Nun jubelten alle. Ylva legte ihn Brynhild um die Taille: »Vergiss nie, wo du herkommst«, flüsterte sie ihr dabei zu. »Vergiss nie, wer du bist.« Brynhild fing an zu weinen, da drehte sich Ylva schnell weg. Laila, Auslís und Hilgis ließen ebenfalls Diener kommen, die vor Brynhild eine Aussteuertruhe mit feinen Stoffen und teuren Schalen hinsetzten, ebenso brachten sie aber ungeheuer kostbare und schöne Waffen, nach denen Siegfried begeistert die Hand ausstreckte. *»Nei! Þu ekki!«*, fauchte die alte Laila da. »Das ist alles für Brynhild!«

Siegfried lachte, wirbelte zum Volk und rief, dass er bei einer so gut bewaffneten Braut die Heimreise ja keinesfalls zu fürchten brauche. Das erwartete Lachen blieb aus. Alle nickten sich zu und zogen die Schultern etwas verächtlich hoch, weil eine solche Selbstverständlichkeit überhaupt ausgesprochen werden musste.

Svenke wirkte auf grimmige Weise zufrieden, dass Siegfrieds Scherz nicht angekommen war. Er gab ein weiteres Zeichen, und Kinder mit Birkenzweigen und Blumen kamen, sangen ein kleines, leicht verrutschtes Lied, das dem Volk aber gefiel.

Sehr rührselig wurde es dann, als die alten Kameraden des verblichenen Storri Bjernsson vortraten, um Brynhild den schnurgerade gespaltenen Schädel des irischen Königs Matholwch zu überreichen, der Storris Dachfirst geziert hatte. »Da, Täubchen, Storri hätte das nicht anders gewollt«, brachte der verwüstete Krauter, den man zum Redner gewählt hatte, gerade noch hervor. Feinsinnig hatten die Kameraden den Schädel von innen verteert und bis zum Kiefer mit feinstem Ambra gefüllt, ein Vermögen wert.

Keiner der Abgeordneten kriegte danach noch die Zähne auseinander, weil sie alle mit den Tränen kämpften. Da war es mit Brynhilds Beherrschung auch vorbei, sie küsste heulend die alten Kameraden, umarmte sie und hielt den Schädel wie eine Opferschale mit beiden Armen nach oben in den Nachthimmel, damit der alte Storri auch sehen sollte, wie sie sich freute. »Storri!«, brüllte Brynhild.

»Storri!«, brüllten das Volk und die Königsfamilie mit Inbrunst. »Storri!«

Siegfried sah sich etwas irritiert um und sagte auch: »Storri«, wenn er auch nicht begriff, um was es ging. Brynhild wischte sich die Augen, und als sie zu Siegfried hinübersah, spürte sie erstmals die endlose Fremdheit zwischen ihnen, die sie so zuversichtlich zu überspringen geglaubt hatte. Der Zweifel packte sie im Genick und schüttelte sie. Sie zwang sich, zu Siegfried hinüberzugehen, und sagte: »Storri war mein Lehrer.«

Siegfried war allerdings nicht klar, ob es sich bei dem Schädel um den des Lehrers handelte, vielleicht von Brynhild in einem entscheidenden Prüfungskampf gewonnen. Aber in

seiner Erinnerung gab es auch einen Lehrer, an den er sonst nur dachte, wenn er allein war. »*Ég skil*«, sagte er unerwartet leise, »ich verstehe.« Da küsste ihn Brynhild vor allen, und der Jubel nahm gar kein Ende mehr.
»Es muss wohl sein«, sagte Svenke leise zu Ylva.
»Es ist schon längst«, antwortete sie ihm und zog ihn sanft vom grölenden Volk weg. Laila und Auslís standen bei den Säulen der Pforte und sahen aus wie geprügelte Hunde. Mehr als alles andere in den letzten Tagen schmerzte Svenke dieser Anblick, denn er wusste, dass er sich selbst sah – nur ein paar Tage oder Jahre entfernt. Und wo würde seine Brynhild dann sein? Würde er sie jemals wiedersehen?
Er ging mit Ylva in ihre Kammer, und still lagen beide einander in den Armen, auf das Getöse im Hof lauschend. Keiner von beiden hatte Licht gemacht. »Wir hätten mehrere Kinder haben sollen«, flüsterte er schließlich sinnlos und schwermütig, »dann wäre es nicht so schwer.«
»Ach, Liebster«, flüsterte Ylva zurück. »Dann hätten wir ein ganz anderes Leben haben müssen. Wo soll man mit dem Wünschen denn anfangen?« Svenke sagte nichts mehr, aber er fand es viel schwieriger, mit dem Wünschen aufzuhören.

Siegfried schlief in dieser Nacht wie selbstverständlich in Brynhilds Bett. Sie waren beide sehr müde, als sie sich endlich zurückziehen konnten, deswegen schliefen sie gleich. Am frühen Morgen machte Siegfried Anstalten, sich seiner Braut zu nähern, und Brynhild ermutigte ihn, auch wenn es keinen Kampf zum Aufwärmen gegeben hatte.
Es war nicht sehr viel besser als das erste Mal, aber auch aufs Ganze gesehen nicht übel, und sie war entschlossen, diese Sache überhaupt nur noch zuversichtlich zu sehen.

»Warte, bis wir am Rhein sind«, gähnte Siegfried gleich nachher. Er erzählte Geschichten von goldenen Schlössern, wehenden, schneeweißen Fahnen, stolzen Kriegern, alles wie ein Märchen.

»Da werden dir die Augen übergehen.«

Sie lächelte, ungesehen, mit dem Rücken zu ihm, seinen einen Arm um ihre Taille und den anderen unter ihrem Kopf.

»Ich kann's gar nicht abwarten«, sagte sie so leise, dass er es schon nicht mehr hörte.

Die Sklaven hatten das Schiff die ganze Nacht mit den gekauften Schwertern beladen, für die Svenke aus lauter Stolz dann doch kein Geld genommen hatte. Es lag nun wesentlich tiefer im Wasser, und die Mannschaft, längst wieder freigelassen, wartete ungeduldig auf den Aufbruch.

Brynhild wusste sicher, dass sie alle zusammen zum Ufer gezogen waren, aber sie konnte sich später an nichts mehr erinnern, das mit ihrer Abreise zu tun hatte.

Es musste Umarmungen, Abschiedsworte, Tränen und Ratschläge gegeben haben, aber nichts davon konnte sie in ihrer Erinnerung wiederfinden. Hatte jemand »glückliche Reise« gerufen? Immer stand Volk an den Anlegestellen und rief »glückliche Reise«. Warum konnte sie es in ihrer Erinnerung nicht hören? Später am Abend und so viele Abende danach, allein mit ihren Gedanken, dem Heimweh und den Fragen nach dem Warum, versuchte sie einen Rest dieses Tages zu finden. Aber es war, als fischte sie in trüben Wassern. Kein Erinnern reichte weiter als bis zu den Geschenken, dem Fest und dem letzten Morgen in ihrem Bett. Nach Jahren dann, als sie auch schon vergessen hatte, wie die Stimmen ihrer Eltern klangen, als sie sich nur schwer an

Lailas Gesicht und Auslís Hände erinnern konnte, schnitzend, die Flöte spielend, dachte sie oft, dass ihr Verstand ihr entschlüpfte. Dass es diese Zeit in ihrem Leben nie gegeben hatte, so wie es die Brynhild dieser Zeit nie gegeben hatte. Und noch viel später, als sie zurückgekehrt war, zerbrochen und doch so unendlich stark, da konnte sie die Trauer nicht mehr fühlen, in deren Irrgarten sie herumgegangen war, nach einer Antwort suchend.
Kein Abschied für Brynhild, keine letzten Worte, es kam nichts zu ihr, so sehr sie auch danach suchte.
Das Erste, was sie wieder wusste, war, wie sie am Bug des ehemals leeren Schiffes stand, wie es südwärts segelte. Wie es die stillen Wasser vor ihr lautlos pflügte, eisiger Wind in ihrem Gesicht, die Luft von einer so unwahrscheinlichen Klarheit, dass sie ihr in der Brust schmerzte. Sie konnte sich gar nicht losreißen von dem Anblick des sich ständig erneuernden Horizontes. Sie spürte ihr Herz klopfen vor Aufregung und Angst ob dieses Wunders. »Ich mache eine Reise!«, sang alles in ihr stumm. »Ich fahre in ein Abenteuer.« Und der Wind mit unsichtbaren Meißeln ließ ihr Gesicht zu Marmor werden in der feuchten Kälte.
Siegfried kam und umarmte sie von hinten. Er küsste sie auf die Wange. »Na?«, fragte er. »Was sagst du?« Es klang ein bisschen, als hätte er das Meer erfunden und ihr nun arrangiert vor die staunenden Augen gelegt.
»Wunderschön«, hauchte sie. Der Wind riss ihr die Worte von den Lippen und machte sie zu seinem Eigentum. Siegfried umarmte sie fester, seine Muskeln an ihren, die beiden Starken, was konnte schon passieren?
»Komm zum Feuer«, Siegfried zog sie vom Bug weg, setzte sich mit ihr an das Kohlenbecken, in dem die Glut knisterte, und reichte ihr einen Pelz. Brynhild hielt ihre eisigen

Hände an die Wärme und lachte. »Wir sollten das immer machen! Gar nicht an Land gehen, sondern um die Welt segeln wie der Sonnenwagen, jeden Tag weiter. Wie meine Großmutter!«
Ihr Bräutigam lachte: »Das wär' was, hm?!«, sagte er.
»Nein, ganz im Ernst«, sprudelte Brynhild weiter. »Wir können doch einfach diese Waffen da ausladen und weitersegeln und gucken, wo wir hinkommen. Wenn man einfach immer weiter und weiter segelt ...«
Kopfschüttelnd rutschte er neben sie: »Brynhild, Brynhild!«
»Ja, wo kommt man denn hin, wenn man immer weiter und weiter segelt? Das wäre doch wirklich –«
Er küsste sie, aber nur kurz, wie um sie zum Schweigen zu bringen, argwöhnte sie. Aber ihre Unerfahrenheit war weit größer als ihr Argwohn, deswegen sagte sie nichts.
»Weißt du«, murmelte er dann, den Mund so nah an ihrem Ohr, dass sie es nicht gut hören konnte: »Die Weisen sagen, folge dem Meer, und du wirst an einen Fluss kommen.« Damit begann Siegfried an ihrem Ohr zu nagen. Es kitzelte, und Brynhild schüttelte ihn lachend ab, obwohl sie es gar nicht komisch fand. »Das stimmt doch so nicht«, fiel ihr dann ein, »es heißt, wenn du dem Fluss folgst, wirst du ans Meer kommen. Das meine ich doch, was kommt nach dem Meer? Willst du das nicht wissen?«
»Ich hol noch Holz«, lachte Siegfried da und sprang auf.
Brynhild rückte näher ans Kohlenbecken. Sie fühlte mit der rechten Hand über Ylvas kostbaren Gürtel, der Sonnenwagen, so viele Male der Sonnenwagen. Es konnte doch nur Gutes bedeuten, es musste doch heißen, dass alles ganz wunderbar werden würde, jeder neue Tag. Sie wünschte, dass sie wüsste, wie es war, wenn man sich verliebt hatte, so

wie ihre Mutter davon erzählt hatte. Sie mochte Siegfried gern, aber etwas warnte sie auch, dass sie ihn nun besser wirklich gern haben müsste, da sie auf Gedeih und Verderb mit ihm gegangen war. Sie ließ den Gürtel los und drehte an Yenkas Ring, Wolf und Gold. Sie kannte die ganze Geschichte ihrer Ahnen auswendig; und es schien ihr, als wäre ihre Familie eine, in der die Liebe leicht käme, wie ein Frühjahrsschnupfen.

Yenka und Vymanrik, Ylva die Ältere und Hver, Laila und Auslís, Svenke und ihre Mutter. Brynhild und Siegfried, versuchte sie sich in die Reihe ihrer Ahnen zu denken. Aber es passte nicht, es klang nicht, wie es sollte. Konnte das denn sein, dass alle liebten, nur sie nicht. Und Hilgis mit ihren beiden Kindern und ihrer Bitterkeit? Hilgis auch nicht. Genau genommen wusste sie auch nichts von ihren Onkeln und Tanten, die von den Inseln fortgezogen waren. Wenn es nun doch nicht so leicht wäre, sich zu verlieben, wie sich einen Schnupfen zu holen?

»So«, Siegfried kam zurück, legte Holz nach und hielt einen Weinschlauch in der Hand. »Durstig? Oder willst du ihn mir wieder um die Ohren hauen?« Wenn er sie zum Lachen brachte, war es einfacher, sich vorzustellen, ihn schon zu lieben.

»Nein, heute nicht«, antwortete sie, und er lächelte sie an.

»Du bist wirklich sehr hübsch, Brynhild«, sagte er, als sie gerade trank, und sie verschluckte sich.

»Was machen wir denn, nachdem wir die Schwerter da in Urgud abgeliefert haben?«, wollte sie wissen.

»Bur-gund«, artikulierte Siegfried überdeutlich.

»Burgud!«, wiederholte Brynhild und verdrehte leicht die Augen. »Was machen wir danach?«

»Na, wir bleiben erst mal eine Weile da, sehen, wie es dir gefällt!«
»Und wenn es mir nicht gefällt?«
»Wart doch erst mal ab!«
»Ich frag ja nur, was, wenn?«
Da küsste er sie wieder auf diese versiegelnde Art und Weise: »Dein Gürtel ist wunderschön, *uppáhald*«, gurrte er dann in ihr Ohr und versuchte heftig ruckend, ihn ihr abzunehmen.
Sie wischte seine Hand weg und öffnete die Schnalle selbst. Aber währenddessen dann behielt sie ihn die ganze Zeit in der Hand, als könnte er ihr eine Versicherung sein gegen die immer lauter werdenden Fragen und ihre Unwissenheit.
Das Schiff jedoch, als gelte es ein Rennen zu gewinnen, glitt unbehelligt durch die nächtlichen Wasser auf sein Ziel zu.

Worms in grösster Erwartung

Von den Frontlinien waren mehrfach besorgte Reiter gekommen, die immer wieder darauf drängten, dass man den Sachsen endlich einen Riegel vorschieben müsse. Die Burgunden hätten kaum noch Schwerter, richteten die Männer jedes Mal besorgter an Hagen aus, dessen Schweigen jedes Mal fürchterlicher wurde.

»Wenn er nun nicht rechtzeitig wiederkommt!«, jammerte Gunther.

»Feigling, der«, spuckte Gernoth.

Hagen ging einfach weg, und die beiden Brüder sahen einander verbittert an.

Krimhild war die letzen zwanzig Tage seit Siegfrieds Abreise durch verschiedene Phasen extremer Gemütsregungen gegangen. In den ersten vier Tagen, nachdem er sie zurückgelassen hatte, wollte sie nur nicht essen oder, besser, gab an, dass sie nicht könnte, weil sie so sehr von Liebe erfüllt wäre. Danach verfiel sie in einen fiebrigen Stupor, redete kaum noch und schlief auch nicht; hin und her gerissen von Zweifeln, namenloser Eifersucht und Sehnsucht.

Frau Uote hatte dann schnell eine sehr einseitig bestrittene Unterredung mit Magister Conradus, der alsbald zu jeder Tageszeit bei Krimhild unter Vorwänden auftauchte und von der Liebe seines Gottes redete, die die einzige wäre, die dem Menschen Segen bringen könnte.

»Ja, aber ich liebe doch Siegfried auch. Gott, Jesus und Siegfried«, hauchte Krimhild dann mit wagemutiger Röte in den Wangen. Dabei stand die Reihenfolge längst anders.
Magister Conradus war kein Eiferer. Den Gott, den er gefunden hatte, einen Gott, der anderen wohl wollte, vergab, verzieh, den fand er nicht einmal so bei seinem eigenen Bischof wieder.
Magister Conradus war auch kein Philosoph. Doch es schien ihm, dass in dem Gott, den jeder Mensch sich erwählte, auch wenn es der weiße Christus war, doch viel eher ein Stückchen desjenigen wohnte, der glaubte. Magister Conradus' Gott hatte keine zu großen Ansprüche an die Menschen. Er hätte es gerne gesehen, wenn sie sich vertragen würden, nett zueinander wären und sich nicht die Schädel einschlügen. Aber er wusste auch, so wie eben Conradus selbst es wusste, dass solches wenig wahrscheinlich und eher ein Feiertagsverhalten als ein täglicher Umgang wäre.
Er wollte mit diesen Reden an Krimhild nur Frau Uote einen Gefallen tun. »Das ist schon recht, meine Liebe, aber Gott geht vor«, sagte er nutzlos, »denkt an Gott.« Und Krimhild, in deren Augen ein ganz berückter Wahn lag, senkte die Lider und behauptete in unschuldiger Lüge, dass sie das immerzu täte. Dagegen konnte man auch nichts sagen, sie stickte von früh bis spät an einem besonders heiligen Teppich. Ihre Fingerkuppen waren wund und zerstochen, da sie auch das fallende Licht nicht von ihrer Arbeit abhielt. Außerdem erschien sie in der Messe am Morgen, am Mittag und am Abend, wo selbst ihre Mutter nur einmal am Tag ging.
Aber Conradus wusste, dass sie nicht betete, sondern handelte.

Er kannte den Unterschied. Gunther, Gernoth und die Herren, ja, die erschienen eben aus Gewohnheit, weil es sich gehörte, weil es die Ordnung erhielt, standen ihre Zeit im Gottesdienst ab und brummelten die notwendigen Worte, ohne Inbrunst und oft zur Unzeit. Manchmal erschienen die Herren, um mürrisch für Schlachtenglück zu beten, oder einen Verstorbenen. Aber Conradus wurde das Gefühl nicht los, dass sie immer noch lieber einen Holzstoß in Brand gesteckt und mit gereckter Faust »Odin« gebrüllt hätten, statt Fürbitte zu leisten. Niemand betete mit Demut hier am Hof, ein paar Unglückliche vom Gesinde und der liebe Giselher einmal ausgenommen. Selbst Frau Uote, bei allem Respekt, den diese königliche Frau ihm abnötigte, stand oft so da, als hätte sie mit dem Himmel eine Rechnung offen.

Und Krimhild hatte vorher kaum für etwas zu beten brauchen. Nun, da dieser Niederrheiner ihr den Kopf verdreht hatte, handelte sie jeden Tag mit Gott. Bot ihm ihre entleerte Frömmigkeit und Gutheit, damit er ihren wahren Herrn schnell und unbehelligt zurückkehren ließe.

»Das ist recht, dass Ihr das tut«, sagte Magister Conradus aber nur zu ihr, ließ sie in dem Glauben, unentdeckt zu sein, »betet und stickt, und alles andere wird sich finden.«

Betreten senkte sie den Kopf und flüsterte Dank.

Magister Conradus fühlte sich seltsam ausgeschlossen, da alles in Worms einer solchen Erwartung unterworfen war. Man erwartete zuerst Siegfried, dann die Waffen, dann den Sieg über die Sachsen und den nachfolgenden Abzug der Hunnen. Conradus erwartete gar nichts. Es würde kommen, wie es käme, dachte er.

Andere erwarteten Schlimmstes, aber nicht nur wegen der Sachsen.

Gunthers Geliebte, auch wenn ein solch leidenschaftlicher Ausdruck beider Verhältnis nach all den Jahren kaum angemessen war, die matronenartige Kudrun, erwartete mit Siegfrieds Wiederkehr eine fürchterliche Wendung ihres eigenen Schicksals, da Gunther ihr schließlich von der nordischen Braut gebeichtet hatte, die ihm wahrscheinlich ins Haus stand.

»Es ist wegen der Schwerter«, hatte er des Nachts, furchtsam unter ihrem Busengebirge verborgen, geflüstert. »Nur wegen der Schwerter.«

»Aber, Herzchen«, Kudrun war aus allen Wolken gefallen, »wir haben es doch so schön miteinander!«

Sie mochte Gunther wirklich gern. Wer weiß, wie es wurde, wenn eine andere Frau käme, noch dazu eine aus dem Norden, vielleicht gerade mal fünfzehn oder so.

»Das wird sich doch nicht ändern«, jammerte der König und klammerte sich an ihren weichen Bauch und ihre runden Hüften.

»Es ist doch nur wegen der Schwerter.«

Aber Kudrun war nicht überzeugt, sie kannte Hagens unbarmherzige Goldbeutel, die einen in die Verbannung begleiteten. Sie hatte immer dafür Sorge getragen, Gunther kein Kind zu gebären, damit sie dieses Schicksal nicht ereilen sollte.

»Warum kann *Gernoth* sie denn nicht heiraten«, keuchte sie, den Tränen nahe. »Dem wäre das doch egal!« In einer schwachen Stunde hatte sich Kudrun auch einmal Gernoths Drängen ergeben. Das war schon viele Jahre her, und beide hatten sie dabei an Gunther gedacht, beide schuldbewusst, beide verschwiegen.

Aber Gernoth war nicht wählerisch, das wusste jede.

»Gernoth ist nicht König«, seufzte Gunther und fühlte wie-

der einmal den uralten Stachel seiner Bürde. »Sie muss den König heiraten.«
»Wer sagt das denn?«, wollte Kudrun wissen und ahnte es schon.
»Hagen«, flüsterte Gunther schwach unter ihrem Busen. Kudrun schnaufte, und das Bett wogte knarrend.
»Hagen, Hagen«, begann sie und dachte über Schmähungen nach, die sie diesem schwarzen Schreckgespenst gerne mal an seinen einäugigen Schädel geworfen hätte. So oft hatte Gunther Bauchweh, wenn Hagen ihn einmal wieder wegen irgendwelcher unwichtiger Sachen ausgezankt hatte. Er wollte es Hagen immer recht machen. Sie wusste, dass Gunther Hagen über alle hob, über sie, über Gernoth, über alles andere auf der Welt.
Deswegen schon war sie gegen ihn eingestellt, diesen Unantastbaren, der ihrer aller Leben lenkte.
Aber man durfte Hagen in Gunthers Anwesenheit nicht beleidigen, da wurde er auf seine zögerliche Art fuchsteufelswild.
Alle Frauen in Worms hatten wohl in den letzten fünfundzwanzig Jahren versucht, Hagen zu verführen, das heißt, eigentlich hatten sie es alle nur in den ersten drei Jahren ernsthaft versucht. Dann war die Unmöglichkeit eines solchen Unterfangens an alle nachfolgenden Abenteurerinnen warnend weitergegeben worden; und nur die waghalsigsten versuchten es noch.
Kudrun selbst hatte keinen persönlichen Vorstoß gewagt, aber sie hatte es von Sueba gehört, die es von Gunhild gehört hatte, die es selbst versucht hatte – und am weitesten von allen gekommen war. Und Gunhild hatte gesagt, dass sie damals eines Nachts vor Hagens Tür auf ihn gewartet hatte und ihn heiter angegangen war, mit einem Kuss auf

die Wange und einem beherzten Griff an die entscheidende Region. Und die Antwort dieser Region, die wie Gunhild Sueba anvertraut hatte, eine sehr prompte, sehr beachtliche gewesen war, hatte Gunhild sich schon am Ziel wähnen lassen.
Aber dann hätte das alte Schreckgespenst, das ja damals noch nicht so alt gewesen war, nur gesagt: »Was soll das?«, mit dieser Stimme, die sie alle so aufregend und so anmaßend uninteressiert fanden.
Und Gunhild, nach wie vor ermutigt durch den Anhaltspunkt in ihrer Hand, hatte gegurrt: »Ich dachte, wir beide könnten uns eine gute Nacht machen, Meister Hagen.«
An dieser Stelle dann hatte Hagen Gunhilds Hand sehr bestimmt entfernt und gesagt: »Nein, danke. Sehr freundlich. Aber, nein danke.«
Damit war er der Verführerin entwichen und in seine Kammer geglitten. Da Gunhild vorher ausgiebig die begeisterte Beantwortung ihres Griffs, auf den sie sich einiges einbildete, beschrieben hatte, konnte nun nicht einmal behauptet werden, dass Hagen diesbezüglich ohne Regung wäre. Es blieb ein Rätsel.
So einer, schäumte es lautlos in Kudrun, den armen Gunther in ihrem Schoß, der konnte ja leicht bestimmen: »Hier, heirate du mal eine Nordfrau.« Dieser, dieser – es fiel ihr nichts ein.
»Na, warte«, sagte Kudrun schließlich nur, »wenn die wirklich kommt, die wird hier keinen Spaß haben.«
»Es ist doch nur wegen der Schwerter«, machte Gunther einen letzten Versuch, die Geliebte zu besänftigen, aber auch ihm war es mulmig bei dem Gedanken, was da auf ihn zukommen könnte.

Hagen, von dem einmal wieder niemand wusste, was er dachte oder erwartete, besuchte hin und wieder Dankwart an der Sachsenfront, rechnete und sorgte sich.
»Lass uns den Ausfall jetzt machen, Hagen«, hatte Dankwart beim letzten Mal gefleht. »Die Männer sind völlig fertig, fast jeden Tag diese Angriffe, sogar im letzten Winter!«
»Wir warten noch«, hatte Hagen entschieden und war dann doch die ganze Nacht durchs Lager gewandert, als hielte ihn etwas Schreckliches wach.
An einem Feuer saßen drei alte Kämpfer zusammen, wirkliche Soldaten, keine dieser Armen, die sie aus den Dörfern holen und anlernen mussten, nur damit sie einem Sachsen in die Axt liefen.
Er war stehen geblieben und machte eine abwehrende Geste, als die Männer versuchten, aufzustehen.
»Wie ist es?«, fragte er sie dann leise. Einer drehte den Kopf, einer nahm etwas Erde vom Boden auf und warf sie ins Feuer. Der dritte antwortete: »Besonders schlimm. Obwohl es gar nicht so schlimm aussieht«, sagte er mutig. »Das Schlimme ist, dass man nichts machen kann.«
Hagen nickte. »Nicht mehr lange«, versprach er dann und ging weiter. Dankwart sah ihm nach, als er aus dem Lager fortritt. Er hatte ihn überreden wollen, erst bei Tagesanbruch zu reisen, aber Hagen gab nur an, dass er noch jemanden zu treffen hätte. Dankwart tippte hoffnungsvoll auf einen sächsischen Unterhändler oder Spion. Er glaubte immer noch, dass Hagen diesem albernen Spuk ein sehr schnelles Ende machen könnte, wenn er mit Luideger verhandeln würde. Aber es war völlig sinnlos zu fragen.
In den letzten Tagen, bevor Siegfrieds Schiff dann end-

lich wie ein Fanfarenstoß der Erlösung vor Worms anlegte, waren alle angespannt und gereizt miteinander. Klein-Giselher, das sanfte Kind Uotes, das nun mehr und mehr in die Männerwelt seiner Brüder eintauchte, ging deswegen in die Kapelle und betete inbrünstig, dass sich doch alle weniger streiten sollten, Burgunden nicht mit Burgunden, aber auch die Sachsen nicht.

Zutraulich erzählte der Knabe Magister Conradus von seinen Bitten an den weißen Christus. »Die Sachsen sind keine Christenmenschen«, antwortete der Priester nachsichtig. »Da wird das Beten nicht viel nützen.«

»Aber bestimmt werden sie irgendwann Christen«, erwiderte der Junge mit leuchtenden Augen. »Irgendwann werden doch alle Menschen Christen sein, weil es das einzig Richtige ist, was sie sein können. Also auch die Sachsen. Wie die Schächer!«

Conradus dachte sich schweigend und entsetzt ein Paradies, in das Sachsen Einlass finden könnten. Er stellte sich geschwängerte Engel vor, zerrissene himmlische Gewänder und überall Humpen, die auf dem Boden lagen. Verschreckt unterbrach er sich in diesen unangemessenen Vorstellungen.

»Natürlich, mein Junge«, sagte er nur und wunderte sich wieder einmal, welch unterschiedliche Seelen der Herrgott doch entschied, in ein und derselben Familie erwachen zu lassen.

Der Posten sah das Schiff im Morgengrauen. Wegen möglicher sächsischer Spione hatte Hagen alle Hornsignale untersagt und ein kompliziertes Lichtsystem erdacht, dass die Posten seit Monaten geübt hatten, aber immer noch nur unzureichend beherrschten. Deswegen signalisierte der arme Tropf im ersten Turm »Rhein – Schiff – zwei – fremd – unbekannt«.

Der Wächter, der diese Botschaft aufnahm, verstand noch weniger als der Absender, deswegen ging die Botschaft weiter zur Burg »Rhein – Schiffe – unbekannt – jetzt«. Man kann sich leicht vorstellen, was daraus wurde.

Der Hauptmann, ein Westfranke namens Coloman, der Befehlshaber der Schutztruppen, die bislang jeden Abend dankbar gepriesen hatten, nicht an die Frontlinien versetzt worden zu sein, stand senkrecht und in Rüstung, kaum dass ihm die Botschaft zittrig ins Ohr gewispert worden war. Er schickte Meldung an Hagen und ließ im Hof antreten.

Hagen weckte den armen Gunther aus Kudruns nächtlicher Umklammerung, holte Gernoth aus der Gesindestube unter drei unbekleideten Mägden hervor, pochte an Volkers, Huonolds, Sinolds und Ruomolds Quartiere und sagte immer nur ein Wort: »Antreten.«

Als schließlich alle im Hof versammelt waren, kam der Meldereiter an, den der Hauptmann zur Überprüfung der misslichen Mitteilung an die Anlegestelle geschickt hatte, und gab Entwarnung: »Der Herr Siegfried ist zurück«, rief der Meldereiter. Gunther fühlte durch diese Mitteilung keine Erleichterung – im Gegenteil. In kürzester Zeit würde er nun wissen, was für eine furchtbare Braut das Schicksal ihm beschert hatte, eine Heidin in Fell und Rüstung, rothaarig am Ende.

»Zum Steg«, befahl Hagen allen mit wohl verborgener Erleichterung. Gunther musste wegen des offiziellen Anlasses auf seine Zwergstute verzichten und auf einem von Gernoths nervös gefährlichen Hengsten zum Fluss reiten, der unter ihm zitterte und schnaubte, als wollte er ihn warnen, bloß keinen Fehler zu machen. Gernoth selbst hatte

den Fehler gemacht, Giselher wecken zu lassen, der ja noch im Frauentrakt wohnte.
»Warum denn?«, quäkte der Junge müde, als der Bedienstete ihn wachgerüttelt hatte.
»Herr Siegfried kommt wieder!«, raunte der Bedienstete.
»Siegfried«, gellte der Kleine begeistert. Krimhild erschien im Hof, bevor ihr Bruder zur Hälfte angezogen war.
»Was machst du denn hier?«, maulte Gunther, unglücklich auf dem nervösen Pferd.
»Ich gehe mit zum Steg«, sagte Krimhild gepresst, in den Augen ein irres Leuchten.
»Gehst du nicht, du gehst wieder weben oder sonst was«, brummte Gernoth.
»Mein zukünftiger Mann ist auf diesem Schiff«, hob Krimhild unkleidsam die Stimme. »Ich gehe mit!«
»Hagen«, jammerte Gunther, »Krimhild will mit zum Anleger.« Hagen, noch nicht aufgesessen, bahnte sich seinen Weg durch die Reihen der frohen Soldaten.
»Jungfer Krimhild«, sprach er wohl zum ersten Mal in seinem Leben Gibichs Tochter an. Die zuckte zusammen, als hätte er sein Schwert gegen sie gezogen.
»Ihr könnt nicht alleine mit uns zum Steg reisen«, erklärte Hagen mit seiner üblichen Bestimmtheit. »Das schickt sich nicht.« Damit nickte er ihr zu und wandte sich schon wieder ab.
»Doch«, quiekte Krimhild in dieser dringlichen Tonlage, »mein Mann ist auf diesem Schiff«, wagte sie sich einen Schritt weiter vor. »Ich will ihn begrüßen.«
»Seit wann seid ihr denn schon verheiratet«, spottete Gernoth, der nicht fassen konnte, wie seine Schwester mit Hagen geredet hatte.
»Ich will ihn begrüßen«, kreischte Krimhild da, ein Mal,

zwei Mal, drei Mal, geriet in den gleichen wütenden Stupor, in dem sie noch ein paar Jahre zuvor verkündet hatte, keinen »blöden, blöden Mann« jemals haben zu wollen.
Hagen ließ sie ausschreien und sah sie, wie sie da zitternd und bleich stand, ungläubig an. Dann schüttelte er kurz den Kopf und sagte finsterer denn je: »Weckt Eure Mutter, sie und ihre Frauen müssen Euch begleiten.«

Bis zwanzig Frauen und eine Königin angekleidet sind, Ihr Fremden, dauert das so seine Zeit, deswegen war kein Mensch am Steg außer dem Wachposten, als Siegfrieds Schiff voller Schwerter tatsächlich anlegte.
»Ich seh keine Dächer aus Gold«, gähnte Brynhild in die frühen Nebel. Sie war sich nun nach vierzehn Tagen an Bord nicht mehr ganz so sicher, dass sie wirklich um die Welt segeln wollte. Sie hätte gern einmal wieder im warmen Dampfhaus gesessen oder in einem auf festen Boden stehenden Bett geschlafen. Außerdem konnte sie Dörrfisch und Grütze allmählich nicht mehr sehen.
»Und schneeweiße Fahnen seh ich auch nicht!«
»Kannst du deinen Gruß?«, gab Siegfried nur sehr nervös zurück.
»Jech frau mi so, dass chieheer bin, hauhi Herre«, wiederholte sie sehr leiernd, und Siegfried sah sie an, als wollte er sie ohrfeigen.
»Hvað gengur á?«, fragte sie arglos.
»Was los ist?«, schrie Siegfried. »Seit zehn Tagen üben wir diesen einen Satz, nichts weiter, nur diesen einen Satz, und den kannst du nicht! Das versteh ich nicht!«
Brynhilds Müdigkeit wich ihrem schlimmen Temperament.
»Ach ja?«, fauchte sie zurück. »Weißt du, was ich nicht ver-

stehe? Ich verstehe nicht, warum wir in Xantur nicht angehalten haben, wenn das deine Heimat ist. Und ich habe jeden Tag weniger verstanden, von welchem Land du denn nun eigentlich König bist. Und was mit diesem Schatz ist, habe ich auch nicht verstanden – und wozu wir die Schwerter hier abgeben. Und warum wir unterwegs die Segel wechseln mussten, damit man keine Farben sah – das verstehe ich alles nicht!«

Siegfried zog die Lefzen hoch und stand kurz davor, die Geduld gänzlich zu verlieren.

Er hatte die längsten zwei Wochen seines Lebens hinter sich, so kam es ihm zumindest vor mit dieser unberechenbaren Nordfrau, die Fragen stellte und auch noch seine Antworten behielt, um ihm dann Widersprüche zu unterstellen.

Sicher hätte er oft besser nachdenken sollen, wenn er ein paar Gründe ausdachte, aber so viel Zeit war nicht immer.

»Der Gruß heißt: Ich – bin – sehr – froh«, wiederholte er mit äußerster Beherrschung, »dass – ich –«

»Siegfried«, gellte da eine weibliche Stimme vom Ufer durch den Nebel. »Siegfried!! Ich komme.«

»Was war das denn?«, fragte Brynhild entgeistert.

FREMDE

Brynhild sah Hagen nicht gleich, als sie an Land ging. Sie sah kaum jemanden richtig. Um sie herum das Gewirr der fremden Sprache, so viele Menschen, die sie alle anstarrten, als würde ihr ein Geweih oder ein zweiter Kopf wachsen. Dieses verrückte Mädchen, das ihrem Siegfried um den Hals hing – vermutlich eine Schwester oder Base –, die drei unablässig erwähnten Könige Gunnar, Görn und Gisler. Der Dicke sah sie an, als wollte sie ihn fressen, der Dünne, als wollte er sie auf der Stelle begatten, und der hübsche Kleine, als wäre sie ein Geist. Dann die vielen Soldaten, die sofort zum Schiff rannten und die Schwerter abluden, als gelte es ihr Leben. Die Pferde, um so vieles größer als zu Hause, schnaubten in der morgendlichen Kühle. Es roch nach modrigem Holz und Laub, so viel Laub, wie Brynhild es noch nie im Leben gesehen hatte.

Ihr Bräutigam, auch dies unerklärlich, machte, als ihn die hübsche Verrückte endlich losgelassen hatte und von einer älteren Dame festgehalten wurde, einen Kniefall vor den drei Königen und rief sie dann mit Namen an, in den Augen eine Drohung, die ihr vermittelte, dass dies der geeignete Zeitpunkt wäre, diesen elenden Satz zu sagen: »Jech bin sehr fruh, dass jech her bien, haestur herre«, überwand sie sich.

Daraufhin drehte sich der Dicke suchend um und rief:

»Hagen?«, was Brynhild ungeheuer unhöflich fand. Sie hatte ja keinen Jubel erwartet, aber wenigstens eine Erwiderung. Diese berühmten Könige kamen ihr immer seltsamer vor.
Der Dünne lächelte sie an und legte dann wackelnd die Zunge zwischen die Lippen. Brynhild stellte sich vor, wie sie ihm die Zähne ausschlagen würde. Zuerst oben mit der Faust und unten vielleicht einzeln mit dem Schwertknauf.
Siegfried redete schnell in der Sprache von »Burgund«, wie sie nun sattsam wusste, dass es richtig hieß, zeigte auf Brynhild und erklärte vermutlich die bevorstehende Trauung. Ehrlich gesagt, war sie sich seit ein paar Tagen überhaupt nicht mehr sicher, ob sie ihn wirklich heiraten wollte, römische Dukaten hin oder her. Jeder zu Hause wäre froh, wenn sie wiederkäme, dachte sie mürrisch, jeder!
Aber vielleicht hatte ihre Verdrossenheit mehr mit der Reise als mit ihm zu tun, sie wollte diese Möglichkeit nicht ausschließen.
Warum ging man nicht endlich in eines dieser Bauwerke mit den angeblich goldenen Dächern, wo es zumindest ein Feuer gäbe und vielleicht auch etwas zu essen, wenn diese Leute hier nur die mindeste Ahnung von Gastfreundschaft hatten.
Siegfried hatte gerade wieder irgendetwas gesagt, was alle gemeinschaftlich einatmen ließ. Von seiner Gestik glaubte sie raten zu können, dass es sich um ihre Kampfprobe handelte. Sie hoffte, dass er alles richtig erzählte. Der Dicke kam schließlich widerstrebend ein paar Schritte näher heran und wagte ein schüchternes, eher furchtsames Lächeln.
Brynhild sah ihn unter zusammengezogenen Brauen an. Der Dünne rief etwas wie »Los«, und der Dicke kam noch näher und küsste sie schreckhaft auf die Wange, woraufhin

alle jubelten. Dann griff er mit glitschigen Fingern nach ihrer linken Hand und nahm dieselbe zittrig in seine Rechte. Wieder jubelten alle. Brynhild wollte wirklich gern wissen, was los war, und sah sich suchend nach Siegfried um, der nirgends zu sehen war.

Die Wagen mit den Schwertern waren fast schon voll beladen, und einer in einem roten Mantel gab Kommandos. Die paar Mann Besatzung waren vom Schiff gekommen und prahlten mit ihren Reiseerlebnissen, wie es schien. Sie hatten mit einem Mal dröhnende Stimmen, vollführten große Gesten und lachten viel. »Entschuldigung«, versuchte Brynhild es mit dem Dicken, auch wenn sie nicht viel Hoffnung hatte, dass es nützen würde, »gehen wir jetzt bald?« Sie drückte ermutigend seine Finger, damit er sie nicht ganz so ängstlich angaffen müsste.

»Hagen?«, rief der Dicke wieder ins Getümmel, das sich um die Schwertwagen herum gebildet hatte. Brynhild dachte, dass sie Siegfried unbedingt fragen müsste, was für ein Wort das wäre, da es hier ja nun recht häufig im Gebrauch zu sein schien. Ein Windstoß ging vom Fluss her in die Baumkronen, und sie machten ein wundervolles Geräusch, das Brynhild noch nie gehört hatte. »Ist das schön«, sagte sie leise und lächelte. Verzaubert sah sie dem Wind nach, wie er die Blätter zu streicheln schien. Zu Hause war es auch sehr grün und bisweilen, oft eigentlich, auch sehr feucht, zumindest wenn kein Schnee lag, aber dieses Grün hier war noch etwas anderes. Es war so tief und endlos, aber auch schwermütig dabei.

»Königin«, sagte da eine Stimme neben ihr. Sie drehte sich um und sah einen großen Mann im roten Mantel, offensichtlich der, der vorher die Kommandos gegeben hatte. Er trug das rechte Auge hinter einer Binde verborgen, und sein

Gesicht sah aus, als hätte man es geschnitzt. Seine Stimme klang rau und tief zugleich. Brynhild zog die Brauen abermals zusammen und erwiderte: »Ja?«
Der Mann im roten Mantel versuchte sich in ihrer Sprache, oder vielleicht eher einer südlichen Variante davon. Dennoch erschien es ihr als die erste Höflichkeit des Tages, als er sagte: »Ihr reisend mit Frauen.« Dazu zeigte er auf die Sänfte, in die gerade das hübsche Mädchen einstieg, das sich so über Siegfrieds Ankunft gefreut hatte.
»Danke, aber ich reite lieber«, antwortete Brynhild ihm.
Der Mann schüttelte leicht den Kopf und wiederholte, sodass es schien, sie könnte ihm nicht widersprechen, ohne ihrerseits eine Unhöflichkeit zu begehen: »Königin, Ihr reisend mit Frauen.«
Immerhin bot er ihr den Arm und brachte sie selber zu der langweiligen Sänfte, in der die Hübsche nun hysterisch in ein über und über besticktes Taschentuch weinte.
Brynhild verstand diese Südländer nicht. Warum stellte sie niemand vor, warum ritt sie nicht an Siegfrieds Seite, wieso küsste der Dicke sie, und dann nahm niemand weiter Notiz? Weswegen würde sie mit einer heulenden Fremden nun in diesem Kasten irgendwohin geschaukelt werden – und nichts sehen können, denn die Seiten der Sänfte waren aus Holz.
Brynhild blickte hilfesuchend zu dem Mann in Rot, der darauf wartete, dass sie einsteigen sollte. Er nickte nur, als wüsste er, dass es viel verlangt, aber nicht zu ändern wäre. Ungehalten stieg sie in den Kasten, die weinende Hübsche versuchte, sich zusammenzunehmen.
Sie blubberte irgendetwas, von dem Brynhild immer nur wieder Siegfried verstand.
»Ich bin Krimhild«, sagte die Hübsche schließlich, das war

gut zu verstehen. Brynhild nickte und stellte sich auch vor. Sofort umarmte sie die Hübsche und küsste sie auf die Wangen und den Mund. »Wir werden wie Schwestern sein«, hauchte Krimhild selig. Brynhild versuchte ein Lächeln, offensichtlich war diese Krimhild sehr mitgenommen. Die Sänfte wurde angehoben und begann sich schaukelnd in Bewegung zu setzen.

»Ich würde lieber reiten«, teilte Brynhild ihrer neuen Bekannten ihren Verdruss mit.

»Dieser Hagen kann einem ganz schön Angst machen, was?«, antwortete Krimhild, etwas erschrocken über die heidnische Sprache ihrer Schwägerin. Wieder das Wort, das Brynhild nicht verstand. »Aber so schlimm ist er gar nicht«, fuhr Krimhild fort, »auch wenn er nicht zur Kirche geht. Ich bin ja so froh, dass Siegfried wieder da ist. Ich hab ihn so sehr vermisst.«

Brynhild entschloss sich, einen Vorstoß zu wagen: »Gunnar«, sagte sie, »welcher ist Gunnar gewesen? Der *þykkur*?«

Krimhild kicherte und fiel Brynhild wieder um den Hals: »Ich hab mir immer eine Schwester gewünscht. Jetzt können wir alles zusammen machen. Wir können zusammen sticken und zur Kirche gehen und alles, alles zusammen machen!«

Brynhild versuchte ein Lächeln. Sie sah die hübsche Krimhild in ihrer feinen Robe und dachte, dass sie selbst unzureichend angezogen war. All ihre schönen Kleider und Schmuckstücke waren in den Truhen gewesen, zugebaut hinter den vielen Schwertern, da sie als Erstes eingeladen worden waren. Sie hatte deswegen nur ein schlichtes Gewand an, ohne Hilfe die Haare bloß zu einem Zopf geflochten. Ihr Gürtel fiel ihr ein. »Das ist ein Geschenk von

meiner Mutter, Königin Ylva, für die Hochzeit«, erklärte sie Krimhild und zeigte auf ihre Hüften.
Krimhild öffnete staunend den Mund und bewunderte die Kunst der vielen aneinander gereihten Sonnenwagen.
»So wundervoll!«, hauchte sie. »Aber ist das nicht etwas Heidnisches?« Brynhild vermutete uneingeschränkte Wertschätzung für die heimische Schmiedekunst und nickte begeistert. Krimhild zog ihre Hand zurück und rang einen Moment mit sich: »Man kann ihn ja einschmelzen und etwas Neues daraus machen. Was Anständiges«, schlug sie dann vor und fühlte sich recht waghalsig: »Ein Kreuz, zum Beispiel.«
Brynhild nickte abermals, und Krimhild drückte und küsste sie schon wieder. Dabei dachte sie an Hilgis und zu Hause und fühlte, wie ihr die Augen feucht wurden. Krimhild faltete ehrfürchtig die Hände vor der Brust: »Ein Kreuz«, wiederholte sie.

Die Wagen mit den Schwertern setzten unter größter Bewachung gleich nach den Frontlinien aus. Hagen gab Anweisungen, den Ausfall am dritten Morgen nach der Ankunft der Schwerter vorzubereiten. Er selbst würde mit allen verfügbaren Kriegern dann ebenfalls da sein. Im Hof zu Worms herrschte größtes Getümmel, Brynhild, die noch immer nicht mit Siegfried hatte sprechen können, wurde kurzerhand in den Frauentrakt gebracht, was sie nicht verstand. Aber niemand kümmerte sich um ihre fauchend klingenden Fragen, und Krimhild schien ja schon einen Weg gefunden zu haben, mit ihrer zukünftigen Schwägerin auszukommen. Die Herren waren sämtlich mehr mit Sachsen und Strategie beschäftigt als mit Frauenangelegenheiten. Gunther dachte, dass es sicher hätte schlimmer kom-

men können und fand, mit dem Gruß am Ufer erst einmal seine Schuldigkeit getan zu haben. Das Volk, insbesondere die Gesindefrauen, verrenkte sich natürlich den Hals nach der Nordfrau, von der man in Windeseile das Schlimmste annahm, hatte aber wirklich noch nicht genug gesehen, um ordentliche Gerüchte in Umlauf setzen zu können.
Siegfried war der Held der Stunde. Er hatte diese waghalsige Mission so großartig zu einem guten Ende geführt. Seine Wiederkehr und sein Aussehen waren wichtiger als alles andere. Unter Gejubel wurde er in die große Halle geführt, bekam warmen Wein und warme Worte, frisches Fleisch und heißes Brot und wurde bewundernd angesehen.
Gernoth war eifersüchtig, umso mehr als auch Hagen ein für seine Verhältnisse überschäumendes Kompliment abgab: »Gut gemacht.«
Siegfried fragte nach den Sachsen, und aller Mienen versteinerten, während Herr Volker wortreich auseinander setzte, dass man nun in den nächsten Tagen gegen diese Wilden den entscheidenden Streich führen würde.
»Herr Dankwart hat die Stellung halten können, aber wir haben jeden Tag gehofft, dass Ihr kommen würdet. Wir sind Euch zutiefst verpflichtet, Herr Siegfried, in diesem Krieg, der nicht der Eure ist, eine so wesentliche Hilfe gewesen zu sein.«
Alle, außer Gernoth, brummten Zustimmung.
Siegfried strahlte trotz der Strapazen der Reise: »Ja, aber, aber! Herr Volker! Was heißt denn hier ›nicht mein Krieg‹! Man zieht gegen Burgund! Ich heirate Krimhild! Das hier ist mein Krieg. Ich werde auch morgen mit Euch an die Front ziehen. Das wollen wir doch mal sehen, diese Sachsen!«
»Wollt Ihr Euch denn nicht erst ausruhen?«, fragte Gunther entgeistert, der sicher erst einmal einen Monat im Bett

gelegen hätte, wenn er diese Reise hinter sich hätte bringen müssen, eine Strecke hätte ihm gereicht. Und diese Kampfprobe, von der er nur wenig und nur mit halbem Ohr gehört hatte, machte ihn schon vom Zuhören müde.
»Ich fühl mich blendend«, erklärte Siegfried lachend.
»Angeber«, murrte Gernoth so leise, wie es gerade ging.
»Ich finde sowieso, wir sollten die Sachsen auf einen Zweikampf herausfordern, König Gunther«, schlug Siegfried vor. »Unter den Sachsen ist das sehr beliebt.«
Diese geniale Lösung war auch den anderen Herren in der Wormser Heeresleitung bekannt. Leider hatte sie den Haken, dass für einen Zweikampf der König selber hätte an die Waffen gehen müssen, König gegen König eben. In diesem Fall also Luideger gegen Gunther. Wie das ausgegangen wäre, brauchte man nicht zu raten. Als hätte man ein Kaninchen gegen einen Dachs geschickt. Gernoth wollte schon lange für Gunther in die Bresche gesprungen sein. Aber er hätte allenfalls Luidegast fordern können, was wiederum Luideger nicht zuließ.
»Ein Zweikampf«, versuchte es Volker diplomatisch, »ist uns nicht wirklich genehm. Es hat zu viel von den alten Bräuchen an sich.«
»Ja, gerade«, rief Siegfried und setzte seinen Weinbecher auf, dass der Wein überschwappte. »Ich als der Mann der Schwester des Königs, ich bin sein rechter Arm nach Sachsenbrauch. Ich darf ihn fordern.«
»Der Mann der Schwester des ...«, wiederholte Gernoth angestrengt, um sich zurechtzufinden.
»*Ihr* wollt ihn fordern?«, rief Gunther dazwischen.
»Ja, warum nicht?« Siegfried sah sich fröhlich um. »Das wäre meine Morgengabe sozusagen.« Er lachte schallend. »Meine Morgengabe an Eure Schwester, König Gunther.«

»Haha«, äffte Gernoth, aber er verstand nicht wirklich, wovon die Rede war.
Herr Volker strich sich durch das schütter werdende Haar: »Das wäre natürlich eine Möglichkeit, Ihr Herren.«
»Ich glaube kaum, dass Luideger sich darauf einlassen würde«, sagte Hagen. »Nicht nach all der Zeit, nicht nach einer Absprache mit den Hunnen.«
Gunther, der gerade Hoffnung geschöpft hatte, sank wieder das Herz. »Was heißt das genau, wann ziehen wir?«, fragte er.
»Morgen Früh«, antwortete Hagen, und der König fühlte die Leibschmerzen nahen.
»Ja, da komm ich doch trotzdem mit«, rief Siegfried ungebrochen fröhlich. »Ich bleibe bei Gunther und versuche diese Sachsen einfach so zu erwischen. Die werden doch nach dem König suchen!« Er nickte Gunther freundlich zu. »Und dann«, fuhr Siegfried fort und machte mit seinem mächtigen Schwertarm eine klar vernichtende Geste. »Erst Luideger, dann Luidegast. Und dann jeden Sachsen oder Dänen, der will.« Er hob seinen Wein, und die übrigen Herren lachten dröhnend und wiederholten seinen Trinkspruch: »Jeder Sachse, der will!« Sie tranken, rülpsten und lachten wieder. Auch Gernoth tat mit. Keiner konnte es anscheinend erwarten, in diese vernichtende Schlacht zu ziehen. Gunther verstand nicht, weswegen. Sie alle, unterschiedlich wie sie waren, schienen eine wilde Furchtlosigkeit zu teilen, die sie von solch schrecklichen Gedanken, wie Gunther sie bis zur Schlacht haben würde, verschonte. Er hasste die Schreie, den Gestank von Blut, Angst, heißem Eisen, Schweiß, Kot und Schlachterei. Er hasste die Erinnerungen, die er an in seiner Nähe fallende Körper hatte, kopflos, aufgeschlitzt, verstümmelt. Ströme von Blut auf

dem Boden, den Gewändern. Uringetränktes Leder, aufgeweichter oder staubiger Boden des Schlachtfeldes, so viel – zu viel, das auf einmal passierte. Und für sie alle, für die anderen schien es wie Nahrung, ein Festmahl wie für die Raben der alten Götter. Gunther wusste nicht, was ihn anders machte. Weswegen ihm diese innere Fröhlichkeit fehlte, seinen Humpen mit den anderen zu heben und Schmähungen gegen die Sachsen zu schreien. Er war von Hagen gedrillt worden wie alle anderen, seit er laufen konnte. Sie hatten ihn zu den ersten ernsthaften Übungsgängen mitgenommen wie zu fingierten Jagdpartien, ihm lahme Verwundete fast direkt vor die Klinge getrieben, damit sie später sagen konnten, der König habe selber – »eigenhändig« – vier Feinde erledigt. Er konnte es tun, wenn er musste. Aber das war es – ein Zwang, nicht dieses erregende Vergnügen, das die anderen einte.
Er sah sie dort sitzen, an seinem Tisch und doch so weit entfernt: Hagen, der für das Schlachtfeld geboren war, nichts anderes kannte, nichts anderes wollte. Siegfried, der Recke, dieser ewige Gewinner. Gernoth, sein lieber Bruder, im Kampf doch so furchtbar verändert, gierig nach den Schreien, den in letzter Not verdrehten Augen. Herr Volker, sonst so fein und gebildet und dann mit einem Mal auch nur ein Schlächter wie Huonold, Sinold, sogar Gere und Eckewart, Herr Ortwin, Dankwart und der gute Ruomold.
Gunther sah zu diesen fremden Männern hin und versuchte zu erkennen, worum es ging? Was war es, das ihn sogar die Heirat mit dieser Brynhild fürchten ließ, aber Siegfried nicht einmal die Fahrt, sie zu gewinnen?
Er hatte sie sich übrigens schlimmer vorgestellt, diese Nordfrau. Gut, sie war etwas groß und stabil vielleicht, er konnte sich nicht vorstellen, dass sie weich und warm wäre

wie Kudrun. Sie war etwas größer als er, und was Siegfried von dieser Schwertprobe erzählt hatte, war sie stark wie ein Mann, stärker als die meisten Männer, genau genommen. Er versuchte zu sehen, wie er seinen Kopf an ihren Bauch legen würde, und erschrak bei der Vorstellung, dass es sich anfühlen musste, als würde man sich an einen Brustpanzer kuscheln. Aber in ihrem Gesicht, da war eine Sache gewesen, die ihm gefallen hatte. Er konnte sich nur nicht erinnern, was es gewesen war.

»Herr«, riss ihn Volkers Stimme aus seinen trübsinnigen Bildern.

»Ja?«, fragte Gunther.

»Hagen will in der geheimen Kammer die Strategie für den Ausfall durchsprechen.« Der König bemerkte, dass alle anderen offenbar schon vor einer Weile aufgestanden waren, ihres Bravados müde geworden, vielleicht.

»Ja«, sagte er hastig und stand auch auf. Er ging nah neben Siegfried, der wirklich kaum ermüdet wirkte.

»Ihr müsst nicht mitgehen«, bot er ihm unterwegs ein letztes Mal an.

Siegfried schlug ihm begeistert auf die Schulter: »Das würde ich mir um nichts in der Welt entgehen lassen, König Gunther! Genauso wenig wie Ihr!«

»Ja, genau«, sagte Gunther abermals und fälschte ein Lächeln.

In den Worten des Skalden, Ihr Fremden, lasst mich sagen, dass die Sachsen nach all den Monaten nicht ahnten, mit welch listenreichem Gegner sie es zu tun hatten. Vereint in ihrer voreiligen Freude auf einen baldigen Sieg, erlebten sie die finsterste Enttäuschung eines jeden Unvorsichtigen. Mit neuen Schwertern von den Inseln und der Kampfkraft so vieler fast schon Verzweifelter blieb das tägliche Scharmützel, auf das die Eindringlinge rechneten wie auf das Morgengrauen, diesmal aus. Es war, als hätten sie Tag um Tag einen winselnden Welpen geärgert, um nun ihrerseits von einem geifernden Bluthund gejagt zu werden. Hunderte fielen, noch bevor der erste Schreck vorbei war. Hurlo und Batu, aufgeteilt zwischen Gere und Eckewart, nur noch Leichen. Zwei aus einer Armee von Namenlosen. Dänen, Sachsen, Burgunden, am Ende unerkennbares Fleisch an Odins Tafel. Den Göttern schmecken doch die Tapferen wie die Feigen, sonst müssten die Mutlosen länger leben. Odins Tafel, dieses endlose Bankett menschlicher Schwäche. Und unter der Leitung seines Sohnes wüteten die aus Geduld und List Erstandenen, bis die Götter auf lange Zeit gesättigt waren und die Menschen so müde, wie man es nur von Blut wird.

Es war Siegfried, der Luidegast schlug, welcher um sein Leben bettelte, so unsächsisch wie nie, aber nur, um das seines Bruders weiter schützen zu können. Auch Luideger, dessen nächtliche Ängste an diesem Tag einen Körper bekommen hatten, ging dann vor Siegfried und Mimes Schwert auf die Knie und flehte um Gnade.

Und als Luidegast flehte und Luideger kniete, flohen die Dänen und knieten die restlichen Sachsen ebenfalls. Staub hing über dem Feld, wirbelte mit dem letzten Atem so vieler Männer noch einmal zu einem kleinen Gruß an dieses Leben, das vorbei war.

Es gab genug Tote für endlose Feuer, aber nicht genug Wagen für all die über die Zeit erbeuteten Schwerter, die nach Burgund zurückgebracht wurden – zusammen mit den sächsischen, um sich alsbald an Hunnen zu wetzen.

Die Krieger Burgunds vibrierten von ihrem schrecklichen

Sieg. Sie wollten sofort, ohne Rast nach Süden ziehen, um dort weiter zu töten. Denn es fällt den Überlebenden so furchtbar schwer, zu den Lebenden zurückzukehren.
»Auf zu den Hunnen«, schrien die Truppen, bevor noch ein Befehl gekommen wäre.
Aber die Götter brauchten die Hunnen nicht mehr. All das Schütteln und Rucken der Jahre hatte sich erfüllt. Ihre Beutel waren ausgeleert, die Steine, die sie wollten, lagen nun endlich nebeneinander.
Nun brauchte es nur noch Zeit. Und es sind die Götter, die die Zeit erfunden haben.
So war es dann: Die Sachsen waren kaum besiegt, als ein Bote von den südlichen Wällen ins Lager stürmte.
»Herr, man kann es nicht glauben«, begann er. Und das stimmte. Keiner konnte es zuerst glauben. König Étěsil, der mit so sicherer Geduld so lange ausgeharrt hatte, der auf den besiegten Frauen von Worms schlafen wollte, war in einer dunklen Nacht vor sechs Tagen an einem Blutsturz gestorben.
Aus seiner Nase über seinen Bart lief das Leben aus ihm heraus. Étěsil lag in den Armen einer neuen, ihm zum Weibe erzwungenen Braut eines örtlichen Stammes, die man anschließend im ersten Mordverdacht gehäutet hatte, um später ihrer Familie aufrichtig betrübt Entschädigung zu zahlen.
Verstört brachen die Hunnen sofort das Lager ab und kehrten sich gen Osten.
So war das Schicksal der Fürsten, die eigentlich nach Rom wollten: Étěsil war tot, Luideger hatte sich ergeben, Theothmarich war schon lange fort und bettelte die Merowinger an. Keiner war in Rom angekommen. Und Worms stand unbesiegt.

Und während die Schlachtentrunkenen »Sieg« brüllend heimzogen, um den Frieden zu feiern, begann zu Worms ohne einen Laut ein anderer Krieg.
Und all das Töten, Malmen und Schlachten auf dem Sachsenfeld war nichts als ein Kinderspiel gegen das, was kommen würde.

Das Land der Untergegangenen
Die neunte Erinnerung

Ruideger hält kaum je den Mund, so froh ist er, mal wieder irgendwo dabei zu sein, wo es nicht nur um Bajuwaren, Hunnen und andere Wilde geht. Ruideger erzählt von seinen Glanzzeiten, er vermisst seine Jugend und klingt deswegen umso mehr wie ein Mann, dessen Zeit vorbei ist. Er reitet am liebsten neben Volker, der höflich zu aller Prahlerei den Mund hält und sich dennoch nach ein paar Meilen schon einen Überfall wünscht, um ein bisschen Ruhe zu haben.

Kaum dass sie einen alten römischen Grenzstein passiert haben, scheint er seinen Wunsch erfüllt zu bekommen.

»Reiter, fremde Reiter«, kommt das Wort von der Vorhut, Ruidegers Leute.

»Das wird nichts sein«, behauptet Ruideger und will weiterreden. Aber Volker wendet in vieler Hinsicht erleichtert um und reitet auf Hagen zu, der sich neben Gunther hält und immer noch sehr abgezehrt wirkt, auch wenn die Entzündung ganz verschwunden ist.

»Wo sind wir denn hier?«, fragt Gunther ganz erschöpft. Ihm kommt es vor, als wären sie in der Hölle der Unwägbarkeiten.

»Amelungenland«, antwortet Hagen. »Goten.«

Das sagt Gunther so wenig wie Gernoth sonst. »Der Fürst?«, forscht er weiter.

»Deoderic von Verona und Fürst Hildebrand«, erklärt Hagen,

in seiner Stimme kein Anhaltspunkt, ob das gut oder schlecht ist.

Es kann ja nur schlecht sein, denkt Gunther verzagt und überlegt, ob dies nun schon die Prüfung ist, in der er nicht versagen darf. Er will Hagen noch etwas fragen, aber der hat seinem Pferd schon die Fersen in die Seite gedrückt und reitet vor.

»Das ist bloß der olle Hildebrand, Hagen! Keine Sorge«, ruft Ruideger hinter ihm her und bedauert fast, dass er sich nicht als Mittler beweisen können wird. Hildebrand und Deoderic sind Verbündete, seit langem. Man hält zusammen in der Fremde.

Hagen sorgt sich um keinen von beiden. Er will nur nicht, dass Deoderic bei der Begrüßung zu gesprächig wird. Er kennt ihn gut. Er kennt ihn aus einer Zeit, die so verschwiegen ist, dass man denken sollte, sie wäre auch vergessen. Aber Hagen weiß, dass Männer in Ruidegers Alter, Männer in seinem Alter, auch wenn sie ein Leben lang den Mund halten konnten, auf einmal aufwecken wollen, was besser weiter begraben läge. Er will kein »Weißt du noch« vor Gunther und den anderen.

Und es ist tatsächlich Deoderic selbst, der ihnen entgegenreitet, mit seinem ewigen Hildebrand im Schlepp. Hildebrand hat kürzlich seinen eigenen Sohn umgebracht, heißt es, irgendeine Fehde.

»Hagen«, ruft Deoderic und hält sein Pferd an. »Ich kann es nicht glauben! Hagen!« Das »Weißt du noch« schwängert schon seine Stimme. Er sitzt ab und breitet die Arme aus. Hagen sitzt auch ab. Er kann die anderen schon hören.

»Deoderic«, sagt er und versucht, ähnlich begeistert zu klingen.

»Wie lange ist das her?«, tremoliert der Fürst der Amelungen auch gleich und küsst Hagen zwei Mal auf jede Wange.

»Ach, so lange«, antwortet Hagen ausweichend und winkt ab. Halt den Mund, denkt er und versucht, den stummen Befehl hinter einem Lächeln zu verbergen. Zum Glück kommt Hildebrand jetzt heran und sitzt auch ab. Noch mal Küsse.
Wenn das stimmt, denkt Hagen dabei, der eigene Sohn, zum ersten Mal kann er sich einer inneren Abscheu nicht enthalten, und es trifft ihn unvorbereitet. Er hat mit ihnen allen mal an einem Tisch oder einem Feuer gesessen. Mit Herrschern, die sich ihren Thron auf einem Berg aus Schädeln errichtet haben. Die Männer, Frauen, Greise, Kinder gleichermaßen hingemacht haben, weil sie in ihnen nur eines sahen: Hindernisse auf dem Weg zu einem weiteren Tag Macht.
Aber jetzt ist etwas passiert: Der eigene Sohn, denkt er wieder und hört Deoderics Reden kaum zu.
Er kommt nicht dazu, ihn zu bitten, nichts zu sagen. Außerdem hätte er es kommen sehen müssen, dass einer es erst wissen und dann ausplaudern würde. »Da ist Ruideger«, versucht er abzulenken.
Denn Hagen reist nicht zum ersten Mal nach Pannonien. Er ist diesen Weg ins Hunnenland schon einmal geritten – vor einer unendlich langen, scheußlichen Zeit. Und er spricht ihre Sprache – er hat bei ihnen damals fast seine eigene vergessen.
Er kennt ihre Gewohnheiten, er kennt ihre Wege, von ihnen hat er Misstrauen gelernt und Listen; hunnische Weisheit, die ihn am Leben erhielt. Er kennt sogar die Burganlage, in der Krimhild sie erwartet. Jedes Zimmer und jeden heimlichen Gang, wenn nicht seitdem noch neue hinzugekommen sind. Hunnische Waffen waren die ersten, mit denen er tötete, die Gegner der Hunnen die ersten, die er fällte. All diese ersten Male aus einer Zeit, in der er das Verbergen noch üben musste, als er noch Spuren hinterlassen hatte, verfolgbar war –

sterblich war. In Pannonien hat er das Menschsein hinter sich gelassen, in Pannonien holt es ihn wieder ein. Das ist es, was er nicht will, weswegen er Deoderics »Weißt du noch« rechtzeitig ersticken muss. Wenn er einmal erkannt wird als das, was er ist, dann können sie ihn töten. Jeder Gimpel könnte ihn dann hinmachen, ein Kind oder eine Frau könnte es.
Er muss daran glauben, dass er diesen Weg wider alle Wahrscheinlichkeit ein zweites Mal zurückreiten wird. Ein zweites Mal. »Was ist denn mit deiner Hand passiert«, fragt Deoderic da entsetzt. »Verwundet! Wirst du etwa alt?«
Dann lacht er dröhnend, und die Angekommenen lachen mit. In der Begrüßung dann das Gerede von seinem Unfall, das Boot.
Er hat seine Hand tatsächlich einen Augenblick vergessen. Hat einen Moment in der seligen, dummen Täuschung gelebt, dass es die Möglichkeit dieses zweiten Rückweges tatsächlich geben wird. Es hat nicht erst auf dieser Reise angefangen. Als er ein bisschen Glück für sich wollte, da musste er auch den Tod riskieren. Und was heißt schon ein bisschen Glück. Mehr Glück, als er jemals dachte, dass es auf der Welt überhaupt gäbe.
Hagen ist nie feige gewesen.
Deshalb sagt er es jetzt lieber selbst: »Weißt du noch, Deoderic? Damals?«

Verstehen und Begreifen

Brynhilds Kammer im Frauentrakt zu Worms war vier Schritte von der einen Wand zur anderen und zehn von der Tür zum Fenster, das mit Häuten verhängt war.

Man hatte sie hierher geführt, eine ängstlich knicksende Frau brachte ihr Wasser zum Waschen und neue Gewänder, als wäre sie eine Bettlerin. »Ich habe meine eigenen Sachen mit«, blaffte Brynhild die Dienerin an. Die machte ein Gesicht, als säße ihr ein Frosch im Mund, und fuchtelte sich mit der Hand über Stirn und Schultern. Das musste etwas Wesentliches bedeuten, denn die Arme tat es jedes Mal, wenn Brynhild sich an sie wandte, um die einfachsten Fragen zu stellen.

»Wo sind meine Sachen?« Schweigen, Fuchteln, Beben. »Wo ist denn Siegfried?«, fragte sie und benutzte extra seinen Südländernamen, obwohl sie fand, dass er scheußlich klang.

Das verstand die dumme Gans, sie wurde rot und flüsterte etwas von »Sachsen«. Das wiederum verstand Brynhild und verstand sie auch nicht. Sie reimte es sich zusammen, dass Siegfried bei den Sachsen war. Sie hatten unterwegs auf dem Rhein Sachsenlager rechts und links gesehen. Es war wegen dieser Lager, dass Siegfried die Segel hatte wechseln lassen. Er sagte, es wäre eine Vorsichtsmaßnahme. Brynhild konnte nun gar nicht mehr begreifen, wie sie so gutgläubig und dumm gewesen war. Irgendetwas begann sie zu warnen, dass sie hier nicht untergebracht, sondern gefangen war. Aber warum würde Siegfried sie gefangen setzen? Welchen Nutzen könnte er denn haben? Mehr Lösegeld als die Kiste römischer Dukaten konnte niemand zahlen – und die hatte er schon.

Verdrossen setzte sie sich in dem fremden Kleid, das ihr an den oberen Armen viel zu eng war, auf das Bett in dieser dunklen Kammer.

Die Tür ging auf, und eine andere Bedienstete kam herein und brachte etwas zu essen. »Endlich«, stöhnte Brynhild und riss das Hühnerbein an sich. Es gab Brot und Eier, wieder diesen sauren Burgunderwein und Ziegenmilch, aber es war ihr egal, sie hätte Rindensuppe gegessen, so hungrig war sie.

Sie kaute das Huhn mit vollen Backen, Fett an den Händen, einen Becher mit Wein im Schoß, schlang einen zu großen Bissen herunter, sodass er ihr im Hals wehtat.

Da stand eine Frau in der Tür. Die Frau musste auch am Anleger gewesen sein. Sie war nicht groß, wirkte aber sehr königlich. Ihr Gesicht war fein zerfurcht, dabei jedoch von heiterer Prägung. Sie hatte strahlend helle Augen und volle Lippen, die waren sanft geschlossen. Die Frau lächelte mit freundlicher Zurückhaltung.

»Meine liebe Tochter«, sagte sie. Das verstand Brynhild. Siegfrieds Mutter!, dachte sie und sprang auf. Der Weinbecher fiel auf den Steinboden, der Wein spritzte und machte Flecken auf den Saum von Siegfrieds Mutter. Wie ungeschickt, schalt sich Brynhild selbst. *»Drottning«*, flüsterte sie und versuchte eine halbwegs wohlerzogene Verbeugung.

Frau Uote lachte leise: »Bist du so hungrig, Liebes? Es war bestimmt eine lange Fahrt. Und sicher bist du auch müde.«

Brynhild wischte ihre Finger an dem neuen Kleid ab und sah entsetzt, dass der Stoff sofort dunkel wurde und knitterte. *»Afsökun«*, entschuldigte sie sich. Siegfrieds Mutter kam einen Schritt näher, trat vorsichtig neben die Weinpfütze und berührte mit einem seltsamen Ausdruck in den Augen Brynhilds Wange.

»Ich weiß, dass es nicht leicht ist«, sagte Frau Uote leise – sehr leise, denn auf dem Gang standen Neugierige. »Aber Gunther ist kein schlechter Mensch. Ich hoffe, er ist auch kein schlechter Mann«, fuhr sie fort. »Und du bist hier nicht alleine, Krimhild ist ganz aufgeregt, dass du gekommen bist.«

»Krimhild«, wiederholte Brynhild den vertrauten Namen der hübschen Frau aus der Sänfte und lachte erleichtert, dass sie wenigstens etwas verstand.

Frau Uote nickte: »Das ist schön, dass ihr Mädchen euch mögt. Das wird es für dich bestimmt viel leichter machen.«

Brynhild nickte ebenfalls, auch wenn sie nicht wusste, wozu. Wieder hatte die Frau diesen seltsamen Ausdruck in den Augen.

»Ruh dich erst mal aus«, sagte Frau Uote. »Es wird sicher eine Woche oder länger dauern, bis Gunther zurück ist.«

»Gunnar?«, fragte Brynhild irritiert. »Der Dicke? Wo ist denn Siegfried?«

»Das ist sehr freundlich, dass du an Krimhild denkst«, antwortete die Königin. »Der kommt sicher auch bald wieder.«

Damit küsste sie ihre neue Schwiegertochter auf die Wange und verließ die Kammer. Die Bedienstete kam herein, bebend natürlich, und hob den Becher auf, um ihn erneut zu füllen. Geistesabwesend nahm Brynhild ihn zur Hand und versuchte zu verstehen.

Nach einer Woche in Worms waren ihr folgende Dinge klar geworden. Dadurch, dass ihr viele andere Dinge noch nicht klar waren, war der Nutzen ihrer Erkenntnisse erst einmal noch begrenzt.

Sie war gefangen. Siegfried hatte sie in seiner Abwesenheit in diesem Gemäuer gefangen setzen lassen. Mit ihr gefangen waren die hübsche Krimhild, die Frau, von der sie mittlerweile nicht mehr sicher sein konnte, ob sie Siegfrieds Mutter war, und noch eine Menge andere Frauen, die aber niedriger im Rang zu sein schienen. Überhaupt waren nur Frauen hier gefangen. Man versorgte sie mit gutem Essen und feiner Kleidung, aber niemand ließ sie je den feuchten, dunklen Korridor verlassen, der vor ihrem Zimmer lag und auf eine verschlossene Eichentür zuführte. Es gab nur keine Wachen, es war, als bewachten diese Frauen sich selbst. Nur, wer sie eingeschlossen hatte, das verstand Brynhild beispielsweise nicht.

Außerdem wusste sie nun, dass Siegfried hier nicht König war, auch kein Mitkönig, sondern nur ein Vasall. Ein minderer Verwandter, der gerade mit dem dicken *Gunnar* – Gunther – gegen die Sachsen stritt und, der quietschenden Freude der restlichen Frauen nach zu urteilen, auch siegte. Sie war von einem Vasall in einen Frauenkerker verschleppt worden – wegen der Dukaten vielleicht? All das ergab keinen Sinn, die Dukaten hatten sie ihr gezeigt, zusammen mit ihren Aussteuertruhen, samt und sonders unberührt. Wartete man vielleicht auf einen Sklavenhändler, dem all diese Frauen übergeben werden sollten? Das erschien ebenfalls unwahrscheinlich, denn Krimhild hatte ihr eine entsetzlich langweilige Sammlung von gestickten Teppichen gezeigt, die man nur in jahrelanger Kleinarbeit anfertigen konnte. So lange ließ kein Sklavenhändler auf sich warten.

Und dann verstand sie, dass die eingesperrten Frauen alle dem weißen Christus nachfolgten, den ja auch Siegfried schon erwähnt hatte. Das Gefuchtel mit der Hand, das die Bedienstete und alle anderen Frauen ständig ausführten, wenn ihnen etwas Verstörendes widerfuhr, war das Zeichen des weißen Christus. Zwei Mal am Tag, manchmal auch öfter durften die Frauen zusammen irgendwohin gehen, um zu dem weißen Christus zu beten. Dafür mussten sie das Gemäuer ja wohl verlassen, aber Brynhild war nie eingeladen worden, mit ihnen zu gehen. Wenn diese vielen fürchterlichen Erkenntnisse sie auch aufs Äußerste erzürnten, wusste sie doch nichts mit ihrer Wut anzufangen, fand sich vielmehr seltsam gelähmt.
Nachts, wenn sie wach lag, überlegte sie sich, einfach auf den Korridor zu gehen und die Eichentür einzutreten, aber wohin dann? Außerdem hatte sie das unerklärliche Bedürfnis, auf Siegfrieds Rückkehr zu warten, damit er ihr diese Täuschungen wenigstens erklärte, oder ihr lieber noch erklärte, dass *sie* sich getäuscht hatte und dass es für alles eine ganz einfache Begründung gäbe. Nur welche, das konnte sie sich nicht vorstellen. Wenn sie so auf dem Bett lag, was sie meistens tat, fühlte sie sich jeden Tag schwerer und seltsam – aufgeweicht. Ihr fehlten die Übungsstunden mit den Waffen, die kleinen Ausritte – der Himmel. Das war vielleicht die erstaunlichste Erkenntnis, wie sehr ihr etwas fehlen konnte, was doch unmöglich war, zu besitzen oder in einer Eindeutigkeit zu beschreiben.
Am zweiten Tag war Krimhild hereingekommen, nachdem sie zum weißen Christus gebetet hatte, und hatte sie zu den Teppichen geschleppt. Danach kam sie jeden Tag mit einem anderen kleinen Anliegen, alle hatten etwas mit Haushaltstätigkeiten zu tun: weben, sticken, nähen, spinnen, nichts

davon erregte Brynhilds Interesse. Sie sah sich mit vorgetäuschter Freundlichkeit an, was die anderen Frauen so machten, und setzte aus Höflichkeit auch selbst einen Stich, als man ihr eine Arbeit in die Hände drückte, dann nach kurzer Zeit aber stand sie auf und ging in ihre Kammer zurück. Sie hatte das Gefühl, verrückt zu werden an der Lähmung, die sie spürte, an den ungesagten Worten, die sowieso keiner verstanden hätte, langsam zu ersticken.

Sie versuchte, die Sprache zu lernen, die Tagesgrüße, die Worte für »bitte« und »danke« wenigstens. Speisen und das Wort für »Wasser«. Manche Sachen klangen so ähnlich in der Sprache der Burgunden, dass sie wenigstens raten konnte, andere waren hoffnungslos unverständlich. Und umgekehrt musste es den Frauen genauso mit ihr gehen. Sie fühlte sich entwürdigt, wenn sie vor den anderen Faxen machen musste, um auf etwas hinzuweisen, was sie gerne hätte, zumal die Burgundinnen es so lustig zu finden schienen, wenn sie zeigte und in die Luft malte. Andauernd dieses Gekicher, und hin und wieder wie ein mahnender Ton darin Frau Uotes nachdenklich trauriger Blick auf ihr.

Es kam ihr vor, als lebte sie in einem Albtraum, aus dem sie nicht erwachen konnte. Sie musste sich über kleine Sachen ärgern und schämen und verwirren, denn nichts fürchtete sie mehr, als am Ende begreifen zu müssen, dass ihr Leben sich unwiderruflich verändert hatte. Dass sie sich eine Reise ertrotzt hatte, an deren Ende eine Gefangenschaft in der Fremde stand, und dass es nichts gab, was sie tun könnte, um ihr altes Leben wiederzugewinnen.

Es war verloren. Verloren wie eine Mahlzeit, die man aus Überdruss nicht beendet hatte und an die man in einer späteren Hungersnot immer denken musste.

Sie dachte an die Inseln, an ihre Eltern, an Laila und Auslís. Was hatte sie sich nur gedacht! Wie hatte sie einfach so weggehen können, ohne Diener, ohne Wachen? Wieder und wieder sah sie sich in ihrer Vorstellung die letzten Tage an, bevor Siegfried aufgetaucht war. Es gab keine Hinweise, dass so etwas passieren könnte. Und wieso war sie einfach mitgegangen? Alle Gedanken begannen und endeten früher oder später nur noch mit »Wieso«, und jedes Mal gab es weniger Antwort darauf.

»Ich bin Brynhild«, sagte sie sich leise vor, wenn sie an die Decke starrte, »Königin auf den Inseln.« Aber sie glaubte es fast selbst nicht mehr. Sie verschwand, sie löste sich auf.

Sie beschwor ihre Ahnen, König Vymanrik, Urmutter Yenka mit den blauen Zähnen, Ylva und Hver, Großvater Auslís ... Manchmal konnte sie dann weinen. Manchmal nicht.

Es war der neunte Tag nach ihrer Ankunft. Brynhild lag auf dem Bett und starrte an die Decke. Ihr Herz war ganz leer. Jeden Tag legte sie Ylvas Gürtel mit dem Sonnenwagen um. Jeden Tag drehte sie an Yenkas Ring. Dieser Ring war das letzte Bindeglied mit ihrem Zuhause. *»Skalden aller Länder kennen diesen Ring«*, hatte Ylva doch gesagt. Mit einem Ruck setzte Brynhild sich auf. Sie musste einen Skalden finden. Der Skalde würde ihr helfen können. Sie sprang auf und lief auf den Gang, rannte eine Bedienstete nieder, die kreischte und sofort wieder das Zeichen machte. »Krimhild?«, rief Brynhild laut. »Krimhild? *Hvar er þú?*« Sie rannte in die Halle, wo gestickt wurde.

Krimhild saß an einem Wandbehang und stickte eine Jagd. Gerade stak ihre Nadel in der Spitze eines Speeres.

»Brynhild«, rief sie erfreut, »willst du sticken? Hiltrud, bring meiner Brynhild einen Rahmen!« Eine Magd huschte fort.

Brynhild ging entschlossen auf Krimhild zu und zog sie vom Boden hoch. »Huch«, rief Krimhild, »mein Faden!«
»Krimhild, hör mir zu«, sagte Brynhild sehr deutlich und langsam. »Ich brauche einen Skalden. Skal-den«, wiederholte sie.
Krimhild lächelte unsicher: »Wie bitte?«
»*Skáld!* Einen Skalden. Einen …«, wütend brach Brynhild ab, nun müsste wieder eine entwürdigende Luftdarstellung folgen, aber wie machte man denn nur einen Skalden nach. Frau Uote betrat den Raum. »*Drottning*«, rief Brynhild, »Ihr müsst mir helfen! Ich brauche einen Skalden. Ich muss ihm Yenkas Ring zeigen.« Sie zeigte auf den schmalen Goldreif mit dem Wolfshaar.
»Das ist sehr hübsch, mein Kind«, lächelte Frau Uote, die nicht verstand, sich aber freute, dass Brynhild etwas mehr Zutrauen zeigte und aus ihrer Kammer herausgekommen war. »Sicher von zu Hause, was?«
»Wisst Ihr einen, bitte, versteht mich doch«, flehte Brynhild so verzweifelt, wie sie es vor ihrer Idee nicht gewesen war.
»Ich weiß nicht, was sie will, Mutter«, rief Krimhild. »Ob sie Schmuck möchte? Sie hat ja immer bloß diesen heidnischen Gürtel! Das ist ihr vielleicht zu wenig.« Brynhild sah gehetzt zwischen Krimhild und Uote hin und her.
»Einen Skalden, einen der die Geschichten kennt! Bitte!«
»Liebes«, sagte Frau Uote ruhig, »wir verstehen dich leider nicht. Aber ich bin sicher, dass in den nächsten Tagen Siegfried mit dem Heer zurück sein wird, um für dich zu übersetzen. Du musst noch etwas warten.«
»Ach, ich wünschte, er käme heute schon«, seufzte Krimhild.
»*Nei*«, schrie Brynhild da, »*ekki Siegfried!* Einen Skalden – eine Geschichte, *saga*!«

»Eine Geschichte«, rätselte Frau Uote vorsichtig. *»Saga?«*, wiederholte sie fragend.
Brynhild wäre fast auf die Knie gegangen. »Jajaja«, rief sie.
»Ach so«, murmelte Krimhild etwas verstimmt. »Ihr ist langweilig. Ja, wenn sie nie sticken will.«
»Du möchtest jemanden, der dir eine Geschichte erzählt?«, versuchte Frau Uote sicher zu gehen. Brynhild nickte verzweifelt. *Saga*, das musste das Zauberwort gewesen sein.
»Ich lasse Magister Conradus holen«, sagte die Königin freundlich. »Er muss sie ja sowieso auf die Taufe vorbereiten.«
Sie drückte Brynhild den Arm. »Es kommt gleich jemand.«
»Danke«, seufzte die ahnungslose Schwiegertochter, »danke.«
Sie atmete aus und wollte gerne etwas Nettes tun. Schließlich zeigte sie auf Krimhilds Stickerei: »Verdammt schön«, sagte sie, das hatte sie unterwegs öfter von der Besatzung gehört, es konnte nicht falsch sein. Aber Krimhild und alle anderen machten schon wieder das Zeichen. Da beschloss Brynhild, lieber in ihrer Kammer auf den Skalden zu warten. Das hier war einfach zu anstrengend. Und sie brauchte ihre Kräfte.

Magister Conradus kam zögerlich und mit Unwohlsein. Nicht etwa, weil Brynhild eine Heidin war, sondern weil man ihn noch nicht ausdrücklich instruiert hatte, was geschehen sollte. Sollte er sie gleich taufen? Oder würde man lieber eine große Zeremonie zusammen mit der Hochzeit daraus machen. Symbolisch wäre das besser. Aber er war schlecht in solchen Dingen. Nicht verschlagen genug, er dachte nicht »opportun«, wie ihn sein Bischof mal gerügt hatte. Opportun!

Er ließ sich erst einmal bei Frau Uote anmelden.
»Ich dachte«, begann er , »dass es möglicherweise verfrüht sein könnte, mit den Unterweisungen zu beginnen, bevor König Gunther vom Feld zurück ist.«
»Wieso sollte das zu früh sein, lieber Meister?«, fragte die Königin lächelnd.
»Wenn sich nun«, der Kaplan rückte auf seinem Schemel herum, »wenn sich nun eine Geisteswandlung bezüglich des Aufenthaltes der Da-, der Fr-, der Betreffenden einstellt, dann könnte es doch sein, dass das Taufsakrament nicht wirklich willens angenommen wird.« Er schwitzte, das war die einfachste Art, so etwas Schweres zu sagen, dachte er. Zumal er nicht unterrichtet war, was Frau Uote wusste. Leider war die einfache Art immer noch zu kompliziert gewesen.
»Sprecht klarer, lieber Meister«, verlangte die alte Königin dann auch mit jenem einschüchternden Lächeln, vor dem er immer stumm wurde.
»Wenn nun, da die Sachsen, so helf uns Gott, besiegt sind, die Notwendigkeit für diese Eheschließung nicht mehr gegeben ist«, stammelte er wacker voran, »dann wird die Betreffende vielleicht nicht mehr lange in Burgund bleiben.«
Frau Uote sah ihn durchdringend an und zwang ihn so weiterzusprechen.
»Und da wir ihre Sprache nicht verstehen, wissen wir nicht, ob sie selbst den Wunsch hegt, unserem Herrn Jesus Christus anzugehören.« Er lächelte und nickte, obwohl es zu beidem keinen Grund gab. Es war, als wollte er Frau Uote zeigen, was er gerne bei ihr sehen würde.
Doch die lächelte und nickte nicht ein bisschen.
Sie machte eine Handbewegung und schickte ihre Aufwartefrauen hinaus, ließ sogar die Tür schließen und wartete,

bis sich die Schritte draußen entfernt hatten. Trotzdem hielt sie die Stimme so gesenkt, dass kein Lauscher etwas hätte hören können.

»Man hat diese junge Frau von ihrer Familie weggerissen, Meister Conradus, sie hat vermutlich keine Ahnung, wo und bei wem sie ist. Zumindest macht sie auf mich diesen Eindruck. Wahrscheinlich ist die Heirat mit Gunther die einzige Sicherheit, die sie hat. Man wird ihr etwas versprochen haben, um sie zu dieser übereilten Reise zu bewegen – vermutlich ...«, sie brach ab.

»In jedem Fall werde ich es nicht zulassen, dass mein Sohn sein Wort bricht und Brynhild nicht heiratet«, sagte sie dann sehr entschlossen. »Und von Euch würde ich eine Unterstützung dieses Vorhabens erwarten, Meister Conradus.«

»Ja, ja, natürlich«, versicherte der Kaplan, obwohl er es gar nicht natürlich fand.

»Und einstweilen«, fuhr Frau Uote ungerührt fort, »geht es ja nur um eine Geschichte, sie wünscht sich etwas Unterhaltung. Seht es als eine Vorbereitung auf die Taufe, lehrt sie das Evangelium. Das ist doch Eure Berufung, wie?«

»Ja, ja, natürlich.« Der arme Mann nickte abermals. Er fürchtete sich, in Brynhilds Kammer zu gehen. Er hatte sie nur kurz auf dem Hof bei ihrer Ankunft gesehen, eigentlich gar nicht. Er hatte nur ihren Hinterkopf gesehen. Der Hinterkopf war insofern vielleicht eine Beruhigung gewesen, weil sie weder einen Helm noch einen Tierschädel darauf getragen hatte. Magister Conradus hatte Kollegen, mutige Kollegen, die Missionare geworden waren – und nun Märtyrer obendrein –, oft über die Bekleidung von unzivilisiertem, heidnischem Volk im Norden reden hören.

Es wäre schwer, hatten die armen Verblichenen erzählt, die

Männer von den Frauen zu unterscheiden. Grobknochig von Wuchs und mit harten Zügen führten sie ein unerschrockenes Leben wider alle christliche Weisheit, trieben unzählige Arten von Unzucht, opferten Menschen und Tiere auf Steinen im Wald oder Moor und dienten erschreckenden Göttern, deren Vielzahl unbegreiflich und kompliziert war. Ihre Blöße bedeckten sie mit grobgewebten Tüchern und Lederkleidern, manchmal auch nur mit Fellen. Wildes Haar wuchere ihnen im und um das Gesicht, und auf dem Haupt trugen sie Helme mit Hörnern daran oder die noch pelzbezogenen Schädel von Wolf, Stier oder Bär. Manche hatten auch Schwingen von Habichten und Adlern in den Kopfputz gesteckt. Magister Conradus erinnerte sich, wie er diesen Erzählungen schreckensbleich gelauscht und gedacht hatte, dass er für die Missionsarbeit nie und nimmer geeignet wäre. Der Königin Brynhild nun gegenüberzutreten, das wäre doch aber so etwas wie Missionsarbeit im Kleinen. Gewissermaßen auch in Sicherheit, da sie vermutlich unbewaffnet und nach den ersten Tagen ihres Aufenthalts nun auch angemessen gekleidet wäre. Aber er zitterte trotzdem etwas, als er ihre Kammer betrat.
Umso überraschter war er von ihrer Begrüßung.
Die Heidenkönigin, ordentlich frisiert und nicht unhübsch, soweit er das beurteilen konnte, warf sich vor ihm glattweg auf die Knie, obwohl er gehört hatte, dass diese bekömmliche Geste frommer Demut den Heiden nur mit Gewalt beizubringen sei.
Die Heidin gurgelte etwas in ihrer aufregenden rauen Sprache, vermutlich einen schnellen Bekehrungswunsch. Magister Conradus schlug ein Kreuz über ihr und sagte sanft: »Ihr könnt ruhig aufstehen, hohe Frau, wir sind noch nicht so weit.«

Brynhild wusste wohl, dass man einen Skalden nie bedrängen oder unterbrechen durfte. Ein Skalde musste schließlich erst die ganze Ahnenreihe hersagen, bis er bei der heutigen Generation angekommen war. Aber sie hatte das Gefühl, nicht einmal die bekannt kurze Zeit von 2427 Versen aushalten zu können, bis er das getan hätte.

»*Meistari*, bitte, Ihr dürft mich für meine Ungeduld nicht schelten, bitte sehr, seht Euch meinen Ring an. Es ist der Ring von Yenka mit den blauen Zähnen, man muss mich wieder nach Hause bringen. Ich bin Brynhild Svenkesdottir.«

Die Heidin, weiter kniend, zeigte ihm einen Ring und sah ihn mit einer eindringlichen Verzückung an, die den Kaplan ganz und gar verwirrte. Er nahm höflich von dem Ring Notiz.

»Sehr hübsch, wirklich.« Dazu nickte er. Die Heidin atmete auf und erhob sich.

»Also«, redete er weiter, »Ihr wolltet eine Geschichte zur Taufvorbereitung hören, sagte man mir. Ich habe gedacht, dass wir mit den Worten des Herrn anfangen, der Himmel und Erde erschaffen hat.« Er nahm Platz und wies, als die Heidin mit gerunzelter Stirn stehen blieb, mit ausgestrecktem Finger auf den anderen Sessel. »Sitzen, sitzen«, sagte er.

»*Sitja?*«, wiederholte Brynhild verwirrt. Sie hätte gedacht, dass sie gleich losgingen, aber vielleicht war es besser, erst einen Plan zu machen.

Sie neigte den Kopf vor und hörte den Skalden leise und monoton reden. Sie lauschte auf die Namen ihrer Ahnenreihe, aber keiner kam vor, auch wenn man die verfremdete Aussprache einrechnete. Außerdem fiel ihr auf, dass der kleine Mann nur ein Holzkreuz und sonst keine Magie bei

sich trug. Und hatte er nicht gerade das Zeichen des weißen Christus gemacht? Konnte ein Skalde ein Christ sein? Oder umgekehrt?
Gerade wollte sie es wagen, den Meister ein zweites Mal zu unterbrechen, da riss jemand die Tür auf.
Krimhild – leuchtenden Auges und mit bebenden Schultern stand sie in der Tür und jubelte:
»Brynhild! Sie sind zurück, Siegfried und Gunther sind wieder da! Der Krieg ist aus!«

Warum?

Am Abend feierte man in der großen Halle. Es war Siegfrieds Drängen wegen entschieden worden, dass auch die Frauen kommen durften, obwohl Gunther mehrfach versucht hatte, Vorwände zu finden, die das verhindern sollten. Die Herren hatten den Nachmittag über schon Zeit gehabt, zu baden, rasiert zu werden, neue Kleidung anzulegen und auch ein wenig zu ruhen. Man fand diese Zustände der Putzsucht allgemein etwas bedenklich. »Es ist schließlich doch römisch, das Baden«, wandte Herr Volker ein, der die Römer glühend verehrte.

»Ja, aber dort ist es wärmer«, schnatterte Herr Sinold aus dem anderen Zuber, in dem das Wasser erkaltet war.

Gunther, der ängstlich darauf bedacht blieb, der eifersüchtigen Kudrun auszuweichen, schickte gleich nach dem Bad nach Hagen.

Beider Haar war noch nass, als sie sich dann vor Gunthers Feuerstelle gegenübersaßen. Auch wenn Gunther sich so oft wünschte, wenigstens ein bisschen Achtung bei Hagen zu erlangen, wusste er auch, dass er sich vor ihm nicht zu verstellen brauchte. Wenn es einen Menschen in Burgund gab, der Gunthers viele Unvollkommenheiten bis zu ihrem traurigen Grund kannte, dann war es Hagen. Und er hatte nie seine Enttäuschung darüber geäußert, wiewohl Gunther ihm das nie hätte übel nehmen können. Deswegen begann der König ohne sein befangenes Gestotter, das sonst alles nur noch schlimmer machte.

»Hagen, was machen wir denn nun? Lassen wir Siegfried die Krimhild wirklich heiraten? Wir hatten doch gesagt, wir warten erst mal ab.«

Hagens schwarzes Auge wirkte wie ein Stück Kohle in seinem gebräunten Gesicht: »Ihr seid ihm nun verpflichtet, Herr«, entgegnete er ruhig. »Er hat die Schwerter gebracht und ist mit Euch in die Schlacht gezogen.«

Gunther schluckte. »Aber ein richtiger König ist er nicht.«

Hagen verkniff sich eine Antwort. Wer war schon ein richtiger König von diesen Gauherren und Stammesfürsten, die sich mit Taufwasser und Steuern ein bisschen aus der Wildnis gewaschen hatten? Gibichs Vater war mit Sicherheit kein größerer Fürst gewesen, als König Sigismund es gewesen war. Aber das wusste Gunther sicher nicht. Der Nimbus der Römer lag über Burgund, es setzte sie ab von den verfilzten Zopfträgern des Nordens und Ostens, von den Chatten, Kimbern, Alemannen, Sueben und Ubiern – den Sachsen sowieso. Jeder, der auch nur einen Hof – eine Villa! – von den Römern übernommen hatte, benahm sich wie ein Caesar, und die Söhne noch schlimmer.

»Ihr seid ihm verpflichtet, Herr«, wiederholte Hagen. »Ohne ihn hätte es mit Luidegast und Luideger auch anders gehen können. Es wäre sehr schlecht für Euren Ruf, wenn Ihr Euch dieser Verpflichtung entziehen wolltet.«

Gunther schwieg. »Na gut«, murrte er dann, »ist ja auch sonst grad niemand da, für den wir Krimhild noch brauchen würden, oder?«

»Nein«, antwortete Hagen. Er wusste genau, worum es hier gehen sollte, aber er konnte es Gunther nicht abnehmen.

Gunther raffte sich auf: »Dann wäre da ja noch die Sache mit der Nordfrau, dieser Königstochter, die uns Siegfried mitgebracht hat, nicht?«
Keine Antwort, nicht mal ein Nicken, nur das Kohlenauge, glühender als zuvor. Gunther wagte es, so vorsichtig wie es ging.
»Da sind ja keine bindenden Abkommen getroffen worden.« Dann atmete er tief durch. »Ich müsste sie nicht heiraten, meine ich, oder? Sie ist auch nicht beschädigt, man kann sie zurückschicken, oder? Man kann ihrer Familie eine Entschädigung zahlen, nicht? Vorsorglich.« Die Stille wuchs. Gunther hielt es nicht mehr aus. »Ich glaube, ich möchte sie nicht heiraten, Hagen.«
Da sprach Hagen den zweiten Satz, den er sich nicht vergeben würde. So oft, später, viel später, war er in seinen Gedanken dieses Gespräch durchgegangen. An dieser Stelle hätte er sagen können: »Ihr seid nicht verpflichtet, wir schicken sie einfach eskortiert und mit einer Entschuldigungszahlung zurück!« Warum hatte er es nicht gesagt? Er und seine Geldbeutel, so geübt, unbequeme Frauen und ihre Kegel, die neidischen wie die gutmütigen, außer Landes zu schicken. Warum kein Geldbeutel für Brynhild, hatte er sich so oft gefragt, nachdem er die Wahrheit gehört hatte, die keiner glauben würde. Er hätte alles anders machen können.
Aber so sehr er auch in seinem schweigsamen Herzen forschte, weswegen er es nicht gesagt hatte, er fand keinen wirklichen Grund, außer dem, dass er gedacht hatte, es wäre an der Zeit für Gunther, sich zu verheiraten und einen Nachkommen zu zeugen. Warum er nun Brynhild hielt und keine Merowinger-, Childeringer- oder Arnulfinger-Braut kommen ließ, das verstand er später nicht mehr. Auch die

Weisen können dumm sein, wenn sie die verschlüsselten Zeichen ihres eigenen Lebens zu deuten versuchen.
Er sagte dies: »Macht eine Doppelhochzeit, König Gunther. Es ist gut, die Königin aus dem Norden zu heiraten. Keine politischen Anhängsel und Scherereien, keine Erbschaftskomplikationen, keine Hilfsabkommen. Und wir hätten für alle Fälle Verbündete im Norden.« Gunther schnappte nach Luft wie ein Karpfen. »Außerdem braucht das Volk ein Fest nach all diesen Entbehrungen durch die Sachsenkriege«, legte Hagen ungerührt nach. »Eine Doppelhochzeit ist ein Zeichen der Hoffnung.«
Gunther sackte in sich zusammen. Hagen hatte die Bürde seines Königseins so oft für ihn getragen, ihn geleitet wie einen Blinden – oder einen Lahmen, je nachdem. Hier, das wusste Gunther, gab es niemanden, der für ihn einspringen konnte.
»Dann sollten wir wohl mit Siegfried sprechen«, sagte er zögerlich.
Hagen stand auf. »Gleich jetzt«, befahl er, und der König folgte ihm, als ginge es zum Scharfrichter.

Siegfried seinerseits hätte nicht begeisterter sein können. Er wirbelte, lachte und küsste Gunther mehrfach knallend auf die Wangen. »Das wird großartig«, rief er immer wieder. Ob es Gunther etwas ausmache, wenn er der holden Brynhild heute Abend die Sachlage erklären würde. Bisher hätte er nämlich diskret verhalten, dass Krimhild und er verlobt waren, um Brynhild keinen falschen Eindruck zu geben.
»Was denn für einen falschen Eindruck?«, fragte Gunther und runzelte die Stirn.
»Das wird ja so großartig«, rief Siegfried da wieder. Könnte es denn ausnahmsweise schicklich sein, wenn er bereits vor

dem Fest in den Frauentrakt ginge, ausnahmsweise, gerne auch mit zwei der Herren als Zeugen, um dort in Ruhe mit Brynhild zu reden. Gunther dachte, dass Siegfried ja sowieso der Einzige war, der mit Brynhild reden konnte. Und wenn Zeugen dabei wären, dann könnte es so unschicklich wohl nicht sein.

»Gere und Eckewart werden mit Euch gehen«, bestimmte Gunther etwas erleichtert, dass er nicht selbst dabei sein musste. Er würde dieser Heidenkönigin noch früh genug allein gegenübertreten müssen. Daran wollte er gar nicht denken.

»Dann macht schnell«, sagte er und schickte seinen zukünftigen Schwager fort.

Gere und Eckewart, die beiden Einzigen, die sich im Frauentrakt auskannten, ließen sich zuerst durch Boten bei Frau Uote anmelden, die von einem so ungewöhnlichen Vorgehen, noch dazu so ohne Vorbereitungszeit keinesfalls begeistert war.

Außerdem war Brynhild heute Morgen fast wahnsinnig geworden, nachdem Magister Conradus bei ihr war, was keiner, der arme Kaplan am wenigsten, verstehen konnte. Er habe sie im Gegenteil ganz bereit und bekehrungswillig vorgefunden, ihr dann das Evangelium gepredigt, an dem sie ungeduldiges Interesse gezeigt hätte, als Krimhild mit der freudigen Botschaft zu ihnen gestoßen sei. Dann hätte es vielleicht ein Missverständnis gegeben, da Brynhild wohl gedacht hatte, man ginge hinaus, um die Heimkehrer zu begrüßen, was natürlich nicht der Fall war. Und als sich die Tür hinter Magister Conradus schon geschlossen hatte, war Brynhild dann in einen wilden Taumel gefallen, versuchte nach draußen zu gelangen und brüllte, sich gegen die Tür werfend, immer wieder eine Reihe unverständlicher Worte,

deren häufigstes » drottning Jenka« oder so ähnlich lautete. Die Damen waren sämtlich fassungslos herbeigelaufen, hatten die bald vor der Tür Niedergesunkene tröstlich gurrend umringt, aber keine wagte, sie anzufassen.
Frau Uote selbst hatte ihrer zukünftigen Schnurtochter schließlich aufgeholfen und sie in ihre Kammer zurückgeleitet, wo diese wie leblos auf dem Bett saß und weder aß noch trank, egal was man ihr zur Stärkung auch unter die Nase hielt.
Der einzige Grund, dass Frau Uote dem ungewöhnlichen Besuch nun zustimmte, war, dass Siegfried allein mit Brynhild in ihrer Sprache reden könnte und vielleicht herausbrächte, was sie so verstört hatte.
Allerdings löste diese Entscheidung einen Weinkrampf bei Krimhild aus, die ihren Versprochenen natürlich keinesfalls bei sich empfangen konnte. »Das ist ein Irrsinn«, zischte Frau Uote Eckewart zu, der sich verantwortlich fühlte und schämte.
Gere ging mit Siegfried zu Brynhild, Eckewart blieb bei Frau Uote und der schluchzenden Krimhild, die wieder und wieder wimmerte: »Warum kommt er denn nicht erst zu *mir*?«

Brynhild sah auf, als die Tür sich öffnete.
»*Segeður*«, rief sie. Dann sah sie den Mann, der ihn begleitete, und versuchte, Haltung zu bewahren.
Siegfried, lächelnd, aber wachsam, murmelte irgendeine hohle Begrüßung und setzte sich dann. Der Mann hinter ihm machte eine höfliche Verbeugung. Brynhild versuchte ebenfalls ein Lächeln. Endlich konnte sie ihre Fragen stellen. »Warum bin ich hier? Ich werde hier seit Tagen gefangen gehalten. Warum? Wo bist du gewesen? Warum hast du

niemandem hier gesagt, was passiert?«, brachte sie so beherrscht, wie sie konnte, hervor.
»Ja, gefällt es dir denn hier nicht? Du bist hier bei meiner Familie, das weißt du doch!« Er versuchte heiter zu klingen, unbelastet von seinem lang vollzogenen Verrat.
»Bei deiner Familie? Wer ist Frau Uote, deine Mutter?«
Siegfried zögerte und nickte dann. »Schon, irgendwie.«
»Und diese Krimhild – ist das deine Schwester?«
»Krimhild ist Gunthers Schwester«, antwortete Siegfried lachend, »ach, das tut mir leid, ich dachte, ihr Frauen hättet euch leicht verstanden. War das wohl doch schwieriger mit der Sprache, hm?«
»Krimhild ist Gunnars Schwester«, wiederholte Brynhild langsam und mit gefährlichem Unterton, »und wer ist Gunnar zu dir?«
Wieder ein leichtes Zögern. »Mein Schwager«, antwortete er dann. *»Minn mágur.«*
»Dein Schwager. Er ist der Mann deiner Schwester? Wo ist die denn? *Hvar er Þinn systír?«* Siegfried rutschte auf dem Schemel herum.
»Gere, ich weiß, das ist nicht üblich, aber ob Ihr vielleicht einen Augenblick draußen warten könntet?«, wandte sich Siegfried verbindlich an den Markgrafen.
»Herr Siegfried!«, rief Gere entsetzt. Allein mit der Braut des Königs!
Siegfried hob beide Hände, als ergäbe er sich einem Feind. »Auf Ehre!«, sagte er, das Wort schwang nach wie eine Glocke.
Gere zögerte noch. »Auf Ehre«, wiederholte er dann und ging.
Als sich die Tür schloss, beugte sich Siegfried vor, nicht mehr lächelnd, nicht mehr verbindlich.

»Brynhild, du hast da von Anfang an etwas falsch verstanden. Ich bin nicht zu euch gekommen, um für *mich* zu werben. Du bist hier als Gunthers Braut. Ich werde Krimhild heiraten. Übrigens mit euch zusammen. Wir machen eine Doppelhochzeit.«

Es dauerte, bis sie verstand. Nicht verstand, sondern erst einmal hörte, was er gesagt hatte. Die Worte sickerten in ihr Inneres wie flüssiges Pech und verbrannten alles, was an Leben noch da war.

Keine Zeugen, war ihr erster klarer Gedanke, als der grässliche Schmerz etwas nachließ. Ich habe keine Zeugen.

Selbst wenn nur ein Stallknecht oder ein Sklave mitgekommen wäre, der beschworen hätte, was Siegfried ihr und ihrer Familie versprochen hatte, hätte es gereicht. Aber so! Sein Wort, die Besatzung des leeren Schiffes. Sie kam mit Brautgeschenken und hatte sich von Gunther küssen lassen. Verraten. Das Wort hing über dem Schmerz wie Nebel über dem Wasser. Es war das Einzige, was sie noch denken konnte. Verraten. Sie war wie aus Blei, konnte sich nicht bewegen, nichts sagen, nichts schreien, ihn nicht schlagen. Verraten.

Siegfried stand auf. »Wir sehen uns nachher beim Fest, Liebes, und ich würde dir raten, keinen Krakeel zu machen. Du wirst getauft, und dann heiratest du Gunther. Stell dir mal vor, wie dumm du daständest, wenn du behaupten würdest, von nichts gewusst zu haben. Und außerdem würde es dir sowieso keiner glauben.«

Er sah sie an in ihrer Versteinerung und fühlte sich ein wenig schlecht. Bis hierher hatte er die ganze Sache nie so wirklich durchdacht. Vor allem, wie sie damit umgehen würde. Er hatte sie ja ganz gern. Auf der Fahrt war sie manchmal anstrengend gewesen, aber sie hatte Feuer, und sie kämpfte wie keine andere Frau, die er je gesehen hatte.

Es war alles ein Spiel gewesen, ein Abenteuer. Würde er es so schnell nach den Nordländern schaffen? Würde er die Schwerter kriegen? Würde er eine Braut finden? Würden sie es schnell genug zurückschaffen? Würden sie gegen die Sachsen siegen? Bis hier war doch alles Spaß gewesen. Und sie war schließlich zu ihm gekommen und hatte sich ihm angeboten. Er hatte sie zu nichts gezwungen. Sie hatte es doch gewollt.
Das Kampfspiel, die Heirat, mitzukommen. Nur die Wahrheit, das war sein Versäumnis gewesen.
»*Afsakaðu*«, sagte er, »tut mir leid.« Dann stand er auf und ging.
Die Tür schloss sich, sie spürte den Luftzug und hörte das Geräusch, aber sie war immer noch nur taub und stumm und bewegungslos. Keine Zeugen, dachte sie wieder.
Sie war allein in der Fremde, bei einem Volk, das sie nicht kannte, das seine Frauen einsperrte, dessen Sprache sie nicht sprach. Verraten, blieb das Wort einzig wie ein Schild vor dem schrecklichen Gefühl stehen. Verraten.

So war das, Ihr Fremden. Könnt Ihr sie sehen? Meine Mutter, meine Mutter, die sich erst durch den Schmerz des Erkennens selbst gebären muss. Ich weiß nicht, was ich denken soll. Ich wäre nie in diese Welt gekommen ohne den Verrat, den man ihr antat.
Soll ich mir wünschen, es wäre ihr anders gegangen?
Welches andere Leben hätte sie führen können, wäre sie auf den Inseln geblieben? Vielleicht wäre ja doch noch einer gekommen, der stark genug gewesen wäre, oder vielleicht hätte sie ihr Spiel irgendwann drangegeben? Sich mit irgendeinem anderen Mann zusammengetan, um den Makel der Unerreichbaren loszuwerden.

Hätte Kinder geboren, andere als mich, hätte von Svenke bald den Thron übernommen und viel zu tun gehabt mit Haus und Hof. Hätte sich manchmal mit Hilgis zusammengesetzt und gelacht wie früher und hätte im Gesicht ihrer Base gesehen, wie sie selbst älter wurde.

Nur die Liebe, die meine Mutter in ihrem Elend fand, macht diesen Moment, in dem sie in ihrer Kammer sitzt und begreift, für mich erträglich. Ich will ihn sogar rechtfertigen, diesen betäubenden Schmerz, mit meinem »Wenn nicht«. Wenn sie *nicht* von Siegfried zu diesem und noch schlimmerem Elend geführt worden wäre, dann hätte sie Hagen nie getroffen, die beiden hätten nie dieses heimliche Glück stehlen können, das sie so wild beschützten, all die Jahre. Sie hätten mich nicht gezeugt. Wenn nicht, da sitzt der Stachel. Was war denn dran an meinem Leben, dass ich denke, ich musste es haben. Was macht es denn so besonders, dass ich es vorziehe, dem der ungeborenen Königskinder, die Brynhild in Stille und Beschaulichkeit hätte auf den Inseln gebären können?

Ich bin ein Kind heimlicher Liebe und öffentlicher Schande, so bedrohlich für den, der von mir vergessen wurde, dass er mich töten will. Meinen Vater verlor ich, als ich sechs war, meine Mutter, als ich vierzehn war. Ich bin immer ein aus dem Nest gefallener Vogel gewesen, der in Worten und Geschichten seine einzige Heimat gefunden hat. Wenn ich etwas in Verse fassen konnte, erschien es mir begreiflich, nicht mehr so schlimm. Nicht mehr so verzehrend schlimm, wie doch, wenn ich ehrlich bin, mein ganzes Leben gewesen ist.

Ich trieb durch die Welt wie ein Blatt im Wind dieser stürmischen Zeit. Dann fand ich meine Frau und konnte rasten, wir hatten ein Kind, und ich dachte: Wurzeln. Dann

starben beide, und ich verlor den Verstand, wenn ich denn einen hatte. Seit sechs Jahren, Ihr Fremden, habe ich kein lautes Wort gesprochen. Meine Gesänge schnitze ich in Rinden und lasse sie von anderen singen. Das Haar ist mir weiß geworden in einer einzigen Nacht, von der ich weder singen noch sprechen kann, zumindest noch nicht. Vielleicht auch niemals.
Und nun zu guter Letzt, rumple ich in einem Käfig, bewacht von dem Hahn und dem Einfallslosen, durch die Lande und soll am Hof eines Wichtigtuers, der nicht verwinden kann, wie unwichtig er ist, hingerichtet werden. Und da sitze ich hier und denke, das Leid meiner Mutter ist es wert, mir dieses Leben geschenkt zu haben! Ich habe ja schon gesagt, dass ich den Verstand verloren habe, anders wäre es doch wohl auch nicht zu erklären.
Wenn ich wieder reden würde – würde! –, welches sollte dann wohl mein erstes Wort sein? Jetzt kann ich es mir ja aussuchen. Ich kann in Ruhe überlegen, niemand sagt mir vor, auch der Wind nicht. Ich weiß, welches Wort ich am häufigsten von allen gedacht habe in meinem Leben. Ein Narrenwort: Warum?
Ich dachte es immer: in der Feuernacht, als wir aus Worms flohen. Auf der furchtbaren Reise nach Norden. Bei unserer Heimkehr, die Erniedrigung bedeutete. Als meine Mutter endgültig verstummte, darin erfolgreicher als ich. Als meine Frau mich wiederliebte. Als ich sie beide verlor. Als ich durch die Wildnis irrte. Immer wieder: Warumwarumwarum? Ein Lindwurm der Verzweiflung, der mich auffraß, zermalmte und wieder ausspie, um mich erneut zu fressen.
Nur, als sie mich gefangen setzten, der Hahn und der Einfallslose, da habe ich es nicht gedacht. Und auch seitdem

nicht. Ich wusste, ich muss zurück. Ich muss jeden Schritt dieser ganzen Geschichte noch einmal gehen, mein Leben, ihrer aller Leben, die Tausende von Versen in meinem Gedächtnis wieder hersagen, damit vielleicht am Ende des Erinnerns das Warum aufhört.

Ich bin einer der Runsteine, die die Götter zu ihrem Vergnügen warfen, und ich habe es satt, darüber zu jammern, welche Grausamkeiten sie sich für mich erdacht haben.

Wenn ich ganz ehrlich bin, weswegen mir dieses schreckliche Leben so viel wert ist, weswegen es mir das Leid und die Tränen meiner Mutter wert ist und den Tod meines Vaters und aller anderen, dann muss ich etwas Furchtbares bekennen:

Weil in all diesem Menschsein mit seinen ewigen Tränen und seinem kurzen Glück eine Macht jenseits des Göttlichen liegt. Freiheit.

Es ist die Freiheit dessen, der alles verloren hat. Ich kann nun leichten Schrittes weitergehen, zu den schwersten Versen dieses Liedes, in dem der Verrat zur Schande wird und das Elend zu neuem Leben.

Freiheit.

Hjartan
Das Herz
Abgesang

Das Fest

Die Frauen wurden gemeinschaftlich abgeholt, die große Halle aufzusuchen. Sie marschierten wie Gänse in einer Reihe.

Vorne Frau Uote zwischen Gere und Eckewart, dann Krimhild an der Seite des Ortwin von Metz und dann Brynhild mit Volker von Alezeye. Es wäre sicher richtiger gewesen, Brynhild durch Hagen begleiten zu lassen, aber Gunther hatte sich nicht getraut, Hagen um eine so unmilitärische Aufgabe zu bitten. Volker, der Damenfreund und Dichter, benahm sich immerhin wie ein zivilisierter Mann. Er verbeugte sich vor Brynhild, hatte sich von Siegfried eine Begrüßung vorsagen lassen und war überrascht, die künftige Königin mit solch versteinerten Zügen vorzufinden. Auch er hatte sie an diesem Morgen am Anleger gesehen und, da er sich für einen Frauenkenner hielt (dies, weil er ein privates Kerbholz führte, in dem er dreiundfünfzig Schnitte zu verzeichnen hatte), sie sofort für sehr schön befunden. Und gesund, also was wollte man mehr.

Als er nun an ihrer Seite ging, kam sie ihm vor wie eine Schlafwandlerin, wenngleich nichts an ihr schlaff oder taub war. Sie war so maskenhaft still, dass er verstohlen nachsah, ob sie wenigstens hin und wieder blinzelte, was sie tat, wenn auch seltsam verzögert. Er nahm ihren Arm und fühlte Muskeln wie an dem eines Streiters. Siegfried hatte da Geschichten erzählt über Baumstammwerfen und Steineschleudern, die Volker heimlich für ein bisschen erfunden gehalten hatte, aber an Brynhilds Arm wurde er bekehrt.

Sie sagte keinen Ton, und da sie nur die Sprache der Inseln verstand, war auch Volker verdammt zu schweigen.

So liefen sie stumm hinter Ortwin und Krimhild her, im Nacken das Trippeln von fünfzehn anderen Frauen, die alle sehr aufgeregt waren, an diesem Fest teilzunehmen.

Ortwin und Krimhild waren allerdings gar nicht stumm. Angefangen hatte es mit einer Frage Ortwins, ob sie wieder einen so herrlichen Wandbehang sticke wie den, der zuerst das Auge ihres Zukünftigen auf sich gezogen hatte. Man hatte sich allgemein angewöhnt, Krimhild immer nur nach ihrer Stickerei zu fragen, war es doch das Sichtbarste, das Bestimmende an ihr.

»Wenn Siegfried und ich in Xanten wohnen«, gab Krimhild daraufhin Überlegungen preis, die sie sich während der Arbeit am besagten neuen Wandbehang gemacht hatte, »dann gibt es sehr viel für mich zu tun. Siegfried sagt, dass niemand in Xanten so auf Kunst hält wie wir.«

»Das kann ich mir vorstellen«, antwortete Ortwin unbedacht und erschrak, weil ja Herr Volker hinter ihm ging und ihm später einen Vorwurf machen könnte. Krimhild sah aber keine Beleidigung der Sippe ihres Mannes gegeben.

»Siegfried sagt, dass ich eine ganz neue Art von Feinsinn nach Xanten bringen werde. Seine Mutter, Frau Sigelind, sagt er, hat sich der Gartenkunst gewidmet.«

»Wie ungewöhnlich«, bemerkte Ortwin verwirrt.

»Das hab ich auch zu Siegfried gesagt. Ich hab gesagt, das ist ja ungewöhnlich. Gartenkunst.« Herr Ortwin nickte zustimmend.

»Und dann hat der Siegfried gesagt, dass das was ganz Römisches ist. Und das seine Mutter auch einen Mönch da hat, der Sachen für sie anpflanzt. Aber sticken tut sie nicht. Gar nicht. Und da hat Siegfried gesagt –«

Frau Uote drehte sich um: »Krimhild, Herr Ortwin hat anderes zu tun, als sich deinen Überlegungen über die Gartenkunst hinzugeben. Und du: Bereite dich vor.«

Damit senkte sich Stille über den Zug der Frauen, Füße scharrten und Kleider raschelten, aber sonst hörte man keinen Mucks. Herr Volker fand, dass es an den Marsch von Angreifern im Morgengrauen erinnerte oder an den von Verurteilten zur Richtstätte. Auf jeden Fall war es etwas sehr Ernstes und Gefasstes, nachdem Uote Krimhild so zum Schweigen bestimmt hatte.

Dann standen sie vor den verschlossenen Türen der Großen Halle und warteten darauf, eingelassen zu werden.

Wahrscheinlich waren Krimhild und Siegfried die Glücklichsten dieses Abends, Krimhild dabei natürlich unschuldiger als er, der wusste, wie sich diese nahende Ehe angebahnt hatte.

Die Tische waren in zwei langen Bahnen einander gegenübergestellt worden; am unteren Ende eine Bank im rechten Winkel für die Damen, am Kopfende eine Tafel quer für die beiden Paare. Brynhild wurde neben Gunther gesetzt, Siegfried zu seiner Linken, neben ihm Krimhild. Es gab ein schönes Bild, in dem einzig und allein Gunther in all seiner Mittelmäßigkeit abfiel. Krimhild und der Xantener, beide so strahlend hell, die Augen wie glitzerndes Wasser, fein gewandet, wirkten wie ein Paar aus den Sagen, zu vollkommen für diese Welt, die sich im Rest der Versammlung spiegelte. Gernoth, finster und eifersüchtig, durch die Nordfrau von der Seite seines Bruders verdrängt zu sein, saß an der ersten Längstafel und soff mit Fleiß. Ihm gegenüber, direkt neben Brynhild saß Hagen. Er beobachtete die herrschaftlichen Versprochenen einen nach dem anderen und machte sich so seine Gedanken. Dann blieb sein Blick an Brynhild hängen.

Am Anleger hatte Hagen sie auch, ähnlich wie Herr Volker, als mädchenhaft und unsicher wahrgenommen, ihre unverhohlene Irritation und Orientierungslosigkeit hatten ihn verwundert. Aber etwas war anders, als sie nun neben Gunther saß. Sie sah starr nach vorne über die Köpfe der Herren und Damen hinweg auf die untere Tür, durch die sie einmarschiert war. Hagen hatte sich, soweit das beginnende Gespinst aus Vertuschung und Halbwahrheiten es zuließ, bei der Mannschaft darüber informiert, was oben im Norden eigentlich geschehen war. Und er hatte zumindest herausgefunden, dass Brynhild nicht gewusst hatte, dass sie Gunther heiraten sollte, sondern mit Siegfried in diesen Wettstreit getreten war, von dem es bereits alle möglichen Variationen gab. Inzwischen musste sie es wohl akzeptiert haben, dass die Dinge anders lagen. Hagen fand, dass es das sicherste Zeichen wirklicher Herrschaft war, auch da Gefasstheit zu bewahren, wo keine Macht vorhanden war. Und von allem, was er wusste und vermutete, hatte er noch nie eine machtlosere Frau gesehen als Brynhild – von einer Ausnahme, an die er sich bemühte, nie zu denken, einmal abgesehen. Und dennoch wirkte sie an diesem Abend zum ersten Mal wie eine Königin auf ihn. Sie aß und trank kaum etwas, obwohl sie hin und wieder hungrig auf die Speisen sah, und hielt die Zähne aufeinander gebissen, als müsste sie schreien, wenn sie auch nur einen Augenblick in ihrer Selbstbeherrschung nachließ.

Ich weiß, wie das ist, dachte er und erschrak im gleichen

Moment. Er hatte noch nie das Gefühl gehabt, dass irgendwer hier am Hof etwas mit ihm gemeinsam haben könnte. Er fühlte einen Blick auf sich und wandte langsam den Kopf. Einen Augenblick dachte er, dass er am Ende laut gesprochen hätte. Frau Uote, die zwischen Gere und Eckewart etwas weiter unten an der Tafel platziert war, sah ihn an.

Es durchzuckte ihn, als hätte er sie in ihrer jahrzehntelangen stummen und keuschen Freundschaft gerade betrogen – und als hätte sie es gerade ganz deutlich gesehen. Verwirrt senkte er den Blick auf seinen Teller und versuchte herauszufinden, was es war, das ihn so durcheinander brachte. Hagen war es, als hätte er heißes Eisen geschluckt.

»Ihr solltet etwas sagen, Herr«, raunte ihm da jemand zu, Herr Volker, der zu seiner Rechten saß.

Hagen versuchte sich zurechtzufinden. »Was?«, bellte er den unschuldigen Volker an.

Der blinzelte und atmete erregt und flüsterte dann: »Einen Trinkspruch, Herr, auf die beiden Paare.« Es war schon still geworden, offensichtlich hatte Volker ihn in Gunthers Namen bereits mehrfach aufgefordert. Gernoth, innerlich schon so begossen, dass ihm nichts mehr heilig war, lachte meckernd. Eckewart, der neben ihm saß, legte ihm eine Hand fest auf den Arm. Gernoth hörte auf zu meckern und starrte stumpfen Blickes die Hand an.

»Hagen«, klagte Gunther nun auch noch von der Stirntafel herunter seinen ewigen Kampfschrei der Bedürftigkeit, die Augen flehentlich auf seinen Helden gerichtet. Hagen fiel überhaupt nichts ein, was er hätte sagen können in seiner eigenen Überraschung. Alle sahen ihn erwartungsvoll an. Nur Brynhild starrte weiter auf die Tür.

Schwerfällig stand er auf und räusperte sich, um Zeit zu gewinnen.

»Ein großer Tag für Burgund«, blaffte er schließlich einfallslos.
»Glück und Segen.« Dann hob er seinen Kelch. »Glück und Segen«, wiederholte er. Krimhild und Siegfried sahen sich sehnsuchtsvoll in die Augen, sie verdrückte eine Träne. Gunther machte den schüchternen Versuch, Brynhild zuzutrinken, die ihren Wein nicht mal zur Hand genommen hatte. Gunther bewegte seinen Becher schaukelnd auf sie zu, um seine Braut zu ermutigen. Nichts. Hagen sah, wie schnell Gunther bereits vor der Hochzeit lächerlich gemacht werden konnte. Das durfte er nicht zulassen. *»Drottning«*, redete er Brynhild an, die zusammenzuckte, ihn aber immer noch nicht ansah. *»Drottning«*, sagte er noch einmal: *»Skál!«* Er hielt ihr seinen Becher entgegen wie ein Schwert. Noch würde er alles für Burgund tun, wie er immer alles für Burgund getan hatte. Und seltsamerweise sollte das an diesem Abend enden. Aber das wusste er noch nicht. *»Skál.«*
Langsam, als stünde sie unter einem Bannspruch, griff Brynhild schließlich nach dem Kelch und hob ihn an; nicht viel, aber hoch genug, dass ein Skandal gerade darunter durchpasste.
»Glück und Segen«, sagte Hagen dann erleichtert ein drittes Mal, und die anwesenden Gäste echoten den Spruch ihrerseits: »Glück und Segen.« Langsam fing es an, nach etwas zu klingen.
Doch die Götter hatten für den Wunsch der Burgunden nur taube Ohren. Keiner von ihnen sollte Glück und Segen erlangen, doch das wisst Ihr ja längst.
Man trank und trank und aß auch jede Menge, draußen wurde das Volk bewirtet, das dieses Fest ja »gebraucht« hatte.
Der Vorabend zweier Ehen, Siegfried und Krimhild, so

schön, so hell, so glücklich, so eins. An diese beiden sollte sich das Volk noch Jahrzehnte später erinnern. Ein Traum von Ewigkeit, Stärke und Schönheit, Lebenslust und Feinsinn. Der Held und die Schönste, wie in den alten Sagen. Es gab sofort ein Lied *Stolz stieg von steilem Gestade, der Stärkste, Sigismunds Sohn. Er huldigt im Herzen gerade, der Schönsten, Krimhild, sein Fron.* Man kann sich gern die Frage stellen, was solcher Dichtkunst abzugewinnen ist. Aber so ein Lied lebt für drei oder vier Wochen und beschert seinem Verfasser ebenso lange einen vollen Magen. Für manche von uns ist das genug Rechtfertigung. Auch für mich war das einmal genug. Siegfried und Krimhild also, er so stark, sie so sanft, der Habicht und die Taube, die Hirschkuh und der Hirsch, der Stamm und die Ranke, jedes erbärmlich abgewetzte Bild, das ein mittelmäßiger Skalde mit sich in der Tasche führte, wurde schnell aufgepolstert und hergezeigt. Da brauchte man die beiden anderen gar nicht.

Gunther und Brynhild, da war kein Klang drin, von Anfang an nicht. Das Volk hatte seine Favoriten gewählt. Die einfachen Menschen Burgunds waren stellvertretend für ihre eigene Unvollkommenheit verliebt – die anderen beiden in ihrer Ungleichheit waren zu nahe an dem, was bei ihnen allen auch nicht passte.

Brynhild, wiewohl auch schön und stark, war doch zu schön und zu stark für den armen Gunther; dabei so spröde, ohne diese fließende Sanftheit, die von Krimhild oder auch Uote ausging, war sie ihnen unheimlich. In sie verliebten sie sich ebenso wenig wie in ihren dicklichen König, den sie nur achteten, weil er gesalbt war und Gibichs Sohn.

Aber einer verliebte sich dennoch in Brynhild: Hagen.

Er hatte keine Ahnung, dass es geschah, lange Zeit nicht,

aber später wusste er es ganz genau. Als die Erkenntnis sich ihm offenbart hatte, erinnerte er sich an jede Einzelheit. Dies war sein Moment. Es war der Moment, als Hagen aufhörte, ein Beobachter zu sein, und seinen Schritt mitten in die Schuld und Intrigen dieser Geschichte machte. Es war auch der Moment, als Burgund aufhörte, das Wichtigste in seinem Leben zu sein.

Nach seinem Trinkspruch schaute Brynhild ihn noch immer nicht an, sah niemanden an, saß nur da in ihrer machtlosen Majestät, die ihn so eingenommen und berührt hatte, dass er hin und wieder zu ihr hinübersah. Da öffneten die Diener einmal die hintere Tür und eine der Seitentüren gleichzeitig. Es gab eine starke Zugluft, die über die Tafel wehte und die Fackeln und Talglichter flackern ließ. Man rief »Huch«, beschimpfte die Diener, die sich diesen Zwischenfall hatten zu Schulden kommen lassen, und die Damen juchzten ein bisschen, als wäre etwas wirklich Verstörendes passiert. Hagen aber sah, dass Brynhild, so unbeweglich sie auch in dieser Rüstung ihrer Selbstbeherrschung blieb, nicht verhindern konnte, dass ihr vom Hals zu den Schultern ein Schauer lief; begleitet von einem kurz wehenden Flaum aus den Flechten gelöster Haare. Es war ein Anblick, der ihn an das Lichtspiel der Sonne auf einer hastig durch Schilf schwimmenden Forelle erinnerte. Das Bild war ebenso schnell in seinem Kopf, wie der Schauer über Brynhilds Haut lief, und erschien ihm als eine solch akkurate Entsprechung, dass er kaum noch hätte sagen können, diesen glitzernden Schimmer im klaren Wasser nicht statt der gekräuselten Haut gesehen zu haben. In diesem magischen Huschen lag für ihn eine ungeheuer geheime Sinnlichkeit, ein derartiges Versprechen der Frau, die Brynhild

sein müsste, dass er einen Blitzschlag im Inneren fühlte, der ihm seine Gefühle bereits in aller Einzelheit hätte ausleuchten sollen.
Ich erinnere mich, wie er mich und den, der von mir vergessen wurde, einmal mitnahm zu einem Bach voller Forellen in der Mittagssonne.
Der, der von mir vergessen wurde, hatte nichts Besseres zu tun, als einen Stock zu nehmen und den Grund des Wassers aufzukratzen, damit er die Fische in ihrer hilflosen Suche nach einem Weg aus der Trübung belachen konnte.
Es war das einzige Mal, dass ich gesehen habe, wie Hagen böse mit ihm war. Er nahm ihm den Stecken fort und behielt sein Handgelenk in der Faust. Der von mir Vergessene begann zu zittern. Hagen beugte sich zu ihm hinab.
»Lass das«, sagte er durch die Zähne. »Lass das sein!«
Ich hatte gerade noch Zeit, meinen eigenen Stecken, mit dem ich eigentlich das Gleiche hatte tun wollen, wegzuwerfen, bevor er sich zu mir umdrehte, mich bei meinem falschen Namen rief und sagte: »Sieh dir das an, Junge. Licht auf einer Forelle im Wasser. Vergiss das nicht.« Später verstand ich, was er mir hatte zeigen wollen. Für ihn war die Forelle wie ein Gleichnis des Schauers auf Brynhilds Hals, der Moment seines Erwachens.
Wenn man etwas begreift. Wenn in der verschlüsselten Klarheit der Liebe auf einmal alles einen Sinn zu haben scheint, der, wiewohl verborgen, mit allem anderen auf der Welt verbunden ist. Wenn man versteht, was keine Logik hat und keinen Grund.
Ich kann nie eine Forelle sehen, ohne an die Liebe zu denken, die meinen Vater, noch so vor ihm selbst verborgen, befallen hatte.

Der Rest des Abends verlief übrigens wie zu erwarten. Wurde nach ein bisschen höfischem Getue zu einem der üblichen Gelage, sodass die Damen schließlich unter Frau Uotes konsternierter Führung ganz und gar ungeordnet nach draußen gescheucht werden mussten, eher Hühner als die Gänse ihres Einmarsches, um im Getümmel nicht Opfer ihres eigenen unter Verschluss gehaltenen Vergnügungsdranges zu werden.

»Bis morgen, Liebste«, rief Siegfried seiner widerwillig scheidenden Braut schmachtend nach. Und Gunther versuchte sich am selben Satz, der ihm einen so vernichtenden Blick Brynhilds eintrug, dass er sich noch nachträglich auf die Zunge biss. Man ließ die anderen Frauen, die verfügbaren, an deren Tugend oder Unschuld kein Preis hing, aus der Gesindekammer, und das heitere Gesinge und Gebalge ging in eine große gemeinschaftliche Paarung über, der sich nur die zarteren Gemüter oder glücklich Vermählte mit erschütterten Sinnen entzogen. Kudrun besetzte Gunther mit einer verbitterten Leidenschaft, die ihm angesichts seiner allgemeinen Verfassung Angst und Bange machte, und Gernoth versuchte erneut, drei Mägde gleichzeitig zu bedienen, was hinreißend schiefgehen musste.

Das Volk draußen, noch immer begeistert von der Vorstellung gehobener Freiung mit Lautenspiel und hehren Sätzen zwischen den Königen und Edlen, feierte nicht gar so ausgelassen.

Aber Hagen hatte trotz der vielen unbefriedigenden Aspekte des Abends in einem Recht behalten. Die Sachsen, die Hunnen, die letzten zwei Jahre der ständigen Angst vor Versklavung und Brandschatzung lösten sich in Honigwein, Schnäbelei und Ochsenfett zu einer fast unwirklichen Erinnerung auf.

Magister Conradus, der zu seinen Nachtgebeten aufgestanden war, kniete in der leeren Kapelle, in der seine sanftmütigen Gedanken kein Echo fanden, und lauschte den ausufernden Feiern mit der bedauernden Abgeschiedenheit dessen, der es allen recht machen möchte.

Das Land der Untergegangenen
Die zehnte Erinnerung

Endlich die Ankunft an Krimhilds Hof. Das sollte doch schon ein warnendes Zeichen sein, dass die Schwester, die sie hierher wegverheiratet hatten, die Eingeheiratete, hier zuerst genannt wird. Sie ist erst seit gut zwei Jahren hier, aber man spricht von »Krimhilds Hof« – das mitten unter den Hunnen. Es sind ungeheuer viele. Sinold und die anderen Herren tuscheln miteinander. Wovon ernähren die so viele Hofsassen. Wie können die überhaupt so viele sein. Haben die hier keine Hungersnöte, keine Missernten, Unglücksjahre? »Die Hunnen selber sind ein einziges Unglück«, sagt Herr Ortwin, blass unter seiner auffahrenden Nase, aber keiner lacht. Außerdem sollten es doch Wilde sein, krummbeinige Sattelsitzer mit filzigen Mähnen und stinkenden Bärten, wie man sie vom Schlachtfeld kennt. Hier sehen sie nicht viel anders aus als die Diener und Sklaven zu Hause. Nur alle sehr dunkel.
Eine Reihe von Würdenträgern, reich angetan mit Gold und kostbar bestickten Gewändern, kommt und redet in dieser fremden Sprache, aber niemand hält Gunther den Steigbügel. Soll er etwa einfach so absteigen? Krimhild wird diesen Wilden doch gesagt haben, dass das nicht geht. Die Herren sehen sich an und zucken mit den Schultern unter den engen Brustpanzern und scheuernden Harnischen. Da bewegt sich die Hunnenhorde auseinander wie eine Herde, in die der Hütehund einfällt. Und dann sehen sie das Pferd. Unglaublich!

Wenn man nicht wüsste, dass da drunter ein Pferd ist, man könnte an einen Zauber glauben. Eine smaragdgrüne Decke, bodenlang fast, auch eine Kapuze, alles über und über mit feinstem Gold bestickt, goldener Besatz an den Ohren, dem Hals, der Kruppe, sogar in den Schweif eingeflochten – und die Steigbügel, wenn man schon davon redet! Das würde sich so manche Königin als Krönungsschmuck wünschen, ach was – erträumen. Purpurne Schnüre, die den goldenen Sattel halten, Borten und Fransen überall. Man könnte denken, Gunther säße auf einer Schindmähre, die schon fast auf dem Weg zum Abdecker wäre.
Und der König selbst! Étešil II. – man sagt doch, er soll ein bescheidener, stiller Mann sein! Ein Umhang, schwarz und Gold, so viel Gold, ein Pelzhut trotz der Hitze, spitz nach oben wie bei einem Juden fast, aber schwarz, nicht gelb. Ohrgehänge, die klirren und blenden. Das ist ein Reiter aus einem gefährlichen Traum! Das Pferd tänzelt noch, das eitle Schellenspiel verstummt erst, als es mit keiner Faser mehr zuckt. Aber selbst der Atem des Tieres lässt die Luft brummen.
»Jetzt seid ihr da!«, ruft der Reiter hinter dem Schleier. Das ist doch nicht möglich!
»Ja, Krimhild!«, flüstert Gunther ungläubig. Kann das seine Schwester sein? Siegfrieds Witwe, die sich fast zu Tode gebetet und geweint hatte? Reitet in diesem Umhang – wie ein Mann –, in dieser Pracht, ohne Begleitung ihres Gatten auf die Gäste zu. Sie nimmt den Schleier kurz zur Seite und gibt einen Befehl in der Sprache ihrer neuen Heimat. Sofort, den Kopf nach unten, als wagten diese Heiden es nicht, ihre Königin auch nur mit den Augen zu berühren, huschen je drei Hunnen auf die Königsbrüder zu, um ihnen den Steigbügel zu halten. Dabei steigt sie selbst nicht ab. Gunther strauchelt, als er absitzt. Man hört seine Füße scharren.

Gunther, Gernoth und Giselher stehen da, mehr wie Besiegte denn Geladene, etwas größer wohl als die Hunnen, aber so klein vor dem Sagenpferd und der gleißenden Reiterin.
»Jetzt seid ihr da«, wiederholt sie ruhig und wenig freudig und lüftet den Schleier, dass sie ihr Gesicht sehen sollen.
Sie hebt unter Klingeln und Schellen eine Hand. »Dort ist euer Quartier«, sagt sie. Die Art, wie sie auf die Gästehäuser, eher Scheunen, weist, erinnert an die unzähligen lieblosen Verabschiedungen, mit denen sie die Brüder in den Frauentrakt schickten. Alle drei starren sie die Schwester an und suchen nach einem Rest von Krimhild, wie sie sich ihrer erinnern. Aber unter all dem Gold und Pelz kann man kaum noch etwas von ihrem Gesicht erkennen. Ihre helle Haut verschwindet unter dem Zierrat, dass ihr Gesicht wie im Nebel zu liegen scheint. Sie gibt einen weiteren Befehl, und die Würdenträger, ihrerseits anderen Anweisungen erteilend, begleiten die Königsbrüder sehr entschieden auf die Quartiere zu, ohne dass Krimhild endlich absitzen würde. Kein Willkommenskuss, nicht einmal für Giselher, den sie doch immer wie einen Schoßhund geliebt hat.
Überhaupt nichts erinnert daran, dass dies die sanfte Krimhild von damals ist. Hagen gibt unwohl ein Zeichen an Herrn Volker. Die Herren steigen gemeinsam aus dem Sattel, zusammen mit Ruideger und Deoderic. Krimhild hört das Scharren und dreht sich zu ihnen um. Sie sucht mit ihren Augen die bestaubten Gesichter ab. Endlich hat sie Hagen gefunden. Einen Moment erschrickt sie vor dem unbedeckten linken Auge. Dann hat sie sich gefangen. Sie winkt mit der linken Hand, und drei Knechte halten ihr den Bügel. Sie steigt auch ab. Die Hunnen weichen noch weiter zurück, alles mit einer seltsam gewalttätigen Ehrerbietung, wie Bluthunde, die vor ihrem Heger kuschen, aber alles andere zu Tode reißen würden.

»Hagen«, sagt die Gestalt in Gold, die Krimhild sein soll. »Wart Ihr denn auch eingeladen?« Sie kommt näher, verletzt alle Höflichkeit, grüßt nicht einmal Deoderic, der hier doch ein und aus geht. Und wie sie auf ihn zukommt, ist es, als brächte sie einen Geruch mit sich, der wie ein Eissturm riecht. Tödlich, ungerührt, von vernichtender Sauberkeit. Sie sehen sich an.

»Wer meinen König einlädt«, sagtHagen, »der lädt auch mich ein, Herrin«, dabei hört er selbst die Lüge in seiner Stimme. Krimhilds Gesicht aus der Nähe, so anders, denn das Blond ist unter der Pelzkappe ganz verschwunden. Doch sie schwärzt noch immer mit Asche die Wimpern und beißt sich die Lippen mit Essig rot. Die Eitelkeit lebt unbesiegt unter der Staffage ihrer Trauer und Macht. Sie ist älter geworden, härter, sie hat sich verändert.

Keine Frau mehr, nur eine Herrscherin.

»Ob das gut für Euch ist, Hagen?«, sagt sie mit einer fremden Färbung ihrer Heimatsprache.

»Das ist mir egal, Herrin«, lügt er. Nur er weiß, was er für den letzten Teil seines Planes aufgegeben hat. Die anderen Herren starren derweil betreten auf ihre staubigen Füße. Alle denken plötzlich das Gleiche. Hagen soll ja Siegfried damals ... Hagen hat nie wirklich Ja oder Nein dazu gesagt.

»Wir werden sehen«, sagt Krimhild in das Schweigen, »wie egal es Euch am Ende ist.« Sie will schon gehen, es wäre ein wirkungsvoller Abgang, da sieht sie seine verwundete Hand.

»Da schau her«, flüstert sie mit spitzen Lippen, »verwundet!« Sie klingt jetzt wie ein zufriedenes Kind, das einen unerwarteten Vorteil erreicht hat.

Dann schnalzt sie mit der Zunge, und ihre käferartigen Diener bringen ihr einen goldenen Stuhl, auf dem sie Platz nimmt, was beschwerlich ist mit diesem steifen Goldrock.

Andere reißen das klingelnde Pferd aus ihrem Weg. Sie tragen Krimhild auf die Gästehäuser zu, vielleicht folgt jetzt die Umarmung der Brüder.
Ein Hornsignal ertönt von Westen her, einige der Hunnen rennen sofort weg.
»Was ist denn mit der?«, fragt Deoderic, der sie anders kennt.
»Sehr seltsam«, schnauft auch Ruideger, der sie immer als die zerstörte Witwe sieht, die er hierhergebracht hat.
Er steht ihr im Eid.
Hagen versucht ein Lächeln: »Wir waren uns nie sehr nahe.«
Brynhild, denkt er. Auf einmal kommt ihm alles so lächerlich vor.
Warum hat er nur damit angefangen?

Hohe Zeit

Brynhild blieb gelähmt an Geist und Willen. Es verblieben ihr einundzwanzig Tage bis zu dieser Hochzeit. Einundzwanzig Tage, die Krimhild, die andere Braut, nicht abwarten konnte. »Ein Tag weniger, ein Tag weniger«, jubelte sie jeden Abend.

Gunthers Schwester sang und tanzte durch die Kammern, Gänge und Hallen des Frauentraktes und bedachte jede, die ihr begegnete, mit immer neuen Schilderungen von Siegfrieds Großartigkeit. Da sie ihn nach dem Fest nicht mehr sehen durfte, waren bald alle Neuigkeiten ausgeschöpft, und immer feinere Einzelheiten mussten herhalten. »Er hat so schöne Fingernägel«, schwärmte sie schließlich. Frau Uote mahnte sie zur Bescheidenheit und ließ Magister Conradus kommen. Ihm oblag auch die unangenehme Aufgabe, die beiden Jungfrauen darauf vorzubereiten, dass man sie hinsichtlich ihrer »tugendhaften Intaktheit« untersuchen werde.

»Wie denn?«, fragte Krimhild ahnungslos, die jedoch glühend entschlossen war, alles zu tun, was sie der Heirat mit ihrem Geliebten einen Schritt näher brachte. Sie stellte sich ein religiöses Examen vor, Fragen nach dem weißen Christus und dessen mildem Wirken unter den Menschen, Heiden mal abgesehen. »Werden wir das in der Kapelle machen?«

Magister Conradus drehte sich entsetzt zu Frau Uote um.

Man konnte von ihm wirklich nicht erwarten, mit einer Jungfrau über so etwas zu sprechen, zumal er dies ohne die Sicherheit eigener Erfahrungen hätte tun müssen.

Frau Uote seufzte. »Lasst uns allein.« Er floh bereitwillig.

»Krimhild«, begann Frau Uote, »wenn du mit Siegfried zusammen bist, dann magst du es sicher, wenn er dir die Hände hält und dich küsst?« Krimhild wurde scharlachrot und nickte.

Sie hätte sich sogar schon vorgestellt, bekannte sie, dass sie nach ihrer Heirat den ganzen Tag nichts anderes machen wollen würde. »Und nachts«, sie leuchtete vor ahnungsloser Scham.

Frau Uote nahm ihre Hand. Sie wollte es mit ihrer Tochter besser machen, als sie es erfahren hatte, damals vor Ewigkeiten.

»Weißt du, Liebes, es gehört noch mehr dazu, denn wenn man verheiratet ist, dann will man auch Kinder haben.« Darum, flüsterte Krimhild, bräuchte sich die Mutter nicht zu sorgen, sie habe schon alles Nötige in die Wege geleitet.

»Was?«, rief Frau Uote. »Wie?«

Krimhild beichtete, dass sie seit Siegfrieds gesunder Heimkehr aus dem Sachsenkieg ihre täglichen Gebete dem Erhalt eines Kindes widmete, sodass mit dessen Eintreffen jederzeit zu rechnen sei, wann immer der Herrgott es für geeignet halte.

Frau Uote erweichte das Herz. »Ach, Liebes«, seufzte sie und verwünschte dieses Gefängnis, in dem sie seit fast sechzehn Jahren saß, ohne zu klagen. Sogar trächtige Katzen ließ man hier entfernen. Sie selber hatte zumindest gewusst, wie das Leben sich erneuerte, hatte es am Hof ihres Vaters an Tieren und Dienern gesehen, ohne Erregung, aber auch ohne Abscheu.

Jetzt suchte sie nach Worten, die ihre Tochter nicht zu sehr verstören würden. »Liebes«, sagte sie, so fest sie konnte, »es ist noch mehr daran, weißt du.« Krimhild sah misstrauisch auf.

»Im Inneren einer jeden Frau gibt es eine geheime Kammer, die nur ihr Ehemann aufschließen darf. Erst, wenn er das getan hat, wächst in ihr ein Kind heran. Nicht immer sofort, und es dauert auch seine Zeit.« Krimhild sah Frau Uote an, als erlaubte sie sich einen schlechten Scherz mit ihr. »Weißt du noch, als du unwohl gewesen bist?«, fragte Frau Uote vorsichtig.

Krimhild hatte erst vor einem halben Jahr zu bluten begonnen, dies auch nur unregelmäßig und gering. Man hatte ihr erklärt, dass es ein Zeichen fortschreitender körperlicher Reifung sei. Bei der Messe hatte sie dann Magister Conradus in tödliche Verlegenheit gebracht, als sie nachfragte, ob auch die verehrte Mutter des weißen Christus – angeblich lebenslang unberührt, trotz vieler Kinder und eines Ehemannes! – solches Blut verströmt hatte. Eine Antwort hatte sie nie bekommen.

Jetzt nickte sie mit gerunzelten Brauen.

Frau Uote schluckte. »Das Blut kommt aus dieser geheimen Kammer. Es ist ein Zeichen dafür, dass noch kein Kind in dir wächst.« Krimhild drehte den Kopf weg.

Wie sollte denn der Ehemann, Siegfried, mit einem Schlüssel an diesen Ort gelangen, ohne sie beide in höchste Verlegenheit zu bringen – und wie würde durch den Schlüssel ein Kind entstehen?

Frau Uote fächelte sich Kühlung zu. »Dein Mann trägt den Schlüssel am Körper«, brachte sie schließlich hervor, »er wird es dir zeigen. Du musst ihm vertrauen. Auch wenn es dir unangenehm sein könnte. Das ist nur erstmalig

so.« Krimhild starrte in Gedanken versunken vor sich hin.
»Deswegen«, fuhr Frau Uote fort, »kommen die heilkundigen Frauen gemeinsam mit Magister Conradus und einem Herrn des Hofes und erkunden, ob die Kammer noch verschlossen ist, wie sie es sein sollte.«
»Wie?«, hauchte Krimhild in Verzauberung.
»Mit der Hand.« Frau Uote stand auf. »Du weißt jetzt alles, was du wissen musst.« Krimhild nickte gebannt. Als ihre Mutter gegangen war, überlegte sie fortwährend, wo Siegfried diesen wundersamen Schlüssel nur verborgen haben könnte. Es musste da sein, wo das Hemd sich über dem Gürtel bauschte, da war der einzige Ort, wo sich so etwas ungesehen verbergen ließe. Der Gedanke machte sie für ein paar Tage sehr still.
Frau Uote überlegte indes, ob es ihre Pflicht wäre, auch mit Brynhild über das bevorstehende Examen zu sprechen. Es wäre sehr schwierig, wegen der Sprache. Dass man Siegfried als Übersetzer hätte hinzubitten müssen, entschied die Sache schließlich. Unmöglich. Trotzdem ging sie oft zu Brynhild in die Kammer und setzte sich schweigend zu ihr. Hin und wieder gelang es ihr, Brynhilds Blick zu halten. Dann hatte Frau Uote eine unbestimmte Ahnung, dass ihre gestammelte Geschichte von Kammern und Schlüsseln hier unnütz wäre.
»Hoffentlich«, dachte sie dann wider alle höfische Art und christliche Notwendigkeit, »hoffentlich.«
Als es schließlich zur Untersuchung kam, schlug Brynhild die Heilkundigen nieder und trat dem bezeugenden Würdenträger – Herrn Sinold – in seine Schlüsselgegend. Magister Conradus floh von selbst. Man stand vor einem Problem.
»Ich verbürge mich«, sagte Frau Uote schließlich, und alle

waren dankbar. »Mit meinem Wort als Königin verbürge ich mich.«
Man sagte: »Ausnahmsweise«, und ließ es gut sein.
Krimhild aber, obwohl nie außer Acht und Sicht ihrer Mutter, nie je alleine mit einem Mann gewesen, entging der Untersuchung nicht. Sie fiel, wie erwartet, tadellos aus.
Aber beide Bräute blieben hernach einige Zeit für sich und still, wenn auch aus unterschiedlichen Gründen.

Gunther seinerseits empfing die Nachricht, dass seine Frau sich in völlig unberührtem Zustand befinde, mit Unbehagen. Er kannte außer Kudrun keine andere Frau, stellte sich wohl vor, dass alle auf die gleiche Weise beschaffen sein müssten, hatte jedoch auch gehört, dass – um mit Uotes Bildern zu sprechen – das erste Öffnen der geheimen Kammer nicht ganz einfach sei. Der König fürchtete sich. Vor der Sache selbst und davor, ausgelacht zu werden. In seiner ersten Not wollte er sich sogar Kudrun anvertrauen, die doch die Einzige war, mit der er ein so vertrauliches Thema besprechen wollte. »In zwei Tagen ist Hochzeit«, flüsterte er der massiven Gefährtin vorsichtig zu, als sie ihn, müde von den vielfältigen Vorbereitungen dieser Hochzeit, im nächtlichen Schwitzkasten hielt. Kudrun brummte.
»Dann werden die Königin und ich uns zurückziehen müssen für eine Weile.« Kudrun brummte abermals, weniger schläfrig.
»Ich habe gehört, sie soll –«, er stutzte, ein ungewöhnliches Geräusch verwirrte ihn. »Kudrun, was ist denn?«
»Ich bin so unglücklich«, schluchzte Kudrun bebend. »Ich will nicht, dass du mit ihr das Lager teilst.« Gunther setzte sich auf und zweifelte an den Grundfesten seiner Welt. Es

war Kudrun, die ihn trösten sollte, nicht umgekehrt. Er hätte ihr die Sache klarer schildern sollen, dann ließe sie von ihrem kindischen Verhalten sicher ab.
»Ja, Kudrun, ich muss doch, ich bin doch der König«, erklärte er.
Da raffte Kudrun ihren Umhang an sich und stürzte halb bloß, noch immer weinend hinaus in die Dunkelheit, über einige Kammerdiener und Wachen stolpernd, die vor Gunthers Tür auf dem Boden schliefen.
»Kudrun!«, flüsterte Gunther konsterniert hinter ihr her.
Mit Hagen, von dem man nie wusste, ob er eine Frau gekannt hatte oder nicht, wagte Gunther nicht zu sprechen, obwohl es ihn lange beschäftigte. Hielt Hagen so wenig von Frauen? Hatte er ihre vertraute Gesellschaft erprobt und als unzureichend oder langweilig verworfen? Gunther beschloss am nächsten Morgen, einen Tag näher an der erschreckenden Aufgabe, wenn es so weit wäre, lieber den anderen Bräutigam zu befragen, Siegfried, der solcherlei Probleme wahrscheinlich mit einem Mantelwirbeln lösen konnte.

Während Krimhild den letzten Tag fastend in der Kapelle oder sonst auf den Knien vor ihrer privaten Betbank verbrachte, dachte Brynhild immer noch an Flucht. Doch es blieb vorerst bei den Gedanken, kein Quäntchen Kraft schien in ihr übrig. Sie drehte ihren Ring und verstand nicht, dass sie überhaupt noch atmen konnte.
Wenn sie auf dem Bett lag, fühlte sie mit den Resten einer hinter immer größerer Gleichgültigkeit entschwindenden Angst, dass die Kraft ihren Körper verließ. Sie wurde schwerer, weicher, fand, dass sich ihre Muskeln auflösten und zu einer breiigen niederzwingenden Masse wurden,

unter der die Erinnerung an sie selbst erstickte. Als sie hinter diesem Conradus-Priester hinauswollte, das war das letzte Mal gewesen, dass sie überhaupt etwas gewollt hatte. Seitdem wuchs das Schweigen in ihren Gedanken, und mit jeder weiteren Stunde fürchtete sie sich weniger vor der Wahrscheinlichkeit, dass dieses Schweigen über sie siegen würde.
Sie lachte sich nicht mehr für ihre Dummheit oder Gutgläubigkeit aus, strafte sich nicht mehr für ihr Unverständnis und plante nicht mehr, alle umzubringen.

Der Einzige, der wirklich guter Laune war, war Siegfried. Er ritt noch am Tag vor der Hochzeit mit Gernoth zur Jagd, forderte ihn auf einer Lichtung zu einem Ringkampf, den Gernoth drei Mal nachkämpfen wollte, um jedes Mal wieder zu verlieren.
»Wie machst du das bloß?«, keuchte Gernoth, der doch regelmäßig mit Bauernburschen rang und meinte, sich auszukennen. Er wollte versuchen, Siegfried lieber zu mögen, weil Gunther ihn darum gebeten hatte. Mit jedem Mal, das Gernoth im Moos saß, wurde das erstaunlicherweise leichter.
»Du stehst bloß nicht richtig«, erklärte Siegfried kameradschaftlich und zeigte Gernoth ein paar Kniffe, die er selbst noch von Mime gelernt hatte.
Schließlich saßen beide keuchend im schon bald herbstfeuchten Laub.
»Morgen, he?«, fragte Gernoth. Als Antwort lächelte Siegfried strahlend.
»Ja, morgen«, antwortete er.
»Heiraten«, sagte Gernoth mit zweifelnder Betonung. »Frauen gibt's auch so.«

Siegfried lachte, dass man weder Zustimmung noch Entrüstung hätte hören können. Das war Gernoth zu unklar: »Weswegen willst du heiraten? Wenn du gar nichts davon hast. Ich meine, kein Land oder kein Gold.« Zum Glück waren sie beide ähnlich unbedarft in Sachen der Politik, sonst hätte Gernoth das niemals sagen dürfen – und Siegfried hätte beleidigt sein müssen. Aber so, wie sie beide waren, zwei noch junge Männer auf dem Waldboden, die mehr Glück hatten, was ihre Stellung, ihre Gesundheit und ihr Schicksal anging, als fast alle anderen– da war so etwas nicht wichtig. Die Abwesenheit von Unglück einte sie, wenn auch sonst nichts.

»Irgendwann muss man heiraten«, erklärte Siegfried. »Und Krimhild ist die Schönste. Und so sanftmütig.« Gernoth zuckte die Schultern, woher sollte er das wissen. Und selbst wenn, es wäre für ihn kein Anreiz gewesen. Er hatte die temperamentvollen Frauen lieber. Wegen der ausbleibenden Begeisterung setzte Siegfried hinzu: »Stell dir mal vor, du kommst nach Hause, von der Jagd oder von sonst wo, und da ist jemand, der sich freut, dich zu sehen. Und macht dir was zu essen und lässt dich baden und hat dich gern, das ist doch schön. Ist für die Nacht bei dir, und am Morgen gehst du wieder, aber du weißt, du kannst immer dahin zurück, und du musst sonst nichts machen.« Siegfried ließ sich hintüberfallen und blickte auf die vereinzelten Stückchen Himmel zwischen den verkahlenden Baumkronen. »Und wann immer du willst, ist das da. Und alles andere, was du willst, ist ja nicht weg.«

»Wenn man es so sieht«, sagte Gernoth, dem es auf einmal doch ganz erquicklich vorkam, was Siegfried ihm beschrieb. »Aber für immer?«, wagte er einen letzten Protest.

»Was ist schon für immer?«, antwortete Siegfried auf dem Rücken, die endlos tiefe Erde unter sich, die in diesem Moment auf ihre Art eine eigene Antwort zu sein schien.

Und Hagen? Er kümmerte sich – um die Sachsen und Hunnen, besser um das, was von ihnen übrig geblieben war. Stellte nach dem offiziellen Ende des Krieges sicher, dass es so schnell keinen zweiten geben würde. Dann verschickte er auch die Einladungen an die Herren der Umgebung, instruierte alle Boten zu betonen, dass die Braut aus dem Norden käme und in einem ehrenvollen Wettkampf gewonnen war, somit also weder eine Konkurrenz für örtliche Töchter darstellte noch eine Gefahr wegen rächender Familie wäre. Von Siegfrieds Heldentat bei den Sachsen hatten ohnehin schon viele gehört, damit kam er als Mann für Krimhild mehr in Betracht als je zuvor.
Eigentlich, dachte Hagen, hätte alles gut sein können.
Aber irgendetwas bewegte sich in seiner Brust wie eine sich langsam ausrollende Schlange. Er fürchtete sich vor dem, was er sehen und wissen würde, wenn sie ihr volles Ausmaß erreicht hätte. Er wünschte sich, dass er in die Wälder hätte verschwinden können, doch das musste bis nach der Hochzeit warten.

Die erste Nacht

In der kleinen Kapelle wurde Brynhild morgens in Gegenwart von Frau Uote und von Krimhild getauft. Gere und Eckewart waren auch anwesend, und Klein-Giselher mit der frommen Verzückung eines Fabelwesens hielt die Kerze, die der Priester für notwendig befunden hatte. Man wollte Brynhild nicht im Rhein untertauchen lassen, sondern hatte ein Becken vorbereitet, in das einzusteigen Frau Uote sie bewegen sollte. Die nordische Frau ging wider alle Furcht des Priesters wie eine Schlafwandlerin, stand danach zitternd und unter ihrem Hemd nackter, als es ohne gegangen wäre, bis man ihr einen Mantel umtat und sie wieder zurück in ihr Zimmer führte.

Ebenso ließ sie sich auch die Gewänder anlegen, teilnahmslos, leblos, aber auch erleichternd harmlos. Nur ganz zum Schluss kam Leben in sie, sie wies den zum Gewand angepassten Gürtel zurück und nahm ihren eigenen hervor, gelbes Gold in feinster Verarbeitung. Die Magd, die mit Brynhilds Ausstaffierung beauftragt war, lief klagend zu Uote, die Brynhild gut zureden sollte, lieber den anderen Gürtel mit den Rubinen zu nehmen, der zu dem teuren Rot besser aussah.

»*Belti!* Der Gürtel«, radebrechte Brynhild zu Uotes Erstaunen und Freude mit ihrer eingerosteten Stimme, »meine Mutter.«

Frau Uote traten die Tränen in die Augen. »Ach, mein liebes Mädchen«, flüsterte sie und umarmte ihre zukünftige Schnurtochter: »Natürlich kannst du den Gürtel tragen.«
Sie sah sich mit verschwommenem Blick die vielen Sonnenwagen an, einen nach dem anderen, ein Tag nach dem anderen, endloses Leben: »Der ist ja auch viel schöner als unserer!« Die Magd drehte sich schnaufend um und verließ ihrerseits heulend die Kammer. »Brynhild«, Frau Uote schluckte, »ich hab dich wirklich gern. Und ich hoffe, du kannst den Jungen auch gern haben. Er ist bestimmt nicht so schlimm wie sein Vater. Und ich bin immer bei dir, wenn du mich brauchst.«
Brynhild verstand nicht alles, und es konnte leider auch nicht stimmen. Mit dem Abend dieser Hochzeit siedelten Brynhild und Krimhild in den Hauptteil der Festung um, Brynhild in Gunthers Gemach, Krimhild und Siegfried erhielten eine hastig neu gestaltete Flucht von drei Zimmern, in der der Lehm zwischen den Steinen noch feucht war. Jedenfalls würden sie Frau Uote erst wiedersehen, wenn die erste Schwangerschaft gut auf dem Weg wäre und sie für ihre Ehemänner nicht mehr zur Verfügung stünden.
Daran hatte Frau Uote selber noch nicht denken wollen. Sie umarmte Brynhild nochmals, bis sie spürte, dass deren vorherige Abwesenheit zurückgekehrt war.

Die Trauung selbst fand vier völlig unterschiedlich gestimmte Brautleute vor: Krimhild fast ohnmächtig vor freudiger Erregung, Siegfried gelassen, heiter, um sich zwinkernd und winkend, Brynhild im Panzer ihres lähmenden Unverständnisses und schließlich Gunther, mit Leibschmerzen, unsicher, unwohl, ein wackliger König mehr denn je. Außer Hagen hatten es nur ein paar ganz unbekehrbare Gaufürsten der Umgebung gewagt, nicht zu erscheinen. Der restliche Hof war anwesend, die Gäste von nah und näher, die den Sachsensiegern einiges zu verdanken hatten, Bündnisleute aus dem Osten und dem Süden. Es musste extra Weihrauch verbrannt werden, weil so viel edles Volk doch zu stark riechbar wurde. Von Krimhild waren alle restlos begeistert. Als Gunther damals Étešil als möglichen Ehemann gewinnen wollte, hatten viele die Lieder über die schöne Burgundin gehört, aber so recht geglaubt hatten sie es nicht. Nun, wie Krimhild in den Kreis trat – so hell, so jung, so schön –, waren alle gerührt und voller Anerkennung für Siegfrieds weitere Heldentaten, die dann eben doch nicht nur Politik gewesen waren, sondern Liebesdienste; das war nun ganz klar.

Conradus, nach der gewaltlosen Taufe des Morgens schon gefestigter, las einen Text vor, den keiner verstand, predigte auch noch darüber, entrollte Urkunden und war nur manchmal etwas unwohl unter den wachsamen Augen römischer Kirchengesandter, die sein Tun zu überwachen gekommen waren.

Keiner hatte Kinder unter den Mänteln, wenn, hätte das auch nur die Herren betroffen, aber das hatte Hagen ja immer zu verhindern gewusst.

Lateinische Sätze, die sonst in der Kapelle hallten, erstickten zwischen den Leibern der Angereisten. Magister Conradus forderte Siegfried und Gunther auf, einander brüderlich zu umarmen, was beide herzlich taten, dann die zwei Frauen, einander zu küssen, wobei Krimhild den eigenen und auch Brynhilds Schleier heben musste. Die Gäste reckten sich vergeblich, die wilde Nordfrau von Angesicht zu sehen. Brynhild blickte still gerade aus, durch den Gang war sie verschleiert gegangen.

Dann sollte Siegfried Krimhild einen Kuss geben, was mit viel »Ohh« begrüßt wurde, und Gunther sollte endlich auch Brynhild küssen, was in etwa dem Kuss entsprach, den ein unbeteiligter Neffe einer hässlichen Tante geben würde. Das war dann eher enttäuschend für diejenigen, die einen Blick hatten erhaschen können, wenige ohnehin. Als die Paare aus der Kirche auszogen, König und Königin voran, ging Brynhild schon wieder verschleiert, und als man sie bei der Feier endlich sah, trug sie jenes maskenhafte Gesicht, dass man in den nächsten Monaten einzig sehen sollte, wo immer sie sich zeigte.

»Die hat Haare auf den Zähnen«, wussten die wichtigsten der Gäste denn auch sofort abzuleiten. »Da wird der Gunther keine Freude dran haben.« Und die Väter, die ihre eigenen Töchter Burgund nicht hatten schmackhaft machen können, waren weder beleidigt noch neidisch, sondern zufrieden in ihrer eigenen weisen, taktischen Verhaltung, wie es ihnen nun vorkam.

Eine baldige zweite Ehe, demütig angefragt, so schien es einem jeden, wäre bei so einer Braut keinesfalls ausgeschlossen.

Auf der Feier herrschte wildes Treiben, man sang trotz der falschen Jahreszeit Frühlingslieder, die viel mit Schwellen, Strotzen und Bersten zu tun hatten. Auch Knospen und Blüten wurden röhrend, mit eindeutigen Gesten versehen, bedacht in diesen schönen Stücken. Brynhild verstand sie wohl gar nicht, und Krimhild, die solches Reden ihr Lebtag lang noch nie gehört hatte, versteckte sich dauerhaft errötet hinter Siegfrieds breiter Schulter, der bei dem unanständigen Gesang fröhlich mittat, was bei ihm aber völlig entschuldbar, sogar unschuldig wirkte. Die Herren lachten, wischten sich die Tränen aus den Augen und die mahnenden Hände ihrer Gattinnen von den Schultern, die zu mehr höfischer Zurückhaltung auffordern wollten. Frau Uote saß auf Krimhilds anderer Seite, geehrt als zweifache Brautmutter, und versuchte auszusehen, als nähme sie die fortschreitende Entwürdigung ihrer Tochter nicht zur Kenntnis. Als ein Gast aus Eferding – mehr ein Zufallsbesuch als ein Geladener – jedoch begeistert ein Fass erklomm und durch seine drängenden Gesten am Spund darstellte, wie dasselbe zu begatten sei, gab sie schließlich Eckewart ein Zeichen am Rande ihrer Beherrschung, dass er den Eferdinger vor die Tür setzte, wo das Gesinde in geballter Neugier stand.

Hagen erschien etwas später, niemand wusste, woher er kam, erwies dem König und der Königin seine knappe Referenz und schenkte Siegfried und Krimhild ein Lächeln und einen »Glückwunsch«.

Es blieb für viele fragwürdig, ob er überhaupt gekommen wäre, wenn er nicht ein Amt zu versehen gehabt hätte, das Gibichs römerliebender Großonkel schon eingeführt hatte. Hagen, als wichtigster Mann am Hof, sollte nämlich die doppelte Brautlegung leiten. Man brachte Siegfried und Krimhild – diese nun zitternd, bleich und schluckend – zuerst in ihre neuen Unterkünfte. Hagen, Sinold, Ortwin von Metz und Eckewart gingen mit, kamen aber sehr schnell wieder zurück, was hieß, dass sie nicht über die Bettnahme geblieben waren. Ob aus Zartgefühl, aus Weisung, oder weil ja das wichtigere Paar noch anstand, darüber konnten diejenigen rätseln, die dazu noch nüchtern genug waren. »Der Siegfried!«, sagte Herr Volker zu einem Grafen aus der Nähe von Lorsch. »Tjahaha«, antwortete der Graf, und die beiden tranken sich zu, als wollten sie sagen: »Was für ein Kerl!« Im Geiste hatten wohl sowieso alle Männer die Halle mit dem Niederländer verlassen. Dann, als die Abordnung zurückkehrte, war es auch Zeit für Gunther und Brynhild. Auf dem langen Weg von der großen Halle zu seiner Kammer versuchte Gunther, Hagen wider allen Vorsatz doch noch auf einen letzten Rat zu erwischen.

»Hagen«, flüsterte er, hinter der Königin gingen Gere, Volker und Huonold, »Ihr werdet doch nicht bleiben, oder?«

Hagen schüttelte den Kopf. »Ich weiß nämlich nicht, wie, also ob, ich meine, was«, stammelte Gunther, aber da waren sie schon angelangt, und die Herren stellten sich neben dem Bett auf.

Brynhild legte mit mörderischem Blick ihr Obergewand und die Schleier ab und setzte sich steif auf die rechte Bettkante, den Gürtel ihrer Mutter legte sie gleich wieder um. Gunther gab Volker ein Zeichen, ihm die Stiefel auszuziehen und die Tunika abzunehmen. Dabei verloren beide für einen Augenblick das Gleichgewicht, und es erforderte einige Zusammenarbeit, gleichzeitig wegzusehen, damit keine Peinlichkeit entstand.

»In Ordnung?«, schnarrte Hagen dann den anderen zu, von denen zumindest Volker gerne geblieben wäre. Aber alle nickten und ließen die Jungvermählten ohne die üblichen Scherze allein.

Das war der Moment, den der König gefürchtet hatte. Er hatte, seit er wusste, dass es kein Zurück gab, so große Angst gehabt, dass er sich nun, als es so weit war, nur noch müde fühlte.

Gunther setzte sich auf die andere Bettkante und schluckte. Brynhild machte nicht mal einen Ansatz, ihn anzusehen, geschweige denn, sich hinzulegen. Darauf hatte er bis zuletzt heimlich gehofft. Wenn sie sich hingelegt hätte, hatte er sich überlegt, dann wäre er schnell auf sie geklettert, hätte das Hemd hochgehoben und alles hinter sich gebracht. Gunther bevorzugte es von der Verteilung her bei den Zusammenkünften mit Kudrun zwar umgekehrt, aber man konnte nicht alles haben. Nun machte Brynhild aber doch keine Anstalten, ihm entgegenzukommen.

»Legt Euch doch hin, Brynhild«, sagte er schließlich bange über die Schulter. »War doch ein langer Tag.« Aber sie saß da wie einer der besungenen Felsen ihrer Heimat, die früher angeblich einmal Jungfrauen gewesen waren. Er riskierte einen Blick. Seine Frau – mein Gott! Seine Frau! – starrte an die Wand.

»Seid Ihr nicht müde?«, fragte er vorsichtig. Vielleicht schlief sie ja einfach ein, und dann könnte er ... Aber natürlich nur, wenn er selbst lang genug wach bliebe. »Es war ein langer Tag«, wiederholte er hilflos. Die Stille zwischen ihnen war ohrenbetäubend. Er schüttelte sich wie ein nasser Hund. Von unten hörte man Lärmen, Juchzen und weiteres Singen. Alle amüsierten sich. Gunther, wenn auch nicht ansatzweise so feierfreudig wie Gernoth, hätte alles gegeben, dabei sein zu können – nur um nicht hier sein zu müssen. Aber das half ja nichts. Gunther stand auf.

Noch immer wollte er nett sein, solange sie es ihm nicht zu schwer machte, zumindest das, was er unter »nett sein« verstand.

Er hatte nicht vor, ihr wehzutun. Natürlich begehrte er sie auch nicht wirklich, diesen Berg an distanzierter Unnahbarkeit, der gar kein Mensch zu sein schien, geschweige denn eine Frau. »Brynhild«, rief er sie an und trat vor sie hin. Sie blickte einfach durch ihn hindurch, zuckte mit keiner Wimper. Zum ersten Mal sah er sie in Ruhe an, denn es war, als ob sie schliefe und er es ungestraft tun könnte. Doch, sie war hübsch. Nicht so hell und klar wie Krimhild natürlich, oder so sanft. Aber hübsch. Eine zarte, nur ganz leicht gebräunte Haut mit ein paar Sommersprossen über dem Nasenrücken, dichte, dunkle Wimpern, klare Konturen, die Augenbrauen in der dunkelsten Farbe ihrer vielfältig schimmernden Haare. Neben der Oberlippe, rechts, hatte sie ein kleines dunkles Mal, leicht erhaben. Überrascht besah er sich ihren Mund und spürte zum ersten Mal in ihrer Gegenwart einen Hauch echten Verlangens, mit dessen Hilfe er diesen Augenblick vielleicht überstehen könnte. Dieses Mal, den kleinsten Fleck an ihr, so sichtbar unvollkommen bei all ihrer Unnahbarkeit, den wollte er plötzlich haben. Wenn er den hätte, dann hätte er vielleicht einen Zugang gefunden. »Brynhild«, rief er noch einmal, leise, wie er einen Hund locken würde. Nichts, keine Reaktion.

Da fasste er ihr unters Kinn, um ihr in die Augen zu sehen. Was dann im Einzelnen geschah, vermochte er später nicht genau zu sagen. Er hatte sie küssen wollen, wie es ihm zustand.

Sie musste zuerst sein Handgelenk gegriffen haben, so viel war sicher. Dann, unter einer Kaskade von knurrenden Worten ihrer Sprache, hatte sie ihm den Arm auf den Rücken gedreht, ihm die Füße weggetreten und war ihm, noch während er fiel, mit den Knien in die Nieren gesprungen, sodass er bereits das Bewusstsein verlor, bevor er aufschlug.

Er erwachte, das Kinn geschwollen, mit schmerzendem Körper an einem Nagel hängend in einem großen Verschlag auf dem Gang vor ihrer Tür. Sie hatte ihn mit seinem Gürtel gefesselt und ihn mit seinen Stiefelbändern dort aufgeknüpft. Wasser war ihm abgegangen und juckte zwischen seinen Beinen.

Die Diener, die natürlich pflichtvergessen mitfeierten, hatten sich aus dem Gang entfernt und alle Fackeln mitgenommen. Es war stockdunkel und einsam, nur das Grölen der letzten Feiernden unten in der Halle drang höhnisch zu ihm herauf.

»Hallo«, rief Gunther leise und zuckte versuchsweise mit den Füßen, was sich gleich unsagbar an seinen Schlüsselbeinen rächte. Er zischte vor Schmerz. »Hagen«, rief er gepresst, denn obwohl er wusste, dass Hagen nicht einmal in der Nähe war, war er doch der einzige Mensch, von dem er sich in so einer Lage finden lassen wollte, ohne sich zu schämen.

»Hagen« rief er weiter, und dann »Kudrun«. Denn, auch wenn er wusste, dass Kudrun eingesperrt worden war, um ihrerseits kein Hindernis dieser Hochzeitsnacht zu sein, wäre sie seine zweite Wahl gewesen.

Ein glücklicher Zufall wollte es schließlich, dass Gernoth ihn fand, bevor es jemand anderes hätte tun können. Gernoth, der, von Eifersucht und Trunkenheit getrieben, das Lager einiger Mägde verlassen hatte, kam eigentlich, um Gunther zu informieren, dass er nicht wolle, dass er heiratete. Wie der jüngere Bruder mit einer der letzten Fackeln dieser Nacht den Gang entlangschlingerte, seine Beschwerden schon murmelnd einübte, hörte er Zischen und Stöhnen. »Hallo«, klang es gedämpft.

»Was denn? Wer denn?«, fragte Gernoth, den Geist getrübt von Wein und der Wut, die sein eigentliches Vorhaben befeuert hatte, und hielt wankend inne.

»Hallo«, klang es wieder.

Gernoth sah den Verschlag und öffnete ihn. »Gunther!«, rief er heiser.

»Hilfe«, antwortete sein Bruder mit Tränen in den Augen.

Siegfried und Krimhild erwachten am Morgen zum ersten Mal gemeinsam. Krimhild wurde sofort rot, als sie an die Ereignisse der vergangenen Nacht dachte, und kniff die Augen wieder zu. »Ja, wen haben wir denn da«, sagte Siegfried strahlend und küsste sie auf die Nase. Krimhild blinzelte.

Die Erkenntnis ihrer dummen Mädchenhaftigkeit, die alle anderen um sie herum ewig bemerkt haben mussten, beschämte sie weit mehr als die gestrigen Vorgänge nach der Brautlegung, bei denen Siegfried ihre Vorstellungen von dem Schlüssel eines Gatten von Grund auf erneuert hatte. Es war nicht wirklich schlimm gewesen, denn sie hatte auch keinerlei Erwartungen gehabt, dass es schön sein sollte.

»Guten Morgen«, sagte sie zu ihrem Ehemann, der auf einen Ellenbogen gestützt gähnte und gleich wieder lachte. Er kitzelte sie mit einem Finger unter dem Kinn: »Lach doch mal, Krimhild«, forderte er sie auf. »Ist doch niemand gestorben daran.«

Siegfried war immer noch nackt. Er hatte sich gleich nach Abtreten der Delegation vollständig entkleidet, ohne jegliche Scham, und auch noch eine Kerze angelassen. Die Braut, mit heftigem Herzklopfen, konnte gar nicht wegsehen. Sie war überfordert gewesen, zum ersten Mal allein mit Siegfried, zum ersten Mal allein mit einem Mann – außer Magister Conradus, aber der zählte nicht. Dann sah sie auch noch, wie ein Mann unter den Kleidern aussah, so anders als sie selbst, die sich ja auch kaum je nackt gesehen hatte. Das war doch alles so verboten, wie konnte es auf einmal erlaubt sein. Siegfried hatte sich zu ihr gesetzt: »Krimhild«, hatte er mit schmelzendem Lächeln gesagt. Ihr Hals war so trocken und eng, dass sie ihm keine Antwort geben konnte, sie konnte nicht einmal zurücklächeln. Er hatte ihre Hand genommen und

sie auf seine Brust gelegt, über sein Herz. Krimhild glaubte, die Besinnung zu verlieren. Sie hatte Katzen gestreichelt, ganz kleine mit seidigem Fell und größere, struppigere. Sie hatte ihre Mutter und Klein-Giselher an der Hand gehalten, und auch mal eine Magd. Und ein paar wenige Male, zur Verlobung zum Beispiel, hatte sie Siegfried umarmt, mit lauter Stoff dazwischen. Ihn jetzt einfach so anzufassen, überstieg die Höhen ihrer Vorstellungskraft. »Krimhild«, sagte er ihr noch, »alles ist gut.« Sie hätte es ihm gern geglaubt, aber sie fühlte sich, als würde ihr Kopf bersten, und weinte.
Er legte sich zu ihr, hielt sie fest und sagte ihr, wie schön er sie fände, dass er sie liebte und dass sie für immer zusammenblieben, bis sie nicht mehr schluchzte und die Spannung aus ihrem Körper wich.

Was sie dann taten, ist ihre Sache, ich erzähle es bis hierher nur, um Euch zu zeigen, Ihr Fremden, dass Siegfried auch anders konnte. Er war nicht einfach »nur« ein Mann, ein Ziegenbock, der mitnahm, was sich bot. Für Krimhild wählte er, ein wirklicher Liebhaber zu sein, ein Mann, der die fast hündische Zuneigung, die sie in den nächsten Wochen für ihn entwickelte, auf seine Art verdient hatte. Aber gleich nachdem er seiner eigenen Frau solch vorsichtige Freundlichkeit entgegengebracht hatte, zeigte er einer anderen ein anderes Gesicht. Ihr habt meine Galle schon schlucken müssen; Frauenschänder und Lügner habe ich ihn genannt, und beides kann ich überall fühlen, wenn ich seinen Namen nenne.
Ich bin mir mein Leben lang sicher gewesen, dass dies sein wahres Selbst war. Der Ausweichende, der zu Starke, der immer noch Käse und Vögel zerquetschte und anderen zurief, dass sie ihn dabei bejubeln sollten. Holla! He da!

Die Raben Odins sollen ihm die Augen einhacken, für das, was nun folgte und was ich ihm nie verzeihen kann.

Alle Gäste waren am Morgen bleich und übernächtigt, jedenfalls die, die höflichkeitshalber schon aufgestanden waren. Deswegen fielen Gunthers stark geschwollene Augen nicht besonders auf. Man schrieb sie dem Wein und einer etwas längeren Hochzeitsnacht zu – nicht Brynhilds Knie in seinen Nieren. Gernoth, wütend und willens, die Schwägerin selbst zum Kampf zu fordern für das, was sie seinem Bruder angetan hatte, war nur mit Mühe von Gunther bezähmt worden. Zur Verwirrung der übrigen Herren schien mit der Feier die ungeschriebene Regel aufgehoben zu sein, dass die Frauen sich nicht aus dem Frauentrakt wagten. Fast so, als wäre mit der offiziell überantworteten Unschuld der Bräute auch der Grund für ihren Ausschluss aus dem öffentlichen Leben hinfällig. Denn Frau Uotes Frauen und sogar Frau Uote selbst liefen überall herum, neugierig und wagemutig mit den langen Hälsen von wachsamen Katzen, die darauf gefasst waren, verjagt zu werden. Aber niemand jagte sie fort. Die Gesindemägde, sonst gewöhnt, ihre Liebhaber für sich beanspruchen zu können, kuschten mit bösem, wiewohl abgewandtem Blick und versuchten so zu tun, als hätte man ihnen nichts weggenommen.
Diese allgemeine Verwirrung trug dazu bei, dass man Gunther und Brynhild lange nicht so scharf beäugte, wie sonst am Morgen nach einer Hochzeit zu erwarten. Und als Krimhild dann an Siegfrieds Arm auftauchte, rot, leicht humpelnd und so reizend verwirrt, da waren König und Königin sowieso allen egal geworden. Man drückte sich um den Niederländer und seine hübsche Frau, machte Bemerkungen über bald zu erwartende Kinder und Handbewe-

gungen, vor denen Krimhild den Kopf wegdrehte, während Siegfried lachte. Frau Uote rief schließlich alle Erwachten zur Messe, der abgesehen von den üblichen Unbekehrten niemand fernzubleiben wagte.
Und dann war da noch Gunther, der mit seltsamer Entschlossenheit seinen Schwager am Arm fasste.
»Ich muss mit Euch reden, Siegfried.«
»Ja, dann redet mit mir, Krimhild, Liebchen, geh doch schon mal vor.« Siegfried lachte.
Die beiden Männer blieben in der sich leerenden Halle zurück, Siegfried reckte sich und hieb Gunther kameradschaftlich auf die Schulter. Es war, als hätte er zu diesem Zeitpunkt wirklich ganz vergessen, dass er es war, der Brynhild schon lange vor dem Ehemann beigewohnt hatte. Er wähnte keine Indiskretion der Braut, schon gar keine, der man Glauben schenken würde.
»Was drückt Euch denn, Gunther?«, fragte er träge und froh zugleich. Der König starrte stumm auf den Fußboden. Als er aufsah, sah man in seinen sonst so unentschiedenen Augen eine Veränderung. Gunther, der sonst immer nur damit beschäftigt gewesen war, dem Wollen und Trachten anderer nicht allzu sehr im Wege zu stehen, wollte zum ersten Mal etwas für sich selbst, was nichts mit Ruhe und Bequemlichkeit zu tun hatte.
»Sie hat mich nicht gelassen«, platzte er heraus. »Brynhild, sie hat mich geschlagen und an einen Haken gehängt.«
»Dieses Weib!«, antwortete Siegfried halb bewundernd, der sich an ihren ersten Kampf auf dem Schiff erinnerte, aber nur ein bisschen erinnerte, denn dem Kampf war ja anderes vorausgegangen.
»Ich muss sie haben, Siegfried, ich muss sie haben«, zischte der König, der in seinem Leben noch nie etwas Vergleich-

bares gefühlt hatte. Er dachte an das Muttermal, diesen sichtbaren Beweis, dass sie auch nur ein Mensch war, eine Frau, die er haben konnte.

»Ja, sicher«, sagte Siegfried, überrascht von diesem neuen Gunther, »so was geht ja nicht an, wenn die anderen Frauen davon hören. Am Ende hängen wir sämtlich am Haken.« Er lachte laut. Gunther blieb ganz ernst.

»Helft Ihr mir, Siegfried?«, fragte er, wie ein König einen Krieger fragt.

»Natürlich helf ich Euch«, antwortete Siegfried, der zwar spürte, dass irgendetwas anders war, aber nicht gut genug aufpasste. Bis jetzt war doch alles nur ein Spiel gewesen, ein Abenteuer, weswegen nicht auch der nächste Schritt, die nächste Nacht, der Tag danach und alle anderen, die folgen würden.

»Heute Nacht, da brauch ich Euch«, forderte Gunther. Dieser Krieg um die Rechte auf seinem Lager war ihm ernster als der Krieg gegen Sachsen und Hunnen. Und es war der erste Krieg, den er ohne Hagen kämpfte.

»Ja, sicher.« Siegfried lachte und hatte ahnungslos und großzügig seinem eigenen Tod zugestimmt, Jahre bevor es ihn dann das Leben kosten würde.

»Heute Nacht«, wiederholte Gunther, es war kaum hörbar. Sie ist immer ganz still, diese zufällige Wendung des Kleinen zum Grausamen.

Dunkelheit

Ihr Fremden, an dem, was ich nun erzählen werde, habe ich mein ganzes Denken ausgerichtet; mein Gut und Böse. Alles, was ich an schrecklichen Dingen kennen lernte, maß sich an dem, was sich in dieser Nacht ereignete. Ich rechtfertigte den Tod und den Mord, den Schmerz, den zweiten Verrat, der den ersten Verrat tilgen sollte – alles. Jetzt ist es anders. Zum ersten Mal in meinem Leben der fremden Geschichten werde ich diese, die mir nächste erzählen, ohne dabei Galle zu spucken. Urteilt selbst, was Ihr denkt.

Gunther kannte keine Frau außer Kudrun. Sie war zu ihm gekommen, dem Wink einer hochgestellten Persönlichkeit folgend, als er kaum über die fünfzehn hinaus war. Wenn er wirklich mannbar gewesen sein sollte, damals, es war in ihm noch kein Verlangen gewesen, es zu erproben. Kudrun stillte sein Begehren, bevor es je richtig erwacht war. Er nahm es hin, nahm sie hin, wie eine unausweichliche Wendung seines widerstandslosen Lebens. In ihren Paarungen lag eine zugeneigte Gewohnheit, der sie mit weitaus größerem Willen folgte als er.

Wenn sie ausblieb, weil sie unwohl war – nun ja schon lange nicht mehr – oder weil ihre Pflichten sie verhinderten, störte es ihn nicht mehr, als ob eine der vielen Decken auf seinem Lager fehlte. Man wurde vielleicht etwas langsamer

warm, aber dann war es schon egal für den Rest der Nacht. Er sah, wie Gernoth den Frauen nachrannte, als würde einem Verdurstenden stets ein Krug Wasser vor die Nase gehalten, unlöschbar sein Durst nach immer neuen, immer mehreren, immer anderen. Er sah die anderen Herren, die seinen Gesindestab vergrößerten mit ihren Bastarden und oft nach all den Jahren rätseln mussten, wie verwandt sie denn nun mit einer der Jüngeren waren, wobei die Wollust immer den Zweifel überwand. Nie hatte ihn diese Art von Drang besessen. Der Priester lobte es, »Keuschheit ist gottgefällig«, sagte Magister Conradus. Gernoth zuckte die Schultern, und es gab Witze, aber keine allzu lauten. Was immer in Gunther vorhanden gewesen war an diesem Trieb, der die anderen zu gierenden Narren machte, es hatte nie die Stimme erhoben.
Doch gestern, in der Betrachtung von Brynhilds Muttermal, da war dieses Wollen wie eine Krankheit in ihm erwacht. Ich muss sie haben, dachte er und meinte es auch so. Müssen – er, der nie etwas gegen seine Annehmlichkeit tat. Er konnte nicht essen und nicht feiern, als die anderen vom Beten zurück waren. Er sah sie an und stellte es sich vor, wie es wäre, sie anzusehen, wissend, dass er sie *gehabt* hatte! Das war vielleicht wichtiger, als es zu tun, zu wissen, dass es geschehen war.

Der Zufall kam ihm zu Hilfe, als ihm gemeldet wurde, dass in einem Dorf in der Umgegend aufsässige Bauern nach den alten Riten die Ehe ihres Königs feierten, unklugerweise, ohne sich auch nur einen Schritt weit in die Wälder zu verziehen. Da Hagen nicht zu finden war, hatte man die Sache vor Volker gebracht, der Magister Conradus rufen ließ und dann mit dem Priester zu Gunther ging.

»Nach den Berichten der Soldaten«, erklärte Volker, »sind überall Kreise und geheime Zeichen gemalt, im ganzen Dorf. Und dann hat man Schweine geschlachtet und die Pferde herumgeführt zur Wahrsagung.«Gunther nickte ungeduldig.

»Die Männer hätten getanzt, mit diesen Masken, und die Frauen sollen Kopfputz aus den Haaren ihrer Vorfahren getragen haben.« »Das gibt es noch?«, rief Herr Huonold, der neugierig näher gekommen war. »Ich dachte, damit wäre schon Schluss, seit die Römer angefangen haben, Haare zu kaufen!«

Volker zuckte die Schultern. »Das Wichtigste ist, sagt auch Magister Conradus«, fuhr er fort, »dass sie wieder gesungen haben. Und das hat man auch in anderen Dörfern gehört.«

»Gesungen?«, fragte Gunther. Volker blickte den Priester an. *»Cantici obscoeni«*, flüsterte Conradus. »Unanständige Lieder, Götter- und Heldengeschichten, heidnisches Zeug. Das kann sich ganz schnell wieder verbreiten. Wie ein Lauffeuer. Die Missionsarbeit von Jahren ...«

Gunther winkte ab. Kein Ruf nach Hagen, keine Unentschiedenheit. »Ihr geht, Volker. Ihr nehmt Euch Soldaten mit und räumt da auf. Und Ihr geht auch mit, Conradus, damit die Überlebenden gleich neu getauft werden können. Und Gernoth geht auch, und wer sonst noch kann von den Herren. Siegfried bleibt hier.« Magister Conradus wurde blass.

»Herr, sollte man nicht eher mit den Ältesten reden, mit dem Häuptling? Ich meine, das ganze Dorf ist getauft, man muss sie nicht –«

»Nein«, sagte Gunther, »muss man nicht, aber sie hätten es ja dann wissen müssen, oder? Wir haben schon genug Ärger gehabt mit den Sachsen. Nicht jetzt auch noch vor der Haustür. Volker?«

Herr Volker runzelte verwundert die Stirn: »Ja?«
»Ihr fragt, wer gesungen und getanzt und geopfert hat. Die alle hinmachen. Und wenn sich keiner meldet, dann eben alle anderen auch.«
»Aber, Herr, die Kinder, die Frauen?« Magister Conradus zitterte. Das wollte er nicht.
»Die Kinder sollen zusehen, damit sie gleich wissen, was Recht ist. Und die Frauen an die Soldaten weitergeben.«
In der geschäftigen Halle, in der alle auf den nächsten Wein und das Festmahl des Abends warteten, umgab den König eine Insel erstaunten Schweigens. »Vielleicht sollte man Hagen …«, wagte Herr Huonold einzuwenden.
»Hagen ist nicht hier, oder? Ihr geht auch mit, Huonold. Jetzt gleich.«
So räumte Gunther auf, bevor der Abend begann. »Was ist denn los?«, fragten sich alle und dachten, es müsse etwas mit Brynhild zu tun haben. Aber die saß wie immer versteinert am Tisch, sah niemanden an und wirkte nicht wie die mögliche Urheberin eines solchen Sinneswandels.

Siegfried schickte Krimhild in flüsternder Zwiesprache schon mal alleine vor in ihre Gemächer. »Ich komme sofort, Liebchen, ich muss nur noch etwas mit Gunther bereden. Wegen der Sachsen.«
»Kommst du wirklich gleich?«
»Ganz bestimmt.«
»Wann denn?«
»So schnell es geht, Liebchen.«
»Kann Gunther nicht warten? Hagen ist doch gar nicht da.«
»Nein, das geht nicht, es dauert sicher nicht lange. Geh ruhig schon zu Bett.«
»Ich warte aber.«

»Ist gut.«
»Siegfried?«
»Ja, Liebchen?«
»Bitte, beeil dich.«
»Mach ich.«
»Siegfried?«
»Ja?«
»Du kommst, sobald es geht, ja?«
»Versprochen!«

Wann immer sich eine schickliche Gelegenheit bot, legte sie ihm bei ihren Bitten die Hand auf den Arm. Sie konnte nicht aufhören, sich zu vergewissern, dass er da war, dass er da sein würde, für sie – ihr gehören würde. Den ganzen Tag über hatte sie an seine Nacktheit gedacht, seine erschreckende Schamlosigkeit, die sich irgendwann auf sie übertragen könnte. Den ganzen Tag über hatte sie ihn gefühlt, als hätte er sie nie verlassen. Und sie dachte, alle müssten es sehen. War es für ihn auch so? Als er sie dann zur Nacht alleine vorausschickte, spürte sie körperlichen Schmerz in dieser Trennung, egal wie kurz sie sein sollte. Ihr Mann. Es war ihre Pflicht, ihm zu gehorchen, ein Zeichen ihrer Liebe und Rechtschaffenheit. Sie drehte sich ein paar Mal um, als sie gegen ihren Willen von ihm fortging. Er war auf dem Rückweg in die Halle, redete mit Giselher, brachte den Jungen mit ein paar Faxen zum Lachen und sah ihr nicht nach. »Siegfried«, wollte sie schreien. »Sieh mich an, geh nicht weg!« Aber sie folgte nur den vor ihr her scharrenden Füßen der Dienerinnen und Fackelträger, jeder Schritt war ihr, als liefe sie über Scherben. Er war der beste Mann der Welt, und sie liebte ihn mit einer bedingungslosen Entschiedenheit, die sie noch nicht ansatzweise begreifen konnte.

Brynhild ging ebenfalls alleine zu Bett. Sie sah sich nicht nach Gunther um, wie sie ihn den ganzen Tag nicht angesehen hatte. In diesem neuen Gefängnis, das sie nun seit gestern bewohnte, brannte ein Feuer. *»Út«*, schnauzte sie die Magd an, die ihr helfen wollte, *»út!«* Dann war sie wieder allein mit sich und ihrem zerflossenen, versickernden Selbst. Sie dachte gar nicht, dass Gunther es wagen würde zu kommen – nach gestern. Sie hatte auch da nicht vorgehabt, ihn zu schlagen. Es war wieder über sie gekommen, wie bei den merkwürdigen Untersuchern in den Tagen zuvor. Als er da stand und ihr zu nahe kam, indem er seine teigige Hand unter ihr Kinn legte.

Sie schüttelte sich. Vielleicht würde der Ekel auch aufhören. Wie alle anderen Gefühle langsam verschwanden, die Wut, die Trauer, das Entsetzen, das Heimweh, alles, würde vielleicht auch der Ekel verschwinden. Vielleicht könnte sie diesen dicklichen, dummen Kerl dann zu sich lassen. Nur, um ein Kind zu haben.

Wenn sie ein Kind hätte, dachte Brynhild, dann könnte sie fliehen. Dann wäre vielleicht wieder die Kraft in ihr, etwas zu tun, nicht für sich, weil es sie nicht mehr gab. Aber für ein Kind.

Und wenn nicht, dann hätte er mit einem Kind vielleicht, was er wollte, und sie könnte das Kind bei ihm zurücklassen, um frei zu sein. Freiheit. *Frelsi.* Als sie frei gewesen war, hatte sie nie darüber nachgedacht. Sie sah plötzlich die Sklaven am Hof ihrer Eltern vor sich und versuchte, einen Zusammenhang herzustellen. Hatten die alle solche Gefühle? Sie drehte Yenkas Ring am Finger und schüttelte verwirrt den Kopf.

Dann kleidete sie sich aus und legte sich hin.

Sie blies die Kerze aus und ließ das Feuer herunterbrennen.

Man hörte das Gejohle dieser Fremden, die ihre Gefangenschaft feierten. Mechanisch versuchte sie, zwischen den Lachabständen von unten ein Muster zu erkennen. Lachen, dachte Brynhild.
Sie verstand nicht, dass sie auch einmal hatte lachen können. Es gab keine Faser in ihrem Körper, die zum Lachen noch eine Verbindung hätte herstellen können. Sie zog mit Anstrengung die Mundwinkel nach oben, aber auch dieser dumme Versuch blieb ohne Gefühl. Das Feuer war erloschen. Es war jetzt ganz dunkel. Innen und außen, dachte sie dumpf.
Da ging die Tür. Sie war fassungslos, dass dieses plumpe Männlein sich traute, noch einmal zurückzukommen – nach gestern.
»Was willst du denn noch hier?«, wollte sie sagen, sie hatte die Zähne schon auf der Lippe gehabt, da warf sich jemand auf sie, und die Luft entwich ihr.
»Brynhild«, flüsterte Siegfried, »ich hab dir gesagt, lass das. Gunther ist jetzt dein Mann. Aus!« Der Verräter! Sie wollte ihn von sich schieben, aber es ging nicht, seine Knie hielten ihre Beine fest, und sein Arm drückte auf ihre Kehle.
Siegfried verstärkte den Druck: »Also, benimm dich auch so.«
Er hatte vielleicht gedacht, ihr erst mal nur Angst zu machen, sie zurechtzustutzen. Er hatte gar nicht mehr gewollt: Gunther helfen, die Welt wieder in Ordnung bringen, wie er es eben tat, als der Held, der er geworden war! Man rief ihn, er kümmerte sich, alles war gut. Andere hatten Probleme, er selber konnte sich nicht erinnern, jemals welche gehabt zu haben. Jetzt hatte er die Welt wieder zurechtgerückt und wollte zu seiner Frau, die so ganz anders war als diese nordische Wilde. Aber er hatte nicht mit Brynhilds

Zorn gerechnet. Als er wieder von ihr absteigen wollte, trat sie ihm so heftig zwischen die Beine, dass ihm schwarz vor Augen wurde. Er sackte auf dem Bett zusammen, sie riss ihn an den Haaren.

»*Svik.*« Sie spuckte ihn an. Da wurde er auch wütend. Sie kämpften, wie sie auf dem leeren Schiff gekämpft hatten, aber diesmal ohne Mitleid, ohne Schalk, ohne jenes welpenhafte Kräftemessen, das damals ihre Schläge und Tritte geschützt hatte. Gunther stand zitternd auf dem Gang, wartend, ein gierendes Ohr an der Tür, hörte er die Knüffe und Tritte, das gedämpfte Grollen. Es erregte ihn, dass Siegfried tat, was er selbst nicht tun konnte. Siegfried indes fühlte, dass diese Wahnsinnige ihn wirklich umbringen würde, wenn sie eine Gelegenheit dazu hätte. Sie würde ihm das Genick brechen oder ihm die Gurgel durchbeißen. Aber Brynhild war schwächer als beim letzten Mal, verzweifelter, wütender, aber schwächer. Er drehte ihr die Arme auf den Rücken und zwang sie mit einem Tritt in die Kniekehlen auf den Boden vor dem Bett. Wenn sie sich bewegte, würde zumindest der rechte Arm brechen, das fühlte sie, heulend gab sie nach. Und dann diese Überraschung: Er hatte begonnen, sie zu vergewaltigen, bevor er wusste, dass er das tun wollte. Vielleicht nicht, wenn sie anders vor ihm gelandet wäre, aber so …

Es war irgendwie ein Teil des Kampfes geworden, und gleichzeitig war es ein Teil von ihm, den er hier bei ihr, in ihr zurücklassen wollte. Er verstand es selbst nicht, nur als er einmal angefangen hatte, hörte er auch nicht mehr auf. Er wollte nicht aufhören, im Gegenteil. Siegfried fühlte den Druck ihrer Arme nachgeben, fühlte, dass er sie jetzt sogar loslassen konnte, dass er sie endgültig besiegt hatte, mehr als je einen Mann, den er auf dem Schlachtfeld hatte töten

müssen oder können. Das war ein Rausch, den er noch nie erlebt hatte, diese tiefste Überzeugung, gewonnen zu haben. Und obwohl Brynhild ihm zu diesem Triumph verhalf, war es doch auch, als wäre sie gar nicht anwesend, hatte sich aufgelöst zu seinem höchsten Gewinn. Es überwältigte ihn, dieses Gefühl eines vollkommenen Sieges.
Er sackte auf ihr zusammen. Dann erinnerte er sich, wo er war: »Gunther«, rief er schnell, noch während er das Hemd wieder herunterzog. Der König stürzte herein, keuchend in der Dunkelheit.
»Was?«, flüsterte er.
»Hier, los«, sagte Siegfried nur. »Ich hab sie.«
Und das seltsame Sieden des ganzen Tages, die Rache für seine Demütigung, diese unheimliche Umkehrung seines gesamten Lebensgefühls, wallte auf und schlug über Gunther zusammen. Es war ihm egal, dass Siegfried dabei war, egal, ob Brynhild bewusstlos oder halbtot war. Er wollte nur sicher sein, dass er sie morgen ansehen könnte und wissen würde, dass sie so vor ihm auf den Knien gelegen hatte, hilflos, wehrlos – einnehmbar. Nichts, was er je bei Kudrun gefühlt hatte, kam diesem Gefühl gleich, dieser Woge dumpfer Macht. Zum ersten Mal war er, Gunther, ein Held, gleichwertig zu Gernoth, Siegfried, den Schnellen und Starken. Da erinnerte er sich an das Muttermal und zog sich kurz aus ihr zurück. »Dreh sie um«, fauchte er Siegfried an, der keuchend, schwindlig irgendwo im Finstern versuchte, zu begreifen, was er getan hatte.
In verwirrtem Gehorsam packte Siegfried sie an den Haaren und zog sie hoch. Brynhild war schwer und erschlafft, als er sie anpackte; nur aus ihrer Kehle stieg ein Lebenszeichen: ein Laut von Schmerz und Entsetzen und Abscheu, wie das Knarren einer Tür, die niemand je hätte öffnen sol-

len. Gemeinsam drehten sie die so sehr Besiegte auf den Rücken.
Dann warf sich Gunther wieder über sie, positionierte sich und suchte ihr Gesicht mit seiner Zunge ab wie ein Jagdhund. Er schmeckte Blut, Tränen, Speichel, und dann endlich diese winzige Erhebung ihrer Erreichbarkeit, ihrer Fehlbarkeit, dieses Zeichen, das ihm gestern erst verraten hatte, dass er sie wollte. »Da«, ächzte er.
Er saugte sich an ihrer Lippe über dem Mal fest, hörte wohl irgendwo entfernt ihr Husten, Würgen, aber es war nicht wichtig. Morgen würde er sie ansehen und es wissen – und jeden Tag danach würde er sie ansehen können, wann immer er es wollte, und es auch wissen. Und sie könnte nichts dagegen machen. Nie mehr. Der Haken war verschwunden, die Demütigung, die vielen Blicke, ihre und andere, die ihn nicht ernst nahmen – alles fort. Erst heute, erst jetzt, durch sie war er wirklich der König geworden.
In seinem Kopf blitzte es, und dann war es vorbei.
Er rappelte sich auf, während Brynhild sich ins Laken übergab. Siegfried zog ihn vom Bett und auf die Füße: »Gunther«, flüsterte er, »kein Wort über das, was heute Nacht passiert ist. Schwört Ihr das?« Sie stanken beide nach ihrem Verbrechen, und einer konnte es am anderen in aller Unerträglichkeit riechen.
»Ob ich es schwöre? Ich bin der König. Besser Ihr schwört mir!« Siegfried konnte nicht fassen, wie undankbar dieser Kerl auf einmal war, nur mit Not erinnerte er sich daran, dass Gunther wirklich der König war.
»Ja, ich schwöre!«
»Bei Gott, bei Krimhilds Leben, bei Eurem Leben«, verlangte Gunther, schwankend von der Anstrengung. »Ja, ja, ja«, zischte Siegfried.

»Kein Wort?«, verlangte Gunther nochmals.
»Kein Wort!«, wiederholte Siegfried wütend. Sie konnten sich nicht sehen und wussten trotzdem, wie sie dastanden. Besudelte Sieger, leer, ehrlos, auf schlimmste Art verschwägert seit dieser Nacht.
»Ich gehe jetzt zu Krimhild«, raunte Siegfried. Dann klappte die Tür. Erst draußen auf dem schwach erleuchteten Gang sah er, dass er etwas in der Hand hielt. Es musste unter ihren Decken gelegen haben, Brynhilds Gürtel mit den Sonnenwagen. Verwirrt machte Siegfried einen Schritt auf die Tür zu. Als er jedoch hörte, dass Gunther schon wieder keuchte, das Bett wieder knarrte in neuer, absoluter Unterwerfung, konnte er es nicht über sich bringen, noch einmal hineinzugehen. Gunther ist doch ihr Mann, dachte er. Gunther ist ihr Mann. Sie hätte ihn nicht abweisen dürfen, dann wäre nichts passiert. Aber es war ja auch nichts passiert. Er konnte sich schon fast nicht mehr erinnern.
»Nichts passiert«, sagte er sich vor. »Ist ja nichts passiert.« Siegfried wankte zu seinen Gemächern zurück.
Er versteckte den Gürtel in einer Truhe und wusch sich sogar noch leise, bevor er sich zu seiner Krimhild legte, die wider allen Vorsatzes doch schon eingeschlafen war. Im Flackern der verlöschenden Kerze betrachtete er sie und fand, dass sie die schönste aller Frauen wäre, rein, sanft und lieblich. So ganz anders als Brynhild. Wie hatte er nur überhaupt je mit Brynhild zusammen sein können? Er konnte sich nicht mehr vorstellen, dass er wirklich getan hatte, was er gerade getan hatte. Nicht, so wie seine Krimhild hier neben ihm lag. Die schönste aller Frauen, die Einzige. Wieso hatte er das getan? Er würde sich morgen etwas ausdenken, das ihr Freude machen würde, damit sie wüsste, wie sehr er sie liebte. Er würde sie zum Lachen bringen. Jeden Wunsch

würde er ihr von den Augen ablesen. Und wenn sie ihn wiederliebte mit dieser sanften Reinheit, dann wäre noch klarer, dass heute Abend nichts passiert war. Dass nie etwas passiert war. Er könnte es gar nicht getan haben, in diesem zarten, schuldigen Gefühl, das gerade für seine Frau erblüht war.

Die Gedanken in seinem Kopf schlugen wie unruhige Wogen an einen Strand und gaben keine Ruhe.

»Nichts passiert«, sagte er vor sich hin.

Das Land der Untergegangenen
Die elfte Erinnerung

Die erste Nacht am Hof. Alle brabbeln wie die Kinder von den goldenen Tellern, dem Reichtum, wie Krimhild überhaupt aussieht. Dass sie mit Étešil diesen Sohn hat. Morgen sollen sie ihn sehen. »Dass die Krimhild noch mal ein Kind hat!« Man dachte ja, nachdem sie ihren Jungen nicht mitnehmen wollte, damals …

»Ja, Frauen können einen immer überraschen«, nickt Herr Volker, der es ja wissen muss, unverheiratet und unverbunden, außer mit ganz jungen Mädchen, die nie länger halten als ein paar Wochen. Sein Kerbholz zählt nun siebzig Schnitte.

Keiner hat genug Größe, seine Mutmaßungen über Krimhilds Wandlungen für sich zu behalten, sie schnattern sie heraus wie Gänse, die burgundischen Helden.

Hagen hat kein Zimmer für sich, Gunther auch nicht. Er liegt mit den anderen im Gästehaus. Wenigstens hat Hagen ein Bett an der Tür, die er weit auflässt, als endlich alle schnarchen.

Er setzt sich leise auf den Bettrand. Sein Leben lang hat er alles ausgehalten, was er musste. Er hat sich nie Schwäche erlaubt. Aber jetzt? Wie soll er das aushalten?

Wenn die langweiligen Anforderungen des Tages nachlassen, dann bleibt ihm nur ein einziger Gedanke.

Sie ist nicht da. Und er spürt eine solch intensive Wahrneh-

mung ihrer Abwesenheit, dass dieses Gefühl an sich schon eine neue Form der Verbundenheit ist, losgelöst von jetzt oder gestern. Mit der gesunden Hand fährt er über seinen linken Arm, er fühlt die knotigen Muskeln, die lederne Haut. Er starrt seinen Arm an und versucht, in sich das Gefühl ihrer Berührung zu erwecken.

»Ich bin glücklich gewesen«, sagt er sich leise vor. »Ich habe gewusst, dass ich glücklich war, als ich glücklich war.« Aber was hilft das jetzt. Es ist nicht genug, kein Trost und keine Hilfe. Er will es wiederhaben, dieses Glück, das er nie vorher gekannt hat.

Einmal will Hagen etwas für sich haben. Er sieht es vor sich, wie er aufsteht, seinen Panzer anschnürt und die Stiefel. Und wie er sich dann sein Pferd in den dunklen Koppeln sucht.

»Ruhig, Gevatter«, würde er zu dem Hunnen sagen, der Wache hat. Er würde ihn überraschen mit seiner eigenen Sprache. »Lass mich durchs Tor, Gevatter«, würde er ihm sagen. »Ich muss wieder zurück. Zu meiner Frau, zu meinem Kind.« Und der Wächter würde ihn verstehen, ihn reiten lassen, den ganzen elenden Weg zurück. Jetzt ist schon Sommer. Bis er wieder in Worms wäre, wäre mindestens später Herbst, allein wäre er zwar schneller, aber er müsste auch vorsichtiger sein, bei Elso und anderen, denen er so mutig auf die Zehen getreten ist. An der Donau entlang durch die Wälder, sein Pferd schneller im Stalldrang. Und dann würde er Worms sehen, die Festung.

Da, an dieser erlösenden Stelle, platzt der Traum. Wie käme er dort durchs Tor, ohne seinen König, ohne Tross, ohne Erklärung. Sich verstecken, sich hineinschleichen in diese Burg, die niemand so kennt wie er. Und dann? Sie und das Kind entführen und rennen? Kann man leben ohne Ehre?

Dankwart, auf dem Bett neben ihm, dreht sich um und stöhnt.

Dankwart, den er hat schlafen sehen, seit der Bruder drei Jahre alt war. Sein Bruder, nicht sein Sohn, wie so viele immer noch denken. Sein Blut, wie Bryndt – aber wie Brynhild auch. Wie kann das sein, fragt er sich, dass sie auch sein Blut ist, dass er sie in sich spürt, in seinem Herzschlag, eine seltsame Absurdität in seiner Einsamkeit?

Am nächsten Morgen holt man die Brüder und ihn zur Königshalle. Étešil wirkt mürrisch, unzufrieden. Krimhild sitzt wieder so aufrecht wie gestern, redet kaum, die huschenden Diener mit scharrenden Füßen um sie herum. Keine Ameisen. Keine Käfer. Eine Bienenkönigin, denkt Hagen jetzt. Er muss aufpassen. Sie ist noch gefährlicher, als er denkt. Ruideger darf neben ihr sitzen, er schwatzt leutselig auf sie ein, als wäre sie noch immer die trauernde Witwe, die er aus Worms abwarb. Ruideger sieht nichts. Die Brüder hat sie an die andere Stirnseite platziert, weit weg, Hagen irgendwo in der Mitte, mit solcher Nachdrücklichkeit auf das »irgendwo«, ein Manifest der angeblichen Bedeutungslosigkeit, die sie allen hier vorspielt, dass es schon wieder lächerlich auffällig ist.
Dann kommt Ortlieb. Er wird von petschenegischen Kriegern auf einem Schild hereingetragen, wie eine Opfergabe. Krimhild bleibt ohne Regung, kein Mutterglück im Blick, kein Lächeln. Aber Étešil steht auf einmal auf und ruft etwas in der Sprache der Hunnen, die Krieger an der Wand stampfen mit den Lanzen und rufen etwas im Chor. Étešil lacht und hebt seinen Sohn herunter. Hagen versucht das Gesicht des Kindes zu sehen, aber es ist so eingepackt in goldstarrendes Gewand und Pelz, dass es selbst kaum etwas sieht.
Ortlieb ist jünger als Bryndt, gerade zwei, etwas drüber.
»Na, der wird mal ein großer Kämpfer«, ruft Herr Hildebrand und wedelt mit einem Hühnerbein.

»Wie sein Vater«, dröhnt Ruideger, der Einzige, der so etwas Dummes sagen kann; denn einen Moment lang denken alle an Siegfried, der so leibhaftig wird, als wäre er eben zur Tür hereingekommen, blond, wehend, wirbelnd. Krimhild denkt auch an ihn. Ihr Gesicht versteinert noch mehr.
Das arglose Kind hängt Étešil mit leerem Gesicht auf dem Arm, es wirkt, wie alle erschreckt feststellen, etwas zurückgeblieben. Étešil, der stolze Vater, wirft es hoch und fängt es wieder auf, ohne dass Ortlieb auch nur zucken würde. Ein Kind, das gar nicht da ist, eine ausgestopfte Hülle.
Trotzdem weiß Hagen zu diesem Zeitpunkt nicht, dass er Ortlieb umbringen wird. In zwei Tagen, wenn der Untergang beginnt.

Als es weiterging

Am Morgen nach Brynhilds Schändung, von der außer ihr nur zwei Leute wussten, verlief alles, als hätte sich seit Jahren eine ungestörte Routine bewährt, die jedermann dringend einhalten müsste. Gunther hatte, nachdem er seine furchtbare Beiwohnung so oft wiederholt hatte, wie es nur eben noch ging, das Zimmer seiner zerstörten Frau mit dem Morgengrauen verlassen. Er war wund, erschöpft, wacklig auf den Beinen – und das gewalttätige Glück, das er die ganze Nacht über empfunden hatte, war nun nicht mehr greifbar.

Er befahl ein Bad, einen Arzt für seine Läsionen und wartete in der Halle auf die Rückkehr der Männer, die das milde Wort des weißen Christus hatten bekräftigen sollen. Sie kehrten am Vormittag zurück, blutbeschmiert, schmutzig, einige mit deutlichem Entsetzen in den Augen. Gunther fühlte sich ihnen erstmals ebenbürtig, er hatte auch eine Schlacht hinter sich, die ihm alles abverlangt hatte. Er nickte Gernoth, Volker und den anderen zu und ließ den Kaplan rufen.

Magister Conradus kam bleich vor den Thron gewankt.

»Nun, Herr Kaplan«, rief Gunther mit ungewohnter Ungeduld, so als läge ein Tag wichtiger Arbeit vor ihm. »Sind die Heiden bekehrt?« Der Priester murmelte etwas.

»Ich kann nichts hören!«, klagte Gunther, Gernoth sah ihn

mit gerunzelter Stirn an. Der Bruder, den er kannte, wäre dem Kaplan eher entgegengekommen, als so etwas zu sagen.

Es war nicht hübsch gewesen, was sie die ganze Nacht getan hatten. Sie waren alle müde.

»Die Dörfler wurden nicht wirklich bekehrt, Herr«, brachte Conradus schließlich mit schwacher Stimme hervor. »Sie wurden lediglich –«

Volker schnitt ihm das Wort ab: »Zur Rechenschaft gezogen, wie befohlen, Herr.«

»Aha, ja, ja, Rechenschaft! Gut. Gut.« Gunther ging auf und ab. Die Veränderung seines Wesens war verwirrend und wahrnehmbar, aber sie waren wirklich alle zu müde. »Wir werden in Zukunft härter durchgreifen, was diese Dinge angeht. Mein Vater hat diesbezüglich immer eine andere Politik vorgeschlagen, nicht wahr, Herr Huonold?« Herr Huonold, der sich mehrfach erbrochen hatte im Angesicht des »Durchgreifens«, wusste nicht, was er sagen sollte. Seit wann interessierte Gunther sich für solche Sachen? Seit wann tat Gunther so, als ob er der König wäre? »Herr Huonold? Wir warten auf eine Antwort!«

»Ja, Herr«, antwortete Huonold schwankend, müde.

»Wir lassen uns nicht mehr von heidnischem Pack auf dem Kopf herumtanzen! Nicht von den Sachsen, nicht von den Hunnen, und schon gar nicht von irgendwelchen Hinterwäldlern, die noch den Pferdegott anbeten!« Gunther stand gerade, immer noch dicklich, weichlich und unheroisch, aber mit Festigkeit in der Stimme und den Augen. Gernoth runzelte die Stirn.

»Magister Conradus«, befahl er. Der Kaplan nickte. »Ich wünsche stärkere Bekehrungsbestrebungen. Und da fangen wir im eigenen Haus an. Ihr werdet meine Frau von heute an täglich in unserer Sprache unterrichten und im rechten Glauben. Sie erscheint mir nicht angemessen vorbereitet auf ihre Pflichten als christliche Königin.« Damit setzte er sich auf seinen Thron und wollte Geschichten von der letzten Nacht hören. Es fiel ihm an diesem Tag nicht ein, dass eine sprechende Brynhild wohl kaum sein Loblied singen würde.

Als die Heimkehrer sich schließlich waschen durften, summte das Badehaus von ihrer Verwunderung. »Das kommt vom Heiraten!«, scherzte Herr Volker. »Das legt sich wieder.«
Herr Huonold ließ sich schrubben, bis ihm die Haut schon blutete. »So war er doch nie!«, flüsterte er bestürzt. Aber die meisten waren der Meinung, dass es sich schon wieder legen würde.
Als das Leben weiterging, stellte sich heraus, dass sich das Leben eine andere Variante ausgewählt hatte. Gunther blieb anders, wenn auch nicht mehr gar so erschreckend wie an diesem ersten Morgen. Er wurde auch wieder etwas umgänglicher. Aber er trennte sich, was niemand je für möglich gehalten hatte, in einem kurzen, ungleichen Streit von Kudrun, die sich daraufhin tatsächlich im Rhein ersäufte. »Das kannst du nicht machen«, hatte sie geschrien, »du brauchst mich.«
»Nein«, hatte Gunther nur geantwortet, »eigentlich nicht. Du brauchst mich, Kudrun. Aber ich stehe nicht länger zur Verfügung.« Damit war er gegangen, und sie war heulend in der Festung herumgeirrt, neugierig begafft und ein bisschen belächelt, und hatte sich dann einen Weg zum Ufer gesucht. Ein Fischer brachte sie am Morgen zur Burg, sie hatte sich Steine in den Rock geknotet.

Wenn Kudrun etwas jünger und hübscher gewesen wäre, hätte sich daraus ein herrlicher Gesang machen lassen. So verschwand das unvollkommene Entsetzen über diesen Schritt der enttäuschten Liebe einer älteren Frau bald, zumal sie auch keine Familie hatte, die sie hätte rächen können oder wollen.

Von seiner eigenen Frau nahm Gunther ebenfalls Abstand, es genügte ihm zu wissen, dass es gewesen war, wie es gewesen war. Ein bisschen fürchtete er natürlich auch, dass ohne Siegfrieds Mitwirkung ein Wiederholungsversuch zu einem neuen Gefecht führen könnte, mit für ihn unrühmlichem Ausgang. Wenn er Brynhild in seine Gesellschaft befehlen ließ, fixierte er das Muttermal an ihrem Mund und lächelte. Manchmal strich er sich dabei über die eigenen Lippen und schmeckte seinem Sieg nach, der reifte wie ein guter Wein und niemals schal wurde. Sie sah ihn nie an, er wusste nicht, was sie dachte, es war auch nicht mehr wichtig.

Die ersten Veränderungen am Hof zu Worms, namentlich, dass die Frauen ihren Trakt einfach so verlassen durften und in der Halle herumsaßen, wurden bald wieder drangegeben. Der Hof blieb das Reich der Männer, nur Siegfried, der sich das ja auch leisten konnte, begehrte gegen die Trennung von Krimhild auf. Aber, da Siegfried und Krimhild das Gemach, genauer – und wer wollte das nicht genauer wissen – das darin befindliche Bett kaum je verließen, hatten seine Klagen keine rechte Kraft.

»Ich hätte aber gern, dass Krimhild auch kommen könnte«, brachte er manchmal vor. Meist gab es darauf keine Erwiderung, und wenn es eine gab, dann eine, die Befremdung ausdrückte.

Die Herren suchten sich ihre Mätressen für den Winter und wollten in dieser saisonalen Liebelei nicht gestört werden durch die Anwesenheit einer christlichen Dame. »Dann komm ich auch nicht«, schmollte Siegfried oft – und kam erst, wenn Krimhild schon schlief.

Mit dem sich verdunkelnden Herbst verfiel Worms in eine Trägheit, die sich auch über alles Neue zu legen schien. Es gab neue Ehefrauen, aber man sah sie nicht. Es gab einen veränderten und somit auch neuen König, aber er konnte nicht wirklich etwas regieren oder entscheiden, weil nichts passierte. Die Sachsen überfielen andere Reiche, die Hunnen zogen mit der vermodernden Leiche ihres großen Herrschers heim, an ihrer Spitze Étešils Bruder, Fürst Blödelin, der nie gedacht hatte, einmal Herr über so viele Krieger zu sein.

Rom war so beschäftigt mit Intrigen und Philosophie, dass keine Kunde nach außen drang, außer Steuern wollte niemand etwas. Es regnete viel, die Blätter blieben lange grün, weil es so warm war, und der Burghof war so verschlammt, dass Hagen die Idee vortrug, nach dem Vorbild der Römerstraßen Steine legen zu lassen.

Weder Krimhild noch Brynhild zeigten Anzeichen einer Schwangerschaft. Krimhild war als Einzige von beiden in konstanter Bemühung, diesen Zustand zu verändern, nun, da sie einmal begriffen hatte, wie es ging. Aber vielleicht war sie zu sehr in Unruhe, um zu empfangen. Es war oft die Rede davon, bald zu Sigismund und Sigelind nach Xanten zu reisen, um dort die Schönste aller Frauen vorzuzeigen, nach dem Winter. Die Aussicht, die Feste zu verlassen, war für Krimhild erregend und beängstigend zugleich. Sie ließ sich ein ums andere Mal von Siegfried versichern, wie entzückt seine Eltern sein würden, wie sie sie wertschätzen und verwöhnen würden und dass es keinen Grund zu Beunruhigung gäbe.

Brynhild aber, besser, das was Brynhild einmal ausgemacht hatte, war, als die Blätter endlich fielen, schon lange nicht mehr da.
Ihre übrig gebliebene Hülle ließ sich treiben, mal hierhin, mal dorthin, je nachdem, was von ihr verlangt wurde. Aber eigentlich nahm niemand Notiz von ihr.
Sie verbrachte viel Zeit damit, den Tieren zuzusehen, die sie in den Gärten nun auch neuerdings gefangen hielten.
Es hatte damit angefangen, dass Siegfried seiner Krimhild ein paar Rehkitze fangen ließ, fünf Stück, um genau zu sein. Jämmerlich bellende, zittrige Kreaturen, die kaum zu füttern waren. Zwei starben schon bald an Entkräftung, die anderen besuchten die Jungvermählten in kosender Eintracht und streichelten ihnen die Nasen. Siegfried hatte Krimhild das staksige Wild als Geschenk präsentiert, damit ihre Wandbehänge, die sie nach Xanten mitnehmen wollten, durch die nun möglichen Beobachtungen noch meisterlicher im Detail werden sollten.
An den Kitzen hatte sie jedoch bald das Interesse verloren, sodass er immer neues Getier anbringen ließ, eigentlich nur um sie zum Gurren und Lachen zu bringen. Eichhörnchen, Hasen, Vögel schaffte er heran – sogar Frischlinge, niemand wusste, wie.
»Haha, ich spreche die Sprache der Tiere!«, lachte Siegfried dann.
Brynhild, die das Gemach Gunthers nun alleine bewohnte, beobachtete vom Fenster aus, wann die Tiere alleine wären, und schlich sich dann zu ihnen hinunter. Unten stand sie

lange vor dem einen, dann vor dem anderen Rondell, in dem die heranwachsenden Waisen herumsprangen oder flatterten. Die Heger sahen sie kommen und zogen sich zurück – ob aus Ehrfurcht oder Angst, konnte niemand ahnen. Brynhild hätte nicht einmal sagen können, dass Heger anwesend waren. Sie wollte nur die Tiere sehen. Es war das Einzige, was sie zu dieser Zeit interessierte, sie beobachtete sie mit scharfen Augen, als suchte sie nach Spuren einer Gleichheit der Gefangenschaft; eine geheime Zeichnung, die sie mit den Eingezäunten teilte. Suchte sie abermals nach »Ungebrochenen«?

Ihr Tagesablauf war ohne überraschende äußere Ereignisse. Am Morgen klopfte ihre Zofe, oder besser: eine ihrer Zofen, sie hatte drei, und kleidete sie an, setzte ihr das Haar. Brynhild war sich nicht sicher, welche der Frauen sie am Morgen nach ihren ewigen Vergewaltigungen gefunden und gewaschen hatte, deswegen sah sie lieber keiner von ihnen je in die Augen.

Dann, wenn ihr die Haare aufgesetzt waren, kam Frau Uote oder manchmal auch Krimhild, immer mit einigen anderen Damen, und holte sie zur Morgenmesse, der Brynhild noch immer nicht folgte. Sie hatte begriffen, dass es verschiedene Zeiten zum Knien und Händefalten gab, aber wozu es gut war, begriff sie nicht.

Magister Conradus unterrichtete sie dann gleich anschließend, noch vor dem Frühstück, in der Sprache der Burgunden:

»Guten Morgen, Herrin«, begann er meist, überdeutlich artikulierend: »Wie geht es Euch?«

Brynhild zuckte nicht mal mit den Schultern. »Danke«, sagte ihr Magister Conradus vor. »Mir geht es gut.« Nichts. »Wiederholt doch bitte«, flehte der sanftmütige Kaplan mit werbender Handbewegung. »Noch mal! Ihr jetzt! Noch mal!«

»Es gut«, gelang es ihm an den besten Tagen der Königin zu entlocken. »Mir geht es gut«, würde er ihr wieder vorsagen.

»Ja«, antwortete Brynhild dann völlig unüberzeugt.

Der Kaplan rang um die Gnade der Geduld.

»Jesus«, sagte er dann überdeutlich und deutete auf eine grobe Steinfigur, die Arme lächelnd und segnend ausgebreitet. Das hatte Brynhild nun auch schon begriffen. »Jesus. Segen. Rettung!«, bemühte sich der Kaplan, nicht mehr lächelnd, sondern zutiefst erschöpft. »Heiland!« Er wurde immer lauter, als wäre Brynhild nicht bloß fremd, sondern taub. Conradus hatte wirklich die besten Absichten. Kollegen von ihm waren zu Sachsen und Friesen geschickt worden, um ihnen die Heilige Schrift nahe zu bringen. Es musste doch also zu schaffen sein.

»Beten! Ja? So. Hände so. Beten!«

Da aber der Unterricht unbeständig zwischen geistlicher und grammatischer Unterweisung hin und her sprang, kam nicht viel bei beidem heraus.

Irgendwann würde dann Magister Conradus hungrig und zermürbt abwinken und Brynhild in die Eskorte ihrer Damen entlassen. Sie wurde dann von einer der Frauen abgeholt und durfte manchmal mit den Herren in der großen Halle speisen, manchmal alleine auf ihrem Zimmer.

Wenn sie in der Halle war, fühlte sie Gunthers Blicke auf sich, und wünschte, sie hätte genug Leben in sich, ihn zu ermorden. Aber sie war nicht mehr da. Selbst der Ekel vor dem Zerfall ihrer Kraft war verschwunden und die Trauer des Heimwehs, das Entsetzen über ihre Erniedrigung und Schändung, einfach alles.

Sie sah nicht nach außen, und niemand sah in sie hinein. Da war nichts. Manchmal hatte sie die Erinnerung daran, wie es war, neugierig zu sein auf irgendetwas, ein Geräusch, einen Duft, aber bevor sich diese Erinnerung zu neuem Leben hätte regen können, hörte sie schon auf, verschwand in den unsichtbaren Schichten des Nichts, die über ihrer Seele lagen.

Brynhild war gebrochen, verschwunden, verstummt.

Sie verstand inzwischen viel mehr von dem, was gesprochen wurde, als sie erahnen ließ, aber sie würde diesen Burgunden nicht den Gefallen tun, diese unschönen Laute selbst über die Lippen zu bringen.

Dann, eines Morgens, als sie wieder an diesem Tisch saß und Gunthers Augen auf sich fühlte, passierte etwas mit ihr. Man sprach über eine schlecht gebaute Scheune in der Nähe, in der irgendetwas verfault war. »Da muss man mal von Grund auf heran, in diesem ganzen Dorf«, meinte Herr Sinold.

»Doch nicht jetzt im Winter, da kriegt man doch keinen zum Arbeiten«, meckerte Ortwin von Metz.

»Man kann zu früh anfangen und auch zu lange warten«, sagte schlau Herr Volker.

»Ich will noch mehr Suppe«, schnorchelte Gernoth, der schlürfend über seiner Schale auftauchte.

Das ganz normale Gerede eines ganz normalen Morgens, wie Brynhild es schon zigmal gehört hatte.

Sie wusste nicht, weshalb sie es tat, denn es war kein Gedanke und keine Idee da gewesen, die ihm vorausging, ein Plan schon gar nicht. Es war, als führte ihr ein anderer die Hand.

Aus diesem Nichts, das ihre Heimat geworden war, schwappte ein winziger Tropfen Kraft, der ausreichte.

Sie stand auf, griff blitzschnell nach einem der Messer im Brot vor ihr auf dem Tisch, zog mit der linken Hand die Haut über ihrer Lippe etwas in die Höhe und schnitt ohne abzusetzen ihr Muttermal aus. Entsetzen in der Halle, eine Serviermagd kreischte und ließ Gernoths herbeigebrachte Suppe fallen. Mauloffen starrten die Burgunden ihre Königin an. Da die Wunde, wie wohl klein und flach, unglaublich blutete, dachte man an schlimmen Schaden.
Aber alle waren zu überrumpelt, um sich zu bewegen.
»Da«, sagte sie zu Gunther in seiner Sprache und warf ihm den winzigen Hautfetzen auf seinen Teller. Gunthers Augen und Mund waren weit aufgerissen. Er verstand den Verlust noch nicht, den er gerade erlitten hatte.
Brynhild stand weiter da, das Messer in der Hand, Blut troff ihr über Kinn und Hals auf ihr Kleid, sie rührte sich nicht. Ein Schemel schabte über den Boden, leise, langsame Schritte kamen näher, und eine Hand legte sich auf die Rechte, die noch das Messer hielt.
»Königin«, sagte Hagen, »gebt mir das Messer.« Wie er so plötzlich neben ihr stand, zuckte sie und wandte sich ihm zu. Er nickte. »Gebt mir das Messer.« Sie öffnete einfach die Finger.
Hagen legte das Messer auf den Tisch. Er hielt sie weiter am Arm. »Gut. Ich leg es da hin. Und jetzt bringe ich die Königin zu ihrer Kammer«, verkündete er ganz ruhig, als wäre es nur eine höfliche Gefälligkeit, und schob Brynhild ein bisschen am Ellenbogen an.
In dem Moment, als sie sich bewegte, hob sich die Starre auch in der Halle. »Was war das denn?«, schrie Gernoth, Klein-Giselher heulte.
»Ich hab das gar nicht mitgekriegt«, japste Ortwin von Metz. »Was hat sie denn da gemacht?«

»Sie hat, äh, sie hat, ich glaube, sie hat sich geschnitten«, stammelte Herr Sinold.
»Warum denn? Wo denn?«, wollte Herr Ortwin sofort wissen.
»Verdammt noch eins!«, rief Herr Volker. »Das sind die Nordfrauen, denen guckt man nur bis vor die Stirn. Ich sag's ja.«
Gunther starrte immer noch auf seinen Teller, auf das Fetzchen blutiger Haut, das da lag. »Nein«, flüsterte er.
»Igitt«, sagte Gernoth laut, »das ist ja widerlich.« Gere versuchte Giselher zu beruhigen.
Gunther schüttelte fassungslos den Kopf. »Die ist ja verrückt«, flüsterte er.
»Weswegen hat sie das nur gemacht?«, fragte Herr Huonold, der zu weit weg gesessen hatte und nun erst herbeigeeilt war.
»Die ist ja verrückt«, wiederholte Gunther.
»Nordfrauen, ich sag's ja«, nickte Herr Volker und stupste den Hautfetzen mit seinem Messer an.
»Nicht!«, schrie Gunther.

Hagen schob sie an ihrem rechten Arm vor sich her durch die Gänge auf ihre Kammer zu. Er schnauzte zwei gaffende Mägde an, sie sollten sofort Honig und Moos bringen und saubere Lappen. Die Mägde, mit entsetzten Augen, stoben davon.
Hagen trat die Tür zu Brynhilds Gemach mehr auf, als dass er sie öffnete. »Setzt Euch«, befahl er der Königin wütend. Sie sackte in einen Sessel, das erste Mal seit Wochen mit einem Flackern in den Augen, das ihr etwas Lebendiges verlieh.
Die Wunde hörte schon auf, so heftig zu bluten, aber

Brynhild sah trotzdem aus, als hätte ihr jemand ans Leben gewollt.

Die Mägde brauchten für Hagens Gefühl zu lange, er griff nach einem herumliegenden Untergewand und riss einen Streifen ab, den er in Brynhilds Weinkrug tauchte, der wie gewöhnlich unberührt herumstand. Die Oberlippe war schon ziemlich angeschwollen. »Was sollte das denn wohl, hm?«, bellte er und wischte überraschend vorsichtig an ihr herum. Brynhild sagte erwartungsgemäß nichts. »So was Dummes.«

Eine der Mägde kam zurück mit Honig, Moos wäre nicht zu finden gewesen, fiepte sie, wegen der Mengen, die man im Sachsenkrieg gebraucht hätte. Aber der Herr Ruomold würde schon Kuhurin auskochen. »Raus«, brüllte Hagen und nahm der Fliehenden den Honig weg. Das Stück Haut, das Brynhild sich abgeschnitten hatte, war etwa so groß wie ein Fingernagel – und der Schnitt war nicht sehr tief. Hagen besah sich die Wunde von allen Seiten. Es würde eine Narbe bleiben, aber nicht groß und vermutlich – wenn es keine Entzündung gäbe – auch nicht wulstig. Aus irgendeinem Grund erleichterte ihn das. Diese verrückte Frau!

»So was Dummes«, wiederholte er und schüttelte den Kopf. Vorsichtig trug er den Honig auf, er war fest und rein. Sobald der Honig aber warm wurde, rutschte er Brynhild von der Wunde auf die Lippen.

»So wird das nichts«, beschwerte er sich gereizt. »Hinlegen.«

Brynhild sah ihn skeptisch an. Er zog nur die Augenbrauen hoch, als wollte er ausdrücken, dass sie seine Geduld als Wundheiler nicht zu sehr beanspruchen sollte. Überraschenderweise stand Brynhild folgsam auf und legte sich aufs Bett. Hagen trug den Honig abermals auf und hielt ein

Tuch an ihre Wange, damit er nicht hinunterliefe. Weswegen, um alles in der Welt, hatte sie das getan? Er wusste, dass von ihr keine Antwort zu erwarten war, deswegen stellte er seine Frage nicht.

»Das muss sich noch der Arzt ansehen«, murmelte er, etwas ruhiger, als der Blutfluss aufhörte. Unentwegt starrte er auf die Wunde, als wollte er sie zwingen, sich zu schließen. Leise schnaufend wie in großer Wut, schüttelte er weiter den Kopf.

Das Blut versiegte. Hagen wollte den Lappen wegnehmen und nach dem Kuhurin rufen, da merkte er, dass Brynhild sein Handgelenk umfasst hatte. Nur ganz leicht, aber ihre Finger lagen auf seiner Haut. Sie hatte die Augen fest geschlossen, bewegte sich nicht und sagte kein Wort.

Er hielt zutiefst erstaunt inne.

Eine Weile verharrte er so, in der Erwartung, dass sie am Ende mit ihm reden wollte. Aber sie schwieg weiter, und als der Topf mit dem dampfenden Urin bald darauf gebracht wurde, hatte sie die Augen lang wieder geöffnet, die Hand weggenommen und starrte zur Decke, als ginge sie das alles nichts an.

Unzeitiges Erwachen

Was Brynhild getan hatte, blieb eine Sensation, die jedoch alle einfachheitshalber mit ihrer Fremdheit erklärten. Gunther, der als Einziger wusste, was es wirklich zu bedeuten hatte, schwieg verstört. Er horchte ängstlich nach innen, ob seine Macht, die er so deutlich in sich gespürt hatte, durch diese Tat Schaden genommen hätte, und er fürchtete, dass ja.

Er wünschte sich in der Nacht erstmals Kudrun zurück und fand es sehr rücksichtslos von ihr, dass sie sich so schnell und eigensinnig entleibt hatte. Als Herr Volker am Tag nach dem seltsamen Auftritt etwas wegen ein paar unwichtiger Sendungen nach Rom mit ihm besprechen wollte, fühlte er sich erstmals wieder unsicher und wollte nach Hagen rufen. Er verkniff es sich mit Mühe.

Jedoch, Hagen kam auch so, in Rot, das schwarze Haar glänzend, ein neues Band über dem Auge, der Bart mit den eisgrauen Fäden darin gestutzt und gekämmt. Gunther fühlte sich bei seinem Anblick wieder so unattraktiv und weichlich wie eh und je.

Hagen ruckte mit dem Kinn, und Gunther folgte ihm hängenden Hauptes in die geheime Kammer, in der Brynhilds Schicksal beschlossen worden war.

»Warum hat sie das gemacht, Gunther?«, fragte Hagen sofort. Er hatte extra einen Tag gewartet, einmal, um sicher-

zugehen, dass sich die Wunde nicht entzünden würde, aber wichtiger, um seine unerklärlichen Gefühle besser zu beherrschen, wenn er mit Gunther sprechen würde. Er hatte ihn gerne gelassen in den letzten Wochen. Der König, der den König spielte. Warum nicht? Aber jetzt war es genug. Gunther stellte sich taub: »Hm?«, machte er.
»Warum sie das gemacht hat?«, wiederholte Hagen.
»Das weiß ich doch nicht! Die ist verrückt!« Herrn Volkers weise Worte fielen ihm ein. »Die Nordfrauen, die sind so«, wiederholte er kläglich das fachmännische Urteil des Alezeyers.
»Ist sie in Erwartung?«, wollte Hagen daraufhin völlig unzusammenhängend wissen. Das ging ihn eigentlich nichts an, aber er konnte sich die Frage nicht verkneifen. Gunther schüttelte den Kopf. »Sicher nicht?«, fragte Hagen.
Gunther murmelte etwas, dass er jüngst einfach nicht die Zeit gefunden hätte, die Königin in gesegnete Zustände zu versetzen.
»Solange Krimhild nicht schwanger wird«, murmelte Hagen, »macht das nichts.«
»Wieso Krimhild?« Gunther verstand nicht.
»Wenn Eure Schwester einen Sohn bekommt, wäre dieser automatisch Euer Erbe, solange Ihr keinen eigenen Nachkommen habt.«
Gunther schluckte, er sah sich in einem nächtlichen Wettbewerb mit Siegfried eindeutig verlieren. Aber bis jetzt war ja noch keine der neuen Gattinnen schwanger.
»Sagt Ihr, ich meine, meint Ihr, dass ich …«, kläglich verstummte der König. Er hoffte, Hagen würde begreifen.
»Ich würde warten«, sagte Hagen schnell. »Bis wir wissen, wieso sie sich so seltsam verhalten hat. Was sagt denn der Kaplan? Kann sie schon unsere Sprache?« Gunther hatte

keine Ahnung. Er verkehrte nicht mit dem Kaplan, außer wenn es unvermeidbar war.
»Ich werde mit ihm reden«, verkündete Hagen seinen Beschluss.
»Dann sehen wir weiter.«
»Ist gut«, fügte sich Gunther erleichtert.
»Wisst Ihr wirklich keinen Grund, Gunther?«, fragte Hagen, schon an der Tür der geheimen Kammer.
Gunther schüttelte den Kopf.
Die Lüge stand ihm ins Gesicht geschrieben.

Der Kaplan erschrak fürchterlich, als er hörte, dass Hagen ihn sprechen wollte. Hagen hatte nie auch nur so viel wie einen Gruß für ihn übrig gehabt. Allerhöchstens hatte ein tödlicher Blick aus dem dunklen Auge des Kaplans geduckte Gestalt gestreift. Und nun diese Vorladung! Vielleicht ein Mordkomplott? Hagens lang aufgesparte Rache für – wofür eigentlich?
Leider konnte Magister Conradus seine Ängste mit niemandem teilen. Da es keine anderen Geistlichen am Hof gab, stand er, von gelegentlichen Gesprächen mit Frau Uote abgesehen, sehr allein da.
Also betete er gründlich, bevor er zu Hagen ging. Gottes Schutz erflehend, erklärte er seine zwiespältigen vielen Gefühle. Er wusste, eigentlich hätte er darauf bestehen müssen, dass Hagen zu ihm käme, am besten in die Kapelle. Das wäre ein überwältigendes Zeichen gewesen. Aber Magister Conradus war eben kein Taktiker. »Vielleicht«, erklärte er seinem Gott im Halbdunkel, die Finger blau vor Kälte unter der feuchten Wölbung, eine hoffnungsvolle Mutmaßung, »vielleicht will er sich ja taufen lassen.« Der lächelnde, weiße Christus sah milde auf ihn herunter, an-

geblich, so behaupten seine Priester, dachte er immer nur Gutes, egal, was passierte. Magister Conradus wollte auch gerne immer nur Gutes denken, aber er konnte nicht gegen seine Angst an, dass die anderen nicht immer nur Gutes dachten und schon gar nicht immer nur Gutes taten. Was Hagen dachte, das wollte er sich gar nicht vorstellen. Bestimmt waren seine Gedanken so finster wie sein Auge.

Hagen jedoch empfing ihn überraschend höflich, stand sogar auf und streckte ihm die Hand hin. Die beiden Männer umfassten ihre Handgelenke wie ebenbürtige Verhandlungspartner.

»Ich habe Euch wegen der Königin rufen lassen«, kam der unheimliche Mann dann auch gleich zur Sache.

»Ihr unterrichtet sie?«

Magister Conradus nickte, sein Hals war leider so trocken, dass er nichts sagen konnte. Er wusste nicht, ob er erleichtert sein durfte.

»Spricht sie schon unsere Sprache?«, fragte Hagen. Magister Conradus schüttelte den Kopf. »Warum nicht?«, fragte Hagen.

Es klang dringlich, aber nicht gefährlich. Magister Conradus sammelte sich.

»Ich weiß es nicht, Herr Hagen. Ich meine, vielleicht bin ich ein ungenügender Lehrer, das will ich nicht in Abrede stellen. Aber ich glaube, das ist nicht alles.« Er hustete einmal kurz und spuckte aus. Den Winter über war Conradus meistens dauerhaft erkältet. Seine Kammer lag im Hinterraum der feuchten Kapelle und war deswegen nicht minder feucht.

»Setzt Euch doch«, bot Hagen ihm an. Magister Conradus war wegen seiner immer noch zittrigen Knie dafür sehr dankbar.

Er nahm, wenn auch hierbei zitternd, den Becher warmen Wein entgegen und dankte seinem weißen Christus mit dem Vorbehalt, dass es so ganz schlimm vielleicht doch nicht werden würde. Überraschenderweise behandelte ihn Hagen wirklich auch weiterhin wie einen Gleichberechtigten, im Gegensatz zu den anderen Herren, die – wenn sie ihn denn einmal zur Kenntnis nehmen mussten – eher so taten, als wäre er ein lästiges Insekt, das man leider nicht zertreten durfte.

Magister Conradus starrte eine Weile auf den sanft kreisenden Wein in seinem Kelch. Dann redete er: »Ich weiß, Herr, dass man es mit den Frauen nun so macht. Man schickt sie hierhin oder dorthin, und da bleiben sie dann. Wie Frau Uote.« Er sah kurz auf und fand zu seinem Erstaunen, dass Hagen ihm zunickte. So bekräftigt, sprach er weiter: »Aber meistens dürfen sie doch jemanden mitnehmen, eine Base, eine Zofe, eine Vertraute oder einen Wächter, nicht? Manchmal auch mehrere. Dass sie in der Fremde nicht so allein sind. So wie ich es sehe, hat Frau Brynhild nichts und niemanden mitgenommen. Ich weiß, sie ist freiwillig gekommen, aber ich glaube, sie ist nicht freiwillig geblieben. Natürlich musste sie bekehrt werden, getauft werden und alles, aber sie hat den Glauben nicht im Herzen erfasst.« Das war gefährliches Terrain; Magister Conradus steuerte etwas ab. »Und dann, nachdem sie erst großes Verlangen zeigte, unterwiesen zu werden – wenigstens haben wir das so verstanden –, war sie gewissermaßen nicht mehr da. Ich meine, sie kam natürlich immer zur Messe, aber sie sieht so aus, als ob sie gar nicht da wäre.« Der Kaplan trank einen Schluck Wein.

»Ich meine nicht, dass sie in Gedanken anderswo ist. Den

Blick kenne ich. Verzeihung. Ich meine, sie ist weder müde noch erzürnt, noch gelangweilt. Sie ist – nicht da.«
Hagen schluckte. Er wusste, was der Kaplan meinte. Er wusste, wie das war, wenn ein Mensch in der Gefangenschaft in sich selbst verschwand. »Seit gestern ist sie übrigens gar nicht gekommen. Ist sie krank?«
Hagen brummelte etwas Zustimmendes. Dann bedankte er sich, dass der Priester zu ihm gekommen war.
»Ihr solltet jemand nach Eurem Husten sehen lassen«, riet Hagen und stand auf. Das wäre schon geschehen, antwortete Conradus, aber der Arzt wisse nicht zu helfen.
»Wenn Ihr Herren in Schwarz mal aufhören würdet, die Weisen des Volkes wegen einer Taufe umzubringen«, sagte Hagen da scharf, »könnte Euch vielleicht jemand raten, der sich auskennt.« Magister Conradus wankte. Heidnischer Hochverrat, so etwas zu sagen. Aber seit dieser schrecklichen Mission in das feiernde Dorf nach der Hochzeit konnte er sich selber solcher Gedanken nicht erwehren. Er dachte nach: »Wisst Ihr, Herr Hagen, unser Herr Jesus sagt, dass nur wer ohne Schuld ist, einen Stein werfen möge.«
Hagen lächelte fast. Das hätte er dem kleinen Kaplan gar nicht zugetraut, so viel Mumm – und Witz.
»Dann soll er das mal seinen eigenen Dienern etwas lauter sagen«, antwortete er. Damit war der Abschied wohl etwas schräg geraten. Beide fanden trotzdem zu ihrer eigenen Überraschung, dass der andere lang nicht so schrecklich wäre, wie sie immer gedacht hatten.

Abends lag Hagen in seiner Kammer. Er dachte nach. Im Kamin brannte ein Feuer, er hatte die Stiefel ausgezogen und sich auf die weichen Felle gelegt. In einem Halter flackerten drei kleckernde Öllämpchen. Über der Truhe am

Fuße seines Bettes lagen sein Gürtel und sein Schwert. Es war wie jeden Abend seit so vielen Jahren – und es war alles anders.

Hagen versuchte zu verstehen, warum er die ganze Zeit über Brynhild nachdachte. Sein Leben lang hatten ihn Frauen in Gefangenschaft ihrer erzwungenen Ehen besonders angerührt, da musste er nicht nach einem Grund suchen, den wusste er.

Frau Uote zum Beispiel. Seit er ihr damals auf dem Hof gegenübergestanden hatte, hatte sie in seinem Herzen die Stellung einer Dame eingenommen, die er beschützen musste, weil es sonst keiner tun würde. Aber ab diesem Moment ihrer Verlobungsfeier, als er den Schauer über Brynhilds Hals und Nacken hatte laufen sehen, war alles anders.

»Was genau?«, fragte sich Hagen und stellte ein Bein auf.

Er drehte alle in Frage kommenden Antworten auf diese Frage lange in seinem Kopf hin und her – und kam zu dem bedrohlichen Schluss, dass er aufgehört hatte, ein Beobachter zu sein. »Jetzt«, murmelte Hagen über das knackende Feuer hin, »bin ich mittendrin.« Er legte eine Hand über die Stirn und schmeckte dieser Erkenntnis nach.

Hagen von Tronje war sein Lebtag lang ein schlauer Fuchs gewesen, sein Verstand schon in seiner Jugend so scharf, dass man sich daran schneiden konnte. Mit den Jahren war er zudem auch noch klug geworden, und mit noch weiteren Jahren wusste er sein Wissen klug zu verbergen. Eine Eigenschaft, die ihn erst überleben ließ und dann zu einem machtvollen Ratgeber machte. Eine Eigenschaft, für die er einen Preis bezahlte. Freiwillig und ohne Reue. Sein Preis war es, davor zu stehen, nicht nahe zu sein, an nichts. Jemand, an den er sich nicht erinnern wollte, vor sehr langer

Zeit, hatte ihn einmal einen Helden der Welt, doch einen »Feigling des Herzens« genannt. Und er – Hagen – hatte gewusst, dass das wahr sein musste, so sehr hatte es ihn gestört.
Und wegen eines Kälteschauers auf einem Stück Frauenhaut war nun alles anders. »Das ist unmöglich«, brummte Hagen an die Decke seines Zimmers. Und doch wusste er, dass es möglich war.
Wieder fühlte er ihre Finger um sein Handgelenk, als er ihre Wunde versorgte. Und er wusste, wie er es auf dem Schlachtfeld wusste: Da war etwas, das würde geschehen.
»Jetzt bin ich mittendrin«, wiederholte Hagen zu sich selbst. Und er setzte sich auf und starrte ins Feuer, ohne weiterzudenken.

Brynhilds Wunde heilte gut. Sie konnte schon nach zwei Tagen ohne wirkliche Schmerzen wieder essen und trinken, wenn auch vorsichtig. Der Arzt hatte sie so lange mit Brandtwein, Honig und Kuh*þvag* beträufelt, bis sie es kaum noch aushalten konnte. Aber es hatte geholfen, er hatte die Maden, die er ihr zur Reinigung der eiternden Stellen so gerne vorführen wollte, wieder unbenutzt mitnehmen müssen. Gunther hatte sich einmal in ihre Kammer getraut, als der Arzt und drei Mägde anwesend waren, er also nicht fürchten musste, dass sie auf ihn losgehen würde.
»Wie geht es der Königin«, hatte er den Arzt scheinheilig gefragt.
Die Hände tropfend von seinen Tinkturen hatte dieser glücklich geäußert, dass sich Frau Brynhild schon wieder gut bei sich befände, ob er sich zurückziehen solle, um dem Herrscher Gelegenheit zu einer privaten Aussprache zu geben.

»Nein, nein«, wehrte Gunther ab, und die Mädge sahen aus, als ob sie kichern wollten. Brynhild befand sich nach Gunthers Besuch tatsächlich besser. Der sieghafte Glanz in seinen Augen war verschwunden. Da lächelte sie, obwohl ihre Lippe dabei schmerzte.
Es schien, als kehrte das Leben in sie zurück, nicht ihr altes Leben, aber wenigstens irgendeine Form von Leben. Als man sie für gesund genug hielt, wieder zu den Unterweisungen des Kaplans zu gehen, blieb sie zwar weiterhin stumm, aber sie passte wirklich auf und wiederholte das Gehörte lautlos für sich, wenn sie in ihrer Kammer saß.
Dann, gut zehn Tage nach ihrem Schnitt, saß sie im Bad, die Mädge schrubbten ihr den Rücken, und sie hatte einen ganz klaren Gedanken: Ich will nach Hause.
Als hätte dieser Gedanke eine Kerkertür geöffnet, konnte sie auf einmal wieder anderes denken.
Brynhild überdachte ihre Situation.
Ihre Eltern wussten, wo sie war, wussten aber nur, dass sie freiwillig mit Segeður gegangen war – als seine Braut. Solange sie Yenkas Ring nicht zu ihnen schickte, hatten sie keinen Grund anzunehmen, dass es ihr schlecht ginge. Ein Skalde, dem sie sich mittels des Rings hätte erklären können, war nicht zu finden. Sie hatte die unbestimmte Vermutung, dass es hier keine Skalden gab. Der kleine Mann, zu dem sie für die Sprachlektionen ging, war kein Skalde, sondern ein Priester des weißen Christus. Aber kein wirklicher Priester. Er nahm weder Wahrsagungen noch Sterndeutungen oder Opfer vor. Bislang hatte sie seinem Tun in der feuchten Wölbung, die alle die Kapelle nannten, noch nicht viel Sinn abgewinnen können, erkannte aber, dass er einem vorgeschriebenen Ritual folgte. Er würde ihr nicht helfen können.

Am Hofe gab es die drei Brüder, der jüngste ja noch ein Kind, Siegfried den Verräter und dann diverse Krieger, die unterschiedliche Aufgaben oder Ämter hatten, auf die sie sich alle viel einbildeten.
Und dann gab es diesen grauen Wolf, der sie schon am Tag ihrer Ankunft angeredet hatte. Brynhild stand aus dem Badezuber auf, und die Mägde frottierten an ihr herum. Sie schloss die Augen, um ihren weichlichen Körper nicht sehen zu müssen. Vor nicht allzu langer Zeit war sie ein Panzer aus Muskeln gewesen. Wie lange war das überhaupt her?
Die Mägde schnatterten auf sie ein, ruckten sie vor das Feuer und begannen, sie mit parfümierten Ölen zu bestreichen. Sie zogen ihr ein neues Untergewand über und fingen an, ihr Haar zu kämmen und zu flechten. Eine hielt ihr den Spiegel vor. Brynhild sah daran vorbei. Sie verstand das ganze Getue mit den Spiegeln schon gar nicht. Wann immer die Mägde glaubten, dass sie nicht hersehen würde, betrachteten sie sich selbst ausgiebigst. Auch Krimhild war ständig mit diesem Ding beschäftigt. Aber sobald sie jemand dabei ansah, wie sie sich ansahen, taten sie so, als wäre es nie geschehen. Die drei zogen an ihren Haaren und probierten irgendeine neue Frisur an ihr aus, die an den Schläfen spannte.
Der graue Wolf war derjenige, den sie sich zunutze machen würde. Brynhild nickte in Gedanken. Er hatte unbestritten Macht am Hof, auch Macht über Gunther, selbst wenn er das nicht offen zur Schau stellte. Sie würde ihn überlisten und sich von ihm zur Flucht verhelfen lassen.
Sie musste nur herausfinden, wie an ihn heranzukommen wäre.
»*Lokun!*«, unterbrach Brynhild endlich die eifrigen Frisier-

versuche. *»Út!«* Wenigstens die Mägde hatten schon so viel ihrer Sprache gelernt, dass sie sofort, Laken, Trockentücher und Tiegel an sich raffend, aus der Kammer entwichen.
Brynhild betastete die unbequeme Frisur. Sie vergewisserte sich, dass die Tür verschlossen war, und nahm dann den Spiegel zur Hand. Sie schluckte, bevor sie hineinsah.
Die Wunde über ihrer Lippe war in der Tat lange nicht so entstellend, wie sie bei weniger Glück hätte gewesen sein können. Wie eine Münze saß ihr die Kruste des Schnitts über der Lippe. Sie berührte sie vorsichtig mit dem Finger. Es tat kaum noch weh. Dann sah sie sich in die Augen.
»Guten Morgen, Königin«, sagte sie heiser zu sich selbst in der Sprache der Burgunden. »Wie geht es Euch?« Sie wartete und erforschte ihr Spiegelbild.
»Danke, es geht mir gut«, antwortete sie sich schließlich.
Brynhild, von den Toten auferstanden, hatte den Krieg erklärt.

Falsche Vorstellungen

Der Winter kam schneller, als alle gedacht hatten. Dunkel, kalt und voller Schnee. Es gab Probleme mit der Versorgung einiger Dörfer, und Gunther hatte Gelegenheit, sich Hagens Rat folgend als milder König zu zeigen, indem er Korn aus den Wormser Speichern schicken ließ. Ansonsten war von Gunther nicht viel zu sehen, er hatte eine neue Liebschaft. Es handelte sich um eine wilde Fünfzehnjährige namens Uolrika, sein »Rikchen«, die ihm eines Abends auf dem Kopfkissen gesessen war und ihre verzehrende Liebe zu ihm glaubhaft erklärt und in die Tat umgesetzt hatte. Gunther glaubte sich aufgestiegen in jenen verheißungsvollen Himmel des weißen Christus, in dem es nur Wonne und Wohltat geben könnte. »Wieso nur, Rikchen? Weswegen ich?«, fragte der schüchterne König seine heitere Geliebte, als sie auf ihm herumturnte. »Warum nicht Gernoth oder Volker oder Ortwin oder – au!« Rikchen hatte ihm in die Nase gebissen.

»Weil du einfach so niedlich bist«, versetzte sie kichernd und leckte ihm begeistert über das Auge. Gunther ekelte sich ein wenig, konnte aber nicht umhin, an den unschuldigen Spielereien dieser überraschenden Bettgefährtin immer größeren Gefallen zu finden. Anders als Kudrun, die ja erstens herrisch, zweitens schwierig und drittens oft verstimmt gewesen war, blieb Rikchen ein ungetrübt heiterer

Strom des Vergnügens. Er turtelte, gurrte und balzte und kam schon vor Mittwinter kaum noch aus dem Bett. Gunther war verliebt.
Er erfuhr nie von dem Beutel Goldes, den Rikchens Familie von demselben Gönner erhalten hatte, der diese Liebschaft angeregt hatte. Rikchen – und dies war nur eine ihrer vielen bemerkenswerten Eigenschaften – konnte nämlich den Mund halten.

Es wurde ein fauler Winter, so schien es, zu kalt für Fehden, zu kalt erst recht für Feldzüge, zu kalt auch, um nach Xanten zu reisen. Siegfried bildete sich ein, seine Gemahlin schneller in gute Hoffnung zu versetzen, wenn sie sich nicht anstrengte, deswegen hatte er ihr das Weben und das Sticken verboten.
Um Mittwinter herum, zu dem der weiße Christus angeblich geboren wurde, traf man sich in der Halle – mit Damen. Krimhild musste dem großzügigen Angebot allerdings fernbleiben, da sie sich eine schlimme Augenentzündung zugezogen hatte. Der besorgte Ehemann hatte sich vom Krankenlager seiner Frau nur ungern entfernt. »Ich bleibe nur auf einen Wein.« Das war nun schon einige Zeit her.
Siegfried saß mit Dankwart an einem der unteren Tische und erzählte ihm eine seiner Geschichten von Zwergen und Riesen.
»Hagen! Hagen«, rief Dankwart, die Wangen schon vom Zimtwein gerötet, begeistert von der Erzählung, »Hier! Hör dir das mal an, was der Siegfried da erlebt hat!« Hagen, der gerade auf dem Weg in die Nische hinter der mittleren Säule gewesen war, in der er sich zumeist aufhielt, trat bis auf jene vier unsichtbaren Schritte, die er jedem Menschen gegenüber einhielt, auf die beiden zu. Vier Schritte, lang

genug, um ein Schwert zu ziehen, beobachtete Brynhild von der oberen Tafel aus.

»Was denn?«, fragte Hagen eher gezwungen höflich als interessiert.

»Hier!«, rief Dankwart und strahlte seinen Bruder, mutig dank des Weines, voll unverhohlener Liebe an: »Der Siegfried, der hat eine Kappe, wenn er die aufsetzt, dann ist er unsichtbar.«

Siegfried lachte und machte eine großzügige Geste, als wäre diese so ungeheure Information gar nicht der Rede wert. Dankwarts Rede schlürte etwas: »Und als der Zwerg, der mit ihm um die Kappe gekämpft hat, der Alwin ...«

»Alberich«, korrigierte Siegfried eine Spur zu scharf und lächelte dann umso mehr.

»Ja, genau«, plapperte Dankwart weiter, »da hat der Alberich ihn fast in eine Gletscherspalte gestoßen, da war glühendes Eisen drin!« Dankwart riss bei den letzten beiden Worten die Augen weit auf, als sähe er das glühende Eisen nur eine Handbreit entfernt.

»Ja«, lachte Siegfried und zupfte an seinem Umhang, »das war schon was!«

»Allerdings«, sagte Hagen, nickte seinem Bruder zu und begab sich, ohne den Tarnkappenbesitzer auch nur eines Blickes zu würdigen, wieder auf seinen Platz bei der Säule am Fenster.

»Ja!«, hätte Brynhild schreien wollen. Es tat ihr gut, dass wenigstens einer, auch wenn es dieser alte Finsterling war, Siegfrieds Märchen mal nicht glaubte. Dankwart hatte die Ohrfeige gar nicht bemerkt, aber Siegfrieds Erzählungen setzten sich nun deutlich schleppender fort. Er sah sich um, ob Krimhild nicht nach ihm riefe, damit er einen guten Grund hätte zu gehen.

Brynhild sah zu Hagen hinüber, der wie immer aus dem Fenster blickte, als erwarte er dort jeden Moment feindliche Heere, die er dann eigenhändig zurückschlagen würde. Sie stand auf, ohne zu wissen, was sie sagen wollte, und ging zu ihm hinüber. Es achtete ohnehin niemand auf sie. Gunther frönte Rikchens, und Gernoth war sonst irgendwo. Der kleine Giselher saß vor dem Kamin und starrte ins Feuer. Ortwin, der zuerst versucht hatte, Herrn Volker niederzureden, gab dieses Vorhaben nun endlich auf, setzte sich zu Siegfried und Dankwart und fachsimpelte mit ihnen über die sächsische Wurfaxt, die seit dem Feldzug im Sommer äußerst beliebt geworden war, auch wenn sie sehr hässlich aussah. Alle drei nacheinander machten Armbewegungen, um den besten Wurfstil zu verdeutlichen.

Brynhild blieb die vier Schritte von Hagen entfernt stehen, die sie als für ihn angenehm vermutete. Er hatte sie natürlich kommen sehen – oder hören und kehrte sein Interesse, ohne Überraschung zu zeigen, von der Fensterscharte ab. Es war das erste Mal, dass sie ihm so nah gegenüberstand. Verwirrt huschte ihr Blick zwischen seinem verbliebenen Auge und der schwarzen Binde hin und her. Offensichtlich war er so etwas gewohnt und wartete, bis sie sich auf das Auge konzentriert hatte. Sein Gesichtsausdruck blieb so undurchdringlich wie immer. Sie sortierte die Worte, die sie sagen wollte, und sagte dann so leise wie möglich:

»Ich die Geschichte nicht glaubt auch.«

Hagen senkte den Kopf ein wenig. »Dinge, über die man so laut sprechen muss«, antwortete er ebenso leise mit seiner Wolfsstimme, »sind meist nicht der Rede wert.« Sein Gesicht schien plötzlich wie von einer unsichtbaren Welle überspült und wirkte weicher, fast als wäre er ein Mensch, ein Mann.

Brynhild dachte zu ihrer eigenen Überraschung an Storri Bjernsson, ihren alten Lehrmeister, obwohl sich die beiden nicht ähnlich sahen.

»Ihr seid ein großer Krieger«, fügte sie in ihrer Sprache an, und bevor sie es gewollt oder verhindert hätte, lächelte sie ihn an.

Er sagte nichts, und leicht verlegen ging sie wieder auf ihren Platz zurück. Sie versuchte sich unauffällig umzusehen, ob sie jemand bemerkt hatte. Herr Volker sah mit einer affig hochgezogenen Augenbraue zu ihr herüber und hob, als sie seinen Blick auffing, ziemlich anmaßend seinen Kelch.

In Gedanken schimpfte sich Brynhild aus. So plump und dumm hätte sie es nie anfangen dürfen. Sie schwor sich, besser aufzupassen.

In den nächsten Tagen beobachtete sie Hagen, wann immer sich eine Gelegenheit bot. Obwohl sie glaubte, ungeheuer vorsichtig zu sein, hatte sie doch den Eindruck, dass er es jedes Mal merkte, aber er konfrontierte sie nicht, noch wich er ihr aus.

Nur einmal dachte sie fast, dass er es herausforderte. Das war an einem Morgen, an dem sie von der Kapelle zurückkam und ihn unter einem Torbogen stehen sah – schnitzend. Es gab keinen Grund für ihn, unter diesem Torbogen zu stehen und zu schnitzen. Aber als sie die Treppe hinaufgegangen war und sich noch einmal nach ihm umdrehte, war er schon verschwunden.

Brynhild wollte ihre nächste Annäherung an den alten Wolf besser vorbereiten.

Sie stellte bei ihren Beobachtungen ziemlich überrascht fest, dass er wesentlich besser gepflegt war als die anderen Männer am Hof. Sein Haar und sein Bart, beide noch sehr dunkel, waren immer sorgfältig gekämmt, und er trug die

Haare nicht länger als bis zum untersten Helmrand. Siegfried, der auf seine Locken nie verzichtet hätte, band sich zum Kampf immer einen Zopf.
Sie versuchte herauszufinden, ob er eine Frau oder eine Freundin hatte. So wie diese Südländer ihre Frauen versteckten, würde es sie nicht wundern, wenn er eine hätte, womöglich ebenfalls einäugig, die er nie aus ihrem Verlies herauskommen ließ.
Schließlich, als alles Beobachten ihr nicht mehr weiterhalf, beschloss sie zu reden.
»Chewwer ist Hagen?«, überraschte sie die älteste ihrer Mägde beim Flechten der Zöpfe. Die Magd quietschte und schnatterte dann sehr hastig auf Brynhild ein, soweit sie verstehen konnte, war die Magd weniger überrascht vom Inhalt der Frage, als davon, dass die Königin überhaupt die Sprache der Wormser sprechen konnte. Wie ein Huhn spektakelte die Frau durch die Kammer. Brynhild stand auf und packte sie mit einem Bruchteil ihrer alten Kraft am Arm. »Nicht machen«, befahl sie.
Die Magd wurde erst stumm und dann blass. Brynhild nickte. »Das nicht machen«, bestimmte sie. Die Magd flüsterte eine Entschuldigung.
Brynhild zeigte auf sich: »*Spurning*, äh, Frage. Jech Frage.«
Die Magd ging dazu über, zu zittern und zu nicken.
Brynhild wollte sie nicht verschrecken, aber ihr Wortschatz war bei weitem noch nicht groß genug. Sie hoffte, dass man sie einfach für neugierig halten würde.
»Chewwer ist Hagen?«, wiederholte Brynhild.
Daraufhin hatte die Magd viel zu sagen, dem Brynhild nur einige Erkenntnisse mit Gewissheit entnehmen konnte. Erstens, Hagen war der Teufel, weil er einäugig war, was alle Leute ängstigte. Brynhild kniff ihrerseits die Augen

zusammen, als ob sie so besser hören konnte. Zweitens, Hagen sagte allen, was zu tun wäre schon zu Zeiten Gibichs, und alle machten, was er wollte, was auch manchmal gut wäre, aber grundsätzlich nicht, weil – irgendwas mit Gunther, das interessierte Brynhild schon nicht mehr.

»*Högni*, eh, Chhagen Gattin?«, schnitt sie der plappernden Magd das Wort ab. Das Wort Gattin kannte sie, das konnte auf keinen Fall falsch sein. Magister Conradus sagte das dauernd zu ihr: »Ihr als Gattin unseres Königs Gunther«, so als wüsste sie nicht, was sie hier wäre.

Trotzdem begann die Magd schrill zu lachen und machte das Jesuszeichen, gefolgt von weiterem Wortschwall, dass sich keine anständige Frau der Welt mit Hagen einlassen würde.

Brynhild fühlte sich erschöpft. *»Út!«*, nickte sie der Magd zu. Die Frau, die sich nach dem anfänglichen Schrecken für diese sensationelle Unterhaltung erwärmt hatte, klappte beleidigt den Mund zu.

Als sie schon an der Tür war, rief Brynhild sie noch einmal an: »Name du«, verlangte sie. Die Magd knickste und erklärte strahlend: »Hiltruod, meine Königin, immer zu Euren Diensten.«

»Chiëlltrrüd«, wiederholte Brynhild mit gerunzelter Stirn.

Und spätestens beim Abendessen wussten Gesinde und Herrschaft gleichermaßen, dass die wilde Nordfrau wider alle Erwartung und Wahrscheinlichkeit nach so langer Zeit angefangen habe zu sprechen.

»Um Gottes willen«, flüsterte Gunther. Dabei hatte er ja noch darauf bestanden.

Hagen merkte, dass Brynhild ihm nachspionierte.

Sie stellte sich dabei auch nicht besonders klug an. Es wühlte ihn auf, und er fragte sich, weswegen sie wohl ein Interesse an ihm gefasst hatte. Heimlich, abends vor seinem Feuer schnitzend, wünschte er sich, dass sie wissen wollte, wer er wäre. Aber er ahnte, dass es darum nicht gehen könnte. Brynhild suchte einen Ausweg. Sie suchte eine Möglichkeit zu fliehen – und wahrscheinlich hatte sie ihn als die beste Möglichkeit erwählt. Er wollte nicht so ehrlich mit sich sein, aber es war so eine lange Gewohnheit, den Unsinn und das Blendwerk abzuwehren, dass er nicht anders konnte. Also, Brynhild wollte ihn benutzen. Und sie würde alles dafür tun. Eine Frau, die sich selber das Gesicht zerschnitt – auch wenn er immer noch nicht wusste, weswegen –, die würde vor nichts zurückschrecken.

Hagen musste sich überlegen, ob er sich benutzen lassen wollte.

Seit er damals nach Worms gekommen war, hatte er Gibich und seinen Söhnen die Treue gehalten. Treue war etwas Wichtiges, etwas Großes. Wenn man nicht wusste, zu wem man stand, dann wusste man gar nichts. All die Jahre, die Jahrzehnte hatte er sich erst Gibichs und dann Gunthers Kopf zerbrochen, hatte für sie taktiert, vorausgedacht und gekämpft. Er hatte ihre Feinde getötet, ihre Bastarde vertrieben und ihren Freunden Geschenke gemacht.

Burgund war eine gemietete Heimat. Er bekam eine Beschäftigung, einen Wohnsitz und zahlte dafür mit unverbrüchlicher Aufrichtigkeit diesen hilflosen Königen gegenüber. Das war die Gleichung seines Lebens.

Er gehörte nirgendwohin, wenn nicht zu seiner Treue. Alles für Burgund. Ihretwegen hatte er Siegfried nach Norden geschickt und Brynhild kommen lassen. Wenn er ihr helfen würde – wenn! –, dann wäre das ein Treuebruch, für den er einen anderen bei den Füßen aufhängen ließe. Wollte er das auf sich nehmen, diesen Verrat an sich selbst? Er wusste, er

könnte es vor den anderen verbergen, er wusste, er könnte es niemanden merken lassen.
Nur er wüsste es. Er warf ein Scheit ins Feuer.
»Was wollte er sich diesen Verrat kosten lassen?«, überlegte er.
Hagen war allen anderen meist drei Schritte voraus. Er wusste, Brynhild würde ein Angebot machen. Flucht gegen – gegen was?
Wenn sie sich selbst anböte? Ob er es annähme?
Ihm wurde nur beim Gedanken schon schlecht vor Verlangen.
So dürfte es trotzdem nicht sein. So viele der Wormser Frauen hatten bei ihm ihr Glück versucht, mehr oder weniger vorsichtig. Manchmal hatte es ihn fast umgebracht, Nein zu sagen, weil er so einsam war. Aber er wusste, dass er nachher noch einsamer gewesen wäre.
Jetzt ging es ihm nicht um Einsamkeit – es ging ihm um Brynhild. Er sah den Schauer auf ihrem Hals wieder vor sich, die Forellen zwischen den Ufergräsern. Unwillkürlich streckte er die Hand aus. Kopfschüttelnd nahm er die Augenbinde ab und rieb vorsichtig über die Narbe. Er konnte sich seine ganzen ehrenvollen Gedanken sparen. Es war längst entschieden.
Er würde es sich sein Leben kosten lassen. Und wahrscheinlich würde er nicht einmal etwas dafür verlangen. »Sehr dumm, sehr, sehr dumm«, flüsterte er in die Flammen.

Brynhild, getrieben von ihrer wiedererwachenden Ungeduld, hatte sich vorgenommen, dass es noch diesen Winter passieren müsste, solange alle mehr oder weniger den ganzen Tag in den Betten lagen und nichts taten. Manchmal gingen einige der Herren auf die Jagd, aber das war auch schon alles. Und es gab mehr Gründe als sonst, zu dem kleinen Priester zu gehen. Der Kaplan gab sich große Mühe, ihr diese Gründe zu erklären, aber sie hörte ihm nicht zu. Natürlich wäre eine Flucht im Winter gefährlicher und beschwerlicher, aber andererseits gab es im Winter keine Kriege. Sie müsste es nur den Fluss hinab schaffen, bis zu einer Anlegestelle, außerhalb von Gunthers Reich. Dort könnte sie versuchen, Nordleute zu finden, die heimwärts segelten. Oder sie könnte versuchen, außerhalb einen Skalden zu finden, der Yenkas Ring kennen müsste.

Sie hatte mehrere Pläne gemacht, wie sie den grauen Wolf zur Hilfe bewegen würde, aber keiner schien ihr schlüssig. Sie könnte ihm Gold versprechen, aber nur ein Narr nähme einen solchen Handel an. Er hatte offensichtlich alles, was er brauchte – und Macht dazu. Nur eine Frau hatte er nicht. Brynhild war zu dem Schluss gekommen, dass dies das einzige Angebot war, was sie machen konnte – sich selbst. Es wäre, hatte sie beschlossen, ein erträglicher Preis für ihre Freiheit. Sie hatte Siegfried und Gunther überlebt, sie würde auch dies überleben. Hiltruod hatte behauptet, er wäre der Teufel. Brynhild schnaubte höhnisch. Sie würde es schaffen. Mittwinter war gerade drei Wochen vorbei, und es wurde immer kälter – aber auch schon wieder heller. Es musste bald sein.

Sie fing an, in ihrer Kammer mit einem schweren Holzscheit Schwertübungen auszuführen, und fühlte, was von ihren Muskeln noch übrig geblieben war. Sie gab sich selbst fünf Tage, trieb sich an, in der Furcht, die schreckliche, alles verschlingende Lähmung könnte wiederkehren und ihre Hoffnungen vernichten.

Der Zufall kam ihr zu Hilfe. Am dritten Tag nach ihrem Entschluss stand sie alleine, die zähneklappernde Magd hatte sie fortgeschickt, in der Kälte vor den leeren Tiergehegen, hinten bei den Gärten. Die Übungen mit den Holzscheiten hatten ihr eine neue Zuversicht gegeben, die Illusion, etwas bewegen zu können, diesem Schicksal nicht weiterhin ausgeliefert zu sein. Der unbarmherzige Winter half ihr, ihre Gedanken zu klären. Brynhild starrte auf die leeren Gehege und nahm es als ein Zeichen.

Sie trug Pelzstiefel und einen gefütterten Mantel und fühlte die Kälte nicht zu sehr.

Das werde ich dann auf der Flucht tragen, dachte Brynhild. Sie hatte sich auch schon ein Pferd ausgesucht, das sie für stark genug hielt, die Kälte auszuhalten und nicht sofort zu verhungern, wenn es nicht zwei Mal am Tag einen Hafersack bekam.

Nun brauchte sie nur noch diesen Mann, der sie aus der Burg herauslassen und ihr Proviant besorgen musste. Sie hasste diesen Teil ihrer Flucht, weil es der wichtigste war und zugleich der unüberschaubare, denn er bezog einen Menschen mit ein, den sie nicht kannte und den sie doch brauchte.

Auf einmal stand er neben ihr, als hätte sie ihn herbeigedacht – unhörbar neben sie getreten im pulverigen Schnee. Sie erschrak. »Königin«, sagte er nur.

»Herr von Tronsche«, versuchte sie seinen Namen. Die eisige Kälte, die sie unwillkürlich aufeinander zutrieb, hatte sie dem äußeren Anschein nach bereits zu Verschwörern gemacht.

Brynhild räusperte sich: »Der Tiere sind weg«, sagte sie schließlich.

Hagen nickte. »Die Heger haben sie freigelassen.«

»*Frelsi*«, sagte Brynhild nachdenklich, Freiheit.
Ein kalter Windstoß überraschte sie und schlug ihr wie eine Faust ins Gesicht. Sie fröstelte.
»Ihr solltet nicht in der Kälte herumlaufen«, bemerkte der alte Wolf, Raureif auf seinem Bart und seinen Haaren. »Ihr könntet krank werden. *Sjukúr*.«
Brynhild zuckte die Schultern und machte eine wegwerfende Handbewegung. Jetzt oder nie, dachte sie.
»Jech muss Ihr sprechen, mit reden«, sagte sie in die wirbelnden Schneeflocken. Er nickte, als wäre er ihr sowieso nur deswegen entgegengekommen.
»Wann? *Hvenaer?*«, fragte sie überrascht, so schnellen Erfolg zu haben.
»Heute Abend«, entgegnete er so leise, dass sie nicht sicher war, ob er wirklich geredet hatte. »Schickt Eure Frauen fort.«
Es machte sie unsicher, dass er so schnell einwilligte, als hätte er es lang erwartet und kommen sehen. Er wirkte nicht wie einer, der sich leicht übertölpeln ließe. Er wirkte wie einer, der seinen eigenen Plan hatte. Weswegen sagte er Ja? Er drehte sich vor ihr zum großen Tor hin. Dann nahm er ihren Ellenbogen, wie damals, als sie sich geschnitten hatte.
»Kommt«, sagte er, »ich bringe Euch zurück. Man sollte uns hier nicht sehen.« Sie nickte und überließ sich seiner Führung. Die Schritte im Schnee machten kleine Geräusche. Sonst hörte man nichts. Brynhild ging neben ihm her und widerstand dem seltsamen Bedürfnis, sich bei diesem stummen Gang an ihn zu lehnen. Und noch verwirrender war es für sie, dass das Wort »Freiheit« dabei wieder und wieder durch ihren Kopf zog.

Das Land der Untergegangenen, die zwölfte Erinnerung

Hagen weiß, es ist jetzt nur noch eine Frage der Zeit, bevor etwas passiert. Gunther weiß es auch. Er denkt an das Vorzeichen, den toten Vogel. Abends sitzen sie in der Halle, die man für sie gebaut hat. Ihre »Falle«, wie Hagen sie nennt.

Zwei Männer mit Instrumenten kommen herein. Ruideger spielt sofort den Gastgeber. Er lacht, steht auf, viel Schulterklopfen, Ruideger redet extra laut auf Hunnisch mit den beiden, damit wieder alle wissen, dass er es kann. Deoderic stellt sich auch dazu, Helden unter sich. Besser man steht sich gut mit denen, die Heldenlieder singen. Dann macht Ruideger die Ansage:

»Ihr Herren, Königin Krimhild sendet uns ihre Spielleute Swemmel und Werbl, auf dass sie uns mit ihrem Gesang und ihrer Musik erfreuen.«

»Soll sie uns auch noch ein paar ihrer Frauen schicken«, ruft Volker, und ein paar Männer lachen.

Swemmel und Werbl, beide klein, zugewachsen und dunkel angezogen, warten vergebens auf Applaus. Das letzte Mal, als sie diese Helden sahen, hatten sie mehr Erfolg. Jetzt sind sie offenbar für die Ankömmlinge fast unsichtbar. Man vergisst es ihnen nicht, dass sie diese Einladung überbracht haben. Schließlich ermuntert Deoderic sie doch, ein Lied zu singen. Die beiden machen schöne Musik, die Burgunden summen mit. Das ist mal wieder typisch, denkt Volker bitter,

als Hagen aufsteht und rausgeht. Immer, wenn's mal lustig wird.
Aber dann folgen ihm Gunther, Gernoth, Dankwart und sogar Hildebrand, sodass Volker fürchtet, etwas zu verpassen, wenn er nicht auch mitgeht. Er beißt die Zähne zusammen und drängelt sich an den schon klatschenden und schunkelnden Kriegern vorbei. Deoderic ruft.
»Was ist denn Herr Volker, könnt Ihr's besser?« Deoderic tut so, als hätte er die Hunnen und die Musik erfunden.
Aber Hagen und sein Gefolge haben gar nichts Wichtiges zu bereden, stellt Volker enttäuscht fest, als er sich zu ihnen durchgekämpft hat. Sie setzen sich auf eine der Tränken und lehnen sich an die Pferdestangen in der Stille des Abends. Die Hunnen haben heute nicht so gut aufgeräumt wie am Tage ihrer Ankunft. Überall Stroh und Pferdeäpfel. Außerdem haben sich einige der goldstarrenden Behänge verdreht. Es macht einen fast schon beleidigend unordentlichen Eindruck – wenn man doch Gäste hat! Volker nickt allen zu und stellt sich an einen Balken. Da kommen Schritte. Krimhild und ihr Gefolge nähern sich. Sie bleibt stehen, überrascht. Alle ihre Wachen und Frauen bleiben auch stehen. Auf einmal fängt sie an zu weinen und zu jammern, und ihr sonst so maskenhaft starres Gesicht verzerrt sich zu einer Grimasse des Leids. Von überall her Arme, die sie stützen. Dann zeigt sie anklagend auf die Burgunden, immer wieder. Die Hunnen knurren empört. Dann drehen sie um, als hätte man Pfeile auf sie abgeschossen. »Was hat sie denn?«, fragt Gunther völlig entgeistert.
»Es geht los«, antwortet Hagen nur.
»Was geht los, Hagen?«, will Gernoth wissen.
»Gernoth«, sagt Hagen mit der gleichen Bestimmtheit, mit der er ihm seit Ewigkeiten Befehle gegeben hat: »Geh mit

Gunther in die Halle.« Gernoth runzelt die Stirn, aber er steht schon auf. »Dankwart, geh auch mit«, sagt Hagen, noch leiser.
»Ich auch?«, fragt Hildebrand, wie ein Junge, der fragt, ob er wohl mitspielen darf.
Hagen nickt.
»Volker? Bleibt Ihr bei mir?«, fragt er dann den ewigen Zweiten. Volker zuckt zusammen.
Hagen hat diesen Ausdruck im Gesicht, den man von ihm kennt, wenn er auf dem Schlachtfeld ist. Aber da ist noch etwas anderes in seiner Stimme.
Volker hat ihn immer beneidet, manchmal hat er ihn gehasst, weil er nicht sein konnte wie er. So erhaben, so geheimnisvoll, so bedürfnislos – alles, was Volker gerne gewesen wäre, während er sich doch jeden Tag in den Klauen seines Ehrgeizes wusste.
Auf einmal hat er Tränen in den Augen.
Er wartet, bis Gunther und die anderen in der Halle sind.
Seine Stimme ist immer noch nicht sicher, als er redet: »Und wenn die ganzen verdammten Hunnen auf einmal auf uns zukämen, Hagen, ich bliebe bei Euch. Und solange ich lebe, wird Euch niemand etwas antun. Ich würde Euch überallhin folgen.«
Er schluchzt auf, nur einmal. Er meint jedes Wort. Es überwältigt den stolzen Herrn von Alezeye, wie sehr er diesen schrecklich erhabenen, schrecklich tapferen, schrecklich unerreichbaren Hagen liebt.
Wenn er nur nicht so eifersüchtig gewesen wäre, hätte er es ihm vielleicht eher sagen können. Hätte vielleicht sein Freund sein können. Wollen sie das nicht alle? Einen wie Hagen als Freund. Hagen lächelt ihm zu: »Ihr seid einer der besten Krieger, die ich mein Lebtag gesehen habe, Volker. Wenn Ihr

an meiner Seite seid, fürchte ich die hunnische Armee nicht – und wenn sie doppelt so viele Krieger zählte.«
Volker nickt beschämt. Erst jetzt im Angesicht des Endes versteht er: Das, was ihn neben Hagen halten wird bis zum Schluss, das ist auch Liebe. Das, weswegen Gernoth aufsteht und wie ein Kind tut, was Hagen ihm sagt, das ist Liebe. Es geht hier nicht um Heldentum, Ehre und Sieg. Sie sind einen weiten Weg gegangen. Bald wird er zu Ende sein.
Hagen klopft neben sich auf die Tränke, und Volker setzt sich, noch immer ganz erschüttert.
Vielleicht ist dies jetzt schon das Ende? Früher, als er denkt? Haben sie sich das nicht alle gewünscht, in jeder Schlacht. Nur diesen Tag noch überleben, um dann irgendwann den »richtigen Tod« zu sterben. Den, wenn man endlich zu müde geworden ist, sich noch einen Tag zu wünschen. Wenn man niemanden mehr findet, der einen verstehen kann, wenn man zu lange derjenige gewesen ist, der aus dem Unglück und Tod von anderen sein Glück und Leben gemacht hat. Wenn es jetzt so weit wäre?
Mit Hagen hätte er keine Angst, denkt Volker. Mit Hagen wäre das Sterben so, wie sein Leben hätte sein sollen.
»Da kommt sie«, sagt Volker heiser. Krimhild kehrt zurück, mit fast fünfzig Kriegern, waffenklirrend.
»Nicht aufstehen«, flüstert Hagen durch die Zähne.
Krimhild bleibt vor ihnen stehen, wie ein tänzelndes Pferd, lächerliche Scharade. Sie wartet extra, damit die Hunnen sehen, dass Hagen sie beleidigt. »Sagt mal, Herr Hagen«, ihre Stimme ist ganz schrill, »wer hat Euch eigentlich eingeladen? Ich nämlich nicht!«
Hagen antwortet sehr leise.
»Niemand hat mich eingeladen, ich begleite meine Herren!«
»Eure Herren«, kreischt sie und kommt viel zu schnell zu

ihrem entscheidenden Schlag: »Habt Ihr denen eigentlich gesagt, warum Ihr meinen Mann Siegfried hinterrücks ermordet habt?«

»Das wisst Ihr selbst gut genug«, antwortet er ungerührt. »Er hat die Ehre meiner Königin befleckt. Und Ihr wart so dumm, es zu erzählen. Ich habe ihn nicht ermordet. Ich habe ihn hingerichtet.«

Das sitzt, das haben die Hunnen, soweit sie es verstehen, nicht gewusst. Krimhild hat ihnen jahrelang eine andere Geschichte erzählt. Sie wankt denn auch ein bisschen. »Ergreift sie!«, kreischt sie unvermittelt. »Bringt sie um.«

Aber die Hunnen rühren sich nicht. Krimhild scheint immer noch nicht zu wissen, was für eine Legende Hagen hier ist.

Schließlich schreit sie auf und rennt weg, die Frauen eilen ihr hinterher. Die Krieger stehen unentschlossen.

Hagen sieht die Männer ruhig an, wie er es seit jeher mit seinen Gegnern gemacht hat. Du wirst mich nicht umbringen. Auf keinen Fall, sagt sein Blick. Aber wahrscheinlich, sehr wahrscheinlich bringe ich dich um. Zögernd verlassen die Hunnen den Platz.

»Morgen«, sagt Hagen zu Volker, »ist Mittsommer. Morgen fängt es an.«

Und für einige wird es morgen auch schon vorbei sein, denkt er, aber das sagt er nicht laut.

Eine Überraschung

Nun also, Ihr Fremden, geht es auf eine Wendung in dieser Geschichte zu. Darf man zwei Menschen durch Worte so vielen Augen preisgeben, wie ich es tun muss, damit Ihr begreift? Ich habe selten Liebeslieder gesungen. Ich konnte das schafäugige Gestiere unter den Zuhörenden nicht ertragen. Und egal, von wem so ein Lied handelt, ob von einem Gott, einem König oder einem Helden, jeder, der davon hört, kriegt dieses seltsame Glitzern in den Augen, als wäre er an der Stelle des Besungenen.

Weswegen wollen es so viele hören, was doch so wenigen geschieht? Und wieso wollen sie, dass zwei Menschen für fremde Ohren preisgeben, wozu sie selbst nie den Mut hätten. Ich meine nicht den Hochverrat. Als meine Mutter und Hagen zu dem wurden, was ihr Leben erfüllte und vernichtete, da brachten sie den Mut auf, der nicht zu vergleichen ist mit dem Mut, der den Menschen auf Schlachtfeldern oder in Feuersbrünsten abverlangt wird. Es war der Mut zur Hingabe. Ich sage das Wort und sehe in meine Handfläche, in der auch ich das Glückszeichen derselben Rune trage wie meine Großmutter Ylva. Es ist, als würde ich dann in meiner Hand halten, was Hingabe sein kann, ein Schluck kostbaren Lebens, so leicht verschüttet, wenn man nicht Acht gibt. Diese Stärke, sagen zu wollen, ich bin dein, dein Leid ist meins, und deine Freude ist meine Freude, und dein Tod ist

mein Tod. Es sagen zu müssen. Wenn sich ein Leben um das andere herumschließt. Wenn jeder Atemzug erst durch die Lungen des anderen geht. Wer hält das schon aus, Ihr Fremden? Wer von Euch? Da zu sein. Zusammen zu sein in diesen Unwägbarkeiten einer unerklärlichen Welt. Weder helfen noch retten zu können, vielleicht nur zu wissen, in wenigen kostbaren Momenten, dass das Glück es erträglich macht. Sie wussten nichts an jenem Abend, Hagen und meine Mutter. Weder vom Glück, das warten würde, noch von dem Ende, das beschlossen war, wie alles beschlossen ist. Aber ich weiß, hätten sie es gewusst, hätte man es ihnen vorgetragen, sie hätten beide dennoch »Ja« gesagt.
Hingabe ist stärker als das Wollen; stärker als der Mut. Stärker als die Furcht. So ist es gewesen, damals im Winter in Worms in Brynhilds Kammer.

Als Hagen kam, hatte sie schon Ewigkeiten gewartet, allein mit ihrer Ungeduld und ihrer Furcht, dass es nicht klappen könnte. Ihre Frauen hatte sie weggeschickt, hatte mühsam erklärt, sie sei sehr müde, nein, nicht krank, nur müde, weg, raus, ganz weg! – út!
Es waren keine Wachen oder sonstigen Diener zu sehen. Acht Mal hatte sie auf den Gang geschaut und auf seine Schritte gehorcht. Dann stand er, als sie schon wütend aufgeben wollte, im Zimmer, als wäre er geradewegs durch das Holz geglitten. Brynhild holte Luft. Obwohl sie es war, die ihn unmissverständlich zu sich gerufen hatte, die Heimlichkeiten arrangiert und die Ungestörtheit ihres Treffens gewährleistet hatte, obwohl sie genau wusste, dass er ihr Freund hatte sein wollen, musste sie ihn nun, da er vor ihr stand, für sein Kommen quälen.
Etwas Dunkles, Aufbegehrendes zwang sie dazu, und sie

wollte dieser seltsamen Kraft auch gar keinen Widerstand leisten. Sollte es ihm doch wehtun, diesem Unbesiegbaren, diesem »Ungebrochenen«, der zu spät gekommen war. Sie wusste nicht, woher dieser Gedanke kam, aber das war es, was sie ihm am meisten übel nahm. Mehr als ihre Qual, ihre Gefangenschaft, ihre Fremdheit, hasste sie ihn dafür, dass er zu spät gekommen war. Hagen sah sie an.

Groß, in dieser leicht abwesenden Art stand er da, die Binde über dem fehlenden Auge wie immer, das Haar helmkurz wie immer, den Bart sorgfältig gekämmt wie immer. Wie immer – seit ihrer allerersten Begegnung, so unverändert, dass es sie zweifeln ließ, ob er der war, den sie in den letzten Tagen in ihm hatte sehen wollen.

Brynhild schwieg weiter, beschwor ein unnötiges Unwohlsein herauf.

Sie wollte es ihm nicht leicht machen, weil es nicht leicht war. Es sollte ihm genauso schlecht werden, wie es ihr jeden Tag war, seit sie den Fuß in dieses Land gesetzt hatte.

»Jetzt bin ich da«, sagte Hagen schließlich, als sie noch immer keine Regung zeigte. Seine Stimme traf sie mitten in ihre noch immer verkrochene Seele, dieses halbversteckte Knurren, das Wölfische, wie sie es für sich genannt hatte, seit sie ihn zum ersten Mal sah. Nun wollte sie etwas sagen, konnte aber nicht und fühlte sich durch ihr kleines Spiel zutiefst beschämt. »Soll ich wieder gehen?«, fragte er gleich. Brynhild sah ihn an und dachte seinen Namen, zog ihn stumm in die Länge und atmete ihn lautlos aus. »Nimm Mantel, *taka burt*«, versuchte sie es dann, und er folgte ihrer Aufforderung mit einer entwaffnenden Selbstverständlichkeit, der dabei überhaupt nichts Gehorsames anhaftete. Der Mantel fiel zu Boden, obwohl er auf den Stuhl gezielt hatte. Er bückte sich ungeschickt danach.

»Das Auge«, sagte er, es klang verlegen. Vielleicht war es diese neue Farbe in der wölfischen Stimme, die den Bann brach, dem sie sich unterlegen gefühlt hatte.
»Hagen«, sagte sie mit rauer Stimme, »ich will, dass Ihr hier seid«, sie sagte es in ihrer Sprache und dann noch einmal – schlechter – in seiner, weil es in beiden wahr sein musste. Die Hand noch am Mantel blinzelte er und rührte sich nicht.
»Willst Ihr hier sein?«
Für ihn war es vor allem Verrat, für sie vielleicht nur ein Weg in die Freiheit, vielleicht noch etwas anderes.
Er nickte mit überraschender Heftigkeit: »Nirgendwo anders.«
Sie setzte sich seitlich auf das Ende des Bettes und klopfte mit der Hand leicht neben sich. Die Mädchenhaftigkeit ihrer Geste überraschte sie. Er setzte sich vorsichtig hin, in allen Bewegungen eine höfliche Zurückgenommenheit, die ihn auf eine verwirrende Art stärker erscheinen ließ als in seiner üblichen Entschlossenheit. Dieser Hagen, der heimliche Hagen in ihrem Zimmer, hatte etwas Schüchternes, aber darüber hinaus auch eine unerwartete Tiefe.
Er war ein Brunnen, dachte sie. *Brunnur i augsýn*, hatte eins von Großvater Auslís' Liedern geheißen: »Der Brunnen im Schein deiner Augen«.
»Kann ich sehen?«, platzte sie heraus, ohne selbst zu wissen, wie es geschehen war. Brynhild zeigte auf seine Binde.
Unwillkürlich zuckte sein Kopf zurück. »Was?«
»*Augan*. Das Auge«, flüsterte sie, die Hand schon auf halbem Wege, kaum seine Antwort abwartend.
»Also gut«, sagte er unwillig und versuchte sich die Binde abzunehmen.
»Nei!«, rief sie, *»ég!«*

Er ließ die vernarbten Hände sinken und kehrte ihr mit unsicher abwartender Miene die rechte Seite zu. Sie stand halb auf und hantierte an dem Knoten herum, den er sich auf dem Hinterkopf gebunden hatte. Ihr Unterarm streifte dabei seinen Bart. Das Band löste sich. Vorsichtig nahm sie wieder Platz. Sie war sich nicht sicher, was sie darunter vermutet hätte, aber es sah nicht furchtbar oder entstellend aus. Das Lid über dem verschwundenen Auge war geschlossen und eingesunken, die Falte durch eine wulstige Narbe getrennt, die sich von der Braue bis zur Wange zog, längst verblasst. Und natürlich war die Haut unter der Binde blasser. In jedem Fall war es lange her, dass er das Auge verloren hatte.

»Lass sie ab«, flüsterte sie.

Dann küssten sie sich zum ersten Mal.

Seine Lippen waren ganz warm, und sein Bart roch nach der eisigen Luft und nach Wald. Er begegnete ihrem Mund mit einer so unerwarteten Zartheit, dass ihr schwindelte. Brynhild fühlte sich, als hätte sie nur sich selbst überlistet. Sie wusste doch noch, weshalb sie ihn herbestellt hatte. Oder nicht? Aber die Berechnung ihres kurzen Planes wirkte nicht mehr, löste sich mit jedem Augenblick mehr auf und wurde durch Merkwürdigkeiten ersetzt. Sie hatte ein »Was« geplant, einen eigenschaftslosen Entwurf. Das »Wie«, so unerwartet, so unwahrscheinlich, schien diesen verzweifelten Plan lautlos zu vernichten.

Er zog den Kopf zurück, weil er den Wechsel in ihr fühlte, auch wenn er nicht wusste, woher er kam. »Tut das weh?«, fragte er und meinte ihre Narbe. Sie schüttelte den Kopf. »Wir müssen das nicht tun«, sagte er mit der Wolfsstimme. »Ihr müsst nichts für mich tun.«

»*Handa þer?* Für dich?« Sie war sich nicht sicher, das Burgundische richtig verstanden zu haben.

Hagen nahm ihre Hand. »Brynhild«, sagte er ganz leise, »wenn Ihr wollt, dass ich Euch helfen soll, egal wobei, oder wenn Ihr wollt, dass ich etwas für Euch erledigen soll, Ihr müsst es mir nur sagen. Ihr müsst nicht denken, dass ich etwas von Euch haben will.«
Stimmte das? Er wollte doch alles. Er wollte sie. Er log trotzdem nicht. Er hätte es auch so getan, dachte er noch – vorher, als er noch glaubte, dass sie eine Wahl hätten.
»Was meine?« Sie verstand ihn noch immer nicht.
Da stand er auf, abrupt und harsch in seiner Bewegung zum ersten Mal an diesem Abend. Er ging ein paar Schritte weg zur Wand hin, die ganze Zeit leise den Kopf schüttelnd.
»Ihr müsst Euch nicht mit mir hinlegen, damit ich Euch helfe, versteht Ihr. Wenn Ihr mich für etwas braucht, dann müsst Ihr es nur sagen.« Es war so anders, ihn ohne die Augenbinde zu sehen. »Ich brauche keine Bezahlung.«
Das verstand sie. Er hatte sie durchschaut, bevor sie ein Wort gesagt hatte. Sie wurde sofort wütend, ohne Übergang.
Sie schrie ihn leise an in ihrer Heimatsprache, was er sich herausnehme, wie er es wagen könne. Der alte Zorn tat ihr gut, auch wenn er sinnlos und dumm war, eine Täuschung wie alles.
»Keine Bezahlung«, knirschte sie ertappt im Burgundendialekt hervor. »Ich bin keine Bezahlung.« Sie hasste ihn dafür, dass er es genau gewusst hatte. Vor allem aber fehlte er ihr, da er sich ihrer scheuen, beginnenden Umarmung so plötzlich entzogen hatte. Sie wollte ihn wieder nah haben, und das machte sie noch wütender. Brynhild stand auf und fand so schnell nichts, mit dem sie hätte werfen können. Dann fiel ihr ein, dass sie nicht werfen musste. Wozu? Sie rief ihren Plan zurück. Entschlossen löste sie die Schulterspangen ihres Gewandes und wollte es in einer fließenden

Geste zu Boden sinken lassen, aber es blieb auf ihren Hüften hängen. Sie dachte an die Nacht auf dem leeren Schiff, als sie Siegfried so verführt hatte. Schon damals war es lächerlich gewesen. Sie hatte sich ausgepackt vor einem Blinden.
Jetzt packte sie sich aus vor einem Einäugigen, das war doch fast zum Lachen.
Mit dem ersten Teil des Kleides sackte auch die Wut weg. Sie legte die Hand mit dem Ring auf ihre Brust. »Keine Bezahlung«, wiederholte sie und meinte es plötzlich auch so. Dann schob sie ihren Rock nach unten, bis sich das grüne Kleid um ihre Füße bauschte wie ein aus dem Stein des Fußbodens gewachsener Strauch, in dem sich eine Frau versteckte.
»Oh«, sagte Hagen. Er sah sie an, wie sie es sich von Siegfried gewünscht hatte, damals in der ersten Nacht, als er mit allem anderen, nur nicht mit ihr beschäftigt gewesen war. Nicht an Siegfried denken, verbot sie sich die Erinnerung. Er trat auf sie zu, und er streckte die Hand aus. Brynhild hielt den Atem an, sah sie näher kommen. Dann schob er die Hand unter ihrem Zopf her, legte sie auf ihren Hals, fast schon ihren Nacken und drückte leicht die Finger zusammen.
»Ich wollte wissen«, sagte er mit der Wolfsstimme, »wie sich das anfühlt.« Er dachte an Forellen im Schilf, der Bachlauf und die Sonne waren in seiner Stimme. Sie zitterte jetzt. Angst, Kälte, Erregung – alles zusammen überfiel ihren abgestumpften, entfremdeten, geschundenen Körper, dass ihr die Zähne aufeinander schlugen, als stünde sie mitten im Eiswind ihrer Heimat. Die Hand brannte wie Feuer auf ihrer kalten Haut. Sie hatte völlig die Orientierung verloren, den Plan, die List, die Rache, die Gedanken, alles war mit seiner Berührung verschwunden.

Dann zog er sie mit sich, wieder am Ellenbogen. »Komm her«, sagte er, nahm seinen Mantel vom Stuhl auf und wickelte sie ein. Wortlos legte er sich mit ihr hin, auf das Bett, in dem sie zerstört worden war. Zog alle Decken und Felle über sie und hielt sie mit beiden Armen fest, bis das Zittern sie wieder verließ. Die ganze Zeit über sagten sie nichts. Sie hielt die Augen geschlossen, um sich noch ein bisschen vor sich selbst zu verstecken.

Die Scheite knackten im Feuer, und Zeit verging. Viel Zeit, in der niemand sprach, in der es nichts zu sagen gab. Und aus der Stille kam der Wunsch, so klar wie ein Schiffshorn. Deswegen sagte sie es: »*Fara þig ur.* Zieh dich auch aus.«

Er zögerte nicht, stand ein bisschen schwerfällig vom Bett auf und folgte ihrer Bitte, die auch sein Wunsch war.

Brynhild wurde überraschend neugierig. Sie wollte sich später – wenn es eine Gewohnheit und ein »Wie immer« gäbe – genau erinnern können, wie er zum ersten Mal ausgesehen hatte.

Auf den Ellenbogen gestützt sah sie ihm so genau zu, als wollte sie keine Kleinigkeit je vergessen. Seine Haut über den für immer verhärteten Muskeln vieler Kampfjahre war schon müde, das Haar auf seiner Brust so eisgrau wie die Strähnen in seinem Bart. Erst schien es ihr, als versuchte er, dieser besitzergreifenden Beobachtung auszuweichen, aber dann überraschte er sie, indem er sich ihr plötzlich ganz zudrehte. »Kannst du so alles gut sehen?«, fragte er, und sie wurde rot.

Aber sie nickte. Sie musste fast lachen, sie fand ihn schön. Er sah aus wie ein alter Baum, ein zu einem Baum verwunschener Krieger. Er sah aus wie ein Gedicht von versteinerten und müden Helden, die vom Tod vergessen wurden. Es war richtig.

Sie sah ihn überall an, nahm ihn mit den Augen in Gefangenschaft, fast wie Gunther es mit ihr getan hatte.
So würde er ihr gehören. Der Ungebrochene, dachte sie wieder, diesmal ohne Hass. »Ich sehe«, sagte sie.
»Gut«, sagte er sachlich, »dann weißt du ja jetzt, wer ich bin.«
Und dann lächelte er. Wer hätte Hagen von Tronje je so lächeln sehen, dazu nackt, sogar sein verschwundenes Auge unverdeckt? Sein Lächeln war weit und jung, frei, von umwerfender Sicherheit. Brynhild sah ihn bewundernd an.
Sie hatte ihn völlig unterschätzt, sie dachte immer an ihn als an einen alten Krieger. Aber er war auch ein Mann, dem die Zeit gerade egal geworden war. Hagen von Tronjes Mut hörte nicht bei sich selbst auf, verstand sie da.
Hagen setzte sich nackt auf die Bettkante und stützte sich neben ihr auf. »Bist du sicher?«, fragte er sie noch einmal.
»Ja«, sagte sie, »*en öðurvisi* – aber anders als vorher.«
»Ich auch«, antwortete er und legte sich zu ihr unter die Decken, weil es trotz des Feuers wirklich kalt war. Er tastete nach ihren Rippenbögen und schob die Hand langsam an ihrer Wirbelsäule hinab. Brynhild fuhr mit den Händen unter seinen Armen entlang und umfasste dann von hinten seine Schultern. Ihr war schwindlig, ihr Herz raste. Der Horror der gewaltsamen Nacht nach der Hochzeit flackerte in ihr wie ein Irrlicht. Sie wusste doch so wenig.
Sie hörte seine Stimme und entspannte sich.
Er flüsterte ihr ins Ohr: »Keinen Kampf, ja? Lass uns keinen Kampf daraus machen, wer stärker ist.« Sie nickte stumm, nicht sicher, ob sie wusste, was er meinte, und schloss ganz fest die Augen.
»Ich will hier weder gewinnen noch verlieren«, raunte die

Wolfsstimme weiter. »Ich glaube, das hier kenne ich noch gar nicht.«
»Ja.« Sie zog ihn halb über sich und fing an ihn zu küssen auf die scheue Art, wie eben am Fußende.
»Brynhild«, flüsterte Hagen gegen ihre Lippen. »Mach die Augen auf. Mach die Augen auf, damit ich weiß, dass du hier bist.«
Sie sah ihn an, überwältigt von der Erkenntnis. »Ich bin hier«, wollte sie sagen und konnte es nicht. »Nach all dem, was war, bin ich immer noch hier.«

Für einen Augenblick hielt die Zeit an.
Es war in diesem Moment, dass die Brynhild hervortrat, die sie immer schon hätte werden sollen.
Sie war weder an ihrem Alter erwachsen geworden noch an ihrer Gier, noch an ihrem Schmerz, nicht einmal im Leid dieses ungeheuerlichen Verrats, der an ihr begangen wurde. Erst jetzt trat sie hervor, wie sie war.
Wütend, unbeherrscht, querköpfig, starrsinnig – aber groß dabei, nicht nur stark. Brynhild hatte sich selbst als Frau zur Welt gebracht. Sie sah Hagen überrascht an, als hätten seine Worte sie aus der Dunkelheit der letzten Zeit ans grelle Licht gezerrt.
»Was ist los?«, fragte er leise. Er stützte sich auf.
Brynhild schnaubte kurz.
»Was?«, fragte er, ein wenig beleidigt. Lachte sie ihn aus?
»Ég er hér!«, sagte sie. *»Skilþ þu meg?«* Sie legte ihm die Hand voller Zärtlichkeit an die Wange. Bitte, versteh mich, sagte ihre Haut zu seiner.
»Wenn du langsam sprichst«, sagte er, noch immer abwartend.
Brynhild holte Luft. »Ich bin nicht freiwillig hier«, erklär-

te sie. »Ich wusste nicht, wo Siegfried mich hinbringen würde. Ich dachte, er wäre der König.« Sie machte eine Pause und fragte: »Verstehen?« Hagen nickte. *»Vel«*, fuhr sie fort. »Ich wusste nicht, dass ich Gunther heiraten sollte, aber es gab keine Möglichkeit zu fliehen. Und dann konnte ich nicht mehr. Seit dem Sommer ging es mir sehr schlecht. Ich dachte, ich bin nicht mehr hier. Gar nicht mehr.« Ihre Finger strichen durch seine Haare, die Flügel von Odins Raben.

»Ich wollte dich benutzen, um zu fliehen. Aber jetzt will ich dich nicht benutzen. Jetzt will ich nicht mal mehr fliehen. Ich will hier sein, bei dir.« Sie versuchte es in seiner Sprache. »Ich will hier sein. Ich will nur hier sein.«

Dann küsste sie ihn endlich richtig, ohne diese mädchenhafte Scheu, ohne die Angst vor den Wunden, die unter dem Vergessen lauerten. Sie wollte nicht mehr vor sich oder vor dem Leben beschützt werden, das das ihre werden sollte.

Sie küsste ihn, ohne eine Wahl zu haben. Der Plan der Götter war aufgegangen, wie alle Pläne der Götter immer aufgehen, gegen unser Wollen, ohne unser Planen, jenseits unseres Verstehens.

Und es war wie zur Erschaffung der Welt, Feuer stieß auf Feuer. Glut verschlang Glut, aus der Hitze kam der Funke des Lebens, dessen, was sein musste.

Brynhild, die nichts gewusst hatte von sich, erweckte in diesen Küssen Hagen, der nichts hatte wissen wollen von sich.

Es war das Licht der Erkenntnis, das sie beide überwältigte. Es hatte nichts mit der kurzen Hitze zu tun, die Männer und Frauen überall auf der Welt für wenige Stunden zueinander treibt. Mit der Gier, die Menschen vorher denken

lässt, es wäre unglaublich wichtig, und nachher, es wäre ein Fehler.
Was in diesem Bett zu dieser Zeit geschah, war das einzige Richtige, das Einzige.
»Hagen«, sagte sie irgendwann, aufgelöst unter seinen Händen, erschaffen aus seinem Atem.
Und er fragte: »Was?«, aber sie antwortete nicht, sagte nur wieder und wieder seinen Namen, leise murmelnd wie eine verzauberte Quelle direkt neben seinem Ohr, bis er es wirklich glauben konnte, dass sie ihn meinte.
»Hagen«, flüsterte sie weiter und weiter, folgte endlich dem Plan der Götter, der Bestimmung ihres Lebens, dem Weg in ihr Glück und in ihr Verderben, dem einzigen Weg, den es von nun an geben würde.
»Ich weiß«, antwortete er schließlich, als sich die Stille über sie senkte.
Und sie wusste es auch.

Yenkas Ring

Hagen döste auf dem Bauch liegend, Brynhild war halb gegen seinen Rücken geschmiegt wie ein rückwärtiger Schildpanzer, ließ sich von seinem schläfrigen Atem heben und senken, die Zudecken und verrutschten Felle warm auf ihrer nackten Haut. Sie war angefüllt mit fast schon hellsichtiger Klarheit. Jeder Atemzug dieses fremden, ewigen Mannes trug sie weiter auf neues Verstehen zu. Dieses Jetzt. Dieses neue Jetzt, so ernsthaft, so allgegenwärtig, so heiter. Jetzt – auf Hagens Rücken war sie erschreckenderweise nur eine Frau mit ihrem Geliebten. Was hieß das, wenn sie abermals vergaß, wer sie war? Oder herausfand, wer sie war?

Wer war Brynhild, die gedacht hatte, stark zu sein. Der Schwache hatte sie durch Kraft zerstören wollen. Der Starke hatte sie durch Hingabe neu erschaffen.

»Minn úlfur«, flüsterte sie lautlos, in ihrer Sprache, mein Wolf.

Mit dem Erwachen aus der großen Erkenntnis kamen die kleinen Fragen. Ob er es auch so empfand, dass etwas ganz neu war?

Was dachte er sich hinter seiner vernarbten Stirn? Hatte er sonst eine Frau, wenn auch nicht hier am Hof? Der Kampfgeist kam wie eine Welle zurück. Brynhild beschloss, dass sie jede Frau umbringen würde, die Hagen so anfasste, wie er sie anfasste, mit der er sich bewegte, wie er sich mit ihr bewegt hatte. Seine linke Hand zuckte im Schlaf. Sie wollte ihn haben, für immer. Sie wollte ihn auf eine Art und Weise besitzen, so vollkommen, so absolut und verschlingend, dass es ihr selbst anmaßend vorkam.

Da verstand sie, dass es Liebe war, was sie fühlte. Die Liebe, von der ihre Mutter zu ihr gesprochen hatte, das Zeichen ihrer Ahnen, das endlich und spät auch in ihr erwacht war. Eine Ahnenreihe der unwahrscheinlichen Lieben: der alte Vymanrik und Yenka, Ylva und Hver, der aus dem Wasser kam, die wüste Laila und Auslís, der Dichter, Svenke und Ylva, die in die Arme ihres späteren Mannes geboren worden war – Brynhild, die Verschleppte, und Hagen, der Held des Südens, setzte sich nun die Reihe ihrer Ahnen fort. Was für eine Überraschung!

Brynhild lächelte unter Tränen. Nach dieser ganzen Irrfahrt war sie nun endlich angekommen.

Sie liebte. So war das also. Wer hätte gedacht, dass es sich so anfühlte. Sie verstand, was die Götter ihr ewig hatten zeigen wollen.

»Hörst du mich?«, fragte Hagen mit einem Mal, seine Stimme klang so wach, als hätte sie sich seinen Schlaf nur eingebildet. »Ja«, antwortete sie, gespannt und ängstlich in einem.

Er bewegte sich vorsichtig, dass sie von ihm herunterglitt. Dann drehte er sich, ihr zugewandt, auf die Seite.

»Nichts hat mich je mehr überrascht«, sagte er langsam.

Sie nickte, erleichtert, dankbar, gierig auf jedes seiner Worte, ängstlich, nicht alles zu verstehen.

»Ich bin niemand, der sich überraschen lässt«, sprach er weiter, immer langsam, damit sie ihn verstand. Sie lächelte und legte spielerisch den Finger auf sein vernarbtes Auge.

Er ließ sie. »Nicht mal da wirklich«, antwortete er auf diese Geste und lächelte zurück. »Wir müssen uns überlegen, was wir tun.«
Für sie gab es nichts zu überlegen.
Brynhild dachte nicht mehr an die Flucht, die die Ursache für dieses Zusammentreffen gewesen war. Sie dachte nicht an zu Hause oder an Fremde. Sie dachte auch nicht an Morgen. Sie dachte zum ersten Mal in ihrem Leben nur wie eine von der Liebe vollkommen überwältigte Frau. Und wieso sollte Brynhilds Liebe auch nur einen Deut sanftmütiger sein als ihre sonstigen Empfindungen. Sie musste wissen, wer Hagen war.
»Hvaða kona?«, fragte sie todernst.
»Was?« Er zog die Augenbrauen zusammen. Sie wusste, er musste sie verstanden haben. »Welchem von Frauen?«, versuchte sie es im Burgundischen. »Welchem ist deiner?«
Sie kletterte mit einem Ruck auf ihn und legte ihm scherzhaft und zugleich ganz ernst die Hände an den Hals, als würde sie ihn erwürgen. Er wehrte sich kein bisschen. »Welchem?«
Sein linkes Auge sah sie mit einem seltsamen Ausdruck an. Sie fühlte sich lächerlich und ließ seinen Hals los, aber sie würde sie dennoch umbringen wollen. Alle beide, ihn zuerst, wenn er zu dieser jämmerlichen Ziege zurückginge, wer immer sie wäre.
»Brynhild, ich hab dir doch gesagt, du sollst die Augen aufmachen«, er war wieder ganz dunkel in der Stimme.
»Hast du mich mal angesehen, hm?«
Sie schluckte, das Herz schlug ihr in der Kehle.
»Ja«, entgegnete sie trotzig.
»Dann verstehe ich die Frage nicht«, sagte er. »Ich bin schon vor zehn Jahren ein alter Mann gewesen. Was Frauen angeht.

Und vor dreißig Jahren bin ich schon ein Einäugiger gewesen, ein entstellter Einäugiger. Und mein ganzes Leben bin ich einer gewesen, der einen schlimmen Ruf hatte.«
Für Brynhild waren all das keine Gründe.
Im Rausch ihrer gerade entdeckten Liebe für Hagen von Tronje konnte sie nicht begreifen, dass all diese Aufzählungen nicht im Gegenteil Vorteile für die schafsköpfige Damenwelt hier am Hof waren. Vielleicht war er ein bisschen alt, aber das hieß nichts.
Storri, Auslís, so viele Helden ihrer Heimat waren ein bisschen alt gewesen.
Der berühmte König Wéttli der Furchtbare war vierundsiebzig gewesen, als er in einem Jahr sieben Töchter zeugte. Das wusste zu Hause jedes Kind. Auch dass Wéttli der Furchtbare jedes Mal listenreich verführt worden war! Manche nannten ihn deswegen nur noch Wéttli den Fruchtbaren, aber nur hinter vorgehaltener Hand. Und hässlich war Hagen schon gar nicht, Brynhild hätte bei entsprechender Begabung, die sie nie gehabt hatte, auf der Stelle Lieder auf Hagen gedichtet oder bei entsprechendem Wohlstand, wenn sie noch zu Hause wäre, ein Dutzend Dichter bezahlt, Lieder auf Hagen zu dichten.
Auf seine Hände, auf seine Schultern, seine Stimme, seinen Rücken, seine Füße, sein wunderbares verbliebenes Auge. Wen interessierte schon, ob eines fehlte, solange das andere so schön war? Er fasste sie bei den Ellenbogen und zog sie näher an sich heran. »Es ist lange her, mit den Frauen, viele Jahre«, sagte er. »Ist das denn jetzt das Wichtigste?«
Sie wusste, es sollte nicht das Wichtigste sein, ihrer beider Hochverrat wäre wichtiger, wie es weiterginge, wäre wichtiger, aber sie konnte nichts dagegen machen.
Am liebsten wäre es ihr gewesen, wenn er gerade hier in

ihrem Bett erst seine Unschuld verloren hätte, wurde ihr klar, auch wenn das ein durch und durch absurder Gedanke war.

Schließlich besann sie sich und schüttelte den Kopf.

So ging es nicht. Er hatte gesagt, es sollte kein Kampf sein, und er hatte Recht. Brynhild sah diesen einen Augenblick. Und dann war ihr alles ganz klar. Alles Denken und Planen der letzten Wochen war ihr nie so klar gewesen wie das, was sie gerade verstanden hatte.

Voller Entschlossenheit zerrte sie den goldenen Ring mit dem eingeflochtenen Wolfshaar von ihrem Finger, ihre letzte Verbindung mit der Heimat, ihre »Möglichkeit«, wie sie sich in der wortlosen Verzweiflung der letzten Monate ständig vorgesagt hatte. Brynhild wusste noch nicht, wie, aber sie wusste, es würde neue Möglichkeiten geben. Möglichkeiten mit Hagen, durch Hagen.

Yenkas Ring glänzte matt im Schein des erlöschenden Feuers.

»*Þetta er handa þer*, das ist für dich.«

Sie probierte ihn vergeblich auf all seinen Fingern, so breit und hart vom Kämpfen, bis er am kleinen Finger der linken Hand gerade so passte.

»Was ist das?«, fragte er und hielt die Linke hoch. Er wusste sofort, dass es nicht nur irgendein Ring war.

»*Það er ég*«, antwortete sie schlicht. »Das bin ich. Mit diesem Ring soll ich nach meinem Volk um Hilfe schicken, wenn ich sie brauche. Oder wenn ich zu ihnen zurückkehre, dann würden sie mich an diesem Ring überall erkennen. Damit wäre ich wieder Königin.«

»Und du gibst ihn mir«, sagte er ruhig. Das war keine Frage, es war eine Feststellung. Sie nickte.

Er sah ihr ins Gesicht. Das, worauf er, ohne es zu wissen,

all diese Jahre gewartet hatte, war zu ihm gekommen, besiegelt im Versprechen dieses Rings, der das ganze Leben einer Frau war.

Liebe, dachte Hagen und verstand. Er hatte das Wort Liebe nicht gedacht vorher, er hatte sich vor ihm und seinem Gefolge sorgsam versteckt. Aber nun musste er gegen dieses Wort antreten, wissend, dass es ihn besiegen würde – dass er chancenlos war gegen dieses Wort und was es mit sich brachte.

Es gab einen Ort in ihm, in dem er seine Zärtlichkeit gehortet hatte, ganze Länder voller Sehnsucht und Verlangen, Dienst und Herrschaft. Er hatte sie versteckt und versperrt, ebenso wie seinen Wunsch zu helfen, zu schützen, da zu sein, jemandem zu gehören. Er selbst hatte diesen geheimen Ort sein Leben lang kaum je betreten. Manchmal hatte er die Schlösser vor seiner Tür verstärkt, wenn es sein musste. Aber nun war diese Tür geöffnet worden, aufgesprengt, und die Liebe strömte heraus wie flüssiges Gold.

Hagen warf seine Waffen fort, alle, und seine Rüstung, seine Vorsicht, seine Wachsamkeit, seine Genügsamkeit.

Da stand er nun und beugte das Knie vor der Liebe. Hagen von Tronje wusste, dass er für immer gefangen genommen worden war.

Es ist dies, das meine Eltern zu wirklichen Wundern machte, dass sie die Liebe aushielten, als sie ihr ins Gesicht sahen, so überraschend es auch kam für beide.

Hagen sah den Ring an.

»Solange ich lebe, werde ich ihn nie wieder abnehmen«, versprach er. »Weißt du, was das heißt?« Brynhild nickte wieder.

»Dann müssen wir uns jetzt wirklich etwas einfallen lassen«, sagte Hagen.

»*Nei*«, flüsterte Brynhild in das Ohr neben dem fehlenden Auge. »Nein?«, fragte er nach, so ernst und feierlich.
»Wir müssen machen, was du nicht kann.«
»Was ich nicht kann?«
»Überraschen – *glata höfuðið*«, sie küsste ihn, und sie fanden sich wieder unter den Fellen und dem zärtlichen Bann ihrer neuen Wahrheiten.

Hin und wieder in dieser Nacht fühlte Brynhild im Dunkeln den Ring an seiner Hand. Immer war er ein Versprechen, aber immer hallten in diesem Versprechen auch drei Worte wider, die sie beunruhigten. »Solange ich lebe«, hatte er gesagt.
In dieser Begrenzung lag eine Schattenseite ihres Glücks, zeigte ein Ende auf der gerade begriffenen Unendlichkeit ihrer Gefühle, das sie nicht ansehen wollte.
Schließlich träumte sie, dass eine kleine weiße Hand ihr den Ring vorhielt, keine Frauenhand, aber auch zu fein für die eines Mannes. Und dann sah sie voller Schrecken, dass der Ring an Hagens abgetrenntem Finger steckte.
Sie schrak auf und weckte Hagen gleich mit.
»Außer mit dem Auge, bist du mal verletzt worden?« Sie musste drei Mal fragen, weil sie es nicht so herausbekam, dass er sie verstehen konnte.
»Paar Kratzer, sicher«, murmelte er und rieb sich mit der Hand, an der er den Ring trug, die Stirn.
»Nein«, sie sah das Bild immer noch mit so unwillkommener Deutlichkeit vor sich. »*Sárner*. Richtige Wunden?«
»Was hast du denn?«, fragte er besorgt, weil er hörte, dass die Furcht in ihrer Stimme echt war.
»Sag es doch!«, drängte sie ihn. »Seit dem Auge, bist du jemals schlimm verletzt worden?«

»*Uppáhald*«, überraschte er sie mit einem Kosewort aus ihrer Sprache. »Liebling, ich bin Hagen von Tronje. Falls du es nie gehört hast – ich bin unbesiegbar. Der Einzige, der mich im Kampf so richtig schlimm treffen könnte, bin ich selber.« Er lachte. Es sollte lustig klingen, und sie tat ihm den Gefallen und lachte auch darüber, aber sie fand es nur schrecklich.

Bis zum Morgen lag Brynhild nun wach an seiner Schulter und lauschte seinem Atem. Sie hielt die Augen geöffnet, damit das Glück nicht einfach durch die Tür verschwand.

Als er schließlich gehen musste, verbog sie anschließend den Schürhaken, um die Trennung auszuhalten. Er hatte versprochen, dass er wieder käme, sobald es nur ginge, aber sie bekam schon keine Luft mehr, als er die Tür hinter sich schloss.

In diesen ersten Stunden und auch noch oft an den Tagen danach schob sich die ungerufene Erinnerung an die fremde Hand aus ihrem Traum, die seinen abgetrennten Finger hielt, mit furchtbarer Deutlichkeit in ihr Bewusstsein.

Eine Hand, die weder zu einem Mann noch zu einer Frau gehörte, aber unerträglichen Schmerz und ewiges Unglück brachte, so viel war sicher.

Verstecken und Finden

Das große Ereignis, das für Brynhild und Hagen die Welt verändert hatte, blieb dank der Umsicht des einen und der andauernden Gefangenschaft der anderen tatsächlich ein Geheimnis.

Wenn es nicht Hagen gewesen wäre, ich glaube nicht, dass es gelungen wäre, von niemandem entdeckt zu werden, bestimmt nicht. Aber Hagen kannte jeden Winkel der Burg, und er konnte in jedem Winkel verschwinden, wenn er irgendwo einen Knecht oder andere Herren hörte. Er fürchtete sich trotz Rikchens Einsatz bei Gunther, dass dieser sich am Ende bemüßigt fühlen könnte, Brynhild einen Begattungsbesuch abzustatten. Besonders als Siegfried eines frostklirrenden Morgens in die Halle wirbelte und verkündete, dass seine Krimhild schwanger wäre, hielt er den Atem an. Aber Gunther, trotzdem er wusste, dass dieses Kind, falls es ein Sohn wäre, seinen Thron erben würde, freute sich mit seinem Schwager wie über alle Heldentaten, die dieser bislang für ihn vollbracht hatte.

Er hieb ihm auf die Schultern und lachte: »Gunther soll er heißen.« Es war das erste Mal, dass der, der von mir vergessen worden ist, beim Namen genannt wurde. So mancher hätte denken können, Gunther würde nun nachziehen wollen, schon aus Gründen der Macht.

Rikchen jedoch leistete ganze Arbeit, Gunther fühlte weder

Verlangen, noch hatte er die Kraft, sich seiner eigenen Gattin zu widmen. Als er diesbezüglich einmal mit Rikchen sprechen wollte, brach sie in lautes Schluchzen aus, erinnerte an das Schicksal der armen Kudrun und schwor – leider etwas unbedacht bei Thor, dass sie ebenfalls sich dem Rhein in die nassen Arme werfen würde, sollte Gunther sie derart verraten.

»Ja, aber Rikchen, früher oder später muss ich doch. Wir brauchen doch einen Erben!«, jammerte Gunther und streichelte seiner weinenden Geliebten das zerzauste Haar. »Aber noch nicht jetzt, bitte«, heulte Rikchen, und Gunther versprach ihr, was sie wollte, nur damit sie nicht mehr weinte. »Ich kann das gar nicht haben, wenn du weinst«, flüsterte er, als sie getröstet auf seinem Schoß saß, und war mitgenommen von seiner eigenen selbstlosen Empfindung, von der er ahnte, dass sie ihn zu einem verfeinerten Menschen machen könnte.

Hinzu kam, dass Magister Conradus nun oftmals eindringlich über die Bekehrung des Augustinus predigte, einem ausländischen Mann mit einer fürchterlichen Mutter, der sich – obwohl verlobt und später auch verheiratet –eifrig der ehelichen Keuschheit befleißigt habe.

Das Beispiel dieses Fremden machte zwar keinem der Herren in Burgund Sinn, aber dem Kaplan war durch Boten eine große anonyme Spende zugegangen, verbunden mit der Bitte, doch in der nächsten Zeit recht viel von dem Herrn Augustinus und seiner Keuschheit zu sprechen. Magister Conradus vermutete (fälschlich) Frau Uote als Auftraggeberin und predigte inbrünstig. In der Kirche des weißen Christus spricht man viel über Keuschheit und deren Gegenteil, fragt mich nicht, warum.

Worms allerdings verlebte auch den Rest dieses Winters alles andere als keusch.

Hagen schlich jede Nacht zu Brynhild, auch in den Nächten, an denen er sich aus Sicherheitsgründen oder zur Überprüfung der eigenen Willensstärke fest vorgenommen hatte, nicht zu ihr zu gehen. Er spukte durch die Gänge, jedes Mal von größerer Hast und Sehnsucht getrieben, die sich trotz der Gewissheit ihrer baldigen Erfüllung nicht bezähmen ließ. Sobald sich die Tür hinter ihm schloss, fielen die beiden einander an, als schnappte eine Falle zu.

Die Gefahr und Begrenztheit ihres Zusammenseins machte es einfacher und schwerer zugleich. Brynhild lernte die Sprache der Burgunden schneller, als sie es je für möglich gehalten hätte. Sie hatte ein Ziel: alles herauszufinden, was es über Hagen zu wissen gab. Die drei Mägde, die ihr zugeteilt waren, hatten ihre Aufmerksamkeit in dieser Sache unglücklicherweise noch erhöht. Hiltruod nämlich, da sie meinte, nun ein Thema gefunden zu haben, durch das sie sich bei ihrer Herrin eine Vertraulichkeitsstellung erwerben könnte, berichtete Brynhild, dass Hagen alle paar Wochen seit Jahren schon für einige Tage verschwinden würde – wohin wusste niemand.

»Er geht weg?«, fragte Brynhild nach, schwach in den Knien, als Hiltruod ihr diesen Tratsch zutrug.

»Alle paar Wochen«, plapperte Hiltruod, »meistens bei Vollmond. Man weiß ja nicht, wo er hingeht, aber vermutlich geht er zu den Heiden.«

Brynhild sorgte sich nicht einen Deut um Heiden, von denen sie bei ihren morgendlichen Lektionen nun eine Menge gehört hatte.

Sie sorgte sich ausschließlich um Heidinnen. Ihre Versuche, aus Hagen über seine Vergangenheit mehr als freundliche

Abwehr herauszulocken, waren samt und sonders gescheitert. Was seine Gegenwart anging, war er auch nicht viel gesprächiger. Er berate den König, behauptete er, mehr nicht.
»Ja, aber, was machst du?«, bohrte Brynhild nach.
»Ich stehe auf, ich wasche mich, ihr rasiere mich, ich ziehe mich an, ich frühstücke«, kam es von Hagen. Machte er sich lustig über sie?
Bevor er ihr auch noch erzählte, wie er sich auf sein Mittagessen und das Waffentraining der jungen Krieger vorbereitete, winkte Brynhild ab und beschloss, es selbst herauszufinden.
Sie freundete sich mit Krimhild an, die das schon gar nicht mehr erwartet hatte. Siegfried riet zwar von einer solchen Verschwesterung ab, aber Krimhild war glücklich.
»Brynhild ist doch so einsam hier«, seufzte sie mitfühlend.
»Ja, und? Ich bin auch einsam hier«, schnauzte Siegfried und ging weg, was seine Frau verwirrte und mit Schuldgefühlen belud.

Krimhild stickte gerade an einer Decke für das erwartete Kind, als Brynhild sie besuchen kam.
»Wir gehen spazieren?«, forderte Brynhild.
»Ja? Es ist doch so kalt heute.« Krimhild lächelte. Ihre Schwägerin, abgehärtet von ewiger Feuchtigkeit und den Winden des Nordens, schnaubte. »Nicht ist kalt. Wird Frühling.«
Krimhild ergab sich, und so gingen die beiden zunächst zu den leeren Gehegen. »Wo wohnt Gernoth?«, fragte Brynhild.
»Gernoth? Ja, bei den Männern, oder?«
»Wo ist bei den Männern?«
Krimhild musste lachen. »Ja, also, Brynhild, weißt du, das

weiß ich gar nicht so genau. Ich habe doch immer nur im Frauentrakt gewohnt.«

»Jetzt schon lange nicht«, sagte Brynhild gereizt. Sie verstand nicht, dass Krimhild sich einfach für nichts um sie herum interessierte. Sie verstand überhaupt nicht, wie diese Frauen lebten. Sogar Frau Uote, die doch die Gattin des vormaligen Königs gewesen war. Man hätte Großmutter Laila mal irgendwo einschließen sollen und ihr sagen, dass sie nur an hohen Feiertagen herausdürfe! Immerhin war Krimhild nach einigem Überlegen in der Lage, Brynhild die Richtung anzudeuten, in der die Männer vermutlich alle ihre Schlafquartiere hätten. Damit hoffte Brynhild, wenigstens einen Schritt weiter gekommen zu sein.

Es wurde bald Vollmond, und Brynhild plagte sich mit dem Gedanken, ob Hagen einfach verschwinden würde. Sie traute sich nicht, ihn danach zu fragen, weil sie fürchtete, dass er ihre vielfältigen Nachfragen nicht begrüßen würde. Insgesamt redete er nicht viel von sich. Als sie gefragt hatte, wie sie sich Gunther vom Leib halten sollte, hatte er nur gesagt: »Ich hab mich schon gekümmert.« Und als sie fragte, wie lange das anhalten könnte, hatte er geantwortet: »Das findet sich dann.«

Schließlich, an einem sich neigenden Nachmittag, hielt sie es nicht mehr aus. Sie nahm sich einen gewebten Mantel und spähte auf den Gang. Sie sah niemanden. Leise machte sie zwei Schritt in Richtung der Tür. »Braucht Ihr etwas, Herrin«, blökte da die Stimme von Gunthers Kammerherrn, der eine Leibschüssel vor sich trug.

Brynhild schüttelte den Kopf und versuchte ein Lächeln: »Ich gehe noch mal zur Kirche«, behauptete sie.

»Da solltet Ihr aber nicht allein gehen«, tönte der Kammerherr und wollte die Frauen rufen.

»Nei, nei«, winkte Brynhild schnell ab. »Ich gehe beten«, log sie aufs Neue und versuchte, fromm auszusehen, dazu schlug sie die Augenlider nieder und zog die Mundwinkel nach unten. So sahen die anderen frommen Frauen fast alle aus.
Sie huschte fort, bevor der Kammerher ihr noch eine der Mägde mitschicken konnte. Leise schlich sie sich durch die Gänge. Entsetzt stellte sie fest, dass sie so viele Teile dieser Burg überhaupt noch nicht kannte. Aus Versehen landete sie sogar in der Küche, aber Ruomold hatte gerade wegen eines verbrannten Hammels einen Tobsuchtsanfall bekommen und schrie seine Küchenjungen zusammen, deswegen achtete niemand auf sie.
Sie zog die Kapuze noch weiter ins Gesicht und ging mit gesenktem Kopf, dicht an den feuchten Mauern.
Einer Eingebung folgend, schlich sie in sicherem Abstand einem Knecht nach, der einen Krug Wein trug. Der Knecht bog in einen kleineren Nebengang ab. Brynhild versteckte sich hinter einer Säule. Nach einiger Zeit kehrte der Knecht ohne Wein, dafür aber mit schlammigen Stiefeln beladen wieder, es waren mindestens sechs Paar, die ihm ständig durch Arme und Hände rutschen wollten.
Der Knecht fluchte leise und sah Brynhild überhaupt nicht. Mit klopfendem Herzen bog sie in den Nebengang ein. Vier Türen. Sie lauschte an der ersten. Nichts. Leise drückte sie dagegen.
Es war eine Waffenkammer. Sie lauschte an der zweiten und hörte Gernoth auf irgendjemanden einschwatzen. Sie verstand nicht genau, worum es ging, aber das konnte sicher nicht Hagens Zimmer sein. Er würde Gernoth nie so mit sich reden lassen.
Die nächste Tür war verschlossen. Brynhild war sehr aufge-

regt und sehr verzagt. Sie beschloss, es an der letzten Tür zu probieren und dann aufzugeben. Wütend redete sie lautlos vor sich hin, dass er dann eben an Vollmond wegreiten und sie allein lassen müsste, wenn er das für unbedingt notwendig hielte. Wer glaubte er denn, wer sie sei, ihm so hinterherzuschleichen, wie ein – … Die letzte Tür ging auf. Es war ein dunkles kleines Vorzimmer mit nur einer Truhe darin. Weiter hinten, fast unsichtbar in der Dunkelheit, gewahrte sie noch eine Tür. Brynhild schluckte und tastete sich voran. Wenn sie nun irgendjemanden überraschen würde.

Es gab keine Erklärung für ihr Hiersein, die nicht lächerlich und unglaubwürdig wäre.

Ihre Fingerspitzen berührten das grobe Holz. Die Tür sprang auf.

Brynhild wusste sofort, dass es Hagens Zimmer war, sein Geruch nach Wald war überall. Sie stand in der Tür, mit noch heftigerem Herzklopfen als während ihrer gesamten Suche.

»Was machst du hier?«, sagte er ganz nah hinter ihr. Sie schrie auf und drehte sich hilflos einmal um die eigene Achse.

»Ich habe dich gesucht«, stotterte sie schließlich, weil es zumindest ein bisschen stimmte.

»Ich wäre heute Abend doch gekommen«, erwiderte Hagen, seltsam ungerührt, keine Freude in der Stimme. Brynhild zitterte, sie suchte nach Worten, aber noch mehr nach Erklärungen. Auf einmal kam sie sich nicht nur lächerlich, sondern auch schuldig vor. Sie hatte ihm hinterherspioniert, weil sie Angst hatte. Aber wie sollte sie ihm erklären, dass sie schon lange hinter ihm herfragte und versuchte herauszufinden, wer er war, wen er kannte, wo er hinging. Schließlich sagte sie gar nichts.

Da sprach mein Vater den Satz, der stets großer Gefahr vorausging: »Ich glaube, alle hier kümmern sich wohl am besten um ihre eigenen Angelegenheiten.«
Damit trat er zur Seite, um Brynhild vorbeizulassen, ihr einen Rückzug zu ermöglichen, der schlimmer war als eine Niederlage. So wird es niemanden verwundern, was ihre Antwort war: »Nein«, sagte meine Mutter.
Damit hatte Hagen nicht gerechnet. Wer sein Leben lang mit Erfolg andere einschüchtert, einfach nur dadurch, dass er auftaucht, der fängt an, Unterwerfung zu erwarten, egal wie sehr er die Gerechtigkeit sonst lieben mag.
»Ich gehe nicht weg«, bekräftigte sie. »Ich will endlich wissen, wer du wirklich bist.« Und ihre Unbeherrschtheit, ihre Eifersucht, ihr Jähzorn, alles zusammen ließ es sie riskieren, das Einzige zu verlieren, was jemals wichtig gewesen war, den Grund, der die Fremde erträglich machte und die Einsamkeit, das Verstecktsein und die Versklavung, die Unsicherheiten, alles.
»Ich will wissen, wo du herkommst«, herrschte sie Hagen an. »Ich will wissen, wer deine Ahnen sind und wieso du bei Vollmond verschwindest und warum du keine Frau am Hof hast!«
Hagen wankte, als traktierte ihn ein Sachse mit Axt und Schwert gleichzeitig. »Ich will wissen«, legte Brynhild nach, »warum du keine Freunde hast und ob Dankwart wirklich dein Bruder ist oder dein Sohn.« Dies hatte sie zu ihrem vollkommenen Entsetzen von Hiltruod gehört. »Und wieso du nirgendwo anders hingehst und stets an Gunthers Hof bleibst. Und –«, sie stockte. »Und überhaupt alles!« Königin Brynhild bebte. Sie starrten sich an, obwohl es viel zu dämmrig war, um sich eindrucksvoll anzustarren. Man musste schon die Augen zukneifen, um überhaupt gut

sehen zu können. Hagen ging schließlich an ihr vorbei in seine Kammer und sagte kein Wort. Er setzte sich auf sein Bett – wieso ein so breites Bett für einen allein?, argwöhnte Brynhild schon – und band seine Stiefel los. Brynhild schloss die Tür zu dem kleinen Vorzimmer, um noch einmal zu unterstreichen, dass sie keine Absicht hatte, sich zu entfernen. Dann setzte sie sich auf den Sessel, der vor dem Kamin stand. So konnte sie Hagen aber nicht richtig sehen. Sie zog an dem Sessel, um ihn umzudrehen. Die messingbeschlagenen Füße scharrten kreischend über den Steinboden. Brynhild fluchte leise. Schließlich saß sie und wiederholte:

»Ich will alles wissen!«

Hagen musste sie zur Kenntnis nehmen oder am Kragen packen und hinauswerfen, das hatte sie nun für sich entschieden. Er tat aber weder das eine noch das andere. Schweigen und noch mehr Schweigen.

Hagen wusste nicht, dass Brynhild trotz all ihrer lärmenden Ungeduld gelernt hatte, Schweigen auszuhalten.

Bevor die beiden Priester ihrer Heimat ihr endlich etwas über die Sterne beigebracht hatten, auf dem nächtlichen Plateau im Westen von Svenkes Hof, hatten sie die junge Brynhild in völlig überwölkten Nächten zum Lernen mit nach draußen genommen – zum Schweigenlernen. Ewig hatten sie unter den Wolken, oft genug auch im Regen gesessen und geschwiegen. Angeblich sagten die Priester unhörbar irgendwelche Beschwörungsformeln auf. Aber Brynhild war sich dessen nicht so sicher. Ein paar Mal hatte sie die Priester nämlich auch schnarchen gehört, und sie kannte keinen Gott, den man schnarchend anrief. Gewöhnt, eigentlich immer ihren Willen zu bekommen, hatte sich Brynhild bei Großvater Auslís über die wolkigen Schweigenächte beschwert. »Ich will Sterne sehen«, hatte sie gemault, »keine Wolken und keine schnarchenden Priester.«

Großvater Auslís hatte seiner Natur gemäß philosophisch geantwortet: »Vermutlich gibt es zwischen Sternen und Schnarchern einen tieferen Zusammenhang. Es ist eine Frage der Entfernung. Und eine Frage dessen, was man lernen will.«

Brynhild hatte mit dem Fuß aufgestampft.

»Ich will was über die Sterne lernen«, schimpfte sie.

Großvater Auslís verkniff sich ein Lächeln: »Es scheint mir jedoch ganz offensichtlich, mein Schatz, dass dein einziger Weg zu den Sternen über schnarchende Priester führt. Wieso nimmst du das nicht hin?«

So lernte eine zähneknirschende Brynhild, die Schnarcher und die Wolken und die Stille auszuhalten, und lernte etwas über die Sterne. Wie wichtig es war, auch etwas über das Schweigen gelernt zu haben, wurde ihr erstmals jetzt klar, als sie mit Hagen um die Wette schwieg.

Hagen redete schließlich als Erster. »Hier?«, sagte er, sehr gequält, sehr elegisch, als wäre er anderswo jederzeit bereit, ihr Rede und Antwort zu stehen – nur nicht in der Abgeschiedenheit seines Zimmers.

»Wo sonst?«, fauchte Brynhild. »Ich darf nur in die Kirche oder in den Garten. Ich hab mich weggeschlichen, um überhaupt hierhin zu kommen. Immer warte ich auf dich! Jetzt nicht.«

»Ja, aber hier!«, klagte Hagen abermals. Doch man hörte es schon in seiner Stimme bröckeln wie eine Phalanx unter dem Sturmangriff hunnischer Reiter. Er wagte einen letz-

ten Versuch: »Warum willst du das wissen? Das nützt doch niemandem.«
Da tat Brynhild etwas, das sie weder von ihren Eltern noch von Storri, noch von Auslís oder sonst irgendwem gelernt hatte, der sich Mühe gegeben hatte, sie auf das Leben vorzubereiten.
Sie stand auf, ging zu Hagen hin und nahm seine rechte Hand in ihre. Er sah misstrauisch zu ihr auf. Dann legte sie die Hand, die er selbst schlaff hängen ließ, auf ihr Herz.
Sie wartete, bis das Misstrauen aus seinem Blick verschwunden war. »Ich will es einfach wissen«, wiederholte sie dann. »Aber das ist nicht das Wichtige.«
Sie zwang ihn durch weiteres Schweigen nachzufragen.
»Was ist das Wichtige?«, knurrte er schließlich.
Brynhild lächelte und streichelte die Hand auf ihrem Herzen. »Das Wichtige ist, dass du es erzählen musst.«
Hagen machte ein schnaubendes Geräusch.
»Ach so«, sagte er. »*Ich* muss?«
Sie nickte. »Ich bin jetzt du. Und du bist jetzt ich«, erklärte sie ihm sehr sanft, um das, was er versteckte, nicht zu sehr zu verschrecken.
»Und ich kann mit all diesem Ungesagten nicht leben.«
Er fühlte den Ring an seiner linken Hand und schämte sich für sein Zögern.
»Du hast Recht«, gab er dann zu. »Ich muss es erzählen.«

Wer Hagen wirklich war

Wenn eine Geschichte erzählt wird, die niemand danach jemals hören wird, herrscht immer ein Zauber. Die besten Skalden, die ich kennen durfte, nennen es den Zauber des Ewigen, denn was nur einmal passiert, ist ewig.

Auf seinem Bett sitzend, Brynhild vor ihm auf dem abermals kreischend verschobenen Sessel, erzählte Hagen von Tronje, *Högni Odinsson*, die Geschichte seines heimlichen Lebens.

Und Brynhild schwieg, belohnt, dass sich die Wolken verzogen und sie nun endlich Hagens Himmel sehen durfte, sich an seinen Sternen einen Weg suchen konnte, der direkt zu ihm führte – und damit auch zu ihr.

»Meine Ahnen«, begann Hagen, »mussten vergessen werden.

Mein Vater war Alderich von Metz. Er war kein Waldgeist und kein Dämon, falls du so was gehört hast. Er war einfach nur ein schlimmer Mann. Vielleicht auch nicht schlimmer als andere. Es ist nur so, dass man gegen Väter nichts machen kann. Jedenfalls nicht …« Hagen fuhr sich durch die Haare.

»Meine Mutter war Frau Sesebis von Franken, ihr Bruder ist der Markgraf Wisold. Wisold hatte nur Töchter gezeugt und fürchtete, dass Sesebis' Kinder ihm eines Tages den Thron streitig machen könnten.«

Deswegen tat Herr Wisold das Nächstliegende, da er die Schwester nicht einfach so ermorden konnte. Geschwister waren im Volk noch wichtiger als Ehepaare. Das Verschwinden von Sesebis hätte Unruhe auslösen können. Er verheiratete sie daher bei erster Gelegenheit an eben jenen Herrn Alderich, der angeblich Veteran der Römertruppen am Limes gewesen war. Als solcher hatte er Land verliehen bekommen, auf dem die Ochsen vor dem Pflug verhungerten. Die Sueben waren drei Mal in zwei Jahren drübergegangen, es waren eigentlich nur noch Wahnsinnige und Krüppel übrig. Nur wer zu schwach zum Fliehen war, blieb als Leibeigener des Herrn Alderich. Er wollte deswegen eine Frau mit Mitgift. Land hatte er schon, die Mitgift sollte es bebaubar machen.

Wisold wollte einen Schwager, der kein Land wollte und weit weg lebte. Man hatte Interessen, die sich trafen.

»Wenn Ihr sie gleich morgen mitnehmt«, hatte Wisold dem zufällig durch sein Gebiet streunenden Herrn Alderich mitgeteilt, »leg ich Euch noch was drauf!«

»Erst mal muss ich mich selber drauflegen«, röhrte Herr Alderich, »ich kaufe doch nicht die Katze im Sack.«

Was weder Wisold noch Alderich ahnten, war, dass Sesebis längst ihre eigene Flucht und Ehe geplant hatte. Sie hatte sich heimlich mit einem römischen Prätorianer verlobt, der desertiert war und sie in ein paar Wochen an verabredeter Stelle im Wald erwarten wollte. Als Sesebis mitgeteilt wurde, dass das Schicksal in Form ihres Bruders ihr einen anderen Gatten erwählt hatte, versuchte sie sich an einem ihrer Zöpfe zu erhängen. Eifrige Mägde retteten sie. Der Bruder erfuhr davon und lachte. »Da hätte sie mal früher drauf kommen sollen! Da hätt ich mir die Arbeit erspart.«

Herr Alderich aber forderte, dass er als Ehemann das Recht haben müsse, diesen beschämenden Ungehorsam zu bestrafen.
Wisold sah keinerlei Hinderungsgründe. »Sie gehört ja jetzt Euch, wenn Ihr Euch die Mühe machen wollt.«
Herr Alderich wollte. Er vergewaltigte Sesebis – »vierfach«, wie er noch lange später prahlte – und schnitt ihr die Zöpfe ab. Als sie am Morgen nach dem neuen Zuhause zogen, musste sie zu Fuß vor ihm hergehen, das Kleid bis zur Hüfte herabgezogen, die abgeschnittenen Zöpfe als Schlingen um den Hals, von Herrn Alderich mit einem Hanfseil verknüpft, das er auf einem von Wisolds Pferden sitzend in der Faust hielt. Hinter ihm trabte ein weiteres Pferd, beladen mit der Mitgift, bei der Wisold selbstredend geschummelt hatte.
Hagen wusste nie genau, wessen Sohn er wirklich war, er wünschte sich, dass der römische Prätorianer ihn gezeugt hätte, von dem Sesebis nie wieder etwas hörte. Aber es wäre doch eine zu lange Schwangerschaft gewesen, damit dieser Wunsch wahr sein könnte.
Aber Sesebis, die ihm diese Geschichte von klein auf erzählte – der Römer wurde immer schöner, tugendhafter, unwirklicher –, behauptete, es könnte gerade so sein.
Hagen hielt an dieser Hoffnung fest, je mehr er seinen Vater kennen musste. Herr Alderich hielt auf die alten Sitten.
Seine Leibeigenen bekamen nicht mehr als Grütze und Bier, wenn er sich neue Sklaven fing, die nicht zum Arbeiten taugten, ließ er sie nach dem Brauch opfern und sich seine Zukunft vorhersagen – immer wieder.
War die Vorhersage nicht nach seiner Zufriedenheit, opferte er so lange weiter, bis er etwas Gutes hörte. Die ersten Jahre, bis sein Hof fertig war, lebten Sesebis und Hagen in einer Kate aus Erde und Holz, wie die gewöhnlichen Bau-

ern, während Herr Alderich durch die Lande ritt und Gelder zusammenraubte. Dann ließ er einen Hof bauen, der seiner Natur nach sowieso ein Verlies war und auch so aussah. An Fensterscharten hatte er sehr gespart, die Halle war zugleich der Stall, und der Mörtel war noch feucht, als sie einzogen. Hier begann Herr Alderich, sich als Ritter zu etablieren. Er trieb ein wenig Handel, ließ sich aber hauptsächlich immer noch für Söldnerarbeiten anheuern und stellte sich gut mit den Herren vom Rhein, die manchmal durch seine Räuberschleuse zogen. »Es läppert sich«, verkündete Herr Alderich froh seiner bis zum Wahnsinn geschundenen Frau, die sich an ihren Sohn klammerte wie eine Ertrinkende.

Zwei Gäste waren für Hagens frühes Leben äußerst entscheidend gewesen. Der erste war ein Salierfürst auf der Durchreise.

Der Gastfreundschaft wegen bot Alderich ihm nicht nur Wein und Fleisch, sondern auch seine Frau Sesebis an.

»Sieht sie gut aus?«, fragte der Salier. »Im Dunkeln geht's«, antwortete Herr Alderich, und beide lachten dröhnend.

Hagen, inzwischen fünf, hörte das fiepende Weinen seiner Mutter die ganze Nacht hindurch. Alderich hatte ihn in einer Truhe eingesperrt, weil der Sohn Sesebis hatte beschützen wollen.

In der dunklen Truhe schrie Hagen sich heiser. Da kam Herr Alderich, öffnete den Deckel und herrschte seinen Sohn an, ruhig zu sein. Hagen trat nach ihm. Und so nahm Herr Alderich das Bein seines Sohnes, legte es zwischen Truhenrand und Deckel und ließ denselben darauf fallen, dass der Knochen brach. »Ist jetzt Ruhe?«, fragte er Hagen und sperrte die Truhe wieder zu.

In Hagens Augen hatte Herr Alderich jedoch etwas gesehen, was ihn auch nachfolgend beunruhigte. Er wollte ihn los

sein. Er konnte noch jede Menge Erben zeugen. Er fühlte sich stark und dachte, dass sein Tod noch Jahrzehnte auf sich warten lassen würde. Da kam der zweite Gast.
Ein merowingischer Bote kam, der viel von Rom, Ostrom und den Hunnen zu erzählen hatte. Er machte Alderich den Vorschlag, Hagen als Geisel bei den Hunnen unterzubringen, in diesen Tagen eine häufige Sitte. Im Fortlauf der allgemeinen Machtveränderungen konnte so etwas nur günstig sein. Nun war noch kein Hunne auf Alderich aufmerksam geworden, aber andere Herren, Burgunden, Merowinger, Childeringer, Salier und Alemannen, wollten ihre eigenen Söhne nicht gerne an den Hunnenhof schicken. Wenn man Hagen als einen ausgäbe, der er nicht wäre, setzte der Merowinger Herrn Alderich auseinander, könnte ein hiesiger Fürst viel dafür zahlen, dass Hagen nach Osten zöge.
Der Merowinger kippte Wein auf den Tisch und malte aus dem Wein zwei Flüsse. Der eine war der Rhein, den kannte Herr Alderich. Der andere war die Donau, den kannte Herr Alderich nicht. Die Aussicht, dass sein Sohn jenseits eines ihm bekannten Flusses als Geisel abzusetzen wäre, gewinnbringend, gegen hiesiges Gold, behagte Herrn Alderich sehr.
»Das ist doch die Lösung«, grölte Herr Alderich dem munteren Gast ins Ohr. »Weswegen machen das nicht alle so?«
Der Merowinger wusste darauf auch keine befriedigende Antwort. »Ich sag ja, Herr, Ihr habt einen seltenen Verstand!«
Insgeheim dachte er sich, dass dieser finstere Räuber hier nützlich sein konnte, wenn man mal Morde oder andere Missetaten ausüben wollte, für die sich andere Herren zu fein waren.

Der Merowinger versprach, binnen zwei Monaten wiederzukommen, mit Gold und einem Zug anderer Kinder, die man dann ebenfalls nach Osten verschicken würde.
»Wollt Ihr vielleicht noch meine Frau beschlafen?«, fragte Herr Alderich großzügig. Der Merowinger hatte das zitternde Wrack, das aus Frau Sesebis geworden war, schon gesehen und lehnte dankend ab. Er bediene sich lieber bei den Dorfmädchen, wenn ordentliche dabei wären.
»Gute Idee!« Herr Alderich stand schwankend auf. »Da komm ich gleich mit. Ich kenn wenigstens drei, die was können.«
In dieser Nacht versuchte Frau Sesebis ihr Kind zu ersticken.
Sie hatte gelauscht und hielt es für besser, dass ihr Sohn tot wäre, als zu den Hunnen verschifft. Lange stand sie mit einem Kissen in den Händen vor dem schlafenden Hagen und versuchte sich dazu zu zwingen, es auf sein Gesicht zu drücken. Aber sie konnte es nicht, auch wenn sie – das ganze Elend seines weiteren Lebens klar vor sich – nicht verstand, weshalb.
Schließlich schnitt sie sich eine Haarsträhne ab und packte sie mit einigen anderen Dingen in einen Lederbeutel, den sie Hagen um den Hals legte. Dann ging sie in die Halle und stürzte sich in Alderichs Schwert. Wer nicht weiß, wo er treffen muss, kann dabei Pech haben. Sesebis hatte im Leben nie wirklich Glück gehabt. Sie lebte noch, als ihr Gatte im Morgengrauen mit dem Merowinger zurückkam.
»Guck dir das an«, rief Alderich. »Nichts als Ärger mit dieser Frau. Von Anfang an.«
»Meine Fresse!«, rief der Merowinger. »Das kann einem wohl den Tag versauen.«
Sie waren unschlüssig, wer der röchelnden Sesebis das

Schwert aus dem Leib ziehen sollte. Der Merowinger fand schließlich, Herr Alderich als Ehemann sollte es tun, sonst käme am Ende noch eine gerichtliche Untersuchung auf ihn zu. Als Ehemann könnte er leicht sagen, dass er die Untreue der Gattin gerächt habe. Der kluge Gast erbot sich, vor Gericht auszusagen, dass Sesebis ihn hätte verführen wollen. »Was denn für'n Gericht?«, lallte Alderich, der nicht ganz folgen konnte.

»Der Wertverlust für die Sippe«, hickste der Merowinger und drehte Sesebis' zuckenden Körper mit dem Fuß so, dass er ihr Gesicht sehen konnte. »So alt war die doch noch gar nicht. Da können die klagen. Die hätte noch Kinder haben können.«

Herr Alderich zuckte die Schultern: »Glaub ich nich«, befand er. Die Familie wäre froh gewesen, Sesebis los zu sein. Da würde nichts nachkommen.

»Aber einer muss sie nun hinmachen«, beharrte der Merowinger. »Das geht sonst noch eine Weile.«

»Meinetwegen«, Herr Alderich zog an dem Knauf. Sesebis schrie leise und gequält, doch nicht mehr wirklich bei Bewusstsein. Das Schwert schabte über den Boden. Hagen stand in der Tür, fünfjährig, als er sah, wie sein Vater seiner Mutter die Kehle durchschnitt.

Der Merowinger mit den Kindergeiseln kam schon beim nächsten Vollmond wieder, eine Beschleunigung, die von Herrn Alderich begrüßt wurde, da er seinen Sohn fast nur noch in der Truhe aufbewahren konnte. Er wollte ihm nichts mehr brechen, weil er nicht wusste, ob das den Preis drücken würde, – und reine Androhung oder auch einfache Maulschellen und Hiebe nutzten bei seinem Sohn nichts mehr. Er konnte sich nicht erinnern, ob Hagen vorher je ge-

sprochen hatte, nun jedoch war außer Knurren und Schreien nichts von ihm zu hören.
»Den hat die Wölfin gesäugt«, flüsterte die Seherin, bei der Herr Alderich wegen seines unrühmlichen Sohnes einen Sueben opfern ließ, der ihm ins Netz gegangen war.
»Was siehst du noch, Vettel«, herrschte Alderich die Seherin an.
Die Seherin zog lange an Herz und Leber des Sueben, die vor ihr auf dem Tisch lagen, und kam zu einem bedenklichen Ergebnis.
»Bring ihn um, oder er bringt dich um!«
Herr Alderich fröstelte. »Ich schicke ihn zu den Hunnen«, vertraute er sich der Alten an. »Da bringt er mir Gold. Wenn ich ihn bloß umbringe, nützt er mir nichts.« Die Seherin starrte finster in das klumpige Suebenblut und wiegte den Kopf.
»Die Hunnen sind ewig weit weg«, versuchte Herr Alderich die Seherin zu überzeugen. «Hinter so Flüssen, die kennt kein Mensch.«
Sie schüttelte den Kopf: »Für den nicht weit genug.«
Doch die Gier nach dem Gold war für Alderich wichtiger als die Worte der Seherin.
Als der jämmerliche Kindertreck loszog, hatte Herr Alderich keine Worte des Abschieds für sein Kind. Er nahm den Beutel des Merowingers und drehte sich um.
Hagen blieb elf Jahre am hunnischen Hof, eine Geisel, die viele andere Geiseln kommen und gehen und bisweilen sterben sah.
Es ging ihm allerdings besser als jemals zuvor in seinem Leben. Wenn er nicht gewusst hätte, wer sein Vater wirklich war, er hätte denken können, Alderich wollte ihm durch die Verschickung eine Wohltat erweisen.

Er wohnte im Palast des Großkönigs, dem sogar Dampfbäder und Badezuber angefügt worden waren. Er aß von goldenen Tellern und schlief unter dem endlosen Himmel der hunnischen Steppe.
Er lernte Bogenkunst von den Skythen, Schwertkämpfen von den Petschenegen, Reiten von den Hunnen, Manieren und Griechisch von den Oströmern, Latein und Philosophie von den Weströmern, Ringen von den Goten und Axtwerfen von den Sachsen.
Mit vierzehn ritt er in seine erste Schlacht. Er tötete fünfunddreißig Männer an einem Tag, hörte kaum auf, als das Horn zum Ende blies. Der König ließ ein Lied auf ihn dichten. Mit fünfzehn führte er seine erste eigene Armee an.
Als er sechzehn war, stellte man ihn vor die Wahl, für viel Gold zu bleiben oder mit Pferd und Rüstung ausgestattet in seine Heimat zurückzukehren. Hagen zögerte keine Sekunde.
Der Hof überraschte ihn mit seiner ersten Uniform, blutrot, ohne Wappen, denn man wusste längst, dass er nur eine Austauschgeisel war, nicht der Sohn des Bischofs von Trier. Dennoch ritt er unter dem Namen Hagen von Tronje nach Westen.
»Einen Krieger wie dich soll der Tod lange vergessen«, sagte ihm der Großkönig warm, als er fortritt. Und der große Étešil, damals vier Jahre alt, starrte Hagen voller Bewunderung nach. Unter den Hunnen blieb er eine Legende.
Herr Alderich hatte sich derweil neu verheiratet. Da sich kein einziges Edelfräulein fand, dass man ihm geben wollte, raubte er Dorfmädchen, die er meist zurückschickte, wenn sie eine Tochter geboren hatten. »Könnt ihr denn überhaupt nichts!«, fluchte er hinter den Unglücklichen her.
Schließlich behielt er eine, die hieß Olwyn und hatte ein

widerstandsfähiges Naturell. Sie gebar ihm zwei Töchter, die Alderich noch mit der Nabelschnur erdrosselte.
»Wer braucht schon Weiber«, klagte er der Seherin über den Eingeweiden eines iberischen Wandermönches, der in Herrn Alderichs Wäldern unvorsichtigerweise eingeschlafen war.
Die Seherin hielt die Milz des Mönchs ans Licht:
»Du wirst bald einen Sohn haben. Und doch nicht haben.«
»Komm mir nicht wieder damit«, maulte Alderich. »Der ist weg und bleibt weg.«
»Den meine ich nicht«, antwortete die Seherin. »Du wirst einen anderen haben. Und nicht haben.«
Knapp ein Jahr später wurde Dankwart geboren. Olwyn war froh, dass ihr schrecklicher Ehemann ihn am Leben ließ. Alderich ritt Monate später auf die Jagd und verschwand auf immer, ohne eine Spur zu hinterlassen. Die Bauern behaupteten, er habe sich in einen Waldgeist verwandelt und lauere armen Leuten auf, die wildern oder kosen wollten. Die Seherin wusste es besser. Sie erzählte es auf der Ratsversammlung.
»Die Götter haben gehandelt durch einen, der uns fern gewesen ist«, begann sie wichtig.
Alderichs ferner Sohn wäre zurückgekommen. Auf einer Lichtung hätte er den tödlich erschreckten Vater zum Kampf aufgefordert und so schnell besiegt, dass es dem kampfgewohnten Alderich Todesangst eingejagt hatte. »Kennt Ihr mich noch?«, hatte sein Sohn gefragt, als er ihn band. Er hatte den Vater lange genug leben lassen, um ihm sorgfältig jeden Knochen im Leib zu brechen und ihm an ein paar Stellen, wo es am schmerzhaftesten war, die Haut abzuziehen. Alderichs Schreien, erklärte die Seherin, hatte niemand hören können, denn Hagen hatte ihm als Erstes

heißes Öl die Kehle hinuntergegossen, begleitet von ungestörtem Vogelsang.
»Ich habe viel bei den Hunnen gelernt. Dafür danke ich Euch«, waren Hagens einzige Worte an seinen Vater. Herr Alderich, der endlich dahinging, wurde an einem verrufenen alten Richtplatz stückweise an die Raben verfüttert.
Nur Herz und Leber brachte Hagen zu der alten Seherin, um sich die Zukunft voraussagen zu lassen.
»Du wirst groß«, prophezeite sie. »Du wirst Großes tun, und niemand wird es wissen. Du wirst ein Held sein, aber die Menschen werden dir dennoch den Rücken zukehren. Du wirst alles für sie tun, aber sie werden es nicht merken. Du willst dein Volk retten, aber du hast kein Volk.«
Der Siebzehnjährige nahm es ohne sichtbare Regung auf. Die Alte befühlte ausgiebig Alderichs Herz. Dann grinste sie. Gräulich verfärbte Zahnstummel standen klein und verschliffen zwischen ihren trockenen Lippen: »Und am Ende haben die Götter dann noch eine Überraschung für dich.«
Mehr sagte sie nicht, und er fragte nicht.
Niemand glaubte der Alten, als sie diese Geschichte erzählte.
Auf der Ratsversammlung schlug einer vor, man solle die Alte ersäufen und sich neue Götter suchen, der fand Gehör. Hagens Tat starb mit der Alten. Es blieben die Legenden vom Waldgeist mit dem ewigen Leben.

Hagen von Tronje hatte tatsächlich hohe Pläne in seiner Jugend.
Was er im Osten über Staatsführung gelernt hatte, dafür schienen ihm im nördlichen Westen die einfachsten Voraussetzungen zu fehlen.

Es gab keine wirklichen Städte, Rom war viel zu weit weg. Und wo Städte wuchsen, waren sie Handelsplätze, keine Orte politischer Macht. Die Franken versuchten sich zu Anführern am westlichen Rhein zu machen und benutzten die Völker im Osten als Puffer gegen Sachsen, Hunnen und Römer gleichzeitig.
Die Hunnen benutzten die Römer gegen die Oströmer, und die Römer benutzten die Hunnen gegen die Franken.
So benutzte jeder jeden. Lediglich die Sachsen wanderten wie mörderische Irrlichter zwischen allen hin und her und machten das Ganze nicht einfacher. Bei aller Plumpheit war die Zeit lächerlich kompliziert.
Es gab vor allem keine Fürsten, die sich einig gewesen wären, einen Staat zu formen. Jeder dachte nur an die nächste Schlacht, den nächsten Überfall, die Mörder in den eigenen Reihen. Hagen dachte lange, dass er einen Fürsten finden müsste, hinter dem sich die anderen einig gegen diese Bedrohung stellen würden.
Einen besonderen und zugleich anerkannten Fürsten, einen, wie er einer hätte sein können, wäre nicht Herr Alderichs finsterstes Blut in ihm.
Viele hatten das richtige Blut, aber leider keine Gefolgschaft.
Hagen gab trotzdem nicht auf.
Einen Staat zu gründen, wo eigentlich längst einer hätte sein müssen, wurde seine Besessenheit. Er zog nach Verona und nach Geneva, nach Ravenna und schließlich nach Tolosa, von wo er sich Walther auf dem Feldzug nach Lusitanien anschloss. Als er sein Auge verlor, wusste er schon, dass es mit dem Staat zu seinen Lebzeiten wohl nichts mehr werden würde.
Also ritt er zurück zum Rhein und beschied sich, im Klei-

nen weiterzumachen. Gibich war ihm dabei gerade recht gekommen.
Gibich hatte das richtige Blut – aber Ihr wisst ja schon, wer Gibich war, Ihr Fremden, da spare ich mir lieber den Atem. Worms war nur ein kleines Reich, aber es war ein Reich. Hagen blieb. Aber er gab seine Pläne nie ganz auf. Alle paar Wochen verschwand er – bei Vollmond, der Zeit der alten Ratsversammlungen – und suchte die Herren kleinerer Ländereien auf, um ihnen die notwendige Idee des staatlichen Zusammenschließens zu erklären.
Er redete ihnen zu, sich nicht gegen die Mönche zu wehren, die kommen würden. Der weiße Christus passte zu gut in die Pläne zu vieler, als dass er so bald wieder verschwinden würde.
Hagen bemühte sich, den Kleinfürsten zu erklären, dass mit dem weißen Christus auch Soldaten kommen würden, dass die Zeiten sich ändern würden und dass sie sich vereinen sollten, um gegen Sachsen, die Hungerarmee Theothmarichs oder auch die wieder aufmarschierenden Hunnen gewappnet zu sein.
Weil Hagen ein so großer Krieger war, hörten sie ihm wohl zu, aber er erreichte fast nichts. Er versuchte zu erklären, dass Gerichtssysteme besser wären als die nach Lust und Laune vollstreckten Urteile überforderter oder grausamer Gaufürsten. Dass selbst die Sachsen eine klare Rechtsprechung hatten, die Römer schon sowieso. Es nützte nichts. Das Volk, das er retten wollte, war kein Volk.
Er besuchte den glücklich verwaisten Dankwart hin und wieder, brachte seiner ebenfalls glücklich verwitweten Mutter Olwyn Gold, versprach, sich um Dankwart zu kümmern, wenn dieser so weit wäre, dass er ein Krieger sein könnte.

Hagen erinnerte sich an schöne Zeiten in Olwyns Haus. Traurige Lieder, Gelächter, Kindergeschichten, Dankwart, der ihn liebte.
Olwyn verheiratete sich irgendwann mit einem ehrgeizigen Gutsverwalter in der Nähe von Metz und brauchte Hagens Schutz nicht mehr. Der Gutsverwalter wollte aus Dankwart einen Beamten machen. Dankwart riss aus und wurde ein Krieger wie sein Bruder. Er kam nach Worms, obwohl er wusste, dass Hagen kein Gerede wollte.
Dann flossen die Jahre zusammen.
»Alles, was mir passiert ist«, beendete Hagen seinen langen Bericht, »ist mir in den ersten dreißig Jahren meines Lebens passiert. Danach habe ich nur noch gewartet. Aber ich wusste nicht, worauf.«
Er sah auf seine Stiefel und sagte nicht, dass er es jetzt wusste. Brynhild tat der Rücken weh, sie hatte so still gesessen, weil sie sich so anstrengen musste, nichts zu verpassen oder falsch zu verstehen.
Sie begriff noch kaum etwas von der ewigen Geschichte, sie hörte mehr auf den Klang seiner Stimme und schützte sie beide durch Schweigen. Sie konnte sich weder voller Mitgefühl verströmen noch entsetzt sein über den Mord an seinem Vater oder mit ihm verzweifelt sein, dass das, was er hatte tun wollen, nie Früchte getragen hatte. Das war der Norden in Brynhild, wo man schon früh erlernt, dass ein Leben nie so kommt, wie man es plant. Und dass man Sachen tun muss, die andere erschrecken. Und manche nicht tun kann, obwohl sie richtig wären.
Sie setzte sich anders hin. Der Sessel knarrte. Hagen sah nicht auf. Er hatte sich in den Zeiten seiner Vergangenheit verloren und spürte dem Geheimnis nach, das er zum ersten Mal verraten hatte. Vatermörder eines Mörders, Hei-

matloser, gescheitert in dem großen Rettungsversuch für ein Volk, das keines war.

Vielleicht hätte er sein Geheimnis besser für sich behalten. In so vielen einsamen Nächten, in denen er sich ein anderes Leben vorstellte, hatte ihn das Geheimnis im Innersten zusammengehalten. Jetzt, da er es erzählt hatte, dieser Frau, mit der er den König betrog, wer weiß, was daraus erwachsen würde.

Diese Frau, die er ins Unglück verheiratet hatte, wie seine Mutter ins Unglück verheiratet worden war, nach den Plänen von ein paar Männern, die für das Kleine schacherten und dem Großen ein taubes Ohr zukehrten.

»Högni«, sagte Brynhild leise. Er sah auf und erschrak.

Erschrak, weil er wusste, dass sie ihn wirklich sah. Es gab in ihm nichts mehr, wo er sich vor ihr hätte verstecken können. Sie sah, sie war da, sie nahm es an.

Er blieb still. Sie stand von ihrem Sessel auf und kniete sich hinter ihm auf sein Bett.

Dann umschlang sie ihn mit Armen und Beinen gleichzeitig, als würde sie auf seinem Rücken sitzen, wieder ein Schild, ein Schutzpanzer, Brynhild, die Gepanzerte.

Er erschauerte und war wehrlos und in Sicherheit.

»So ist das«, sagte Brynhild nur und beschützte ihn weiter, schloss die offenen Wunden seines Lebens und war da, bis er es ganz und ohne Scham verstand.

Das Land der Untergegangenen
Die dreizehnte Erinnerung

Beim ersten Massaker fragt man, wie das nur sein kann. Man fragt einen Vater, eine Seherin, einen Weisen, einen Gott. Beim zweiten Massaker muss man nicht mehr fragen. Der Tod gibt seine eigene Antwort auf alles, was sein kann. Alles, was ist, stirbt. Das Massaker ist nur eine von unendlich vielen Möglichkeiten, wie es sterben kann. Nach dem dritten Mal denkt man, dass man nun alles überlebt, das vierte und das fünfte Mal, bis man zu jenen Männern gehört, die mit leerem Blick ihre Suppe direkt auf einem Leichenhaufen essen können und den Löffel am Wams des Erschlagenen abwischen, auf dem sie Platz genommen haben.
Dann wird man unsterblich, denkt kaum noch an das, was den anderen widerfährt.
Siegfried ist nie unsterblich gewesen, obwohl er stets von seiner Unverwundbarkeit redete. Da geht so schnell nichts durch.
Sie denken alle seit Jahren, dass sie unverwundbar sind. Volker, Gernoth, Ortwin, Ruideger – sie haben so oft vor ihrem eigenen Tod gestanden, es kann gar nicht anders sein, sie sind unsterblich. Hagen auch, bis das mit der Hand passierte.
In dieser Nacht wacht Gunther auf, weil er ein Geräusch hört, das ihn an seine Kindheit erinnert. Ein Schwert wird geschärft.
Er hört es ganz deutlich durch das vielstimmige Schnarchen

und Stöhnen hindurch. Gernoth liegt auf dem Lager neben ihm und schläft so fest, als wären sie noch ahnungslose Knaben, denen der nächste Morgen nur Heiteres bringen könnte. Gunther erhebt sich. Das Stroh ist schon durchweicht und klebt an seinen Füßen, als er dem Geräusch entgegengeht. Hagen sitzt auf seinem Bett am Eingang und schärft Siegfrieds, ehemals Mimes Schwert. »Ihr solltet doch schlafen, Gunther«, sagt er zu ihm, obwohl er keinen Laut gemacht hat.

Vor Hagens Bett ist das Stroh trocken. Gunther setzt sich einfach auf den Boden.

»Was hat sich eigentlich geändert?«, fragt Gunther ihn direkt. Und Hagen weiß auch gleich, was gemeint ist. »Siegfried hat alles geändert«, antwortet er leise.

Gunther schüttelt den Kopf: »Ich hab Euch das mit Siegfried nie nachgetragen«, flüstert er, »die ganze Angelegenheit war so ... schwierig. Ich hab es ja auch für das Beste gehalten.«

Hagen schabt weiter, leise, gleichmäßig, seine ewige Disziplin, die er hier gelernt hat, alles Eins, zwei, drei und vier.

»Siegfried hat alles geändert, weil er gelogen hat«, antwortet Hagen. »Er hat Euch belogen, er hat uns alle belogen.«

»Aber da ist doch noch was«, bohrt Gunther nach, er kann es fühlen, fast den Finger drauf legen.

»Wollt Ihr's denn wirklich wissen, Gunther, so kurz vor dem Ende?« Gunther schluckt. Das Ende. Er weiß es ganz genau, dass es das Ende ist. Er ist nicht unsterblich.

»Ja, will ich«, sagt er.

Da legt Hagen das Schwert beiseite.

»Ich liebe deine Frau, Gunther. Und ich bin ihr Liebhaber. Sie liebt mich auch. Seit Jahren schon. Ich bin der Vater deines Sohnes. Es ist ihretwegen, dass wir hier sind. Es ist ihretwegen, dass wir draufgehen werden. Alle!«

»Wegen Brynhild«, sagt Gunther, sachlich, wie eine Feststellung.
»Der kleine Siegfried ist nicht mein Sohn?«, fragt er dann mit der gleichen Ruhe in der Stimme.
»Er heißt Bryndt«, antwortet Hagen. »Er hasst es, dass man ihn Siegfried nennt.«
»Bryndt«, wiederholt Gunther. »Das hab ich nicht gewusst. Deswegen sieht er so anders aus.« Hagen lächelt, wenn er daran denkt, wie Bryndt aussieht. Die Stirn und die Augen, das ist er, der Rest, das ist durch und durch Brynhild.
»Und deswegen hasst Ihr mich, weil Ihr meine Frau liebt?«
»Weil du sie behandelt hast wie ein Vieh. Ich weiß, was in jener Nacht war, Gunther.«
Der sitzende König krümmt sich, da kriegt er gleich wieder Bauchschmerzen, er denkt an die Begattung Brynhilds, an seinen einzigen vollkommenen Sieg, das Muttermal. Es wird sich nun als längste Niederlage seines Lebens herausstellen.
»Ich wollte sie ja erst gar nicht«, versucht er zu erklären. »Ihr habt doch gesagt, dass ich sie behalten soll.«
»Deswegen bin ich ja auch mit dir hier«, sagt Hagen.
»Ich gehe mit.«
»Mit?«
»Zum Sterben. Tod durch die Hunnen. Du, Gernoth, wir alle. Ich auch.«
Für eine Frau, denkt Gunther, das kann doch nicht sein.
»Für eine Frau?«, fragt er dann auch.
Hagen nimmt das Schwert wieder auf. Wie soll er Gunther das erklären? Wie soll er irgendjemandem das erklären? Sein ganzes Leben lang hat Hagen auf einem Floß gelebt, ist von einer Stromschnelle zur nächsten gefahren, immer wachsam, immer müde, immer allein. Dann hat er Brynhild holen lassen, ein Auftrag, angeblich für einen anderen, aber

es war doch für ihn gewesen, dass man ihn ausgeführt hatte. Und dann gibt es kein Wildwasser mehr. Auf einmal ist das Floß verschwunden, und die Wachsamkeit und die Müdigkeit und die Einsamkeit. Das Glück hat ihn geblendet, und er hat sehen gelernt. Er weiß immer schon, dass die Insel, auf der sie beide angekommen sind, sehr klein ist. Um sie herum lodert Feuer und brennt Eis. Brynhild und er in ihrem Reich aus Worten, Berührungen, Schwüren. Sein Herz und ihres, manchmal sieht er Bilder und versucht, sie ihr zu beschreiben. Versucht seinem Gefühl, nur in ihr er selbst sein zu können, Worte zu geben. Und sie versteht ihn, weil sie nur in ihm sein kann, wer sie wirklich ist. Wie soll er das einem anderen erklären? Nur für eine Frau, hat Gunther gesagt.

Darum geht es doch nicht, oder? Er hat Lieder gehört, von einer fernen Zeit im Süden, in der man angeblich Kriege geführt hat für eine Frau. Das tut er nicht. Er führt sie alle ins Verderben, geht mit ihnen ins Verderben, weil er etwas richtig machen will – und weiß längst, dass es doch falsch ist.

Brynhild hat ihn angefleht, nicht mitzugehen.

Sie hat auch nicht gewollt, dass er Siegfried hinrichtet. Er denkt immer nur Hinrichtung, nie etwas anderes.

»Warum?«, hat sie ihn angeschrien, das Kind im Arm, »macht das irgendetwas ungeschehen?«

Darauf hat er nicht geantwortet, er weiß nur, dass er es tun musste – oder einfach wollte?

»Warum?«, hat sie gefragt, fragt ihn jetzt Gunther. Welche Antwort hat er für sich selbst?

Als er sich diesen Plan überlegt hat, da hat er es ganz genau gewusst, kein Zweifel, alles lag so klar vor ihm wie eine breite Straße. Mit der Zeit aber verwischt sich der Weg.

Manchmal denkt er jetzt, er folgt einem anderen Willen. Einem Willen, der ihm dringlich sagt, dass es passieren muss,

alles. Als er die Flussweiber mit ihren Pilzen getroffen hat, da haben sie es auch gewusst. Untergang für die, die vergessen werden müssen. Weil sie zu oft nicht begriffen haben, was zu tun war.
Er gehört zu ihnen, zu denen, die vergessen werden müssen. Er schaut auf Siegfrieds Schwert, das einmal Mimes Schwert war. Gilt das für jeden hier?
Auf einmal weiß er nichts mehr. Was für Zeiten. Haben die Götter sie gemacht oder die Menschen? Finster, voller Blut und Unwissenheit.
»Hagen«, drängt sich Gunthers Stimme in seine Gedanken. »Ich hätte sie Euch doch gegeben, wenn ich gewusst hätte, dass Ihr sie wolltet.«
Da muss er lachen: »Sie ist nichts, was du verschenken kannst, Gunther!« Das kränkt den Herrscher im Stroh jetzt doch. Er ist der König, er kann alles verschenken, was er will. Menschen, Land, Huld und Strafe. Aber Hagen sieht ihn über die Schulter an, und Gunther ist wieder zwölf Jahre alt, dicklich, bequem, eine Enttäuschung.
»Ich weiß«, flüstert Gunther dann nur, »ich mein ja bloß.«
Der Stein schmirgelt wieder das Schwert. »Hagen«, flüstert Gunther, wie so unzählige Male in seinem Leben. Jedes Mal so viel Zutrauen in seiner Stimme. Hagen, zeig mir den Weg, Hagen, sag mir, was ich tun soll. Hagen, mach, dass ... Hagen, Gunthers Anfang und Ende, sein Lehrer, sein Beschützer, sein Erzieher – und jetzt sein Richter und sein Henker.
Er hinterfragt es gar nicht, dieses letzte Amt, er versteht es zwar nicht, aber er nimmt es an, wie alles, was von diesem Mann gekommen ist. Da sitzen sie.
Blut und Schmerz, denkt Hagen, eine Geburt – aber von was. Es wäre doch wirklich so viel einfacher, wenn er sich vorreden könnte, dass sie sterben, um etwas Besseres zu gebären.

Er denkt an Bryndt. Wenn es so etwas gäbe? Ein Zeitalter wie ein Kind, voller Hoffnung und Versprechen.
»Hagen«, flüstert Gunther wieder. »Es tut mir leid.«
»Was?«, fragt Hagen. Er wird für Brynhild keine Entschuldigung annehmen. Er wird für ihre Schändung und Gefangenschaft keine Vergebung austeilen, weder Gunther noch sich selbst.
»Dass ich kein besserer König geworden bin. Ihr habt Euch solche Mühe mit mir gegeben. Aber ich hab's einfach nicht in mir.« Damit legt er Hagen den Kopf auf das Knie, direkt neben die Klinge. Voller Vertrauen, immer noch und nur voller Vertrauen, bereit zu empfangen, was kommt. Hagen hält den Atem an. Dann senkt er seine linke Hand sacht auf Gunthers Haar und bewegt seine Finger ein bisschen hin und her. Sein Bein wird nass von Gunthers Tränen. Er streichelt ihn weiter. Was wird aus der Welt?, fragt sich Hagen.
»Ach, Gunther«, seufzt er. Was haben wir aus der Welt gemacht, fragt er sich weiter, stumm, wir Väter und wir Söhne? Und was hat diese Welt aus uns gemacht?
Es schmerzt ihn unglaublich, dass er Bryndt nicht sehen wird, wenn er groß und ein Mann ist. Hoffentlich kein Krieger, bestimmt kein König. Verratene Söhne sind sie alle drei. Und das ist nun, was bleibt: Er hat die verlassen, die er liebt, sitzt bei dem, den er richtet, und streichelt ihm das Haar.
Der König weint, die Krieger schnarchen, draußen geht bald die Sonne auf.
Der vorletzte Tag, denkt Hagen.
Der vorletzte Tag ist ein schlechter Moment, seine Gründe zu verlieren. Aber es nimmt nun alles seinen Lauf. Auch ohne Grund.

Heimliche Liebe

Ihr Fremden, Ihr werdet es nicht glauben, aber wir sind am Rhein angekommen. Ich habe im Laufe meines Lebens alle möglichen Flüsse gesehen, was für ein Anblick vorbeifließender Ewigkeit! Ich liebe Flüsse. Der Tiber ist schlammig und stinkt, aber er flüstert den ganzen Tag: »Wag es nur, wag es nur!« Der Tiber ist ein Schelm und ein Versucher, er macht leichtsinnig. Ich bin an der Donau gewesen, ein schwerblütiges Wasser, »ach und weh« in jeder Welle. Mit ein paar wilden Wenden bin ich an der Elbe gewesen. Ein eiliger Fluss, immer gehetzt, »komm weiter«, übergurgelt er sich. Wo die untere See das Land meiner Mutter abteilt am Clutha, da ruft er die Welt, »komm zu uns«, so ein heiteres Wasser.

Und dann der Rhein. Meist fließt er schlammig und braun, gerade jetzt um diese Jahreszeit, aber wenn ich die Augen schließe, dann sehe ich das schillerndste Grün. Und ich höre den Rhein, der zu mir sagt: »So ist das.« Der Rhein ist ein Fluss der Tatsachen. Deswegen liebe ich ihn, ich bin immer zu sehr ein Träumer gewesen, als dass ich Tatsachen widerstehen könnte.

Der Einfallslose und der Hahn sind begeistert, ihre Dummheit erlaubt ihnen nun, das Ziel nach Tagen abzuschätzen. Der Hahn vermutet zwei Mal zehn Tage. Dagegen protestiert der Einfallslose: »Lass uns doch ein Boot nehmen, we-

nigstens bis Agrippina.« Der Hahn aber hat das Sagen. Von dem, was ich verstehe, soweit man zwei Unverständige begreifen kann, dürfen sie aber auf Befehl dessen, der von mir vergessen wurde, kein Boot nehmen, weil auf dem Boot Nordleute sein könnten, die mich retten würden. Was für ein hervorragender Unsinn. Aber begreife ein anderer den, der von mir vergessen wurde.
Ich finde es aber sehr passend, dass wir nun hier angekommen sind. Er steht schon mit einem Fuß in dieser Geschichte, ich wette, er schläft umso schlechter, je näher wir kommen.
Wie sind wohl seine Träume. Ich habe die Traumdeutung von den letzten Meistern gelernt. Ich würde gerne am Fenster seines Schlafes stehen und mir ansehen, was er sich so Armseliges zusammenfabelt. Vielleicht hat er auch eine besondere Gabe. Ich meine, wenn einer lügt in jeder Stunde, die er wach ist, vielleicht muss er dann im Traum nur die Wahrheit ertragen, damit es einen Ausgleich gibt. Was für eine hübsche Vorstellung.
Einer meiner Meister tadelte mich noch im siebten Jahr meiner Lehrzeit: »Bryndt, du glaubst immer noch, dass diese Welt erklärbar wäre.« Für einen Skalden ist das unverzeihlich, haben sie mir immer und immer wieder eingebläut. Ob es genützt hat? Wie der Karren den schlammigen Uferweg entlangrumpelt, auf ihn zu, sehe ich uns beide.
Zwei ungeborene, bald neugeborene Kinder, Fortbestand der Welt, Hoffnung ihrer Sippen, ein kleiner Teil eines großen Gebildes, kleine Schritte in eine Zukunft, die verhangen hinter so viel Wahn liegt.
Ich reiße mir vier Splitter aus dem Wagenboden und stecke sie in meinen Handrücken. Siegfried und Krimhild, Hagen und Brynhild. Der Gerechtigkeit halber reiße ich noch einen

fünften heraus, Gunther. Ich stecke sie ein bisschen unter meine Haut, ein angenehmes Brennen, verglichen mit dem andauernden Schmerz in meinen gefesselten Beinen.
»Guck dir den an«, mault der Einfallslose.
»Schieb schon«, keift der Hahn zurück. Ja, ja, die Uferwege des Rheins sind schlammig, meine Freunde, doch kein Vergleich zu den morastigen Wegen in unser Gestern.
Ich weiß, dass meine Eltern in jenen Jahren, in denen ich noch nicht da war, glücklich waren. Ahnungslos sicher in mancher Hinsicht, aber glücklich. So stehe ich also noch einige Zeit hinter der Pforte der Zeit und warte. Der, der von mir vergessen wurde, hat nie warten können, er quäkt sich in den Vordergrund, laut und dick, ein Schweinchen, das zwei edlen Pferden geboren wird. Die Priester des weißen Christus reden viel von »Vätern im Geiste«. Wahrscheinlich weil sie es im wirklichen Leben so selten sein dürfen. Im Geiste ist tatsächlich Gunther der Vater des zweiten Gunther gewesen. Vielleicht hat er ihn mit Worten gezeugt, als er ihn ins Leben rief: »Gunther soll er heißen!«

Krimhild kam kurz vor Mittsommer nieder.
»Johannis!«, ächzte Magister Conradus ganz und gar erschöpft, weil keiner umlernen wollte.
Die letzten Monate ihrer Schwangerschaft waren für sie sehr beschwerlich gewesen. Sie war angeschwollen wie König Gibich in seiner Krankheit, ihre zarten Fesseln und Handgelenke grotesk aufgedunsen, und sie litt. In den ersten Wochen hatte es nicht danach ausgesehen. Sie hatte schließlich Frau Uotes Rat gesucht, weil sie sich schämte, zu sonst irgendjemandem über etwas so Privates wie eine Schwangerschaft zu reden.
Stickend saßen die beiden Frauen in Uotes Gemächern.

»Das ist schön, dass du mich besuchen kommst, Krimhild«, sagte die alte Königin sanft. »Es ist ja sonst ganz einsam hier geworden.« Krimhild hörte den leisen Vorwurf. Sicher hatte Frau Uote gehofft, dass ihre Tochter sie hin und wieder in die Halle einladen würde.
»Ich gehe auch kaum unter Leute«, seufzte Krimhild, und dann fügte sie etwas aufsässig hinzu: »Siegfried und ich, wir sind uns ganz genug.«
»Das ist schön«, antworte Frau Uote. Die Damen stickten weiter.
»Mutter«, raffte sich Krimhild schließlich über einer durchbohrten Taube in ihrem Stickrahmen auf, »manchmal ist mir Angst um das Kind.«
Frau Uote senkte den Stickrahmen und sah ihre Tochter besorgt an. »Fühlst du dich nicht wohl, Liebes?«
Krimhild kamen gleich die Tränen. Sie schüttelte den Kopf. Sie hatte sich viel beklagt, als es anfing mit den Schmerzen, der Übelkeit, der Atemnot. Aber die Mägde, denen sie sich anvertraut hatte, taten es ab. Beim ersten Mal, behaupteten alle, käme es einem nur schlimm vor, erst nach dem dritten Kind könnte eine Frau überhaupt mitreden. Dazu nickten vor allem die Mägde, die mehr als drei Kinder hatten, mit grimmiger Genugtuung. Dann redeten sie ausführlich und begeistert vom schlimmsten Gebärschmerz, in dem sich manche die Zunge abgebissen hätte vor Pein, von zerdehnten Becken und fürchterlichen Folgekrankheiten, Kindbettfieber und eitrig blutenden Brüsten, sodass Krimhild nie mehr fragte. Sie war völlig verwirrt, weswegen Mutterschaft der höchste Wert einer Frau sein sollte, wenn das Gebären und Nähren doch eher klang wie die Höllenqualen, die Magister Conradus viel schüchterner, viel delikater beschrieb. Zerrissen zwischen Scham und Leid hatte die Schwange-

re sich dann auch ihrem Gemahl anvertraut. »Also, meine Mutter hat immer zu mir gesagt, du warst das Beste, was mir passiert ist«, wusste Siegfried nur beizusteuern. »Eine richtige Frau liebt ihr Kind schon im eigenen Leib, weil das Kind mehr ist als sie. Natürlich nur wenn es ein Sohn ist. Und dass wir einen Sohn kriegen, das ist doch wohl völlig klar. Sonst wäre das Kind ja nicht von mir.«

»Ach so«, hatte Krimhild nur gesagt und so getan, als wäre nun alles gut. Aber jetzt, unter Frau Uotes sanften Augen, brach die Angst aus ihr heraus.

»Ich habe Angst vor ihm, Mutter!«, flüsterte sie hinter vor den Mund gepressten Händen.

»Vor Siegfried?«, fragte Frau Uote entsetzt.

»Vor dem Kind«, quiekte Krimhild in höchster Not. »Ich denke manchmal, es frisst mich auf.«

»Ja, aber, Liebes«, rief Frau Uote bestürzt und setzte sich dicht neben ihre arme Tochter. In Krimhilds Augen flackerte es.

»Wenn es nun kein Sohn wird«, presste sie heraus. »Siegfried will einen Sohn, und Gunther hat schon gesagt, er soll nach ihm heißen! Wenn es kein Sohn wird, sagt er, ist es nicht sein Kind. Und dann geht er weg.« Sie wimmerte.

Frau Uote schluckte ihre erste Antwort herunter. »Wenn es eine Tochter wird, dann bekommst du eben das nächste Mal einen Sohn. Und ich glaube, du musst dir gar keine Sorgen machen. Ich habe zwei Söhne, meine Mutter hatte zwei Söhne, du wirst auch zwei Söhne haben«, erklärte sie ihrem leidenden Kind mit Bestimmtheit. Krimhild schien sich ein bisschen zu beruhigen. »Ich glaube ja auch, dass es ein Sohn wird, weil ich ja weiß, dass er von Siegfried ist«, brachte sie nach einiger Zeit wieder hervor. »Aber er frisst mich auf, von innen heraus.«

»Krimhild! Ja, wie meinst du das denn?«
Krimhild klammerte sich so fest an den Arm ihrer Mutter, dass ihre Finger weiß wurden.
»Er sitzt in mir drin und wird immer größer und saugt mich aus, und dann kommt er aus mir heraus, wie ein Schmetterling aus der Puppe, und ich bin ganz leer. Und dann geht er weg, Siegfried.«
Frau Uote legte den Arm um Krimhild und wiegte sie vorsichtig.
»Ach, mein Schätzchen, glaub doch das nicht. Wenn du dein Kind hast, und es liegt dir im Arm und ist gesund, dann bist du ganz froh und glücklich!«
Vor den bluttriefenden Erzählungen der Kammerfrauen hätte Krimhild diese Worte vielleicht noch mit Dankbarkeit hören können – aber nun war alles zu spät. Sie brach vollends zusammen, krümmte sich, soweit es ihre Schwangerschaft zuließ, ihrer Mutter in den Schoß und wimmerte: »Ich will nicht sterben, ich will nicht sterben!«
»Und ich lass dich nicht sterben!«, erklärte Frau Uote widerspruchslos. »Du ruhst dich aus, trinkst viel gestampftes Sonnenkraut und Milch und isst gute Speisen, und du wirst nicht sterben.«
Krimhild heulte wie von Sinnen: »Gib mich nicht weg«, verstand Frau Uote nur, obwohl es keinen Sinn für sie machte. Schließlich fürchtete sie um das Wohl des Kindes und um Krimhilds Verstand. Als das Heulen nicht aufhörte, sondern im Gegenteil schlimmer wurde, gab sie die Umarmung auf, zog Krimhild an den Schultern hoch und nahm ihr Gesicht, verquollen und tränennass, in ihre Hände.
»Krimhild! Schluss jetzt!« Krimhild blinzelte und japste. »Schluss jetzt, Krimhild!«
Frau Uote sah ihrer Tochter fest in die Augen. »Du gehst

jetzt rüber zu Gunther und sagst ihm, dass ich ihn sprechen will. Und dann ziehe ich zu euch in den Haupttrakt und kümmere mich um dich, bis das Kind da ist – und danach auch.«

Krimhild schluckte, und ihr Schluchzen verebbte.

»Kann ich dann mit nach Xanten?«, fragte sie kläglich.

»Nach Xanten?« Jetzt verstand Frau Uote überhaupt nichts mehr.

Krimhild konnte kaum noch sprechen, ihre Lippen waren so geschwollen, ihre Augen fast geschlossen von den Tränen.

»Siegfried will doch seine Eltern besuchen im Frühling, und weil ich schwanger bin, kann ich nicht reisen. Und da hat er gesagt, er wartet noch, bis das Kind da ist, aber dann fährt er, und dann kann ich nicht mit. Aber wenn du da bist, dann kann ich schon mit.« Diese Aussicht schien Krimhild ungemein zu erleichtern.

»Ja, wollt Ihr denn nicht ein Jahr warten und dann alle gemeinsam reisen.«

Nackte Angst kehrte in Krimhilds Gesicht zurück. »Nein, dann geht er doch ohne mich.«

Frau Uote verstand immer noch nicht. Dann würde Siegfried eben alleine reisen, was dachte Krimhild sich denn? Wenn sie jetzt schon so aufgebracht wäre, was sollte werden, wenn Siegfried ins Feld ziehen würde oder Grenzgebiete abreiten müsste oder irgendwelche Pflichten, vor denen er sich ja nicht ewig verstecken konnte, antreten musste.

Aber es schien ihr kaum die Zeit zu sein, ihrer Tochter das zu erklären.

»Eins nach dem anderen«, sagte sie deshalb, wie früher am Webstuhl, als sie bunte Fäden in die Hände ihres kleinen Mädchens legte. »Erst mal schickst du mir Gunther.«

So zog Frau Uote in den Haupttrakt, fort von ihren Frauen, zu ihrer Tochter. Leider war dort, wo man Siegfried und Krimhild untergebracht hatte, keine angemessene Kammer mehr frei.
Deswegen entschied Herr Huonold ahnungslos und mit fatalen Auswirkungen, dass Frau Uote das große Zimmer direkt gegenüber von Brynhild beziehen sollte, damit wäre sie nicht nur in der Nähe von Krimhild, sondern auch von Gunther. »Und wenn die Königin dereinst in Hoffnung sein wird, dann ist Frau Uote auch ganz nah, um dort zu helfen.«
Gunther schlief natürlich ganz woanders – meist mit Rikchen, es sei denn, sie bestrafte ihn für etwas, dann blieb sie fort. Deswegen interessierte es ihn überhaupt nicht, wohin Frau Uote umzog, deswegen war es für niemanden wirklich interessant – und deswegen bekam der allwissende Hagen zu seinem späteren Elend nichts von diesem Entschluss mit.
Brynhild, die das Trippeln, Ächzen, Geschnatter, das Rücken der Truhen und Schaben des Webstuhles direkt vor ihrer Tür natürlich hörte, trat entsetzt auf den Gang und einer lächelnden Frau Uote fast auf die Schleppe.
»Oh, da bist du ja, Liebes«, zwitscherte die alte Königin, »wir haben dich doch nicht gestört.« Brynhild schüttelte den Kopf, mauloffen. »Ich ziehe jetzt hier ein, so lange wenigstens, bis Krimhild das Kind hat, ist das nicht schön?«
»Schön«, echote Brynhild.
»Da werden wir beide dann auch endlich mal ein bisschen mehr Zeit für einander haben.«
Brynhild nickte matt: »Ich muss sofort beten gehen«, sagte sie dann. »Dringend.«
»Wie schön«, freute sich Frau Uote, »dann komm ich am

besten gleich mit. Ich hab jetzt allen vier Mal gesagt, was wohin soll, nun müssten sie es ja begriffen haben. Meinen Mantel!«

Eine Magd knickste und rannte. Brynhild wurde ganz schwach, als Frau Uote sich dann bei ihr einhakte und sie den Gang entlangzog. »Da freu ich mich so, Liebes, dass du jetzt so einen festen Glauben hast. Am Anfang hast du mir furchtbar leid getan. Aber der Glaube ist einfach immer eines der besten Heilmittel für jede Frau. Man hat ja sonst nicht viel vom Leben.« Frau Uote lächelte ihr sanftes Lächeln. »Wenn du willst, können wir jetzt immer morgens zusammen gehen, Krimhild ist im Augenblick nicht so gut zu Fuß.«

Brynhild räusperte sich: »Ihr werdet sicher müde gewesen, wenn jetzt immer bei Krimhild so viel«, hoffte sie.

»Ach, ich schlafe seit Jahren kaum«, winkte Frau Uote großzügig ab. »Und ich habe auch so einen leichten Schlaf. Wenn ein Eichhörnchen den Ast wechselt, wache ich schon auf.« Sie lachte: »So ist das im Alter, es passiert einem nichts mehr, aber dafür ist man die ganze Zeit hellwach.« Uote schüttelte heiter und gelöst den Kopf.

»Hellwach«, wiederholte Brynhild und war durch und durch entsetzt.

Magister Conradus begrüßte den Umzug der alten Dame und sagte ein paar unterstützende Worte, wie schön es doch wäre, dass nun die beiden Königinnen so viel Zeit miteinander verbringen könnten, was von Frau Uote glücklich benickt, von Brynhild blass hingenommen wurde.

»Ich gehe noch zu die Tiere«, versuchte sie nach diesem Besuch einen weiteren verzweifelten Ausbruchsversuch, um Hagen warnen zu können.

»Jetzt doch nicht, Kind, jetzt sollten wir erst einmal sehen, wie es Krimhild geht. Weißt du, wenn deine Zeit mal kommt, dann bist du auch froh über ein bisschen freundliche Gesellschaft.«

»Bestimmt«, murmelte Brynhild. Sie dachte aber, wenn Frau Uote mit ihrem eichhörnchenleichten Schlaf nun immer in der Nähe wäre, dann käme sie wahrscheinlich nie in Krimhilds Umstände. Nicht, dass das unter den gegebenen Umständen wünschenswert gewesen wäre. Sie kniff die Daumen ein und beschwor Loki, Hagen zu warnen.

Loki hatte anscheinend Besseres vor oder aber hörte nicht mehr auf Gebete, die aus Worms mit seinem Kaplan kamen – Götter können ja so leicht beleidigt sein.

Beim Abendessen, als Frau Uote glücklich lächelnd zwischen ihren Söhnen saß, suchte Brynhild Hagen vergeblich. Dankwart kam auch zu spät und entschuldigte sich mit dem Hinweis auf irgendwelche dörflichen Gesandtschaften, die den Beratungstisch nicht verlassen wollten.

Brynhild war sich sicher, dass Hagen bei den Dörflern mit dem Sitzfleisch hocken musste. »Das ist aber schön, dass du jetzt bei uns bist, Mutter!«, rief der junge Giselher mit ehrlichem Gefühl, und alle brummten Zustimmung, sogar Gernoth, sodass Gunther schließlich den Becher erhob und auf Frau Uotes langes Leben trank.

Dann, als man vom Tisch aufstand, trat Brynhild die Flucht nach vorne an und fragte Gunther, der sehr zusammenzuckte, ob er nicht auch bei den Verhandlungen mit den Dörflern sein müsste.

»Du bist der König«, sagte sie ihm drohend.

Gunther nickte und schwitzte, tat sonst aber nichts. Seine Frau hatte noch nie das Wort an ihn gerichtet, seit …

»Ich gehe mit dir«, drängte sie dann in der üblichen Unge-

duld. »Meine Mutter ist immer mit zu die Dörfversammlungen gegangig.« Dabei sah sie ihm fest in die Augen.
»Ha«, machte Gunther schließlich, »Hagen ist immer bei den Dorfgesandten.« Dann schluckte er, rührte sich aber nicht.
»Ja, und heute wir auch!«, erklärte Brynhild sehr bestimmt. Gunther, sonst so geübt, jeglichem stärkeren Willen als dem seinen nachzugeben, fürchtete sich aber zu sehr, mit Brynhild allein zu sein. »Die Dörfler sind morgen auch noch da«, lispelte er. »Gernoth, wolltest du mir nicht noch was zeigen?«
»Häh?«, fragte Gernoth beredt nach.
»Ja, du wolltest mir doch noch das Ding da zeigen.« Gunther zwinkerte, auch weil ihm der Schweiß in die Augen gelaufen war.
»Welches Ding?« Frau Uote, die mit Markgraf Gere gescherzt hatte, trat unendlich gut gelaunt hinzu.
»Brynhild, Liebes, sollen wir schon mal gehen?«
»Welches Ding?«, fragte Gernoth wieder.
Brynhild gab auf, sie ging mit Frau Uote und hörte sich an, wie sehr sich die alte Königin freute, dem Frauentrakt entronnen zu sein. Nicht dass Brynhild sie da nicht verstehen konnte, aber es war ihr schrecklich elend, als Gunthers Mutter sie schließlich zur Nacht küsste.
»Und wenn du etwas brauchst, Liebes, dann musst du nur rufen, ich höre dich bestimmt.«
»Bestimmt«, antwortete Brynhild bange.
Sie schrie ihre Mägde an wie in alten Zeiten – *»Út!«* – und schlich dann vor ihrer Tür auf und ab in der Hoffnung, Hagen zu hören, bevor Uote es tat.
Die Dörfler allerdings schienen an ihren Verhandlungstisch geleimt worden zu sein, es wurde immer später, und Bryn-

hild wurde wütend. Dann wurde sie müde und wachte erst auf, als jemand sie auf die Stirn küsste.
»Entschuldigung, Liebste«, flüsterte Hagen. Wenn man Brynhild aus dem Nachtschlaf weckte, war sie – ganz im Gegensatz zu Frau Uote – nie so richtig hellwach. Sie schnaufte und japste und wehrte Hagens Umarmung ab: »Nicht. Frau Uote ist da. Sie schläft nie.«
Hagen wich zurück: »Was, wo?«, wollte er wissen.
»Über den Gang, in der leeren Kammer. Heute Nachmittag ist sie gekommen«, berichtete Brynhild und kämpfte sich mit gerunzelter Stirn ins Erwachen.
»Was macht sie denn hier?«, fragte Hagen alarmiert.
Brynhild gähnte: »Sie ist da, weil Krimhild schwanger ist.«
»Und deswegen muss sie jetzt gegenüber wohnen?«, fragte Hagen in einem Ton, der fast schon mitschwingen ließ, dass es Brynhilds Schuld war.
»Psssst«, machte Brynhild, die sicher war, dass Hagen lauter redete, als ein Eichhörnchen sprang. »Sie wacht immer auf.«
Sie stand auf. »Wir müssen ganz leise sein.« Auf Zehenspitzen schlich sie zu Hagen hinüber und wollte ihn küssen, aber er zuckte zurück, als hätte sie ihn meucheln wollen. Dabei stieß er an einen Schemel. »Pssst«, zischte Brynhild erneut und setzte ihm nach. In der Gegenwart ihres Geliebten verlor die Angst vor der alten Dame mit dem leichten Schlaf zunehmend an Gewicht.
Hagens Rückzug setzte sich dessen ungeachtet fort.
»Was ist denn los?«, fragte Brynhild gereizt.
»Ich kann das nicht, wenn ich weiß, dass da jemand ist«, bellte er lautlos.
»Wir müssen eben nur ganz leise sein«, schlug Brynhild das Nächstliegende vor.

»Nein«, Hagen wich zur Tür, »ich kann das nicht.«
»Vielleicht schläft sie gar nicht so leicht«, mutmaßte Brynhild. »Großmutter Laila behauptet auch immer, sie schläft nicht, und dann hat sie einmal sogar einen Angriff der Pikten verschlafen.« Sie griff kichernd nach Hagens Gürtel. Sehr bestimmt hielt er ihre Hand fest.
»Aber sie ist trotzdem da.« Brynhild witterte seine Unruhe und sah ihn mit großen Augen an.
»Was?«, fragte sie.
Hagen atmete tief durch: »Bist du bereit, noch ein Geheimnis zu hören?«

Ich habe es oft beobachtet. Vertrauen ist ein scheues Tier. Ein Mann, den ich bei den Jüten kennen lernte, zähmte Raben. Er brachte ihnen bei, aus seiner Hand zu fressen und einfache Worte zu sagen. Manche Tiere verkaufte er an Fahrende, die in den Dörfern so taten, als wären sie Seher, manche an Priester. Schließlich hörte er auf, sie zu verkaufen. In seinem Haus lebten über fünfzig Raben, es war wie in der Vorhalle Odins. Schwarzes Flattern, Krächzen und kluge Augen, die jeden Gast ansahen, als wüssten sie schon, wie er dereinst schmecken würde. Der Jüte, der die Raben zähmte, Ybb, war ein hagerer alter Mann. Er hatte keine Familie, nie gehabt, wie er erzählte. Ybb arbeitete auf den Höfen anderer Bauern, um Futter für seine Raben zu haben. Er selbst ging oft hungrig, seine Vögel nie.
»Weswegen verkaufst du nicht ein paar?«, fragte ich Ybb eines Abends, wir saßen im Schein seines spärlichen Herdfeuers, umringt von hundert schwarzen Augen. Der alte Mann tat mir leid. Ich war noch jung, gerade erst aus meiner Ausbildung entlassen. Ich machte in diesem ersten Jahr meiner stolzen Wanderschaft mehr Fehler als während meiner gesamten Lehrzeit. Ich hatte das Wichtigste noch nicht verstanden. Ybb war sehr geduldig mit mir.
»Ich hänge an ihnen«, antwortete er nach einer langen Pause.

»Aber bei so vielen«, plärrte ich weiter, »da wird es doch auf einen nicht ankommen!« Ehrlich gesagt, ich blieb nur bei Ybb, um ihm seine Geschichte zu stehlen. Der Hüter der Raben, was konnte man nicht alles daraus machen.
Ybb wusste, dass ich ein Dieb war, und seine Raben wussten es auch. Er wartete wieder eine Weile.
»Lieber Meister«, sagte er dann demütig und ernst, und noch heute schäme ich mich, wenn ich daran denke, »darf ich dir eine Geschichte erzählen?«
Ich lachte geschmeichelt und sagte ihm Ja.
»Ich hatte mal einen Raben, vor vielen Jahren, den mochte ich nicht. Er hackte mir oft in den Finger, wenn ich ihn fütterte. Er lernte kein einziges Wort, egal wie viel Mühe ich mir mit ihm gab. Und ihm fehlte ein Teil des linken Flügels, als wäre er mal gerupft worden.« Ybb sah sich das Bild des ungeliebten Raben in seiner Erinnerung genau an. »Also, eines Tages kam ein Mann, der suchte nach einem Tier, um sich als Heilkundiger auszugeben. Ich dachte, dass es nicht schaden könnte, wenn ich ihm den verstockten Raben geben würde. Ich machte einen Preis aus mit dem Mann und holte den Vogel. Er schlug wie wild mit den Flügeln und krächzte und hackte um sich. Der Mann nahm ihn mir ab, sagte etwas, eben wie, dass er gerupft aussehen würde, und zog ab.« Ybb wischte sich mit seiner alten vernarbten Hand über die Augen.
»Ich habe ihnen nachgesehen. Und da hat sich der Rabe nach mir umgesehen. Ich weiß, er hatte nie ein Wort gelernt, aber als er mich jetzt ansah, wie er mit dem Mann wegging, das sagte er in meinem Kopf ganz laut: *Verrat.* Danach habe ich nie wieder einen Vogel weggegeben«, endete Ybb leise. »Er hat mir vertraut, der hässliche Vogel.« Dann zeigte er auf die anderen, wie sie im Dunkeln um uns herumsaßen.

»Sie vertrauen mir alle. Das darf man nie vergessen, wenn einer einem vertraut, auch wenn es hässlich ist.«
Ob meine Mutter Ybbs Weisheit hatte, als Hagen ihr sein zweites Geheimnis schenkte? Ratet mal, Ihr Fremden.

Hagen setzte sich diesmal nicht hin. Er lief auf und ab, das Auge immer wieder auf die Tür gerichtet. Brynhild war ganz seltsam zumute. Die Ahnung dessen, was auf sie zukommen könnte, ließ sie frösteln. Immer wieder hatte sie Hagen mit ihren eifersüchtigen Fragen nach den Frauen in seinem Leben drangsaliert, nie mehr als ausweichende Antworten erhalten. Sie hatte über die Paarungen hier im Süden einiges verstanden.
Es gab gewisse Regeln des weißen Christus, was Mann und Frau anging. Frauen mussten unberührt sein, wenn sie heirateten. Männer nicht. Dass das bereits ein logisches Problem darstellte, wurde selten aufgegriffen. In der Ehe sollte man nach Möglichkeit keusch sein oder sich nur miteinander einlassen, wenn ein Kind daraus entstehen sollte. Männer durften nebenbei auch mit ihren Mägden, Schwägerinnen, mit Witwen und Huren schlafen.
Frauen durften Männer nicht einmal ansehen.
Männer wie Magister Conradus durften nie anders als keusch sein. Letztendlich waren Keuschheit und Unkeuschheit eigentlich nur bei Frauen wichtig, und dort umso mehr, je edler sie waren – so wie die arme Krimhild zum Beispiel. Männer machten, was sie wollten, adlige Männer sowieso, und meist auch, mit wem sie wollten – solange es sich um nichtadlige Frauen handelte.
In Brynhilds Heimat war Keuschheit kein solches Gut. Nachdem sie sich lange deswegen gewundert hatte, begriff sie, dass es vor allem um Erben ging. Da man nicht sicher-

stellen konnte, wer Vater wessen Kindes war, schien die beste Möglichkeit, die in Frage kommenden Mütter ebenso unzugänglich einzusperren, dass nur einer zu ihnen konnte.

Wo Brynhild herkam, vererbte sich der Hof über die Mutter, von Yenka bis zu Brynhild selbst, da war am wichtigsten, wer die Mutter gewesen war.

Was Hagen anging, konnte sich Brynhild keine wirkliche Vorstellung machen. In ihren eifersüchtigen Fantasien sah sie ihn mit Hunderten von Frauen – und dann wieder keiner. Wie Gunther, der sich dieselbe Frage auch schon so oft gestellt hatte, konnte auch Brynhild keine Antwort auf die Frage finden, was es an einer Frau sein müsste, das Hagen gefiele. Und wie Gunther kam Brynhild zu dem Schluss, dass es eine »Eigenschaft« sein müsste. Welche, wusste sie nicht, sie hätte sonst alles darum gegeben, diese Eigenschaft zu haben.

»Also, die Frauen«, fing Hagen schließlich an. Brynhild hustete vor Aufregung. Sie machte ein mörderisches Gesicht, aber da Hagen nur zur Tür sah, fiel es ihm nicht auf.

»Als ich jung war«, begann er, »bei den Hunnen, da ergab es sich, dass man, also, weil, wir hatten manchmal einen Abend frei, und dann sind wir in die Dörfer geritten. Nicht immer, aber hin und wieder, man war ja jung, nicht?« Er fand diese Aussage klar genug und ließ sie glücklich stehen.

»Und dann, später, als ich zurück war, hier, meine ich, da habe ich manchmal das Gastrecht … aber nur, wenn es sicher war, dass es dabei keinen Zwang gab. Ich bin ja nicht, na ja, weißt schon.« Es ging besser, als er gedacht hatte. »Ich bin ja dann immer viel unterwegs gewesen, da lernt man natürlich auch Frauen kennen, unterwegs, und wenn man sich gut kennt, dann … aber im Süden ist das alles nicht so leicht gewesen. Ich hab es auch nie drauf angelegt.« Er sah erstmals zu Brynhild hinüber.

Ihr Gesicht drückte eine Mischung aus Unverständnis und Zorn aus. Er machte schnell weiter.

»Als ich dann zurückkam, hierher nach Worms, da hab ich dann erst mal abwarten wollen, weil ich mich zurechtfinden musste und nicht erpressbar sein durfte, weißt du, da schickt einem einer eine Frau auf die Kammer, und am nächsten Morgen bist du tot, erledigt.« Dass er selbst gelegentlich Frauen dorthin schickte, wo sie ihm nutzten, nicht zuletzt das gelehrige Rikchen, erwähnte er nicht. »Und hier habe ich dann, da war Gunther gerade zwei, Frau Uote kennen gelernt. Auf dem Hof unten, zufällig. Damals gab es den Frauentrakt ja noch nicht.« Brynhild war blass wie Buttermilch. Ihr Herzschlag setzte aus.

»Und ich wusste immer, dass Frau Uote etwas ganz Besonderes war, eine wirkliche Königin. Und dann habe ich –« Er wusste nicht, wie er den stummen Pakt zwischen Frau Uote und sich erklären sollte. Brynhild fehlten dafür so viele Jahre. Sie kannte weder Gibich noch die damalige Zeit. Sie sah keinen zweijährigen kleinen Gunther vor sich, keinen neugeborenen Giselher in Uotes Arm. Ihr schönes Gesicht, anders schön als Krimhild, so ganz anders als Brynhild, leuchtend, edel, voller Aufopferung und Würde. Weibliche Entsagung in ihrer schönsten Form. Ein Traum, den man träumen durfte bis zu einer schleierzarten Grenze.

»Ich habe sie sehr verehrt«, flüsterte er elegisch.

Weiter kam er nicht, eine Vase flog an seinem Ohr vorbei und zerschellte an der Wand.

Gefolgt von Bürsten und Tiegeln, warf meine Mutter – Frau

Uotes leichten Schlaf ganz vergessend – mit allem, was sie finden konnte. »Diese alte Frau? Du und diese alte Frau?«, fauchte sie, als wäre das die schlimmste Wendung, die seine gestotterte Geschichte nehmen könnte. Hagen schüttelte den Kopf, ein bisschen nachsichtig, ein bisschen wehmütig, ein bisschen geschmeichelt. Aus seinen zarten Erinnerungen in eine so ganz und gar andere Gegenwart zurückgeholt worden zu sein, überraschte ihn und rührte ihn, je länger er Brynhild zusah, wie sie dastand, bebend, blitzend und sich bemühte, zumindest leise zu schreien.

Auf einmal schien für ihn die Zeit stillzustehen, und er begriff, dass sich in dieser Frau alles Schicksal erfüllen würde, das er jemals haben könnte.

Es war nichts, aber auch gar nichts Schleierzartes an ihr. Brynhild war zu neugierig für Schleier, sie riss sie weg und füllte alles, was dahinter war, mit ihrer verschlingenden Liebe.

Er sah sie, wie sie vor ihm stand, wild und wütend, kämpfend gegen das, was seine Vergangenheit war, und es rührte ihn zu Tränen.

»Was?«, schrie sie heiser.

Da ging er auf sie zu und umarmte sie mit aller Kraft. Er drückte zu, so fest er konnte, fühlte ihren starken Rücken, ihre festen Muskeln, ihre Brust an seiner. Er drückte fester zu – und wusste, dass sie es aushalten konnte. Sie verschwand nicht, sie war nicht zu zart für das, was in ihm noch wartete, an die Oberfläche zu kommen. Er wollte ihr Gesicht nicht edel leuchtend sehen von innerlichem Leid.

Er wollte es sehen, wie es ihn anlächelte, wenn er durch die Tür kam, mit diesem rücksichtslosen Wunsch, ihn besitzen zu wollen.

»Ich liebe dich«, sagte er. »Zwei Mal in meinem Leben hat mein Herz zu mir gesprochen. Das erste Mal habe ich nicht hingehört.«
Das erste Mal hatte sein Herz nur gezwitschert, sanft und lieblich, wie es Frau Uotes Art gewesen wäre. Still und unaufdringlich, ohne Hoffnung. Jetzt aber, beim zweiten Mal, da brüllte es ihn an, als wenn man eine Ofentür vor einem Schmelzfeuer geöffnet hätte.
»Ich bin zweiundsechzig Jahre alt, Brynhild«, sagte er in seiner mörderisch zärtlichen Umarmung zu ihr. »Und ich bin ein Mann ohne Vergangenheit. Ich habe erst angefangen, da zu sein, als ich dich fand. Vorher gab es mich gar nicht.«
Brynhild schluchzte trocken auf und drückte ihn so fest zurück, wie sie konnte. »Wirst du Frau Uote vergessen?«, fragte sie ihn, zu jung, um zu begreifen, was er ihr gerade gesagt hatte.
»Es gibt sowieso nur noch zwei Menschen auf der Welt«, antwortete er. »Dich und mich.«
Sie ließen einander los. Brynhild lächelte. Dann warf sie ihn, ohne auf Widerstand zu treffen, aufs Bett.
»Jetzt?«, fragte sie.
»Hoffentlich immer«, antwortete Hagen.

Am nächsten Morgen, auf dem Weg zur Frühmesse, war Brynhild wie üblich etwas müde und fühlte sich diesmal etwas weh in den Knochen. Die Sorglosigkeit der vergangenen Nacht erschien ihr nun furchtbar leichtsinnig und dumm.
Vor der Messe sprachen die Frauen nicht miteinander, und Brynhild, die nun keine privaten Lektionen vom erleichterten Magister Conradus mehr erhielt, konnte leider keinen Grund finden, allein in der Kapelle zurückzubleiben.

»Du siehst blass aus, Kind«, sagte Frau Uote, als sie ins Morgenlicht traten. »Fühlst du dich nicht wohl?«
Sie habe nicht gut geschlafen, antwortete Brynhild lauernd, es sei so ein Lärm gewesen, dumme Diener auf den Gängen vermutlich.
»Wirklich?« Frau Uote schüttelte den Kopf. »Da muss man was machen. Guter Schlaf ist in deinem Alter so wichtig. Glaub mir, ich weiß, wovon ich rede, für mich ist das ein Fluch, diese Schlaflosigkeit. Aber hier ist es ja viel ruhiger als drüben.«
Offenbar hatte Frau Uote keine Eichhörnchen gehört.

Um aber ganz sicher zu gehen, bekamen zur Freude eines wackeren Zimmermannes bald alle Zimmer dieses Ganges neue Türen, dicker als die vorherigen.
Und es kam alsbald eine Zeit, in der Frau Uote häufiger bei ihrer Tochter übernachtete, denn als es auf den Sommer zuging, wurde es Krimhild immer schwerer.
Siegfried war nicht böse, einen Grund zu haben, anderswo zu schlafen, angeblich bei Gernoth. Jedenfalls war er nirgendwo anders in der Burg zu sehen. Hagen wusste, Siegfried ging ins Dorf. Es ging ihm vielleicht nicht einmal um die Mädchen, aber Worms langweilte ihn. Er war es nicht gewohnt, so lange an einem Ort zu bleiben. Er vermisste die heiteren Ausflüge, die kleinen Abenteuer. Er hatte das Gefühl, alle seine Geschichten nun schon selbst über zu haben, so oft hatte er sie erzählt. Und es kam keine neue hinzu. Seit den Sachsenkriegen war gar nichts passiert, wenn er von dieser Nacht mit Gunther einmal absah, aber diese Nacht hatte ja sowieso nie stattgefunden, und erzählen konnte man das schon gar nicht.
Zuerst hatte es ihn begeistert, sich als Ehemann zu sehen.

Er mochte diese kleinen Dinge, Krimhild auf die Stirn küssen – und ihren ewig dankbaren Blick zu spüren. Das war neu. Er kam sich zärtlich vor, fürsorglich. Er hatte sie so ganz für sich, das wusste er. Sie hing an ihm mit ihren Blicken, wie seine Mutter ihn einst von ihrem Fenster aus beobachtet hatte. Alles, was er tat, war wundervoll für sie – und doch schien sie stets ängstlich. Wenn er nur mal austreten ging, fragte sie schon: »Wo willst du denn hin?« Oder: »Wann bist du denn wieder da?«

Einmal hatte er Pläne gemacht, mit Gernoth auszureiten. Sie kamen jetzt ganz gut miteinander aus. Gernoth war weniger langsam als Gunther, aber bei weitem nicht so anstrengend wie Krimhild.

Er hatte sich abends verabredet und stand morgens auf, als sie noch schlief. Da saß sie mit einem Mal hellwach im Bett.

»Wohin gehst du?«, fragte sie mit wackliger Stimme.

»Weg, mit Gernoth«, ächzte er vornübergebeugt, weil er seinen Stiefel alleine anziehen musste. Er hatte sie eigentlich nicht wecken wollen.

»Wohin denn?« Sie fragte noch entsetzter.

»Ausreiten, bisschen was jagen, vielleicht. Schlaf ruhig weiter.«

»Geh nicht«, jammerte sie da, schon unter Tränen.

»Wieso denn nicht?« Er wurde gereizt.

Da blubberte sie etwas von einem schlimmen Traum, gefährlichen Wendungen, die auf jedem seiner Wege liegen würden. Ein Falke zerrissen von zwei – irgendwas, dummes Zeug jedenfalls. Sie hängte sich an ihn, heulte völlig entstellt, dass es sein sicherer Tod wäre, wenn er einfach so ginge.

»Verlass mich nicht!«

Erst küsste er sie noch ein bisschen auf die Nase und die Stirn und dachte, es würde dann aufhören, aber es ging

immer weiter. Dann rief er endlich einen Diener und sagte Gernoth ab.
Endlich hatte sie zu heulen aufgehört, aber den ganzen Tag über, wenn er nur mal aufstand, zuckte sie zusammen.
Also, überlegte er, was eine Unternehmung wäre, bei dem sie keine Falken und Todesboten sehen würde.
»Ich muss ja auch bald nach Xanten, mich da mal wieder sehen lassen«, verkündete er schließlich. Sie zuckte zusammen, als hätte er sie erdolcht, wies auf ihren Leib und sagte: »Aber ich kann doch so nicht reisen.«
»Musst du ja nicht, du kommst das nächste Mal mit. Ich meine, du kommst dann nach. Freuen sich doch schon alle auf dich.«
»Du hast gesagt, wir gehen zusammen.« Sie bot ein Bild des Jammers, blutleere Lippen, die Haut fast blau, die geschwärzten Augen unterschattet und verschwommen, am ganzen Körper zitternd.
»Ja, machen wir doch auch. Ich geh nur schon mal vor. Du kannst doch so nicht. Und ich war jetzt ewig nicht mehr zu Hause.«
»Du kannst einen Boten schicken.«
»Bote, Bote.«
»Mit Geschenken, ich habe diesen neuen Wandbehang fertig, von dem du gesagt hast, dass er deine Frau Mutter so freuen würde. Den schicken wir und eine Botschaft. Oder wir laden die beiden hierher ein?«
»Krimhild, was soll das denn? Mein Vater ist ein alter Mann. Der reist doch nicht hierhin, nur weil, weil –« Er verstand selber nicht mehr, worum es ging.
»Geh nicht!«, Krimhild warf sich vor ihm auf die Knie.
»Krimhild!«
»Bitte«, da heulte sie schon wieder, »geh nicht weg.«

Und immer die Sorge um das Kind. So, wie sie sich gebärdete, würde seinem Sohn wirklich noch etwas zustoßen. Er versprach also gereizt, bis zur Geburt zu warten. Kurz bevor Frau Uote übersiedelte, hatte er erstmals, seit er verheiratet war, mit einer Magd geschlafen. Es war natürlich unbedacht gewesen, am Ende würde sie es herumerzählen. Krimhild sollte das besser nicht wissen. Natürlich war es sein Recht als Ehemann, sich auch mal eine andere Frau zu nehmen – solange die nicht verheiratet war, aber er vermutete zu Recht, Krimhild könnte das anders sehen.
»Findest du mich auch schön?«, hatte die Magd ihn gefragt, als er schon sehr dabei war.
»Sehr schön«, hatte er gestöhnt.
»Aber nicht so schön wie sie, oder?«, hatte sie dann noch gezergt. Da hatte er zugesehen, dass er fertig wurde.
Jetzt, als Frau Uote immer öfter dasaß und die beiden Frauen gemeinsam stickten, überredete er die alte Königin, bei Krimhild zu nächtigen. »Ich kann doch bei Gernoth schlafen!«
Frau Uote lobte ihn, wie rücksichtsvoll er wäre, und hielt ihrer Tochter leise Vorträge darüber, was für einen wundervollen Ehemann sie hätte, sie so höflich allein zu lassen. Niemand konnte wissen, was Frau Uote damals mit Gibich hatte durchmachen müssen. Und Krimhild, die seit über einem Jahr von nichts anderem reden konnte als von Siegfrieds mannigfacher Großartigkeit, hörte schweigend zu, der Mund ein Strich, stickte zornig, entsetzt, durch ihre freundliche Mutter zu Dankbarkeit in tiefster Verzweiflung gezwungen.
Sie glaubte, diese Schwangerschaft würde niemals enden. Dann jedoch, wie zu erwarten war, kam dennoch der erste Tag dessen, der von mir vergessen wurde.

Geburt und Tod

Krimhild gebar beim schwarzen Mond, den Rest kann man sich dann schon vorstellen. Sie hatte viel Hilfe und hatte es dennoch schwer. Der, der von mir vergessen wurde, kam im Morgengrauen auf die Welt, riesig groß. Krimhild schrie sich heiser. Die Hebamme bezweifelte, dass Krimhild überleben würde, und wenn, dann würde sie wohl keine weiteren Kinder mehr haben. Aber sie hielt durch. Und das Wichtigste – es war keine Tochter.

»Da ist er!«, brüllte Siegfried stolz und zeigte seinen nagelneuen Sohn in der Halle den Königsbrüdern.

Alle Anwesenden machten »Hoh!« und andere Jubellaute.

»Hallo, kleiner Gunther«, sang Giselher, der Heranwachsende, freundlich und kitzelte das Neugeborene unter dem Kinn.

»Guck an«, wusste Gernoth nur zu sagen.

Allgemein fanden es alle schwierig, mehr mit so einem Säugling, der noch ganz rot und zerknautscht war, anzufangen, als eben einmal kurz »hoh« zu rufen. Frauen mochten sich ja an so etwas begeistern, aber für die versammelten Herren wurde ein Sohn erst dann interessant, wenn er sich in den Waffen üben konnte.

Siegfried wirbelte weiter durch die Reihen der freundlich nickenden Männer und zeigte allen wieder und wieder seinen Sohn, woraufhin alle wieder und wieder nickten und

sich dann langsam wieder setzten, in der Hoffnung, dass der Jubel das Frühstück nicht zu sehr verzögern würde.
Aber Gunther, dem Oheim und König, kamen alldieweil Tränen der Rührung: »Was für ein Prachtkerl!«, flüsterte er.
Es wäre nun logischerweise Hagens Pflicht gewesen, Gunther beiseite zu nehmen und ihm eindringlich zu sagen, dass er keinesfalls Siegfrieds Kind so gefühlig bestaunen dürfe, sondern sich schleunigst an die Produktion eines eigenen machen müsse.
Ebenfalls logischerweise tat Hagen nichts Derartiges, weswegen der ewig ehrgeizige Herr Volker seine Chance witterte, sich als kluger Berater herauszustellen.
»Ein Prachtkerl«, flüsterte Gunther abermals, als es einer besorgten Amme auf Frau Uotes lugendes Geheiß hin schließlich gelang, das Kind zu entfernen. Volker, geschmeidig, schön und neidisch, kam näher. »So, Siegfrieds Sohn, he?«, sagte er, als erklärte das etwas. Gunther blickte gerührt zu ihm auf.
»So was ganz, ganz Wonniges!«, hauchte der König.
Herr Volker nickte. Er fühlte geradezu Hagens Auge auf sich und dachte fälschlich, dass er ihn diesmal übertrumpfen könnte.
»Sagt mal, Herr – und Ihr?«
»Ich«, fragte Gunther.
»Jung-Gunther ist Eurer Schwester Sohn. Er steht damit als direkter Erbe zum Thron, selbstverständlich nach den Herren Gernoth und Giselher.«
»Ja«, sagte Gunther unbestimmt und lächelte noch ein bisschen.
»Ihr müsst an Euer Blut denken, Herr.«
»Der kleine Mann da ist doch von unserem Blut«, wehrte sich Gunther, der jetzt ahnte, was kommen könnte. Er

hätte diesen Vorstoß auch eher Hagen zugetraut. Aber Hagen – nun, er ging ihm nicht gerade aus dem Weg, vernachlässigte selbstverständlich auch keines seiner Ämter, aber er war doch auf gewisse Art unpersönlicher als jemals zuvor. Und das wollte was heißen. Jedenfalls hätte er gedacht, dass derjenige, der ihm irgendwann diese Predigt halten würde, Hagen wäre.

»Herr«, flüsterte Herr Volker und rückte sein schönes, gespanntes Raubvogelgesicht näher. Gunther blinzelte. »Herr, die Königin ist nun schon fast ein Jahr hier! Und sie trägt nicht. Wenn sie unbrauchbar ist, dann müsst Ihr sie zurückschicken.«

Hagen beobachtete das Geflüster ungerührt von einer der hinteren Säulen aus. Er konnte sich sehr gut vorstellen, was da passierte. Er musste nicht versuchen zu lauschen.

Der Schreck der Überrumpelung machte Gunther mitteilsam wider sein eigenes Wohl: »Ich weiß nicht, ob sie unbrauchbar ist«, zischte er. Dann räusperte er sich: »Ich beschlafe sie nicht oft. Sie sagt mir nicht zu.«

Herr Volker nickte begreifend, ein neues Interesse im Blick. »Dann müsst Ihr Euch eben zwingen, Herr. Burgund braucht einen Erben, von Euch gezeugt, nicht von Eurem Schwager. Das Blut überträgt sich nicht durch die Frau.«

»Nicht?«, fragte Gunther überrascht. Es war doch immer jede Menge Blut bei einer Geburt dabei, wieso dann nicht? Aber Herr Volker vertiefte sich nicht in seine wissenschaftlichen Ideen.

Er blieb praktisch. Er überlegte, ob Gunther dumpf genug wäre, ihm zu sagen, wie oft er mit der Königin schliefe, das interessierte Herrn von Alezeye nämlich sehr. Genau genommen interessierte es ihn sehr, selbst mit Brynhild zu schlafen. Das kam natürlich leider nicht in Frage.

Er hatte auch Angst, dass Gunther Hagen von ihrem Gespräch Wort für Wort erzählen würde, so steuerte er um seine Neugier herum.
»Herr, wenn ich so frei sein darf: Nehmt Euch doch mal einen Monat dafür. Ihr besteigt sie einfach jeden Abend, wenn sie dann nicht schwanger ist, schickt Ihr sie fort und wählt Euch eine neue Frau. Sie ist ja nicht mehr ganz so jung, die Königin, mit Verlaub.«
»Jeden Abend«, rief Gunther entsetzt. Er fand es schon furchtbar, mit der einschüchternden Brynhild auch nur eine Mahlzeit alleine einzunehmen. Diese Frau hatte sich das eigene Gesicht zerschnitten, um ihn aus sich herauszureißen. Er bekam Bauchschmerzen. Herr Volker kam noch näher.
»Herr, wenn Ihr Euch deswegen Sorgen macht, da gibt es doch Möglichkeiten. Kennt Ihr nicht die Luitgard, die aus dem Waschhaus?«
»Was, wen?«, jammerte Gunther, der sich vor lauter Angst gar nicht mehr konzentrieren konnte.
Herr Volker flüsterte seinem König sehr private Vorschläge ins Ohr, inwieweit die nämliche Luitgard ihm bei der Vorbereitung auf den Zeugungsmonat und letztendlich auch den Zeugungsmoment behilflich sein könnte.
»So was machen Leute!?«, rief Gunther entsetzt, viel zu laut, und Herr Volker sah sich verzweifelt um. Es war dann auch schon zu spät. Hagen kam endlich von seiner Säule her auf sie beide zu.
»Herr?«, sagte er mit dieser unlesbaren Stimme.
Herr Volker hätte vor Wut schreien mögen.
»Hagen«, klagte Gunther, »muss ich jetzt sofort einen Erben machen?«
»Ein König sollte immer einen direkten Erben haben«, antwortete Hagen ausdruckslos.

»Ja, aber Volker meint, ich muss ... ihn sofort machen.«
Das Kohlenauge richtete sich einen Moment auf Herrn Volker, der das Gefühl hatte zu brennen.
»Herr Volker hat dies sicherlich betont, weil es der Sinn Eurer Eheschließung war.«
»Ja, genau«, maulte Herr Volker.
»Und was sagt Ihr, Hagen?«, flehte Gunther.
»Es ist eine wichtige Angelegenheit. Ich werde mit Euch noch darüber sprechen.« Gunther seufzte erleichtert. Das hieß zumindest nicht heute Abend.

Hagen kam mit einem seltsamen Ausdruck im Gesicht bei Brynhild an. Er hatte nicht gedacht, dass es ihm jetzt so unmöglich sein würde, vor ihr Geheimnisse zu haben. In den sich zerbrechlich aneinander reihenden Tagen, Wochen und Monaten ihrer Liebe hatte er ihr so vieles von sich erzählt, als gäbe es wirklich keinen Unterschied mehr zwischen dem, was in ihm war, und dem, was in ihr war. Es war wie zwei Wasser, die ineinander fließen.
Er liebte sie. Er liebte sein Leben mit ihr, egal wie versteckt es sein musste. Zum ersten Mal in all seinen Jahren hatte Hagen von Tronje etwas, das wertvoll und schön und wunderbar war, ohne Hintergedanken, ohne Wachsamkeit.
Und Brynhild war unermüdlich in ihren Bestrebungen, wiewohl begrenzt durch ihre Situation, sein Leben schöner zu machen. Sie fragte ihn, was er am liebsten äße – und dann wünschte sie es sich am nächsten Tag an der Tafel.
Sie fragte ihn nach dringenden Änderungen, die am Hof vorgenommen werden mussten, und äußerte dann vor allen den Wunsch, über diese Vorhaben in Kenntnis gesetzt zu werden, was diese beschleunigte.
Es schmerzte ihn, dass sie ihre lodernde Kraft in ihrer Ge-

fangenschaft so einsperren musste. Kirchgang, Frühstück, Kammer, Kirchgang, Abendmahl, Kammer – mehr war da nicht. Keine Ausritte, keine Übungsgefechte. Wenigstens hatte sie das Weben und Sticken nicht aufnehmen müssen. Sie war nie gut darin gewesen, schon gar keine solche Meisterin wie Krimhild.

Nach wie vor trainierte sie mit den Holzscheiten und Schemeln, aber es war eben doch Gefangenschaft.

Hagen war nun schon eine Weile unzufrieden, da er ahnte, dass ihre nächtliche Idylle nicht ewig fortgesetzt werden könnte, zumindest nicht ungestört, was überhaupt bis jetzt ein Wunder gewesen war.

Zwei Pläne bewegte er immer wieder in sich hin und her.

Der erste war die Flucht. Er wusste, wo man die Festung verlassen konnte, ohne gesehen zu werden. Er würde Brynhild dahin bekommen. Dankwart könnte ihnen zwei Pferde nach außen bringen und auf sie warten. Er wusste, Dankwart würde jeden Weg mit ihm gehen, auch den des Hochverrats. Hochverrat, den Hagen für richtig hielt, wäre kein Verrat für Dankwart, sondern höhere Vernunft. Man würde Hagen nicht vermissen, weil das Verschwinden so zu ihm gehörte wie der Mond zur Nacht. Brynhilds Verschwinden würde man sofort bemerken. Aber beide nicht gleich in Zusammenhang bringen, vermutete er.

Sie könnten in der Nacht nordwärts reiten und ein Schiff besteigen, flussabwärts reisen, nach Norden ziehen, er könnte Brynhild heimbringen. Sie könnte zu den Menschen, die sie liebte, zurückkehren. Brynhild wäre wieder, wer sie sein sollte: Königin auf den Inseln, die sich von weit her einen Mann mitgebracht hatte, wie eine ihrer Ahninnen.

Eine glückliche Geschichte, die sich den anderen ihrer Familie hinzufügte.

Hagen durfte nie zu lange an diesen Plan denken, sonst erschien es ihm unglaublich, dass er ihn nicht umgehend ausführte.
Später dann, als sie sich für den anderen Plan entschieden hatten, vergab er es sich nicht, dass er gezögert hatte. Später, als der zweite Plan den ersten für immer zunichte gemacht hatte, verstand er nicht, was ihn trotzdem hielt – bei den Brüdern in Worms.
Der zweite Plan war wesentlich komplizierter.
Der zweite Plan baute sich um sehr viele »Wenn« und »Dann«.
Aber er ging auf. Woher ich das weiß?
Ich bin das Ergebnis des zweiten Plans.

Brynhild sah sofort, dass etwas nicht stimmte, als er vor ihr stand. Wie eine Glucke flatterte sie um Hagen herum, legte die Hand auf seine Stirn, fragte nach seinem Appetit, nach möglichen Schmerzen.
»Brynhild, hör auf!«
»Aber dir ist doch irgendwas!«
Brynhild kämpfte oft mit der Furcht, dass Hagen einfach so sterben könnte, was angesichts seines Alters nicht ganz unberechtigt war. Deswegen war jeder Husten für sie ein Vorbote des schlimmsten Unheils. Nachts, wenn er bei ihr einschlief – leider eher selten, weil sie so vorsichtig sein mussten –, lauschte sie mit dem Kopf auf seiner Brust auf jeden seiner Atemzüge, jeden Herzschlag und war auf überwältigte Art dankbar für jeden weiteren, den sie hören durfte.
»Ich bin nicht krank«, wehrte Hagen jetzt ihre Fürsorge ab.
Ihr Gesicht erblühte in einem kurzen Lächeln und wurde dann gleich wieder ernst.
»Was ist es dann?«, wollte sie wissen.

Hagen zog sie auf seinen Schoß.

»Es wird Schwierigkeiten geben. Gunther muss einen Erben haben.« Brynhilds Körper versteifte sich so schnell, dass Hagen dachte, sie würde von seinen Knien rutschen.

»Nicht mit mir«, erklärte sie tonlos. Er nickte.

»Das ist die Schwierigkeit«, erklärte er. »Natürlich muss er diesen Erben mit dir haben.«

Es zuckte in Brynhilds Gesicht. »Nein«, sagte sie. »Niemals.«

Hagen wollte sie beruhigen: »Ich weiß«, sagte er.

»Nein, du weißt nicht!«, fuhr sie ihn an. »Nicht mit mir!«

»Brynhild, beruhige dich doch mal.«

»Ich will nicht!« Sie stand auf. Er sah, dass sie zitterte.

»Ich bringe mich um, bevor das passiert«, sagte sie durch die Zähne.

»Brynhild, Liebling, jetzt sag doch so etwas nicht, hör mir doch erst mal zu!« Hagen stand auch auf. Er wusste, wie schlimm es gewesen war, diese Nächte mit Gunther, von denen sie übrigens nie sprach. Aber sie sollte doch wissen, dass er so etwas nie von ihr verlangen würde. Verlangen könnte. Der Gedanke, dass ein anderer Mann sie auch nur anfasste, machte ihn unberechenbar wütend. »Ich habe doch eine Idee.«

»Ich lasse ihn nicht hier rein. Ich bringe ihn um.«

»Doch, hör mir bitte erst mal zu.«

Brynhild warf mit einer Bürste: »Nein!«

Hagen wurde laut: »Jetzt hörst du mir aber zu, verdammt noch mal. Was glaubst du denn, dass ich dich einfach so ausliefern würde?«

»Es wär ja nicht das erste Mal«, schrie Brynhild zurück.

»Was?«, fragte Hagen tonlos und fühlte sich, als hätte er Eisen im Mund.

»Was war denn, als die beiden hier einfach reinkommen

durften und mich vergewaltigt haben? Oder ist dir das entgangen? Ist das das Einzige an diesem Hof, was dir in den letzten achtundzwanzig Jahren entgangen ist?«
»Was?« Hagen konnte nur flüstern. »Wer?«
Es klopfte an der Tür. »Brynhild?« Frau Uote stand draußen, hatte nun doch einen leichten Schlaf gehabt. Hagen versteckte sich, wiewohl im Inneren gelähmt, sofort hinter der Tür, die Brynhild keuchend, zitternd und mit hochrotem Gesicht aufriss.
Frau Uote lächelte freundlich: »Liebes, ist dir was? Ich habe deine Stimme gehört.«
»Ich bete«, fauchte Brynhild die arme Königin an.
»Oh«, Frau Uote wich einen Schritt zurück, behielt aber ihr freundliches Lächeln. »So leidenschaftlich«, sagte sie leicht fragend.
»Ja, das Beispiel der heiligen Anna«, antwortete Brynhild trocken, auch wenn sie die Ansprachen Magister Conradus' tödlich langweilten, manche Sachen behielt sie.
»Natürlich. Wie schön«, sagte Frau Uote. »Dann will ich nicht weiter stören.« Sie beugte sich vor und küsste Brynhild auf die erhitzte Wange. »Oder brauchst du Gesellschaft?«
Brynhild atmete tief durch. »Nein, danke, Mutter Uote. Du bist immer sehr freundlich. Aber es sind meine ganz eigenen Gebete.«
Dann schloss sie die Tür. Als hätte die bloße Anwesenheit der alten Dame das Schlachtfeld zwischen den Liebenden verwandelt, standen sich beide nun still gegenüber.
»Was ist passiert, Brynhild?«, fragte Hagen schließlich.
Sie winkte ihn zu sich, legte sich aufs Bett und ließ ihn hinter sich. Er zog sie in seine Arme und wartete.
Dann erzählte Brynhild von Siegfried.
Sie fing sogar vor Siegfried an. Sie redete von ihrem Warten

auf den Ungebrochenen, ihrer hochmütigen Verzweiflung, den Wettkämpfen ohne Sieger. Und dann kam das leere Schiff. Wie sie zu Siegfried gegangen war. Die Hochzeit, die keine war, der schnelle Abschied, diese seltsame Reise, dann ihre Ankunft.

Natürlich hatte sich Hagen so einiges zusammengereimt, aber er hatte sie nie gefragt. Er wollte es nicht wissen. Was er gesagt hatte, stimmte, in seiner Welt gab es nur sie beide, alles andere schob er fort. Für ihn hatte das Leben mit ihr begonnen.

Die Gefangenschaft im Frauentrakt, die Idee, einen Skalden finden zu wollen. »Jetzt muss ich ja selber drüber lachen«, sagte Brynhild heiser und lachte immer noch nicht. Ihre Verzweiflung, diese endlose Leere, die sich ihrer bemächtigte, die Hochzeit.

»Zuerst kam Gunther alleine.« Der kleine Kampf, wie sie ihn dann an einen Nagel gehängt hatte, ohne Gedanken an später.

Das konnte Hagen sich am schwersten vorstellen, dass sie nie an später dachte. Aber gleichzeitig wusste er, mit ihm tat sie es – für ihn. Für Brynhild hatte die Zeit mit Hagen begonnen, kostbare, begrenzte Zeit, für die sie diese Knechtschaft auf sich nahm.

Und dann Siegfried. Die erste Vergewaltigung. »Bestimmt hat er es nicht geplant«, entschuldigte sie ihn sogar noch. »Er wollte mich wohl nur zwingen, mit Gunther zu sein. Und dann –« Der Satz blieb unvollendet. Sie forschte in sich nach den Gefühlen dieses ersten, tiefsten Schreckens und fand sie noch immer nicht. Nur einen Abgrund, in dem ein Teil von ihr für immer liegen würde.

»Das Gefühl ist …«, versuchte sie zu erklären, konnte es aber nicht.

Sie musste auch nicht. Mit acht Jahren hatte Hagen zum ersten Mal einen Menschen getötet. Mit einem stumpfen Hufmesser hatte er einen Hunnen aufgeschlitzt, einen schon etwas älteren Soldaten, der ihn vergewaltigt hatte. Das war an sich nichts Besonderes, vergewaltigt zu werden.

Es passierte den Jungen dort andauernd, Geiseln, keinen Geiseln, Sklaven, Edelsöhnen, ganz egal. Sobald genug besoffene Hunnen zusammen waren, holten sie sich die Jungen, wenn sie keine Frauen finden konnten. Die Kinder nahmen es hin, wie Kinder alles hinnehmen, wenn sie keine Wahl haben. Sie verstanden es nicht, für die meisten war ein Schmerz längst wie der andere geworden. Hagen hatte Schmerz schon in Alderichs Truhe vergessen. Aber er hatte sich geschworen, niemand würde ihm je etwas gegen seinen Willen antun, solange er lebte.

Schon gar nicht so etwas. So etwas heimlich und hinterückisch Widerwärtiges, so eine nachlässige Art, einen Menschen zu beschmutzen und wegzuwerfen.

Hagens Schwur hatte es dem Hunnen nur ein paar Nächte später heimgezahlt. Er hatte sich mit dem Blut seines Vergewaltigers bemalt und dessen Haare in seinen Gürtel geflochten. So etwas verstanden die Hunnen. Danach rührte ihn keiner mehr an.

Deswegen kannte er das Gefühl, für das Brynhild keine Worte fand. Was hätte er darum gegeben, dass sie es nicht kennen sollte.

Es war ein Gefühl, wie wenn man schreien möchte und es nicht kann.

»Siegfried?«, fragte er ganz leise, die Stimme ausdruckslos.

Brynhild zog die Nase hoch. »Danach Gunther«, flüsterte sie.

»Gunther die ganze Nacht.« Sie wartete auf seine Frage, die sie sich selbst so endlos oft gestellt hatte.
Warum sie nicht gekämpft hatte. Zumindest gegen Gunther, zumindest beim zweiten Mal, zumindest, als Siegfried gegangen war. Hagen stellte die Frage nicht. Er dachte darüber nach, wie sie sterben sollten. Siegfried und Gunther, sein König.
Ein stumpfes Hufmesser wäre nicht gut genug für die Qual, die er ihnen wünschte. Ganz ruhig überlegte er, was am besten zu tun wäre. Er wusste gleich, dass dieser Plan dauern würde. Aber er wäre es wert, gemessen an dem Verbrechen, das er rächen würde. Er war jetzt ganz ruhig. Nur hinter der Ruhe schwelte ihr Satz: »Es wäre ja nicht das erste Mal.« Er hatte versagt. Er hatte es verursacht – und dann versagt.
»Ich weiß nicht, weshalb ich nicht gekämpft habe«, Brynhilds Stimme klang dumpf.
»Deswegen habe ich mir das Mal aus dem Gesicht geschnitten«, sagte sie, konnte aber immer noch nicht aussprechen, wie ungemein widerwärtig das Gefühl gewesen war, als dieser plumpe, fürchterliche Mann daran saugte wie ein riesiges Kind.
Es wurde ganz still. Schließlich drehte sie sich um. »Verstehst du jetzt, dass es nicht geht. Nie.«
Hagen hatte einen völlig leeren Blick. »Ja«, sagte er. »Ich verstehe es.«
»Was denkst du?«, fragte sie ihn, suchte vergeblich in seinem Auge nach seiner Wärme, nach seiner Liebe, nach dem, was die Welt für sie war und die Zeit und alle Erklärungen und aller Trost. Aber da war nichts. Entsetzt richtete sie sich auf.
»Hagen?«, fragte sie und wischte sich die Tränen von der Wange.

Er sah zu ihr hoch, seltsam verzögert, immer noch mit diesem verschlossenen Ausdruck. Dann blinzelte er einmal und war wieder da.
»Ich denke«, sagte er langsam und streichelte sehr zärtlich ihre Wange und ihr Haar, »dass ich gerne ein Kind mit dir hätte. Und dass wir es Gunther unterschieben können. Es kann ein bisschen schwierig werden. Aber möglich. Ich denke, dass ich nichts lieber möchte, als auf ewig mit dir zusammen zu sein. Und dass ich alles darum geben würde, wenn du nicht einen einzigen Tag Kummer erlebt haben müsstest. Meine Königin.«
Und das war mein Anfang. Der Ruf aus grenzenloser Liebe und unersättlicher, unbarmherziger Rache, mit dem mein Vater mein Leben begann und das Ende zweier anderer Leben beschloss.
Er wurde zum Richter, wie so oft, über diejenigen, die gefehlt hatten. Nur, dass niemand von jenen, die sich über Hagens Strenge beklagten, auch nur eine leise Ahnung hatte von der Strenge, die er gegen sich selbst walten ließ.
Hagen richtete in seinem aufkeimenden, vernichtenden Plan auch einen Dritten – sich selbst. Und leider auch zahllose andere, an die er weder in dieser Nacht noch später jemals dachte.
Es wird nun finster über meinen Worten, Ihr Fremden. Erwartet keine glücklichen Wendungen oder eine Rettung in den letzten Augenblicken. Was Ihr nun an Heiterkeit und Glück noch finden werdet, ist geborgt gegen höchsten Zins, und das Pfand wird eingetrieben werden.
Geburt und Tod gehören oft zusammen.
Aber in meinem Fall waren sie wie eins, verflochten und endlos.

Das Land der Untergegangenen
Die vierzehnte Erinnerung

Man hat beschlossen, dass die Burgunden am Morgen in die Kirche gehen sollen, die extra für Krimhild errichtet worden ist.
Hagen besteht darauf, dass sie in Rüstung gehen. Giselher wehrt sich. »In einer Kirche! Beim Gottesdienst?«
»Mach, was er sagt«, weist Gunther ihn zurecht. Da werden sie alle still. Hagen schickt Dankwart zu den Pferden, er hat so ein Gefühl. Nach der Kirche sollen Kampfspiele stattfinden, Ringen, Fechten, rein freundschaftlich. Wann hat man schon mal so viele verschiedene Völker zusammen. Und alle wollen bestätigt wissen, dass sie den besten Kämpfer stellen können. Étešil auf dem Weg zum Kampfplatz, begeistert von seinen ölglänzenden Ringern, die in aller Freundschaft darauf warten, das Rückgrat der Krieger fremder Länder zu brechen, hört die waffenklirrenden Burgunden, bevor er sie sieht.
»Was ist denn los?«, lässt er fragen. Sein Dolmetsch sagt: »Mein Herr will wissen, ob Euch jemand gedroht hat, dass Ihr so zu Eurem Geistesdienst geht.«
Gunther macht den Mund auf, aber Hagen ist schneller. »Nein, überhaupt nicht«, sagt er.
Das ist nur schon eine Vorbereitung für das Turnier, behauptet Volker geistesgegenwärtig. Étešil lächelt gemessen, ehrlicherweise gibt er diesem abgehalfterten Haufen keine

Chance gegen seine Krieger, aber immerhin sind sie ja die Brüder seiner Hauptfrau. Trotzdem, als sie sich wenden, hat er ein schlechtes Gefühl. Besser, sie machen nachher ein paar öffentliche Gesten der Einigkeit, die beiden Familien.
Irgendetwas ist da. Er lässt nach seinem Onkel Blödelin suchen, der sich nach seinem Geschmack viel zu viel bei Krimhild herumdrückt. Und Krimhild hat etwas gegen ihre Brüder – und gegen Hagen, haben ihm seine Spione zugetragen. Nur können die Spione leider nicht wirklich ausmachen, was. Irgendetwas war da mit ihrem ersten Mann. Aber Étešil wird nicht gerne an einen ersten Mann erinnert, schlimm genug, dass seine Hauptfrau sich immer nur wie eine Strohpuppe hinlegt und dabei heult. Mit den Fingern kämmt er sich durchs Haar, als wollte er die Gedanken niederhalten, die er nicht haben will.
Er tuschelt mit einem Berater, einem schlauen sächsischen Sklaven, der sich mit fremden Völkern auskennt. Der Berater weiß: »Gezeugtes Blut ist ihnen wichtiger als Geschwisterblut.« Man lernt nie aus, denkt Étešil. Wenn er eins von seiner Familie mitbekommen hat, dann, dass man besser keinem Blut traut, solange man König bleiben will. Er lässt Ortlieb bringen. Normalerweise sind die Berater nie so sehr dafür, das Kind mit dem leeren Blick zu oft vor dem Volk zu zeigen, aber hierbei halten sie es für sinnvoll, eine Ausnahme zu machen. Étešil liebt das Kind, sollen sie ihn doch alle komisch dafür ansehen. Gut, Ortlieb ist ein bisschen still, aber das verwächst sich noch, ganz sicher.
Die Dänen und Thüringer schlagen auf dem Kampfplatz aufeinander ein, doch wieder mit der Axt, Étešil hatte extra um das Schwert gebeten, damit sie hier nicht wie Barbaren erscheinen. Infrit röhrt sich heiser, so feuert er seine Kämpfer an.

»Amüsiert Ihr Euch, Infrit?«, fragt Étešil scharf, als er am Sitz des Thüringerfürsten vorbeigeht. Infrit kann kaum die Augen von seinen Kämpfern wenden, steht nur langsam auf. »Die Dänen betrügen«, brüllt er geifernd. Étešil geht weiter, sein Vasall bemerkt es gar nicht. Endlich kommen die Burgunden, auch Krimhild – wieder mit dieser Leidensmiene. Man setzt sich und man schweigt. Angesichts der Schmähungen, die sich Infrit und Dänenfürst Hawart zubrüllen, wirkt das Schweigen besonders schlimm, viel feindseliger als Infrits Vorschläge, was die Dänen mit ihren Äxten machen sollten, sobald sie winselnd den Kampfplatz geräumt hätten. Dem Vorschlag offenbar zugetan, zeigen die Dänen – Hawart allen voran – ihren blanken Hintern vor. Alle lachen – nur Krimhild und die Burgunden nicht. So kann das nicht weitergehen. So wird man den Ruf nie los, dumm und primitiv zu sein. Idioten, diese Dänen.
»Bringt Ortlieb«, befiehlt Étešil.
Als das Kind kommt – regungslos wie immer –, versucht es Étešil bei Hagen, der spricht ja auch noch seine Sprache: »Was meint Ihr, Freund, als Ihr in seinem Alter wart, seid Ihr bei uns gewesen, soll mein Junge mit Euch an den Rhein gehen?« Hagen räuspert sich, sagt aber nichts.
»Wäre mir grad recht, wenn der seine erste Schlacht noch unter Euch hätte, Hagen«, versucht es Étešil weiter. »Da kann er dann ein großer Krieger werden.«
»Ehrlich gesagt, danach sieht es mir nicht aus«, sagt Hagen leise.
»Herr, Ihr vergesst Euch!«, Étešil steht auf. Hagen auch. Dann Gunther und die Brüder. Krimhild hebt wachsam den Kopf. Keiner hat mitbekommen, worum es ging. Étešil geht, wütend und blass, die Berater ihm nach, das Kind stolpert auf steifen Beinchen mit.

»Was ist los?«, fragt Gernoth.
»Noch nichts«, antwortet Hagen durch die Zähne.
Da schreit einer aus der Menge der Dänen: »Haaageeeen!«
»Dankwart!«
Dankwart läuft auf sie zu, verschwitzt, ein paar Kratzer auf den Händen. »Überfall«, keucht er, »Blödelin.«
Hagen nickt. »Bist du in Ordnung?«
»Im Stall«, japst Dankwart. »Gunther, Eure Schwester hat uns ihre erste Botschaft geschickt. Wir sollten eine zurücksenden.«
»Was immer Ihr sagt«, flüstert Gunther, Hagen schaut zu Gernoth, Volker, Giselher, alle nicken ihm zu, was immer er sagt.
»Los.« Sie gehen Ételsil nach, bevor er Befehl geben kann, die Türen zu bewachen.
In der Halle lässt sich Ételsil gerade an der Tafel nieder. »Kommt Ihr mit einer Entschuldigung?«, faucht er.
»Kaum«, antwortet Hagen. »Oder wollt Ihr uns erst erklären, warum Euer Oheim versucht hat, meinen Bruder umzubringen?«
Entsetztes Getuschel. »Lasst uns trinken, Fürst«, sagt Hagen mit der Wolfsstimme. »In unserem Land trinkt man auf die Ehre der Toten. Lasst uns auf Euren Verwandten trinken. Euren Botschafter!« Er dreht sich zu Krimhild, die unentschlossen hin und her wankt, nicht weiß, was sich zu ihrem Vor- oder Nachteil entwickeln wird. »Oder war es Euer Gesandter, Königin? Hattet Ihr Fürst Blödelin eine Entlohnung versprochen, die er sich holen wollte?«
Er zieht blank, entsetztes Einatmen. Und dann passiert etwas, was sich niemand erklären kann, nie. Entweder das Kind wollte zu seiner Amme, oder es hatte einfach Angst und ist losgelaufen. Jedenfalls rennt es plötzlich, will an Hagen

vorbei, der sieht mit seinem einen Auge nur einen Schatten – und schlägt zu. Jahre der Gewohnheit, schneller zu sein als alles andere.
Ortliebs Kopf kugelt direkt vor Krimhild aus.
»Nein«, flüstert Hagen. Das hat er nicht gewollt. Das Kind doch nicht. Er starrt sein Schwert an, seinen Arm.
»Hagen«, schreit Ruideger entsetzt.
Krimhild blinzelt, als könnte sie nicht glauben, was sie sieht. Étešil steht, bleich wie der Tod, den Mund offen, und sagt kein Wort. Ortliebs Blut pulst aus dem zuckenden Körperchen heraus, eine riesig kleine Lache in der Halle. Erst jetzt sind die toten Augen wirklich leer. Aber jetzt wissen alle Bescheid.
Das Töten hat begonnen, und das Sterben hat begonnen.
Jetzt gibt es keine Rettung mehr.
Jetzt geschieht es.

Schlüpfrige List

Hagen belehrte zuerst Rikchen. Sie sollte Gunther nun nicht mehr mit Selbstmord drohen, sondern im Gegenteil seine Zuversicht aufbauen, dass eine Nacht mit der Königin weder ihm schaden noch sie ergrimmen würde. »Aber langsam«, befahl er. »Er soll nichts merken.« Rikchen nickte, sie lächelte Hagen an und hoffte vergeblich auf ein Lob zusätzlich zum Gold, das man ihr reichte.
Danach redete er Siegfried zu, die Fahrt nach Xanten nicht zu lange aufzuschieben. »Es ist schneller wieder Herbst, als man denkt.«
Siegfried lachte, aber es klang seltsam gedämpft.
Hagen gab sich, wenn auch für einen aufmerksamen Beobachter vollkommen unglaubwürdig, alsdann vertrauensselig.
»Ich weiß, Siegfried, Ihr habt jetzt eine Frau, die Euch hier hält, aber ich hätte gedacht, Ihr seid wie ich. Ich dachte, Ihr könntet auch nicht ohne das Abenteuer leben. Aber natürlich habt Ihr nun das gefunden, worum es wirklich im Leben geht, hm? Eine Frau, einen Sohn, ein warmes Zuhause.«
Das Gift ließ er wirken. Es schmeckte so süß, dass Siegfried alle Vorsicht und guten Sitten vergaß. »Ach, na ja«, sagte er und wischte Frau und Kind mit einer Handbewegung weg.
Hagen beugte sich zu ihm. »Ich wünschte mir ja fast manch-

mal, die Sachsen kämen wieder, nur, damit was los wäre, versteht Ihr?«
»Das wünsch ich mir jeden Tag«, blökte Siegfried unvorsichtig.
»Ja«, sagte Hagen und wartete. Nicht lange:
»Ich würde ja gerne nach Xanten ziehen, gleich heute, ach, gestern! Aber ...« Er sah sich um: »Krimhild will unbedingt mit.«
Hagen nickte väterlich: »Ja, dann nehmt sie doch mit. Der Junge hat doch eine Amme, hat doch seine Großmutter, wird ihm doch an nichts fehlen.«
»Meint Ihr wirklich?«
»Ja, aber sicher! Wir sind doch aus einem Holz, Siegfried«, Hagen drückte ihm die Schulter, fühlte das Kettenhemd unter der Tunika, fühlte die Verarbeitung genau. »Ihr müsst mal wieder zu Eurem Vater, Hofdienst leisten. Und wenn Ihr wieder da seid, dann machen wir mal was zusammen. Gehen mal jagen oder machen einen Schaukampf, oder so etwas.«

Am übernächsten Tag rumpelte ein elend langsamer Reisewagen zum Rhein hinunter, Siegfried ritt auf seinem Fuchs nebenher und winkte zur Burg wie ein Knappe auf seiner ersten Fahrt.
Danach war es nur noch eine Frage der Zeit, keine lange Zeit übrigens, worauf beide sehr stolz waren.
Eines Abends, als Hagen Brynhild besuchte, strahlte sie ihn an.
»Sicher!«, sagte sie nur.
»Ganz sicher?«, fragte er. Sie nickte.
Hagen hatte das Gefühl, nie wieder in einen der üblichen Schutzpanzer passen zu können, so schwoll ihm die Brust

vor Freude. Frau Uote musste ja Klein-Gunther bewachen, also griff er nach einem Tiegel und warf ihn an die Wand.

»Hagen!«, zischelte Brynhild entsetzt und glücklich. Ihr war leider meistens ziemlich schlecht, und deswegen hatte sie das Tiegelwerfen eingestellt. Hagen aber schien auf den Geschmack gekommen.

»Ich wollte immer mal wissen, was da dran ist, wenn du das machst«, lachte er. Dann wurde er ernst. Sie küssten sich.

»Jetzt fangen die Schwierigkeiten an«, sagte er, »jetzt müssen wir Gunther schnell dazu kriegen, dass er dir – beiwohnen will.«

Brynhild schluckte, aber sie vertraute aus der Not heraus, aus dem Glück heraus, der List, die sie ausgebrütet hatten, vertraute vor allem der Dunkelheit und noch mehr Gunthers Angst. Hagen behauptete weltgewandt, dass diese List eine ganz geläufige sei, dass mehr Thronerben, als man zu wissen begehrte, in Wirklichkeit von flotten Kammerherren oder wackeren Söldnern gezeugt worden wären. Und dann müsste man sich eben zu helfen wissen.

Brynhild hatte keine Meinung dazu. Nach über einem Jahr in Burgund gab es eigentlich nichts mehr, was sie für unmöglich hielt. »Morgen nach der Kirche«, versprach sie.

Hagen strahlte haltlos.

»Was machen wir, wenn es dann wie du aussieht?«, fragte Brynhild plötzlich in sein Glück hinein.

»Wir sagen, dass es aussieht wie einer aus deiner Familie.«

»Siegfried kennt meine Familie.«

»Das wird dann kein Problem sein«, antwortete er mit leicht verändertem Gesichtsausdruck, aber sie nahm es nicht wahr.

»Ach, Brynhild«, er zog sie in eine seiner zerdrückenden Umarmungen hinein.
»Ach, Hagen«, antwortete sie. Und keiner von beiden ahnte, wie glücklich sie zu diesem Zeitpunkt waren, da die Welt nur aus zwei Menschen bestand, mit denen die Zeit begonnen hatte und das Leben und deren Reich grenzenlos im Herzen des anderen war.

Nach der Kirche am nächsten Morgen trat Brynhild, wieder speiübel und noch hundemüde, aber beherrscht, auf Gunther zu, der mit dem Rücken zu ihr stand, in eine Unterhaltung mit Herrn Ortwin von Metz vertieft. »König Gunther«, redete sie ihn an, und er fuhr herum, als kämen die Sachsen zum Sturmangriff.
»Hm, naahhmmm, Brynhild«, japste er. Ortwin, neugierig, senkte seine Himmelfahrtsnase in einer tiefen Verbeugung und hoffte, man würde ihn nicht verscheuchen, wenn er lange unten bliebe.
»Wollt Ihr mit mir spazieren gehen«, bot Brynhild ihrem entsetzten Ehemann an, »im Garten?«
»Jetzt?«, hauchte Gunther, als wäre dies sein Ende.
Brynhild lächelte.
»Die ist eigentlich ganz hübsch«, sagte Herr Sinold, der die Szene beobachtete, zu Herrn Volker. »Fällt einem sonst gar nicht auf, weil die immer so verbiestert guckt. Aber eigentlich ganz hübsch.«
Volker wirbelte herum, dass es ihn im Rücken riss. »Wo gehen die denn hin?«, wollte er wissen.
»Spazieren. In den Garten«, informierte Herr Ortwin alle Unwissenden und war dank dieser sensationellen Neuigkeit der Mann der Stunde.

Gunther zitterten die Knie, wie er so neben Brynhild daherschlich, sich heischend über die Schulter umsehend, ob ihm niemand zu seiner Rettung nachkommen würde.

»Gunther«, machte Brynhild also den Anfang, ihren Hass unter ihrem Mantel verborgen, »ich habe nachgedacht.«

Gunther schluckte.

»Wisst Ihr, Eure Mutter zeigt mir so oft den Kleinen von Krimhild. Ich möchte auch gerne ein Kind.«

»Ja?«, fragte Gunther schwächlich.

»Ihr nicht?«, fragte seine fürchterliche Frau, die ihn gefesselt an einen Nagel gehängt und sich seinetwegen das Gesicht zerschnitten hatte.

»Ja, doch«, antwortete er wie eine verschreckte Jungfrau, die ein Liederjan zur Leichtfertigkeit überreden wollte.

»Dann kommt mich doch wieder einmal besuchen«, lockte Brynhild, der allein beim Gedanken die Galle hochkam.

»Heute Abend zum Beispiel.« Sie war fast sechs Wochen weit, keine Zeit zu verlieren.

»Heute Abend«, wiederholte Gunther. Ein rettender Strohhalm tauchte vor ihm auf. »Ist heute Abend nicht eine ungute Zeit? Sagte Magister Conradus nicht gerade etwas von Enthaltsamkeit?«

Das war eine relativ sichere Ausflucht, da Magister Conradus eigentlich immer etwas von Enthaltsamkeit sagte.

»Ich bin mir ziemlich sicher«, stotterte Gunther und stolperte über einen Kiesel. Brynhild rang sich ein Lächeln ab und versicherte, es wäre keine Schande, wenn sie sich beide eines gewissen Lakens bedienten, das fromme Nonnen in Ravenna für solche Fälle speziell hergestellt hätten. »Laken? Was für ein Laken?«, fragte Gunther ahnungslos.

Brynhild nickte. Durch mildtätige Hände, die ihr in ihrer Bekehrung beistehen wollten, erklärte Brynhild, habe man ihr dasselbe zukommen lassen. Es verhindere jeglichen Hautkontakt zwischen den Eheleuten, mindere die Wollust auf ein gerade noch notwendiges Maß und garantiere so die höchste Billigung der Kirche auch an Feiertagen.

»Wie soll das denn gehen?«, fragte Gunther zu Recht. Er konnte nicht entscheiden, ob es ihm recht wäre, so ein Laken als Schutz zwischen sich und Brynhild zu haben – oder ob es ihn nicht in die peinliche Situation des Unvermögens bringen würde.

»Das seht Ihr ja dann«, schloss Brynhild und wendete schon ihre Schritte. »Kommt Ihr nun?«

Gunther hörte im Geiste Hagen und Herrn Volker und dachte, dass es so schlimm ja nicht sein konnte, wenn sie ihn schon einlud. Und auch Rikchen schien ja ihre Meinung verständig geändert zu haben. »Ich komme«, murmelte der arme Mann, und Brynhild nickte ihm zu und schritt gleich aus, ihn hinter sich lassend, wie abgewiesen, obwohl doch das Gegenteil der Fall gewesen war.

»Was hat die denn auf einmal gewollt?«, fragte Gernoth, angestiftet von Volker und den anderen. Er wartete darauf, einen schlüpfrigen Witz anzubringen, den er gehört hatte.

»Kennt ihr jemanden in Ravenna?«, fragte Gunther aber nur und war dann den Rest des Tages ganz in Gedanken versunken.

Königin Brynhild blieb der Abendtafel fern. Sie ließ durch eine kichernde Hiltruod ausrichten, dass sie badete. Gunther senkte den Kopf und bekam rote Ohren. Gernoth pfiff, bis er Hagens Blick auffing. Man speiste, und Gunther fürchtete sich rechtschaffen vor dem Ende der Mahlzeit. Er wollte schon nach ihm rufen, als Hagen mit zwei vollen Humpen Wein neben ihn rückte. »Herr«, sagte er, »trinkt.«

Nun war es mit Gunthers Verschwiegenheit aus: »Sie hat mich zu sich gebeten.«
»Gut!«, sagte Hagen heiter (für seine Verhältnisse) und nickte bekräftigend.
Gunther trank. »Sie hat ein Laken«, teilte Gunther unbehaglich mit, was ihn den ganzen Nachmittag beschäftigt hatte. »Aus Ravenna. Damit, sagt sie, sollen wir es machen.«
»Gut!«, sagte Hagen wieder und trank ihm zu.
»Woher hat sie bloß ein Laken aus Ravenna?«, grübelte Gunther laut.
Hagen dachte einen Moment nach, den gehobenen Becher noch in der Hand. »Eine Schwester Eurer Frau Mutter ist seinerzeit nach Ravenna gesiedelt«, wusste er schließlich. »Wahrscheinlich wird die es geschickt haben.«
»An Brynhild?«, wunderte sich Gunther zu Recht. »Wieso soll die Schwester meiner Mutter etwas an Brynhild schicken?«
Hagen rief dem Mundschenk nach mehr Wein. »Herr, ich wollte Euch damit eigentlich nicht beunruhigen«, raunte er dann. »Aber im Nachhall Eurer Hochzeit ist doch viel geredet worden. Weil die Königin keine getaufte Christin war. Man fand sie vielerorts wohl nicht ganz passend.«
»Ach«, machte Gunther, das hatte er gar nicht so mitbekommen.
Hagen nickte gewichtig: »Womöglich ist die Kunde davon auch bis nach Ravenna gedrungen. Und dann hat Eure Muhme diese Gabe geschickt.«
»Ach«, sagte Gunther wieder, vertrauensvoll auf jedes Wort Hagens hörend wie seit eh und je.
»Und Ihr meint auch, wir sollen das Laken nehmen?«, fragte er dann noch. »Ich meine dieses Ding, das kann doch …«
Hagen zuckte die Schultern und rückte ein bisschen vom

Tisch ab: »Ich bin kein Christ, Herr, ich kenne mich da nicht aus. Aber es würde doch scheinen, dass die Königin, die erst jüngst von Magister Conradus unterrichtet worden ist, sich mit den neuesten Gepflogenheiten am ehesten auskennen wird.«

Das leuchtete Gunther ein. »Versuchen kann man es ja«, seufzte er. Hagen winkte nach mehr Wein.

»Lieber nicht«, verneinte Gunther, »in Anbetracht ...«

Er hätte Hagen gerne noch gefragt, ob er auch von dieser Luitgard im Waschhaus und ihren sagenhaften Taten im Dienste des männlichen Zeugungsorgans gehört hatte, aber das brachte er dann doch nicht über sich.

Außerdem wollte Hagen dann unbedingt im Sinne der Dynastie auf den verstorbenen König Gibich trinken, da konnte Gunther schlecht Nein sagen, und dann tranken sie auf so ziemlich jeden Toten der letzten zehn Jahre, der einigermaßen von Rang und Namen gewesen war, sodass man auch nicht gut Nein sagen konnte. Als er aufstand, schwankte Gunther. »Vielleicht geh ich heute doch besser nicht«, lallte er sanft.

»Doch«, ermunterte ihn Hagen. »Gerade! Alle Eure Ahnen sind bei Euch.«

»Alle Ahnen!«, hickste Gunther erschrocken und sah im Geiste enttäuschte Mienen hinter sich schweben.

»Ich geleite Euch«, versprach Hagen, und der König folgte ihm wie ein Lamm zur Schlachtbank.

Das Laken, von dem so viel die Rede gewesen war, stammte tatsächlich aus Ravenna, allerdings nicht von einer Schwester Uotes. Ein Priester des weißen Christus, von dessen Rückzugsort Hagen auf der Durchreise einmal ein paar neugierige Vandalen vertrieben hatte, hatte es seinem

Retter aufgedrängt. Das Laken war der kostbarste Besitz des alten Mannes gewesen, für die Hochzeit eines zu fleischeslüsternen Fürsten der Umgebung gedacht. Aber der Einsiedler wollte seine Dankbarkeit gerne ausdrücken, und so wechselte das Laken den Besitzer. Hagen hatte es aufgehoben, weil es ihm um den alten Mann leid getan hatte, nicht weil er dachte, jemals Verwendung dafür zu haben.

Das Laken war unscheinbar, wie Laken es so an sich haben, der Rand golden umhäkelt, sonst sah man erst nichts. Nur in der Mitte befand sich ein Schlitz, der mit Stickerei – lauter Kreuze – geziert worden war. Ich muss Euch den Nutzen und Sinn des Schlitzes nicht erläutern, Ihr Fremden, – oder doch?

In ihrem allumfassenden Bestreben, Keuschheit zu betreiben, waren die Priester des weißen Christus auf das Problem gestoßen, dass mit absoluter Keuschheit auch die Kinder ausblieben, als hätte man das vorher nicht bedenken können.

Um nun aber den Anhängern dieser Keuschheitsbegeisterung dennoch Nachkommen zu ermöglichen, war man auf das Laken verfallen, das zumindest die Körper zweier notgedrungen Unkeuscher hindern sollte, sich wollüstig aneinander zu reiben.

Im Gegenteil, bedeckt mit dem Laken, erwartete der eine Teil den anderen verhüllt, woraufhin dann der Schlitz wichtig wurde, um Sinn und Zweck dennoch zu erfüllen.

Und obwohl es ihm all die Jahre unnütz und wunderlich erschienen war, fand Hagen dieses Laken nun hervorragend in der Anwendung zur Verwirklichung seines Planes.

»Das klappt nie«, hatte Brynhild gestöhnt, als sie Probe gelegen hatte. »Du musst nur stillhalten«, hatte Hagen sie

gemahnt und am Laken gezupft, bis er fand, dass es strategisch am besten platziert wäre. »Damit er nichts von dir sieht.«
Brynhild, so war es abgesprochen, sollte, unter dem Laken, im Dunkeln den armen Gunther erwarten, der von Hagen trunken zu ihrer Kammer geführt wurde.
Da Brynhild sich verständlicherweise geweigert hatte, sich zu entkleiden, blieb sie gewandet, anderes wäre auch nicht notwendig geworden. Sollte Gunther sich in die Position gebracht haben, den Schlitz benutzen zu können, müsste Brynhild, was durch den Schlitz bei ihr ankäme, justieren – in einen weichen Lederbecher mit, verzeiht, Ihr Fremden, aber ich weiß, Ihr wollt es wissen, – warmer Leber!
Diese Zutat war das Wichtigste am ganzen Plan, um dem König später nie Zweifel an seiner Vaterschaft eingeben zu müssen.
»Das bleibt doch so lange nicht warm«, jammerte Brynhild, die sich furchtbar ekelte und auch ohne das Aroma von roher Leber schon dauernd würgte. Hagen schimpfte und grollte. Er wusste, dass er ihr viel abverlangte, aber es musste dennoch sein.
Die Leber, in warmem Wasser aufbewahrt, sollte bis kurz vorher am Feuer bleiben. »Ich komme doch mit. Ich bring ihn doch her. Wenn ich klopfe«, erklärte Hagen gereizt zum zehnten Male die Unfehlbarkeit des Unternehmens, »dann nimmst du die Leber aus dem Wasser, ölst sie ein und steckst sie in den Becher.«
Das Öl war wichtig, damit die Leber nicht riss.
»Wenn er mich küssen will, werde ich ihn schlagen – oder erbrechen, oder beides«, drohte Brynhild.
Hagen seufzte. »Dreh einfach den Kopf zur Seite.«
Wenn der König also mit seinen Nachkommenbestrebun-

gen endlich und glücklich in der Leber angekommen wäre, sollte Brynhild nur den Becher unter dem Laken am Platz halten, bis es vorbei war.

»Das ist alles verrückt«, beschwerte sie sich ebenfalls zum zehnten Male. Ihr grauste es besonders davor, den Becher am Platz zu halten. Verständlicherweise wollte keiner von beiden üben, sodass sie mit den verbleibenden Unsicherheiten des Vorhabens leben mussten. »Ich hab ein gutes Gefühl«, sagte Hagen, als er Brynhild zum Abschied küsste. Hagen wäre in keine noch so unbedeutende Schlacht so unvorbereitet geritten wie in diese Täuschung. Deswegen war es nicht verwunderlich, dass alles schief ging, was nur schiefgehen konnte.

Es klopfte. Brynhild, die ihre Mägde diesmal hatte vor der Tür schlafen lassen, rief von drinnen: »Wer ist das?«

Hiltruod öffnete die Tür einen Spalt. »Euer Gemahl, Königin«, hauchte sie, ehrfürchtig und ehrlich verwundert, von draußen.

»Und der Herr von Tronje!«

»Was wollt Ihr hier?«, rief Brynhild wie vereinbart von innen, während sie mit zitternden Fingern die Leber aus dem Topf fischte, der Topf fiel hin und schepperte.

»Alles in Ordnung?« Hiltruod öffnete die Tür weiter.

»Út!«, schrie Brynhild.

Hiltruod verschwand wieder. Brynhild trat den Topf in eine Ecke und ging mit der öligen tropfenden Leber zum Bett auf den verborgenen Lederbecher zu. Sie drapierte das Stück an der Innenwand entlang und fragte sich, wie das jemals gut gehen sollte. Dann sprang sie ins Bett und zog das vorbereitete Laken herauf bis zur Nase.

Keinen Moment zu früh, die Tür ging auf. Gunther wankte

an Hagens Arm herein. Hagen trug ein flackerndes Talglicht.
»Brynill«, nuschelte Gunther, »dabbinich.«
»Das sehe ich«, antwortete sie gepresst. »Wen habt Ihr da mitgebracht?«
»Ich bin es nur, Königin«, sagte Hagen, wie verabredet. »Ich werde nun gehen.«
Er setzte Gunther auf den Bettrand, und dann ging die Tür. Gunther und Brynhild waren allein. Und wie immer stand ihr Alleinsein unter einem Unstern. Brynhild befühlte aufgeregt die ölige Leber und hoffte, dass Gunther schnell machen würde.
Gunther jedoch, trunken und verängstigt, hatte keine Absichten, schnell zu machen. Er wollte Ordnung schaffen zwischen sich und seiner Frau. Er war ein Ehrenmann.
»Brynill, Brynill«, jammerte er elegisch. »Mit uns beiden, das hat nich gut angefang.«
»Lasst es gut sein«, schnarrte Brynhild durch die Zähne.
»Nein«, beharrte Gunther mit der langsamen Unbelehrbarkeit des Betrunkenen, »ich muss mich einmal aussprechen darüber. Das mit dem Herrn Siegfried damals, das war vielleicht nicht recht.« Brynhild schwieg, die Leber kühlte ab. »Aber Ihr habt Euch ja immer so gemein gegen mich benommen, so gemein. Und als Ihr Euch dann das Dings weggeschnitten habt, das war, ja, also so was. Ihr seid keine Frau für mich, Brynhild. Nicht sanftmütig und wärmend. Man braucht doch eher so was als Mann, so was Warmes, was Nettes. Und das seid Ihr überhaupt nich'. Kein Stück.«
Die Angeredete bremste sich mühsam, ihm nicht zu sagen, dass er aus vielerlei Gründen schon gar kein Mann für sie wäre. Der Plan, dachte sie mit aller Disziplin, der Plan!
»Jetzt lasst es gut sein, Gunther, und kommt zu Bett. Wir

wollen beide nicht nachtragend sein. Denkt an das Reich und einen Erben.«

»Ach ja«, seufzte Gunther und stieß auf.

Täppisch begann der König sich zu entkleiden und zog dann, in der Absicht, sich zu ihr zu legen, an dem besagten Laken. Brynhild griff blitzschnell und mit aller Kraft zu.

»Nicht«, rief sie leise, »das brauchen wir doch.«

»Ach was, so eng seh ich das nicht«, beruhigte sie Gunther und zog weiter. »Man muss nicht alles machen, was die Pfaffen so sagen. Ihr müsst nur ein bisschen das Hemd hochheben. Das geht dann auch.«

»Nein! Doch!« Brynhild vergaß die Leber und hielt mit beiden Händen an dem Tuch fest. »Ihr habt mich taufen lassen, jetzt mache ich auch alles, was Magister Conradus sagt«, behauptete sie schwach. Es würde alles schief gehen, sie hatte es gewusst.

Gunther im Hemd wurde langsam kalt.

»Meinetwegen«, er tappte auf ihr herum, »wo ist denn dieser Schlitz da?«

»Wo er nützlich wäre«, knurrte Brynhild, nahm das Laken zur Sicherheit zwischen die Zähne und forschte mit eiligen Fingern nach dem Lederbecher.

Gunther kletterte in Position. »Hier?«, fragte er und stieß auf Widerstand. »Hier? Brynill, du mussaber von da drinn auch was mithelfen!«

Brynhild verfluchte den Plan und verfluchte Hagen gleich mit. Der hat leicht reden, dachte sie finster, dreh einfach den Kopf zur Seite! Als ob man im Leben jemals so einfach aus einer Sache herauskam!

Sie ahnte nicht, dass Hagen draußen, den Blicken der neugierigen Mägde, die allesamt mit dem Ohr an der dicken

Tür hingen, entschwunden, hinter einer Säule in der Nähe stand und litt wie noch nie in seinem Leben. Er schwitzte und zitterte gleichzeitig, er hörte das gedämpfte Kichern der Mägde und dachte, was alles schief gehen konnte.
Bei dem Gedanken, dass Brynhild sich dem Tasten und Grabschen Gunthers aussetzen musste, wurde ihm übel. Er rief all seine Willensstärke zusammen, nicht hinzugehen und Gunther von seiner Frau herunterzureißen, ihn dann durch das gesamte königliche Schlafgemach, in dem er seine schönsten Nächte verbracht hatte, zu treten und mit dem blanken Hintern in den Kamin auf die Glut zu setzen. Er biss die Zähne aufeinander und zwang sich, sich nicht vorzustellen, wie Gunther – hoffentlich ahnungslos in der Leber – stöhnend auf Brynhild liegen würde.
Die Mägde juchzten sich irgendetwas zu. Es konnte jetzt nicht mehr lange dauern.

Gunther knurrte und rollte sich von Brynhild herunter. »Ihr seid eine kalte Frau, Brynhild«, klagte er. Wahrscheinlich meinte er die Leber. Ihr war speiübel. Der König zog frierend am Laken, und sie ließ es jetzt los, drehte sich auf die andere Seite und ließ den Becher mit der Leber und allem anderen unter dem Bett verschwinden. »Fraun solln weichunwarm un anschmiegsam. Ihr seid eiskalt …« Sie unterdrückte ein Würgen.
»Die … sollen Feuer …«, murmelte Gunther schlaftrunken. »Sonst … ganz kalt.«
»Ihr glaubt doch wohl hoffentlich nicht, dass Ihr hier schlafen werdet?«, sagte Brynhild eisig. Ihr schmerzte der Hals, so sehr wollte sie schreien. Sie stand auf.
Gunther schnarchte. Brynhild ging zur Tür. Sie warf einen Blick auf das dunkle Bett und dachte, dass sie es kein zwei-

tes Mal tun könnte – nie wieder. Dann machte sie die Tür auf und sagte laut, damit Hagen sie in seinem Versteck hören konnte: »Holt den Kammerherrn des Königs, damit er seinen Herrn zu Bett bringen kann.« Zwei der Mägde liefen los.

»Braucht Ihr etwas, Herrin?«, fragte Hiltruod, die sich für die Vertraute der Königin hielt, neugierig. Brynhilds Blick verlor sich in der Dunkelheit des verschatteten Ganges. Sie wollte nach warmem Wasser fragen, nach Seife und einer Bürste.

»Nein«, sagte sie, »es ist alles gut.«

Hagen sackte hinter seiner Säule auf die Erde.

»Alles gut«, wiederholte er lautlos für sich. Und vergaß in seiner Erleichterung für einen Moment sogar, welch mörderische Fortsetzung er bereits für sie alle beschlossen hatte.

Ein Zufall und seine Folgen

Hiltruod wurde als Erste knapp zwei Wochen später über die königliche Schwangerschaft informiert. Man rief zur Sicherheit noch einen Arzt hinzu, der ebenfalls bestätigte, dass der überraschende Besuch des Königs neulich gesegnete Folgen gehabt hätte.

Gernoth pfiff durch die Zähne, als er davon hörte.

»Jahrelang nichts und dann einmal und sofort?«, flüsterte Herr Ortwin argwöhnisch Herrn Huonold zu.

»Er soll bei Luitgard gewesen sein«, wusste Herr Huonold zurückzuflüstern.

»Nein, ist er nicht gewesen«, schaltete sich Herr Volker ein.

»Woher wisst Ihr das denn so genau?«, fragte Herr Ortwin.

»Na, von Luitgard, von wem denn sonst«, erwiderte Volker gereizt. Markgraf Gere trat hinzu.

»Ich freue mich sehr über die Nachricht«, sagte er ernsthaft.

»Das ist verfrüht. Man sollte sich immer erst freuen, wenn es denn auch ein Sohn ist«, nörgelte Herr Ortwin, »dass das auch immer so lange dauert, bis die Weiber fertig gebrütet haben. Ich sage Euch, das machen die nur, um sich in der Zeit vor der Arbeit zu drücken. Erst schlafen die, dann kotzen die, dann schwellen sie an – und die ganze Zeit zu nix zu gebrauchen!«

Die Herren lachten und waren sich alles in allem sehr einig.

Die Zeit verging weitgehend ereignislos für die, die keine

Geheimnisse hatten. Man beäugte Brynhilds Bauch als einzige Neuigkeit und langweilte sich.
Gerüchte behaupteten irgendwann im Winter, die Hunnen hätten einen Nachfolger für ihren verstorbenen König gewählt und rüsteten erneut.
Hagen verstärkte die Truppen am östlichen Grenzwall und schickte Boten nach Rom und nach Franken.
»Vielleicht sollten wir auch Herrn Siegfried bitten, zurückzukommen?«, schlug er wie nebenbei in einer Ratssitzung vor.
Gernoth freute sich: »Ja, wenn es Krieg gibt, dann wär das doch schön, wenn Siegfried bei uns kämpfen würde.«
»Ich habe nicht gesagt, dass es Krieg gibt, wir haben nur Gerüchte gehört. Unsere Kundschafter sind noch nicht zurück«, mahnte Hagen.
»Weswegen ist Siegfried überhaupt abgereist?«, wollte Herr Volker wissen. »Ich meine, wo ist der denn nun zum Hofdienst verpflichtet. Doch bei uns, oder?«
»Siegfried ist doch kein Vasall«, begütigte Gunther.
»Ja, aber König ist er ja wohl auch keiner«, schnappte Ortwin von Metz. Daraufhin brach eine Diskussion unter den Herren los, wie Siegfrieds Rang einzuschätzen wäre. Man war sich einig, ihn nicht zu gering behandeln zu dürfen, denn dann wäre er ja nicht gut genug als Schwager ihres Königs gewesen. Aber ein wirklicher Herrscher war Siegfried auch nicht.
Das Wort »Abenteurer« hing in der Luft, so schwer und greifbar, dass es niemand aussprechen musste. Damit es schließlich sonst keiner sagen könnte, beschloss man, Siegfried zurückzurufen.
Hagen tat so, als wäre es ihm egal.
Niemand hätte ihm etwas ansehen können.

Krimhild war zuerst sehr froh, als der Bote aus Worms in Xanten eintraf. Sie wurde vor Eifersucht und anderen unerklärlichen Gefühlen fast wahnsinnig. Sie verstand die Xantener nicht so leicht und hatte immer das Gefühl, dass über sie getuschelt wurde. Vor allem fürchtete sie sich vor den jungen Frauen, die ihren Mann mit unverhohlener Begehrlichkeit betrachteten und ihm lockende Scherze zuriefen, egal ob sie dabei war oder nicht – was schließlich häufiger vorkam. Sigismund hielt seine Frauen nämlich keinesfalls eingesperrt, und auch die beiden Zuchtmeister des weißen Christus waren unehrgeizige Menschen von einer gemütlichen Moral. Sie lebten ungeniert mit einer Gruppe von Frauen verschiedenen Alters zusammen, zeugten Kinder und predigten halbherzig. Anhänger des alten Glaubens unterschieden sich kaum von den Getauften.

»Was sagt denn die Königin dazu?«, hauchte Krimhild entsetzt. Sie hatte Frau Sigelind noch nicht wirklich kennen gelernt, weil dieselbe seit ihrer Ankunft meist heulend vor Eifersucht zu Bette lag und nicht ertragen wollte, dass »ihr Siegfried« sich mit einer Frau unter seinem Stande verbunden hätte.

»Die ist doch nett«, trompetete König Sigismund anfangs ahnungslos. »Und hübsch ist die auch. Und hat uns einen ganz tollen Wandbehang mitgebracht, den musst du dir mal ansehen.«

Aber Sigelind hatte weder nach dem Anblick des Wandbehangs noch dem seiner Herstellerin ein Verlangen. Sie blieb so lange in ihren Gemächern, wie sie gerade konnte, ohne die Beleidigung zu offensichtlich zu machen. Und danach redete sie mit Krimhild kaum ein Wort. Man war im verblühenden Hochsommer in Xanten angekommen, der

Rhein niedrig, schwelende Tage: Eine Fliegenplage suchte die Höfe heim, und es geschah nichts.
Im Herbst war es dann früh kühl, die Äpfel hatten sämtlich faule Stellen, und es geschah wieder nichts. Der Winter kam, man redete ungeniert von der Sonnenwendfeier statt von der Geburt des weißen Christus – und es geschah immer noch nichts.
Die verfeinerten Gartenanlagen, von denen so viel die Rede gewesen war, zeigten sich doch eher mickrig, sicher in Siegfrieds Erinnerung verschönt, wie sich Krimhild zu beruhigen versuchte. Wenn sie ehrlich war: Es ging zu wie auf einem Bauernhof, jawohl. Natürlich kannte sie gar keine Bauernhöfe, aber so stellte sie es sich eben vor, zuchtlos, ohne Eleganz und ohne Ehre. Sie weinte abends, wenn sie zu Bett gingen, aber Siegfried sagte höchstens mal: »Na, na, na.« Sonst nichts, auch wenn sie extra lauter schluchzte, um ihrer tiefen Verzweiflung angemessenen Ausdruck zu geben.
Vor dem Lichtfest kam dann erlösend der Bote mit prächtigen Geschenken – »Protzig!«, behauptete Frau Sigelind – und freundlichen Worten an den lieben Vetter, König Sigismund. König Gunther von Burgund ließ ausrichten, dass man sich ungemein nach Siegfried und der lieben Schwester sein sehne. So weit die Botschaft, die alle hörten. Siegfried alleine ließ Hagen durch den Boten auf der Seite ausrichten, dass die Hunnen rüsteten.
Die Sache war damit schnell entschieden.
Siegfried war begeistert, Krimhild war erleichtert, man packte.
Zum Abschied endlich brach der verborgene Schmerz aus Frau Sigelind heraus. Sie hängte sich plump an Siegfrieds Hals und schluchzte. Krimhild wollte freundlich sein und

tätschelte ihrer Schwiegermutter den Arm. »Ich weiß, wie schmerzhaft es ist, den eigenen Sohn zurückzulassen«, flüsterte sie und hoffte, zum Abschied nun noch einen Gleichklang weiblichen Edelmuts herbeizuführen.
»Ja?«, schnappte Frau Sieglind und wandte sich zum ersten Mal direkt an ihre Schnurtochter: »Woher denn? Glaubt nicht, dass man hier nicht weiß, dass Ihr Euch noch Kohl einlegen musstet, so schnell habt Ihr Euer Kind verlassen! Eine schöne Frau hat mein Sohn da!« Krimhild erblasste.
»So, Mutter, wir fahren jetzt los«, schaltete sich der unbekümmert lachende Siegfried schnell dazwischen. Im Reisewagen schluchzte Krimhild und verlangte von ihrem Mann, er hätte sich schützend vor sie stellen sollen.
»Was denn? Hab ich doch! Krimhild, ich versteh dich nicht!«
Es war keine erquickliche Reise, zumal es ununterbrochen regnete. Meist ritt Siegfried voran, der rumpelnde Reisewagen schwankte unendlich langsam hinterdrein.
»Ach so«, fiel ihm kurz vor Worms ein, »das hab ich jetzt ganz vergessen, Brynhild kriegt wohl ein Kind, im Hoch- oder Spätsommer.«
Krimhild schmollte weiter und gab keine Antwort.
Etwas war aus dem Lot, aber es hatte keinen Namen.

Die Spannungen zwischen den Eheleuten, die so golden und einträchtig bisher gefeiert worden waren, zeigten sich auch des Öfteren nach der Ankunft – leider auch denen, die sie eigentlich nicht sehen sollten – oder wollten. Hagen wollte, aber er verlor kein Wort darüber zu Siegfried, wenn der sich bei ihm beklagte, wie langweilig das Leben geworden war.

»Habt Ihr denn noch nichts Neues von den Grenzwällen?« Krimhild war nämlich von dem Wiedersehen mit Worms nicht so verwandelt, wie sie selbst geglaubt hatte. Nach wie vor fühlte sie sich unzufrieden, wähnte irgendetwas Schreckliches auf sie zukommen, das sie aber nicht benennen konnte.

Ihr Sohn, schon groß und sehr kräftig, schrie, sobald sie ihn von Frau Uote nur eine Elle weit entfernte. Und Frau Uote, obwohl sie sich wirklich freute, ihre Tochter wieder bei sich zu haben, freute sich heimlich auch, dass ihr Enkelkind sie der Mutter vorzog. »Na, komm mal zu mir, da ist es gleich wieder gut«, sagte sie gerne, wenn Klein-Gunther in Krimhilds steifen Armen vor Schreien blau anlief. »Er muss sich nur gewöhnen, du warst ja so lange nicht da«, lächelte sie dann mit einem Vorwurf, der so leise war, dass er sich auch vor ihr selber verstecken konnte.

Der Zufall, der zum Schicksal wurde, ereignete sich an einem verregneten Nachmittag im späten Frühling. Krimhild war wütend, dass Siegfried schon wieder ausgeritten war, schon wieder mit Gernoth, und suchte nach einem bestimmten Garn, das sie versticken wollte. Sie plante eine Drachentöterszene und hatte besonders erbittert an dem Drachen zu arbeiten. Ihre Mutter saß mit Klein-Gunther am Fenster und gurrte haarsträubend milde auf das Kind ein.

»Mutter, jetzt hör schon auf!«, keifte sie über die Schulter. »Leg ihn hin, lass ihn schlafen.«

»Ja, aber er ist doch gar nicht müde, unser kleiner Mann, stimmt's, du bist gar nicht müde, mein –«

»Raus jetzt!«

Frau Uote sah entsetzt auf: »Was hast du gesagt?«

»Ich habe gesagt, raus, ich kann es nicht mehr hören, geh raus, nimm ihn mit oder lass ihn da – aber verschwinde!«

»Ja, Krimhild! So kannst du doch nicht mit mir reden.«
Krimhild lachte hässlich: »Nein, kann ich nicht? Kann ich doch. Ihr wartet doch alle sowieso nur darauf, dass ihr von mir weggehen könnt. Kann doch keiner schnell genug weg, also geh du auch! Geht alle, meinetwegen könnt ihr alle gerne gehen!«
Frau Uote legte das Kind erst völlig fassungslos in sein Bettchen, besann sich dann und nahm es wieder auf den Arm. »Ich erwarte deine Entschuldigung in meinem Zimmer«, sagte sie ihrer Tochter und ging hinaus. Krimhild zerriss vor lauter Wut ein Tuch, das sie gerade in der Hand hatte.
Sie konnte sich selbst nicht erklären, wo das Gefühl herkam, allen unlieb zu sein, dass alle sie loswerden wollten, dass keiner bei ihr bleiben mochte: weder ihre Mutter noch ihr Kind, noch ihr Mann. Aber sie war überzeugt, dass es die tiefste Wahrheit war, die es gab. Schluchzend sank sie auf den Boden, fand aber keine Befreiung in ihren Tränen. Zuerst hatte sie geglaubt, Xanten würde etwas ändern, dann, dass Worms wieder etwas ändern würde, – jetzt wusste sie nicht mehr weiter.
Das Sticken machte ihr auch keine Freude mehr.
Siegfried hatte aufgehört, sie zu lieben, das musste es sein. Siegfrieds Liebe hatte sie überhaupt erst errettet. Damals, als er erst ihren Wandbehang und dann sie gepriesen hatte, da war ein ganz anderes Gefühl in ihr gewesen; leicht, frei, weich. Und dann in den Wochen vor der Hochzeit, als sie so sehr auf ihn gewartet hatte, jeder Tag war schön und schrecklich gewesen – aber sie war damals glücklich, auch wenn sie heute nicht mehr wusste, wie sich das anfühlte. Sie forschte in sich nach einem Rest dieser Seligkeit, aber alles, was sie finden konnte, rann ihr durch die Finger wie

Wasser. »Mein Leben ist vorbei«, flüsterte Krimhild sich selbst vor und glaubte es.
Schließlich wurde es ihr auf dem Boden zu kalt, und sie wusste nicht, was sie anfangen sollte. Sie wollte sich nicht bei ihrer Mutter entschuldigen, und die Einzige, zu der sie sonst hätte gehen können, war Brynhild. Aber Brynhild war wie verwandelt in dieser Schwangerschaft. Sie lachte viel, scherzte ganz ungehörig mit ihren Kammerfrauen, die sie nun auch zur Kirche mitnahm, und unterhielt die Herren an der Abendtafel mit Kriegsgeschichten ihres heidnischen Heimatlandes. Krimhild war neidisch. Sie hatte noch nie auf eine Frau neidisch sein müssen. Immer war sie die Schönste gewesen, die Reichste sowieso, es war klar, dass ihr Leben das beste sein würde. Aber nun hatte Brynhild gewonnen. Was? Das konnte sie nicht sagen, sich selbst gewonnen vielleicht. So, wie Brynhild da neulich an der Tafel gesessen hatte, eine Hühnerkeule in der Hand, den anderen Arm liebevoll um den sich schon sehr wölbenden Bauch gelegt, lachend, mit ihrer derben Geschichte – da war es ganz klar, dass Brynhild glücklich war – und sie nicht. Und alle anderen hatten auch gelacht und waren auch glücklich gewesen, sogar der finstere Hagen von Tronje hatte gelächelt. Es war klar, dass sie alle fehlgeleitet waren, einer wie der andere.
Krimhild beschloss, etwas wirklich Christliches zu tun und Brynhild das Bild von dem Drachentöter zu schenken, wenn es fertig wäre. Diese Selbstlosigkeit half ihr auf, und sie machte sich auf die Suche nach dem Garn. Später dann würde sie sich bei Frau Uote entschuldigen und ihren Sohn öfter zu sich nehmen.
»Wo ist das denn bloß?«, murmelte sie vor sich hin. Dann öffnete sie ihre reich gefüllte Aussteuertruhe. Sorgsam auf-

geschichtet lagen Laken, Kleider, Pelze. Krimhild begann zu räumen, fand dies Garn und das Garn, aber nicht das, was sie unbedingt für die Scheußlichkeit des Drachen brauchte, um ihn wirkungsreich verschenken zu können. Da ertastete sie etwas. Im gleichen Augenblick wurde ihr kalt. Noch bevor sie gesehen hatte, was es war, wusste sie, dass es nicht ihr gehörte und dass Unheil davon ausging. Sie zog – und hielt einen Gürtel in der Hand.

Einen fremden Gürtel aus gelbem Gold. Der Sonnenwagen, wieder und wieder aneinander gereiht. Er gehörte nicht ihr, er gehörte Brynhild. Sie hatte ihn damals gesehen, ihn etwas zu heidnisch befunden und vorgeschlagen, dass man ihn ja einschmelzen könnte, um etwas Neues daraus zu machen. »Ein Kreuz«, war Krimhilds Idee gewesen. Konnte das wirklich erst zwei Jahre her sein? Sie hatte den auffälligen Gürtel nie wieder an ihrer Schwägerin gesehen, hatte aber gedacht, dass Gunther ihr verboten hätte, das Ding zu tragen. Und nun war der Gürtel in ihrer Aussteuertruhe. Brynhild war nie hier gewesen. Frau Uote?

Krimhild schluckte, sie musste nicht lange herumraten. Siegfried hatte den Gürtel dort versteckt. Nun musste sie nur noch wissen, warum. Natürlich ahnte sie es längst.

Brynhild hatte Siegfried verhext, deswegen liebte er seine Frau nicht mehr. Deswegen ging es ihr so elend. Und hatte Siegfried nicht auch neulich abends beim Auskleiden zu ihr gesagt: »Schön, dass Brynhild sich hier jetzt so eingelebt hat, nicht? Das sah am Anfang ja nicht so danach aus.«

Am Anfang ... Er hatte sie hergebracht. Als seine Geliebte? Das Wort nur zu denken war der Tod. Brynhild war seine Geliebte.

Wahrscheinlich musste er die ganze Zeit an sie denken und war deswegen so unaufmerksam gegen seine Frau! Krim-

hild hatte nicht gewusst, dass ein Mensch so leiden konnte – und doch nicht sofort daran sterben musste.
Sie ließ den Gürtel schwer von einer Hand in die andere fallen und dachte, es gäbe nur eine einzige Möglichkeit für sie.
Dann saß sie auf dem Bett, fror, litt und wartete.
Wartete auf Siegfrieds Rückkehr.
Der hatte keine Ahnung, welche schicksalhafte Entdeckung seine Frau inzwischen gemacht hatte. Mit Gernoth war er in ein Dorf ein bisschen südwestlich von Worms geritten, und sie hatten sich sehr amüsiert. Gernoth kannte einige der Mädchen von einem Erntefest, und sie waren gleich ins Gespräch gekommen. Siegfried hatte ein paar Geschichten von früher erzählt, und sie hatten sich fast neu angefühlt.
»Du bist 'n Lustiger«, hatte eins der Mädchen gesagt, sie hieß Dysia oder so. Sie hatten sich ein bisschen geküsst und ein bisschen angefasst und vereinbart, dass sie bald zu mehr wiederkommen würden. Es war spät geworden.
Als Siegfried die Tür öffnete, hatte er erwartet, dass Krimhild schon schlafen würde. Aber die saß da, im Stockdunkeln, als wäre sie in Stein verwandelt. Der heimkehrende Ehemann erschrak: »Ist was mit dem Jungen?« Keine Antwort. Warum hatte sie kein Licht gemacht?
»Krimhild? Was ist denn?«
Da sagte sie mit einer ganz neuen Stimme. »Wo kommt der her?« Es war zu dunkel, um sehen zu können, was sie ihm da entgegenhielt.
»Krimhild, was ist denn los?«
»Beantworte mir einfach nur meine Frage, Siegfried.«
Er wurde wütend und griff nach dem, was sie ihm hinstreckte, ging zum Fenster und riss die Haut beiseite, um in der Dämmerung wenigstens etwas sehen zu können.

Es durchzuckte ihn, als hätte er sich verbrannt, das Echo einer Schuld, die er vergessen hatte, schrie ihn kurz an und verstummte dann gnädig wieder. Es war lange her. Es war nichts passiert. »Was soll das?«, ging er sie an.
»Wo kommt der her?«, wiederholte sie nur mit ihrer neuen Stimme.
Er log vorschnell: »Der ist für dich!«
Krimhild schnaubte verächtlich im Dunkeln: »Er gehört Brynhild.« Siegfried fluchte leise.
»Ja, sie hat ihn mir für dich gegeben. Als Geschenk.«
»Er war in der Truhe versteckt.«
»Als Überraschung, konnte ich ja nicht wissen, dass du hier alles durchsuchst, wenn ich mal nicht da bin.«
»Du bist nie da!«
Er brüllte sie an: »Sag mal, wie redest du denn mit mir?«
»Wo kommt der Gürtel her?«
In seinen Gedanken spielte er alle möglichen Antworten durch, aber keine hätte mehr als zwei Fragen standgehalten, und Krimhild hatte unendlich viele Fragen, das konnte er hören.
Er überlegte, einfach wieder zu gehen, aber etwas hielt ihn zurück. Es war das Neue in ihrer Stimme, diese metallene Härte darin, die ihm wortlos mitteilte, dass sie keine Ruhe geben würde, bis sie eine Antwort hätte.
»Krimhild«, flüsterte er schließlich und tastete sich in ihre Richtung vor. »Kannst du ein Geheimnis behalten?«
Wer sagt auf diese Frage schon Nein? Auch Krimhild sagte nichts. Dann tischte Siegfried ihr eine veränderte Version der Geschehnisse der zweiten Nacht nach der Hochzeit auf. Brynhild, einem heidnischen Brauch folgend, hatte Gunther umbringen wollen, jawohl umbringen. Siegfried, der zufällig den Gang entlanggegangen war, hatte Kampfgeräu-

sche gehört, die zeigten, dass das Leben des Königs – »Er ist dein Bruder!« – bedroht gewesen wäre.
Ohne zu zögern, hatte sich Siegfried in die Schlacht der ineinander verkeilten Eheleute geworfen, dabei der schrecklichen Brynhild den Gürtel abgerissen, ihn anschließend aus reiner Vergesslichkeit – das wenigstens stimmte – in der Truhe gelassen.
»Du bist mit ihr zusammen gewesen«, übersetzte Krimhild seine Märchen.
»Ja. Was? Nein!« Siegfried fluchte wieder.
»Du hast mit ihr geschlafen.«
»Sie ist die Frau deines Bruders«, entrüstete sich Siegfried, als würde das etwas erklären.
»Gib es doch zu!«, schrie Krimhild. Da wurde Siegfried richtig wütend und schrie zurück.
Ja, hätte er, aber da wären sie noch auf den Inseln gewesen.
»Da waren wir schon verlobt«, hauchte Krimhild tonlos.
»Und?«, brüllte Siegfried. In Brynhilds Heimat, da sei man eben nicht so furchtbar verklemmt wie hier in Worms, da wäre eben jeder mit jedem zusammen, wann und wo es ihm beliebte. Ein Land, in das er immer wieder gerne fahren würde, schrie Siegfried, denn die Nordfrauen wären eben um einiges erquicklicher als die steifen Ziegen hier! Er spuckte aus.
Krimhild war verstummt. Sie sagte gar nichts mehr. Keinen Ton.
Das stimmte ihn versöhnlich. »Krimhild«, lenkte er ein. Er machte zwei Schritte auf sie zu. »Krimhild, jetzt sei doch nicht so. Das bedeutet doch gar nichts.«
»Ja«, sagte sie.
»Das ist doch alles schon ganz lange her.«
»Ja«, sagte sie wieder.

»Darüber wollen wir uns doch nicht streiten, nicht?«
»Ja.«
»Komm her.« Er küsste sie auf die Nase.
»Na, wen haben wir denn da?«, versuchte er es auch.
Sie blieb stumm und stand nur da. Um seinen guten Willen zu zeigen, beschlief er sie noch in dieser Nacht, aber ein Vergnügen war das nun wirklich nicht.
Am nächsten Morgen, als er aufwachte, war das Bett leer.

JENER KIRCHGANG

In zwei oder drei Tagen werden wir bei dem, der von mir vergessen wurde, angekommen sein. Der Hahn und der Einfallslose benehmen sich wie zwei lahmende Hengste mit Stalldrang. Sie haben das Nachtlager errichtet und wälzen sich hin und her. Sie langweilen mich mit ihren unermüdlichen Geschichten von all den Wundertaten, die sie ausführen werden, wenn sie wieder daheim sind. Sie preisen die Belohnung, die ihnen der, der von mir vergessen wurde, auszahlen wird. Ich lausche in die kalte Nacht. Sollte ich nicht langsam Angst haben? Er wird mich foltern lassen oder hinrichten, oder beides.
Wie lange wird diese neu gewonnene Freiheit, die ich in meinem Käfig gefunden habe, anhalten, wenn mir einer ein Messer in die Augen stößt, frage ich mich.
Und dann wieder weiß ich es genau, dass es doch sowieso nur eine Möglichkeit geben wird: es aushalten, wenn es so weit ist. Diese Ratespiele.
Wird es schlechter, wird es besser? Wie oft habe ich Menschen beobachtet, die alles, was sie besaßen, für ein günstiges Orakel opferten. Und dann kam es doch anders – und man musste es aushalten. So wird es auch für mich sein. Es wird kommen, wie es kommen wird, und ich muss es aushalten.
Ich werde reden – oder schweigen. Ich werde leiden – oder

triumphieren. Ich werde leben – oder sterben. Und egal wie es kommt, ich werde keine andere Wahl haben, als es auszuhalten.
Hoffentlich mit ein bisschen Würde.
Wenn ich jetzt so viel von meinen Eltern rede, dann denke ich, dass mein Vater vielleicht auch einen ganz anderen Grund hatte, in diesem letzten Sturm aus Blut und Feuer unterzugehen. Ich habe diesen Gedanken lange nicht zugelassen, weil er mir wehtat. Aber, da es überall in mir aufgehört hat, einfach zu sein, darf auch diese Hoffnung auf Einfachheit aufhören.
Die Gerechtigkeit, die Rache, alles hatte schon seinen Platz darin, aber wieso sollte er seine Rache und sein vernichtendes Urteil höher schätzen als das Glück, in dem er trotz aller Heimlichkeit mit uns lebte, mit meiner Mutter auf jeden Fall? Ich glaube, er suchte nach einem Tod in Würde.
Hagen, der Held, *Högni Odinsson*, kann man ihn sich vorstellen, mit schmerzenden Gliedern, hilflos auf einem Lager, wo er schwächlich auf das Sterben wartet. Tattrig, vergesslich, nicht mehr Herr seiner selbst – er, der so lange Herr über so vieles war? In der Dunkelheit suche ich nach diesem Blick, mit dem er sich von mir verabschiedete.
Mein Schmerz, meine Wahrheit, meine Vergebung, meine Freiheit: Ich glaube, dass es das war. Dass er das Schlachtfeld suchte, das letzte Schlachtfeld, auf dem er gehen konnte, wie er es unzählige Male vor sich gesehen hatte. Er wählte das Schwert vor dem Greisenstock – auch wenn es bedeutete, seine Liebe herzugeben und alles zu opfern, was ihm je etwas bedeutet hatte. Wenn mir tatsächlich das Sterben bevorsteht, in zwei Tagen, dann hoffe ich, dass er auf mich wartet in der Halle meiner Väter.
Ich hätte ihm so viel zu erzählen und noch mehr zu fragen.

Ich habe sein Leben nicht bezeugen dürfen und er meins nicht.
Hagen von Tronje, mein verlorener Vater, zwischen Schuld und Sühne. Du hast mir mehr gegeben, als du mir genommen hast – trotz allem. Als Kind hat mir dein Alter Angst gemacht. Jetzt ziehe ich Trost daraus, dass du alterslos und erfahren jenseits der Wege der Welt irgendwo mit deinen Antworten auf mich wartest.
Die Halle meiner Väter. Das wäre dann auch die Halle Alderichs.
Die Fragen, die wir alle an unsere Väter haben: er, ich, die ganze Welt – auch der, der von mir vergessen wurde.
Aber ich weiß, mein Vater wird mir Antworten geben.
Vielleicht geht er mir auch schon entgegen.
Vielleicht, in dem Moment, wenn mich der Tod aus der Welt herausreißt, spüre ich weder Schmerz noch Furcht, sondern nur seine harte, schwielige Hand, mit der er mich an seine Seite zieht, die ich nie wirklich verlassen habe.
»Mir ist vielleicht kalt!«, blökt der Einfallslose.
Ich wäre auch gerne einfallslos. Aber diese Gnade war mir durch die Götter nicht gewährt. Aushalten. Mehr geht nicht.

Brynhild hatte es seit ihrer dem Hof bestätigten Schwangerschaft leichter, vor allem mit sich selbst.
Ihr drohten auch keine weiteren Umarmungen des Ehemannes, der das Zusammentreffen mit dem Laken in unguter Erinnerung hatte. »Das ist eine kalte Frau, nicht so wie du, Rikchen. Du bist lieb«, gestand er seiner jungen Freundin, die nach Details der königlichen Begattung gierte – in Hagens Auftrag und aus persönlicher Neugier.
»Sie hat sich nicht gerührt, und sie hat sich insgesamt sehr

abweisend verhalten«, klagte Gunther weiter. »Die hat nichts Warmes, nicht mal innerlich.«
Hagen war mit Gunthers Bericht zufrieden, und Brynhild genoss nun den Ruf, eine fruchtbare Frau zu sein und kein Fehlkauf.
Man würde sie nun nicht mehr so unter Bewachung stellen. Und sie freute sich jeden Tag auf diesen neuen Menschen, der Hagen war und der sie war – und doch jemand ganz anderes.
Sie hatte kürzlich einen Traum gehabt. Eine Tür hatte sich geöffnet, und dahinter hatte ein grünender Abhang gelegen, den sie hinuntergegangen war, einem Pfad zu einem Bachlauf folgend. Jenseits des Bachlaufs hatte sie ein Kind gesehen, das ihr freudig zuwinkte. Es hopste auf und ab und streckte ihr die Arme entgegen.
Sie erzählte Hagen in ihren heimlichen Nächten von dem Traum.
»Aha«, sagte er nur. Und dann zeigte er ihr, dass er ein Kind geschnitzt hatte, in den anderen Nächten. Den fürchterlichen, in denen er nicht zu ihr kommen konnte. Die Figur war so groß wie sein Daumen.
»Ich habe auch einen Traum gehabt«, sagte er rau. Und sie hielten das geschnitzte und geträumte Kind in den Händen und waren eins in ihrem geborgten Glück.

Dann kam jener Kirchgang, der einen ersten Vorgeschmack auf das brachte, was in den nächsten Jahren passieren sollte. Nur leider achtete niemand darauf.

Brynhild hatte sich angewöhnt, mit ihren Kammerfrauen zu gehen, statt mit Uote und Krimhild. Sie erhielt auf diese Weise wichtige Kundschaft aus dem Geschnatter und Getratsche und kam selbst auf andere Gedanken. Sie fand heraus, dass die Wormser Frauen Wege gefunden hatten, sich in der Gefangenschaft gewisse Freiheiten zu erschaffen.

Brynhild fand, davon konnte sie nur lernen.

»Herr Volker soll übrigens, hat mir Luitgard erzählt –«, begann Hiltruod gerade noch eine sehr pikante Geschichte, nur ein paar Schritte von der Kapellentür entfernt, als Krimhild über den Platz rauschte, gefolgt von einigen der Edelfräulein, die aus dem Frauentrakt entlassen waren, um zu beten.

»Halt!«, rief sie, bleich und deutlich erregt. Brynhild hielt an.

Krimhild blieb vor ihr stehen, schnaufend, ängstlich und mit Mordlust in den Augen.

»Guten Morgen«, grüßte Brynhild lächelnd, aber sie erhielt keine Antwort.

»Wisst Ihr, was das ist?«, presste Krimhild schließlich heraus und schlug ihren Mantel beiseite. Brynhild erschrak. Ihr Gürtel mit dem Sonnenwagen, Ylvas Gürtel. Zu viele Bilder auf einmal tauchten in ihrem Kopf auf, alle ungerufen. Ylva, Zuhause, der blinde Abschied, das leere Schiff, jetzt beladen, die Hochzeit, die zweite Nacht nach der Hochzeit.

»Belti minn«, flüsterte sie völlig erschlagen, »mein Gürtel.«

»Also, gibst du es zu, du Schlange«, kreischte Krimhild übergangslos, »du Verführerin, du Ehebrecherin.«

Die Mägde hinter Brynhild schnatterten »Was, was, was« und »Wie, wie, wie« und konnten nicht glauben, was die Schwester des Königs da an Anschuldigungen herausheulte.

»Was sagst du da?«, fragte Brynhild, auf einmal sehr bereit, trotz Schwangerschaft einen Kampf zu beginnen.

»Du hast Siegfried verführt, du Luder, du Hure«, schrillte Krimhild und stieß noch weitere Worte aus, von denen niemand gedacht hatte, dass sie sie überhaupt kennen könnte. Brynhild machte einen Schritt auf sie zu und fasste sie sehr grob an den Armen. Das ließ die Schwägerin wenigstens verstummen. »Was sagst du da?«

Krimhild sah Brynhild trotz ihrer Rage und ihrer Angst genau an. Sah die morgendliche Schwellung um die Augen, die feinen Fältchen, die glänzenden Augen. Sie sah, was sie befürchtet hatte: Brynhild war glücklich. Brynhild wusste in der Fremde, wer sie war, während sie, Krimhild, sich in ihrem eigenen Zuhause unwiederbringlich verloren hatte.

»Wer hat so etwas behauptet?«, fragte Brynhild mit klarer Stimme.

Krimhild fürchtete sich nicht mehr. Sie wusste auch nicht mehr, warum sie diesen Streit angezettelt hatte. Auf einmal fühlte sie sich ganz leer. Brynhild schüttelte sie. »Wer?«, herrschte sie sie an. Es liefen immer mehr Leute zusammen. Magister Conradus, der das Gezeter gehört hatte, kam ebenfalls aus seiner Kirche und stellte die Frage, die jeder stellte:

»Was ist denn hier los?«

Niemand antwortete ihm, niemand wollte etwas verpassen.

Frau Uote war auch angekommen. »Krimhild!«, rief sie und dann: »Brynhild, lass sie sofort los!«

Hagen tauchte auf, der doch nie zur Kirche ging. »Was ist geschehen?«, fragte er und suchte Brynhilds Blick. Sie war kalkweiß geworden. Aber sie ließ Krimhild los, die sehr wirkungsvoll auf die Knie sackte und sich nach einem Verbündeten umsah.

»Oh, Magister Conradus«, entschied sie sich schließlich.

»Helft mir. Ich bin betrogen. Brynhild hat mit meinem Mann gebuhlt.«

»Viþursttyggþ«, begann Brynhild zu fluchen.

»Halt«, rief Hagen und hob die Hand. »In die Halle. Dies ist eine Anschuldigung, die untersucht werden muss.«

»Ihr seid nicht der König«, kreischte Krimhild, die sich vor Hagen fürchtete.

»Und Ihr nicht die Königin«, antwortete er nur.

»Ich komme ja mit«, versicherte Magister Conradus der Unglücklichen. Er hatte immer noch nicht ausmachen können, worum es ging, aber er konnte sich nicht vorstellen, dass Krimhild jemals etwas Unrechtes getan haben könnte.

In der Halle, in der erst die Fackeln angezündet werden mussten und die auch vom gestrigen Abend noch nicht ausgefegt war, stand man etwas verloren im nassen Stroh, in Essensresten und dem verschmierten Talg der ausgebrannten Lichter.

Hagen ließ Gunther rufen, und Siegfried, Gernoth und alle anderen, die sich eben aus dem Bett stemmen konnten, kamen natürlich auch.

Krimhild, die ohne Plan gehandelt hatte, begriff nicht, weswegen all dies geschah, vermutete aber, dass es alles Hagens Schuld wäre. Wer von diesen Männern, die doch über Brynhilds rohe Witze gelacht hatten, sollte sie schützen. Ihr eigener Mann, der fast als Letzter kam, sah sie so böse an, dass sie versuchte, in Ohnmacht zu fallen. Aber es glückte nicht, da ihre Mutter mit wenig Nachsicht neben ihr stand.

Gunther sagte natürlich auch: »Was ist denn hier los?«, – und dabei sah er Hagen an, der finsterer als gewöhnlich dreinblickte.

»Eure Schwester«, knurrte Hagen, »führt Klage gegen Eure

Frau.« Er sagte es so, dass alle hören konnten, dass er diese Klage für falsch hielt. Krimhild wimmerte.

»Was denn für eine Klage?«, fragte Gunther, fragte wieder Hagen!

»Das soll sie selbst wiederholen, danach kann ihr Gatte für sie sprechen«, antwortete der und ging dabei wie zufällig ein paar Schritte in Brynhilds Richtung. Der Hof war schockiert und begeistert. Nie hatte es in Worms so einen Skandal gegeben, nicht einmal als Brynhild sich das Gesicht zerschnitten hatte.

»Ja, dann soll sie das mal sagen«, forderte Gunther seine Schwester auf, ohne sie anzureden. Er fühlte sich überfordert und zählte auf Hagen. Hagen schien nicht auf Krimhilds Seite, so einfach war das für Gunther. Gernoth blies sich die Nase.

Krimhild flüsterte etwas.

»Sprecht nur lauter, mein Kind«, unterstützte sie Magister Conradus freundlich. Die tanzenden Schatten im unaufgeräumten Halbdunkel gaben der Szene etwas sehr Bedrohliches.

»Brynhild hat mit Siegfried gebuhlt«, wisperte Krimhild einen Hauch lauter.

Gunther wurde weiß. »Was?«, japste er.

Hagen fiel ihm ins Wort: »Welchen Beweis habt Ihr für diese unsägliche Anschuldigung?«

Mit zitternder Hand streckte Krimhild den Gürtel vor und nuschelte etwas von Siegfrieds Worten der letzten Nacht.

»Was redest du denn da?«, schrie er sie an. »Bist du übergeschnappt?«

Krimhild schluchzte, Magister Conradus tätschelte sie.

»Siegfried«, blaffte Hagen den Niederländer an, »was sagt Eure Frau da?«

»Ja, das weiß ich auch nicht! Vollkommener Unsinn«, rief der.
»Was ist das denn mit dem Gürtel da?«, wollte Herr Volker wissen. Krimhild konnte nicht mehr laut sprechen. Sie flüsterte in Magister Conradus' Ohr.
»Die Herrin Krimhild sagt«, trug der Arme dann laut weiter, »dass ihr Gatte ihr gestanden habe, mit der Königin Brynhild zusammengelegen zu haben. Er habe den Gürtel als Beweis behalten.«
»Siegfried!«, rief Gunther mit hoher Stimme. »Wie könnt Ihr so etwas nur sagen?«
»Ich sag so etwas doch gar nicht!«, schimpfte Siegfried zurück. »Die sagt das!«
Krimhild heulte jetzt lauter.
»Das ist Hochverrat«, befand Hagen eisig, der es ja ganz genau wissen musste. »Darauf steht der Tod!« Brynhild sah zu ihm herüber, ob er vielleicht den Verstand verloren hatte. Diese ganze Sache war doch schon schlimm genug.
Dann redeten alle auf einmal, Neugierige, Parteiische, Unbeteiligte – alle. Hagen sorgte nach einer gewissen Zeit des Schnatterns, die ihm sehr gelegen kam, für Ruhe. Er hob die Hand, mehr war nicht nötig.
Wie bei einer Gerichtsverhandlung fasste er zusammen.
»Wegen eines von ihr gefundenen Gürtels beschuldigt die Schwester des Königs die Königin, ihrem Gemahl in verräterischer Buhlschaft mit Siegfried von Xanten untreu gewesen zu sein.« Man raunte. »Siegfried von Xanten, trifft diese Anschuldigung zu?«
»Natürlich nicht«, rief Siegfried.
»Genau«, schickte Gunther hinterher.
»Königin?«, schnarrte Hagen dann.
»Niemals«, antwortete Brynhild mit Überzeugung, »bin

ich dem, den ich für meinen Mann ansehe, untreu geworden.«
»Und was ist dann nun mit diesem Gürtel?«, schaltete sich Herr Volker wieder dazwischen.
»Der Gürtel war ein Brautgeschenk für meine Frau von der Familie der Königin auf den Inseln«, improvisierte Siegfried. »Für meine Dienste als Brautwerber.«
»Stimmt das?«, fragte Gunther ehrlich überrascht. Da sahen Siegfried und Brynhild sich zum ersten Mal seit langer Zeit wieder in die Augen.
»Komm«, sagten seine Blicke, »mach mit. Es tut mir auch leid, was gewesen ist. Alles.«
Und Brynhild dachte, dass sie ohne ihn und seine wankelmütige und zugleich unschuldige Grausamkeit nie den Weg zu Hagen gefunden hätte.
»Sjálfsagður«, antwortet sie langsam. »Selbstverständlich.«
»Ja, also, dann weiß ich wirklich nicht, Krimhild, wie du auf so etwas kommst«, entrüstete sich Gunther.
Sie sahen sie alle an, sie spürte es, obwohl sie ihren Schleier vor das Gesicht gezogen hatte. Sie sahen sie an, wie man einen Haufen Unrat ansehen würde, angewidert.
»Krimhild?«, fragte nun auch noch ihre Mutter und berührte sie mit vorsichtigen Fingern am Ellenbogen.
Da schrie sie: »Lasst es ihn doch schwören! Er soll schwören, dass es nicht wahr ist!«
Gunther wurde ganz hastig: »Er hat doch schon gesagt, dass es nicht wahr ist! Also mir reicht das, Krimhild, das alles ist schon unangenehm genug, weißt du.«
»Na ja, aber wenn er schwört«, entdeckte ausgerechnet Gernoth eine gewisse Logik, »dann ist das alles aus der Welt, kein Gerede hinterher.«
Hagen sagte nichts.

»Na, gut«, Siegfried schob wütend den Unterkiefer vor: »Dann schwöre ich eben.« Er hob die Hand.
»Magister Conradus«, Krimhild gab keine Ruhe, »holt das Kreuz! Darauf soll er schwören!« An dieser Stelle hätte Conradus bald lachen müssen, als ob diesen Herren sein Kreuz irgendetwas bedeutete. Aber er konnte sich nicht selbst entkräften, indem er das sagte. Also ging er, um das Kreuz zu holen.
Als er wiederkam, schien immer noch keiner ein Wort gesagt zu haben. Die Stille war beklemmend.
Der kleine Priester hielt das Kreuz mit beiden Händen. Alle machten einen Kreis, Krimhild musste von Uote weggezogen werden und sackte gleich wieder zu Boden.
Magister Conradus singsangte etwas Römisches.
Dann sollte Siegfried die Hand auf das Kreuz legen.
Da, als er gerade auf die Knie gehen wollte, stürmte der vielleicht einzige Hofsasse, der nicht in der Halle gewesen war, ein Wächter, keuchend herein: »Herr, ein Bote ist gekommen. Die Sachsen rüsten! Luideger und Luidegast marschieren auf Worms!«, brüllte er.
Und es gab nur einen Einzigen in dieser bemerkenswerten Versammlung, der ob dieser Kunde nicht erschreckt, verwundert oder überrascht, sondern im Gegenteil auf aufmerksame Art zufrieden wirkte.

Das Land der Untergegangenen
Die fünfzehnte Erinnerung

Das Kämpfen dauert an, weil sie es alle können. Man stirbt schneller, wenn ein Ungleichgewicht da ist. Abends ziehen sich die Burgunden in ihr Quartier zurück, zählen die Gefallenen. Ruideger, Deoderic und Hildebrand können sich nicht aufseiten der Burgunden halten, es steht für ihre Besitzungen zu viel auf dem Spiel. Und jetzt geht es ja nicht mehr um die alte Sache mit Siegfried. Jetzt hat Hagen vor aller Augen den Thronerben erschlagen. Aber die Gründe sind nur für die wichtig, die noch Angst haben.

Am Abend ziehen sich die Überlebenden in ihr Gästehaus zurück. Giselher weint die ganze Zeit und merkt es nicht mal. Es ist sein erster Kampf. Auch er ist durch Hagens Schule gegangen, durch sein »Eins, zwei, drei und vier«. Aber bis heute hat er sich noch nie die Hände schmutzig machen müssen. Gernoth nimmt den kleinen Bruder in den Arm. Iring, der Däne, hat ihnen beiden zugesetzt. Aber noch sind sie stark. Sie kreisen um Hagen wie müde Vögel. Hagen ist bleich und stützt sich auf Dankwart. Iring hat ihn am Kopf erwischt. »Das hätte man diesen Dänen gar nicht zugetraut«, keucht Hagen, als Dankwart ihm den Helm abzieht. Wahrscheinlich hat Krimhild ihm alles Mögliche versprochen, vor allem Land. Die Dänen tun alles für neues Land, sonst wären sie ja gar nicht erst hier. Iring allerdings wird keine Freude mehr daran haben, Hagen hat ihn getötet.

»Mir tut alles weh«, stöhnt Gunther, aber es klingt diesmal gar nicht wie ein Jammern, und alle nicken. So einen Kampf haben sie lange nicht gehabt – oder überhaupt schon mal gehabt. »Das gibt's kein zweites Mal«, ächzt auch Volker, als er seinen Panzer abschnallt.
Ein paar von ihnen lachen. Natürlich nicht. Morgen werden sie alle tot sein, allein deswegen schon gibt's das kein zweites Mal.
»Draußen ist jemand«, sagt Dankwart da plötzlich.
»Das kann doch wohl nicht«, beschwert sich Gernoth. »Die werden uns doch wohl die restliche Nacht über in Ruhe lassen.« Daraufhin bricht Giselher in helles Lachen aus. Dankwart geht zur Tür. Als er sich umdreht, ist sein Gesicht leer vor Schreck.
»Was?«, sagt Hagen leise.
»Feuer«, antwortet Dankwart.
»Nein!«, ruft Gunther, »das können die nicht machen!«
»Krimhild ist selbst draußen.« Dankwart tritt einen Schritt zur Seite, aber keiner will sich überzeugen.
»Was jetzt?«, fragt Volker.
»Tja«, sagt Hagen und sieht sie an, einen nach dem anderen. Das hat er doch gewollt, seit Jahren, in seinem Zorn, in seiner Rache.
Er wollte immer ein Reich schaffen, nun zerstört er eines.
Giselher hält die Stille nicht aus: »Ich rede mit ihr!«
Und er rennt zur Tür.
»Lasst ihn ruhig«, murmelt Hagen, als die anderen ihm nachwollen. Er ist seines Richtens müde, seines Mordens, seines Lebens. Seines plötzlich schönen Lebens, das er weggeworfen hat.
»Krimhild!«, schreit Giselher in das flackernde rote Meer da draußen. »Das kannst du doch nicht machen!«

»Nein!?«, ruft es körperlos aus der Dunkelheit. »Aber ihr könnt machen, was ihr wollt! Meinen Mann umbringen? Meinen Sohn?«
»Krimhild, wir sind deine Brüder! In Gottes Namen«, brüllt der Junge. Gernoth drinnen schüttelt den Kopf. Er hat nie Pardon gegeben, wenn es an ihm war. Aber er würde auch nie danach fragen. »Die sollen den Jungen doch rauslassen«, raunt Volker. »Ruideger hat ihn mit seiner Tochter verheiratet. Warum macht Ruideger nichts?« Da kommt von draußen ein Angebot.
»Gebt Hagen von Tronje heraus«, befiehlt Krimhild, »und niemandem sonst soll ein Leid geschehen.«
Giselher muss vor Erschöpfung lachen.
»Gebt ihn heraus, und ihr könnt gehen«, wiederholt sie bloß, ihre Stimme klingt hohl zu ihnen herein.
Hagen starrt auf den Boden, alle sind sie blutverschmiert, die Stiefel mit dieser schrecklichen Paste aller Schlachtfelder verklebt, dieser ewig gleiche Geruch des Tötens.
»Ich gehe«, sagt er ihnen und meint es ernst. Er weiß nicht, ob sie tatsächlich ihr Wort halten würde. Aber es wäre eine Hoffnung – für den Jungen da zum Beispiel.
»Nein!«, Gunther stellt sich ihm in den Weg. Das ist ein Befehl. Zum ersten Mal erteilt Gunther, König von Burgund, seinem unbesiegbaren Meister einen Befehl. Hagen sieht ihn überrascht an. Gunther kennt doch nun die Wahrheit, er weiß doch, worum es hier eigentlich geht.
»Gunther«, sagt Hagen drängend, ruckt mit dem Kinn in Richtung der Überlebenden.
»Nein!«, entgegnet Gunther. Und auch Gernoth schüttelt den Kopf.
»Sie hat doch Recht«, versucht es Hagen. Hat sie ja auch, sie hat genauso Recht wie er, das Recht derjenigen, die das

Wichtige nicht zur Zeit erkannt haben. Die hassen, weil sie sich selbst nicht verzeihen.

»Nein, hat sie nicht«, sagt auch Volker. Giselher steht weiter vorne an der Tür und schaut mit diesem Gesicht voller Gefühle zu ihnen.

»Wenigstens für den Jungen«, versucht es Hagen noch einmal.

Giselher, so jung, die Tränen haben helle Spuren in das Blut und den Staub auf seinen Wangen gezogen. Vielleicht wäre er eine Chance für ein neues Reich gewesen, so ein König, der weinen kann und beten und sich verlieben.

Einer, dem das Töten Tränen abringt.

»Nein«, sagt da auch Giselher. Und dann schreit er es nach draußen, wo sie mit Feuer und Tod warten: »Nein!«

Getrappel und Huschen draußen, dann sirren schon die ersten Pfeile mit ihren Brandsätzen, manche verlöschen gleich, andere fallen durch das Dach. Dankwart und ein paar von den Männern treten sie aus. Aber es werden immer mehr. Hagen manövriert sie erst noch ein bisschen hin und her, aber die Hunnen sind so viele, und bald stürzt ein Balken ein. Die Bogenschützen johlen.

»Wir müssen raus«, sagt Dankwart. Das ist der letzte Moment, den sie alle zusammen haben. Sie sehen sich an, die Haare versengt, die Helme schon verbeult und zerhauen, blutig, müde.

»Das war's dann«, sagt Gernoth. Und es hat etwas furchtbar Komisches, denn besser kann man es nicht sagen. Ausgerechnet Gernoth findet die richtigen Worte.

»Hagen?«, sagt Gunther zum vielleicht letzten Mal. Ein weiterer Balken stürzt ein.

»Es tut mir leid«, sagt Hagen zu seinem König, den er erst beschützt und dann verraten hat.

»Was denn?« Volker von Alezeye lächelt angespannt. »Wir hätten ja doch nie wieder so einen Tag erlebt! Hier weiß man wenigstens, wofür! Es gibt niemanden, der fröhlicher in die Schlacht ziehen würde, hm?«

Aber Hagen weiß es besser. Es gibt keine Gründe mehr: »Es tut mir leid«, wiederholt er sich nutzlos. Aber er weiß, dass das Letzte, was er tun kann, ist, ihnen den Glauben an die Gründe zu lassen. Nur mit Gunther teilt er sich die Bürde der Wahrheit. Gunther trägt sie widerspruchslos.

Und dann ist die Zeit für Worte vorbei. Dankwart geht Schulter an Schulter mit Hagen. Dann Volker vor Gernoth und Gunther.

»Es wird schon wieder hell«, sagt irgendein Mann von hinten. Und das klingt wie an jedem anderen Tag.

TÄUSCHENDER LÄRM

Die Nachricht von den Sachsen lenkte von dem Schwur zur Unzeit – oder zur rechten Zeit ab. Die Männer stürzten nach draußen, den Boten zu befragen, und die Frauen blieben zurück. Krimhild, noch immer auf den Knien, sah sich gehetzt um.

»Du!«, machte Brynhild einen Schritt auf sie zu.

»Nein!«, rief Frau Uote da und stellte sich dazwischen. Brynhild kochte vor Wut.

»Sie lügt«, sagte sie durch die Zähne zu der alten Königin. Frau Uote gab keine Antwort, sie starrte Brynhild nur an. Krimhild schluchzte auf dem Boden. Brynhild wich wieder zurück. Sie drehte sich um und ging an dem mauloffen dastehenden Magister Conradus vorbei.

»Keine Kirche heute«, teilte sie ihm über die Schulter mit.

»Keine Kirche«, wiederholte der Kaplan blass und verstand immer noch nicht genau, worum es nun eigentlich gegangen war.

Hagen kam spät in dieser Nacht zu Brynhild, als sie schon eingeschlafen war. Er setzte sich lautlos an ihr Bett und betrachtete die Wölbung ihres Bauches unter den Decken. Er wollte die Hand danach ausstrecken, fand aber, dass er es nicht dürfe.

»Ich schlafe gar nicht«, sagte sie da, hatte ihn vielleicht

schon eine Weile unter den leicht geöffneten Lidern her beobachtet.

»Listenreiches Weib.« Hagen küsste sie auf die Narbe über ihrer Lippe.

»Was war das alles heute Morgen?«, fragte sie, seine Lippen fast noch auf ihren.

»Die Sachsen«, antwortete er, drehte sich und öffnete seinen Gürtel, seine Stiefelbänder, zu beschäftigt, um wirklich beschäftigt zu sein.

»Hagen!«, mahnte Brynhild.

»Was denn?«

»Die Sachsen marschieren auf Worms? Du hast mir selbst gesagt, dass ihr die Sachsen beim letzten Mal so geschlagen habt, dass sie sich Jahre nicht mehr an den Rhein trauen würden.«

»Da war ich eben ein bisschen voreilig.« Er seufzte, als er sich neben ihr ausstreckte. »War das tatsächlich dein Gürtel?«, fragte er dann.

»Mmh.« Brynhild legte müde die Hand auf die Stirn.

»In der Nacht«, sagte sie, »einer von beiden musste ihn seitdem haben. Aber ich habe nie wirklich drüber nachgedacht. Ich versuche gar nicht an zu Hause zu denken.« Sie schwiegen.

»Dass ausgerechnet Krimhild den gefunden hat«, fuhr Brynhild dann fort. Holz zischte verlöschend im Kamin.

»Ja, und?«, sagte Hagen.

»Hast du sie nicht gesehen?«

»Krimhild ist doch immer ein bisschen …« Es fiel ihm kein Wort ein.

»Marschieren die Sachsen nun wirklich?«, wollte Brynhild wissen.

»Wieso sollten die nicht? Die Sachsen marschieren fast

immer. Ist alles, was die dieser Tage tun können. Irgendwer marschiert doch immer gegen wen«, sagte Hagen nur und drehte sich ihr zu, mit geschlossenen Augen.
»Etwas ist da komisch dran«, beharrte sie.
»Wie geht's denn unserem Kind?«, fragte Hagen.
»Es tritt.«
Er lachte. »Am Ende wirft es gerade mit irgendwelchen Sachen, wie seine Mutter! Vielleicht passt ihm etwas nicht.«
»Vielleicht findet es sich auch nur schlecht zurecht, weil es ein einäugiger Griesgram ist, wie sein Vater.«
»Im Dunkeln muss man nicht mal einäugig sein«, antwortete er ungerührt. »Wie lange meinst du noch?«
Sie dachte nach. »Beim übernächsten Vollmond. Wie erklären wir, dass ein Kind, dass so viel zu früh geboren wird, trotzdem so groß ist wie jedes andere? Hast du daran schon gedacht, mein Held?«
Hagen schlief schon fast. »Die Nordleute sind doch alle so groß. Da wird das keinen wundern.«
Brynhild zog seinen Arm über sich: »Wir müssen es taufen lassen.« Er brummte nur. Brynhild gähnte. »Das mit den Sachsen ist trotzdem komisch.«

Die Sachsen waren das Thema am nächsten Tag und in den folgenden. Keiner – außer den Mägden, die immer etwas zu reden brauchten – sprach von dem vorhergehenden Skandal, zumindest nicht öffentlich.
Hagen hatte Gunther, Dankwart und sogar Gernoth in die geheime Kammer gezwungen. »Wir können diese Sache nicht einfach so durchgehen lassen. Eure Schwester hat Eure Frau und ihren Gatten des Hochverrats beschuldigt.«
»Ich bitte Euch, Hagen, das nimmt doch niemand ernst, Frauengerede«, schnaufte Gunther.

»Man muss aber bedenken«, kam es unerwartet von Dankwart, »dass zu der Zeit zwei Gesandte an unserem Hof weilten, die alles mitbekommen haben.«
»Gesandte? Was denn für Gesandte?« Gernoth hatte mal wieder nichts mitbekommen.
»Der Bruder des Markgrafen von Dingsda und der Abgesandte des Bischofs von – wie hieß das noch mal?«
»Ach die«, winkte Gernoth ab, er hatte jetzt dunkel zwei Männer vor Augen, die gaffend in der Menge gestanden hatten. »Ja, und?«
»Das heißt«, erklärte Dankwart, »dass diese Geschichte einen weiten Weg reisen kann. So einen Flecken wollt Ihr doch nicht auf Eurem Ruf haben, König Gunther? Bedenkt, Eure Frau ist schwanger. Wollt Ihr, dass diesem Erben für immer eine Frage anhaftet?« Das war gewagt.
Hagen gab Dankwart ein Zeichen, dass er nicht zu weit vorpreschen sollte. Dankwart nickte unmerklich.
»Also, ich weiß nicht«, sagte Gunther unentschieden. »Was sollen wir denn dagegen machen?«
»Wie ist Krimhild denn überhaupt darauf gekommen?«, wollte Gernoth wissen.
Hagen zuckte die Schultern und sagte dann sehr leise und sehr bedacht: »Möglicherweise hat Siegfried tatsächlich etwas Derartiges gesagt. Die beiden waren schließlich diese ganze Reise von den Inseln hier herunter alleine auf einem Schiff!«
Gernoth lachte: »Das würde der Siegfried nie machen, die ist gar nicht nach seinem Geschmack, die Brynhild!«
»Sag mal, wie redest du denn von meiner Frau?«, regte sich Gunther überraschend auf.
»Ich rede nicht von deiner Frau, ich rede von Siegfried, und ich weiß, was Siegfried gefällt!«

»Und woher denn?«, entgegnete Gunther scharf. Gernoth tat zu spät sehr unschuldig: »Wir waren eben ein paar Mal zusammen weg. Da ergibt sich das.«
»Was denn?«, fragte Dankwart in sehr provozierendem Tonfall.
»Dass man sich mal mit Frauen unterhält«, meckerte Gernoth.
»Und der Siegfried ist mehr für die kleinen, hellen, zarten, nicht solche wie –«
»Das reicht jetzt«, Gunther schluckte.
»Herr, Ihr werdet doch in der Hochzeitsnacht gemerkt haben, dass Ihr der einzige Mann wart, den Eure Frau gekannt hat, oder?«, fragte Hagen dann und sah dabei auf den Boden.
»Ach … richtig«, Gunther musste sich mehrfach räuspern, »ja, sicher.«
»Eben«, nickte Hagen, »sonst hättet Ihr ja eine Prüfung ihrer Ehre angestrebt.«
»Ja, sicher«, sagte Gunther, diesmal noch schwächlicher.
»Wir müssen dennoch sehr vorsichtig sein, die Ehre der Königin ist beleidigt worden. Darauf steht der Tod.« Hagen wurde auf einmal sehr ernst.
»Wie kommt Ihr denn jetzt dadrauf?« Gernoth riss die Augen auf. Auch Dankwart ruckte den Kopf herum.
»Der König verbürgt sich für die Ehre der Königin«, sagte Hagen sehr sachlich. »Die Ehre der Königin ist beleidigt worden mit der Anschuldigung des Hochverrats. Stellvertretend für die Sippe der Königin darf Ihr Ehemann Sühne für diese Anschuldigung fordern.«
»Wir wissen doch noch gar nicht, ob Siegfried so etwas wirklich gesagt hat«, wand sich Gunther, der sich dunkel an einen Schweigeschwur erinnerte, den er seinem Schwager abgefordert hatte.

»Gesetzt den Fall«, beharrte Hagen. »Überlegt Euch mal, dass jeder hier am Hof etwas davon gehört hat – und die Gesandten.«
»Ja, wenn das so wäre, na ja ...«, stammelte Gunther.
»Was dann?«, setzte Hagen scharf nach.
»Ja, dann müsste man was machen, aber wir wissen das doch gar nicht.« Der König schwitzte.
»Ich finde es für Euch heraus«, erklärte Hagen mit einer Stimme, die keinen Widerspruch duldete.
Es war Gernoth, der, besorgt um seinen Gefährten, fragte: »Und wenn?«
»Dann richte ich ihn«, antwortete Hagen, ohne zu zögern. »Ich habe die Ehre dieses Hauses länger geschützt, als Ihr am Leben seid, Gernoth. Ich lasse es nicht beschmutzen von einem Fremden.« Es war sehr still zwischen den Herren.
»Das ist natürlich das einzig Richtige«, sagte Dankwart dann nach einer Weile langsam, als würde er an jedem Wort kauen.
Gunther drehte den Kopf zu ihm herum: »Ja? Meint Ihr?« Dankwart nickte: »Natürlich.«
»Aber erst wollt Ihr das doch herausfinden, oder?«, rief Gernoth.
Hagen nickte und sagte nichts weiter.
»Was ist denn jetzt mit den Sachsen?«, fragte Gunther dann mit belegter Stimme.
»Oh«, winkte Hagen ab, »ich habe mich schon gekümmert. Das wird vielleicht nicht so schlimm, wie es aussieht.«
»Kein Feldzug?« Gernoth klang enttäuscht.
»Abwarten«, sagte Hagen nur. Dann schwiegen sie wieder.
»Das war's dann?«, fragte Gunther.
»Für heute«, antwortete Hagen. Gunther und Gernoth gingen beide mit dem Gefühl, dass mit ihrer Billigung etwas

Fürchterliches geschehen würde und dass sie doch nichts dagegen machen konnten.
Dankwart wartete, bis beide außer Hörweite waren, und sagte dann leise zu seinem Bruder: »Ist das nicht ein bisschen unvorsichtig?«
»Was denn?«
Dankwart schüttelte den Kopf: »Dein ganzes Gerede von Hochverrat und Hinrichtung?«
Hagen verzog keine Miene, aber in sein Auge trat ein Ausdruck gespannter Wachsamkeit. »So ist das Gesetz«, sagte er schließlich.
»Sieh mich mal an«, forderte Dankwart sehr sanft.
Hagen zog die Brauen zusammen: »Was?«
»Ich bin nicht blind, Hagen.«
»Hat nie jemand behauptet.«
Dankwart rang sich ein Lächeln ab: »Ich meine ja nur, sei vorsichtig.«
»Wobei?«
Dankwart legte seinem zutiefst verehrten Bruder zärtlich die Hand auf die Schulter: »Ich freu mich ja für dich.«
Für einen Augenblick schien es, als würde Hagen sein Gleichgewicht verlieren, dann hatte er sich wieder im Griff: »Dankwart, du musst mal aufpassen, was für einen Unsinn du redest«, knurrte er dann mit belegter Stimme.
Dankwart lachte: »Eben, da sind wir schon zwei. Mehr hab ich ja gar nicht gesagt.« Dann ging er auch und ließ Hagen in seiner Überraschung zurück.

Siegfried und Krimhild hatten den schlimmsten Streit ihrer kurzen Ehe gehabt. Alles Hässliche, was zwei Menschen, die ein Bett und ein Leben teilen, einander sagen können, hatten sie sich in den letzten Stunden gesagt. Jetzt schluchzte Krimhild mit heißen Wangen und trockenem Hals, und Siegfried stand dabei, hilflos und auch wütend und ohne zu begreifen.

Er wusste nicht, was sie von ihm wollte, und nicht, wieso sie tat, was sie tat. »Krimhild, ich gehe jetzt«, sagte er schließlich, innerlich ganz leer von diesem schlimmen Schimpfen und Zergen. Da hatte sie ihn voller Entsetzen angesehen.

»Ich wusste es«, flüsterte sie heiser mit zitternden Lippen, die ganz aufgesprungen und zerbissen waren.

»Es gibt doch auch grade wirklich nichts mehr zu sagen«, hatte er noch hilflos gemeint. Da hatte sie angefangen, sich mit den Fingernägeln das Gesicht zu zerkratzen.

»Krimhild, hör auf«, rief er entsetzt und hielt ihre Hände fest. Als er ihr in die Augen sah, alle schwarze Farbe war längst aus den Wimpern geweint, die Lider dick und rot, ihr Blick völlig verzweifelt, da fühlte er sich schlimm und schäbig und gleichzeitig schuldlos.

»Ich versteh dich nicht«, sagte er leise. Und sie hatte sich von ihm losgerissen und auf den Boden geworfen. Da war er gegangen.

Als er Hagen wie zufällig auf dem Hof sah, lief er erleichtert auf ihn zu: »Hagen!« Der drehte sich eher kühl zu ihm um. »Was ist denn jetzt mit den Sachsen? Wann geht's denn los?«

»Oh, schon bald, denke ich. Wollt Ihr denn mit?«

Siegfried sah ihn erstaunt an. »Hagen! Ihr habt mir doch extra schon Nachricht nach Xanten geschickt.«

»Ja, wegen der Hunnen, nicht wegen der Sachsen. Die Hunnen machen uns aber im Moment keine Sorgen mehr.«

Siegfried lachte verzweifelt: »Sachsen, Hunnen, das ist mir doch egal. Hauptsache Krieg.« Er sagte es so ehrlich und so verzweifelt, dass Hagen aufhorchte.

»Wollt Ihr etwas gutmachen für die schlimmen Worte Eurer Frau, Siegfried?«

Siegfried sah Hagen an und beschloss, ihm zu vertrauen. Hagen erinnerte ihn wieder an Mime, seinen lang verstorbenen Lehrer.

»Krimhild und ich, wir haben einen schlimmen Streit gehabt«, bekannte er also.

»Das geht mich nichts an«, schnitt Hagen ihm das Wort ab.

»Doch, Hagen, sie hätte das nie sagen dürfen. Ich weiß gar nicht, was mit ihr los ist. Ich kann keinen Schritt machen, ohne dass sie … Es tut mir sehr leid, was da gestern beim Kirchgang geschehen ist.«

Hagen wollte ihn gerne hassen, wie sie da so eng beieinander standen, und er sah in Siegfrieds Gesicht, das Gesicht eines hellen, einsamen Jungen, der viele Fehler gemacht hatte und nicht ahnte, wie er sie wieder richten könnte. Es war ihm nie so klar wie jetzt, als sie so dicht beieinander standen, dass Siegfried weder Wirklich noch Unwirklich, und schon gar nicht Richtig und Falsch unterscheiden konnte. Vielleicht hatte sich niemand je die Zeit genommen, dem Kind Siegfried zu erklären, wie es in der Welt zuging. Und Hagen las auch Siegfrieds Flehen in dessen Augen, dass er sich nun diese Zeit nehmen sollte. Dass er dieses brachliegende Feld seiner Seele endlich bestellen sollte.

Siegfried, der Wirbler, der Blender, der Lügen erzählte und sich in der Wirklichkeit nicht zurechtfand. Hagen hätte ihn gerne verstanden. Aber er konnte sich dieses Gefühl nicht gönnen, dieses Verstehen, sonst hätte er seinen Plan nie durchführen können.

»Also, Ihr wollt mit uns gegen die Sachsen reiten?«, fragte er knapp.

»Gegen jeden, Meister Hagen. Ich schwör's.«

Hagen hob abwehrend die Hand. »Das mit dem Schwören reicht fürs Erste. Ich gebe Euch Bescheid, wenn es so weit ist.«
Siegfried strahlte: »Danke.«
»Ach, eins noch«, Hagen senkte die Stimme. »Was war denn jetzt die Wahrheit?«
Siegfried schluckte. »Das möchte ich lieber nicht sagen«, bat er.
»Ich muss es aber wissen«, beharrte Hagen. »Sonst niemand, aber ich muss es wissen.« Und dann tat er etwas Schlimmeres, als einen Mord zu begehen. Er legte Siegfried den Arm um die Schultern, fühlte das Kettenhemd unter der Tunika und lächelte ihn an: »Ich will doch Euer Freund sein, Siegfried.« Das war das Schlimmste. Denn Siegfried brauchte nichts dringlicher als einen Freund – und er griff zu, griff damit nach seinem Tod und dem Rest dieser Geschichte, die weder Ende noch Anfang hat.
»Brynhild und ich, wir sind auf der Reise mal zusammen gewesen. Die Nordleute, wisst Ihr, sind da ja ein bisschen anders.«
»Ja, sicher«, brummte Hagen und wartete auf mehr. Aber Siegfried schwieg. »Und das war alles – auf der Fahrt?«, fragte er dann schließlich nach. Hagen, der nie fragte, der glaubte, alle sollten sich am besten um ihre eigenen Angelegenheiten kümmern.
»Das war alles«, sagte Siegfried blass.
»Und es war, was Ihr beide wolltet, immer?«, fragte Hagen noch weiter nach, denn dies war seine Angelegenheit, es war nie etwas so sehr seine Angelegenheit gewesen.
»Ja«, log Siegfried und seufzte. Das war sein Urteilsspruch.
Hagen nickte. »Davon muss wirklich niemand etwas wissen«, sagte er.

Siegfried lachte erleichtert. »Und Ihr meint, wenn ich gegen die Sachsen ziehe, wird es bald vergessen sein?«
»Ja, sicher«, log auch Hagen, »nur mit Eurer Frau, da solltet Ihr ein Wort reden, sonst findet dieses Gerücht hier keine Ruhe.« Er drückte Siegfrieds breite Schultern freundschaftlich und wollte gehen.
»Könnt Ihr nicht mit ihr reden, Hagen?«, rief Siegfried da mit einer ganz knabenhaften Stimme. »Auf Euch hört sie sicher eher?« Das war eine Wendung, die Hagen bisher nicht bedacht hatte. Eine interessante Wendung.
»Frau Krimhild und ich haben nie viel gesprochen«, wehrte er dennoch zunächst ab.
»Ja, aber sie würde sicher auf Euch hören, ich meine, alle hören doch auf Euch.« In Siegfrieds Augen stand Ergebenheit, diese schrecklich schöne Ergebenheit, die so viele Hagen entgegenbrachten und die er doch nicht hatte nutzen können, um wirklich etwas daraus zu machen.
»Gut«, sagte Hagen da. »Ich werde sie aufsuchen. Kündigt Ihr meine Aufwartung an.«
»Mach ich!«, rief Siegfried ihm nach, erleichtert, erlöst. Auf einmal war es wieder Sommer, und das Leben hatte wieder Möglichkeiten. Er ging Gernoth suchen und wunderte sich, dass der Schwager nicht so unbefangen war, wie er ihn das letzte Mal verlassen hatte. Denn für Siegfried war die Welt schon wieder in Ordnung. Hagen hatte versprochen, sich zu kümmern.

Krimhild allerdings hatte schreckliche Angst, als Siegfried ihr mitteilte, dass Hagen sie in der »Sache« zu sprechen wünsche.
Sie saß zitternd vor dem kalten Kamin, in den Händen den Rahmen mit der Stickarbeit vom heiligen Drachentöter,

ihrem Bußwerk. »Was will er denn von mir? Will er mich wegschicken?«
»Wegschicken?«, fragte Siegfried verständnislos. »Wohin denn?« Krimhild vermutete schwach, dass man sie in eines dieser Klosterhäuser schicken würde.
»Du hast ja jetzt, was du willst«, hauchte sie.
»Was denn?«. Er begriff überhaupt nicht.
»Deinen Sohn«, sagte sie sehr kalt und sehr leidend zugleich. »Da brauchst du mich ja nicht mehr.«
»Krimhild, du musst dich wieder besinnen«, ächzte Siegfried und ging. Als er die Türe schloss, hörte er schon wieder dieses grässliche hustende Schluchzen in der Kammer und dachte, dass das mit der Verschickung vielleicht erst mal keine schlechte Lösung wäre.
Hagen ließ sich Zeit, Krimhild aufzusuchen. Er wusste, sie würde nach Art aller Frauen alles zu erraten versuchen, was er ihr zu sagen hätte, sich auf alles vorbereiten – nur auf eines würde sie nicht kommen. Und dieses eine, diese niederträchtige Waffe, trug Hagen bei sich, als er sich schließlich sechs Tage später melden ließ: *Verständnis.*

Vorbereitung einer Hinrichtung

Ich glaube nicht, dass es in diesen Wochen, bevor ich geboren wurde, einen einsameren Menschen am Hof gab als Krimhild. Ihr Leben lang hatte sie den einen Zweck erfüllt – verheiratet zu werden, wenn es ihren Brüdern opportun schien. Wenn nicht die Hunnen und die Sachsen gemeinsam gekommen wären, dann hätte Krimhild trotz all ihrer christlichen Tugend gerade genug getaugt, an Luideger oder Étešil den Älteren verheiratet zu werden.
Was für eine Aussicht! Nebenfrau eines alternden Hunnen, der zur Enthauptung von Hunderten sein Abendessen verzehrte, oder Gefährtin eines ewig ängstlichen Sachsenfürsten, der umherzog, seine Furcht zu besiegen. Doch während sie auf diese Aufgabe hin erzogen wurde, hatte sie ständig Ansprache. Ihre Mutter, ihre Frauen, Magister Conradus, Gere, Eckewart, Giselher – keiner, der ihr nicht ständig gesagt hätte, wie schön, jung und besonders sie sei. Dann kam, jenseits aller Träume, die sie je gehabt hätte, dieser Held, dieser mitreißende Königssohn, verliebte sich in sie! Was für eine sonderbare Zutat zu einer Ehe – sie verliebte sich natürlich auch, und sie heirateten. Und damit verschwand Krimhild. Zuerst war es Siegfrieds Zärtlichkeit und Sinnlichkeit, die sie beschäftigten, ihre Schuld, ihre Freude – dann kam die Schwangerschaft, und sie verschwand noch mehr. Krimhild, vergessen und verloren im

einzigen Schicksal des Gebärens. Was muss in ihr vorgegangen sein, Ihr Fremden? Danach fragt mich nie jemand. Alle reden viel von ihrer Schönheit, der großen Liebe – da schon wieder! –, ihrer Trauer, als Siegfried starb, hingerichtet, ermordet wurde, ganz nach Belieben. Aber keiner fragt nach dem, was zwischen den zwei Leben der schönen Krimhild lag. Dem Verlust allen Wissens um Selbst und Rang. Hasste sie sich selbst – oder auch ihn, Siegfried? Später dann fand sie Hagen zum Hassen und in ihm gleich alle anderen mit. Aber bevor sie das konnte, was fühlte sie? Besessen von ihrer ständigen Angst, Siegfried könnte gehen, könnte sie wegschicken, bei anderen Frauen sein, Spaß haben, ohne sie. Diese Leere. Diese entsetzliche Leere einer schönen Frau, der nichts gegeben wurde als die Aussicht auf einen Mann, den sie erst nicht wollte und dann ausschließlich wollte. Oder ging es gar nicht um ihn? Ich glaube, Ihr Fremden, Krimhild ist lange verraten worden, bevor Siegfried erschlagen wurde – von ihm, von ihren Brüdern, von allen. Auch von Hagen. Er sah sie gar nicht. Sah nicht, dass das Unrecht, das er an ihr beging, das an meiner Mutter nicht richten könnte.
»Vater«, werde ich ihm dereinst sagen müssen, »das war falsch.«

Er ließ sich bei ihr melden, und sie stellte sich in Positur wie eine Verurteilte. Die Wimpern geschwärzt – natürlich – und gesenkt, den Mund mit Essig gerötet, in ihrem schönsten Kleid. Drei Mägde hatten ihre Haare richten müssen. Sie hatte die Hände ineinander verschlungen und sah bescheiden und machtlos zugleich aus.
Krimhild fürchtete sich, aber sie war vorbereitet, sie würde sich keine Blöße geben, nicht weinen, nicht bitten. Seine

Botschaft würde sie königlich aufnehmen, vielleicht um eine einzige Sache bitten, hatte sie sich überlegt, ihr Kind mitzunehmen. Weswegen wusste sie selber nicht. Sie hatte so selten Verlangen nach ihrem Sohn.

»Fühlt Ihr Euch besser, Frau Krimhild?«, fragte Hagen ohne Einleitung. Sie nickte.

»Wieso?«, fragte sie dann aber gegen ihren Plan, »ich war doch nicht krank.«

»Euer Gatte sagte mir, Ihr hättet Euch kürzlich nicht so wohl befunden, wie wir es Euch alle wünschen würden.«

Da schnaubte sie höhnisch.

»Ich weiß«, sagte Hagen tückisch, »es ist schwer für Euch.«

»Wieso?«, erwiderte sie schnippischer als beabsichtigt.

»Ja, Ihr sorgt Euch doch sicher, dass nun bald wieder ein Krieg ist«, meinte Hagen sanft. »Es ist immer eine große Sorge für alle Frauen, ihre Männer in die Schlacht ziehen zu sehen. Und Siegfried kämpft ja nirgendwo anders als in vorderster Linie.«

»Ach so«, murmelte sie, den Krieg hatte sie vor lauter Sorgen um sich selbst lang vergessen, »ja, sicher.« Dann bot sie ihm einen Sessel an und Wein. Ihre Frauen standen allzu lauschend herum.

Er trank und blieb verbindlich. »Ich würde mich natürlich persönlich für die Sicherheit Eures Gatten verbürgen, wenn das keine Beleidigung bedeutete.«

»Was für eine Beleidigung?«

Hagen lächelte kollegial: »Euer Ehemann ist der größte Kämpfer von hier bis zu den Niederlanden! Ach, noch weiter. Er braucht nicht einen alten Krauter wie mich zu seinem Schutz. Und zudem geht ja die Rede, er ist ohnehin unverwundbar. Das habe ich mir auf dem Schlachtfeld oft gewünscht.«

Krimhild starrte verwirrt auf ihre Fingernägel. »Was wird aus mir?«, sprang sie ihn dann direkt an.
»Während des Krieges?«, forschte Hagen. »Nun, wenn Ihr es wünschen solltet, könnte man Euch sicher zu Eurer Mutter umsiedeln.«
Sie zuckte bei dem Wort »umsiedeln« zusammen, fing sich aber: »Von hier – wohin?«, hakte sie nach.
Hagen trank. »Ja, in die Kammer Eurer Mutter, wenn Ihr das wünscht. Es könnte Euch natürlich zu beengt sein. In diesem Fall müsste man eine neue, eine andere Vorrichtung finden. Vielleicht einen Ausbau oder einen Anbau.«
»Ich soll nicht weg?« Er fand sie sehr anstrengend, aber er brauchte sie: »Wünscht Ihr denn, woandershin verbracht zu werden?«
»Nein!«, schrie sie schrill, zu schnell, zu verräterisch. Er wartete.
»Ich dachte«, verriet sie sich dann, ungewohnt, dass man sie reden ließ, dass ihr jemand zuhörte, »dass man mich vielleicht wegschicken will.«
»Aber, Frau Krimhild, wieso das denn?«, fragte Hagen begütigend.
Da schickte sie die Frauen fort, zog ihren Schemel nah an seinen Sessel und wisperte ihm ihr Leid ins Ohr. Dass sie fürchtete, weder eine gute Mutter noch eine gute Ehefrau zu sein, dass es sie ängstigte, was in ihrem Herzen vor sich ging. »Und ich kann nicht mal mehr beten«, schluchzte sie vor diesem Ungetauften.
Ahnung beschlich sie, schreckliche Ahnung von ihrer Untragbarkeit am Hofe. Gunther und Gernoth hätten sich nie viel um sie gekümmert, an ihren Vater trüge sie nur die leisesten Erinnerungen. Und dennoch sei sie sicher, sich aus irgendeinem Grunde seinen Groll zugezogen zu haben,

dass sie ihn enttäuscht habe. »Und seitdem bin ich immer nur geduldet gewesen!«

Eigentlich hätte sie gar nicht heiraten wollen, aber dann sei mit Siegfried diese Hoffnung gekommen, jemand ganz anderes zu sein. Und zu Anfang, da hätte sich alles so wundervoll angelassen, aber nun, das fühle sie deutlich, sei Siegfried ihrer überdrüssig geworden, würde sie kaum je aufsuchen, »in inniger Weise, Ihr versteht?« Und Hagen nickte, lauschte, verströmte sein tückisches Verstehen und ahnte mit jedem Wort mehr, wie sehr Krimhild bereit wäre, sich von ihm dahin leiten zu lassen, wo er sie haben wollte.

»Und dann diese Sache mit Brynhild.« Zum ersten Mal unterbrach Krimhild ihren Bekenntnisstrom. Mit schwarzen Fingern wischte sie sich die tränenden Augen und schwieg. Hagen schwieg auch, aber er fühlte, dass er etwas sagen müsste, damit sie weiterredete.

»Was war denn mit – *ihr*?«, fragte er und fälschte die Farbe in seiner Stimme, gab der Hoffnungslosen den Rettungsstrick zu fassen, dass auch er nicht auf Seiten der Königin stehen würde, sondern auf ihrer. Da war der letzte Damm gebrochen.

Jammernd schilderte Krimhild, wie die Nordfrau, heidnisch und böse, sich ihrer ehrlichen christlichen Freundschaft von Anfang an verweigert hätte. Erbauliche Zerstreuungen wie das Weben oder Sticken hätte sie höhnisch abgelehnt, immer mit so einem Ausdruck der Überlegenheit: »Auch als die noch gar nicht sprechen konnte. Ich meine, unsere Sprache.«

Und wie sie dann so verrückt gehandelt hätte – sich das Gesicht zerschneiden, ohne Grund! Unter den Mägden wüssten es alle, dass Gunther ihre Kammer seit der Hochzeit nur

noch ein einziges Mal aufgesucht hätte. Hagen nickte und heuchelte weiter Anteilnahme.
Krimhild hätte Hagen am liebsten noch erzählt, dass ihre Zofe von Brynhilds Zofe Hiltruod gehört hatte, dass Brynhild Weidenblätter trank, zubereitet von der berüchtigten Luitgard aus dem Waschhaus. Krimhild hatte mit dieser für die Zofe so wichtigen Information leider gar nichts anfangen können. Dann aber hatte ihre Zofe ihr vertuschelt, dass Weidenblätter eine Schwangerschaft verhindern könnten. Dies hatte den Zofen umso mehr zu raten aufgegeben, als doch der König und auch offenkundig kein anderer Mann Brynhild aufzusuchen wünschte.
Man hatte lange um einen Liebhaber gerätselt, aber es war nichts zu finden. Und dann war Brynhild ja auch schwanger geworden – und unbestritten war Gunther vorher bei ihr gewesen.
Krimhild fand das Rätsel um die Weidenblätter wie alle anderen Frauen, die davon wussten, erregend und verwirrend. Aber sie konnte sich nicht vorstellen, mit Hagen – so anders er ihr auch an diesem Nachmittag erschien – über so etwas Intimes zu sprechen. Das wäre höchst verwerflich, schalt sie sich selbst.
Und dann, Krimhild schluckte, wäre dieser schlimme Nachmittag gekommen, an dem ihr bei der unschuldigsten aller Tätigkeiten der weiße Christus diesen Gürtel in die Hände gespielt hätte. Hagen wollte gerne seine Sitzhaltung verändern, das harte Holz des Sessels drückte ihn. Aber Krimhilds Finger krallten sich in seinen Ärmel. Sie war wie ein Tier, das schon fast ganz in der Falle ist. Ein Jäger, der Beute machen wollte, durfte sich nun keinesfalls bewegen.
»Ich wusste sofort, dass es ihrer war«, Krimhild hatte sich heiser geredet, »aber nicht, wieso er in meinen Sachen war.«

Sie schüttelte den Kopf, als könnte sie es noch immer nicht begreifen.
Dann hätte sie sich sträflich über die Stellung einer Ehefrau erhoben und Siegfried befragt. Jetzt musste Hagen schnell sein: »Ich habe schon mit Siegfried gesprochen«, sagte er. Auf keinen Fall durfte sie die Anschuldigung jetzt wiederholen. Krimhild blinzelte misstrauisch. »Ich bin sicher, Euer Gatte bereut«, fügte er an, das konnte alles bedeuten. »Er steht fester an Gunthers Seite als jemals zuvor.«
Jetzt, wo es nicht mehr um sie ging, fühlte Krimhild sich müde.
»Nur eine Sache besorgt mich«, kam Hagen dann zum entscheidenden Vorstoß. Krimhild starrte nur vor sich hin. »Die Sachsen haben diese neue Kampftechnik, bei der sie sich den Tapfersten aussuchen und ihn seitlich ablenken, damit schließlich jemand von oben auf den Schädel mit der Axt zielt.«
»Was«, schreckte sie auf.
»Ja, und da es Euer Mann war, der die Sachsen das letzte Mal fast alleine besiegt hat, werden sie ihm nachsetzen.«
Ein Schauer überlief Krimhild.
»Aber er ist ja unverwundbar«, winkte Hagen ab, »da will ich Euch nicht unnötig beunruhigen.« Er machte Anstalten aufzustehen.
»Wartet«, gellte Krimhild. Und dann beging sie den Verrat, auf den sie so gut vorbereitet worden war von ihrem Besucher. Hagen, dem Forellenfänger. »Er ist nicht wirklich unverwundbar«, bekannte Krimhild.
Zitternd erzählte sie von Siegfrieds Kettenhemd, das er unter der Tunika trüge, mehrfach abgedeckt. Deswegen sei er in der Schlacht, zusätzlich mit dem Panzer angetan, kaum je nur geritzt worden. Sie beschrieb, wie das Ketten-

hemd gearbeitet war. Nicht so lang wie die anderen und auf dem Rücken über den Schulterblättern mit Lederriemen geschnürt. Die Lederriemen waren vom Gewicht der Eisenringe stets einen Spaltbreit auseinander gezogen. Dort konnte ihn ein Speer oder ein Pfeil treffen. Krimhild dachte kurz und schamrot an jene Nacht, in den frühen Tagen ihrer Ehe, da Siegfried ihr nackt, nur mit seinem Kettenhemd diverse Schwertübungen vorgeführt hatte. Sie hatte ihm das Hemd geschnürt, deswegen wusste sie, wie es aussah. Leichtfüßig und unbekümmert war er vor dem Kamin herumgetanzt und hatte »So! Und dann so!« rufend eine ganze Armee eingebildeter Sachsen erledigt. Davon erzählte sie Hagen aber nichts. Der nickte wieder. Er versprach, er würde gut auf Siegfrieds Kopf aufpassen – in der Schlacht. »Sorgt Euch nur nicht, liebe Frau Krimhild. Ich verspreche Euch, niemand von den Sachsen wird ihm ein Haar krümmen. Und bis dahin, vertragt Euch gut mit ihm.«

Auf einmal hatte er es eilig zu gehen. Krimhild fühlte sich beklommen. Hatte sie zu viel erzählt? Was hatte sie erzählt? Und warum überhaupt?

»Keine Sorge, keine Sorge«, sagte Hagen noch einmal und öffnete die Tür.

Draußen hatten die Mägde im Pulk ausgeharrt. Hagen ging an ihnen vorbei.

Er marschierte stracks in seine eigene Kammer. Mit Kohle zeichnete er etwas auf den Boden und übte dann. Übte in der ewig gleichen Art von »Eins, zwei, drei und vier«, die ihm so oft das Leben gerettet hatte, wie die einfachste Art wäre, das eines anderen zu nehmen. Hagen hatte ein neues Geheimnis, und er versteckte es in den vielen Falten seiner beladenen Seele vor der Frau, die erstmals seine Geheimnisse geteilt hatte.

Hagen tat Unrecht. An sich, an Brynhild, an Krimhild – und auch an Siegfried? Urteilt jetzt selbst, Ihr Fremden, es ist nie so einfach, wie es aussieht. Je weniger man von einer Sache weiß, um so klarer sieht man sie. Aber, alles wissend, die Gedanken, die sie vorbereiteten, die Taten, die sie vollendeten, und die Gefühle, die alles begleiteten, – was ist da noch einfach? Oft habe ich gedacht, es ist die Zeit, die zwischen allem liegt, die es so kompliziert macht, einen Schiedsspruch zu sagen. Hätte Hagen Brynhild schon geliebt, als Gunther und Siegfried sich an ihr vergingen, und hätte er die beiden am gleichen Abend erzürnt in seiner Wut erschlagen – niemand würde etwas dabei gefunden haben. Aber so?

Meine Mutter bemerkte nichts von Hagens neuem Geheimnis. Sie war hochschwanger, und es ging ihr nicht besonders gut in den letzten Wochen, bevor ich kam. Sie fürchtete sich auch, wie jede Frau, die Geburt nicht zu überleben. Insbesondere wegen der gefährlichen Bräuche in Worms. Sie fragte Hiltruod nach einem Gebärbalken. Hiltruod lachte. Man sei doch nicht unter Wilden, die Königin werde selbstverständlich liegen. Das erschreckte Brynhild über die Maßen. Die Geburt war ein Kampf. Da konnte man sich doch nicht hinlegen und sagen: Hier, mach mit mir, was du willst. Aber genau das, verdeutlichte Hiltruod, erwartete man von den Gebärenden. »Und wie viele sterben?«, fragte Brynhild wütend und besorgt.
»So viele, als Gott vorgesehen hat«, antwortete Hiltruod schnippisch und knickste dann erschrocken vor ihrer eigenen Respektlosigkeit.
Magister Conradus, nicht mehr ganz so ängstlich, aber immer noch nervös, wenn er bei der Königin war, kam auch,

weil sie seit dem Vorfall mit Krimhild nicht mehr zur Kirche ging, und erzählte eine Geschichte. Brynhild hielt ihn für den schlechtesten Skalden, den sie je gehört hatte, und litt seufzend, bis er sich ans Ende erklärt hatte.
In der Geschichte ging es darum, dass irgendeine Frau in einem Garten dem Vater des weißen Christus widersprochen hatte, und deswegen sollte sie nun im Kindbett sterben. Aber nicht nur sie, sondern überhaupt alle Frauen.
»Was hab ich denn mit der zu tun!?«, entrüstete sich Brynhild. »Deswegen muss ich doch nicht sterben.«
Magister Conradus biss die Zähne zusammen. »Doch«, beharrte er, »unter Schmerzen sollst du Kinder gebären.«
»Soll mir mal einer zeigen, wie das ohne Schmerzen geht!«, fuhr Brynhild den armen Mann an.
Ob alle Kühe, Stuten, Schafe und Ziegen auch was mit der widerspruchsvollen Frau zu tun hatten? Magister Conradus erbleichte: »Natürlich nicht. Das sind Tiere. Tiere haben keine Seele.«
»Dann schaut denen mal beim Gebären zu, Magister Conradus. Schmerzen haben die nämlich auch.«
Der kleine Priester entschuldigte sich. Auf dem Weg zurück in seine Kapelle fragte er sich, wie es nur immer kam, dass er auf Brynhilds lästerliche Fragen zu wenig Antworten hatte.

Brynhild fühlte sich aber im Allgemeinen gar nicht so mutig. Ihre Beine waren angeschwollen. Für alles musste sie die Zofen bitten, was hieß, dass die Zofen andauernd da waren. Und das wiederum hieß, dass Hagen kaum noch kommen konnte. Einmal, als sie eingedöst war, wachte sie auf und hörte zwei Mägde, die miteinander flüsterten. »Wie lange noch?«, wisperte die eine Stimme.

»Angeblich noch fünf Wochen, aber sieh sie dir mal an. Ich würde eher sagen höchstens zehn Tage.«
»Vielleicht Zwillinge«, meinte die erste Stimme.
»Glaub ich nicht«, redete die andere und machte offensichtlich eine Geste, denn die Erste kicherte.
»Und ganz so jung ist sie ja auch nicht mehr.«
Brynhild wälzte sich auf die andere Seite, und das Gespräch hörte auf. An diesem Abend stellte sie sicher, dass sie alle aus der Kammer warf: *»Út!«*
Sie richtete all ihre Gedanken auf Hagen und hoffte, ihn so zu sich rufen zu können. Sie wusste nicht, dass er sowieso jeden Abend mehrfach nachsah, ob sie alleine war.
»Na«, sagte er endlich und setzte sich neben sie.
»Nicht mehr lange«, antwortete Brynhild. Jetzt war keiner von ihnen mehr stolz, sie waren nur noch besorgt.
»Ich habe keinen Krieger auf allen Schlachtfeldern meines Lebens getroffen, der stärker war als du«, sagte Hagen ihr schließlich, »du wirst es schaffen.« Sie verzog den Mund.
Er legte die Hand auf ihren Bauch.
»Ich werde versuchen, so oft zu kommen, wie es geht. Und als Gunthers Vertrauter werde ich mir das Kind natürlich sofort ansehen kommen.«
»Ist gut«, sagte Brynhild.
»Nichts machen können ist auch schlimm«, flüsterte er ihr beunruhigt zu.
»Bestimmt«, sagte sie.
Aber sie fühlte sich allein gelassen, und es gab wahrscheinlich sowieso keine richtigen Worte, die man sagen konnte, wenn etwas so ernst war.

WENDUNGEN

Brynhilds Wehen setzten an einem Vollmondabend im späteren Sommer ein. Es war hohe Aufregung unter den Mägden und Ärzten, weil man doch offiziell erst in einem weiteren Monat damit gerechnet hatte. Deswegen war auch nichts vorbereitet gewesen. Immerhin fanden sich dann alle doch erstaunlich schnell in die Überraschungsgeburt ein. Gunther wurde in der Halle von Hiltruod unterrichtet. Hagen brach gleich der Schweiß aus, als er Hiltruod sah.
»Es ist ein wenig früh, Herr«, flüsterte Hiltruod. »Wir sind in Sorge.«
»Ach«, winkte Gunther ab, »das wird schon.« Er beunruhigte sich nicht im Geringsten.
»Na, Hagen«, lallte Gernoth etwas zu wagemutig, »endlich mal ein Kind, dem Ihr nicht sofort Gold schenken müsst und eine Reiseroute.« Hagen war weiß wie Mehl. Er antwortete nicht einmal. »Tut mir leid«, entschuldigte sich Gernoth auch gleich, »ich weiß ja, alles für Burgund.« Hagen wischte sich den Schweiß von der Stirn.
Siegfried hatte auch etwas zu sagen: »Hoffentlich wird's ein Junge, Gunther!« Bemüht, alles gutzumachen, seit jenen unseligen Tagen, prostete er seinem Schwager zu. »Ich meine, bestimmt wird's ein Junge!«
»Was denn auch sonst?«, fragte Gunther unbeeindruckt. Hagen fing an, schwer zu atmen.

Giselher machte den schüchternen Vorschlag, dass man doch vielleicht zusammen in die Kapelle gehen und dort gemeinsam für das Wohl der Königin beten könnte. Alle Herren brummelten etwas Unbestimmtes und blieben trotzdem sitzen.
Hagen entschuldigte sich schließlich, er habe wohl etwas Schlechtes gegessen und müsse mal an die Luft.
»Steckt den Finger in den Hals, Hagen, am besten gleich. Sonst kommt da noch was von!«, riet Herr Volker. Hagen nickte schwach und wankte zur Tür.
»Soll ich mitkommen?«, fragte Dankwart besorgt hinterher, aber da er keine Ermunterung erhielt, stand er nicht auf. Siegfried schlug dann vor, man solle Zielwerfen. Er plante natürlich, alle gewinnen zu lassen. Aber keiner wollte Zielwerfen. Herr Volker sang dann ein paar Lieder.
»Müssen wir jetzt aufbleiben, bis sie fertig ist?«, fragte Gernoth.

Hagen schlich sich zittrig durch die Flure. Er passte nicht so gut auf wie sonst, rannte in einen Knappen und zwei Diener mit Feuerholz. Am Ende von Brynhilds Gang blieb er schließlich bei der Säule stehen, hinter der er sich auch während Gunthers nächtlichem Besuch damals verborgen hatte. Manchmal flog die Tür zu Brynhilds Kammer auf, und eine Magd stob heraus, dann hörte er sie in ihrer Sprache fluchen oder schreien. Er fühlte dabei eine gewisse Erleichterung. Wer fluchen konnte, war noch nicht tot. Es ging ewig. Gunther ließ einmal durch einen Diener nachfragen, ob sich schon etwas getan hätte. Hagen war nahe daran, die Säule anzunagen wie ein Biber, so aufgeregt fühlte er sich. Auf einmal hörte er Schritte. Erschreckt sprang er auf und sah sich Magister Conradus gegenüber. »Hach«,

erschrak der Kaplan und taumelte gegen die Wand. Hagen, nicht minder überrascht, war froh um die Dunkelheit.
»Was macht Ihr denn hier?«, trat er die Flucht nach vorn an. Der Kaplan hüstelte. Er habe nach der Königin sehen wollen. Ob vielleicht sein Beistand gewünscht würde. Dann machte er eine Pause, die trotz aller Vorsicht ausdrückte, dass er gerne wissen wollte, was Hagen denn hier machte.
»Ich bin im Auftrag des Königs hier!«, schnauzte dieser. Magister Conradus nickte. »Sie ist doch wenigstens vier Wochen vor der Zeit, hm? Da kann viel schiefgehen.« Hagen hatte sich nur mühsam in der Gewalt. Da ging die Tür zu Brynhilds Kammer wieder auf, man hörte ihr gepresstes Schreien und einen Arzt, der »Jetzt! Einmal noch!« sagte. Magister Conradus fröstelte. »Vielleicht nehme ich am besten gleich eine Nottaufe vor«, murmelte er. »Siegfried wird es heißen, nicht? Siegfrieds heißt ja Gunther«, plauderte er.
»Was?«, rief Hagen, ehrlich entsetzt. »Und wenn's kein Sohn ist?«
»Uote wohl«, wusste der Kaplan. »Nach der ehrwürdigen Mutter des Königs«, fügte er überflüssigerweise an. Hagen hatte wieder Atemnot.
»Ruhig«, zischte er dann auf einmal, obwohl Magister Conradus kein Wort gesagt hatte. »Da!« Tatsächlich hörte man beleidigtes Geschrei aus der Kammer dringen. Ein neuer Mensch, der sich wie alle anderen vor ihm beschwerte, in diese alte Welt geboren worden zu sein.

Es war tatsächlich ein Achtmonatskind geworden, aber so gesund und stark wie jedes andere auch. Gunther schöpfte diesbezüglich ohnehin kein Misstrauen. Wie die anderen Herren fand er eben, dass es »lange« dauerte, bis die Kinder auf die Welt kamen, ob ein paar Wochen mehr oder weniger, dazu hatte er keine Meinung. Aber nicht alle waren so unwissend, deswegen war es wichtig, dass es kein Gerede geben würde. Eine schnelle Taufe, Gunthers unumstößliche Anerkennung seines Sohnes und vor allem keine Fragen, warum der Junge überhaupt nicht wie Gunther und nur wenig nach Brynhild aussah. Hagen fand, dass es Zeit war, auch noch ein paar andere Dinge zu erledigen.

Als man den Erben von Worms im Wochenbett besuchte, natürlich alle auf einmal, Siegfried hatte auch seinen eigenen Sohn mitgebracht, der nun schon etwas über ein Jahr war, stellte man sich ein wenig steif um Brynhilds Lager und starrte in das Fellbündel, das sie im Arm hielt.

»Schau, Gunthi, schau«, lockte Siegfried seinen Sohn, der aber nur sabberte und keinen Anteil zu nehmen schien, »das ist dein Vetter, schau!«

»Tja, ja, aha, na ja«, sagte Gunther und wagte nicht, sich der Wöchnerin weiter als zwei Schritte zu nähern. »Ja, gut.«

»Da kann man ja im Prinzip noch nicht viel sehen.« Gernoth zuckte die Schultern.

»Wann lasst Ihr ihn denn taufen?«, fragte Giselher mit seiner nun schon öfter bröckelnden Stimme des ganz jungen Mannes. Hagen, der als Einziger strahlend und stolz dabeistand, hatte es plötzlich eilig, die Versammlung aufzulösen. Man müsse sich noch wegen der Sachsenkampagne besprechen, fing er an.

»Mensch, Hagen«, maulte Gernoth, »angeblich kommen die Sachsen doch schon seit Monaten. Wenn's nicht die Sachsen sind, dann sind's die Hunnen. Immer irgendwer und jetzt doch noch niemand.« Hagen hielt sehr drängend die Tür auf.

»Ich möchte die Königin nicht beunruhigen«, sagte er durch die Zähne, »aber ich habe neue Kunde.« Brynhild sah ihn scharf an, so wie nur Ehefrauen ihre Ehemänner ansehen, mit diesem Blick, der sagt, dass man sie besser nicht für zu dumm halten sollte und dass das nächste Gespräch zu zweit kein Honigschlecken werden würde. Dieser Blick an sich wäre verräterischer gewesen als Hagen nachts auf Brynhilds Gang anzutreffen, so vertraut und besitzergreifend war er. Aber niemand bemerkte ihn. Außer Hagen, der ahnte, dass er bald wieder ein Geheimnis loswerden würde.
Aber noch nicht. Noch nicht. Erst, wenn es getan war.

Hagen ließ sich dann vier Tage nicht bei Brynhild blicken. Als er schließlich wiederkam, ging ihm schreckliche Kunde voraus, die schon lange vor ihm in Brynhilds Kammer gedrungen war.
Es gab keinen Feldzug gegen die Sachsen. Es gab keinen Feldzug gegen die Hunnen. Stattdessen hatte es eine Jagd gegeben.
Und auf dieser Jagd war Siegfried gestorben, hieß es. Und nur Hagen wäre dabei gewesen.
Als er abends kam, saß sie sehr aufrecht, den Kleinen im Arm, sehr blass. Er sah unendlich müde aus, als er zur Tür hereinkam.
»Ich will die Wahrheit wissen«, sagte sie unbarmherzig.
Er schenkte seinem schlafenden Sohn ein halbes Lächeln. Es war alles nicht so einfach gewesen, wie er gedacht hatte.
»Wahrheit«, wiederholte er ausdruckslos. Und dann sagte er, was er von nun an immer sagen würde, wenn sie ihn fragten: »Ich habe ihn hingerichtet.«
Brynhild schloss entsetzt die Augen und begriff noch nicht.

Da erzählte er ihr von seinem Plan, diesem neuen Geheimnis, das er nun umgesetzt hatte.
Er hatte Siegfried aus Xanten wieder hergelockt, weil er wusste, dass Siegfried sich nach Abenteuern sehnte. Er hatte sich in sein Vertrauen gestohlen und sich mit Krimhild gut gestellt. Immer wieder hatte er von sächsischen Truppenbewegungen geredet, von Spähern, kleinen Grenzverletzungen. Siegfried war jeden Tag bereit gewesen, in diesen neuen Krieg zu ziehen, der ihn doch eigentlich nichts anging. »Und dann hab ich gesagt, es ist so weit.« Gestern war das gewesen. Siegfried war als Erster in voller Rüstung, hinter ihm Gernoth, dann erst die anderen. Als sie schon ausreiten wollten, kam ein Bote, wieder in letzter Minute, und verkündete, dass die Kunde, Siegfried reite mit den Burgunden, Luideger dazu bewegt hätte, sein Schwert zu zerbrechen. Unter großem Ah und Oh zeigte der Bote ein halbiertes Sachsenschwert vor, das sogar Herr Volker als Luidegers erkannte. »Alle Wetter!«, rief Ortwin von Metz und beschnüffelte mit seiner neugierigen, aufstrebenden Nase die Klinge, als wäre er ein Hund.
Dankwart hatte daraufhin den Vorschlag gemacht, dass, wenn man sich schon einmal fertig angezogen und in die Harnische geworfen habe, man doch noch etwas mit dem angebrochenen Tag anfangen könnte.
»Ja, klar! Wir machen ein Turnier!«, schlug Volker von Alezeye vor. Die anderen stöhnten gelangweilt. Nur Volker liebte die dauernden Turniere, weil er gerne der Erste sein wollte.
»Ich mache Turnier mit Euch«, leierte Dankwart vereinbart.
Es war Gernoth, der dann ziemlich hölzern sagte: »Ja, hört mal, wir könnten doch in den Wald fahren zu einer Jagd!«

»Gute Idee«, rief Gunther, und auch das klang wie eingeübt, »aber für eine Jagd brauchen wir doch keine Rüstungen.«
Siegfried sah enttäuscht von einem zum anderen. Er hatte kämpfen wollen, nicht jagen oder jousten.
»Ja, wenn Ihr meint«, stimmte er etwas lahm zu, denn er wollte keinesfalls zurück zu seiner abermals heulenden Frau, die ihm wieder mit blutigen Traumgesichten hinterher gewesen war. Diesmal was mit Wildschweinen und Heidekraut, dummes Zeug.
»Also dann, die Jagd ist es«, knödelte Gernoth so künstlich, dass Hagen ihn scharf ansah.
Leider hatte Ruomold, der nur bedingt eingeweiht worden war, das als Stichwort genommen und kam auf einmal mit einem voll beladenen Trosswagen aus den Stallungen beim Küchenhaus gefahren. »Und, wo soll's denn hingehen?«, rief der brave Mann aus.
»Wir gehen jagen, der Krieg fällt aus, und ein paar von uns jousten«, versuchte Dankwart die Situation zu retten, aber Ruomold war in Fahrt.
»Ja, ja, ich weiß«, jubelte er. »Und ich habe hier den besten Wein dazu.« Innerlich fasste sich Hagen an den Kopf.
»Fahrt zu«, sagte er schnell, bevor alles noch schlimmer wurde. Ruomold schnalzte und trieb die schwankenden Ochsen an. Es würde ewig dauern, bis der Wagen angekommen wäre.
Sie ritten los, nur die edelsten der Herren, auf eine Jagd, die keine war. Kopfschüttelnd trugen die Knappen die eilig abgelegten Rüstungen in die Waffenquartiere, bevor sie einem sich bereits siegesgewiss spreizenden Volker, Dankwart, Ortwin und ein paar anderen auf den Kampfplatz folgen mussten.

Die Soldaten, die die fingierte Jagdgesellschaft begleiteten, waren bezahlt worden, sie hielten den Mund und wunderten sich nicht über diesen angeblichen Krieg, dieses immer wieder aufgewärmte Gauklerstück. Aber Siegfried wunderte sich.

Genau genommen verstand er überhaupt nicht, warum sich sonst niemand wunderte. Und seit wann *wollte* Gunther jagen? Und Hagen! Bei einer Vergnügungsgesellschaft? Er fragte Gernoth, den er nach wie vor für seinen Freund hielt, ein Loch ins Ohr.

»Warum lassen wir denn die Sachsen so einfach davonkommen? Wir wissen doch gar nicht, ob das wirklich Luidegers Schwert war? Und unter uns gesagt, den Sachsen ist doch die Axt viel wichtiger.«

»Guck mal, ein Eichelhäher«, lenkte Gernoth ab.

Siegfried sah fahrig nach den Bäumen.

»Ich versteh das nicht, Gernoth«, zischte er, »da stimmt doch was nicht. Und wieso war Ruomold so plötzlich da? Weswegen kommen die anderen nicht mit?«

»Gernoth?«, befahl Hagens Stimme von weiter hinten. »Kommt doch mal her.«

»Tschuldigung«, zuckte Gernoth erleichtert die Achseln, wendete sein Pferd und ließ Siegfried mit seinen Ahnungen alleine.

Ja, Siegfried ahnte etwas. Aber er ahnte nicht das Richtige. Er konnte sich in seinem einfachen Herzen nicht vorstellen, dass Gunther und Gernoth seiner Hinrichtung zugestimmt hatten, dass sie auf dem Weg waren, ihn aus dem Weg zu räumen, weil Hagen sie mit seiner fadenscheinigen Geschichte von Ehre und Rufmord aufgestachelt hatte. Weil er eben doch nur ein Fremder war.

Sie kamen an einer Lichtung an und machten Halt. Gun-

ther streckte sich ein paar Mal und freute sich »rauszukommen«.
»Wo bleibt denn Ruomold?«, gähnte Gernoth. »Ich hab langsam Durst.«
An dieser Stelle hatte Hagen das Gefühl, es müsste nun schnell gehen, wenn es nicht fehlschlagen sollte.
»Siegfried, kommt mit«, sagte er ihm. Als der Niederländer ihm das Gesicht zudrehte, las Hagen seine Angst darin.
»Wo gehen wir denn hin?«, fragte er.
»Wasser suchen«, antwortete Hagen ungerührt, »bis Ruomold mit dem Karren hier ist, das kann noch dauern.« Er legte ihm seine Hand sehr bestimmt, sehr hart auf die Schulter und schob ihn in den Wald. Siegfrieds Vertrauen, wiewohl erschüttert, ließ ihn diese ersten Schritte machen. Die zurückgebliebenen Herren starrten auf den Boden, als er abgeführt wurde.
»Meine Waffen sind noch auf dem Wagen«, protestierte Siegfried, als das Vertrauen sich unter weiterer Ahnung auflöste.
»Es passiert nichts.« Hagen ließ ihn nicht los. »Ich habe ja alles dabei.« Der Wald um sie herum verdunkelte die Angst in Siegfrieds Gesicht und den Mord in Hagens, bis man weder das eine noch das andere lesen konnte.
Farne schlängelten sich wie Fangeisen um ihre Füße, und dichtes Laub schluckte das Knacken der kleinen Zweige, auf die sie traten. Wieder schrie ein Eichelhäher, und die anderen Vögel verstummten, als wollten sie keine Komplizenschaft an diesem Tun. Die Stille verriet die Absicht mehr als Worte.
»Wo gehen wir wirklich hin, Hagen?«, fragte Siegfried mit wackliger Stimme, als sie schon viel zu lange unterwegs zu sein schienen.

»Wir gehen noch ein Stück weiter«, sagte Hagen.
Aber Siegfried blieb stehen. In der Nähe murmelte eine Quelle, spülte gleichgültig ihr Leben vor sich hin, immer weiter. Hagen erinnerte sich an das Lied des verwunschenen Brunnens seiner Kindheit, der sang: *Wanderer, eile nicht von mir fort, für dich gibt es nur noch einen Ort, an dem erwartet dich der sichere Tod, an dem findest du nichts als die höchste Not.*
»Es geht auch hier«, sagte er dann leise und zog seinen Speer vom Rücken. Keine Masken mehr, keine Lügen.
»Nein«, flüsterte Siegfried unter dem dunklen Spiel der Blätter, die seinen Tod verstecken würden. »Bitte, nein.«
Hagen fühlte sich unwohl, wie er es nicht vorausgesehen hatte.
Er fühlte sich, als ob er etwas Falsches täte. Dabei war es doch das einzig Richtige, oder? Sein Leben lang hatte er Entscheidungen über Tod und Leben getroffen. Da durfte man nicht zimperlich sein, sich nicht mit Skrupeln selbst zurückhalten.
»Warum?«, fragte Siegfried und sackte auf die Knie. Er verstand nicht. Er hatte nicht taktiert, Gunther nichts weggenommen, ihn nicht beerben wollen – im Gegenteil. Seinetwegen konnte Gunther auch Xanten haben, wenn Siegfried einmal starb. Sterben im Krieg, hatte er gedacht, in einigen Jahren, aber nicht jetzt. Er war dreiundzwanzig, aber das war fast schon zu alt, um noch ein junger Mann zu sein. Helden starben auf den Schlachtfeldern, nicht im Dickicht irgendeines grünen Waldes.
Seine flackernden blauen Augen richteten sich auf Hagen. »Ich hab doch nichts gemacht«, flüsterte er und glaubte es in diesem Moment wohl selbst. Glaubte es so sehr, dass Hagen auch für einen Augenblick zögerte. Da sprang Sieg-

fried auf und griff nach dem Speer und versuchte Hagen aus dem Gleichgewicht zu bringen. Er trat ihm zwischen die Beine und langte nach dem Schwert, das sich mit verhakter Scheide halb hinter dem strauchelnden Hagen im Dickicht verfangen hatte. Siegfried starb nicht kampflos. Und er starb nicht im Hinterhalt, wie es alle erzählen. Er gab nicht auf, er hatte keine Ahnung, wie er sich aus dieser Lage befreien würde, aus diesem plötzlich viel zu ernsten Abenteuer, dessen letztes Wort er nie erzählen würde. Aber Siegfried wollte leben, auch wenn es ihn noch am Tag zuvor so gequält hatte zu denken, er wüsste nicht, warum er lebte. Und er war ein guter Kämpfer.

Aber Hagen hatte sein Leben lang geübt. Hatte jeden Tag mit Generationen immer neuer, junger Männer geübt.

Und die Gewohnheit besiegte alles. Auch Siegfried. Hagen brachte ihn zu Fall und stach zu. Dort, wo das unsichtbare Kettenhemd über dem Schulterblatt geschnürt wurde. Die Klinge konnte an der anderen Seite wegen der Eisenmaschen kaum austreten.

Mit dem entsetzlichen Laut eines Mannes, der am eigenen Blut ertrinkt, schnappte Siegfried nach Luft.

Aber er stand wieder auf. Hagen wich zurück. Er wusste, dass es nicht lange dauern würde, es bestand kein Grund weiterzukämpfen. Auch das Sterben hatte seine Gewohnheit. Bei einem solchen Stich würde es nur noch ein paar Augenblicke dauern.

In grotesker Eile versuchte Siegfried indessen hinter seinen eigenen Rücken zu greifen, um sich den Speer aus der Schulter zu ziehen. Aber der Schmerz war zu groß. Blass, fassungslos, dass es dies gewesen sein sollte, ließ er die Arme kraftlos sacken, die unnützen Muskeln hingen wie aufgepumpte Schläuche.

Als schon die ersten Blutstropfen über seine Lippen liefen, stammelte er ein Wort: »Mime.«
Hagen verstand ihn nicht, er sah nur seinem widerstrebenden Sterben zu. Wieder sackte Siegfried in die Knie, aber diesmal ohne Hoffnung, wieder aufzustehen.
»Es ist gleich vorbei«, sagte Hagen, »bleibt ruhig.«
Siegfried fühlte die feuchte Kälte der Pflanzen, die Härte der geborstenen Zweige, in denen er kniete, – und dann schon im nächsten Moment die eigenen Beine nicht mehr. Der Schmerz in seiner Brust löschte alles andere aus. Blut stieg seinen Rachen hinauf, er musste husten. Er sah seinen Mörder aus Augen, vor die der ewige Nebel zog. Es machte ihn schwindlig, er wollte es wegwischen, griff mit ohnmächtigen Händen danach, die sich nicht rührten. Die Hitze in seiner Brust wurde stärker, während er die Kälte um sich herum schon nicht mehr spürte.
Was bleibt?, dachte Siegfried und fiel kopfüber in das grüne Dickicht, das seinen Körper still auffing. Dann war es vorbei.
Hagen hatte dabei gestanden und gewartet. Schließlich zog er den Speer heraus. Man sagt ja, dass die, die mit dem Gesicht nach unten sterben, ihre Mörder und Feinde irgendwann mit sich nehmen werden. Hagen wusste das. Aber er drehte Siegfried nicht um. Er ging einfach zum Lager zurück und sagte den Männern, die ihn betreten schweigend erwarteten: »Wir können zurück.«
Aber das stimmte nicht. Niemand konnte mehr zurück, er selber am allerwenigsten.

Das Land der Untergegangenen
Die sechzehnte Erinnerung

Dankwart stirbt als einer der Ersten. Es ist so furchtbar, wie sie ihn abschlachten, dass sogar Ruideger, der sich seinem Eid gemäß an Krimhilds Seite gestellt hat, Tränen in den Augen hat.
Einer der Hunnen, mit dem Ruideger einen Grenzdisput hat, seit Jahren, sieht es und hetzt, dass der von Baechelarin lieber bei seinen feinen, hellen Freunden sein würde als bei den Hunnen. Ruideger schlägt ihm das Nasenbein direkt ins Gehirn, der Hunne fällt Krimhild in die Seite. Sie weicht nur einen halben Schritt aus. Wie im Schlaf redet sie dann. »Seid Ihr mir nicht in der Tat schuldig, da ein bisschen näher ranzugehen, Ruideger?«
»Was?«, brüllt er über das Morden hinweg. Sie bleibt ganz leise.
»Habt Ihr mir keinen Eid geschworen, Ruideger, in Worms, mich und meine Ehre gegen alle Bedrohung zu verteidigen?«
»Das meint Ihr doch wohl nicht im Ernst?«, schreit Ruideger. Sie sieht ihn nicht mal an. Er fasst es nicht. Ja, natürlich hat er diesem heulenden Elend, das er damals ins Hunnenland bringen musste, alles versprochen, damit sie mitkommt. Und er hat Étešil alles erklärt, eine Kapelle, einen Priester, sie zwei Mal täglich heulen lassen, solange sie will – alles. Und jetzt, statt dass sie ihn auszeichnet, dass er sich nicht auf die Seite der Wormser gestellt hat, – das!

»Ich finde auch, Ruideger«, hört er da Éteŝil selbst. »Ihr habt Land von uns, Zuwendungen, Freiheiten, Ihr zeigt Euch nicht eben dankbar.«

»Herr!« Ruideger weint jetzt fast. »Der Junge ist mit meiner Wita verheiratet, das sind meine Gäste gewesen. Ich habe versprochen –«

»Gut, ein Haus zu haben, in dem man Gäste empfangen kann«, sagt Éteŝil kalt. »Und Kinder, die einen überleben.« Und in seiner Stimme brennt Baechelarin schon, sind Wita und Gotelind schon tot. Ruideger ist verloren.

Das Kinn zittert ihm. Er hat immer mit dem Glück gelegen. Und jetzt? Éteŝil zuckt die Schultern und deutet ins Gemetzel.

»Ich verfluche dich!« Ruideger spuckt nach Krimhild, zurrt seinen Helm fest und rennt nach vorn. Das Morden schwappt über ihm zusammen. Der Gestank, das Schreien, er haut einfach drauflos, Hunnen, Burgunden, Dänen, Thüringer, es ist ihm ganz egal. Auf einmal steht Hagen vor ihm.

»Ruideger!«

»Ich kann nichts dafür. Sie zwingen mich.«

Hagen nickt. »Ich schlag mich nicht mit Euch«, ruft er und trennt einem Hunnen den Rumpf ab.

»Ich schlag mich auch nicht mit Euch«, ruft Ruideger genauso zurück, obwohl er weiß, dass es für Hagen weit weniger gefährlich wäre als für ihn.

Hagen reißt seinen Schild hoch: »Von Gotelind.« Ruideger kriegt feuchte Augen.

»Lebt wohl, Hagen«, ruft er dann und schlachtet sich an ihm vorbei. Kreischendes Eisen, schreiende Menschen. Da steht er vor Gernoth. Gernoth hat Hagen nicht gehört, sonst hätte er Ruideger auch passieren lassen.

»Was für ein Ehrenmann, Ruideger!«, verhöhnt er ihn.

»Kommt Ihr, Euren Eidam umzubringen.« Ruideger will erklären, nie würde er Giselher etwas antun, aber ein burgundischer Soldat kommt ihm dazwischen. Als der zu Boden geht, steht Gernoth zwischen zwei halbierten Dänen: »Los, komm!«, schreit er und schlägt auf seinen Schild. »Los, wenn du so mutig bist, du Verräter.« Gernoth, mit dem auch jetzt noch alles durchgeht, obwohl er so entsetzlich müde ist. Er hat eine klaffende Schulterwunde, und der rechte Oberschenkel sieht auch aufgeschlitzt aus. Aber wer kann hier schon unterscheiden, wessen Blut es ist. »Los, du aufgeblasener Hinterwäldler«, schreit Gernoth wieder.

Da wirft sich Ruideger auf ihn. Und die ganze Zeit brüllt er: »Ich will's doch nicht, ich will's doch nicht!« Bei jedem Hieb, der niedergeht.

Er drängt Gernoth zurück in das brennende Gästehaus. Gernoth stolpert nach hinten über schwelende Leichen, man kann nicht mehr erkennen, für wen sie gekämpft haben.

»Ich will das doch nicht!«, brüllt Ruideger wieder.

»Zu spät«, schreit Gernoth. Er sticht zu, aber nicht schnell genug, Ruidegers Schwert, schon in leblosem Niedergang, aber von ungebrochener Kraft, spaltet ihm den Schädel, und sie sterben zur gleichen Zeit. Keiner merkt es, das Feuer leckt an ihnen wie an den anderen, den Namenlosen, denen, die andere Namenlose vermissen und beweinen werden. Aber der Tod dieser beiden ist nur einer von so vielen. Das Dach stürzt krachend über ihren Körpern ein, das Blut verdampft in Kloten, färbt sich schwarz, verschwindet. Draußen geht das Heulen und Winseln weiter. Auch die Erfahrensten können sich nicht an so ein Blutbad erinnern. Die Burgunden kämpfen nicht einmal um ihr Leben, sie wissen, dass es dafür zu spät ist. Es ist, als wollten sie nur zeigen, dass sie es können, das Morden. Deoderics Männer sind zerhauen bis auf einen,

und Deoderic, endlos jenseits seines »Weißt du noch«, stürzt sich auf Hagen und Gunther.
Gunther macht seine Sache übrigens nicht schlecht, wenn man bedenkt, dass ihm alles wehtut. Dass er der Einzige ist, der das hier nicht immer gebraucht hat, um sich am Leben zu fühlen in dieser von Unwissenheit und Wirrnis verdunkelten Welt. Und Hagen steht vor ihm, wie er sein ganzes Leben vor ihm gestanden hat, verteidigt ihn noch in seinem so lang geplanten Untergang, als ob er die Gewohnheit nicht loslassen kann. Deoderic kämpft nicht für Krimhild, er will sich rächen für die Verluste, die er heute hier hinnehmen musste. Und Hildebrand schließt sich ihm an. »So?«, ruft Hagen ihnen zu. »Sehen wir drei endlich mal, wer nun der Bessere ist.« Hagen sieht fürchterlich aus. Ein Urwesen des Todes, in der Tat Odins Sohn, der für den Vater erntet. Bart und Haare sind völlig verklebt vom Blut, seine Kleider, seine Haut schwarz vom Ruß und dreckbespritzt.
»Gunther«, Deoderic sucht sich den Schwächeren. »Warum tut Ihr mir das an?« Er kann offensichtlich nicht begreifen, dass es hier nicht um ihn geht.
Hagen haut auf Hildebrand ein: »Ihr hättet Eure Männer hier nicht hereinschicken sollen!«
»Ergib dich!«, röhrt Hildebrand. Hagen ist abgelenkt, er kämpft gegen Hildebrand und verteidigt Gunther gegen Deoderic. Deoderic schnattert auf den König ein, als wär's Markttag und beide hätten Händel über eine Kuh. Zu spät begreift Hagen die Taktik, denn jetzt wechseln beide, Deoderic noch ausgeruht. Hagen ist nicht ausgeruht. Zum ersten Mal in seinem Leben hat er das Gefühl, dass er nicht mehr kann und nicht mehr will. Als ob diese Schlacht schon Jahre dauern würde. Deoderic drängt ihn immer mehr zurück, er steht mit dem Rücken zu dem, was von der Wand des Gäs-

tehauses übrig ist. Und dann gelingt ihm, was nur einem anderen vorher gelang. Er verwundet Hagen. Sein Schwert schneidet in den rechten Arm, zieht eine klaffende Wunde, die Muskeln sind durchtrennt, der Kampfarm nutzlos. Hagen sieht erstaunt an sich herunter, Deoderic lässt sein Schwert sinken.
»Ich kann dich doch nicht einfach umbringen«, sagt er, man hört es nicht in dieser Hölle. Hagen zuckt die linke Schulter. Da springt Deoderic ihn an und dreht ihm den blutenden Arm auf den Rücken. Mimes Schwert fällt zu Boden.
»Hagen von Tronje ist mein Gefangener«, schreit Deoderic und schiebt ihn vor sich auf die Königin zu, aus dem Schlachten heraus, auf den Tod zu.
»Hagen!«, ruft Gunther hinter ihm her, wie so viele Male, aber Hildebrand drängt ihn zurück, nur ein Scheingefecht.
Vor Krimhild sackt Deoderic zusammen mit seinem Gefangenen auf die Knie.
»Ihr solltet ihn wirklich leben lassen, Herrin«, bittet er vergeblich. Denn Hagens Grab steht längst in Krimhilds Augen.

»Warum?«, schrie sie ihn an, das Kind im Arm. »Macht das irgendetwas ungeschehen?« Hagen antwortete nicht.
Er hatte es tun müssen, glaubte er. Müde nahm er ihr das Kind aus den Armen. »Jetzt müssen sie ihn erst recht Siegfried taufen«, sagte er.
»Hagen! Du hast ihn umgebracht!«
»Er ist ein Frauenschänder gewesen. Ich habe ihn hingerichtet. Mit Wissen und Billigung des Königs und der wichtigsten Herren. Kein Geheimnis dabei.« Er sah sein Kind an und dachte, dass es nun sicherer wäre. Wovor, konnte er nicht einmal sagen.
Sie hatte allen erzählt, dass der Kleine ganz aussähe wie König Svenke, aber er sah natürlich ganz wie Hagen aus, nur eben mit zwei Augen, was glücklicherweise genug Unterschied schuf. Mit seinem verhornten Zeigefinger streichelte er dem Kleinen Kreise über die Stirn. »Guck ihn dir an«, flüsterte er.
Aber Brynhild war außer sich. »Weiß Krimhild es schon? Hagen, die arme Krimhild!«

Krimhild wusste es schon. Man hatte sie, wie es sich für eine Witwe gehörte, tatsächlich in den Frauentrakt bringen lassen, bevor man es ihr mitteilte. Unter einem läppischen Vorwand, dass man eine Frage bezüglich ihres alten

Webstuhls hätte. Und den kurzen, langen Weg über den Hof an den Tiergärten vorbei, die leer standen, hatte sie ständig bange Fragen gestellt. Was denn mit dem Krieg geworden wäre? Wo denn Siegfried wäre. Und die Zofen, die in der Tat nichts wussten, folgten dem unwohl voranschreitenden Markgraf Gere und redeten leicht dahin, dass schon nichts Schlimmes mit den ausgerittenen Herren sein könnte. Sonst hätte man ja davon gehört. Man verbrachte Krimhild dann in die Kammer ihrer Mädchenjahre, die ihr klein, eng und verrußt vorkam, zum Ersticken, ein Sarg.

»Ich dachte, ich soll mir den Webstuhl ansehen, der steht doch in der großen Halle«, begehrte sie auf.

»Einen Augenblick, Krimhild.« Gere stellte sich in die Tür.

»Was denn?«, flüsterte sie ängstlich.

»Eure Mutter ist auf dem Weg hierher, mit Eurem Sohn.«

»Warum das denn?« Sie wurde immer leiser, die Wände, die sie in ihrer Jugend gelernt hatte hinzunehmen, bewegten sich nun auf sie zu.

»Das weiß ich nicht«, log Gere und fühlte sich furchtbar.

»Was ist mit Siegfried?«, schrie sie da. »Was ist mit Siegfried? Ist Siegfried etwas passiert?«

»Das weiß ich nicht«, behauptete Gere noch weniger überzeugend als beim ersten Mal.

Endlich kam Frau Uote, zitternd, blass: »Mein armes, armes Mädchen.« Sie breitete die Arme aus, aber Krimhild wich vor ihr zurück. »Wo ist mein Mann?«, fragte sie wieder. »Wo ist Siegfried.«

»Ach, mein Armes«, Frau Uote kamen die Tränen. »Dein Siegfried hat einen Jagdunfall gehabt. Er ist tot.«

»Nein«, sagte Krimhild ganz entschieden und auch ein bisschen erleichtert. »Das kann nicht sein. Das ist ein Irrtum.

Siegfried ist im Krieg gegen die Sachsen. Herr Hagen beschützt ihn.«
Gere senkte den Blick. Er murmelte ein paar dumme Sätze, dass der Krieg abgesagt worden wäre, dass man stattdessen zur Jagd ausgeritten sei. »Ein wilder Keiler, heißt es«, endete er kläglich und räusperte sich.
»Nein!«, wiederholte Krimhild bestimmt. »Das glaube ich nicht.«
»Ach, mein Liebes«, schluchzte Frau Uote, »es tut mir so leid. Ein Unfall.«
Man hörte Krimhilds Schreien sogar drüben in der Halle. Sie schrie, bis sie das Gefühl hatte, ihr Hals sei zerborsten. Oft schrie sie seinen Namen, dann sinnlose Schmerzenslaute oder unverständliches Zeug wie »Geh nicht weg«, »Lass mich nicht wieder allein«. Und immer wieder: »Ich bin nicht schuld.«
Frau Uote hielt ihre Tochter, als die erste Erschöpfung das ungefährlicher machte. Krimhild trat, biss und kratzte zuvor nach allem, was sich ihr nähern wollte. Manchmal nickte sie kurz ein und erwachte mit einem ungläubigen Ausdruck schmerzlicher Erkenntnis. Sie verweigerte Wasser und Speise, schien sich, als irgendein Tropf ihr zum Trost das Kind hereinbringen wollte, in Krämpfen zu winden, dass manche später erzählten, ihr Kopf hätte ihre Fußsohlen berührt. Gere und Uote blieben bei der Wahnsinnigen, die zwischen Dämmer und Schrecken in dieser Nacht um Jahre alterte. Also ein Ja: Krimhild wusste es.

Man brachte Siegfried am nächsten Morgen, gewaschen in Wein, auf Ruomolds langsamem Wagen. Die Herren ritten Schritt, die Lanzen gesenkt, bis auf Hagen, der seinen Speer zerbrochen und fortgeworfen hatte. Sie trugen

Siegfried vor die Kappelle, damit sich alle öffentlich von seinem Tod überzeugen konnten. Helden wurden gerne unsterblich, wenn es nicht alle gesehen und gefühlt hatten, dass sie dahin und kalt waren. Sie ritten dann auf Sternenstaub in die Unendlichkeit und kamen zurück, um Arme und Geknechtete zu retten. Daran war Magister Conradus, der auch nur die Geschichte des Keilers kannte – Dankwart war vorgeritten –, nicht gelegen. Er hatte den Platz vor der Kapelle vorgeschlagen. »Wir müssen Krimhild wohl zu ihm lassen und den Kleinen«, war es sogar Gunther eingefallen. Aber es wurde nicht einfach, das wussten sie alle.

Brynhild lag im Wochenbett, und natürlich konnte nicht erwartet werden, dass sie aufstand. Das war die einzige Erleichterung, die Hagen spürte, an diesem Tag der Heimkehr. Er hatte Gunther eingeschärft, es ihr auch nicht zu sagen, das könnte den Milchfluss versiegen lassen.

»Ach ja?«, sagte Gunther leicht angewidert und zuckte zustimmend die Schultern.

Brynhild war später auch froh, es nicht gesehen zu haben. Krimhild, bleich und eingefallen wie der Tod, nicht gesehen zu haben. Ihre neuerlichen, zerfressenen Schreie nicht gehört zu haben.

Und dann natürlich diesen einen, den Finger nach Hagen ausgestreckt: »Mörder!«

Das hässliche Wort setzte sich fort, aber es hatte keine Folgen. Keine Beweise, und Schutz durch Gunther. Und die, die wussten, dass es tatsächlich so geschehen und geplant gewesen war, hatten sich mit ihrer eigenen Zustimmung zu Handlangern an einem solchen Wort gemacht. Schon deshalb durfte es nicht sein.

Man redete weiter von einem Keiler und flüsterte höchs-

tens einmal, dass auch anderes geschehen sein *könnte*. Siegfried wurde noch am gleichen Abend bestattet – nach den Riten des weißen Christus. Das Wetter schien nämlich in Schwüle umzuschlagen, und niemand wollte den Held der Niederlande gefällt, wie doch alle Helden einmal gefällt werden müssen, aufgedunsen und von Fliegen bedeckt herumliegen sehen. Helden wurden von Raben gefressen, immer noch, nicht von Fliegen und Würmern. Sie brachten einen Steinsarg, keine Ahnung, wo sie den so schnell herhatten, und legten ihn hinein. Ein sinniger Steinmetz hatte zur Bekehrung anderer ein lehrreiches Zeichenspiel eingeritzt, das natürlich überhaupt nichts mit Siegfried zu tun hatte: Yggdrasil verwandelt in das Kreuz des weißen Christus. Dabei war Siegfried doch schon immer ein Anhänger des weißen Christus gewesen, mehr oder weniger jedenfalls, so wie sie es alle waren.
Es gab viel Lamento, das Volk bekam Ochsen und Bier für einen Leichenschmaus, und Lieder wurden gesungen. Siegfrieds Abenteuer, die die er selbst immer so gerne erzählt hatte, von Drachen und Zwergen, und mit jedem Humpen wurden sie wahrer und wurde er ein umso größerer Held. Die Wahrheit, soweit sie das Volk betraf, wurde mit dem Niederländer unter die Erde gesoffen, und es erblühte aus dem Stein seines Sarges sofort die wuchernde Schlingpflanze seiner Legende.
Ich sollte mich darüber nicht erregen, so ist das Geschäft. Etwas passiert – dann versucht man ihm einen Sinn zu geben, um auszuhalten, was als Nächstes passiert. Und ich habe ihn aus demselben Grunde so lange gehasst, wie andere ihn geliebt haben. Bald kommen wir sicher an dem kleinen Tempel vorbei, in dem er liegt, den Krimhild ihm als Trauermonument errichtet hat.

Vor dem Anfang, als ich mir meinen Weg hierher vorgestellt habe, da dachte ich, ich würde ausspucken, wenn ich den Tempel sehen würde. Und jetzt? Ein toter Mensch. Die Mehrzahl derjenigen, um die es in dieser Geschichte geht, sind tot. Siegfried vermodert seit vierzig Jahren in einem Steinsarg. Die Knochen meines Vaters liegen irgendwo im Osten, zerfallen, ohne Denkmal. Meine Mutter wurde nach den alten Riten verbrannt.

Ich sehe mir den Hahn und den Einfallslosen an, wie sie fluchen und schuften, ihren kleinen großen Auftrag ausführen. Wer kann ihre Knochen in weiteren vierzig Jahren von denen eines wirklichen Helden unterscheiden? Vielleicht sind wir alle so vieles, Helden, Feiglinge, Schufte und Heilige. Ich sehe mich an, meine abgemagerten, verfrorenen Beine, die Spitze des Bartes, der mir wider Willen gewachsen ist in diesen Wochen. Ich bin mal jemandes Kind gewesen. Und ein Liebhaber. Ein Vater, ein Skalde. Wenn ich großen Hunger hatte, mal ein Dieb. Und auch ein Retter, als ich mal dazukam, wie einer im Moor fast versunken wäre.

Ich denke immer noch an mein erstes Wort, das ich nach all den Jahren sagen werde. Und ich glaube, jetzt weiß ich es ganz sicher. Es ist das Wort, das wir alle sagen sollten, wenn wir in diese Welt hineinkommen, und bestimmt, wenn wir sie wieder verlassen.

Ihr werdet es hören, Ihr Fremden, zu seiner Zeit, werdet Ihr dieses richtigste aller Worte von mir hören.

Siegfried war also tot. Krimhild wurde in den Frauentrakt gesperrt – und mein Leben hatte gerade angefangen. Da seht Ihr nun, Ihr Fremden, die absurden Verse des Daseins, die mich in die Welt brachten.

Und ich ahnte nichts davon. Ich war glücklich.
Meine Mutter liebte mich, die Kammerfrauen verwöhnten mich. Ich hatte nie Hunger und nie Durst, damals. Sie tauften mich in der Tat Siegfried, zwei Wochen nach dessen Tod, und alle fanden es sehr sinnig. Ich hatte von all dem keine Ahnung. Die ersten Jahre meines Lebens sind gezeichnet von jener glückseligen Leere der Kindheit, wenn noch nichts zusammenhängt, sondern alles nur einzeln bemessene Ereignisse sind. Ich hatte Hunger, ich aß, ich hatte Durst, ich trank. Ich weinte, jemand tröstete mich. Wenn es schnell genug ging, war ich froh, wenn es zu lange dauerte, schrie ich. Meinen Vater sah ich ja kaum. Er kam meist nachts, wie auch vorher schon, dann schlief ich. Aber er sah mich. Und meine Mutter sah sich später in ihrem Wahnsinn immer wieder die gleichen Bilder ihrer Erinnerung an. Wie er mit mir am Feuer saß, wie er meine Zehen sanft schüttelte, einen nach dem anderen. So weit, wie man unter solchen Umständen glücklich sein kann, waren sie es.
Glücklich miteinander, mit mir, und Hagens Plan der Vernichtung war ein solches Geheimnis in ihm geworden, dass er ihn bisweilen selbst vergessen konnte. Es gab immer nur dieses Heute und dann das nächste, und allein mein Wachsen zeigte den Betrug an.
Gunther hatte zum Glück wenig Interesse an mir. Er legte es drauf an, mit Rikchen ein Kind zu machen, nun da er sich bestätigt gesehen hatte. Wenn sie wieder und wieder unwohl wurde, musste sie ihn trösten, denn er verbiss sich mehr und mehr in diese Idee. Das Leben plätscherte so vor sich hin. Giselher wurde mannbar, viele andere auch, kleine Fehden zwitscherten ungefährlich in der Ferne. Dankwart stritt sich viel mit Volker. Volker stritt sich viel mit allen. Es

gab Turniere, und Hagens ewiges »Eins, zwei, drei und vier« quälte einen neuen Jahrgang.

Niemand fragte viel nach Krimhild. Auch, dass sie ihr Monument bauen durfte, erregte nicht viel Aufsehen. Man war eher froh, dass man sie so aus der Kapelle entfernen konnte, wo sie vom Morgen – vom frühen Morgen! – bis zum Mittag hockte und schluchzte. Und dann noch mal vom Nachmittag bis zum Abend. Ununterbrochen. Sie ging ja ohnehin verschleiert, aber die Frauen, die sie im Bad oder beim Ankleiden einmal ohne Schleier sahen, tuschelten, dass der Kummer ihr nicht nur jegliche Körperkraft weggefressen habe, sondern auch die Schönheit genommen hätte. Gere und Eckewart und auch Giselher bemühten sich bisweilen tröstend um sie, völlig ohne Erfolg.
Frau Uote war, auch wenn es ihr nicht so leicht fiel, wie sie gewünscht hätte, wieder in den Frauentrakt gezogen, um sich dort um den kleinen Gunther und um Krimhild zu kümmern. Aber auch sie erreichte nichts. Krimhild wollte das Kind nicht sehen, stieß es sogar schreiend von sich, als Uote sie zwingen wollte.
»Also«, bestimmte Gunther großzügig, »soll sie sich das Ding da bauen, dann ist sie aus der Kirche weg. Gibt es nicht irgendwie einen kleineren Landsitz nebendran? Da könnte sie doch hinziehen.« Hagen kümmerte sich, und Krimhild zog fort. Sie legte sich schreiend auf Siegfrieds Steinsarg, als er ausgegraben wurde, und ging nicht mehr davon herunter, sodass man sie gemeinsam mit dem sperrigen Ding auf den Karren laden musste. Frau Uote blieb mit dem Jungen in Worms.
»Ich kann dem armen Kind ja doch nicht helfen«, seufzte sie ihrer Tochter nach.

Niemand konnte das. Die Berichte, dass Krimhild weiterhin ewig lang jeden Tag auf dem nun nicht mehr vergrabenen Sarg lag und schrie und schluchzte, wurden am Hof mit Resignation aufgenommen. Man tat dort allgemein so, als würde Krimhild an einer schrecklichen Krankheit leiden, von der niemand wusste, wie sie sie befallen hatte. Dass es etwas mit ihnen zu tun hatte, weswegen Siegfried verschwunden war, daran erinnerten sie sich kaum. Helden starben eben im Kampf, manche auch auf der Jagd.

Hagen erinnerte sich wohl, dass es so einfach nicht war. Aber auch er wollte bisweilen einfach nur vergessen.
In einem Frühling, bevor Bryndt zwei Jahre wurde, trafen sich Hagen und Brynhild – dieses *eine* Mal wirklich und wahrhaftig zufällig, bei einem späten Spaziergang. Es wäre auffälliger gewesen, nicht gemeinsam weiterzugehen.
»Sehen wir uns auch mal draußen«, lachte Brynhild leise, »und bei Licht!«
»Ich finde es besser«, sagte Hagen, »wenn wir uns nur nachts im Schummerlicht sehen. Es fällt dir sonst noch auf, wie alt ich bin.«
Fast hätte sie nach seiner Hand gegriffen: »Für mich bist du nicht alt«, flüsterte sie.
»Doch, Liebling«, antwortete er, »sogar für mich selber bin ich alt.« Ihre Schritte waren weich auf dem leichten Gras, sie waren zu den Obstbäumen hinuntergegangen. Die Königin und der Berater des Königs bei einem artigen Gang, sprechen über die Dinge der Welt. Niemand konnte etwas daran finden. »Ich bin alt und morsch«, redete Hagen weiter. Er blieb an einem Kirschbaum stehen, der schon in Gibichs Jugendjahren gepflanzt worden war. Man hatte, um ihn zu retten, die zwei Hauptäste fast bis zur Unkenntlichkeit zer-

schnitten. Es sah aus, als müsste der greise Baum mit seinen tausend Blüten, gebeugt von ihrer widersprüchlichen Prahlerei von Leben und Frucht, zu einer Seite überfallen. »Ich bin so alt und morsch wie dieser Baum«, sagte Hagen, »aber ich blühe genauso. Wegen dir.«

Da kamen Brynhild die Tränen, und sie gingen zurück, weil es nichts mehr zu sagen gab.

Die Götter hatten ihnen Zeit geschenkt. Warum sie ihnen diese Zeit nicht anders geschenkt hatten, ist eines der vielen grausamen Geheimnisse der Götter. Vielleicht, damit es ewig blieb, was zwischen ihnen war? Wären sie sich begegnet, beide im gleichen Alter, ohne Hindernisse zwischen sich, vielleicht hätten sie einander wirklich als zwei Feuer verzehrt und vergessen.

Sie konnten nicht miteinander leben – und nicht ohneeinander.

Ihr Glück hatten sie beide teuer bezahlt, sie wussten, was ihnen jeder Augenblick wert war. Es konnte nicht ewig so weitergehen.

Aber es hätte Brynhild sicher das Herz gebrochen, hätte sie gewusst, dass Hagen schon lange entschieden hatte, wie es enden würde. Und selbst ein so vollkommener Moment wie dieser, in dem beide den Kelch des Lebens, der Liebe und aller Wahrheit in den Händen hielten, brachte ihn nicht davon ab.

Was er nicht wusste, war, wann und wie genau.

Im Sommer nach diesem Spaziergang beantwortete ein lauter Gast diese Fragen, die er nie stellte.

Ein neuer Bräutigam

Die Geschichte von Siegfrieds Tod bei der Jagd auf einen Eber hatte sich herumgesprochen, ohne auf zu viele, zu hörbar vorgetragene Überlegungen zu treffen. Nicht einmal in Xanten dachte man, dass es anders gewesen sein konnte. Ganz im Gegenteil. Sigismund, schon in seiner Jugend nicht ganz helle, im Alter zunehmend von seinen einfachen Erklärungsmustern der kleinen Welt, in der er lebte, eingenommen, war auf tragische Weise überzeugt. Schließlich war doch auch sein lieber Vater Siegbert der Lange bei einer heiteren Jagdgesellschaft durch einen Eber vom Leben zum Tode befördert worden. Wie sollte es also nicht sein, dass Siegberts Enkel, demselben ja schon zur Geburt so ähnlich, sich ihm auch im Tode verbunden hatte? Durch Boten ließ Sigismund bei Gunther nachfragen, ob sein Sohn, ebenso wie der geistesverwandte Siegbert, das Tier mit in den Tod gerissen hätte. Hagen ließ daraufhin einen Eberpelz nach Xanten schicken, der deutlich blutbefleckt und an entscheidender Stelle von einem Speer durchlöchert war. Sigismund hätte auch gerne die Leiche seines Jungen den Rhein hinunterschicken lassen. Aber zu dieser Zeit lag Siegfried schon in Krimhilds Tempel. »Als ob man das je gehört hätte«, ereiferte sich Sigelind, »dass eine Leiche bei der angeheirateten Sippe bleibt. Blut ist das Einzige, was gilt.« Dass sie selber zu Siegfrieds Blut nichts beigetragen hatte,

hatte die trauernde Mutter längst vergessen. Aber das mit dem Mausoleum sprach sich wirklich schnell herum. Solch ein Gewese um einen Gatten zu machen. Der Adel rümpfte die Nase, nur das Volk liebte die Vorstellung der zwei schönen Menschen, die auch im Tode nicht voneinander lassen konnten.

Krimhilds Schönheit war verflogen. Sie war für Worms von keinerlei Nutzen mehr. Sie hatte ein Kind geboren, das aber nun nicht Thronfolger sein konnte – wegen mir. Sie hatte einen Helden begraben, der nichts wirklich hinterlassen hatte, wenn man von Sigismunds eifriger Botenpost einmal absah. Es gab für Krimhild keine Zukunft jenseits dessen, was die Skalden ihr als Vergangenheit andichteten. Aber manche Nachrichten reisen langsam. Und so geschah es, dass eines Tages Ruideger von Baechelere auf Worms zuritt.

»Wer ist das?«, wollte Gernoth wissen.

»Ein Grenzherr der Hunnen«, antwortete Herr Sinold und ließ seine Würfel über den Tisch rollen.

»Und was will der? Kriegserklärung?«

»Hagen?«, fragte auch Gunther. »Ich dachte der neue König zieht nicht gegen den Westen. Ihr habt mir doch irgendwas mit Ostrom erklärt.«

»Ich glaube auch nicht, dass es um Krieg geht«, antwortete Hagen, mal wieder an seinem Platz am Fenster. »Dazu ist Ruideger nicht wichtig genug. Es geht wohl eher um Verhandlungen.«

»Was hätten die denn mit uns zu verhandeln!«, dröhnte Gernoth, der gerade von Herrn Sinold um einiges ärmer gemacht worden war und sich schwarz ärgerte.

»Muss ich runter?«, fragte der bequeme König. »Ich meine,

ist er so wichtig, dass er uns das übel nehmen kann, wenn ich hierbleibe?«
»Ich gehe«, sagte Hagen, »das wird schon nicht so ernst sein.«
Natürlich war es ihm recht, erst einmal alleine zu hören, was der laute Ruideger wollte. Er gab Dankwart ein Zeichen mitzukommen. Unten gab es Bruderkuss und halb zerschmetterte Ellenbogen, an denen sich beide Herren festhielten, als gelte es ihr Leben. Obwohl zu faul, ebenfalls in den Hof zu kommen, hingen die Königsbrüder, Sinold und die anderen nun an den Fensterschächten wie die Waschweiber und rätselten, was der staubige Fremde wollen könnte.
Als Ruideger dann gesäubert vor Gunther stand und sein Ansinnen wiederholte, verhielt der sich nicht eben geschickt.
»Ich komme, um im Namen meines Herrn König Étešil des Jüngeren in Pannonien um die Ehre der Hand Eurer Schwester anzuhalten.« Das hätte man natürlich auch besser sagen können. Markgraf Gere und Eckewart wechselten einen milde überlegenen Blick.
»Was wollt Ihr?«, rief Gunther.
Ruideger sah verunsichert zu Hagen. »Ich bitte für meinen Herrn um die Hand Eurer Schwester.«
»Krimhild«, fügte Gernoth hilfreich an. Das war mal ein Name, den er wusste.
»Ja, aber wieso das denn!« Gunther schlug fast die Hände zusammen.
Ruideger redete daraufhin umständlich von der Kunde von Krimhilds berauschender Schönheit, die sich früh schon ihren Weg bis zu den Hunnen gebahnt habe. Und da ja nun ihr Gatte bei diesem bedauerlichen Jagdunfall umge-

kommen sei, wollte der Hunnenherrscher die Gelegenheit zu einer Ehe ergreifen. Schließlich fügte Ruideger schlau an, sei solches ja auch zwischen Ost- und Westrom üblich, wieso nicht auch zwischen Worms und Esztergom.

»So gut sieht Krimhild jetzt nicht mehr aus«, teilte Gernoth mit. »Die ist ja jetzt auch schon was älter.« An dieser Stelle machte sogar Gunther »Pscht«. Ruideger war unbeeindruckt. Im Hunnenland würde Éteŝil der Jüngere die feine Frau schon so zu verwöhnen wissen, dass sie wieder im vormaligen Liebreiz erblühen werde.

»Sie ist von Siegfrieds Tod sehr mitgenommen«, sagte Gunther mit einem Seitenblick auf Hagen. »Ungewöhnlich mitgenommen. Man hat von solch einem Fall wohl noch nicht gehört.«

Auch da, behauptete Ruideger, gäbe es keine Schwierigkeiten. Man würde sie ja nicht vor dem nächsten Frühjahr abholen. Bis dahin hätte sich die Trauer bestimmt schon etwas gelegt.

»Hagen?«, rief Gunther. Der hatte aber wenigstens etwas dazugelernt. Er würde keine weitere Frau in eine Ehe verschachern.

»Vielleicht sollte man Krimhild selbst fragen«, schlug er vor.

»Das wär's ja noch«, röhrte Gernoth, bevor er merkte, dass alle anderen nickten. Man beschloss, dass Ruideger am nächsten Tag zu ihr aufbrechen sollte. Er war ohnehin ziemlich müde von der langen Reise, aber er kam abends nicht zum Ausruhen, da Hagen ihm eine Frage nach der anderen über die Hunnen stellte. Fragen, die Ruideger gar keinen Sinn machten, von deren Beantwortung er sich aber eine günstige Unterstützung seines Anliegens versprach. Und die erfolgreiche Ausführung desselben würde ihm weiteres Land bringen – und hoffentlich Freunde hier draußen, in der zivilisierten Welt. Obwohl – die Flöhe bissen in den Wormser Gästebetten genauso wie überall anders auch.

Als Hagen an diesem Abend zu Brynhild kam, war er müde und still. Sie erzählte ihm, was Bryndt den Tag über gemacht und getan hatte, aber diesmal brummte er nur mit geringem Interesse.

»Was hast du denn?«

»Wir haben einen neuen Bräutigam für Krimhild«, antwortete er und erzählte kurz von Ruideger.

»Wenn es ihr hilft«, sagte Brynhild achselzuckend.

Hagen nahm sie in die Arme und gähnte. »Wird Zeit, dass der Kleine bald auf den Übungsplatz kommt«, sagte er irgendwie unzusammenhängend.

»Hagen!« Brynhild knuffte ihn. »Der Kleine kann gerade mal alleine laufen.«

»Sag ich ja«, murmelte Hagen, »da ist es fast schon zu spät.«

Er hatte begonnen, seine letzten Jahre zu leben.

Ruideger fuhr am nächsten Tag gegen Mittag nach Norden aus. Es war auch binnen eines halben Tages gut zu erreichen, wo Krimhild nun lebte – oder besser litt. Man hatte versucht, ihm den Zustand der einstigen Schönheit vom Rhein in vorsichtigen Worten mitzuteilen, aber er machte sich keine Vorstellung davon, bis er sie tatsächlich sah.

Es war in warmer Abenddämmerung, und Krimhild kam vom letzten Weinen des Tages aus dem Mausoleum.

Sie schlich gestützt von einigen ihrer Frauen über den kurzen Weg zu ihrem Wohnhaus. Ruideger, begleitet von Gere und Giselher, hatte sie anrufen wollen, zwar ungehörig, aber auch aufmunternd, wie er dachte. Doch das Wort blieb ihm im Halse stecken. »Das ist Krimhild?«, fragte er ungläubig.

Gere nickte traurig. »Es hat sie hart getroffen.«

»Ja, aber, die sieht doch aus, als ob sie selber stirbt!«, rief der Werber entsetzt.

»Seid Ihr sicher, dass sie nicht irgendwie krank ist?«

»Ihr Herz ist krank«, antwortete der junge Giselher. »Sie trauert.«

»Ja, aber«, schnaufte Ruideger, dann fiel ihm nichts mehr ein. Man hatte ihn ja lange genug gewarnt. Er hatte nur nicht gedacht, dass es so schlimm war.

»Vielleicht sprechen wir besser morgen mit ihr«, schlug Gere vor. »Wir bauen in den Mauern die Zelte auf und morgen Früh, da redet Ihr mit ihr.«

»Ja, gut«, murmelte Ruideger und sah seine Belohnungen sämtlich dahingehen.

Unglücklicherweise schliefen sie alle noch, als Krimhild zum ersten Weinen schon wieder unterwegs nach draußen war. Mit fahrigen Fingern seinen Gürtel bindend, hüpfte Ruideger mit zerzaustem Haar aus dem Zelt, aber es war trotz der ungebührlichen Hast zu spät. Er musste warten, bis das erste Weinen vorüber war.

»Wie lange dauert es denn in etwa?«, fragte er Gere, der aussah, als wäre er frisch gebadet und rasiert.

»Kann man nicht sagen«, antwortete der Markgraf und setzte sich gelassen an den Brunnen. Es kamen aber keine Mägde, um ihnen Frühstück anzubieten. Es kam überhaupt niemand. Sogar die Pferde mussten sie selber füttern.

An seinem Hunger bemaß Ruideger, dass auch Mittag schon vorbei sein musste, als Krimhild das erste Weinen endlich beendet hatte. Als er sie von Nahem sah, erschrak er noch mehr. Eigentlich war sie nur noch ein Skelett, rote Augen, aufgesprungene Lippen und heftig mahlende Kiefer. Das blonde Haar strohig unter einem knittrigen, von Tränen durchnässten Schleier verborgen. »Frau Krimhild«, redete er sie mit Überwindung an. »Ich komme, Euch Grüße eines fernen Freundes zu bringen.« Heiser antwortete Krimhild etwas.

»Sie sagt, sie habe keine Freunde«, dolmetschte Gere. »Sie sagt, ihr einziger Freund sei tot.« Die heisere Stimme fügte sehr nachdrücklich etwas an. Gere seufzte diskret. »Sie sagt, ihr einziger Freund wurde erschlagen.«

Krimhild strengte sich mit aller Kraft an und fügte einen Namen hinzu: »Hagen von Tronje.«

»Ach«, machte Ruideger, der von den Ereignissen, wie sie sich hier enthüllten, vollkommen überfordert war. Er suchte Geres Blick, der ihm plötzlich nicht nur ein Übersetzer der heiseren Stimme, sondern auch wie der letzte Garant geistiger Gesundheit erschien. Gere verzog in Krimhilds Gegenwart keine Miene, aber Ruideger glaubte zu sehen, wie er die Achseln leicht anhob, als sollte man der in ihrem Kummer so Geschädigten wenigstens ihre Meinung lassen. Mit Mühe erinnerte sich Ruideger daran, dass er als Brautwerber hergeschickt worden war. Er raffte sich auf und schwallte etwas übertrieben, dass Krimhild im Gegensatz zu der Wahrnehmung zu ihrer übergroßen Trauer doch noch einen anderen Freund hätte. Krimhild röchelte wieder etwas. Die Erklärung kam abermals von Gere: »Sie sagt, das könne sie sich nicht vorstellen. Selbst ihre eigenen Brüder hätten sie verraten.«

Ruideger entschloss sich, die Klippen des örtlichen Familienzwistes zu umschiffen. Er wies darauf hin, dass der Ruf ihrer Schönheit – was für eine Lächerlichkeit angesichts dieses Menschenrests – ihr vielerorts Freunde verschafft hätte. Manche sogar, jetzt wurde Ruideger heiser – waren

bereit, ihr die Hand zum Ehebund zu reichen. Krimhild lachte schrill auf.
»Wer könnte denn das wohl sein?«
Ruideger beschrieb König Étešil den Jüngeren, seine Herzenswärme, seine Güte, seine Macht – und vorsichtshalber auch seinen Reichtum. Krimhild sah ihn einige Augenblicke an und ging dann einfach an ihm vorbei.
»Sie wird darüber nachdenken«, versicherte Gere. Wenn Ruideger den verfeinerten Markgrafen nicht für einen überaus korrekten Mann gehalten hätte, wäre er leicht auf die Idee gekommen, Gere dächte sich Sachen aus. Verstehen konnte man Krimhilds Laute nämlich wirklich nicht. Oder eben nur nach sehr großer Übung.
Es gab immer noch nichts zu essen. Giselher ging und schoss einen Hasen, den sie häuteten und brieten. Sogar das Feuer mussten sie selber machen.
Dann kam Krimhild, begleitet von den krähenartigen Frauen, zum zweiten Weinen heraus. Ruideger hatte sich jegliches Dösen verboten, um nicht wieder in die Bedrängnis des Morgens zu geraten und somit diesen unkomfortablen Aufenthalt in Krimhilds Totenhaus unnötig zu verlängern. Er sprach sie einfach an. Die Unhöflichkeit ihrer fehlenden Gastfreundschaft gab ihm das Recht dazu, fand er. Ob sie sich den Vorschlag, den er sich früher am Tag vorzutragen erlaubt hatte, überlegt hätte. Vor dem Weinen, stellte er bei ihrer Antwort fest, war sie etwas besser zu verstehen.
»Ich kann Eurem fernen Herrn kein offenes Herz schenken«, teilte Krimhild ihm mit. »Ich trauere noch immer um meinen Gemahl.«
Ruideger wankte innerlich. Konnte sie wirklich so naiv sein zu denken, es ginge um Liebe? Er hatte schon gehört, dass an manchen der größeren Höfe die Frauen in ziemlicher

Unwissenheit gehalten wurden – aber so? Seine eigene Gattin hätte sehr viel schneller als er die weltlichen Vorteile einer solchen Verbindung durchschaut und schon die Viehherden ausgerechnet, die den Besitzer wechseln würden. Und dieser Schatten von einer Frau redete von Liebe.

Ruideger fing sich. Sein Herr sei ein geduldiger Mann, ausgestattet mit der Langmut des Ostens, er würde Krimhild gewiss Zeit lassen, sich an die neuen Lebensumstände zu gewöhnen.

»Ist Euer Herr ein Christ?«, fragte sie dann.

»Bei den Hunnen herrscht Freiheit des Glaubens, Herrin«, warf Gere ein. »Man wird Euch Euren Glauben sicherlich nicht nehmen.«

Durch Krimhilds tote Augen zuckte der Widerhall eines Gedankens.

»Dann frage ich Euch eins, Ruideger, wenn mir als Gattin Eures Herrn ein Leid geschehen sollte, wenn mir einer ein Unrecht täte, würde er mich und meine Ehre verteidigen?«

Ruideger dachte nicht lange nach, er hielt seine Antwort für sicher: »Selbstverständlich würdet ihr als Étešils Königin den höchsten Schutz genießen, Frau Krimhild, gegen Unrecht und feindliches Heer.«

Sie nickte. »Wer bürgt mir dafür?«, wollte sie wissen.

Ruidegers alte Schwäche, sich wichtig zu machen, gewann. »Ich, Herrin«, tönte er. »Ich selbst, als Christ, will Euch einen heiligen Eid darauf leisten, dass Euch nichts Böses geschehen soll.«

Sie nickte ihm zu und machte sich auf zum zweiten Weinen.

»Müssen wir jetzt noch eine Nacht hierbleiben?«, ärgerte sich Ruideger eine Spur zu laut, als Krimhild mit den Krähen unterwegs zum Tempel war.

»Was habt Ihr es denn so eilig«, fragte Giselher etwas gekränkt. »Wo ist denn die Langmut des Ostens hin?« Ruideger brummelte eine Entschuldigung. Bei der Rückkehr vom zweiten Weinen ging Krimhild an den lagernden Herren vorbei, als wären sie gar nicht da. Gere schickte einen seiner Männer, die draußen gewartet hatten, in eins der umliegenden Dörfer, um Brot, Milch und etwas Obst zu besorgen.
Am Morgen schließlich, vor dem neuerlichen Weinen, trat Krimhild auf den Hof und sagte zu Ruideger: »Schwört mir Euren Eid. Dann gehe ich mit Euch zu Eurem Herrn.«
Ruideger hatte sich eigentlich über diese Nachricht freuen wollen.
Aber nun dachte er allein an das Gesicht, das Étešil machen würde, wenn er die ehemalige Blume von Worms präsentieren müsste. Er tröstete sich mit der Zeit. Den Winter über sollte sich Krimhild an den Gedanken gewöhnen, ihre Heimat bald zu verlassen. Im Frühjahr dann würde er sie holen kommen – mit gebührendem Gefolge. Krimhild runzelte kurz die Brauen, als hätte sie sich etwas daran anders vorgestellt. Dann aber siegte die Gleichgültigkeit, und sie zuckte die Schultern, um zum ersten Weinen fortzuschreiten.
»Vielleicht«, flüsterte Ruideger unbehaglich zu Gere, »kann sie sich über den Winter noch etwas herausfuttern.« Gere würdigte ihn keiner Antwort. »Was ist mit ihrem Sohn?«, fragte Ruideger. »Den wird sie wohl mitnehmen wollen?«
Gere brach das Lager ab. »Das müsst Ihr sie selbst fragen«, sagte er in dem diskreten Tonfall eines Mannes, der wusste, dass hinter jeder Frage noch größerer Unrat des Kummers zu finden wäre, weswegen man am besten sehr wenig reden sollte. Er machte sich wesentlich mehr Sorgen darüber, dass Krimhild Siegfrieds Sarg mitnehmen wollen würde.

Krimhild wollte ihren Sohn natürlich nicht mitnehmen. Sie erinnerte sich selten genug daran, überhaupt einen Sohn zu haben. Klein-Gunther wuchs bei Uote und ihren Frauen auf. Verwöhnt und doch ungetröstet, ein Unglückskind, wie alle hinter vorgehaltener Hand flüsterten. Er sah so gar nicht wie seine Eltern aus, je mehr er heranwuchs, desto weniger. Dicklich, die Nase wie ein Entenschnabel, das Kinn etwas zu kurz geraten, watschelte er durch die Flure des Frauentraktes. Er redete nicht viel, stellte eigentlich nur Fragen nach der nächsten Mahlzeit. Wie konnte er nur das Kind dieser beiden schönen Menschen sein, fragten sich alle. Selbst Frau Uote fragte sich das, die sich von Herzen bemühte, ihren Enkelsohn zu lieben. Der Einzige, der wirklich großes Interesse an ihm nahm, war König Gunther selber.
Sein eigener Sohn war ihm fremd. Seine Frau verbiss wie eine Wölfin alle Ammen und Pflegerinnen, die sich des kleinen Siegfried annehmen wollten.
Sie bestand darauf, dass das Kind bei ihr in der Kammer schliefe, stillte es selbst und versah danach auch die Nahrungszubereitung für ihr Kind – wie auf einem Bauernhof. »Das ist das Heidentum. So geht das wahrscheinlich zu, im Norden!«, tuschelte man und fand das dunkle Kind entsprechend unheimlich, auch wenn man es durch Wasser zu einem Nachfolger des weißen Christus gewaschen hatte.

Ich kann mich an Krimhilds Auszug noch nicht erinnern, er muss in mein drittes Jahr gefallen sein. Ich weiß, dass alle am Hofe erleichtert waren, auf Jahre hinaus erleichtert. Krimhild bekam eine große Reisegesellschaft. Gere und Eckewart begleiteten sie. Es war eine gute Gelegenheit, unterwegs in verschiedenen Orten, Höfen und Klöstern,

Halt zu machen, um die bestehenden Beziehungen zu verbessern und neue anzuknüpfen. Ruideger, der Brautwerber, ritt mit, unendlich stolz, endlich ein Politiker von Format geworden zu sein. Niemand sagte ihm, wie bäurisch er wirkte, und er selber merkte nicht, dass er an den wirklich wichtigen Verhandlungen niemals teilnahm.

Siegfrieds Sarg blieb übrigens in seinem Tempel, obwohl Krimhild mehrfach angefragt hatte, ihn doch bitte mitzunehmen.

Und Krimhild hatte sich auch etwas gefangen. Zwar hatte sie die zwei oder drei Weinzeiten beibehalten, aber sie hatte mehr gegessen und sah etwas besser aus. Die Reise, die sie zunächst sehr ängstigte – war sie doch außer den unerfreulichen Wochen in Xanten nie irgendwo hingekommen –, machte ihr zunehmend Freude. Sie fing wieder an, die Wimpern mit Asche zu beschmieren und die Lippen mit Essig zu reizen. Ihr Ruf, der viel Volk dazu brachte, sich wachsam entlang ihrer Reiseroute aufzubauen, belebte die Reste ihrer Eitelkeit. Nach einer Weile vermisste sie das Weinen nicht mehr arg.

Wie leicht hätte die Geschichte an dieser Stelle ein gutes Ende nehmen können – gerade für die, die an ein Ende glauben.

Krimhild unterwegs in ein neues Leben. Gunther der glückliche Ziehvater eines kleinen Halbwaisen. Meine Eltern und ich in unserer heimlichen, bislang ungestörten Welt. Worms eine reiche Feste, Siegfried in seinem Sarg. Alle dort, wo es am besten für sie sein würde.

Aber die Götter langweilten sich mit dieser Zwischenlösung der Harmonie.

Und mein Vater hatte längst entschieden, dass es anders enden sollte mit ihm – und damit mit uns allen.

Die ersten Jahre, die letzten Jahre

Meine ersten Jahre waren die letzten Jahre meines Vaters und in gewisser Weise auch die letzten Jahre meiner Mutter. Er hatte entschieden, ohne sich abzustimmen mit dem, was wir gewünscht oder gewollt hätten, – wie ein Gott. Er hatte entschieden, sich selbst so schrecklich zu bestrafen, wie es seiner Ansicht nach der Schwere seines Verbrechens angemessen war. Er würde sich das Herz aus dem Leib reißen, er würde sich jegliche Zukunft nehmen – und so vielen mit sich, an die er in seinem Durst nach Bestrafung nicht dachte.

Ich bitte den Wind um Hilfe, ein letztes Mal, aber ich kann ihn nicht hören. Es tost zu sehr in meinen Ohren. Wir sind bald da. Ich rieche die Luft meiner Kindheit, und ich stelle mir Fragen, ob ich diese Orte wiedererkennen werde. Woran sollte ich ein solches Erkennen festmachen. Würde ich die Augen meiner Mutter in der Farbe des Waldes wiederfinden? Oder würden die Kinder Spiele erfunden haben, in denen die Namen vorkommen, die ich zu meinen Ahnen zähle – zählen darf, zählen muss.

Was ist von uns allen geblieben, jenseits der Verse, der Lügen, der nebligen Geschichten von schönen Frauen und starken Helden.

Hilf mir, rufe ich den Wind, aber er schweigt. Er überlässt mir das schwindlige Geschäft des Erinnerns jetzt ganz allein, wirft mich in meine eigenen Schwaden aus Wunsch, Hoffnung und Zorn. Meine ersten Jahre – wie soll ich mich je an sie erinnern, ohne im Nachhinein um ihre Begrenztheit zu wissen.

Es waren glückliche Jahre, sofern ein so unruhiger Geist und ein so neugieriges Herz wie das meine an einem Ort jemals Glück empfinden konnten. Aber ich kann das Glück nicht sehen, wie es war, ich messe es in seiner Ungestörtheit, seinem Versprechen von Ewigkeit, an dem Unglück späterer Jahre, an dem Leid, das über uns hereinbrechen sollte und jegliches Zurückdenken an Glück wie reinen Hohn erscheinen ließ.

Das Glück war – obwohl ich ein Kind war und nicht vorausdenken konnte –, dass ich glaubte, es gäbe immer einen weiteren Tag voller Glück. Den Tag der Zukunft, das dauernde Morgen, das gutmachen würde, was mir am halb vergessenen Heute nicht gefallen hatte.

Als ich ein Kind war, wurde ich geliebt. Ich war mir dieser Liebe nicht bewusst, aber sie machte mir die Welt sicher und heil.

Als ich ein Kind war, dachte ich nie an vorher oder nachher, denn meine Tage waren alle gleich, durchschaubar, übersichtlich.

Als ich ein Kind war, stellte ich keine Fragen nach der Beschaffenheit oder Gerechtigkeit der Welt; ich lebte auf der Seite des Glücks.

Als ich ein Kind war, lernte ich mit zwei Lügen zu leben. Die eine, niemandem zu erzählen, dass meine Mutter von meinem Vater Besuch bekam, wenn alles schlief, dass sie schön miteinander taten, auch wenn sie am Tage ohne weitere Kenntnis aneinander vorbeigingen. Die andere, dass ich einen Namen draußen hatte, den ich hasste – Siegfried – und einen drinnen – Bryndt. Ich hasste den Namen Siegfried, weil er mich entmündigte. Jeder, der den Namen hörte, erzählte mir, was für ein großer Krieger der »wirkliche« Siegfried gewesen war. Vielleicht beschloss ich schon da, dass ich nie ein Krieger werde wollte. Und ich liebte meinen geheimen Namen, weil er mir eine Tür öffnete zu jenen zärtlichen Geheimnissen, die meine Eltern miteinander teilten. Der Name hatte etwas zu tun mit ihren Stimmen im Dunkeln, mit dem Seufzen, wenn sie dachten, dass ich schlief, mit den Worten, die sie zueinander murmelten.

Der Name hatte etwas damit zu tun, wie mein Vater mich ansah, wenn er mich auf dem Kampfplatz trainierte. Er beschützte mich davor, wie der zu werden, der von mir vergessen wurde.

Er war ein großer Teil meiner Kindheit, dieses dickliche Stück Unheil.

Man erwartete, dass wir, Vettern und Königskinder, uns gut miteinander verstehen würden. Dauernd schickte man uns zu Spielen, ließ uns in der Halle am gleichen Tisch sitzen, zwang uns in eine irrwitzige Gemeinschaft, die wir beide nicht empfinden konnten.

»Deine Mutter«, blökte der, der von mir vergessen wurde, einmal, »die ist eine hässliche Heidin.« Ich wusste, dass es eine Beleidigung war, musste aber erst nachfragen, worum es sich bei einer Heidin handelte. Danach verstand ich immer weniger, denn meine Mutter besuchte nach wie vor die Kirche und bestand darauf, dass ich mit ihr ging.

»Wer hat dir denn von Heidentum geredet?«, wollte Hiltruod wissen, die ich gefragt hatte.

»Niemand«, schniefte ich und sann auf Rache. Ich füllte einen Eimer mit Jauche und kippte ihn auf den, der von mir vergessen wurde, als er am nächsten Tag alleine über den

Hof ging. Es gab ein großes Geschrei, wir wurden alle beide vor den König geführt, der natürlich aufseiten des anderen war. Ich wurde verhauen, aber es störte mich nicht. Der, der von mir vergessen wurde, stank noch tagelang nach Jauche. Nur mein Vater nahm mich beiseite und sagte: »Versuch mal, nicht so sehr aufzufallen, Bryndt.«

Er hielt mich häufig dazu an, mich zusammenzunehmen. Meine Mutter konnte es auch nicht gut. Sie fluchte oft, und wenn ihr etwas aus der Hand fiel, warf sie es gleich noch einmal auf den Boden. Sie waren sehr unterschiedlich, meine heimlichen Eltern.

So vieles trennte sie, Jahre, Länder, Eigenarten. Und doch übersprangen sie all diese Andersartigkeit in den Stunden, von denen nicht einmal ich wissen sollte.

Dann waren sie wieder ganz in dieser Welt ihrer ersten Nacht, von der ich damals nichts ahnte, einer Welt, die nur durch sie und in ihnen zu bestehen schien.

Und stets waren sie voll Sehnsucht nacheinander, als könnte das, was sie sich schenkten, doch nie stillen, was sie sich wirklich voneinander wünschten – Ewigkeit. Diese Jahre, bevor er uns den Tag der Zukunft nahm, – was waren sie?

Ich finde keine Antwort, der Wind wird sein Schweigen nicht brechen, warum soll er es mir leichter machen als anderen.

Von Krimhild hörte man länger nichts. Zumindest offiziell, Hagen empfing häufiger Boten, die ihn über den Fortgang der Dinge zu Esztergom ins Bild setzten. Demnach hatte Étešil der Jüngere Krimhild einen riesigen Empfang bereitet und war ihr auf freiem Feld mit einem Heer von unglaublicher Größe entgegengezogen. Dann hatte er halten lassen und war ihr selbst bis zur Mitte des Feldes entgegengegangen, das sie noch trennte. Ruideger war dann mit Krimhild auf den neuen Bräutigam zugeritten, und dieser fiel, als Krimhild vor ihm stand, auf die Knie. Und mit ihm jeder einzelne Soldat der großhunnischen Heerscharen hinter ihm. Krimhild war verschüchtert und begeistert. Zum ersten Mal seit langer Zeit hatte sie das Gefühl, wieder einen Zipfel des Lebens, das ihr zustand, in der Hand zu haben.

So lebte sie sich besser ein, als man in Worms erwartet hatte. Und kaum eineinhalb Jahre nach ihrer Abreise ließ man verkünden, dass die Königin der Hunnen einem Sohn das Leben geschenkt hätte – Ortlieb, der getauft war und christlich erzogen werden sollte.

»Wir werden sie bald einmal dort besuchen müssen«, sagte Hagen zu Gunther. Der lachte, als hätte sein finsterer Berater einen Scherz gemacht.

»Hagen! Wisst Ihr, wie weit es bis dahin ist. Da ist man Monate unterwegs, ein halbes Jahr fast, oder?«

Hagen wartete einen Moment. »Wir haben dieser Verbindung zugestimmt, weil es eine Achse schaffen könnte, gleich zu Ostrom und Westrom, Herr. Da können wir es nicht anderen überlassen, das Haus zu bestellen.« Gunther war nun todernst und erschrocken.

»Ihr wollt wirklich dorthin, zu den Hunnen!«

»Wir alle werden fahren«, antwortete Hagen bestimmt.

»Aber wir sind doch gar nicht eingeladen«, bemerkte Gernoth, der im Prinzip gegen eine solche Fahrt nichts einzuwenden hatte. Seit Siegfried tot war, blieben die Abenteuer gänzlich aus – und er wurde älter. Dorfschönheiten und Raufereien waren nicht mehr, was sie einmal gewesen sein mussten.

»Man wird uns einladen«, behauptete Hagen.

Gunther hoffte, dass das noch lange hin wäre oder ganz vergessen würde. Allein der Gedanke, Monate im Sattel zu verbringen und nachts kalt im Zelt zu zittern, ließ ihn zusammenzucken.

»Wer soll uns denn einladen?« Gernoth ließ nicht locker.

»Krimhild«, sagte Hagen mit einem merkwürdigen Unterton.

»Diese Vorstellung, Herr Hagen, kann ich bei aller Wertschätzung nicht teilen«, ließ sich Eckewart vernehmen, der ja auch in Krimhilds Gefolge mitgeritten und erst vorigen Winter wiedergekommen war. »Mit Verlaub, Herr Hagen, es erschien mir eher so, dass die Königin der Hunnen sich umso wohler fühlte, je weiter Worms hinter ihr lag.«

Hagen nickte dem Markgrafen zu. »Ich widerspreche Euch keineswegs, Eckewart. Aber die Einladung wird kommen.«

Es war in einer dieser Nächte, nach der Kunde von Ortliebs Geburt, dass Hagen in Brynhilds aufgelöstes Haar flüsterte: »Wenn mir je etwas zustieße, Liebste, versprich, dass du nicht hierbleibst.« Sie setzte sich mit einem Ruck auf, eiskalt überall, wo sie gerade noch warm unter seinen Zärtlichkeiten gewesen war.

»Was soll das heißen?«

»Schscht, der Junge. Ich sage nur, wenn mir je etwas zustoßen sollte, bleib nicht hier, geh wieder nach Hause.«

»Bist du krank?«

»Nein, ich bin gesund wie ein Pferd.«

»Was soll dann das Gerede, das bringt Unglück, so etwas.«

Er legte seine Hand an ihre Wange: »Ich möchte, dass du es mir trotzdem versprichst.« Sie starrte ihn an. Erst in sein Auge, dann auf seine linke Hand, an der er den Ring trug, der ihr Zuhause war, ihr Rückweg, die bessere Möglichkeit, die sie nicht gewählt hatten. »Keine Sorge«, flüsterte er, aber sie glaubte ihm nicht. Es war etwas in seinem Gesicht, wie an dem Tag vor Siegfrieds Tod. Diese irrwitzige Überzeugung einer nicht greifbaren Gerechtigkeit.

»Hagen, was hast du vor?« Sie spürte das Geheimnis, das er vor ihr verstecken wollte, jetzt ganz deutlich. Er log. Behauptete, dass sie sich in etwas hineinsteigerte. Er wollte nur, dass sie ihm dieses Versprechen gab.

»Es kann doch alles Mögliche passieren.«

Sie glaubte ihm kein Wort, bohrte, fragte und stieß doch nur auf eine undurchdringliche Mauer des Schweigens.

»Versprichst du es«, wollte er wieder wissen. Und sie sagte Ja, aber sie traute ihm nicht und fing an, auf das Schreckliche zu warten, das sie in seiner Stimme gehört hatte.

Die Boten, die Hagen alle paar Monate Kunde aus dem Hunnenland zutrugen, bestärkten seinen Plan, den er umso weniger hinterfragte, je mehr die Zeit voranschritt. Dann, in dem Herbst, als ich fünf Jahre zählte, kamen zwei seltsame Gestalten an den Hof. Swemmel und Werbl, zwei Böhmen, Étešils liebste Spielleute.

»Nu«, sagte der eine, Swemmel, der vier Pelze übereinander trug und roch wie ein alter Bär: »'s kommt ä Gruß vom Kenick zem Kenick!« Der andere, Werbl, der bunte Pluderhosen und darüber noch einen Rock trug, drehte sich dazu Flöte spielend im Kreise.

Die Wormser Herren, die nur auf Hagens Fürsprache hin dieses bunte Volk überhaupt anhörten, starrten und lauschten angestrengt. Werbl setzte die Flöte ab. »'s is' a net nur dr Kenick, der wo an Gruß schickt. 's is eben auch die Kenigin, no?«

Schwemmel verbeugte sich vor seinem Kollegen: »Joi! Wos

bist a rechter, a kluger Kohpf, wos d' bist, Werbl: Host rächt, 's is' grad auch die Kenigin, wo'm Kenick an Gruß schickt.« Flötenspiel und seltsame Tanzschritte. »Nu, und schickt s'n nicht nur do dem Kenick, sondern auch noch die Brieder!«
»Wem?«, fragte Gernoth überfordert.
»Die Brieder, die Brieder«, griff der Spielmann die Frage auf: »Wos ist – Eich!«
»Eich?«, wiederholte Gernoth verständnislos.
»Du«, sagte Gunther.
»Ach, ich!«
»Joi«, freute sich der Spielmann über den Lernerfolg. »Ihr und dr jungä Monn chier.« Swemmel zeigte auf Giselher, der lachte.
»'s sin die Cherren Brieder und ondere Cherren, die wo die Kenigin und dr Kenick einloden ze kommen noch Esztergom!«
Wieder Flötenspiel und Tanz. Eine wirklich ungewöhnliche Art der Einladung. Natürlich hatte man früher auch Skalden geschickt – als es noch Skalden gab –, aber doch, damit diese Ahnenketten aufsagten und die Ehre der beiden Häuser priesen, zwischen denen dann Nachrichten ausgetauscht wurden. Aber dieser doch sehr unkonventionelle Tanz und diese Sprache! Schockierend – und auch ... unterhaltsam.
»No, bist bled!«, zankte Werbl seinen Kollegen aus. »Host vergessen 's Wichtigste zem sogn.«
»Wos hob ich?«, wehrte sich Swemmel. »Host amol gesähen, wie's draußen aussieht, du Cholzkopf!«
»Wos schimpfst mich nu, bittaschehn, blind odr dumm?«, fragte Swemmel, und zum ersten Mal begegnete der Aufführung ein verhaltenes Lachen. Herr Sinold erinnerte sich, dass man in seiner Jugend öfter mal etwas Lustiges zur Auf-

führung gebracht hatte. Mit dem Einzug der Priester waren diese Possen verschwunden. Man hielt sie für einen schlechten Einfluss, wie das Lachen im Allgemeinen. Herr Sinold schmunzelte über die beiden absonderlich Gewandeten.
»No, ich sog amol, dass'd beides bist, do konn ich nit schiefgehen.« Wieder Lachen.
»Hobt Ihr gehert, Cherr Kenick«, klagte Swemmel, »sogt 'r mir, ich bin blind und dumm!« Gunther wusste nicht, wie er reagieren sollte, und zuckte stumm die Schultern. »No siehst«, griff Werbl gleich auf, »selbst dr Kenick konn nicht entscheiden, ob's 'd nur eins bist. So dicht sind die Vrfählungen bei dir gelogert!« Neues Lachen, immer mutiger.
»Verstäh ich trotzdem nit«, beschwerte sich Swemmel, »wieso sogst, i bin blind und dumm?«
Werbl spielte auf der Flöte, bevor er antwortete. »Blind bist, weilst du nit den Cherbst vor der Tiere gesehen host! Und dumm, weist vergessen host, doss die Einladigung fiern Sommer is'! 's kummt doch a keijner nu im Winter!«
Swemmel machte das sehr schön, wie er sich entsetzte: »Joi! Chob ich werklich vergessen zem Sagen. Cherr Kenick, bittä um untertänigstes Vergeben. Binich a Cholzkopf!« Er warf sich auf die Knie. Inzwischen machte dieses Possenspiel allen so großen Spaß, dass die Befremdlichkeit ganz vergessen war – und auch das, worum es hier wirklich ging.
»'s is' die Einladigung vom Kenick natierlich fiern Summer! Kummt der Cherr Gunther zem Mittsommer, chot der Cherr Kenig gesogt.«
»Nicht bloß är«, mäkelte Werbl.
»Nee, genau«, rief Gernoth, »ich auch.« Das gab Applaus.
»Also gut, aber nur im Sommer«, rief Gunther hinterher – und wieder lachten alle, Dankwart wischte sich sogar die Tränen aus den Augen.

Da war die Einladung und die Antwort.
Hagen stand an seiner Säule und lachte mal wieder als Einziger nicht. Sein Plan, die wichtigsten Schritte zu seinem Plan.
Sie kamen mit Lachen und Flötenspiel, diese beiden bunten Werber, aber es würde nichts davon übrig bleiben als Tränen und Tod. Keiner außer ihm in der Halle ahnte es. Die beiden munteren Spielleute machten immer weiter, trieben ihr Spiel immer mutiger, immer direkter mit allen Anwesenden und bekamen Wein und Gold dafür.
Als sie eine Pause machten, stand Gunther auf und ging zu Hagen hinüber. »Das war doch ganz lustig, nicht?«, fragte er zögerlich.
Hagen nickte: »Sicher.«
»Was habt Ihr denn, Hagen? Hab ich was Falsches gesagt? Ihr habt doch gesagt, wir sollen dahin, wenn sie uns einladen.«
»Ich weiß.«
»Dann müssen sich Ortwin und Ruomold und die anderen gleich kümmern. Das braucht ja Vorbereitung. So ein Besuch ist ja wohl aufwändiger als ein Feldzug. Und so einen langen Feldzug, den haben wir ja noch nie gehabt. Selbst damals, als die Sachsen gekommen sind, Hagen, wisst Ihr noch?«
»Ja.«
Gunther dachte angestrengt nach: »Was sollen wir ihr denn mitbringen? Ich meine, müssen wir nur ihr was mitbringen oder ihm auch? Oder ihr nichts. Ich meine, sie ist ja bloß Krimhild, auch wenn die da jetzt so 'n Getue um sie machen.«
»Das können wir noch besprechen.«
»Ja, gut, aber ich will nicht erscheinen, als ob ich mich lum-

pen lasse, Hagen. Was Ordentliches müssen wir schon mitbringen.«
»Werden wir schon.«
»Und wer soll so lange hier regieren?«
Da machte Hagen, dem es klar wurde, was er vorhatte, einen letzten Versuch, sich selbst zu vergeben:
»Ich könnte ja hierbleiben.«
Gunther lachte, als wäre das einer der Scherze der Gaukler.
»Aber Hagen, ohne Euch, da wär doch alles gelaufen, bevor wir in Passouwe sind. Dass Ihr mitkommt, ist doch ganz klar. Und von den anderen Herren werden wahrscheinlich auch alle mitkommen wollen, Volker und die.«
»Können wir später darüber sprechen?«, fragte Hagen, ohne wirklich um Erlaubnis zu bitten, und ging einfach.

Niemand wusste, wohin er wollte, drei Tage lang war er wie vom Erdboden verschwunden, dabei war gar nicht Vollmond. Und selbst bei Vollmond war er doch lange schon nicht mehr fort gewesen. Brynhild machte sich furchtbare Sorgen und hatte niemanden, mit dem sie reden oder den sie fragen konnte. Sie ließ ihren Sohn kaum außer Sichtweite, schlief gar nicht und war gereizt und verängstigt.
Als Hagen nach dreieinhalb Tagen wieder auftauchte, wollte er nicht mit der Sprache heraus. Er schämte sich vor sich selbst.
Mit seinem Geheimnis war er in die Unterkammer des Waffenlagers gegangen. Er hatte sich selbst in den kleinsten Raum gesperrt, ein Loch eigentlich, in dem sie ein paar seltene Beutestücke aufbewahrten. Dort, wo er gerade mal liegen konnte, mit angezogenen Knien, hatte er sich auf dem eiskalten, feuchten Boden gefühlt wie in der Kiste seines lang getöteten, ewig lebenden Vaters.

Er hatte kein wirkliches Verlangen jenseits einer gewöhnlichen menschlichen Schwäche verspürt, seine Qual zu lindern.
Er hielt es aus, einen furchtbaren, schmerzvollen Moment nach dem anderen.
Am ersten Tag kämpfte er gegen den Schmerz und die Kälte, das Bedürfnis, sich in der Enge zu bewegen. Am zweiten Tag gegen die brüllende Sehnsucht nach Brynhild und dem Kleinen.
Am dritten Tag, als er mit aller Qual fühlte, es doch nicht mehr aushalten zu können, wartete er solange, bis er sicher war, dass es ihn hingemacht haben müsste.
Danach war er sicher, den Abschied zu schaffen und die Trennung durchhalten zu können, egal, was er fühlte.
Danach war er sicher, so wie früher unter Alderichs Folter, alles aushalten zu können, weil er wusste, dass er es verdient hatte.
»Hagen, ich war ganz krank vor Sorge«, schrie Brynhild flüsternd. »Wo warst du?«
Mit seiner Antwort, der einzigen, die sie je bekam, konnte sie erst etwas anfangen, als es dann zu spät war:
»Ich war mich gewöhnen.«

Das Land der Untergegangenen
Die letzte Erinnerung

Sie haben ihn fortgeschafft in einen Kerker. Aus seinen Wunden sickert Blut, nicht so viel, dass es wirklich gefährlich wäre für den Moment. Der Tod wird sich schon noch mühen müssen. Er hat nicht die Hoffnung, dass es schnell geht oder leicht wird. Es ist ganz dunkel um ihn herum, er ist zurück. Zurück in seiner Kiste, in seiner Schuld, seiner ewigen Buße dieses Lebens, das er sich immer wieder verboten hat. Die Strafe ist fast vollendet.

Er denkt nicht an Brynhild in diesen letzten Momenten seines Lebens und auch nicht an Bryndt. Beide sind so sehr Teil seines Lebens geworden, seines Körpers, seines Geistes, seiner Seele, dass er nicht mehr an sie denken muss, um bei ihnen zu sein.

Er denkt an das, was er getan hat, seine verlorenen Gründe, seine vollkommen sinnlosen Ideen. Sie tropfen aus ihm heraus mit seinem Blut und lassen ihn in der Leere jenes Nichts zurück, das er immer gefürchtet hat. Er sucht in sich. Hat er Angst? Vielleicht foltern sie ihn noch. Das wäre nicht das erste Mal. Er hat es immer ganz gut ausgehalten. Und der Tod, das Verschwinden aus diesem Tanz, der ihm so wichtig war, – wo wird er hingehen? Werden die Walkyren ihn forttragen? Wird der Gott des weißen Christus über ihn den Kopf schütteln, weil er uneinsichtig war. Werden die Pferdegötter seiner Jugend ihn umreiten, riesig, mit wehenden

Mähnen und Schaum vor dem Maul. Sternenstaub und Heldengesänge.

Jetzt ist er nur noch müde, er könnte gut einschlafen, seinen eigenen Tod verpassen. Was bleibt von Hagen von Tronje?, fragt er sich und findet keine Antwort.

Dann kommt Bewegung in die Dunkelheit über ihm, hastige Schritte der Schergen, die dienstbereit der Königin den großen Mord erleichtern wollen, in dem sie Erlösung und Gerechtigkeit zu finden glaubt. Jetzt muss er lachen. Fackeln blenden ihn, er sieht stur auf den Boden, um ihnen nicht die Genugtuung eines verzerrten Gesichtes zu geben. Sie tritt ganz nah vor ihn, so nah, wie sie ihm nur damals war, als er sie mit seiner Freundlichkeit und seinem Verständnis überlistet hat. Er sieht ihre goldenen Schuhe unter dem staubigen Saum.

Dann lässt sie etwas fallen, dumpf kommt es auf und kollert ein paar Mal hin und her – Gunthers Kopf.

»Ach«, sagt Hagen, seine Stimme unlesbar. Es macht sie noch wütender.

»Gebt zu, dass Ihr es wart, der meinen Mann hinterrücks ermordet hat, und ich lasse Euch am Leben«, lügt sie schnaufend, der Blutrausch muss sie gepackt haben. Er weiß, wie das ist. Das ist ihnen allen schon passiert.

»König Étešil erfreute sich bester Gesundheit, als ich ihn das letzte Mal gesehen habe. Sollte sich das geändert haben, bin ich nicht schuld.« Sie ohrfeigt ihn, heulend.

»Siegfried, ich rede von Siegfried«, kreischt sie.

»Es ist alles so, wie ich es mir vorgestellt habe«, sagt er nur. Aber ein kleines Detail hat sie selber hinzugefügt. Sie lässt sich Siegfrieds Schwert bringen, Mimes Schwert. »Ich bringe dich um«, keucht sie und packt das schwere Ding mit beiden Händen.

Na, das kann dauern, denkt er. Jemand, der mit so einer Waffe nicht umgehen kann, kann ewig brauchen, bis er einen Menschen damit tötet. Brynhild könnte das, denkt er und lächelt. Er findet, Brynhild kann alles. Ihm völlig unbegreiflich, wieso sie ihn erwählt hat. Ihn für diese wunderbaren Jahre gerettet hat. »Mörder«, schreit Krimhild und schlägt das erste Mal zu.
Das hat er sich gedacht. Die Klinge zerhaut ihm sein rechtes Schlüsselbein, verletzt ihn aber nicht genug, um davon ohnmächtig zu werden. Es blutet trotzdem recht ordentlich. Sie guckt ihn ganz verdutzt an. Offenbar hat sie sich das leichter vorgestellt. Als wäre das ein Wunderschwert.
»Etwas höher«, gibt er ihr einen guten Rat. Der ewige Lehrer des »Eins, zwei, drei und vier« kommandiert nun seine eigene Hinrichtung, allerdings – es ist ja auch in seinem Sinne. Aber sie denkt natürlich, er macht sich über sie lustig. Schreiend holt sie zum zweiten Mal aus. Diesmal tut es sehr weh. Sie bricht ihm den Kiefer von der linken Seite und schneidet in seine Wange, schlägt ein paar Zähne aus und trifft seine Zunge. Jetzt kann er ihr leider wirklich keine guten Ratschläge mehr geben. Er hustet und spuckt Blut, der Schmerz lässt ihn vornübersacken. Hoffentlich nimmt sie den Nacken, denkt er noch. Dann denkt er nichts mehr.
Es rauscht und zieht, und er löst sich auf, die Erinnerung an den furchtbaren Schmerz, den er gerade noch gefühlt hat, platzt wie eine Blase in einer Pfütze, ist weg.
Und es ist alles so anders, keine Walkyren, keine Pferdegötter, kein weißer Christus. Eine Stimme, die er gar nicht hören kann, sagt ihm etwas so Wunderschönes, das er nicht versteht, aber trotzdem gilt es ihm. Ohne Worte, nur Gefühl. Eine Vergebung, an die er glaubt, und ein Versprechen, anders entscheiden zu dürfen. Es reißt ihn mit auf so sanfte Art,

dass es ihm alles verschlägt. Woher oder wohin ist völlig unwichtig. Er wird es schon finden, was er braucht, um zu verstehen. Und dann wird er warten.
Bevor er die Erinnerung an sich selbst verliert, überlegt er noch einen Moment, was er trotzdem nicht vergessen will, und hält es ganz sicher, ohne Zweifel. Immer bei ihr sein.
Er wird ein Lächeln, eine Erwartung, wird Ruhe.
Es ist alles gut, sagen die Stimmen ohne Stimme.
Und das ist die Wahrheit.

Der Aufbruch

Hagen hatte nicht den Mut, es Brynhild selbst zu sagen, sie erfuhr es durch den Klatsch und Tratsch der Mägde, eigentlich darüber, dass sich Hiltruod über etwas aufregte, als sie den Kleinen badete.

»Ich möchte mal wissen«, schnauzte sie in ihr Schrubben hinein, »wie das dann nächstes Jahr gehen soll, wenn alle weg sind. Gleich alle Brüder. Wenigstens den Jüngsten könnten sie hierlassen. Und alle Räte. Was ist denn, wenn was passiert.«

»Wovon sprichst du, Hiltruod?«, fragte Brynhild über ihre Schulter.

»Ja, von dieser gottlosen Reise zu den Hunnen! Das weiß doch jedes Kind besser, dass man denen nicht trauen kann, egal, ob sie jetzt Krimhild haben oder nicht.«

»Hunnen«, summte Bryndt und planschte im Wasser.

»Wer fährt zu den Hunnen?«, fragte Brynhild entsetzt.

»Alle! Jetzt sagt bloß nicht, dass Ihr das nicht mitbekommen habt.«

Brynhild wurde blass. »Nein«, flüsterte sie.

»Euer Mann sollte mal mehr mit Euch reden«, beschwerte sich Hiltruod und hob das Kind aus dem Zuber. »Och, was wirst du schwer, kleiner Mann.«

Brynhild war aufgestanden und wankte auf ihren Sohn zu. »Wir fahren zu den Hunnen.«

»Wir wohl nicht«, keifte Hiltruod und rubbelte ihren Unmut in Bryndts Haut.
»Aua«, beschwerte sich das Kind. »Aber alle Herren fahren, die lassen uns hier zurück, wie eine Gans vor dem Fuchsbau, da kann doch kommen, wer will, von irgendwoher – und dann?«
»Gunther fährt?«, fragte Brynhild.
»Nicht das«, greinte Bryndt, als Hiltruod ihm ein Hemd überziehen wollte, »das grüne.«
»Achachachach, eins wie das andere. Gunther fährt, Gernoth, Giselher, Hagen, Volker, Ortwin, sogar Ruomold. Wer kümmert sich denn da in der Zwischenzeit!«
»Das kann doch nicht sein«, beharrte Brynhild auf einer Wirklichkeit, die längst zerbrochen war.
»Tja, das haben wir wohl alle gesagt. Ich weiß, er ist Euer Mann, Herrin, aber manchmal denke ich, der hat nicht für einen Ochsen Verstand im Kopf.«
»Hagen kann dem doch nicht zustimmen«, versuchte Brynhild es noch einmal.
»Hagen hat es doch vorgeschlagen«, schimpfte Hiltruod weiter. »Gunther pinkelt doch nicht, ohne sich von Hagen die Erlaubnis dazu zu holen. Wahrscheinlich weiß er nicht mal, dass er muss, ohne dass Hagen es ihm sagt.«
»Hiltruod!«, zischte Brynhild.
»Es tut mir leid , Herrin, aber das ist die Wahrheit, und bei so einer Sache, da muss es auch mal gesagt werden.«
»Aber nicht vor dem Kind!« Hiltruod machte ein Gesicht, als wollte sie sagen, dass Brynhild sich anstellte.
»Geh raus, spielen«, schickte sie Bryndt dann vor die Tür.
»Herrin, ich will Euch mal was sagen. Seit Jahren kriege ich nun mit, wie das läuft.« Brynhild erschrak, aber Hiltruod meinte etwas anderes. »Er kümmert sich nicht um Euch,

er kommt nicht zu Euch – und ich will Euch nicht wehtun, aber es ist schon eine Unverschämtheit, wie er mit dieser Uolrika einfach so ganz ungeniert zusammenlebt. Dass seine Mutter da nichts sagt!« Erregt warf sie die Hemden, die sie vorher gefaltet hatte, einfach wieder durcheinander.
»Das ist mir nicht wichtig«, stotterte Brynhild leise. »Ich hab meinen Sohn, sonst will ich nichts vom Leben.« Aber Hiltruod war weder zu bremsen noch zu beschwindeln.
»Wir wissen doch alle noch, wie elend es Euch gegangen ist, als sie Euch hierhergebracht haben! Glaubt mal nicht, dass das den Frauen in Worms durchgegangen ist. Stellt Euch mal vor, diese Uolrika wird doch noch schwanger – was ist dann mit Eurem Sohn – und mit Euch!«
Brynhild war verwirrt: »Ich weiß nicht.«
»Aber ich«, schnaubte Hiltruod, »ich hab das zu oft gesehen. Auf einmal verschwindet die Gattin, und die Metze zieht ein.«
»Ich dachte, wir reden von den Hunnen«, steuerte Brynhild zum Thema zurück.
»Wir reden davon, wie dumm Euer Ehemann ist und wie unverantwortlich und wie gefährlich all das ist.«
»Was soll ich denn daran machen?«, rief Brynhild.
»Ihr müsst Euch einmischen, Ihr müsst ihm verbieten, zu den Hunnen zu fahren. Uns alle hier allein zu lassen, jeder kann kommen! Jeder!«
»Hiltruod, Gunther hört nicht auf mich. Das weißt du doch auch.«
Natürlich wusste Hiltruod das, alle wussten es. Aber die Angst, alleine gelassen zu werden von allen zur gleichen Zeit, ließ Logik und auch Höflichkeit vergessen.
Brynhild, obwohl von furchtbarer Ahnung übermannt, wartete jedoch dringend auf Hagens abendliches Erscheinen,

damit er ihr sagen könnte, dass es ein Missverständnis wäre, oder zumindest, dass er sich alles so ausgedacht hätte, dass es anders war, als es aussah. Aber als Hagen erschien, genügte ein Blick auf sein Gesicht, um zu wissen, dass das eben nur eine dumme Hoffnung gewesen war, nichts weiter.
»Du hast es schon gehört«, sagte er dann auch nur.
Brynhild nickte. »Warum?«, fragte sie mühsam beherrscht.
»Ich bringe Gunther dahin, wo er hingehört. Uns alle.«
»Hagen, bist du verrückt? Weißt du, was du da tust?«
Er wollte etwas von Gerechtigkeit sagen, aber in diesem Moment kam es ihm selbst albern vor.
Brynhild bezähmte sich. Sie setzte ihm leise auseinander, was für Folgen sein seltsamer Plan haben würde. Erst mal für Burgund. Für die vielen Menschen, die er doch gar nicht kannte. Die vielen Frauen und Kinder, die hier schutzlos zurückgelassen würden. Sie zitierte Hiltruod. »Da kann doch jeder kommen.«
»Daran habe ich wohl gedacht«, winkte er ab. »Ich habe Vorsorge getroffen.« Brynhild verlor allmählich die Beherrschung. Wütend fuhr sie fort: »Du kannst überhaupt keine Vorsorge treffen für alles, was passieren kann – unterwegs und da.« Er drehte den Kopf weg. Und da begriff sie es. Vernichtung. Hagen hatte den Untergang der Burgunden geplant. Und nun würde er ihn umsetzen. Deswegen stellte sie nur noch eine letzte Frage, als sie wieder Atem hatte: »Und was ist mit uns?«
»Es ist für uns«, beharrte er stur.
Sie ging vor ihm auf die Knie, fasste seine Hand und legte sie auf ihr Herz.
»Das kann nicht für uns sein, Hagen. Getrennt sein, allein sein. Weißt du, wie ich dich vermissen werde? Weißt du, wie sich das anfühlen wird.« Dabei wusste sie es ja selbst

nicht. Natürlich hatten sie vorher beide ohneeinander gelebt. Aber da war es keinem von beiden klar gewesen, dass sie sich fehlten.

»Und der Junge«, flüsterte sie dann.

Da drehte er den Kopf weg.

Hvers vegna, Högni?

Weswegen? Weil es ihm klar war, seit er von ihrer Schändung wusste, dass sie beide bestraft werden mussten. Siegfried und Gunther. Und mehr noch als diese beiden musste die Welt bestraft werden, die es immer wieder zuließ, dass Frauen so etwas geschah.

Frauen wie Brynhild, seiner Mutter, wie Uote ...

Er würde sie alle in den Tod führen, ein Geisterzug, nicht nur die Lebenden, sondern auch die Toten. Alderich, Gibich, alle.

Er hatte ein Reich schaffen wollen, und es war ihm nicht gelungen. Jetzt würde er eben eines zerstören lassen.

»Ich komme doch wieder«, behauptete er aber nur, weil sie ihn immer noch so ansah, als würde sie ihm am liebsten das Herz mit den Zähnen herausreißen.

»Woher willst du das wissen?«

Müde zuckte er die Schultern. »Können wir nicht schlafen gehen. Im Winter fahren wir ja nicht.«

Übergangslos stand Brynhild auf. Sie fand, dass sie genug gebettelt hatte. Wortlos legte sie sich hin und widerstand der Versuchung, ihm den Rücken zuzukehren. Er streckte sich neben ihr aus, wie so viele Abende schon, wie die einzigen Abende, die in seinem Leben zählten. Dann griff er nach ihrer Hand und hielt sie fest. »Ich liebe dich, Brynhild«, sagte er. Er hoffte sinnloserweise immer noch, dass sie ihn und sein Handeln verstehen müsste.

»Dann bleib hier«, flüsterte sie.

Er gab ihr keine Antwort. Drehte sich nun seinerseits auf die Seite und schlief bald ein. Brynhild lag lange wach. Auch als er schließlich ging, ohne ein Wort zu sagen.
Gegen den frühen Morgen schlief sie dann doch noch ein. Und sie träumte wieder diesen schrecklichen Traum von der Hand, die ihr das Leid entgegenstreckte, welches sie dachte, in ihrem Leben lange abgegolten zu haben.
Der Winter kam, auch zwischen Brynhild und Hagen war Winter. Während sich die ganze Festung auf den »Auszug der Tausend«, wie man ihn etwas pompös nannte, vorbereitete – die eine Hälfte geschäftig und zeternd, die andere klagend und ängstlich –, herrschte zwischen dem heimlichen Paar ein kaltes Zerwürfnis.
Er kam zwar nach wie vor, und nach wie vor konnte sie es kaum abwarten, dass er kommen würde, aber wenn er da war, hatten sie nichts zu reden, das nicht sofort in einen neuen Streit führen würde.

Ich selbst war eigentlich ganz zufrieden damit, dass mein Vater abgestraft wurde. Meine Mutter schenkte mir nämlich umso mehr Aufmerksamkeit und Liebe. Es schien sie bisweilen völlig zu überwältigen, diese Mischung der Gefühle aus Zorn und Liebe, diese ungeheure Bedrohung, von ihm aus diesen nur ihm einsehbaren Gründen verlassen zu werden. Eigentlich glaubte sie es nicht. Während sie sah, wie sich alles fertig machte, um auf diese Reise zu gehen, die doch in Gefahr führen musste, dachte sie immer noch, dass Hagen einen anderen Plan hatte, der ihn vielleicht überraschend in Worms zurücklassen würde, als Regent, während die anderen nach Osten zogen, um sich in ihrer Sinnlosigkeit zu verlieren.
Sie versuchte sogar mit Gunther zu reden.

Zu einem Zeitpunkt, als er es nicht erwartete, fing sie ihn vor seinem Gemach ab, drinnen wälzte sich noch Rikchen in den warmen Laken. Deswegen erschrak Gunther fürchterlich.
Er dachte, dass Brynhild gekommen wäre, um ihn öffentlich der Untreue zu bezichtigen.
»Gunther«, redete sie ihn von hinten an. Er fuhr zusammen.
»Daaah, Brynhild«, rief er. »Was, was wollt Ihr denn hier?« Dies fast schon zitternd. Sie stand im dunklen Gang, von hinten angeleuchtet, groß und dräuend, wie eine heidnische Göttin.
»Ihr könnt nicht zu den Hunnen fahren!«, erklärte sie.
»Was?«, zitternd ging Gunther ein paar Schritte von der Tür weg. Wenn nur Rikchen nicht herauskommen würde, um zu fragen, was los war.
»Ich sage, Ihr könnt nicht alle zu den Hunnen fahren und uns hier alleine lassen. Das ist doch unverantwortlich. Jeder kann uns überfallen, wann und wie er will.« Der König war ein bisschen erleichtert.
»Wir fahren doch nicht zu den *Hunnen*«, sagte er. »Wir fahren doch zu *Krimhild*. Das ist ein Unterschied.«
»Es ist kein Unterschied, wenn jeder waffenfähige Mann Worms verlassen hat.« Gunther hielt es für angezeigt, lieber auf Brynhild zuzugehen, um sich dann an ihr vorbei den Gang hinunterzubewegen. Vielleicht würde sie mitkommen. Sie machte jedenfalls keine Anstalten, auf ihn zuzugehen.
»Hagen hat das doch alles bedacht, meine Liebe«, sagte er.
»Dann lasst Hagen doch als Regenten hier!«, forderte sie.
»Wieso das denn? Hagen muss doch mit uns mitkommen, wir führen ganz wichtige Verhandlungen.«

»Gunther, diese Verhandlungen, die werdet Ihr doch auch so führen können. Ihr nehmt Volker, Ortwin, Dankwart, äh, Gernoth, Ihr nehmt sie doch alle mit.«
»Ja?« Er klang jetzt ungehalten, hatte sich an ihr vorbeigedrückt und ging den Gang schnell hinunter. Sie musste ihm nach, wenn sie noch etwas erreichen wollte.
»Da könnt Ihr doch Hagen hier lassen.«
»Nein!«
»Gunther, wenn Ihr zurückkommt, dann gibt es Worms am Ende nicht mehr.«
Er schüttelte den Kopf und verfiel in eine Art Trab, Brynhild hinter ihm her. »Herr Huonold bleibt hier«, schnaufte er. »Hagen hat alles bedacht.«
»Lasst Hagen hier, Gunther, dann fühlen sich alle besser.« Das klang jetzt erstmalig wie eine Bitte, nicht wie ein Befehl. Er blieb stehen. »Für Euren Sohn, Gunther«, fügte sie an, aber es klang zu verlogen.
»Brynhild«, sagte er da, »Ihr scheint vergessen zu haben, dass ich der König bin und dass meine Entscheidungen nicht zu hinterfragen sind. Schon gar nicht von Euch. Es wird alles so gemacht, wie ich das gesagt habe.« Damit ging er weiter, und sie kam ihm nicht nach.
Sie begriff nicht, dass sie machtlos war. Hagen hatte für sie alle, über sie alle entschieden, und er hörte auf keine Stimme, die ihm eine andere Richtung eingeben wollte.

In der Nacht, bevor sie aufbrechen sollten, kam er.
Brynhild wusste nicht, ob sie es sich gewünscht hatte oder ob sie es gefürchtet hatte. Er stand da und setzte sich nicht. Weder auf den Sessel noch aufs Bett. Und sie stand auch da, wie vor so vielen Jahren, als sie noch nichts von ihrer Liebe und dem, was sie mitbringen würde, gewusst hatte.

»Morgen geht es an«, sagte er schließlich mit der Wolfsstimme.
Sie antwortete nicht.
»Wir werden wohl kurz vor Mittsommer da sein.« Wieder nichts.
»Ich schätze, kurz nach dem alten Jahr wäre ich wieder hier.«
»So«, sagte sie endlich.
Er zuckte verlegen die Schultern. »Ist nicht ganz ein Jahr. Wenn Krieg wäre –«
»Es ist aber kein Krieg.« Doch, hätte er sagen sollen. Mein Krieg.
Aber er sagte es nicht.
Sie hatte gebettelt, gefleht, getobt, gedroht, verhandelt. Sie war am Ende. Deswegen sagte sie dann auch nichts mehr.
»Sei doch nicht so, Brynhild«, flüsterte er und hob eine hilflose Hand in ihre Richtung. Eine so zärtliche und machtlose Geste seiner ganzen Liebe. Ihr kamen die Tränen, und sie hielt es nicht länger aus. Sie ging auf ihn zu, und sie umarmten sich auf diese zerstörerische Weise, die nichts von der äußeren Welt übrig ließ, die ihnen ganz fest und sicher zeigte, dass es außer ihnen nichts gab.
Högni, flüsterte sie in seine Haare, die sie so liebte, und weinte – gegen jeden Vorsatz. Und er weinte auch.
Ich beobachtete sie heimlich, meine Eltern, in dieser Nacht, wie sie dastanden und ein letztes Mal beieinander waren. Schließlich legten sie sich hin. Aber Hagen zog nicht einmal seine Stiefel aus. Sie lagen wie versteinert, einer im Arm des anderen, ich sah, dass der Abschied erdrückend auf und in ihnen lastete, und es gab keine Rettung. Damals verstand ich das alles nicht.
Irgendwann stand Hagen auf.

»Es hört doch nicht auf, Brynhild. Nie«, sagte er. »Es ist nur eine …«, er suchte nach dem Wort. »Unterbrechung.«
»Unterbrechung?«, wiederholte sie unüberzeugt.
»Bestimmt«, nickte er. »Das musst du doch verstehen.«
Und da sagte meine Mutter das letzte Wort, das sie je zu meinem Vater sprach: »Nein.«

Am nächsten Morgen herrschte das größte Gedränge auf dem Hof, das ich je gesehen hatte. Ich glaube, ich fand es trotz allem Gerede von Gefahr, das natürlich auch wir Kinder hörten, ganz aufregend. Der Himmel war hoch und kalt, Wolkenfetzen trieben an den Mauern vorbei. Auch der Himmel schien reisen zu wollen. Ich turnte, obwohl ich mehrfach angefahren wurde, zwischen den Pferden durch, besah mir alle Sättel ganz genau auf ihre Eigenheiten. Ruomold mit seinem Ochsenkarren sah übernächtigt aus. Herr Volker herausgeputzt wie ein König. Der, der von mir vergessen wurde, stand weinerlich bei seinem Oheim und wollte mit. Gunther tätschelte ihm bedauernd den Kopf und versprach Mitbringsel, hunnische Pferde und was nicht alles.
Gernoth ließ sich von allen Mägden küssen, die nicht ganz hässlich oder alt waren. Giselher stand bei Frau Uote und lächelte unsicher. Meine Mutter war natürlich auch gekommen, aber sie hielt sich abseits, in einem Mantel vergraben, frierend.
Bereute sie, dass sie nichts anderes zu Hagen zu sagen gewusst hatte, in ihrem letzten Augenblick? Hagen sah ich erst gar nicht.
Dankwart ging von den kleineren Hauptleuten zu den Soldaten, zu den Räten und vergewisserte sich wohl, dass alles in Ordnung, wie geplant und besprochen war.
Auf einmal fühlte ich eine Hand auf meiner Schulter.

Ich zuckte zusammen und drehte mich um. Hagen.

Er ging in die Knie und umarmte mich. »Bryndt«, sagte er mir ins Ohr. »Es ist gut, wie es ist. Vergiss das nicht.«

Ich verstand nicht, was er meinte. Da richtete er sich schon auf.

Es war, als ob er vorher unsichtbar gewesen wäre. Auf einmal sahen ihn alle. In seinem roten Mantel, ohne die Farben der Burgunden. Alle Blicke richteten sich auf ihn.

»Reiten wir«, rief er, und alle saßen auf. Letzte Umarmungen, Tränen, Austausch von Amuletten und Schutzzaubern. Magister Conradus, der auch mit zu den Hunnen musste – weiß der Himmel, warum –, wusste gar nicht, wohin er wegsehen sollte.

Hagen ritt an. Zog aus von dieser Festung, die er dreißig Jahre lang zu dem gemacht hatte, was sie war.

Er nahm etwas mit, von dem niemand wusste, Brynhilds Ring, und er ließ etwas zurück, von dem niemand wusste – mich.

Er drehte sich nie um. Meine Mutter stand immer noch wie versteinert, empfing einen verrutschten Abschiedskuss von Gunther – wegen der Leute. Dann trat Frau Uote zu ihr, als die verbliebenen Soldaten schließlich schon die Tore hinter den »Tausend« schlossen.

»Ich weiß, es ist schlimm«, sagte Frau Uote sanft zu meiner Mutter, der der kalte Wind eine Träne ins Auge getrieben hatte.

»Noch nicht«, antwortete Brynhild leise. »Es wird schlimm.«

Dann rief sie mich zu sich, und wir gingen hinein. Ich überlegte, was ich wohl spielen könnte. Aber meine Mutter hatte zu warten begonnen, auf das Schlimmste, was ihr im Leben widerfahren würde.

Nach dem Ende

Was bleibt noch zu sagen, Ihr Fremden, was Ihr nicht schon wisst?
Wir, die Zurückgebliebenen, versuchten uns an dieses neue, vorübergehende (wie sich alle versicherten) Leben zu gewöhnen. Herr Huonold machte seine Sache übrigens gut. Niemand kam, um uns zu überfallen. Und die Reisenden kämpften sich vorwärts, erst aufgeregt, dann mehr und mehr ermüdet.
Mit der Schneeschmelze erreichten die »Tausend« die Donau, jenen Fluss, über den Hagen schon einmal verkauft worden war.
Man schlug das Lager auf, und Volker verhandelte vollmundig mit Elsos Fährmann, um sich übersetzen zu lassen.
Hagen ging in einen Hain, etwas abseits. Er traf auf drei Seherinnen der örtlichen Stämme, völlig im Rausch von roten Pilzen. Er setzte sich still hin und beobachtete, wie sie schreiend zwischen den Bäumen durchliefen. Es waren zwei alte und eine junge. Die eine der Alten hatte nur noch ein Auge – wie er. Die sah ihn dann.
»Brüderchen«, krächzte sie und schlingerte näher. »Was kommst du hierher?« Die Alte stank, ihre Haare waren verfilzt von Opferblut und nasser Erde. Ihre Kleider waren ebenfalls zerdrückt und durchnässt. Die drei hatten sich eine ganze Zeit vorher in Pfützen gewälzt.

»Wir lagern dort draußen«, antwortete er ruhig. Er wusste, wie gefährlich solche Frauen in ihrem Rausch sein konnten.
Die Junge hatte ihn jetzt auch entdeckt.
»Ich rate, wer das ist«, kündigte sie an. Es fing an zu regnen, aber Hagen stand nicht auf, zog nicht mal seinen Umhang über den Kopf. »Das ist Hagen«, warf die zweite Alte ein, die nur in den Himmel starrte und ihren Rock hob, um die Regentropfen sinnlos darin aufzufangen. »Hagen, der ein König hätte sein sollen.«
Die drei Weiber lachten sich krumm. »Und ein Verräter wurde.«
»Um den herum alle glücklicher waren, und doch nie so glücklich«, sagte die Junge.
»Ich bin geehrt, dass Ihr mich kennt«, antwortete Hagen leise.
»Wir kennen sie alle«, krächzte die Einäugige und befühlte Hagens Stiefel. »Nur es kommen nicht alle. Aber du willst es wissen, oder?«
»Ja«, sagte er und bereute es auch.
Daraufhin kamen sie alle auf ihn zu wie ein Schwarm Krähen und fassten ihn an, überall. Er saß ganz still.
Die Einäugige sprach anschließend: »Alle werden sterben, mit denen du reist. Du auch. Wenn du über diesen Fluss setzt, wirst du sterben. Ihr alle.«
»Nicht alle«, kreischte die zweite Alte dazwischen, »der kleine Schwarzrock nicht.«
Die Junge wühlte einen Finger in die Erde. »Das stimmt«, bestätigte sie in einer sich überschlagenden Stimme, »der nicht.«
Die Einäugige zischte einen Schweigelaut: »Aber sonst alle. Du auch. Alle tot.«

»Tot, tot, tot«, kreischten dann alle drei Weiber, erhoben sich und fingen wieder zu tanzen an.
»Tod und Lüge!«, schrie die zweite Seherin und hob wieder ihren Rock. Darunter war sie nackt und sehr alt. »Dreht doch um!«
»Der dreht nicht um«, schrie die Junge und tanzte mit einer unsichtbaren Gestalt Ringelreihen.
»Hagen«, rief da eine Stimme vom Waldrand her. Dankwart.
Die drei Weiber erstarrten. Hagen stand langsam auf: »Ich danke Euch.« Da fingen sie wieder kreischend an zu kichern und rannten dann fort, als würde der Wind sie verwehen.
Dankwart brach durch das Dickicht wie ein brünftiger Hirsch.
»Hagen«, rief er. »Ich hab Stimmen gehört.«
»Ja? Hier war aber niemand«, behauptete Hagen.
»Wirklich? Ich dachte schon, es wär was passiert. Kannst du mal mitkommen? Wir haben Ärger mit diesem Fährmann.«
Hagen drehte sich um und ging mit Dankwart durch den Regen zum Lager zurück. »Der behauptet, wir kriegen Sturm. Der will uns nicht übersetzen«, klagte Dankwart unterwegs. »Ich glaube, der will, dass Elso und Gelpfrat uns nachkommen.«
»Aha. Das wär nicht gut für uns.«
»Eben«, nickte Dankwart, gierig nach Hagens Zustimmung.
Man sah jetzt das Lager.
»Da drüben ist er.«
Volker stand bei dem Fährmann, das schöne Gesicht verzerrt vor Wut. Er verstand diesen unverschämten Kerl auch nicht gut.
»Hagen«, rief auch er erleichtert, als die Brüder näher heran waren. »Dieser Mann hier behauptet –«

Hagen zog einfach einem der Umstehenden das Schwert aus der Scheide und köpfte den Fährmann.
»Ich setze euch über«, erklärte er dann seelenruhig, stieg über die Leiche hinweg und deutete auf das Boot. »Sollen sich schon mal alle fertig machen.«
Mauloffen starrten sie ihm nach.
Und er setzte sie alle über, von schier unendlicher Kraft – auch als der Sturm kam, eine Ladung nach der anderen, wies alle Hilfsangebote zurück, stellte nur sicher, dass Magister Conradus, der sich ohnehin vor den Wassern fürchtete, seine letzte Fuhre sein würde. Die allerletzte, niemand sonst übrig.

Und da sind wir wieder, Ihr Fremden, in dem Nebelland der Erinnerung. Ich habe Euch einmal durch Tag und Nacht geführt, und der Morgen, an dem Magister Conradus entsetzt mit Hagens Finger am anderen Ufer erwacht, dämmert abermals herauf.
Magister Conradus auf dem Rückweg nach Worms wurde von des toten Ruidegers Boten, jetzt ja Frau Gotelinds Boten, überholt, die seiner Mission den restlichen Bericht beifügen konnten.
Alle erschlagen bei den Hunnen, alle. Volker, Dankwart, Ortwin. Ruideger und Gernoth, Giselher, Gunther, Hagen – und zum Schluss Krimhild durch Hildebrand, angeblich gegen Étešils Gold, weil der eine solche Frau auch nicht mehr haben wollte.
Eine großartige Blutrache, wenn es je eine gab. Die fast vollkommene Vernichtung eines ganzen Geschlechts in zwei Tagen!

Magister Conradus erreichte Worms mit den Reitern schneller, als Hagen angenommen hatte, im mittleren Herbst. Alle erfuhren das Furchtbare auf einmal, und das Weinen und Wehklagen nahm kein Ende. Schon von weitem brüllten die Reiter »Weh!«, und da man seit dem »Auszug der Tausend« in Worms nur Schlimmes angenommen hatte, verwunderte es fast niemanden, wie schlimm es nun tatsächlich kam. Es lag auch eine gewisse Gleichheit des Leides in dieser Nachricht, eine seltsame Freude, dass wenigstens keiner zurückgekommen war. Nicht auszudenken, es hätte einen Geretteten gegeben, der alle anderen mit ihrem Schicksal hätte hadern lassen. Herr Huonold war völlig hilflos. Zurückgelassen als Verwalter und nun gleich – Regent? Sollte Brynhild jetzt Königin werden. Es gab ja einen Erben – mich –, aber ich war gerade sechs Jahre alt geworden. Königin Brynhild war außerdem für niemanden zu sprechen, sie saß versteinert auf ihrem Bett und hoffte, dass Hagen doch noch, entgegen dem furchtbaren Bericht, wie er von Krimhild erschlagen worden war, auftauchen würde, um alles Ungerade wieder gerade zu machen. Hagen kam nicht.

Ich saß bei meiner Mutter auf dem Bett und versuchte hin und wieder, sie anzureden, ohne dass sie mir geantwortet hätte. Da klopfte es. Sie zuckte.
»Soll ich aufmachen?«, fragte ich sie. Als sie sich nicht rührte, ging ich einfach zur Tür, auch wenn man dann das Schreien auf den Gängen noch lauter hören würde. Draußen stand Magister Conradus. Ich sah ihn stumm an. Er öffnete den Mund, wusste dann aber wohl doch nichts zu sagen und schob mich sanft mit seiner linken Hand beiseite.

»Mach die Tür zu«, kam schließlich die versteinerte Stimme meiner Mutter, als Conradus vor dem Kamin in ihrer Kammer stand.
Zum ersten Mal begegnete der kleine Kaplan ihr nicht mit jener furchtsamen Unterwürfigkeit, die er seit ihrer ersten Begegnung empfunden und bekämpft hatte, sondern er lächelte sie voller Mitgefühl an.
»Königin«, sagte er sanft, »es tut mir so leid, Euch sagen zu müssen, dass Euer Gemahl im Hunnenland erschlagen liegt.«
Brynhild war egal, ob sie sich verraten würde. Wenn die Welt schon eingestürzt ist, was machte es, sich ein Geheimnis zu vergeben.
»Und Hagen?«, fragte sie nur.
Magister Conradus machte einen Schritt auf sie zu: »Das sage ich Euch ja, Königin. Es tut mir so unendlich leid. Euer Gemahl, Herr Hagen von Tronje, liegt erschlagen im Hunnenland.«
Daraufhin streckte seine kleine weiße Hand ihr den Ring vor, keine Frauenhand, aber auch zu fein für die eines Mannes, Magister Conradus' Hand, die grässliche geisterhafte Hand ihres furchtbaren Traumes. Und es war so scheußlich erfüllt, bis ins Kleinste, dass der Ring noch immer an Hagens Finger steckte, weil er ihn nie mehr abnehmen wollte, solange er lebte.
Er hatte Wort gehalten.
Brynhild sah auf.
Die feine Hand hielt den Finger mit dem Ring zitternd vor sie hin.
Meine Mutter gab einen Laut von sich, wie ich ihn nie im Leben jemals wieder hören wollte. Sie bewegte ihre Hand erst in Richtung des Fingers, den Hagen sich in jener

schrecklichen Nacht im Boot abgeschnitten hatte, und brach dann zusammen.
Magister Conradus ging vor ihr auf die Knie und umarmte diese gefürchtete Heidenkönigin mit dem höchsten Mitgefühl seines Lebens. »Es tut mir so sehr Leid«, sagte er immer und immer wieder. Und beide weinten, weinten, weinten, ohne Linderung in diesen Tränen zu finden.
Keiner von beiden sah mich in diesem Augenblick.
Ich stand da und begriff nicht. Nicht, was das für ein Ring und für ein Finger war, nicht weswegen er Gemahl zu Hagen sagte, weswegen er weinte, wo er doch überlebt hatte. Ich begriff gar nichts. Bis heute kann ich das schwindlige Unverständnis des Kindes in dieser Kammer spüren. Bis heute versuche ich zu verstehen, was geschehen war. Vielleicht ist es mir nun zum ersten Mal gelungen.
Zum ersten Mal habe ich diese Geschichte von ihrem Anfang, den sie nicht hat, bis zu ihrem Ende, das sie nicht hat, erzählt – für Euch, Ihr Fremden, und für mich.

Danach begann unser Leben nach Worms, begann die zweite Reise meiner Mutter, die sie mehr noch als die erste in furchtbares Leid führen sollte.
Frau Uote ließ uns durch einen geheimen Gang fliehen, bevor man meine Mutter und mich im Auftauchen der vielen Gerüchte, die wie Fackeln in jedem Winkel loderten, auch noch erschlagen hätte.
Meine Mutter fand den Weg nach Norden, diesen elend langen Weg nach Norden, weil sie vor einer Ewigkeit bei zwei schnarchenden Priestern auch die Sterne der Bauern zu deuten gelernt hatte. Sie hatte nichts mitgenommen außer ihrem Gürtel und ihrem Ring, den sie nie von Hagens Finger abzog. Sie trug ihn in einem kleinen Beutel an ihrem

Herzen. Nach kaum sechs Wochen hatten wir aufgegessen, was wir für den Gürtel tauschen konnten. Danach bettelten wir.
Wir wanderten zwei Jahre, bis wir bei ihrem Volk angekommen waren. Schritte auf so vielen Wegen, die man nicht kennt. Ein herrenloses Geräusch, das man nie vergisst. Ein Schritt in der Heimat klingt ganz anders.
Zwei Jahre des Wahnsinns, der Not, des Hungers, des Elends.
Davor war ich ein behüteter Königssohn gewesen. Nun war ich ein Heimatloser, ein Hungernder, unterwegs mit einer erloschenen Frau, die zwar *mich*, aber nicht sich retten wollte.
Als wir im Land meiner Mutter ankamen, sagte sie niemandem, wer sie war. Sie ging nie nach Jarnsteinn, um sich von ihrer Familie aufnehmen zu lassen, sie zeigte nie den Ring vor, den die Skalden erkannt und sie zu Svenkes Erben hätten bringen können, denn Svenke, Ylva, Laila und Auslís waren lange tot. Brynhild wollte nie erfahren, wer Svenkes Erbe geworden war.

Wir blieben auf der Insel, von der einst ihre Base Hilgis gekommen war – damals in einem anderen Leben.
Sie bezog mit mir eine halbverfallene Hütte am Dorfrand dieser südlichen Insel und ergab sich ganz und gar ihrem Leid.
Alte und Neugierige kamen oft und wollten wissen, wer sie war.
Man hatte Vermutungen und wollte Klarheit.
Sie schwieg, nannte sich Sesebis, nach Hagens Mutter, und behauptete, eine den Südvölkern entkommene Sklavin zu sein.

Ich verstand sie nicht.
Ich war hilflos, sah ihrem Zerfall zu und verstand immer noch nicht.
Als ich vierzehn war, starb sie schließlich, und ich wurde ein Skalde.
Es war um diese Zeit, vor über fünfundzwanzig Jahren, dass man erstmals im Norden von den Gerüchten um Worms hörte, von der verschwundenen Königin Brynhild, und wie sie Schuld getragen hätte am Untergang der drei hehren Brüder, am Tode Siegfried des Recken und der schönen, ach so schönen Krimhild.
Was ist inzwischen daraus geworden? Das wisst Ihr doch selbst viel besser.

Ich bin müde, Ihr Fremden, morgen werde ich zu meinem Tod oder meinem Leben gehen und den, der von mir vergessen wurde, den Erben Gunthers, nach so langer Zeit noch einmal sehen. Ich habe die Umrisse der Festung schon zwischen den Bäumen ausmachen können, den Bäumen eines verschwenderischen Frühsommers.
Auf geht es zu Gunther, dem Zweiten.
Er wird sich also versichern, dass ich seine Version von edlen Helden, von seiner schönen, armen Mutter nicht weiter mit meiner Wahrheit besudle.
Was werde ich wohl einbüßen? Meine Augen, meine Zunge? Falls dies der Fall sein sollte, Ihr Fremden, dann glaube ich, es ist jetzt wohl an der Zeit, dass ich mein erstes Wort sage, laut sage, nach all den Jahren meines Schweigens.
Es ist vielleicht auch mein letztes Wort, wer weiß?
Und dann auch wieder denke ich, es sollte möglicherweise das erste und letzte Wort sein, das alle, von denen ich erzählt habe, sprechen sollten.

Und vielleicht auch das erste und letzte Wort, das wir alle sprechen sollten.
Ich kenne keinen in dieser Geschichte, der nicht Grund dazu hätte.
Ich kenne keinen in dieser Welt, der nicht Grund dazu hätte.
Wir fließen dahin auf dem Fluss unserer Zeit, und nur dieses Wort bleibt.
Ich spreche es laut für den Hahn, den Einfallslosen, für die Vergessenen – und die zu Unrecht oder zu Recht Erinnerten.
Es ist mein Segen an die Welt, die mich mein Lebtag so verwirrt und jenseits meines Herzens, meines Geistes, meines Selbst gefordert hat.
Hört, Ihr Fremden, mein Wort, mein wahrstes, mein schönstes, mein erstes Wort nach all den Jahren des Schweigens und mein letztes Wort:

»Verzeihung.«

Das Vermächtnis des Bryndt Högnisson

Am Anfang einst war ein Fluss.
Und der Fluss wurde eine Straße,
und die Straße verzweigte sich über die ganze Welt.
Und weil die Straße einmal ein Fluss gewesen war, war sie immer hungrig.
Und immer führte sie in das Land vor dem Anfang.
Und in diesem Land jenseits der Anfänge vermischten sich die Geister mit den Ungeborenen, und wir kannten kein Ende.
Es gab so viel Freude, viel Spiel und so viel Trauer.
Wir waren froh wegen des schönen Schreckens der Ewigkeit – und wir spielten, weil wir frei waren.
Und wir trauerten, weil auch immer die unter uns waren, die gerade erst aus dem Land der Lebenden zurückgekommen waren.
Und sie kehrten zurück – untröstlich wegen all der Liebe, die sie zurücklassen mussten, wegen all des unsäglichen Leidens, das sie nicht verstanden hatten, und wegen all der Dinge, die sie gerade erst gelernt hatten, als sie wieder in das Land des Ursprungs zurückgerufen wurden.
Es gab keinen unter uns, der sich wahrhaftig darauf freute, geboren zu werden.
Wir fürchteten die Schwierigkeiten des neuen, alten Lebens, die unerfüllten Sehnsüchte, die Ungerechtigkeiten der Welt.
Alles: die Irrgärten der Liebe, die Unwissenheit der Eltern,

das unausweichliche Sterben und vielleicht am meisten von allen die erstaunliche Gleichgültigkeit der Lebenden – inmitten der einfachen Schönheit des Ganzen, das wir nie ganz sahen.
Wir fürchteten die Herzlosigkeit der Menschen, die alle blind geboren werden und von denen so wenige jemals zu sehen lernen.
Denn: Geboren zu werden heißt, in die Welt zu kommen, niedergebeugt von den seltsamen Geschenken der Seele – befrachtet mit Rätseln und mit dem unauslöschlichen Gefühl des ewigen Exils.
So war es für mich, und wie es auch immer für Euch, Ihr Fremden, ist – so ist es.
Vor dem Anfang war ein Fluss.

Und dieser Fluss bist du.

Lassen Sie sich verführen –
von der schönsten Kurtisane Venedigs
und ihrem Geheimnis

Sarah Dunant
VENEZIANISCHE
GEHEIMNISSE
Roman
512 Seiten
Gebunden in Buchleinen
mit Schutzumschlag
ISBN 10: 3-7857-1583-8
ISBN 13: 978-3-7857-1583-3

Rom, 1527. Die heilige Stadt brennt. Während spanische und deutsche Truppen die Stadt in Angst und Schrecken versetzen, gelingt es zwei der interessantesten und klügsten Bewohner, ihre Haut zu retten. Und auch die kostbaren Juwelen, die sie kurzerhand herunterschlucken, als der Feind die Tore durchbricht.
Die Kurtisane Fiammetta und ihr steter Begleiter, der Zwerg Bucino, können dank einer List aus Rom entkommen und fliehen nach Venedig. Durch Wagemut und Frechheit gelingt es den beiden, in der reichen venezianischen Gesellschaft Fuß zu fassen. Dazu müssen sie jedoch Fiammettas Lebensgeschichte neu erfinden ... Ein atemberaubendes Szenario vom Venedig der Renaissance, eine Geschichte von sündhafter Schönheit und der Macht der Loyalität.

editionLübbe

Ein einziger Augenblick kann ein Leben zerstören

David Baldacci
IM BRUCHTEIL DER SEKUNDE
Roman
576 Seiten
Gebunden mit Schutzumschlag
ISBN-10: 3-7857-2151-X
ISBN-13: 978-3-7857-2151-3

Sean King ist Agent des Secret Service. Sein Auftrag: Schutz eines Präsidentschaftskandidaten. Sein Fehler: Für den Bruchteil einer Sekunde lässt er sich ablenken, und die Kugel des Mörders findet sein Ziel.
Acht Jahre später. Ein neuer Wahlkampf. Eine junge Agentin. Auch sie begeht einen Fehler, und der Mann, den sie schützen soll, wird vor ihren Augen entführt.
Michelle Maxwells einzige Chance, einen zweiten Mord zu verhindern, liegt in dem ungelösten Fall von damals und der Antwort auf die alles entscheidende Frage:
Was hat Sean King in jenem Augenblick gesehen?

Gustav Lübbe Verlag

DIE ZANGE
DER WAFFENDIEBE
Xanten
Wesel
Neuss
Köln
Siegfried
Koblenz
SPESSART
SACHSEN
Mainz
Mosel
Main
Alzey
Worms
Lorsch
ODENWALD
GOTEN
Rhein
Donau-
eschingen
BODENSEE
St. Gallen